2de HISTOIRE GÉOGRAPHIE

Directrices et directeur de collection

Franciane ALLAIRE
Lycée Albert Châtelet, Douai (59)

Fanny MAILLO-VIEL
Cité scolaire Jacques Decour, Paris (75)

Thomas DEGUFFROY
Académie de Lille

Auteurs

Terence BEAUJOUR
Lycée Eugène Delacroix, Drancy (93)

Mélanie BERNARD
Lycée Mireille Grenet, Compiègne (60)

Julien DOCHEZ
Académie de Lille

Anne GASNIER
Lycée Marguerite Yourcenar, Le Mans (72)

Stéphane GENÊT
Lycée Choiseul, Tours (37)

Florence GIRY
INSPE Centre Val de Loire, Fondettes (37)

Stéphane GUERRE
Lycée Carnot, Paris (75)

Émilie LACROIX
Lycée Faustin Fleret, Morne-à-l'Eau (97)

Nicolas MARICHEZ
Lycée Anatole France, Lillers (62)

Émilie PECKRE
Lycée Léopold Sédar Senghor, Évreux (27)

Julien PICOLLIER
Lycée Berthollet, Annecy (74)

Laurent REGARD
Lycée Washington-Touchard, Le Mans (72)

Alexandre RIGAULT
Lycée Faidherbe, Lill[illegible]

Luc[illegible]
Lycé[illegible]

Autrice des pages « Actrices de l'histoire »

Muriel SALLE
Université Claude Bernard Lyon 1 – INSPE de Lyon (69)

Auteur d[illegible]casts d'Histoire

Stéphane GENÊT
Créateur et animateur du podcast « T'as qui en Histoire ? »

hachette
ÉDUCATION

Nous remercions tous les enseignants qui ont bien voulu contribuer à la conception de cet ouvrage et, en particulier, Virginie Delbaere, Margaux Deverrière, Delphine Delisle, Corinne Mutter, Natacha Milkoff, Grégory Bertholet, Nathalie Veiga, pour leurs précieux conseils et suggestions.

Édition : Élise Ponce et Gwenaëlle Aznar
Assistantes d'édition : Emma Leroux et Rose Leridon
Principe de maquette : Anne-Danielle Naname
Mise en page : Adeline Calame
Cartographie : Légendes cartographie
Iconographie : Sophie Suberbere et Valérie Dereux
Fabrication : Miren Zapirain

Hachette Education s'engage pour la préservation de l'environnement

Depuis plusieurs années, nous mettons en place **des solutions innovantes et écoresponsables**, en concertation avec nos fournisseurs, pour **limiter notre empreinte carbone et diminuer l'utilisation du plastique**, en suivant **5 grands objectifs** :

1. **Optimiser le format et la pagination** de nos ouvrages ainsi que **le grammage du papier**.
2. **Utiliser** du **papier certifié suivant l'un des 2 schémas de certification internationale, PEFC ou FSC.**
3. **Supprimer** peu à peu **le pelliculage plastique** de nos couvertures.
4. **Imprimer** nos ouvrages **en France ou en Europe**.
5. **Recycler** 100 % des ouvrages invendus.

PAPIER CERTIFIÉ

hachette s'engage pour l'environnement en réduisant l'empreinte carbone de ses livres. Celle de cet exemplaire est de :
2400 g éq. CO_2
Rendez-vous sur www.hachette-durable.fr

hachette-education.com

ISBN : 978-2-01-628115-4
ISBN à utiliser pour toute commande de l'ouvrage.

LES RESSOURCES NUMÉRIQUES
de votre manuel papier en accès direct

Pour apprendre, pour s'entraîner et pour réviser efficacement, en classe comme à la maison !

Quelles ressources numériques se trouvent dans votre manuel d'Histoire - Géographie ?

- Des vidéos
- Des cartes interactives
- Des fonds de carte et de croquis
- Des quiz et des flashcards
- Des podcasts

Pour y accéder, c'est très simple

Recopier le mini-lien

Dans votre navigateur, saisissez le mini-lien hachette-clic.
Vous accédez directement à la ressource !

Vidéo
Europe à Mayotte, 28 mars 2023
hachette-clic.fr/24hg2104

Flasher le QR-code

Avec l'appareil photo de votre smartphone ou de votre tablette, flashez le QR-code.
Vous accédez directement à la ressource !

Aller sur le site de la collection

Dans votre navigateur, saisissez l'adresse du site de la collection pour accéder à toutes les ressource du manuel :
https://lycee.hachette-education.com/h-g/2de/

SOMMAIRE

HISTOIRE

Introduction **La périodisation** 18

THÈME 1 **Le monde méditerranéen : empreintes de l'Antiquité et du Moyen Âge** 22

CHAPITRE 1 **La Méditerranée antique : les empreintes grecques et romaines** 24

Grand Angle Les civilisations grecque et romaine antiques 26
Étude 1 L'empire maritime et la démocratie à Athènes 28
Étude 2 Regard de l'historien Périclès et la démocratie athénienne PPO 30
Étude 3 Actrices de l'histoire La figure d'Aspasie 32
Cours 1 Les empreintes grecques en Méditerranée 34

Étude 4 Parcours croisés Octave-Auguste et Constantin Ier, deux empereurs fondateurs
Octave-Auguste PPO 36
Constantin Ier PPO 37
Étude 5 L'Empire romain, une mosaïque de peuples 38
Cours 2 Les empreintes romaines en Méditerranée 40

RÉVISIONS 42
EXERCICES
- **Analyser un document avec des questions** : identifier et comprendre l'idée principale d'un document 46

CHAPITRE 2 **La Méditerranée médiévale : espace d'échanges et de conflits à la croisée de trois civilisations** 48

Grand Angle Les civilisations latine, byzantine et musulmane de la Méditerranée médiévale 50
Étude 1 Le brassage des cultures à Palerme 52
Étude 2 Regard de l'historien Venise, une puissante république marchande PPO 54
Cours 1 La Méditerranée médiévale, un espace d'échanges 56

Étude 3 Parcours croisés Des croisades pour diffuser et étendre le catholicisme en Méditerranée
Bernard de Clairvaux et la deuxième croisade PPO 58
Constantinople et la quatrième croisade 59
Étude 4 L'Empire ottoman, une nouvelle puissance en Méditerranée 60
Cours 2 La Méditerranée médiévale, un espace de conflits 62

RÉVISIONS 64
EXERCICES
- **Rédiger et argumenter** : comprendre le sujet et mobiliser des connaissances 68

THÈME 2

XVe-XVIe siècles : un nouveau rapport au monde, un temps de mutation intellectuelle

XVe-XVIe siècles : un nouveau rapport au monde, un temps de mutation intellectuelle 70

CHAPITRE 3

L'ouverture atlantique : les conséquences de la découverte du « Nouveau Monde » 72

Grand Angle Les conséquences de l'expansion européenne (XVe-XVIe siècle) 74

Étude 1 Parcours croisés Le Portugal et les Amériques : conquérir et exploiter
- Les conquêtes portugaises aux Amériques 76
- Le Portugal et l'économie « sucrière » 77

Étude 2 Regard de l'historien L'esclavage et la traite avant et après la conquête 78

Cours 1 Les conséquences de la constitution des empires coloniaux 80

Étude 3 L'or et l'argent, des Amériques à l'Europe 82

Étude 4 Bartolomé de Las Casas et la controverse de Valladolid (1550-1551) 84

Cours 2 L'océan Atlantique, un nouveau carrefour d'échanges et de rivalités 86

RÉVISIONS 88

EXERCICES
- **Analyser un document avec des questions :** sélectionner des informations et les mettre en rapport avec des connaissances 92

CHAPITRE 4

Renaissance, Humanisme et réformes religieuses : les mutations de l'Europe 94

Grand Angle La transmission de nouvelles idées en Europe aux XVe et XVIe siècles 96

Étude 1 Les humanistes. Une nouvelle vision de l'homme 98

Étude 2 Regard de l'historien Michel-Ange et la chapelle Sixtine 100

Cours 1 La Renaissance, un bouillonnement artistique et intellectuel en Europe 102

Étude 3 L'imprimerie et la diffusion des idées 104

Étude 4 Parcours croisés Réformer l'Église de l'intérieur ou la quitter ?
- Érasme, prince des humanistes 106
- Luther, un réformateur 107

Étude 5 Actrices de l'histoire Les réformatrices 108

Cours 2 La division de la chrétienté 110

RÉVISIONS 112

EXERCICES
- **Rédiger et argumenter :** développer des arguments 116

SOMMAIRE

HISTOIRE

THÈME 3 — L'État à l'époque moderne : France et Angleterre 118

CHAPITRE 5 — L'affirmation de l'État dans le royaume de France 120

Grand Angle Le développement du pouvoir royal en France 122

Étude 1 François Ier et le renforcement de l'État royal PPO 124

Étude 2 Parcours croisés Les rois et les conflits religieux
- Henri IV et l'édit de Nantes (1598) PPO 126
- Louis XIV et la révocation de l'édit de Nantes (1685) PPO 127

Étude 3 Actrices de l'histoire Les régentes de France 128

Cours 1 Un État royal qui s'affirme malgré des contestations 130

Étude 4 Colbert renforce la puissance de l'État et du roi PPO 132

Étude 5 Regard de l'historien Louis XIV, Versailles et la noblesse PPO 134

Cours 2 La monarchie absolue sous Louis XIV et ses limites 136

RÉVISIONS 138

EXERCICES
- **Analyser un document avec une consigne** : préparer une réponse à partir d'une consigne VERS LE BAC GÉNÉRAL 142
- **Analyser un document avec des questions** : préparer des réponses à partir de questions VERS LE BAC TECHNOLOGIQUE 143

CHAPITRE 6 — Le modèle britannique et son influence 144

Grand Angle La puissance britannique et son influence au XVIIIe siecle 146

Étude 1 La naissance d'un gouvernement représentatif en Angleterre 148

Étude 2 Parcours croisés La monarchie anglaise, un regime representatif exemplaire ?
- *L'Habeas Corpus* (1679) et le *Bill of Rights* (1689) PPO 150
- Voltaire, un philosophe anglophile PPO 151

Cours 1 La naissance d'un système politique représentatif en Angleterre 152

Étude 3 George Washington et la naissance des États-Unis PPO 154

Étude 4 Regard de l'historien La France et l'indépendance des États-Unis 156

Cours 2 L'influence du modèle britannique aux États-Unis et en France 158

RÉVISIONS 160

EXERCICES
- **Vers la question problématisée** : préparer une réponse à une question problématisée VERS LE BAC GÉNÉRAL 164
- **Vers les questions de connaissances** : préparer des réponses à des questions de connaissances VERS LE BAC TECHNOLOGIQUE 165

THÈME 4

Dynamiques et ruptures dans les sociétés des XVIIe et XVIIIe siècles 166

CHAPITRE 7 Les Lumières et le développement des sciences 168

Grand Angle L'Europe des savoirs aux XVIIe et XVIIIe siècles 170

Étude 1 Parcours croisés S'engager pour la vérité scientifique
Galilée PPO 172
Émilie du Châtelet PPO 173

Étude 2 Produire et diffuser des savoirs 174

Étude 3 Actrices de l'histoire Marie-Anne Lavoisier et Madame du Coudray, deux femmes de sciences 176

Cours 1 La diffusion des progrès scientifiques en Europe 178

Étude 4 Regard de l'historien Newcomen et la machine à vapeur PPO 180

Étude 5 Les débuts de la « révolution industrielle » 182

Cours 2 L'application des progrès scientifiques à l'industrie 184

RÉVISIONS 186

EXERCICES
- Analyser un document
  Rédiger une réponse à l'aide d'une consigne VERS LE BAC GÉNÉRAL 190
  Rédiger des réponses à partir de questions VERS LE BAC TECHNOLOGIQUE 191

CHAPITRE 8 Tensions, mutations et crispations de la société d'ordres 192

Grand Angle Les transformations économiques et sociales en France au XVIIIe siècle 194

Étude 1 Les ports français et le commerce colonial 196

Étude 2 Regard de l'historien La révolte des Va nu-pieds et la condition paysanne PPO 198

Cours 1 Les transformations économiques et sociales 200

Étude 3 Parcours croisés Une société d'ordre en mutation
Riches et pauvres à Paris PPO 202
L'influence de la noblesse 203

Étude 4 Madame de Tencin et la société d'ordres PPO 204

Cours 2 Une société d'ordres inégalitaire 206

RÉVISIONS 208

EXERCICES
- Vers la question problématisée : rédiger une réponse à une question problématisée VERS LE BAC GÉNÉRAL 212
- Vers les questions de connaissances : rédiger des réponses à des questions de connaissances VERS LE BAC TECHNOLOGIQUE 213

MÉTHODES ET OUTILS

MÉTHODES GÉNÉRALES

1 Réviser pour l'évaluation 214
2 Prendre des notes 215
3 Mener un travail en groupe 216
4 Mener une recherche documentaire 217
5 Réaliser une présentation orale 218
6 Créer un podcast 219

MÉTHODES VERS LE CONTRÔLE CONTINU

7 Identifier un document 220
8 Analyser un ou deux document(s) avec des questions VERS LE BAC TECHNOLOGIQUE 222
9 Répondre à des questions de connaissances VERS LE BAC TECHNOLOGIQUE 223
10 Analyser un ou deux document(s) avec une consigne VERS LE BAC GÉNÉRAL 224
11 Répondre à une question problématisée VERS LE BAC GÉNÉRAL 226
12 Transposer un texte en croquis VERS LE BAC GÉNÉRAL 228

LANGAGE CARTOGRAPHIQUE 230
LEXIQUE HISTOIRE 232
BIOGRAPHIES 235
LEXIQUE GÉOGRAPHIE 238
VERS LA SPÉCIALITÉ HGGSP 241
ATLAS 242

GÉOGRAPHIE

THÈME 1

Sociétés et environnements : des équilibres fragiles

Sociétés et environnements : des équilibres fragiles 252

CHAPITRE 1

Risques et pressions sur les ressources dans le monde

Risques et pressions sur les ressources dans le monde 254

Études de cas

1 L'Arctique : un espace entre fragilité et attractivité 256
A *Comment le changement climatique transforme-t-il cet espace fragile ?*
B *Quels sont les défis de l'attractivité de l'Arctique ?*

2 La forêt amazonienne : un environnement fragile soumis aux pressions et aux risques 260
A *Comment la déforestation menace-t-elle l'Amazonie ?*
B *Quels sont les enjeux de la protection de la forêt amazonienne ?*

3 Les Alpes : un milieu montagnard valorisé et vulnérable 264
A *Comment le milieu montagnard alpin est-il à la fois valorisé et protégé ?*
B *Pourquoi les Alpes sont-elles particulièrement vulnérables aux effets du changement climatique ?*

4 Paris : une grande métropole face au changement climatique 268
A *Quels risques sont aggravés par le changement climatique à Paris ?*
B *Comment faire face aux risques ?*

Grand Angle 1 La diversité des risques dans le monde 272
Grand Angle 2 L'exposition et la gestion des risques dans le monde 274

Cours 1 Les sociétés face aux risques 276
Exemple Maroc-Japon : deux pays inégaux face au risque sismique 278

Grand Angle 1 Une ressource sous pression dans le monde : l'eau 280
Grand Angle 2 La transition énergétique dans le monde 282

Cours 2 Des ressources majeures sous pression 284
Acteurs et enjeux Faire face aux pénuries d'eau en Espagne — DE DÉVELOPPEMENT DURABLE 286
Le labo de Géo L'exploitation du lithium au Chili 288

RÉVISIONS 290

EXERCICES
- **Analyser un document** : identifier et comprendre l'idée principale d'un document 294
- **Transposer un texte en croquis** : sélectionner des informations dans un texte 296

CHAPITRE 2

La France : des milieux métropolitains et ultramarins entre valorisation et protection

La France : des milieux métropolitains et ultramarins entre valorisation et protection 298

Étude de cas Le bassin d'Arcachon entre valorisation et protection 300
A *Pourquoi l'aménagement et l'attractivité du bassin d'Arcachon renforcent-ils sa vulnérabilité ?*
B *Comment le bassin d'Arcachon est-il protégé ?*

Grand Angle Des milieux valorisés et protégés 304

Cours 1 Des milieux valorisés et aménagés en France 306
Le labo de Géo La vallée du Rhône, un territoire densément aménagé 308

Cours 2 Vers une gestion durable des milieux en France 310
Exemple La gestion des risques en Guadeloupe 312

RÉVISIONS 314

EXERCICES
- **Rédiger et argumenter** : comprendre la question et mobiliser des connaissances 318

SOMMAIRE

GÉOGRAPHIE

THÈME 2

Territoires, populations et développement : quels défis ? 320

CHAPITRE 3

Population, développement et inégalités dans le monde 322

Études de cas
1 Les modalités du développement en Inde 324
A *À quelles évolutions démographiques l'Inde doit-elle faire face ?*
B *Quels sont les effets de la croissance démographique sur le développement ?*
2 Le défi du vieillissement au Japon 328
A *Comment se manifeste le vieillissement de la population au Japon ?*
B *Comment le Japon fait-il face au vieillissement de sa population ?*
3 Développement et inégalités au Brésil 332
A *Comment se manifestent le développement et les inégalités au Brésil ?*
B *Quels sont les défis d'un développement durable ?*
4 Développement et inégalités en Russie 336
A *Pourquoi l'économie russe produit-elle un développement inégal ?*
B *Quels sont les freins au développement en Russie ?*

Grand Angle 1 La transition démographique dans le monde 340
Grand Angle 2 Une population mondiale en cours de vieillissement 342

Cours 1 Les situations démographiques dans le monde 344
Exemple La situation démographique au Nigeria 346

Grand Angle 1 L'inégal développement dans le monde 348
Grand Angle 2 Les trajectoires de développement dans le monde 350

Cours 2 Trajectoires économiques et développement dans le monde 352
Acteurs et enjeux Les stratégies de développement du Vietnam. DE DÉVELOPPEMENT DURABLE 354

RÉVISIONS 356

EXERCICES
- **Rédiger et argumenter** : développer des arguments 360
- **Transposer un texte en croquis** : choisir des figurés et organiser la légende 362

CHAPITRE 4

La France : dynamiques démographiques, inégalités socio-économiques 364

Étude de cas Les particularités démographiques et économiques des territoires ultramarins 366
A *Quelles sont les situations démographiques de Mayotte et de la Martinique ?*
B *Comment lutter contre les inégalités socio-économiques dans les territoires ultramarins ?*

Grand Angle Population et inégalités socio-économiques en France 370

Cours 1 Les évolutions de la population en France 372
Exemple La répartition des jeunes dans les Hauts-de-France 374

Cours 2 Les inégalités socio-économiques en France 376
Le labo de Géo La Sarthe, un désert médical 378

RÉVISIONS 380

EXERCICES
- **Analyser un document** : sélectionnner des informations et les mettre en rapport avec des connaissances 384

THÈME 3 **Des mobilités généralisées** 386

CHAPITRE 5 **Les mobilités dans le monde** 388

Études de cas
1 La Méditerranée : un bassin migratoire et touristique 390
A *Comment s'organisent les flux migratoires dans la Méditerranée ?*
B *Pourquoi réguler les effets du tourisme en Méditerranée ?*
2 Dubaï : un pôle touristique et migratoire majeur 394
A *Comment Dubaï est-elle devenue une destination touristique majeure ?*
B *Quelle politique migratoire pour développer la ville ?*
3 Les mobilités d'études et de travail intra-européennes 398
A *Comment l'Europe favorise-t-elle les mobilités de travailleurs ?*
B *Comment l'Europe encourage-t-elle les mobilités d'étudiants ?*
4 États-Unis : un pôle touristique majeur à l'échelle mondiale 402
A *Pourquoi les États-Unis sont-ils un pôle touristique majeur ?*
B *Quels sont les effets économiques et territoriaux du tourisme ?*

Grand Angle 1 Les dynamiques migratoires dans le monde 406
Grand Angle 2 Les effets territoriaux des migrations internationales 408
Cours 1 Les dynamiques migratoires 410
Exemple Les effets du surtourisme dans les espaces fragiles 412
Grand Angle 1 Les dynamiques touristiques dans le monde 414
Grand Angle 2 Les effets territoriaux du tourisme 416
Cours 2 Les dynamiques touristiques 418
Acteurs et enjeux Des migrations climatiques ? Le cas de Tuvalu DE DÉVELOPPEMENT DURABLE 420

RÉVISIONS 422

EXERCICES
- **Rédiger et argumenter** 426
  Préparer une réponse à une question problématisée VERS LE BAC GÉNÉRAL
  Préparer des réponses à des questions de connaissances VERS LE BAC TECHNOLOGIQUE
- **Transposer un texte en croquis** : réaliser un croquis 428

CHAPITRE 6 **Mobilités, transports et enjeux d'aménagement en France** 430

Étude de cas Mobilités et transports en Bretagne 432
A *Comment s'organisent les mobilités en Bretagne ?*
B *Des transports plus accessibles et respectueux de l'environnement ?*

Grand Angle Mobilités et réseaux de transport et de communication en France 436
Cours 1 Des mobilités croissantes et inégales en France 438
Exemple Se déplacer à Strasbourg 440
Cours 2 Les transports et leurs aménagements en France 442
Le labo de Géo Renforcer l'accessibilité et les mobilités durables à La Réunion 444

RÉVISIONS 446

EXERCICES
- **Analyser un document** 450
  Préparer une réponse à partir d'une consigne VERS LE BAC GÉNÉRAL
  Préparer des réponses à partir de questions VERS LE BAC TECHNOLOGIQUE

GÉOGRAPHIE

THÈME 4 L'Afrique australe : un espace en profonde mutation 452

CHAPITRE 7 L'Afrique australe : un espace en profonde mutation 452

Étude de cas Transition économique, développement et inégalités en Afrique australe 454
A *Quels sont les formes et les effets de la transition économique de l'Afrique australe ?*
B *Quels sont les défis d'un développement durable en Afrique australe ?*

Grand Angle Milieux et développement en Afrique australe 458

Cours 1 Une région inégalement valorisée et développée 460

Acteurs et enjeux L'éléphant : atout ou menace pour les hommes et leurs activités ? DE DÉVELOPPEMENT DURABLE 462

Grand Angle Dynamiques démographiques et mobilités en Afrique australe 464

Cours 2 Les situations démographiques et migratoires en Afrique australe 466

Exemple Johannesburg et Maputo, des métropoles marquées par des inégalités 468

RÉVISIONS 470

EXERCICES
- Rédiger et argumenter 474
  Rédiger une réponse à une question problématisée VERS LE BAC GÉNÉRAL
  Rédiger des réponses à des questions de connaissances VERS LE BAC TECHNOLOGIQUE
- Analyser un document 476
  Rédiger une réponse à l'aide d'une consigne VERS LE BAC GÉNÉRAL
  Rédiger des réponses à partir de questions VERS LE BAC TECHNOLOGIQUE

LES EXERCICES
DE VOTRE MANUEL

HISTOIRE

Analyser un document avec des questions

Sujet corrigé : Octave-Auguste, le premier empereur romain 46
Sujet guidé : Périclès et la démocratie à Athènes 47
Sujet corrigé : La conquête des Amériques au XVIe siècle 92
Sujet guidé : La mise en place de l'économie « sucrière » au XVIe siècle 93
Sujet guidé : Louis XIV, le roi des arts, des lettres et des sciences 143
Sujet guidé : *L'Encylopédie* présentée par l'un de ses auteurs 191

Analyser un document avec une consigne

Sujet guidé : Louis XIV et sa cour à Versailles 142
Sujet guidé : Les Lumières et la défense de l'homme libre 190

Rédiger et argumenter

Sujet corrigé : La Méditerranée médiévale, espace d'échanges et de conflits ? 68
Sujet guidé : Pourquoi Venise est-elle une cité puissante de la Méditerranée médiévale aux XIIe-XIIIe siècles ? 69
Sujet corrigé : Comment les changements intellectuels de la Renaissance ont-ils entraîné un renouveau culturel en Europe ? 116
Sujet guidé : Pourquoi la Renaissance est-elle marquée par des ruptures religieuses ? 117

Vers la question problématisée

Sujet guidé : Comment le système représentatif anglais exerce-t-il une influence sur les sociétés aux XVIIe et XVIIIe siècles ? 164
Sujet guidé : Quelles évolutions bouleversent la société française au XVIIIe siècle ? 212

Vers les questions de connaissances

Sujet guidé 165
Sujet guidé 213

GÉOGRAPHIE

Analyser un document avec des questions

Sujet corrigé : Les usages agricoles de l'eau 294
Sujet guidé : Les enjeux de l'exploitation pétrolière au Nigeria 295
Sujet corrigé : Les inégalités socio-économiques à Toulouse 384
Sujet guidé : L'évolution de la population en France 385
Sujet guidé : L'usage de la voiture en France 451
Sujet guidé : Les migrations en Afrique australe 477

Analyser un document avec une consigne

Sujet guidé : Les mobilités quotidiennes en France 450
Sujet guidé : Lusaka, pôle migratoire en Afrique australe 476

Rédiger et argumenter

Sujet corrigé : Les littoraux en France, des milieux valorisés sous pression ? 318
Sujet guidé : Dans quelle mesure peut-on concilier la valorisation et la protection des milieux en France ? 319
Sujet corrigé : Quels sont les défis économiques et sociaux liés à l'évolution de la population dans le monde ? 360
Sujet guidé : Le développement permet-il d'atténuer les inégalités ? 361

Transposer un texte en croquis

Sujet guidé : Des risques accentués par le changement climatique au Pakistan 296
Sujet guidé : Les inégalités de développement en Italie 362
Sujet guidé : Les dynamiques migratoires du continent sud-américain 428

Vers la question problématisée

Sujet guidé : Comment le tourisme transforme-t-il les territoires ? 426
Sujet guidé : Pourquoi les inégalités de développement contribuent-elles aux migrations en Afrique autrale ? 474

Vers les questions de connaissances

Sujet guidé 427
Sujet guidé 475

 Programme du BO du 22 janvier 2019

Introduction La périodisation

(2 heures)

- L'introduction est l'occasion de rappeler comment l'histoire a été divisée en quatre grandes périodes, avec, pour marquer chacune d'entre elles, le choix d'une date-clé (476, 1453/1492,1789). On montre que le choix de ces dates qui servent de marqueurs ne va pas de soi : ainsi, on retient 1453 ou 1492 pour les débuts de l'époque moderne, selon ce qu'on souhaite mettre en exergue. Il convient aussi de présenter les formes de périodisation (exemples : dynasties, ères, époques, âges, siècles...). Le but n'est pas de réaliser un inventaire mais d'introduire l'idée que le temps a lui-même une histoire et que cette histoire a été soumise à des évolutions, dans le temps et dans l'espace.
- Une frise chronologique peut être construite puis enrichie au fil de l'année, y compris sous forme numérique.

THÈME 1 Le monde méditerranéen : empreintes de l'Antiquité et du Moyen Âge

(10-12 heures)

Chapitre 1. La Méditerranée antique : les empreintes grecques et romaines

Objectifs du chapitre

Ce chapitre vise à rappeler que l'Antiquité méditerranéenne est le creuset de l'Europe. On peut pour cela :
- distinguer des temps, des figures et des constructions politiques ayant servi de référence dans les périodes ultérieures ;
- montrer comment Athènes associe régime démocratique et établissement d'un empire maritime ;
- montrer comment Rome développe un empire territorial immense où s'opère un brassage des différents héritages culturels et religieux méditerranéens.

Points de passage et d'ouverture

- Périclès et la démocratie athénienne.
- Le principat d'Auguste et la naissance de l'empire romain.
- Constantin, empereur d'un empire qui se christianise et se réorganise territorialement.

Chapitre 2. La Méditerranée médiévale : espace d'échanges et de conflits à la croisée de trois civilisations

Objectifs du chapitre

Ce chapitre vise à montrer comment des civilisations entrent en contact, nouent des relations et connaissent des conflits dans un espace marqué par les monothéismes juif, chrétien et musulman. On peut mettre en avant :
- l'émergence de grands ensembles de civilisation ;
- les contacts et les heurts entre Chrétienté et Islam ;
- l'hétérogénéité religieuse et politique entre Rome et Byzance et au sein du monde musulman ;
- la persistance de la circulation de biens, d'hommes et d'idées dans cet espace méditerranéen relié à l'Europe du Nord, à l'Asie et l'Afrique.

Points de passage et d'ouverture

- Bernard de Clairvaux et la deuxième croisade.
- Venise, grande puissance maritime et commerciale.

THÈME 2 XVe-XVIe siècles : un nouveau rapport au monde, un temps de mutation intellectuelle

(11-12 heures)

Chapitre 3. L'ouverture atlantique : les conséquences de la découverte du « Nouveau Monde »

Objectifs du chapitre

Ce chapitre vise à montrer le basculement des échanges de la Méditerranée vers l'Atlantique après 1453 et 1492, ainsi que le début d'une forme de mondialisation. On peut mettre en avant les conséquences suivantes en Europe et dans les territoires conquis :
- la constitution d'empires coloniaux (conquistadores, marchands, missionnaires...) ;
- une circulation économique entre les Amériques, l'Afrique, l'Asie et l'Europe ;
- l'esclavage avant et après la conquête des Amériques ;
- les progrès de la connaissance du monde ;
- le devenir des populations des Amériques (conquête et affrontements, évolution du peuplement amérindien, peuplement européen, métissage, choc microbien).

Points de passage et d'ouverture

- L'or et l'argent, des Amériques à l'Europe.
- Bartolomé de Las Casas et la controverse de Valladolid.
- Le développement de l'économie « sucrière » et de l'esclavage dans les îles portugaises et au Brésil.

Chapitre 4. Renaissance, Humanisme et réformes religieuses : les mutations de l'Europe

Objectifs du chapitre

Ce chapitre vise à montrer comment l'effervescence intellectuelle et artistique de l'époque aboutit à la volonté de rompre avec le « Moyen Âge » et de faire retour à l'Antiquité. On peut mettre en avant :
- l'imprimerie et les conséquences de sa diffusion ;
- un nouveau rapport aux textes de la tradition ;
- une vision renouvelée de l'homme qui se traduit dans les lettres, arts et sciences ;
- les réformes protestante et catholique qui s'inscrivent dans ce contexte.

Points de passage et d'ouverture

- 1508 – Michel-Ange entreprend la réalisation de la fresque de la Chapelle Sixtine.
- Érasme, prince des humanistes.
- 1517 – Luther ouvre le temps des réformes.

THÈME 3 L'État à l'époque moderne : France et Angleterre (11-12 heures)

Chapitre 5. L'affirmation de l'État dans le royaume de France

Objectifs du chapitre

Ce chapitre vise à montrer l'affirmation de l'État en France dans ses multiples dimensions ainsi qu'à caractériser la monarchie française.
On peut mettre en avant :
- le rôle de la guerre dans l'affirmation du pouvoir monarchique ;
- l'extension du territoire soumis à l'autorité royale ;
- le pouvoir monarchique et les conflits religieux ;
- le développement de l'administration royale, la collecte de l'impôt et le contrôle de la vie économique ;
- la volonté du pouvoir royal de soumettre la noblesse ; les limites de l'autorité royale.

Points de passage et d'ouverture

- 1539 – L'ordonnance de Villers-Cotterêts et la construction administrative française.
- Colbert développe une politique maritime et mercantiliste, et fonde les compagnies des Indes et du Levant.
- Versailles, le « roi-soleil » et la société de cour.
- L'Édit de Nantes et sa révocation.

Chapitre 6. Le modèle britannique et son influence

Objectifs du chapitre

Ce chapitre vise à montrer comment l'ébauche d'un gouvernement représentatif ainsi que la définition de grands principes et de droits fondamentaux inspirent les philosophes au cours du XVIIIe siècle, et aboutit à la fondation d'un nouveau régime politique doté d'une constitution écrite avec la naissance des États-Unis d'Amérique.
On peut mettre en avant :
- l'évolution politique et sociale anglaise à la fin du XVIIe siècle ;
- l'affirmation des droits du Parlement face à la couronne anglaise, autour de la révolution de 1688 ;
- l'influence du régime britannique sur des philosophes des Lumières ;
- le retournement par les colons américains des valeurs anglaises contre leur métropole ;
- la rédaction d'une constitution et ses enjeux ;
- les limites de l'application des principes démocratiques (esclaves, Indiens d'Amérique...) ;
- l'influence de l'intervention française sur les esprits et la situation financière du royaume de France.

Points de passage et d'ouverture

- 1679 et 1689 – L'Habeas Corpus et le Bill of Rights, le refus de l'arbitraire royal.
- Voltaire, l'Angleterre et la publication des Lettres philosophiques ou Lettres anglaises : 1726 -1733.
- Washington, premier président des États-Unis d'Amérique.

THÈME 4 Dynamiques et ruptures dans les sociétés des XVIIe et XVIIIe siècles (11-12 heures)

Chapitre 7. Les Lumières et le développement des sciences

Objectifs du chapitre

Ce chapitre vise à montrer le rôle capital de l'esprit scientifique dans l'Europe des XVIIe et XVIIIe siècles. On peut mettre en avant :
- l'essor de l'esprit scientifique au XVIe siècle ;
- sa diffusion et l'extension de ses champs d'application au XVIIIe siècle (par exemple par L'Encyclopédie) ;
- le rôle des physiocrates en France ;
- l'essor et l'application de nouvelles techniques aux origines de la « révolution industrielle » ;
- le rôle de femmes dans la vie scientifique et culturelle.

Points de passage et d'ouverture

- Galilée, symbole de la rupture scientifique du XVIIe siècle.
- 1712 – Thomas Newcomen met au point une machine à vapeur pour pomper l'eau dans les mines.
- Émilie du Châtelet, femme de science.

Chapitre 8. Tensions, mutations et crispations de la société d'ordres

Objectifs du chapitre

Ce chapitre vise à montrer la complexité de la société d'ordres. On peut mettre en avant :
- le poids de la fiscalité et des droits féodaux sur le monde paysan ;
- une amélioration progressive de la condition des paysans au XVIIIe siècle ;
- le monde urbain comme lieu où se côtoient hiérarchies traditionnelles (juridiques) et hiérarchies nouvelles (économiques) ;
- le maintien de l'influence de la noblesse ;
- les femmes d'influence dans le monde politique, littéraire, religieux...

Points de passage et d'ouverture

- 1639 – La révolte des Va Nu-pieds et la condition paysanne.
- Riches et pauvres à Paris.
- Un salon au xviiie siècle (le salon de madame de Tencin par exemple).
- Les ports français et le développement de l'économie de plantation et de la traite.

Programme du BO du 22 janvier 2019

Environnement, développement, mobilité : les défis d'un monde en transition

THÈME 1 Sociétés et environnements : des équilibres fragiles (12-14 heures)

Questions

- Les sociétés face aux risques.
- Des ressources majeures sous pression : tensions, gestion.

Commentaire

Les relations entre les sociétés et leurs environnements sont complexes.
Elles se traduisent par de multiples interactions.
L'étude des sociétés face aux risques et l'étude de la gestion d'une ressource majeure (l'eau ou les ressources énergétiques) permettent d'analyser la vulnérabilité des sociétés et la fragilité des milieux continentaux et maritimes. Les enjeux liés à un approvisionnement durable en ressources pèsent de manière croissante et différenciée.
Ces thématiques s'appuient sur la connaissance de la distribution des grands foyers de peuplement ainsi que des principales caractéristiques des différents milieux à l'échelle mondiale.

Études de cas possibles

- Le changement climatique et ses effets sur un espace densément peuplé.
- L'Arctique : fragilité et attractivité.
- La forêt amazonienne : un environnement fragile soumis aux pressions et aux risques.
- Les Alpes : des environnements vulnérables et valorisés.

Question spécifique sur la France

La France : des milieux métropolitains et ultramarins entre valorisation et protection.

Commentaire

En France, la richesse et la fragilité des milieux motivent des actions de valorisation et de protection. Ces actions répondent à des enjeux d'aménagement, nationaux et européens, articulés à des défis environnementaux : exploitation des ressources, protection des espaces, gestion des risques.

THÈME 2 Territoires, populations et développement : quels défis ? (12-14 heures)

Questions

- Des trajectoires démographiques différenciées : les défis du nombre et du vieillissement.
- Développement et inégalités.

Commentaire

Ce thème interroge la notion de transition tant d'un point de vue notionnel (transition démographique, transition économique) que d'un point de vue contextuel, en cherchant à différencier les territoires.
Il s'agit de réfléchir aux enjeux liés au développement différencié de la population dans le monde, en questionnant la relation entre développement et inégalités.
Une démarche comparative permet de mettre en évidence le fait qu'il n'existe pas un modèle unique de développement, mais une pluralité de trajectoires territoriales démographiques et économiques, liées à des choix différents, notamment politiques.

Études de cas possibles

- Développement et inégalités au Brésil.
- Les modalités du développement en Inde.
- Développement et inégalités en Russie.
- Les enjeux du vieillissement au Japon.

Question spécifique sur la France

La France : dynamiques démographiques, inégalités socio-économiques.

Commentaire

Au-delà des processus de vieillissement et d'accroissement de la richesse d'ensemble – sensibles à l'échelle mondiale comme à l'échelle nationale – les territoires de la métropole et de l'Outre-mer sont marqués par la diversité des dynamiques démographiques et une évolution différenciées des inégalités socio-économiques. Des actions nationales et européennes sont mises en œuvre pour y répondre.

THÈME 3 Des mobilités généralisées (12-14 heures)

Questions

- Les mobilités internationales.
- Les mobilités touristiques internationales.

Commentaire

Le monde est profondément transformé par les mobilités. Celles-ci peuvent être motivées par de nombreux facteurs (fuir un danger, vivre mieux, travailler, étudier, s'enrichir, visiter...).
Les flux migratoires internationaux représentent des enjeux très différents (géographiques, économiques, sociaux ou encore politiques et géopolitiques), tant pour les espaces de départ que pour les espaces d'arrivée. Ils sont marqués par une grande diversité d'acteurs et des mobilités aux finalités contrastées (migrations de travail, d'études, migration forcée, réfugiés, etc.). Ils font l'objet de politiques et de stratégies différentes selon les contextes.
Avec le développement et l'évolution des modes de transports, les mobilités touristiques internationales sont en plein essor et se diffusent au-delà des foyers touristiques majeurs.

Études de cas possibles

- La mer Méditerranée : un bassin migratoire.
- Dubaï : un pôle touristique et migratoire
- Les mobilités d'études et de travail intra-européennes.
- Les États-Unis : pôle touristique majeur à l'échelle mondiale.

Question spécifique sur la France	Commentaire
La France : mobilités, transports et enjeux d'aménagement.	Quotidiennes, saisonnières ou encore ponctuelles, les mobilités sont multiples en France métropolitaine et ultramarine. Elles répondent à des motivations diverses et rendent compte aussi d'inégalités socio-économiques et territoriales. L'étude de la configuration spatiale des réseaux de transport et des réseaux numériques de communication invite à analyser les formes de la mobilité. Elle met en évidence la mise en concurrence des territoires en fonction de leurs atouts, mais également de la distance-temps qui les sépare des principaux pôles économiques, administratifs et culturels. En jouant avec les échelles, l'étude des transports et des mobilités permet d'appréhender, d'une part, les enjeux de l'aménagement des territoires, de la continuité territoriale et de l'insertion européenne ainsi que, d'autre part, la transition vers des mobilités plus respectueuses de l'environnement.

THÈME 4 L'Afrique australe : un espace en profonde mutation (8-10 heures)

Questions	Commentaire
• Des milieux à valoriser et à ménager. • Les défis de la transition et du développement pour des pays inégalement développés. • Des territoires traversés et remodelés par des mobilités complexes.	L'objectif est de comprendre comment une aire géographique est concernée par les processus étudiés au cours de l'année de seconde. L'Afrique australe se caractérise par une grande diversité de milieux, exploités pour leurs ressources. Ces milieux sont soumis à une pression accrue liée aux défis démographiques, alimentaires, sanitaires, aux contextes politiques et à certains choix de développement. Les transitions, qu'elles soient démographique, économique, urbaine ou environnementale, y sont marquées par leur diversité et leur rapidité. Le niveau de développement, le niveau d'intégration des territoires dans la mondialisation et les choix politiques influencent les différences de trajectoires de ces transitions. Les inégalités et les logiques ségrégatives y sont particulièrement marquées. Cet espace se caractérise également par des flux migratoires complexes, entre exil, transit et installation pour les migrants internationaux, et affirmation de mobilités touristiques (écotourisme, safaris, etc.), créatrices de nouvelles inégalités territoriales.

CAPACITÉS ET MÉTHODES AU PROGRAMME

Maîtriser et utiliser des repères chronologiques et spatiaux

Connaître et se repérer	> Identifier et nommer les périodes historiques, les continuités et ruptures chronologiques. > Identifier et nommer les dates et acteurs clés des grands évènements. > Nommer et localiser les grands repères géographiques ainsi que les principaux processus et phénomènes étudiés. > Utiliser l'échelle appropriée pour étudier un phénomène.
Contextualiser	> Mettre un événement ou une figure en perspective. > Mettre en oeuvre le changement d'échelles, ou l'analyse à différentes échelles (multiscalaire), en géographie. > Identifier les contraintes et les ressources d'un événement, d'un contexte historique, d'une situation géographique. > Mettre en relation des faits ou évènements de natures, de périodes, de localisations différentes. > Confronter le savoir acquis en histoire et en géographie avec ce qui est entendu, lu et vécu.

S'approprier les exigences, les notions et les outils de la démarche historique et de la démarche géographique

Employer les notions et exploiter les outils spécifiques aux disciplines	> Employer les notions et le lexique acquis en histoire et en géographie à bon escient. > Transposer un texte en croquis. > Réaliser des productions graphiques et cartographiques dans le cadre d'une analyse. > Savoir lire, comprendre et apprécier une carte, un croquis, un document iconographique, une série statistique...
Conduire une démarche historique ou géographique et la justifier.	> S'approprier un questionnement historique et géographique. > Construire et vérifier des hypothèses sur une situation historique ou géographique. > Justifier des choix, une interprétation, une production.
Construire une argumentation historique ou géographique	> Procéder à l'analyse critique d'un document selon une approche historique ou géographique. > Utiliser une approche historique ou géographique pour mener une analyse ou construire une argumentation.
Utiliser le numérique	> Utiliser le numérique pour réaliser des cartes, des graphiques, des présentations. > Identifier et évaluer les ressources pertinentes en histoire-géographie.

Les grandes périodes de l'histoire en France

En France, quatre grandes périodes rythment le temps de l'histoire. Elles sont utilisées depuis le XVIIIe siècle et continuent d'être au cœur des programmes scolaires.

Thomas Cole, *La Destruction*, 1836, New York Historical Society.

ANTIQUITÉ — **476** — **PÉRIODE MÉDIÉVALE**

L'**Antiquité** débute avec la naissance des premières formes d'écritures vers le milieu du IVe millénaire avant J.-C. Les sociétés antiques s'organisent en cités-États (Athènes ou Sparte en Grèce), en royaumes (égyptien ou babylonien) ou en empires (Empire perse, Empire romain).

En Europe occidentale, la **période médiévale** s'étale du Ve au XVe siècle. Elle est marquée par la féodalité, le poids majeur des Églises chrétiennes, la naissance de royaumes (France, Angleterre) et d'empires (Empire ottoman, Saint-Empire romain germanique) et une intense création artistique et culturelle (enluminures, cathédrales).

EXERCICE 1

En binôme, choisissez une date-rupture entre deux périodes. Écoutez le podcast p. 19 pour répondre aux questions.

1. À quel événement cette date correspond-elle ?
2. Précisez le moment à partir duquel cet événement devient une date-rupture entre les deux périodes.
3. Pourquoi cet événement est-il considéré comme une rupture historique majeure en France ?

BILAN À l'oral, expliquez à d'autres binômes pourquoi cette date marque une rupture entre deux périodes. Inversez ensuite les rôles.

EXERCICE 2

Indiquez dans le tableau les quatre thèmes étudiés en Seconde et la ou les périodes correspondantes.

Aide : Repérez les thèmes dans le sommaire du manuel (p. 4-10), reportez-vous aux pages d'ouverture de chapitre et observez la frise chronologique.

Nom du thème	Thème 1	Thème 2	Thème 3	Thème 4
Pages du manuel				
Période(s) étudiée(s) ?				

Jean-Pierre Louis Laurent Houël, *Prise de la Bastille*, 1789, BnF, Paris.

La Révolution française ouvre la **période contemporaine**. C'est une période de bouleversements qui marquent profondément les sociétés jusqu'à nos jours. L'Europe connaît alors d'importantes mutations politiques (apparition de la démocratie libérale), économiques (industrialisation) et sociales (libéralisme, urbanisation, croissance économique).

1492

PÉRIODE MODERNE

1789

PÉRIODE CONTEMPORAINE

Entre le XVe et le XVIIIe siècle, la **période moderne** se caractérise par l'élargissement du monde connu par les Européens, le développement du commerce mondial, l'apparition d'empires coloniaux et l'affirmation de puissantes monarchies (France, Angleterre, Espagne, Portugal).

Théodore de Bry, *La découverte des Amériques par Christophe Colomb*, 1596, gravure, Collection particulière.

EXERCICE 3

Retrouvez dans votre manuel les dates des événements ci-dessous. Complétez la frise afin de les localiser précisément les uns par rapport aux autres.

- Octave-Auguste fonde l'Empire romain
- L'indépendance des États-Unis
- La deuxième croisade
- Michel-Ange réalise les fresques de la chapelle Sixtine
- Le règne de Louis XIV
- Le Portugal fait la conquête du Brésil
- Émilie du Châtelet traduit Newton
- La révolte des Va nu-pieds

Frise à compléter
hachette-clic.fr/24hg2001

PODCAST

Pourquoi les historiens utilisent-ils la périodisation ?

Podcast
hachette-clic.fr/24hg2002

Une périodisation en question

En France, les périodes sont délimitées par des bornes chronologiques liées à l'histoire de la France et de l'Europe. Depuis les années 1950, cette périodisation est remise en question.

1 Un autre découpage du temps en France : les dynasties royales

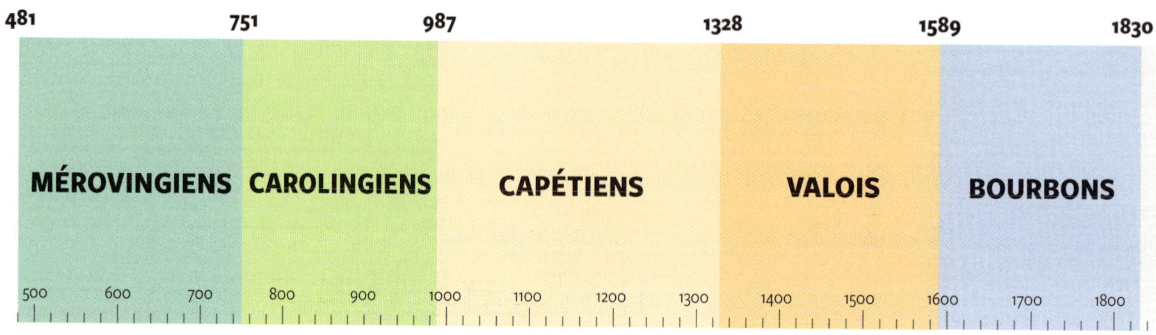

EXERCICE 1

1. Dans le manuel, retrouvez les dates de règne de François Ier et d'Henri IV. À l'aide de la frise (**doc. 1**), précisez à quelle dynastie ils appartiennent.
2. Confrontez le découpage en périodes (p. 18-19) et celui en dynasties. Que constatez-vous ?
3. Quelle est la durée de la dynastie capétienne ?

   1 siècle = 100 ans

2 « Que signifie pour vous l'année 1492 ? »

REGARD DES HISTORIENS

« Partons à la rencontre de « l'Européen moyen » [...], qu'il soit citoyen de Londres, Berlin, Porto ou Odense. Et posons cette simple question : que signifie pour vous l'année 1492 ? Bien entendu, il y a ceux qui ne savent pas, qui n'auront rien à répondre. Mais parions que 85, 90 ou 95 % des autres, de ceux qui savent, répondront : « Découverte de l'Amérique » et associeront à cet épisode le nom de Christophe Colomb. [...] Cette quasi-unanimité, dont nous faisons sans risque un postulat, est le résultat [...] en quelque sorte d'un détournement des souvenirs. Car si l'Amérique a été découverte par les Européens le 12 octobre 1492, on ne l'a su que bien longtemps après, douze à quinze ans plus tard, à ne s'en tenir qu'aux navigateurs et aux savants, une trentaine d'années au moins – et encore ! – s'il s'agit de l'opinion publique. [...] Il est donc évident que les gens de 1492 ont vécu cette année en marge de l'événement majeur survenu dans une petite île des Antilles, le 12 octobre 1492 [...] Le voyage de 1492 a-t-il eu force et valeur de rupture ? Non, puisqu'il n'a pas été compris d'emblée. C'est lorsque l'Amérique est comprise, représentée, confirmée par Cortés, El Cano ou Pizzaro, que se produisent les vraies ruptures.

Bartolomé Bennassar et Lucile Bennassar, *1492. Un monde nouveau ?*, Perrin, 2013.

Qui sont-ils ?
Bartolomé Bennassar et Lucile Bennassar, historiens français spécialistes de l'histoire de l'Espagne et de l'Amérique latine au XVe siècle.

EXERCICE 2

1. **Doc. 2** De nos jours, à quel événement l'opinion publique européenne associe-t-elle la date de 1492 ?
2. Pourquoi cette rupture de 1492 est-elle remise en cause par les historiens Bartolomé et Lucile Bennassar ?
3. À l'aide du manuel (p. 74-75), identifiez les dates des autres événements qui pourraient être retenus comme ruptures selon les deux historiens.

D'autres découpages du temps

Le découpage du temps varie selon les pays. Chacun d'entre eux, selon ses traditions et son histoire, propose différentes chronologies et périodisations.

3 Le découpage du temps au Japon

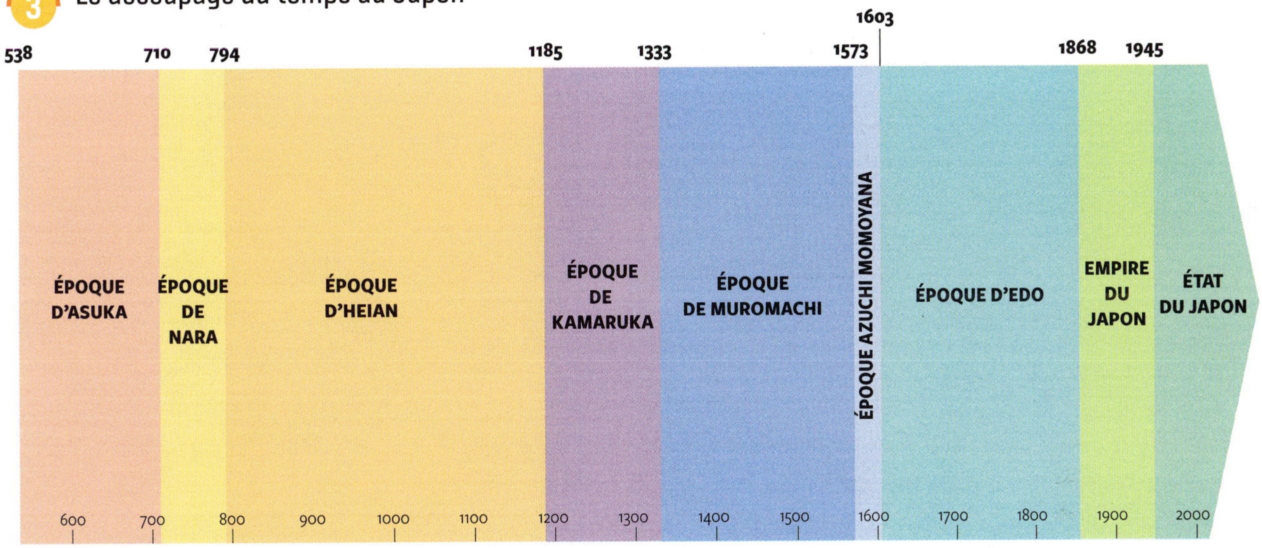

4 Les périodisations dans le monde

REGARD DES HISTORIENS

Il existe bien sûr d'assez nombreuses variantes qui sont fonction des spécificités nationales. **Le plus souvent l'histoire apparaît divisée en deux branches : d'un côté une histoire universelle où la périodisation canonique[1] à l'européenne s'impose, de l'autre une histoire nationale dotée de sa périodisation propre :** c'est le cas aux États-Unis, en Russie, au Canada, au Japon… Au Brésil, par exemple, on découpe l'histoire nationale en trois temps correspondant à l'époque coloniale (jusqu'en 1822), à l'époque impériale (1822-1889) et à la République (depuis 1889). Au Canada on distingue le temps de la Nouvelle France, celui de l'Amérique britannique, enfin le Canada post-confédération… Mais l'on a souvent cherché à adosser les scansions[2] de l'histoire nationale à la périodisation canonique européenne. Au Japon par exemple, l'histoire nationale est divisée entre une Antiquité (VIe-XIIe siècles), un Moyen Âge (fin XIIe-fin XVIe siècles), un âge moderne (fin XVIe-fin XIXe siècles) et une époque contemporaine (depuis Meiji[3]). D'autres variantes existent. Les plus fréquentes tiennent à des césures légèrement décalées : en Espagne, par exemple, 711 (l'invasion arabe) remplace 476 et 1808 (début du soulèvement contre Napoléon) 1789-1815.

Jean Le Bihan et Florian Mazel, « La périodisation canonique de l'histoire : une exception française ? », *Revue historique*, n° 680, 2016.

1. Les quatre périodes habituellement utilisées. 2. Les rythmes.
3. Période de l'histoire du Japon s'étendant de 1868 à 1912.

EXERCICE 3

1. **Doc. 3 et 4** Identifiez les quatre périodes historiques au Japon puis indiquez pour chacune les époques qui la composent.
2. **Doc. 3** Comparez les découpages du temps au Japon et en France. Que constatez-vous ?
3. **Doc. 4** Expliquez la phrase en gras.
4. **Doc. 4** Réalisez la frise de la périodisation d'un autre pays cité dans le texte.

PODCAST

Quelles sont les différentes divisions temporelles utilisées par les historiens ?

Podcast
hachette-clic.fr/24hg2003

ANTIQUITÉ

3500 av. J.-C.

THÈME 1 Le monde méditerranéen : empreintes de l'Antiquité et du Moyen Âge

Vue d'Istanbul (anciennement Constantinople) de nos jours

L'hippodrome et les obélisques de Théodose et Constantin VII sont des vestiges de la Constantinople des empereurs romains dans l'Antiquité. La mosquée bleue (à droite), et en arrière-plan l'ancienne basilique Sainte-Sophie devenue une mosquée, témoignent de l'histoire de la ville après sa conquête par le sultan Mehmed II en 1453.

CHAPITRE

1 La Méditerranée antique : les empreintes grecques et romaines

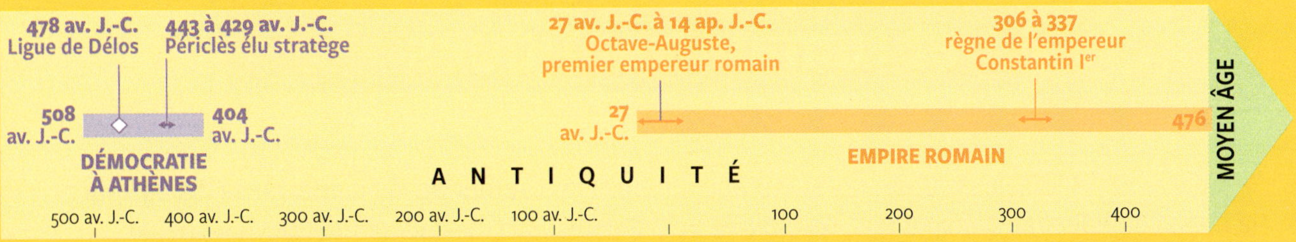

> **COURS 1** Athènes est une puissante cité qui a dominé la Méditerranée au Ve siècle av. J.-C. grâce à son modèle politique et son empire maritime.
>
> **Quels sont les héritages politiques et culturels laissés par la cité d'Athènes ?**

> **COURS 2** Sous l'Empire romain, les cultures des peuples du monde romain se diffusent en Méditerranée, créant de nouvelles civilisations.
>
> **Quels sont les héritages de l'Empire romain dans la culture européenne d'aujourd'hui ?**

Vue du centre de la ville grecque d'Athènes de nos jours

Le Parthénon (temple grec) au second plan a été construit sur la colline de l'Acropole au Ve siècle av. J.-C. quand Athènes dominait la Méditerranée.
L'odéon d'Hérode Atticus (théâtre romain du IIe s. ap. J.-C.) au premier plan montre qu'ensuite la Grèce et la Méditerranée sont passées sous le contrôle de Rome.

QUESTIONS

1. Quels monuments de l'Antiquité grecque sont encore visible de nos jours à Athènes ? Quel monument témoigne de la présence romaine à Athènes pendant l'Antiquité ?
2. Combien de siècles séparent la construction de ces deux monuments ?

GRAND ANGLE Les civilisations grecque et romaine antiques

● À partir du VIIIe siècle av. J.-C., les Grecs fondent des cités autour de la Méditerranée. Ils partagent le même alphabet et la même religion mais ils vivent dans des cités indépendantes qui ont leur propre régime politique. Au Ve siècle av. J.-C., Athènes devient la cité la plus puissante du monde grec. C'est aussi à Athènes qu'est apparue la première **démocratie** de l'histoire.

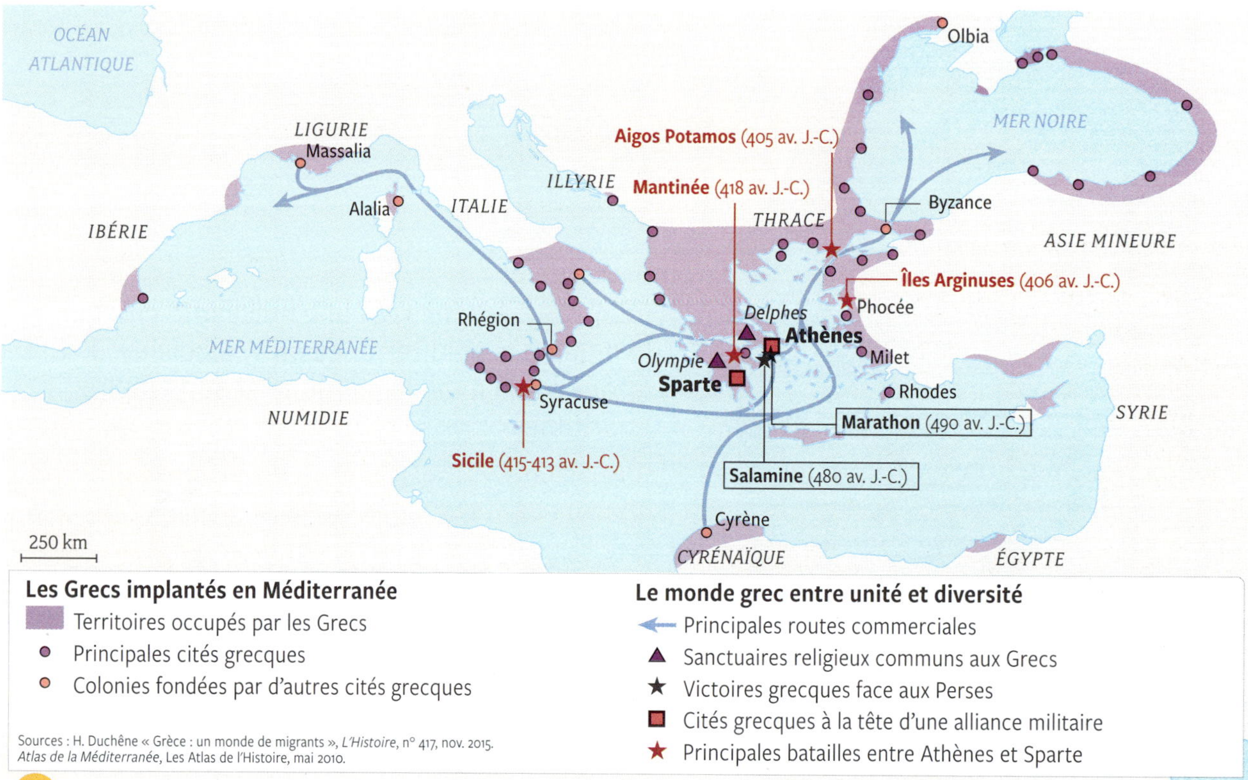

1 Le monde grec au Ve siècle av. J.-C.

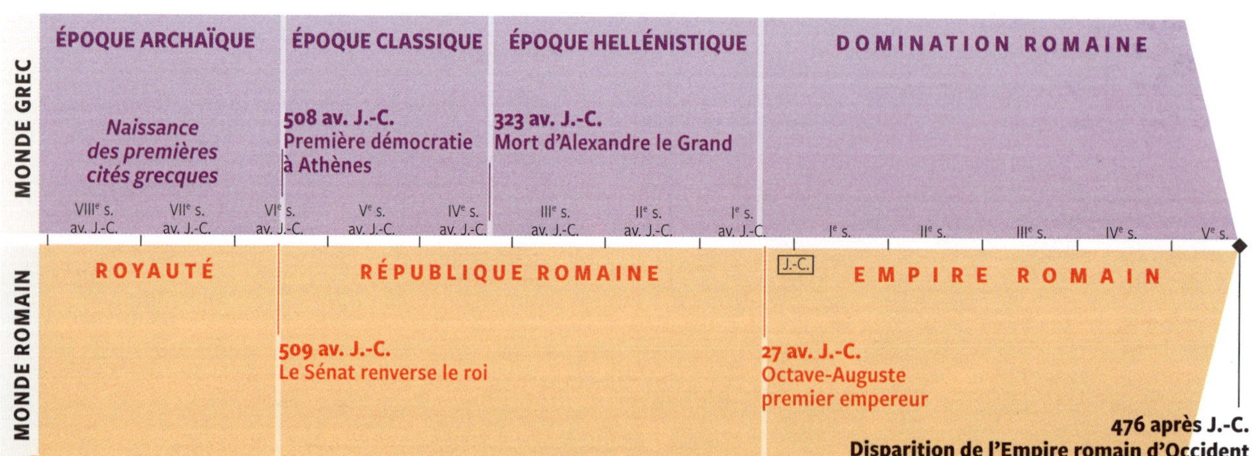

2 Le monde grec et le monde romain ont marqué l'Antiquité

● Fondée au VIIIe siècle av. J.-C, la cité de Rome mène des conquêtes en Italie puis en Méditerranée, contrôlant ainsi un vaste territoire. À partir de 27 av. J.-C., le monde romain est dirigé par un **empereur**. Les empereurs romains ont poursuivi les conquêtes, fondé de nouvelles cités et garanti la stabilité des échanges et la paix entre les peuples du monde romain.

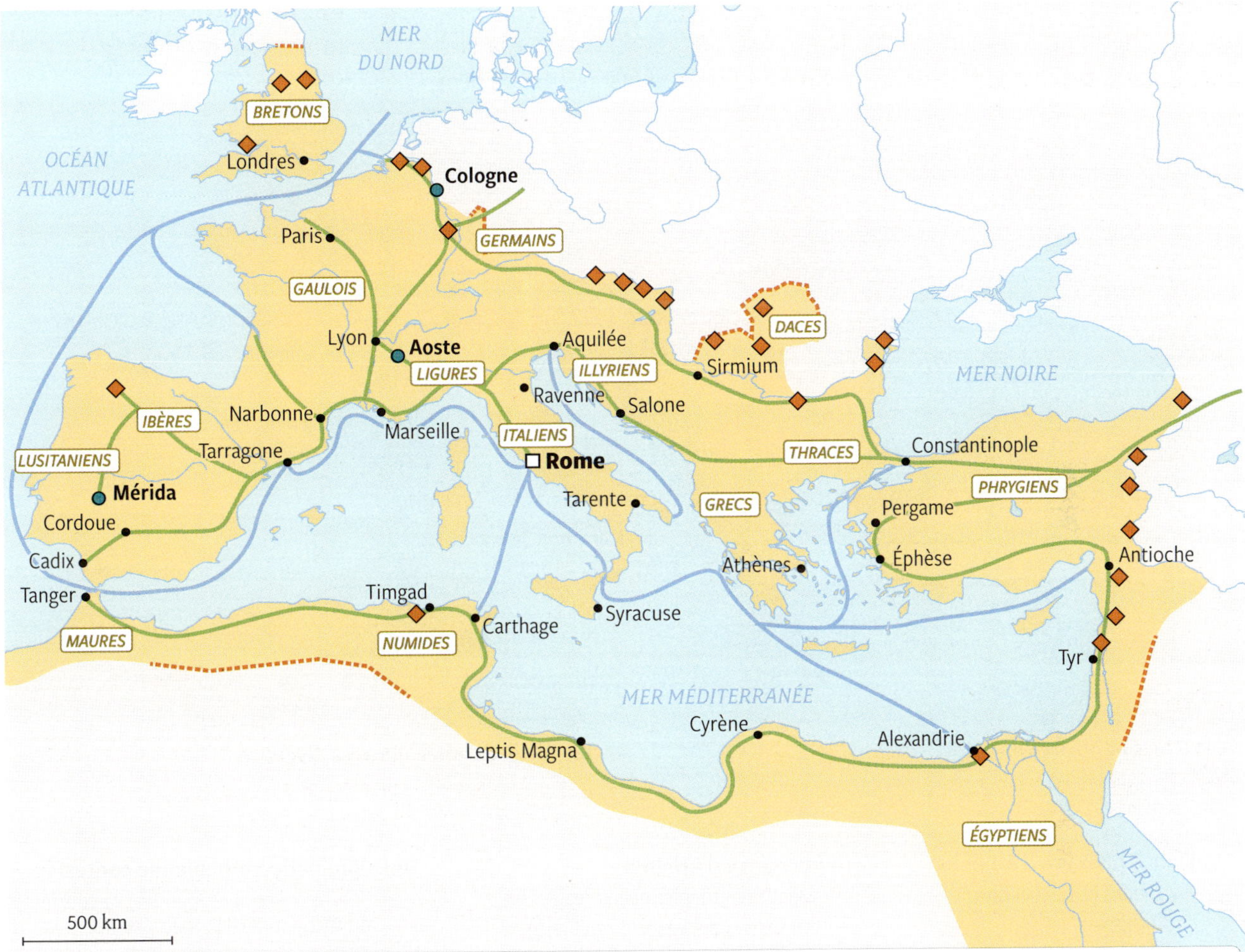

Un vaste territoire conquis et administré
- Territoires romains au début du IIIe siècle après J.-C.
- ☐ Rome, capitale impériale
- • Principales cités de l'empire

Un territoire contrôlé et protégé
- ◆ Principaux camps de l'armée romaine
- Frontière fortifiée (*limes*)
- ● Cités fondées par des empereurs

Un territoire d'échanges
- Principaux peuples du monde romain
- Principales routes terrestres
- Principales routes maritimes

Source : H. Inglebert, *Atlas de Rome et des barbares (IIIe-VIe s.)*, Autrement, 2018 ; C. Badel, *Atlas de l'Empire romain*, Autrement, 2019.

3 L'Empire romain au début du IIIe siècle ap. J.-C.

VOCABULAIRE

- **Démocratie :** système politique dans lequel la communauté des citoyens (*dèmos*) exerce sa souveraineté en participant à l'exercice du pouvoir (*kratos*) à travers des représentants élus ou tirés au sort.
- **Empereur :** terme désignant le citoyen qui domine la vie politique du monde romain à partir de 27 av. J.-C.

QUESTIONS

1. **Doc. 1** Relevez différents éléments qui fondent l'unité du monde grec.
2. **Doc. 3** Relevez des éléments qui témoignent de l'action des empereurs dans le monde romain.
3. **Doc. 2** Justifiez l'affirmation suivante : « les civilisations grecque et romaine ont coexisté dans la Méditerranée antique. »

ÉTUDE 1 L'empire maritime et la démocratie à Athènes

Après avoir vaincu les Perses en 490 et 480 av. J.-C., Athènes dirige une alliance militaire qui lui permet de dominer les mers et d'autres cités grecques. Elle utilise alors sa puissance pour renforcer la démocratie.

> Quels sont les liens entre l'empire maritime athénien et le fonctionnement de la démocratie à Athènes ?

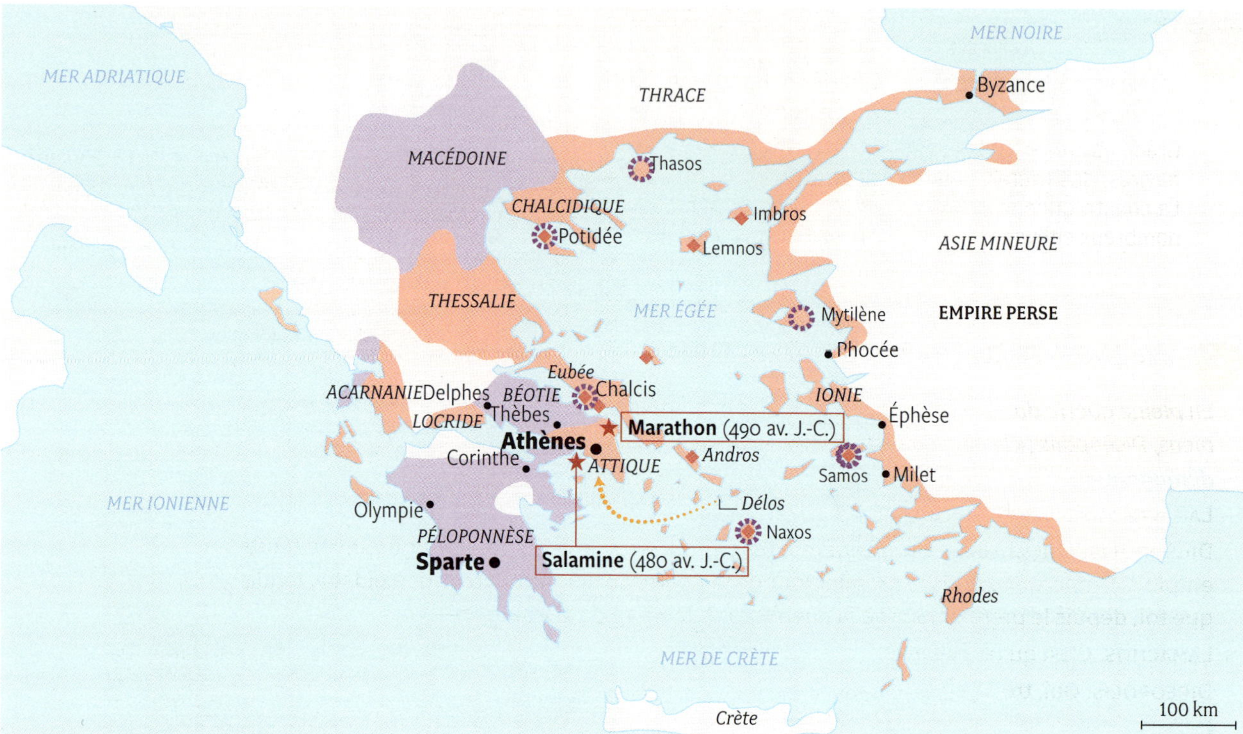

L'alliance militaire d'Athènes
- Athènes et ses alliés (la Ligue de Délos)
- Clérouquies (présence de soldats athéniens)

La puissance d'Athènes
- Victoire athénienne sur les Perses
- Transfert du trésor de l'alliance à Athènes (454 av. J.-C.)

Une domination athénienne contestée
- Sparte et ses alliés pendant la guerre du Péloponnèse (431-404 av. J.-C.)
- Révolte de cités contre Athènes

Source : V. Azoulay, *Athènes. Citoyenneté et démocratie au Vᵉ siècle av. J.-C.*, La Documentation Photographique, mai/juin 2016.

1 L'empire maritime athénien

2 Les citoyens pauvres à Athènes

Après la victoire de Salamine, les citoyens pauvres ont un rôle de plus en plus important dans la vie politique athénienne.

La première chose que je dirai, c'est qu'en ce lieu il semble juste que les pauvres et le peuple aient plus que les nobles et les riches, pour cette raison que le peuple est celui qui fait avancer les navires et qui confère à la cité sa puissance, [...] il semble juste que tous aient part aux magistratures tant par tirage au sort que par vote à main levée et que tout citoyen qui le veut puisse prendre la parole. Ensuite, toutes les magistratures qui apportent le salut au peuple tout entier, si elles sont exercées honnêtement et qui, dans le cas contraire, le mettent en danger, à toutes ces magistratures, le peuple ne demande nullement de prendre part. C'est que le peuple se rend compte qu'il a plus avantage à ne pas exercer lui-même ces magistratures et à laisser les plus capables les exercer. Mais toutes les magistratures que l'on exerce en vue d'une rémunération ou d'un avantage pour sa maison, voilà celles que le peuple cherche à exercer.

Pseudo-Xénophon, *Constitution des Athéniens*, 2-3, texte établi et traduit par Dominique Lenfant, « Collection des universités de France – Série grecque », Les Belles Lettres, 2017.

Qui est-il ? Pseudo-Xénophon est un auteur anonyme athénien de la fin du vᵉ siècle av. J.-C. Il est opposé à la démocratie.

3 **Les trières au service de l'empire maritime d'Athènes**

Fragment de bas-relief, 410-400 av. J.-C., musée de l'Acropole, Athènes.

Grâce au trésor de la Ligue de Délos, Athènes peut armer des navires, des trières, pour s'assurer le contrôle de la mer Égée. La construction et le service des navires offrent du travail à de nombreux citoyens pauvres (rameurs, artisans, etc.).

VOCABULAIRE

- **Démagogue :** politicien qui, par son habileté à parler au peuple, parvient à le manipuler pour servir ses propres intérêts.
- **Ligue de Délos :** alliance militaire conclue en 478 av. J.-C. entre Athènes et d'autres cités grecques pour se défendre contre les Perses.

4 **L'empire, un sujet de débat à Athènes**

En pleine guerre du Péloponnèse, Aristophane met en scène un débat entre deux citoyens athéniens, Dicéopolis (« le citoyen juste ») et le stratège Lamachos (« La bataille ») accusé d'être un ***démagogue****.*

LAMACHOS. Mais qui donc es-tu ?

DICÉOPOLIS. Qui je suis ? Un honnête citoyen, qui ne s'appelle point « Coureur de hauts emplois », mais qui depuis le premier jour de la guerre se nomme « Cœur-de-soldat », tandis que toi, depuis le premier jour de la guerre, tu es le « Sire de la Haute-Paie » !

LAMACHOS. C'est qu'on m'a élu.

DICÉOPOLIS. Oui, trois serins[1] ! Voilà ce qui me dégoûte.

[...]

LAMACHOS. Ô démocratie ! vraiment, cela est-il tolérable ?

DICÉOPOLIS. Non vraiment, à moins qu'une bonne solde ne soit payée à Lamachos !

LAMACHOS. Eh bien donc, moi, je prétends faire à tous les Péloponésiens une guerre sans fin, je veux les faire trembler en tous lieux, avec mes navires, avec mes fantassins, de tout mon pouvoir.

Aristophane, *Les Acharniens*, v. 594-599 et 618-622, texte établi par Victor Coulon et traduit par Hilaire Van Daele, « Collection des universités de France – Série grecque », Les Belles Lettres, 1923.

1. serin : naïf

Qui est-il ?

Aristophane est un auteur athénien de pièces de théâtre comiques à la fin du Ve siècle av. J.-C. Il critique la démocratie.

PARCOURS 1

Comprendre et mettre en relation des documents

1. **Doc. 1 et 3** Comment Athènes a-t-elle pris le contrôle des mers ?
2. **Doc. 3** Quel est le rôle des citoyens pauvres d'Athènes dans le contrôle des mers ?
3. **Doc. 2** Quel est le rôle des citoyens pauvres dans la vie politique à Athènes ?
4. **Doc. 2 et 4** Que reprochent certains auteurs athéniens au fonctionnement de la démocratie à Athènes ?

BILAN Montrez que le contrôle des mers par Athènes a permis de renforcer la démocratie.

PARCOURS 2

Confronter deux points de vue

À l'oral, organisez un débat entre deux citoyens au sujet de l'utilisation de la Ligue de Délos par Athènes. L'un des citoyens montre les bénéfices de l'alliance pour la démocratie et la cité, l'autre citoyen conteste cette domination d'Athènes sur les autres cités.

ÉTUDE 2
REGARD DE L'HISTORIEN

Périclès et la démocratie athénienne PPO

Périclès a longtemps été considéré comme un citoyen qui a renforcé mais aussi dominé la démocratie à Athènes. Toutefois, la démocratie a aussi permis de contrôler son pouvoir et de contester son action.

> Comment l'historien peut-il analyser le rôle de Périclès dans la démocratie à Athènes ?

PÉRICLÈS
(vers 495-429 av. J.-C.)
Élu stratège de 443 à 429 av. J.-C., il entreprend des réformes importantes pour améliorer le fonctionnement de la démocratie. Il renforce la domination d'Athènes sur son alliance et impulse de grands travaux comme la construction du Parthénon.

1 Gouverner dans la première démocratie de l'histoire

REGARD DE L'HISTORIEN

S'il fut réélu de nombreuses fois par le peuple athénien, c'est parce qu'il proposait une politique en accord avec les intérêts de la majorité des citoyens, sans quoi, en dépit de toute son habileté oratoire, il n'aurait pu convaincre l'assemblée plus de quelques mois d'affilée. C'est que le peuple athénien ne se laissait pas aisément convaincre […] chaque décision était l'objet d'une négociation entre l'orateur et le peuple, et l'assemblée pouvait changer d'avis, parfois très rapidement. Périclès en fit d'ailleurs lui-même l'expérience : il fut déposé de sa charge de stratège[1] en cours de séance à l'assemblée. […]

Surtout, l'autorité de Périclès était bridée par les mécanismes de contrôle variés qui encadraient le pouvoir de tous les magistrats athéniens. Non seulement il eut toujours à composer avec neuf autres stratèges – ce qui limitait *de facto* son influence – mais aussi il dut, comme tout un chacun, rendre des comptes tous les ans en fin de mandat ; s'y ajoutaient chaque année la menace d'être ostracisé – c'est-à-dire expulsé de la cité durant dix ans – sans procès préalable et, en tant que stratège, le risque d'être poursuivi pour haute trahison.

Vincent Azoulay, « Athènes, premier modèle de démocratie », *Gouverner de Périclès à Xi Jinping,* Le Monde, hors-série, septembre-novembre 2020.

1. Magistrat athénien élu pour une année par les citoyens pour conduire les affaires militaires et l'administration de la cité.

Qui est-il ?
Vincent Azoulay (né en 1972), est un historien spécialiste de la Grèce antique et plus particulièrement de la démocratie athénienne.

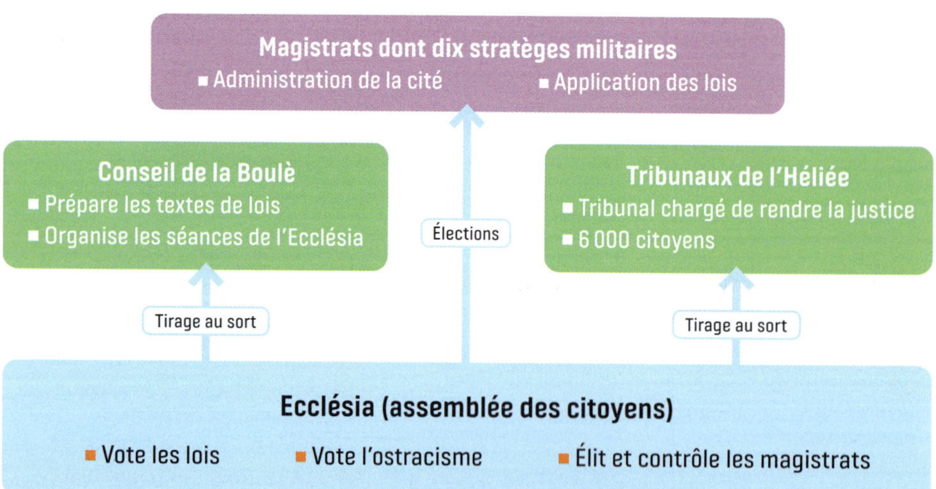

La population à Athènes (milieu du Ve siècle av. J.-C.)

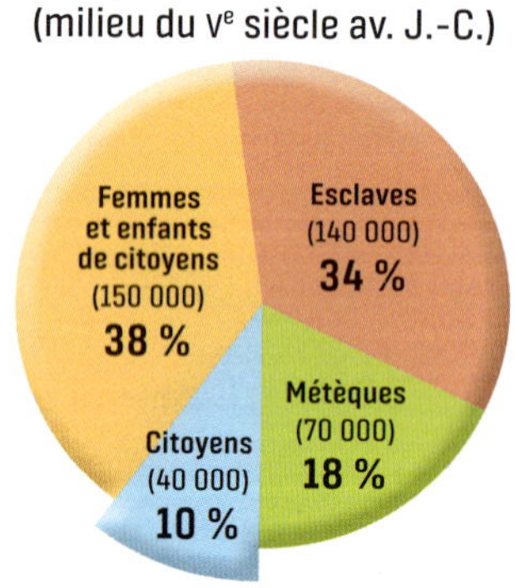

Métèques, Femmes, Enfants, Esclaves : exclus de la citoyenneté

2 Les institutions démocratiques au temps de Périclès

3 Le rôle de Périclès dans les réformes politiques

Quand Périclès eut pris la direction du parti populaire, la Constitution devint encore plus favorable au peuple. Périclès en effet enleva certains droits à l'Aréopage[1] et poussa vivement l'État à augmenter sa puissance maritime, ce qui donna à la foule l'audace de tirer à elle de plus en plus toute la vie politique. [...] Ce fut aussi Périclès qui le premier donna une indemnité aux tribunaux (*misthos*), pour rivaliser de popularité avec la richesse de Cimon. [...] C'est depuis ce moment, à en croire les plaintes de certains, que tout a été plus mal, parce que les premiers venus mettaient plus d'empressement que les honnêtes gens à se présenter au tirage au sort. C'est aussi après cela que commença la corruption des juges dont Anytos[2] donna le premier exemple après sa stratégie exercée à Pylos : accusé par certains d'avoir perdu Pylos, il acheta le tribunal et fut acquitté.

Aristote, *Constitution d'Athènes*, XXVII, 1-5, texte établi et traduit par Bernard Haussoullier et Georges Mathieu, « Collection des universités de France – Série grecque », Les Belles Lettres, 1922.

1. Conseil et tribunal où siégeaient les aristocrates après avoir exercé une magistrature.
2. Citoyen athénien influent, il fut conseiller de Périclès.

Qui est-il ?

Aristote est un philosophe grec ayant vécu à Athènes au IVe siècle av. J.-C. Il y observe et décrit le fonctionnement des institutions démocratiques.

VOCABULAIRE

- **Métèque :** étranger résidant à Athènes mais qui ne peut avoir les droits d'un citoyen.
- ***Misthos* :** somme versée aux citoyens athéniens pour exercer des charges politiques et compenser la perte de leur journée de travail.
- **Ostracisme :** procédure de vote visant à bannir un citoyen de la cité pendant dix ans.

4 Périclès, un dirigeant critiqué

Ve siècle av. J.-C., musée de l'Agora, Athènes.

Tesson d'ostracisme contre Périclès à qui l'on reproche d'avoir détourné de l'argent public.

PARCOURS 1

Mettre en perspective une figure historique

1. **Doc. 1** D'après l'historien Vincent Azoulay, pourquoi Périclès a-t-il été réélu stratège à plusieurs reprises ?
2. **Doc. 3** Quelles sont les principales actions de Périclès en faveur des citoyens selon Aristote ?
3. **Doc. 4** Montrez que l'action de Périclès ne faisait pas l'unanimité parmi les citoyens.
4. **Doc. 1 et 2** Comment les citoyens athéniens pouvaient-ils exercer une influence sur les magistrats comme Périclès ?

BILAN À partir de vos réponses, expliquez comment Périclès est parvenu à jouer un rôle de premier plan dans la vie démocratique à Athènes.

PARCOURS 2

Expliquer une citation

Doc. 1 Expliquez la citation suivante de l'historien Vincent Azoulay :
« L'autorité de Périclès était bridée par les mécanismes de contrôle variés qui encadraient le pouvoir de tous les magistrats athéniens. »

Documents	Arguments justifiant la citation de l'historien
Doc. 1	
Doc. 2	
Doc. 3	
Doc. 4	

BILAN Remplissez le tableau ci-dessus pour montrer que l'historien s'appuie sur des sources (**doc. 3 et 4**) pour comprendre le rôle de Périclès dans la démocratie athénienne.

ÉTUDE 3
ACTRICES DE L'HISTOIRE

La figure d'Aspasie

● Dans les cités antiques d'Athènes et de Rome, les femmes ne jouent pas de rôle politique officiel. Considérées comme d'éternelles mineures, elles ne participent pas à la vie politique, mais occupent une place essentielle, notamment comme épouse ou mère de citoyens.

● Elles contribuent aussi à la vie civique, notamment en prenant part aux grandes cérémonies religieuses (comme les Panathénées à Athènes). Si les femmes sont exclues de la citoyenneté, certaines ont pu accéder à une forme d'exercice du pouvoir, en occupant le rôle de conseillère auprès d'hommes politiques. C'est le cas d'Aspasie, compagne de Périclès.

ASPASIE
(470-400 av. J.-C.)
Originaire de la cité de Millet en Asie Mineure, elle est issue d'un milieu social très aisé et reçoit une excellente éducation. Elle vit à Athènes où elle est une métèque. Elle y rencontre Périclès avec lequel elle entretient, selon les sources, une relation amoureuse ou une profonde amitié.

1 Aspasie, l'étrangère l'intellectuelle.

Par quelle magie cette femme put-elle dominer les plus grands hommes d'État de son temps et s'imposer aux philosophes, qui ont parlé d'elle en termes honorables et peu ordinaires ? Métèque, elle était originaire de Milet[1]. On dit aussi qu'elle captiva les personnages les plus considérables. Elle aurait surtout été recherchée par Périclès à cause de ses lumières et de sa finesse en politique. Socrate alllait quelquefois chez elle avec ses amis. Ses intimes y conduisaient même leurs femmes pour entendre sa conversation. On dit que si Lysiclès, le marchand de moutons, homme sans naissance et sans distinction, devint le premier citoyen d'Athènes, c'est pour avoir vécu avec Aspasie après la mort de Périclès. Et dans le *Ménexène*[2] de Platon[3], on lit que cette simple femme passait pour avoir été le professeur de rhétorique[4] de beaucoup d'Athéniens.

D'après Plutarque, *Vie de Périclès*, 24, IIe s. ap. J.-C., Hachette, 2016.

1. Ville grecque située dans l'actuelle Turquie. 2. Texte de Platon, mettant en scène Socrate récitant une oraison funèbre qui lui vient de sa maîtresse de rhétorique, Aspasie. 3. Philosophe né en 428 av. J-C et mort en 348 av. J-C. 4. Art du discours.

2 La participation des femmes à la vie civique

Frise des Panathénées, Ve siècle av. J.-C., British Museum, Londres.

Les femmes de citoyens et les métèques participent à la vie civique à Athènes, comme lors de la fête annuelle des Panathénées en l'honneur de la déesse Athéna. La grande prêtresse (à droite) guide la procession des jeunes filles, les canéphores, portant les corbeilles d'offrandes pour la déesse (à gauche).

3 Aspasie, une femme au parcours exceptionnel à Athènes ?

REGARD DE L'HISTORIENNE

Aspasie, sans doute la plus célèbre de toutes les femmes grecques de l'époque classique, parce qu'elle fut la compagne de Périclès, qui l'aimait et la respectait. [...]
Née en Asie Mineure, dans la cité ionienne de Milet, la compagne de Périclès était à Athènes une étrangère et le resta jusqu'à sa mort. Ce statut d'étrangère, qui lui interdisait d'être l'épouse légitime de l'homme dont elle partageait la vie, lui donna sans doute la liberté d'être une intellectuelle et la réputation, un peu sulfureuse mais exceptionnelle, qui, dans l'Athènes classique, s'attachait à son nom. [...] À Athènes plus peut-être qu'ailleurs, l'image de la femme est clivée entre la figure de l'épouse, mère des enfants légitimes, dépourvue de toute autonomie personnelle comme de toute personnalité juridique, et que l'orthodoxie des représentations civiques veut la plus ignorante possible, et celle de la courtisane, toujours disponible, experte aux plaisirs de l'amour, intelligente et de bon conseil. Nul doute que la première ne doive être supposée de surcroît acariâtre, cependant que, derrière la courtisane, c'est une figure d'intellectuelle libre et libérée qui apparaît. À ces deux femmes, donnons un nom : la première pourra, comme la femme de Socrate, se nommer Xanthippè, la seconde se nomme donc Aspasie.

Nicole Loraux, « Aspasie, l'étrangère, l'intellectuelle », *Clio. Femmes, Genre, Histoire*, n°13, 2001.

Qui est-elle ?
Nicole Loraux (1943-2003) est une historienne française, spécialiste de la Grèce antique. Ses recherches ont apporté un éclairage nouveau sur le statut des femmes et les rapports entre les sexes dans le monde grec antique.

Jeune femme dans un gynécée[1], vers 430, musée du Louvre, Paris.

1. Partie de la maison réservée aux femmes.

Une courtisane à un banquet, vase antique, v. 515-510 av. J.-C., musée de l'Ermitage, Saint-Pétersbourg.

4 Être une femme à Athènes

ACTIVITÉ

1. **Doc. 1 et 2** Quel est le statut d'Aspasie dans la cité d'Athènes ?
2. **Doc. 1 et 3** Repérez les défauts et les qualités que l'on prête à Aspasie.
3. **Doc. 2 et 3** Quels sont les droits et les devoirs des femmes de citoyen et ceux des femmes métèques ?
4. **Doc. 4** Comparez les deux scènes représentées en portant une attention particulière aux tenues vestimentaires et aux attitudes des personnages. Que constatez-vous ?

BILAN À partir des documents, montrez que le parcours d'Aspasie est exceptionnel dans l'Athènes du Ve siècle av. J.-C.

Pour aller plus loin

À VOIR

- **Une biographie d'Aspasie** – Culture Prime (France TV) Aspasie de Milet en dix œuvres.

- **La condition féminine dans la Grèce antique**, sur le site du Musée d'Archéologie Méditerranéenne à Marseille.

À LIRE

- Un article de ***National Geographic*** sur la vie des femmes de la Grèce antique (2022).

COURS 1 Les empreintes grecques en Méditerranée

> Quels sont les héritages politiques et culturels laissés par la cité d'Athènes ?

1 L'héritage politique : le premier régime démocratique

■ **À partir de 508 av. J.-C., les institutions de la démocratie se mettent en place à Athènes.** Chaque citoyen peut participer directement à la vie politique de la cité. Il peut siéger à l'assemblée des citoyens, l'Ecclésia, pour débattre et voter des lois ou l'ostracisme, et élire des magistrats pour un an. S'ils sont tirés au sort, les citoyens siègent à la Boulè pour préparer des projets de loi ou à l'Héliée pour rendre la justice.

■ **Le ve siècle avant J.-C. est marqué par l'influence de Périclès à Athènes.** Jouant de son influence auprès des citoyens les plus pauvres, il est réélu stratège pendant quinze ans. Il prend l'initiative de réformes qui consolident la participation de tous les citoyens à la vie de la cité (comme le *misthos*) et limitent l'accès à la citoyenneté. Son pouvoir n'est pourtant pas sans limite car les citoyens contrôlent le travail des magistrats après leur année d'exercice.

■ **La démocratie athénienne reste toutefois un régime d'exclusion.** Nombreuses sont les catégories exclues de la vie de la cité telles que les métèques (étrangers résidant à Athènes) ou les esclaves (la moitié de la population de la cité au ve siècle avant J.-C.). C'est aussi le cas des femmes, y compris les filles de citoyens.

2 L'héritage culturel et artistique

■ **Athènes connaît un épanouissement culturel au ve siècle avant J.-C.** L'égalité devant la loi (isonomie) et de la prise de parole (iségorie) favorisent un foisonnement culturel et intellectuel à Athènes. Celui-ci s'observe dans de nombreux domaines comme le théâtre (les pièces d'Aristophane) ou la philosophie (Platon, Aristote).

■ **L'art et la culture contribuent au rayonnement de la démocratie athénienne.** Les travaux impulsés par Périclès sur l'Acropole, comme le Parthénon, fournissent du travail aux citoyens athéniens et permettent de célébrer les valeurs de la démocratie et l'unité de la cité. Athènes devient un centre culturel qui impressionne les cités du monde grec et attire des artistes et des intellectuels.

■ **Certains artistes et penseurs athéniens critiquent le fonctionnement de la démocratie athénienne.** Les écrits des auteurs grecs sont autant de témoignages des limites de la démocratie. Les pièces de théâtre d'Aristophane ou les écrits du philosophe Platon les dénoncent avec force, notamment en ce qui concerne la participation politique des citoyens pauvres et non instruits, manipulés, selon eux, par les démagogues qui savent habilement parler au peuple.

VOCABULAIRE

- **Démocratie :** système politique dans lequel la communauté des citoyens (*dèmos*) exerce sa souveraineté en participant à l'exercice du pouvoir (*kratos*) à travers des représentants élus ou tirés au sort.
- **Impérialisme :** politique menée par un État pour exercer sa domination sur d'autres territoires.
- ***Misthos* :** somme versée aux citoyens athéniens pour exercer des charges politiques et compenser la perte de leur journée de travail.
- **Ostracisme :** procédure de vote visant à bannir un citoyen de la cité pendant dix ans.
- **Thalassocratie :** terme issu du grec *thalassa* (la mer) et *kratos* (pouvoir) afin de désigner une puissance maritime.

3 Athènes, une puissance du monde grec dans l'Antiquité

- Les victoires d'Athènes sur les Perses lors des batailles de Marathon (490 av. J.-C.) et de Salamine (480 av. J.-C.) affirment la puissance militaire de la cité. **Athènes prend alors la tête d'une alliance militaire, la Ligue de Délos.** Chaque cité verse une contribution financière pour qu'Athènes assure la défense des Grecs contre les Perses.
- **L'impérialisme athénien s'appuie sur cette alliance avec les cités grecques pour renforcer sa puissance.** Athènes prend alors la tête d'un empire maritime et devient une thalassocratie. Les vestiges du Parthénon témoignent encore aujourd'hui du prestige d'Athènes et de sa domination puisque le temple est en partie financé par l'argent de l'alliance.
- **La puissance d'Athènes contribue au renforcement de la démocratie.** Mais cette domination est critiquée au sein de l'alliance militaire. Athènes n'hésite pas à réprimer les cités qui souhaitent rompre avec elle. La cité de Sparte fédère les mécontentements et la guerre du Péloponnèse (431-404 av. J.-C.) se termine par une défaite athénienne et la fin de son empire.

DATES CLÉS

508 av. J.-C.
Début de la démocratie à Athènes.

478-431 av. J.-C.
Politique impérialiste et domination d'Athènes.

443-428 av. J.-C.
Périclès élu stratège.

431-404 av. J.-C.
Guerre du Péloponnèse (démocratie fragilisée).

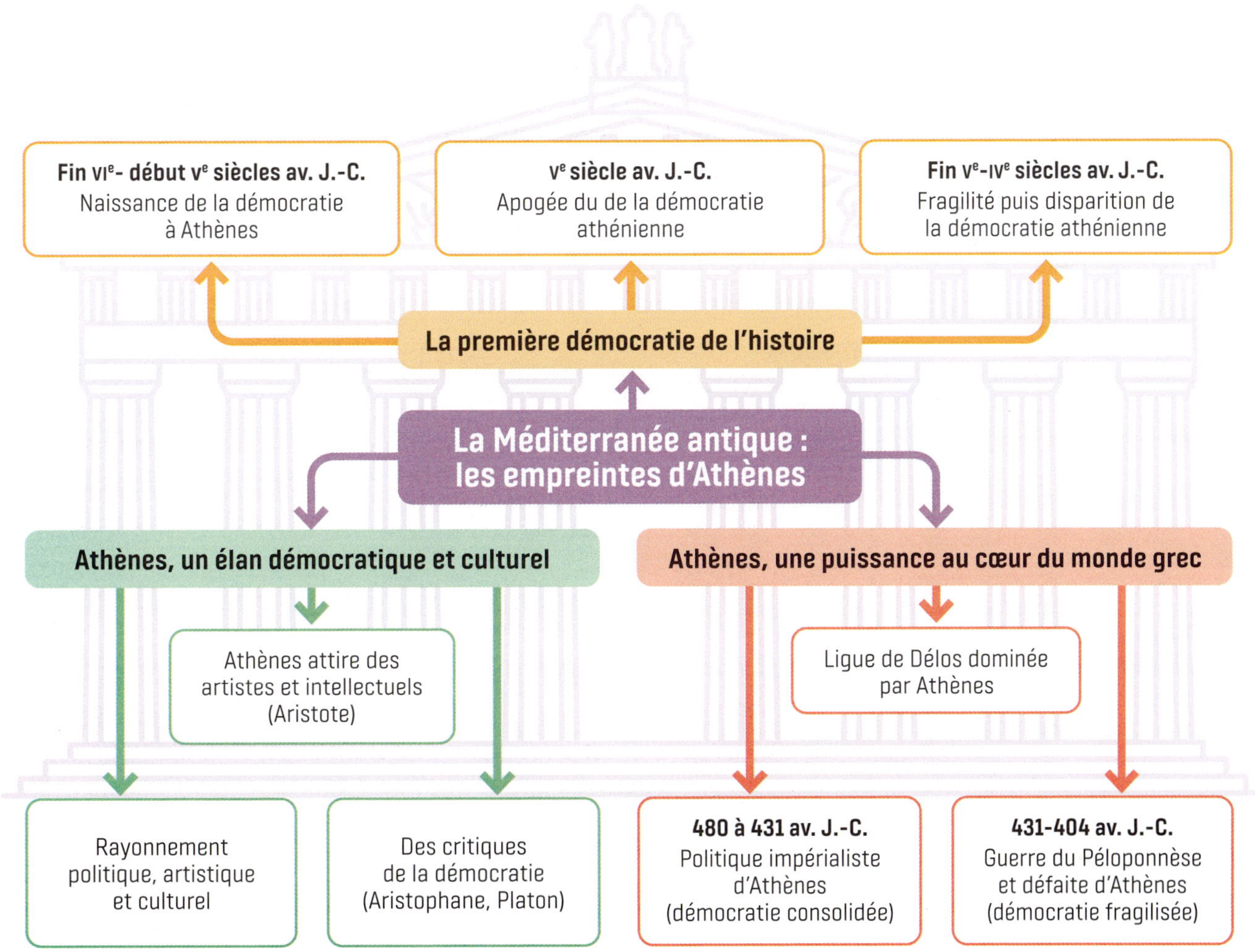

ÉTUDE 4
PARCOURS CROISÉS

Octave-Auguste et Constantin Ier,

(63 av. J.-C.-14 ap. J.-C.)
Héritier de Jules César, Octave met un terme à une période trouble à Rome, les guerres civiles. Le Sénat lui remet les titres d'Auguste et de *Princeps* en 27 av. J.-C. À sa mort, il concentre entre ses mains les principaux pouvoirs des institutions romaines.

Octave-Auguste

PPO

En 27 av. J.-C., Octave-Auguste reçoit du Sénat des honneurs pour avoir rétabli la paix et sauvé la **République**. Il parvient à dominer la vie politique : c'est la naissance de l'Empire.

Comment Octave-Auguste fonde-t-il un nouveau régime ?

1 Les pouvoirs d'Octave-Auguste

Octave-Auguste rédige le bilan politique de son action à la fin de sa vie.

Âgé de dix-neuf ans, j'ai levé une armée de mon propre chef et à mes propres frais, grâce à laquelle j'ai rendu sa liberté à l'État. Ce pour quoi le Sénat par des décrets honorifiques m'a admis en son sein, me donnant en même temps rang de consul dans l'ordre des prises de parole. [...] J'ai été vingt et une fois acclamé « imperator »[1]. Pour les campagnes terrestres et navales entreprises sous mes auspices par moi-même ou mes officiers, campagnes couronnées de succès, le Sénat a décrété cinquante-cinq fois des actions de grâces envers les dieux immortels. J'ai exercé treize fois le consulat[2] au moment où j'écris ces lignes, et j'étais dans ma trente-septième année de puissance tribunicienne[3]. [...] Au jour où j'écris ces lignes, j'ai été le *Princeps*[4] pendant quarante ans. J'ai été Grand pontife[5].

Octave-Auguste, *Res Gestae divi Augusti*, vers 14.

1. Pouvoir de commander des troupes. 2. Magistrature la plus élevée à Rome. 3. Pouvoir de s'opposer à toute décision d'un magistrat romain. 4. Titre honorifique permettant de parler en premier au Sénat. 5. Fonction religieuse la plus élevée à Rome.

Empereur Octave-Auguste	*Princeps* +	Consul +	Grand Pontife +	Puissance tribunicienne
Institutions républicaines	**Pouvoir politique** Sénat (assemblée des grandes familles)	**Pouvoir politique et militaire** Magistrats romains	**Pouvoir religieux** Prêtres et prêtresses de Rome	**Pouvoir politique** Comices (assemblées des citoyens)

2 Les institutions romaines sous Octave-Auguste

VOCABULAIRE

- **Empire :** régime politique ou les institutions sont dominées par un seul homme, l'empereur.
- **République :** régime dans lequel la souveraineté appartient aux citoyens qui sont représentés par des assemblées ou des personnes élues.

ACTIVITÉ 1

1. **Doc. 1 et 2** Classez dans un tableau les magistratures, les fonctions et les honneurs exercés par Octave-Auguste par type de pouvoir (militaire, religieux, politique).
2. **Doc. 1** Précisez comment Octave-Auguste est parvenu à obtenir ces pouvoirs.
3. **Doc. 1 et 2** Montrez qu'Octave-Auguste parvient à dominer les différents pouvoirs tout en conservant les institutions de la République romaine.

BILAN Expliquez comment Octave-Auguste a réussi à fonder un nouveau régime politique.

deux empereurs fondateurs

(vers 272-337)

Proclamé empereur par ses troupes en 306, il vainc ses adversaires (Maxence, Licinius) et redevient le seul maître de l'Empire romain. C'est le premier empereur à se convertir au christianisme.

Constantin Ier

PPO

Au début du IVe siècle, l'**Empire** romain est fragilisé par des tensions entre plusieurs empereurs et par des attaques de peuples voisins. Constantin Ier parvient à vaincre ses opposants et à conquérir le pouvoir.

Pourquoi le règne de Constantin Ier marque-t-il un tournant pour l'Empire romain ?

Les héritages de l'Empire romain

- □ Rome, capitale impériale
- ○ Centre administratif important
- ➤ Attaques de peuples voisins

Les transformations au temps de Constantin Ier

- ▣ Constantinople, nouvelle capitale impériale (330)
- ✝ Principales églises chrétiennes
- ◇ Édit de Milan (313) : liberté de culte pour les chrétiens

Sources : H. Inglebert, *Atlas de Rome et des Barbares*, IIIe et IVe siècles, Autrement, 2014 ; M. Christol et D. Nony, *Rome et son empire*, Hachette, 2009 ; C. Badel et H. Inglebert, *Grand Atlas de l'Antiquité romaine*, Autrement, 2014.

3 L'Empire romain au temps de Constantin Ier

4 Bilan du règne de Constantin Ier

Comparons l'état présent de nos affaires avec le passé, et reconnaissons l'heureux changement qui est survenu. Autrefois ceux qui avaient entre les mains l'autorité souveraine, et qui prenaient un grand soin du culte de la multitude des dieux, ont marché à la tête de leurs armées et ont porté pour enseigne les images des morts. Mais notre empereur a défait les impies et les démons. Il a reconnu à l'heure même la grâce que Dieu lui avait faite de favoriser les armes, et lui a rendu la gloire de sa victoire[1]. Il leur a prescrit la méthode de prier et à porter leur esprit jusqu'à Dieu, pour l'invoquer comme le Dieu des armées, comme l'arbitre des combats, comme le protecteur de ceux qui le servent. Il a fait de son palais une des églises où il adore le Sauveur, et où il se nourrit des vérités de l'Écriture. Il a bâti des églises avec une magnificence convenable à un grand prince. Notre empereur a élevé bientôt après dans la ville de son nom[2], et dans plusieurs autres, des églises plus magnifiques que celles qui avaient été démolies.

D'après Eusèbe de Césarée, *Louange à Constantin ou discours pour les trente ans de règne*, 325.

1. Référence aux victoires de Constantin contre ses concurrents impériaux Maxence (312) et Licinius (324). 2. Constantinople.

Qui est-il ?
Eusèbe de Césarée est un auteur chrétien et un évêque ayant vécu au temps de Constantin Ier (début du IVe siècle).

ACTIVITÉ 2

1. **Doc. 3** Identifiez les crises auxquelles l'Empire romain est confronté vers 300.
2. **Doc. 4** Expliquez comment Constantin Ier est parvenu à restaurer la paix et la stabilité dans le monde romain, selon l'auteur.

BILAN Montrez que le règne de Constantin Ier constitue un moment fort dans l'histoire de l'Empire romain.

PARCOURS CROISÉS

Réalisez un diaporama qui servira de support à une présentation orale pour répondre à la question suivante : pourquoi les empereurs Octave-Auguste et Constantin Ier ont-ils marqué le monde romain ?

Pas à pas : vous pouvez réaliser quatre diapositives :
1. Le titre et votre problématique.
2. Présentation d'Octave-Auguste.
3. Présentation de Constantin Ier.
4. Réponse à la problématique.

ÉTUDE 5 L'Empire romain, une mosaïque de peuples

La cité de Rome est la capitale d'un vaste territoire centré sur la mer Méditerranée. À partir du Ier siècle, la domination de la vie politique par un seul homme, l'empereur, favorise les échanges commerciaux et culturels entre les habitants du monde romain.

> Quelles sont les conséquences des échanges entre les peuples de l'Empire romain ?

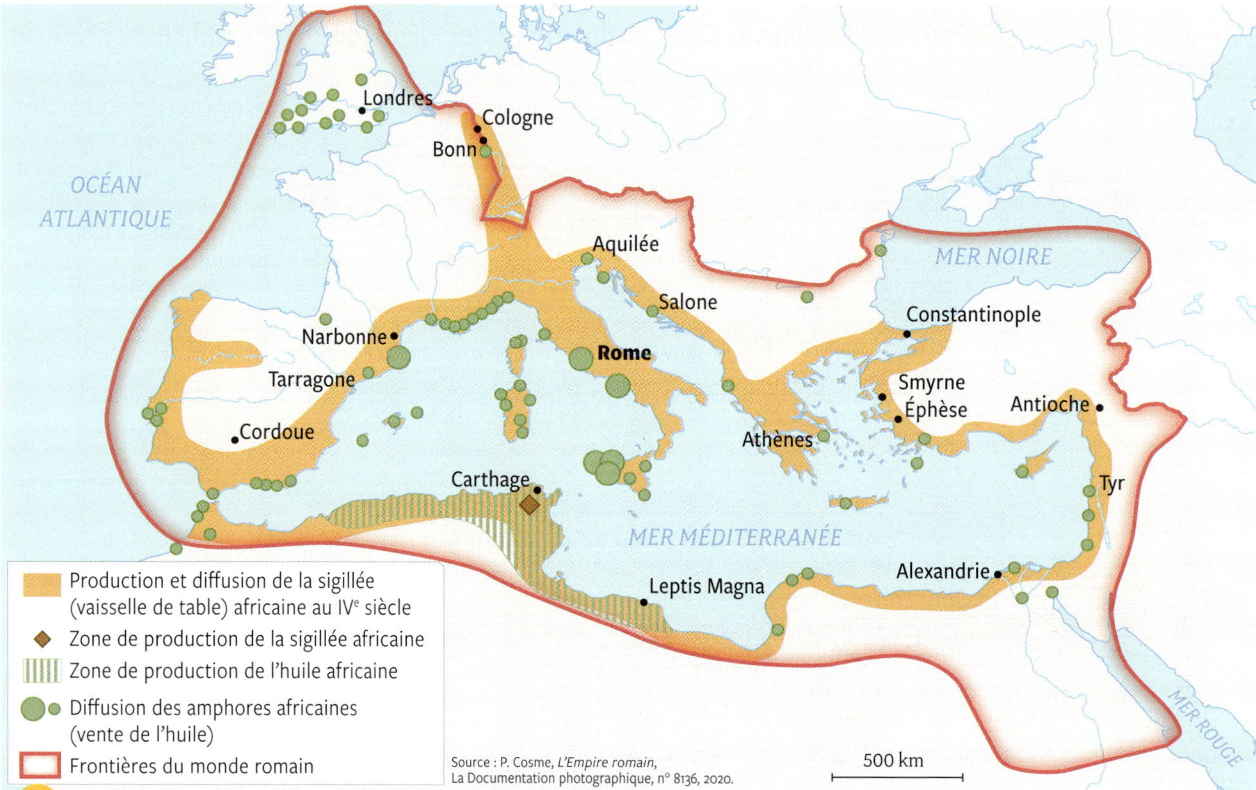

1 Le monde romain, un espace de contacts et d'échanges

2 La culture romaine dans les territoires de l'Empire romain

Musée d'histoire de Gérone, Espagne.

Représentation d'une course qui a eu lieu dans le Circus Maximus à Rome et qui a été retrouvée dans la villa de Can Pau Birol de la cité romaine de Gérunda (Gérone) en Catalogne (Espagne), fin IIIe - début IVe siècle ap. J.-C.

3 La fondation d'une cité dans un territoire de l'Empire

La ville même de Lugdunum [Lyon], bâtie au pied d'une colline au confluent de l'Arar [la Saône] et du Rhône, appartient aux Romains. De toutes les villes, c'est elle qui a la plus forte population après Narbonne. Elle sert, en effet, de place de commerce, et les gouverneurs romains y battent monnaie d'or et d'argent. Le sanctuaire dédié par l'ensemble des peuples gaulois à César Auguste s'élève devant la ville à la jonction même des deux fleuves[1]. Il comporte un autel considérable, orné d'une inscription énumérant soixante peuples et de statues de chacun de ces peuples, et un autre autel de grande dimension.

Strabon, *Géographie*, IV, 3, 2, texte établi et traduit par François Lasserre, « Collection des universités de France – Série grecque », Les Belles Lettres, 1966.

1. Un temple a été construit pour le culte impérial, c'est à dire le culte public rendu à l'empereur et à la famille impériale par les habitants du monde romain.

Qui est-il ?
Strabon est un historien et géographe d'origine grecque de la fin du Ier s. ap. J.-C.

4 Les pratiques religieuses dans les territoires de l'Empire

Au centre, le dieu gaulois Cernunnos entouré du dieu grec Apollon (à gauche) et du dieu romain Mercure (à droite).

Autel de Cernunnos, IIe siècle ap. J.-C., musée Saint-Remi, Reims.

PARCOURS 1

Présenter une situation historique

1. **Doc. 1** Montrez que l'Empire romain a favorisé les échanges commerciaux entre les habitants du monde romain.
2. **Doc. 2 et 4** Quels éléments de la culture romaine se retrouvent dans des territoires de l'Empire romain ?
3. **Doc. 3 et 4** Citez des religions qui se sont diffusées dans l'Empire romain.
4. **Doc. 1 et 3** Expliquez comment s'effectuent les échanges économiques et culturels entre les peuples de l'Empire romain.

BILAN Montrez que les cultures se mélangent grâce aux échanges dans les territoires de l'Empire romain.

PARCOURS 2

Faire un choix et le justifier

Un élève a rédigé le texte ci-dessous. Choisissez parmi les documents celui qui illustre le mieux l'idée de chacune des phrases du texte. Justifiez votre choix.

Sous le règne des empereurs, les échanges se sont développés. Les cités romaines ont été construites dans les territoires conquis. De nombreuses villes conservent encore des vestiges. Les religions se sont également diffusées parmi les habitants dans le monde romain. Des habitants ont également adopté le latin venu de Rome, ce qui témoigne du brassage des différentes cultures.

COURS 2 Les empreintes romaines en Méditerranée

> Quels sont les héritages de l'Empire romain dans la culture européenne d'aujourd'hui ?

1 La mise en place d'un nouveau régime : l'Empire romain

- **L'Empire romain est né au Ier siècle av. J.-C.** Le Sénat met fin à la guerre civile qui suit la mort de Jules César (44 av. J.-C.). Il attribue à Octave les titres d'Auguste et de *Princeps* en 27 av. J.-C. pour l'avoir aidé à rétablir l'ordre. L'autorité d'Octave-Auguste est ensuite renforcée par la création d'un culte impérial et d'une dynastie : son fils adoptif Tibère lui succède en 14 ap. J.-C.
- **Le pouvoir de l'empereur repose sur le principat.** Les institutions de la République romaine (509 av. J.-C. à 27 av. J.-C.) continuent d'exister, mais l'empereur détient plusieurs pouvoirs : c'est à la fois un chef politique, religieux et militaire. Il dirige en partageant le pouvoir avec les magistrats et l'autorité morale avec le Sénat.
- **Le pouvoir de l'empereur est cependant limité.** Le « bon empereur » accepte d'être conseillé, respecte les traditions, assure l'ordre et se montre bienfaiteur envers le peuple par des distributions de pain et d'argent ou l'organisation de jeux. Dans le cas contraire, des empereurs sont renversés, comme Néron en 68 ap. J.-C. Ces périodes de crises politiques provoquent souvent des changements de dynasties impériales.

VOCABULAIRE

- **Culte impérial :** culte public rendu à l'empereur et à la famille impériale.
- ***Limes* :** système de fortifications construites pour protéger certaines frontières du monde romain.
- **Principat :** régime politique dans lequel l'empereur domine la vie politique, tout en maintenant les institutions de la République.
- **Romanisation :** processus d'échanges entre la culture romaine et les autres cultures du monde romain, soit par appropriation, soit par adaptation.

2 Une nouvelle figure, l'empereur romain

- **À partir du Ier siècle, les empereurs renforcent l'autorité de Rome aux frontières du monde romain.** Certains, comme Trajan (98-117), étendent le monde romain par leurs conquêtes (Arabie, Dacie). D'autres consolident ses frontières en édifiant le *limes*, comme le mur de l'empereur Hadrien (117-138) en Bretagne.
- **Octave-Auguste réorganise l'administration de l'Empire.** Des provinces sénatoriales sont confiées au Sénat et des provinces impériales à des gouverneurs nommés par l'empereur. Les légions imposent et garantissent la *Pax romana* (paix romaine), notamment là où les risques d'invasions sont importants. Entre le Ier et le début du IIIe siècle, l'Empire romain connait une relative stabilité et prospérité.
- **À la fin du IIIe siècle et au IVe siècle, les empereurs sont fragilisés.** Le monde romain est régulièrement envahi par des peuples voisins et des luttes de pouvoir entre plusieurs empereurs ne permettent pas d'y faire face efficacement. Le règne de Constantin Ier (306-337) marque un tournant car il restaure l'unité de l'Empire et rétablit l'ordre. En 395, l'Empire est définitivement partagé entre un Empire romain d'Occident et un Empire romain d'Orient. Le premier disparaît sous le coup des incursions germaniques en 476 mais le second survit jusqu'au milieu du XVe siècle.

3 Le brassage des cultures et la diffusion du christianisme dans l'Empire romain

Au sein du monde romain, les échanges sont nombreux et variés. Les flux commerciaux et monétaires, la présence des légions et la fondation de cités romaines permettent la diffusion des cultures et des cultes des différents peuples : c'est la romanisation. Des peuples empruntent et adaptent ainsi certains éléments de la culture romaine, comme le latin ou les amphithéâtres par exemple.

La diversité culturelle est forte au sein du monde romain, même si l'hellénisme reste une référence commune. L'*assimilatio* (association) de divinités proches, mais de cultes différents, témoignent d'importants transferts culturels. Pourtant, les tensions existent, comme en Judée où certains groupes juifs, comme les zélotes, sont très hostiles à Rome.

Au Ier siècle, les premières communautés chrétiennes apparaissent dans la province romaine de Judée. Elles diffusent le christianisme dans le monde romain. Jusqu'au IVe siècle, les chrétiens sont parfois persécutés par les empereurs ou par les populations locales. Au IVe siècle, le christianisme représente près de 15 à 20 % de la population de l'Empire. Le règne de Constantin Ier (306-337) est marqué par sa conversion en 312 puis l'autorisation du culte chrétien par l'édit de Milan de 313. Constantinople, capitale impériale construite en 330, devient la nouvelle Rome chrétienne. En 380, l'édit de Théodose fait du christianisme la religion officielle de l'Empire.

DATES CLÉS

27 avant J.-C.

Octave reçoit les titres d'Auguste et de *Princeps*.

313

Édit de Milan.

395

Partage du monde romain entre un Empire romain d'Occident et un Empire romain d'Orient.

476

Fin de l'Empire romain d'Occident.

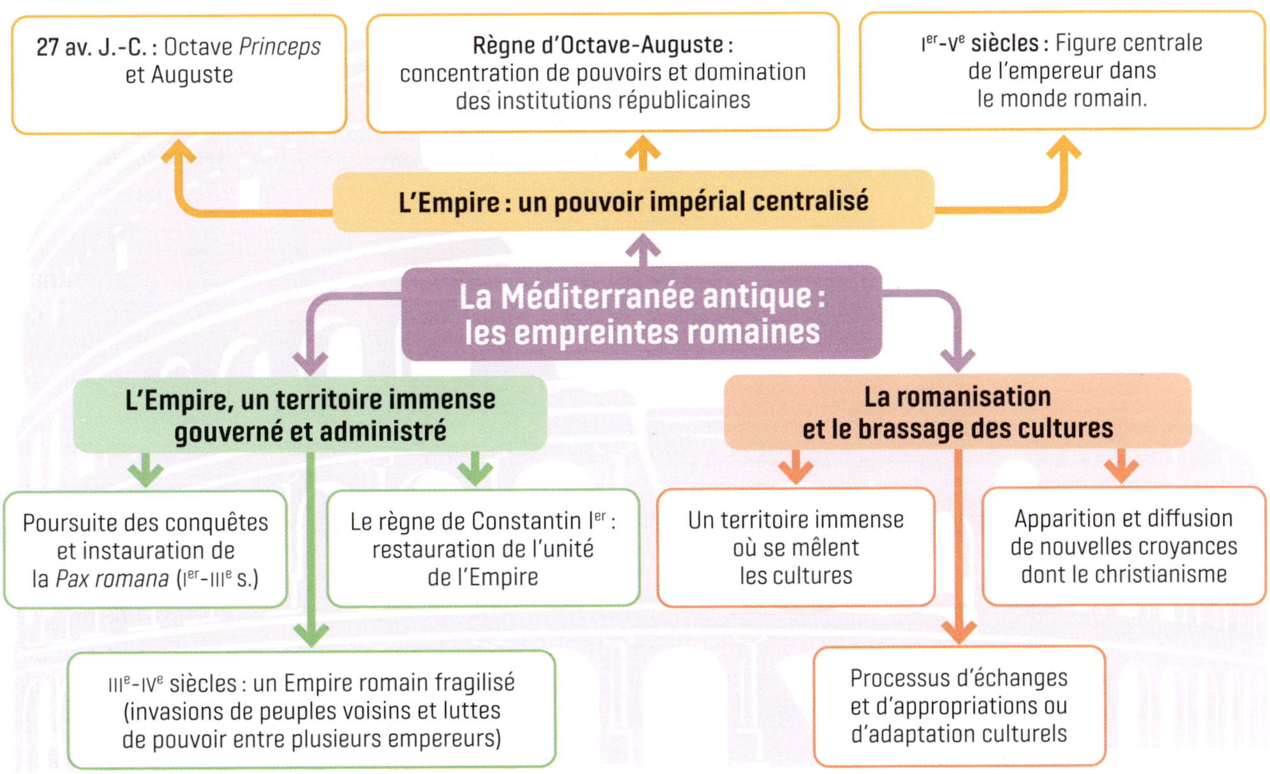

» Je fais le point

Quiz
hachette-clic.fr/24hg2004

- Repères chronologiques
- Vocabulaire
- Acteurs

La puissance d'Athènes au Ve siècle av. J.-C.

- Après avoir vaincu les Perses en 490 et en 480 av. J.-C., Athènes prend la tête d'une alliance militaire : la Ligue de Délos. Cette ligue réunit plusieurs cités grecques et assure à Athènes la domination du monde grec et de la Méditerranée au Ve siècle av. J.-C. L'empire maritime permet à Athènes de renforcer la démocratie qui se met en place progressivement à partir de 508 av. J.-C. Chaque citoyen participe à la vie politique de la cité, sans condition de richesse, en votant les lois ou en exerçant une magistrature par exemple. La figure de Périclès est étroitement liée au renforcement de la démocratie, avec l'instauration du *misthos* par exemple, et au prestige d'Athènes, avec, notamment, la construction du Parthénon.

La domination de l'Empire romain en Méditerranée

- Au Ier siècle av. J.-C., la cité de Rome domine des peuples et un vaste territoire autour de la Méditerranée. À partir de 27 av. J.-C., Octave-Auguste fonde un nouveau régime politique, l'Empire. En concentrant les pouvoirs politiques, religieux et militaires, l'empereur parvient à contrôler les institutions et les terres conquises. Constantin Ier (306-337 ap. J.-C) marque le monde romain en devenant le premier empereur chrétien et en fondant une nouvelle capitale, Constantinople. Le retour de la paix favorise les échanges commerciaux, culturels et religieux entre les peuples vaincus par Rome. Les cultes et les amphithéâtres sont des exemples de la romanisation et du syncrétisme religieux dans les provinces romaines.

Les empreintes laissées par Athènes et Rome

- Les cités d'Athènes et de Rome ont laissé leurs empreintes en Méditerranée. Toutes les deux ont dominé de vastes territoires grâce à leur puissance militaire et elles ont donné naissance à deux nouveaux régimes politiques, la démocratie à Athènes et l'Empire à Rome. Foyers de productions artistiques et culturelles, elles ont diffusé une culture riche autour de la Méditerranée à travers les langues, les divinités ou les éléments architecturaux. Jusqu'à aujourd'hui, le monde grec et l'Empire romain sont restés des références pour des artistes, des auteurs ou des régimes politiques.

› Bataille de connaissances

15 min de préparation — **Étape 1** Constituez un trio puis sélectionnez trois mots-clés, trois acteurs et trois dates à faire deviner à vos camarades. Rédigez vos questions.

10 min — **Étape 2** Affrontez un autre trio. Chaque bonne réponse fait gagner un point. Les premiers à atteindre cinq points remportent le défi.

Je révise avec des podcasts

1 Comment fonctionne la démocratie à Athènes ?

Podcast
hachette-clic.fr/24hg2005

2 Qu'est-ce que l'Empire romain ?

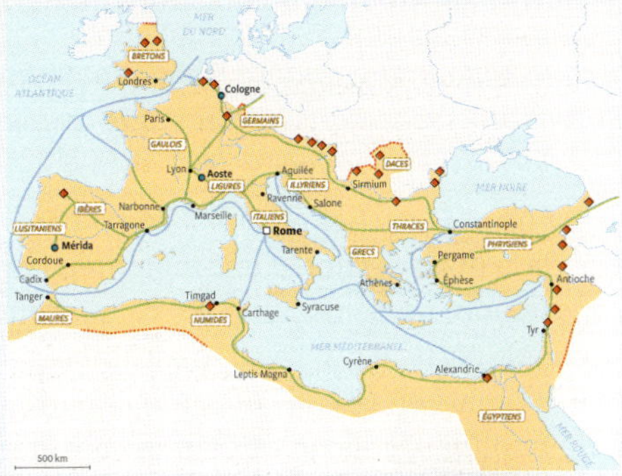

Podcast
hachette-clic.fr/24hg2006

3 Quel fut le rôle de Périclès à Athènes ?

Podcast
hachette-clic.fr/24hg2007

L'ESSENTIEL en 5 minutes

4 Quelles traces Athènes et Rome nous ont-elles laissées ?

Podcast
hachette-clic.fr/24hg2008

5 Pourquoi l'Empire romain a-t-il favorisé le brassage des cultures ?

Podcast
hachette-clic.fr/24hg2009

Je teste mes connaissances

- Écoutez les cinq épisodes du podcast puis testez vos connaissances grâce aux flashcards.

QUESTION
Qui est le premier empereur romain ?

RÉPONSE
Octave-Auguste

Flashcards
hachette-clic.fr/24hg2010

Le saviez-vous ?

Un podcast est un enregistrement audio avec un ou plusieurs intervenant(s) qui analyse(nt) un sujet. En histoire, il peut s'agir d'un événement ou d'une situation historique, d'une découverte archéologique, d'une interview, d'un débat entre historiens. Les podcasts permettent de présenter un sujet sur plusieurs épisodes pour approfondir un sujet donné.

Je m'entraîne

• Confronter des documents de différentes natures

1 Retranscription d'un discours de Périclès

Discours qu'aurait prononcé Périclès pour honorer les citoyens athéniens morts au cours de la première année de la Guerre du Péloponnèse (431 av. J.-C.).

Du fait que l'État, chez nous, est administré dans l'intérêt de la masse et non d'une minorité, notre régime a pris le nom de démocratie. En ce qui concerne les différends particuliers, l'égalité est assurée à tous par les lois ; mais en ce qui concerne la participation à la vie publique, chacun obtient la considération en raison de son mérite, et la classe à laquelle il appartient importe moins que sa valeur personnelle ; enfin nul n'est gêné par la pauvreté et par l'obscurité de sa condition sociale, s'il peut rendre des services à la cité. La liberté est notre règle dans le gouvernement de la république et dans nos relations quotidiennes la suspicion n'a aucune place [...]. La contrainte n'intervient pas dans nos relations particulières ; une crainte salutaire nous retient de transgresser les lois de la république ; nous obéissons toujours aux magistrats et aux lois et, parmi celles-ci, surtout à celles qui assurent la défense des opprimés et qui, tout en n'étant pas codifiées, impriment à celui qui les viole un mépris universel.

Thucydide, *La Guerre du Péloponnèse*, II,
traduction de Jean Voilquin pour la langue française

2 Représentation d'une séance de vote à l'Héliée

Coupe attique rouge, vers 480 av. J.-C., musée des Beaux-Arts, Dijon.

PALIER 1

Je lis et je comprends les documents

- Quel régime politique est présenté par Périclès ?
- Quelle scène est représentée sur ce vase ?
- Dans quelle cité ces deux scènes ont-elles pu se dérouler ?

PALIER 2

Je sélectionne les informations

- Citez des éléments du discours qui montrent l'égalité des citoyens à Athènes.
- À quelles obligations sont soumis les citoyens athéniens selon Périclès ?
- Décrivez l'action des citoyens représentés sur le vase.

PALIER 3

Je croise les documents avec mes connaissances

- Comment les citoyens peuvent-ils participer à la vie politique à Athènes ?
- Comment sont choisis les citoyens qui siègent à l'Héliée ?
- Pourquoi ces deux documents permettent-ils de comprendre le fonctionnement de la démocratie à Athènes ?

• Analyser une pièce de monnaie

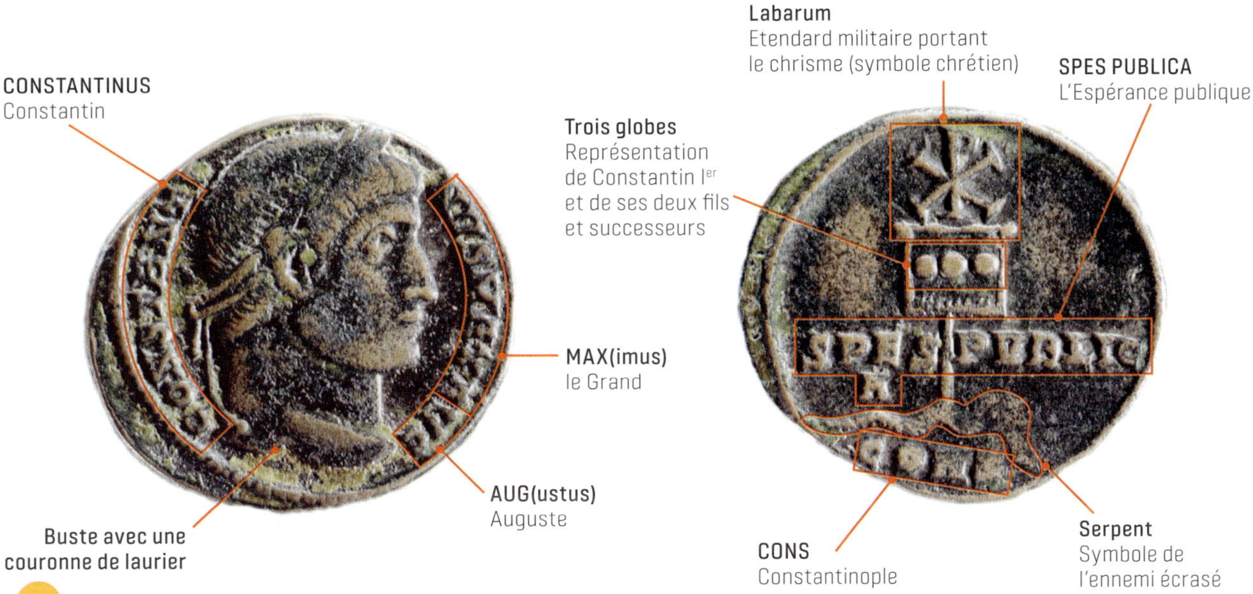

L'Empereur romain

Pièce de monnaie en cuivre de l'empereur romain Constantin Ier frappée en 327 ap. J.-C dans la ville de Constantinople (British Museum, Londres).

Le saviez-vous ?

Dérivé du latin *numisma* qui signifie pièce ou monnaie, la **numismatique** désigne l'étude des pièces de monnaie. Ces sources permettent aux historiens de mieux comprendre les échanges commerciaux mais aussi les sociétés, les religions et les pouvoirs d'une période par l'étude des représentations et inscriptions qui y figurent.

PALIER 1

J'identifie

- Qui est le personnage représenté ?
- Sur quel support se fait-il représenter ?
- De quand date ce document ?

PALIER 2

Je sélectionne les informations

- Quels éléments font référence à l'Empire romain ?
- Quels éléments font référence au christianisme ?

PALIER 3

Je croise le document avec mes connaissances

- Pourquoi l'empereur se fait-il représenter avec tous ces éléments ?
- Pourquoi ce document permet-il de comprendre le rôle de Constantin Ier ?

J'approfondis

À REGARDER

Le concentré – La démocratie athénienne est une vidéo réalisée par le Réseau Canopé (2020) pour aborder, sur un ton humoristique, l'apparition et le fonctionnement de la démocratie à Athènes dans l'Antiquité ainsi que les empreintes laissées sur les démocraties modernes.

À VISITER EN LIGNE

Arenes Webdoc permet de visiter virtuellement l'antique amphithéâtre romain de Nîmes. Vous explorerez ainsi l'architecture du lieu, les spectacles qui s'y déroulaient, le fonctionnement des installations telles qu'elles étaient au temps des gladiateurs !

VERS LA SPÉCIALITÉ HGGSP

L'analyse de l'historien : l'émission Géopoliticus évoque les principes des démocraties antiques et contemporaines.

Quels sont les atouts et les limites de la démocratie ?

EXERCICES Analyser un document avec des questions

Sujet corrigé : Octave-Auguste, le premier empereur romain

Objectif Identifier et comprendre l'idée principale d'un document

Le Sénat et le peuple attribuèrent aussi à César le titre d'« Auguste » [...]. C'est ainsi que tous les pouvoirs du peuple et du Sénat passèrent aux mains d'Auguste : dès ce moment s'établit véritablement une monarchie [...] puisque le pouvoir politique des empereurs est souverain. En effet, si la plupart des magistratures créées par les lois existent encore aujourd'hui, [...], c'est pour tout dire le souverain régnant qui dirige et administre tout [...] ; mais pour donner l'impression d'agir en conformité aux lois et non du fait d'un pouvoir personnel, les empereurs se sont attribués les titres de toutes les fonctions dont les hommes acceptaient la puissance sous la République. [...]

Dion Cassius, *Histoire romaine*, LIII, 16.6-17.3, texte établi et traduit par Marion Bellissime et Frédéric Hurlet, « Collection des universités de France – Série grecque », Les Belles Lettres, 2018.

Qui est-il ?
Dion Cassius (v. 164-v.235) est un homme politique et historien romain.

QUESTIONS

a) Nommez le nouveau régime mis en place par Octave-Auguste et justifiez votre réponse.

b) Relevez un passage du texte montrant qu'Octave-Auguste respecte les institutions républicaines et un autre montrant qu'il domine la vie politique.

Étape 1 Lire les questions et le document

1. Lisez les questions et identifiez les verbes de consigne.
2. Lisez plusieurs fois le document.

*– « **Nommer** » : je dois indiquer comment s'appelle le régime fondé par Octave-Auguste.*
*– « **Justifier** » : je dois prouver ma réponse à l'aide d'informations du texte.*
*– « **Relever** » : je dois trouver et recopier deux passages du texte.*

3. Recherchez à quelles pages du chapitre le document fait référence.

Le texte évoque le paragraphe 1 du cours 2 p. 40 intitulée « les empreintes romaines en Méditerranée » et plus particulièrement le paragraphe 1 « La mise en place d'un nouveau régime : l'Empire romain ».

4. Définissez les mots clés et les termes complexes du document.

Sénat *: assemblée des grandes familles romaines (voir doc. 1 page 36).*
République *: système politique où le pouvoir repose sur des institutions représentant les citoyens romains.*

Étape 2 Identifier le document

5. Notez au brouillon les informations utiles pour identifier le document.

Source : Dion Cassius, *Histoire romaine*, début du IIIe siècle ap. J.-C., trad. M. Bellissime et F. Hurlet, Les Belles Lettres, 2018.

Dion Cassius	*Histoire romaine*	début du IIIe siècle ap. J.-C.	trad. M. Bellissime et F. Hurlet	Les Belles Lettres
Auteur du texte	Titre de l'ouvrage	Époque ou date de rédaction par l'auteur	Personnes qui ont traduit le texte en français	Editeur qui a publié la traduction du texte en 2018

6. Formulez l'idée principale du document.

Dion Cassius explique qu'Octave-Auguste est parvenu à contrôler tous les pouvoirs à Rome.

Étape 3 Rédiger les réponses

7. Repérez dans le document les éléments de réponses.
8. Répondez aux questions en soignant la rédaction.

a) Octave-Auguste a mis en place l'Empire romain car l'auteur rappelle qu'il a obtenu le titre d'Auguste et qu'il a régné sur le monde romain.
b) Le passage « si la plupart des magistratures créées par les lois existent encore aujourd'hui » montre qu'Octave-Auguste respecte les institutions de la République. Le passage « C'est ainsi que tous les pouvoirs du peuple et du Sénat passèrent aux mains d'Auguste » montre qu'Octave-Auguste domine seul la vie politique.

→ Voir fiche 10 p. 224

Sujet guidé : Périclès et la démocratie à Athènes

Thucydide[1] et les orateurs de son camp invectivaient[2] Périclès, l'accusant de dilapider le patrimoine et de gaspiller les revenus de la cité. Alors, en pleine assemblée, Périclès demanda au peuple s'il avait l'impression qu'on avait beaucoup dépensé. « Beaucoup trop ! lui fut-il répondu. – Très bien ! dit-il. Je vais donc, dans ces conditions, porter la dépense à mon compte, non au vôtre, et ce sera mon nom que l'on inscrira sur les dédicaces[3] ! » À ces mots, soit par admiration pour sa grandeur d'âme, soit par désir de ne pas lui laisser, à lui seul, la gloire de ces travaux, ils lui demandèrent, à grands cris, de puiser dans le trésor public pour ces frais et de faire ces dépenses officielles sans rien épargner.

Plutarque, *La vie des hommes illustres : vie de Périclès*, Ier siècle ap. J.-C.

1. Homme politique athénien et historien contemporain de Périclès. 2. Injuriaient
3. Inscriptions honorifiques sur les monuments publics ou les statues afin d'honorer les bienfaiteurs et les puissants.

QUESTIONS

a Présentez la figure de Périclès évoquée par Plutarque.

b Montrez que Périclès est un citoyen influent mais que son action est contrôlée par le peuple athénien.

Qui est-il ?
Plutarque (v. 46-v. 125) est un philosophe et biographe d'origine grecque et installé à Rome.

Étape 1 Lire les questions et le document

1. Choisissez la proposition la plus pertinente.
   - Dans la question a, le verbe de consigne « présenter » indique que je dois :
     - dire ce que je vois
     - donner des arguments
     - identifier le document
   - Dans la question b, le verbe de consigne « montrer » indique que je dois :
     - définir des mots clés du document ;
     - trouver des informations dans le document ;
     - classer des informations dans des catégories.
2. Recherchez à quelles pages du chapitre le document fait référence.
3. Définissez les mots clés et les termes complexes.
   Orateur / assemblée / trésor public / peuple

Étape 2 Identifier le document

4. Notez au brouillon les informations utiles pour identifier le document.

Identifier le document
- Nature :
- Auteur :
- Source :
- Titre :
- Date de rédaction :
- Traducteur :

5. Quelle proposition résume l'idée principale du document ? Justifiez votre choix.
   a. Périclès est un personnage important et influent de la démocratie à Athènes puisque c'est un bon orateur qui arrive à convaincre les citoyens de dépenser de l'argent pour la cité.
   b. Périclès veut faire des dépenses pour la cité mais le peuple s'est opposé à lui pour ne pas dépenser l'argent du trésor d'Athènes.
   c. Périclès souhaite faire des réformes économiques car il refuse de gaspiller l'argent du trésor de la cité d'Athènes.

Étape 3 Rédiger les réponses

6. Répondez aux questions a et b à l'aide de vos réponses aux étapes 1 et 2.

CHAPITRE

2 La Méditerranée médiévale : espace d'échanges et de conflits à la croisée de trois civilisations

- **1054** Rupture entre l'Église catholique romaine et l'Église orthodoxe byzantine
- **1082** Traité de commerce entre Venise et Byzance
- **1085** Prise de Tolède par Alphonse VI
- **1095-1270** *Croisades en Orient*
- **1146** Bernard de Clairvaux soutient la deuxième croisade
- **1187** Prise de Jérusalem par Saladin
- **1453** Prise de Constantinople par les Ottomans

1000 · 1050 · 1100 · 1150 · 1200 · 1250 · 1300 · 1350 · 1400 · 1450

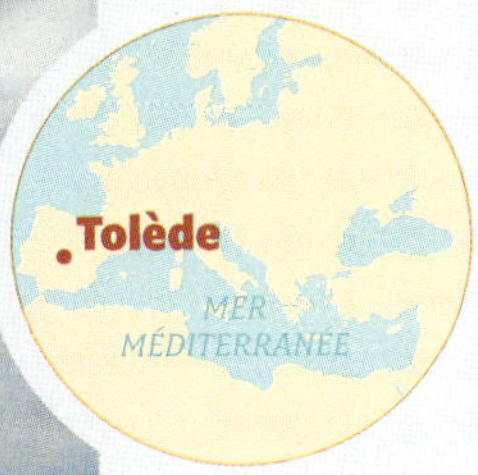

> **COURS 1** L'espace méditerranéen médiéval est marqué par le brassage de différentes cultures.

Comment les échanges culturels marquent-ils les sociétés et les territoires méditerranéens ?

> **COURS 2** Les empreintes laissées par différentes cultures de la Méditerranée médiévale témoignent de périodes de conquêtes et de dominations successives.

Quels sont les différents types de conflits dans l'espace méditerranéen médiéval ?

Les empreintes des cultures médiévales à Tolède, en Espagne

Reconquise par le roi Alphonse VI en 1085, Tolède est transformée : la forteresse arabe de l'Alcazar (à droite) est restaurée et la cathédrale Sainte-Marie (à gauche) est construite sur l'emplacement d'une ancienne mosquée.

QUESTIONS

1. Quelles civilisations médiévales ont laissé des empreintes à Tolède ?
2. Citez deux éléments qui montrent que Tolède a été l'objet de conquêtes successives pendant la période médiévale.

GRAND ANGLE Les civilisations latine, byzantine et musulmane de la Méditerranée médiévale

● Plusieurs **civilisations** se côtoient autour de la mer Méditerranée, carrefour commercial entre les mondes byzantin, latin et musulman. Les échanges de marchandises sont intenses et contribuent à la circulation des hommes, des idées et des religions.

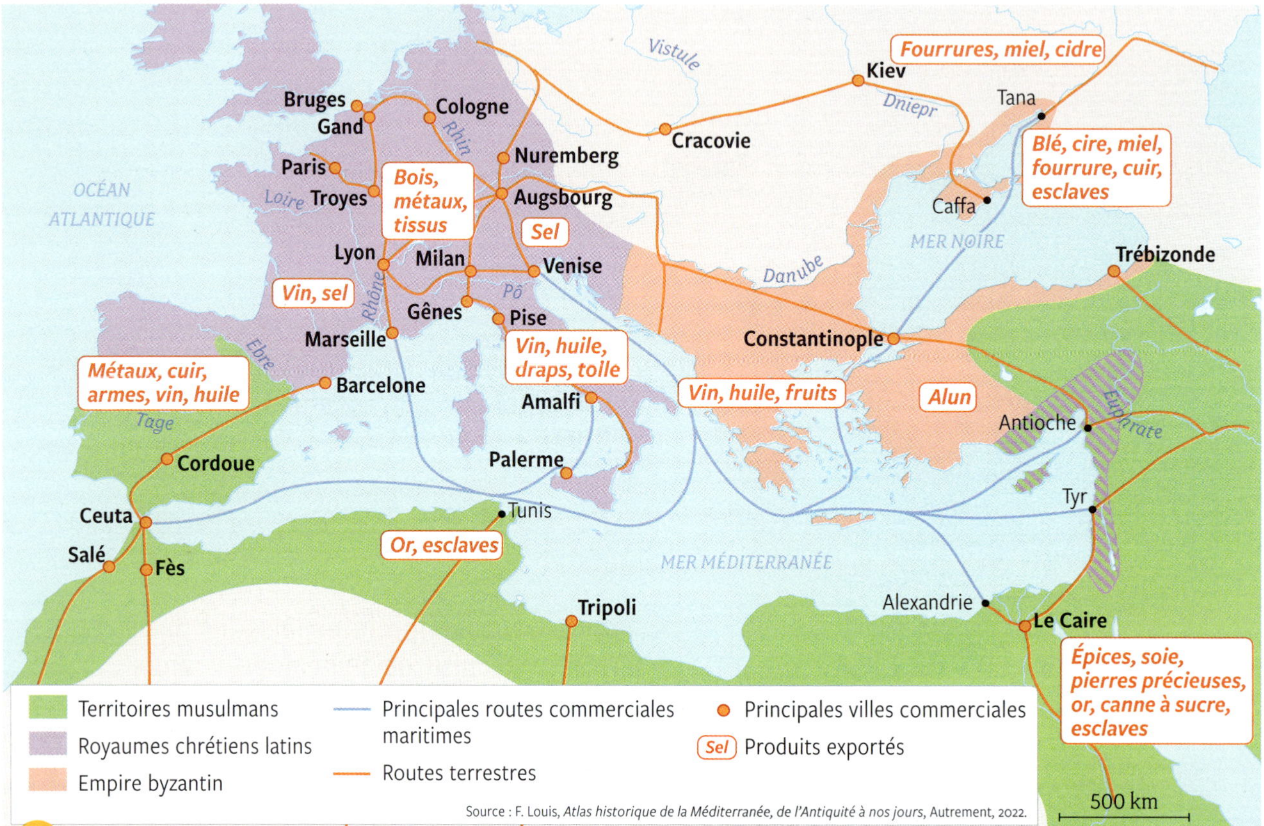

1 Les échanges commerciaux en Méditerranée au XIIe siècle

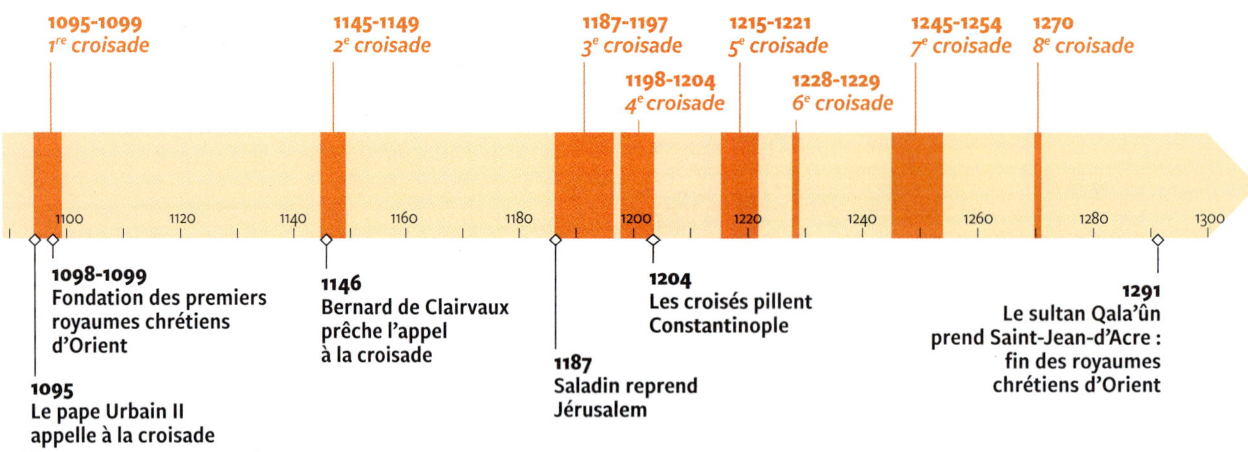

2 Les **croisades** en Méditerranée orientale (XIe-XIIIe siècles)

● De fortes rivalités existent entre les royaumes et empires du bassin méditerranéen. Que ce soit pour conquérir des territoires ou mener une **croisade** en Espagne ou au Proche-Orient, les conflits sont nombreux entre les puissances méditerranéennes.

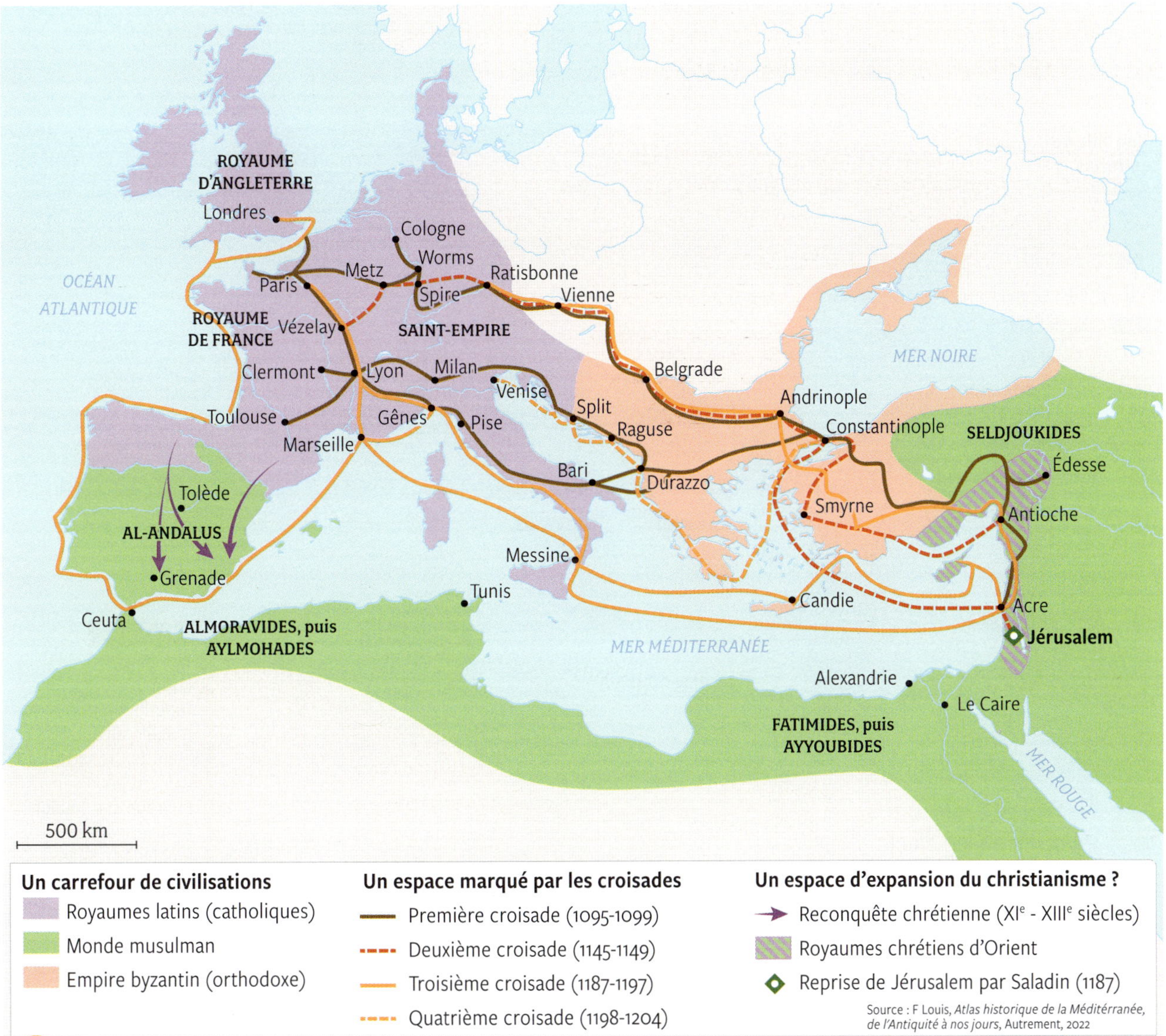

Source : F Louis, *Atlas historique de la Méditérranée, de l'Antiquité à nos jours*, Autrement, 2022

3 La Méditerranée au XIIe siècle, un espace de conflits

VOCABULAIRE

- **Civilisation :** ensemble de caractéristiques sociales, politiques, culturelles, morales et religieuses qui confèrent une unité à une société à une époque et un espace donnés.
- **Croisade :** expédition militaire entreprise par des chrétiens dans un objectif religieux, notamment pour assurer le pèlerinage vers les lieux saints tels que Jérusalem.

QUESTIONS

1. **Doc. 1** Quelle activité met en contact les civilisations méditerranéennes ?
2. **Doc. 2 et 3**. Localisez les principales zones de conflits en Méditerranée au XIIe siècle.
3. **Doc. 1 et 3** Indiquez les formes que prennent les contacts entre les civilisations méditerranéennes.

ÉTUDE 1 Le brassage des cultures à Palerme

Au XIIe siècle, la ville de Palerme, capitale de la Sicile, est un carrefour commercial stratégique en Méditerranée. L'île a été dominée successivement par plusieurs puissances mais est restée un lieu d'échanges et de contacts entre de nombreuses cultures.

> Quelles formes les contacts entre les civilisations méditerranéennes prennent-ils à Palerme ?

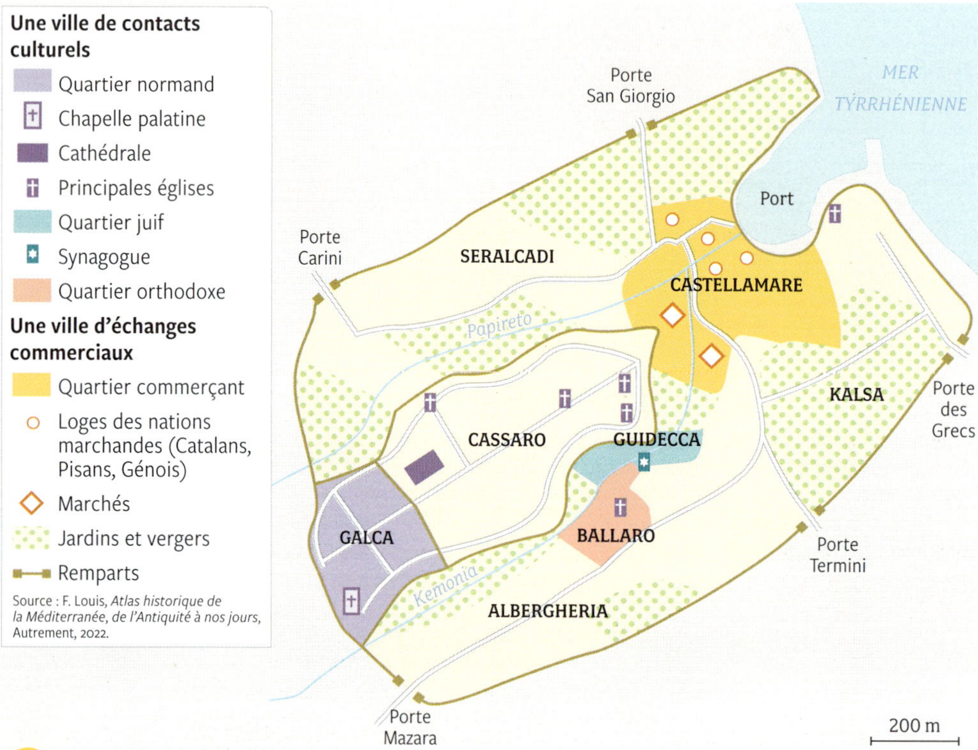

1 Palerme au XIIe siècle

Qui est-il ?
Ibn Jubayr (1145-1217) : fonctionnaire musulman à la cour de Grenade, il décrit dans son ouvrage ses voyages et pèlerinages en Méditerranée.

2 Ibn Jubayr décrit la ville de Palerme au temps du roi Guillaume II (roi de Sicile de 1166 à 1189)

En cette cité, les musulmans conservent quelques restes de leur foi ; ils fréquentent la plupart de leurs mosquées et ils y célèbrent la prière rituelle sur un appel clairement entendu. Ils ont des faubourgs qu'ils habitent seuls, à l'exclusion des chrétiens. Les souks[1] en sont fréquentés par eux, et ils en sont les marchands. […] L'un des édifices des infidèles les plus extraordinaires que nous ayons vus est l'église dite de l'Antiochien. Nous l'avons visitée le jour de la Nativité[2] qui est pour les chrétiens une très grande fête à laquelle ils se rendent en foule, hommes et femmes. Son architecture nous offrit un spectacle indescriptible, tel qu'il faut décider qu'elle est le plus merveilleux des ouvrages de ce bas-monde. Ses murs sont, à l'intérieur, entièrement revêtus d'or, avec des plaques de marbre de différentes couleurs, tel qu'on n'en vit jamais de pareil ; les murs sont ornés partout de mosaïques d'or et couronnés d'arborescences en mosaïque verte. […]

Dans cette ville, la parure des chrétiennes est celle des femmes des musulmans. La langue alerte, enveloppées et voilées, elles sont dehors à l'occasion de la fête dont nous venons de parler ; vêtues d'étoffes de soie brochées d'or, drapées dans des vêtements magnifiques, voilées de voiles aux couleurs variées, chaussées de bottines brodées d'or, elles se pavanent en se rendant à leurs églises […] ; elles portent, en somme, toute la parure des femmes des musulmans, y compris les bijoux, les teintures et les parfums.

Ibn Jubayr, *Voyages*, trad. M. Gaudefroy-Demombynes, Paris, Librairie orientaliste Paul Geuthner, 1949.

1. Terme désignant un marché. 2. La fête de Noël pour les chrétiens.

3 La Sicile, au cœur des échanges commerciaux

Tari de 1130-1154, Palerme

Carrefour commercial en Méditerranée, la Sicile frappe sa propre monnaie, le tari. Les deux faces de cette pièce de monnaie illustrent les conquêtes successives.

À gauche, sur l'avers de la pièce, est noté au centre des cercles « le roi Roger le puissant par Dieu » en arabe avec en marge l'atelier monétaire et la date de frappe. À droite, sur le revers de la pièce, est écrit « Jésus Christ vainc » en grec avec une croix.

4 L'intérieur de la chapelle palatine à Palerme

La chapelle située dans le palais du souverain montre le brassage des différentes cultures à Palerme : les mosaïques d'or des murs sont byzantines, les étoiles à huit pointes du sol sont d'inspiration arabe et le plan de la chapelle à trois nefs est d'origine latine.

PARCOURS 1

Comprendre et mettre en relation des documents

1. **Doc. 1 et 2** Quelles communautés religieuses vivent à Palerme ?
2. **Doc. 2** Relevez des éléments qui témoignent d'un brassage des cultures à Palerme.
3. **Doc. 3** Pourquoi cette pièce de monnaie illustre-t-elle les influences culturelles à Palerme ?
4. **Doc. 4** Comment le brassage culturel se traduit-il dans l'architecture de Palerme ?

BILAN À partir de vos réponses, montrez que Palerme est un carrefour d'échanges entre les civilisations méditerranéennes.

PARCOURS 2

Préparer une présentation orale

Par groupe de trois, présentez oralement le brassage culturel à Palerme.

- L'un d'entre vous montrera d'abord que Palerme est un carrefour commercial et religieux (**Doc. 1 et 2**).
- Le deuxième montrera ensuite que les communautés s'empruntent des éléments culturels (**Doc. 2 et 3**).
- Le troisième montrera enfin que les brassages donnent naissance à une culture hybride (**Doc. 4**).

ÉTUDE 2
REGARD DE L'HISTORIEN

Venise, une puissante république marchande PPO

À partir du XIe siècle, les commerçants vénitiens sillonnent l'ensemble de la Méditerranée et étendent leur domination sur les échanges maritimes. Cette puissance commerciale de Venise est aussi soutenue par les autorités politiques de la cité.

> Comment expliquer les raisons de la puissance maritime et commerciale de Venise ?

1 Venise, une puissance commerciale et politique en Méditerranée

REGARD DE L'HISTORIEN

Venise a assuré très tôt, grâce à ses navires, un service de transport, d'abord à petite échelle, dans la lagune[1], puis dans le golfe Adriatique. Ensuite, dès le Xe siècle, son réseau s'est étendu à la Méditerranée orientale et, au XIIe siècle, à toute la Méditerranée, avant d'atteindre le monde atlantique à partir du XIVe.[…] Venise s'est spécialisée dans le commerce d'objets de faible poids et de grande valeur. Surtout à partir du XIIIe siècle, elle pourvoit l'Occident en produits venus de loin nécessaires à son industrie : l'alun d'Asie Mineure, employé en teinture pour fixer les colorants, et le coton syrien pour les textiles fins et mêlés (la futaine[2]) ; un approvisionnement extraordinaire d'épices d'Orient, de soie grège[3] et de soieries. […] S'y ajoutent tous les métaux, fer et métaux précieux. Venise est admirablement située, à une distance assez facile à parcourir des grands centres miniers de l'Europe centrale et orientale. C'est l'une des bases de sa puissance en Méditerranée car les métaux précieux sont à la fois une marchandise et un moyen de paiement. Dans les années 1420, Venise voit passer sur ses quais à peu près 4 tonnes d'or et une trentaine de tonnes d'argent fin par an. […] Les monnaies frappées par la ville sont aussi les instruments de son expansion économique. Le gros d'argent, apparu à l'extrême fin du XIIe siècle, puis le ducat en or, frappé à partir de 1284, servent de monnaie de référence dans tout le bassin méditerranéen.

« Marchands et navigateurs. À la conquête du monde » de Philippe Braunstein, publié dans les *Collections de L'Histoire* n°71 (avril-juin 2016), p. 22.

1. Désigne le site de Venise, situé dans une lagune, c'est-à-dire une étendue d'eau séparée de la mer par un cordon de terre, le lido. 2. Étoffe de fil et de coton. 3. Désigne la soie à l'état brut, pas encore transformée.

Qui est-il ?
Philippe Braunstein (né en 1933) est un historien médiéviste français, spécialiste des économies et des sociétés européennes médiévales, particulièrement de Venise.

2 Les Polo, une célèbre famille de marchands vénitiens

Enluminure du Maître de Boucicaut réalisée vers 1410-1412, BnF, Paris.

Après avoir rendu hommage à l'empereur byzantin Baudouin II et avoir reçu la bénédiction du patriarche de Constantinople (chef religieux des chrétiens orthodoxe), les frères Niccolò et Matteo Polo quittent Constantinople et embarquent vers Sudak, comptoir vénitien de Crimée (mer Noire).

NICCOLÒ ET MATTEO POLO
Ces deux marchands vénitiens de la fin du XIIIe siècle ont fondé plusieurs comptoirs commerciaux en Méditerranée orientale (Empire byzantin, mer Noire) et ont effectué deux voyages commerciaux en Asie.

3 La **république maritime** de Venise au XIIe siècle

4 Un ambassadeur de Venise à la cour du sultan d'Alep

Comme le seigneur Pietro Ziani, doge[1] de Venise, avait envoyé son messager accrédité le noble Tomasino Foscarini, l'an susdit, au seigneur sultan[2] d'Alep, afin de traiter et décider avec lui, […] ledit Tomasino demanda au sultan de lui donner un fondouk au port de Lattaquié ainsi qu'une église et une cour. Et le sultan dit que cela n'était pas dans son pouvoir. Et ayant appris que l'émir[3] de Lattaquié gouvernait cette terre au nom du sultan, il lui rendit visite et s'accorda avec lui pour que tous les Vénitiens soient saufs et protégés dans leurs biens et leur avoir, sur terre et sur mer, dans tout son district. Et au sujet de ce qu'ils payaient en ce lieu sur ce qu'ils achetaient et vendaient, c'est-à-dire huit pour cent, il fut établi et décidé qu'ils ne payeraient plus désormais que trois pour cent sur ce qu'ils vendent et sur ce qu'ils achètent. Quant à la somme de trois dirhams qu'ils avaient coutume d'acquitter, on doit n'en payer désormais que deux, et il doit mettre à notre usage la cour, le funduq, l'église, le bain et le four. Et si un navire fait naufrage dans son domaine, nos hommes et leurs biens seront protégés.

« Relation de l'ambassade de Tomasino Foscarini, ambassadeur de Venise auprès du sultan d'Alep novembre 1225 », cité dans Pierre Guichard et Denis Menjot (dir.), *Pays d'Islam et monde latin, Xe-XIIIe siècle,* Presses universitaires de Lyon, 2000.

1. Magistrat le plus important de Venise. Élu à vie, il dirige la ville avec le Grand Conseil. 2. Chef politique et chef religieux dans les territoires musulmans. 3. Prince qui gouverne un territoire musulman.

VOCABULAIRE

- **Comptoir :** établissement commercial fondé par un État ou une entreprise dans un pays éloigné pour y développer des échanges.
- **République maritime :** cité indépendante à la tête d'un empire commercial grâce au développement de ses activités maritimes.

PARCOURS 1

Comprendre et mettre en relation des documents

1. **Doc. 1** Quels sont les produits importés et exportés par les navires de Venise ?
2. **Doc. 1 et 2** Comment les marchands ont-ils contribué à la puissance de Venise ?
3. **Doc. 1 et 3** Justifiez l'affirmation suivante : « Venise est un carrefour commercial méditerranéen ».
4. **Doc. 1 et 4** Montrez que la puissance commerciale de Venise repose également sur une intense activité diplomatique.

BILAN Présentez les différentes raisons qui ont permis à Venise de devenir une puissance méditerranéenne du XIIIe au XVe siècle.

PARCOURS 2

Confronter des documents

Identifiez quatre facteurs cités par l'historien Philippe Braunstein pour expliquer la puissance commerciale de la république de Venise en Méditerranée.

Puis, à l'aide des **Doc. 2 à 4**, complétez votre réponse en indiquant d'autres facteurs qui expliquent la puissance de Venise.

COURS 1

La Méditerranée médiévale, un espace d'échanges

> Comment les échanges culturels marquent-ils les sociétés et les territoires méditerranéens ?

1 Trois grandes civilisations en contact autour du bassin méditerranéen

- **L'Empire romain d'Orient, apparu suite au partage de Théodose en 395, devient progressivement l'Empire byzantin.** Avec la disparition de l'Empire romain d'Occident en 476, la civilisation byzantine demeure l'héritière de la culture romaine antique et le grec est la langue principalement utilisée. L'empereur (basileus) exerce le pouvoir et contrôle la désignation du patriarche, le chef de la religion chrétienne orthodoxe.
- **En Europe occidentale, la civilisation latine est divisée en différents royaumes** mais l'Église chrétienne catholique, dirigée par le pape depuis Rome, est un élément d'unité. Poussée par un fort développement démographique, agricole, urbain et universitaire, cette civilisation s'implante hors de ses frontières par le biais de ses marchands et par la force militaire.
- **La civilisation musulmane se développe à partir du VIIe siècle au sud et à l'est du bassin méditerranéen.** Le calife, qui est à la fois le chef politique et religieux, dirige les territoires. À partir du Xe siècle, cet empire éclate entre différents États, émirats et califats, qui ont pour point commun l'islam, le texte sacré du Coran et les lieux saints (La Mecque, Médine et Jérusalem). La science et la culture musulmanes, intégrant les apports de différentes cultures, bénéficient d'un grand prestige.

2 Des espaces d'échanges commerciaux et culturels

- **Les échanges commerciaux sont nombreux** entre les grands ports de commerce (Venise, Le Caire, Constantinople) et les villes marchandes (Bruges, Cordoue, Damas). L'Occident exporte du blé, des draps de laine ou du bois. L'Afrique fournit de l'or, de l'ivoire, des esclaves. Du Proche-Orient proviennent les produits luxueux comme la soie, le coton, les perles et les épices venues d'Orient.
- **Grâce à son réseau de comptoirs et à sa flotte, Venise devient une puissante république maritime en Méditerranée.** Les marchands vénitiens, soutenus par les autorités politiques, sont à l'origine d'innovations commerciales et techniques. Le ducat vénitien s'impose comme la monnaie d'échange du commerce dans l'espace méditerranéen.
- **La circulation des hommes se concentre autour des lieux de pèlerinage** (Rome, Saint-Jacques-de-Compostelle, Jérusalem ou La Mecque) et autour des capitales royales et princières. Marchands, pèlerins, intellectuels et diplomates circulent dans le bassin méditerranéen, comme Ibn Jubayr à la cour du roi de Sicile Guillaume II. Ils contribuent ainsi à la circulation des savoirs et techniques artistiques dans le bassin méditerranéen.

VOCABULAIRE

- **Califat :** territoire où s'exerce l'autorité du calife, souverain musulman considéré comme le successeur de Mahomet.
- **Comptoir :** établissement commercial fondé par un État ou une entreprise dans un pays éloigné pour y développer des échanges.
- **Émirat :** territoire musulman gouverné par un prince, l'émir.
- **République maritime :** cité indépendante à la tête d'un empire commercial grâce au développement de ses activités maritimes.

3 Des espaces de cohabitation

■ **Les régions méditerranéennes sont marquées par une succession de dominations politiques.** C'est le cas de la Sicile, carrefour d'échanges en Méditerranée, qui, après avoir été byzantine, a été conquise par les Arabes puis est devenue au XIIe siècle une possession normande. Les rois normands gouvernent l'île avec l'aide des musulmans et des Byzantins. Palerme est alors un centre culturel majeur en Méditerranée où sont traduits des ouvrages scientifiques et philosophiques grecs et arabes.

■ **Les échanges et les conquêtes contribuent au brassage des différentes cultures.** La civilisation musulmane apporte en Espagne les savoirs de l'Antiquité grecque mais également des connaissances scientifiques d'Asie. Tolède, aux influences musulmane, juive et chrétienne, devient un centre intellectuel. Des ouvrages antiques, traduits en arabe, y sont redécouverts par les Occidentaux. Ainsi, Pierre le Vénérable y réalise une traduction du Coran en latin en 1142.

■ **Les grandes cités commerciales sont cosmopolites.** À Constantinople, les marchands italiens comme les Polo disposent d'avantages commerciaux, de quartiers réservés ainsi que d'entrepôts. Les accords diplomatiques et commerciaux passés entre les républiques maritimes et des autorités politiques favorisent l'installation de comptoirs commerciaux dans des cités portuaires du bassin méditerranéen. Les souks de la ville de Palerme témoignent quant à eux de la présence et du dynamisme des marchands arabo-musulmans en Méditerranée.

DATES CLÉS

1082

Privilèges vénitiens dans l'Empire byzantin.

1130

La dynastie normande de Hauteville prend le contrôle de l'île de Sicile.

1142

Traduction du Coran par Pierre le Vénérable à Tolède.

XIIe-XIIIe siècle

Venise domine le commerce en Méditerranée.

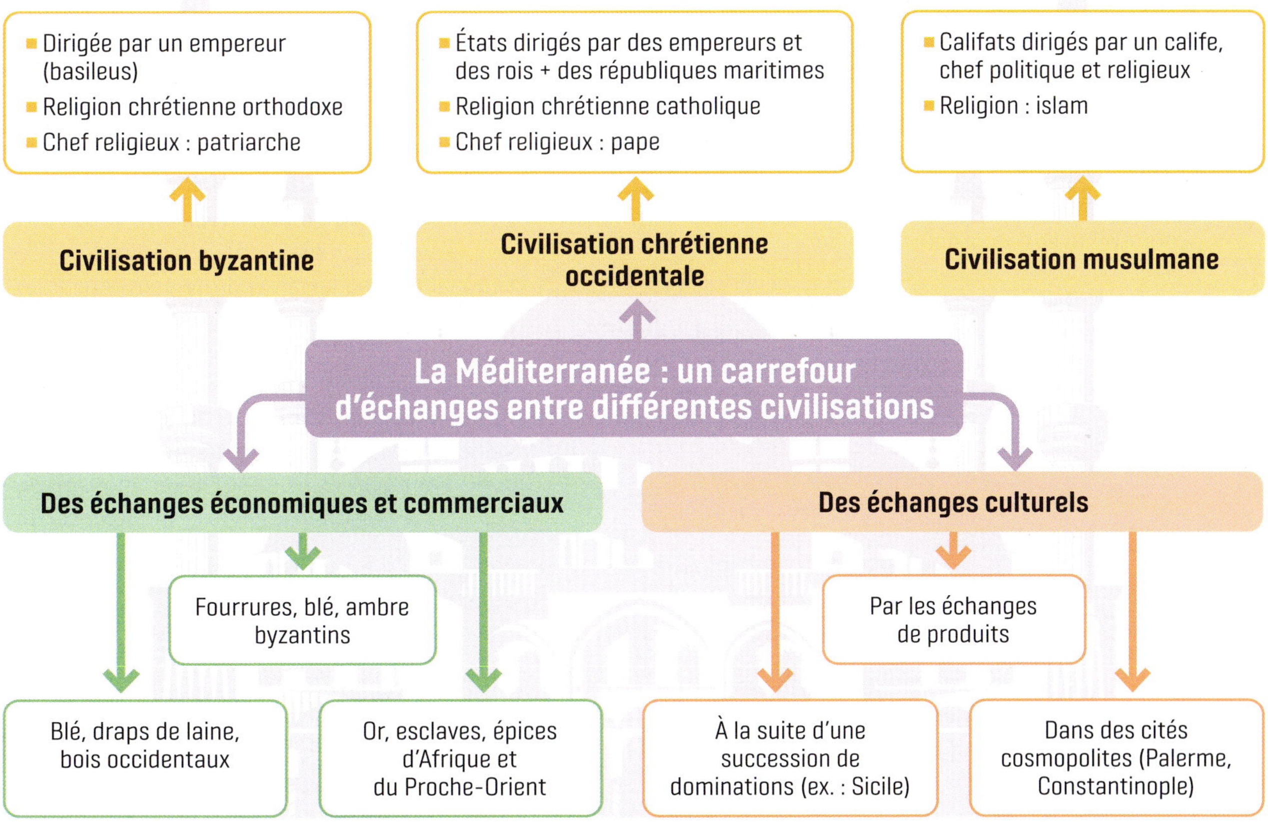

ÉTUDE 3 PARCOURS CROISÉS

Des croisades pour diffuser et

Bernard de Clairvaux et la deuxième croisade

PPO

BERNARD DE CLAIRVAUX (1090-1153)
Abbé cistercien. En 1146, il soutient l'appel à la croisade lancé par le pape Eugène III pour défendre les royaumes chrétiens d'Orient menacés par l'avancée des Turcs seldjoukides.

Suite à l'appel du pape Urbain II (1095), la première croisade (1095-1099) permet la prise de Jérusalem et la création des royaumes chrétiens d'Orient.

> **Quel est le rôle de Bernard de Clairvaux dans la deuxième croisade ?**

2 Louis VII prend la croix

Miniature de Jean Colombe extraite d'un manuscrit sur parchemin de Sébastien Mamerot, 1474-1475, BnF, Paris.

L'abbé cistercien Bernard de Clairvaux (reconnaissable à son vêtement blanc et à son capuchon noir) prêche la croisade auprès du roi de France Louis VII. Le roi reçoit la croix en reconnaissance par l'Église de son engagement et de son départ pour la croisade.

1 Bernard de Clairvaux prêche pour la deuxième croisade

Aujourd'hui nos péchés l'ont fait tomber aux mains des tiers et sacrilèges ennemis de la croix[1], leur glaive dévorant sème partout la mort sur cette terre des anciennes promesses. Bientôt, hélas ! si on ne s'oppose à leur fureur, ils s'abattront sur la ville même du Dieu vivant[2] […]. Faut-il penser que le bras de Dieu s'est raccourci, que sa main est devenue impuissante à nous sauver, et qu'il a besoin du secours de misérables vers de terre tels que nous pour rétablir et protéger son héritage ? […] C'est à vous maintenant […] de vous lever comme un seul homme, et de ceindre vos flancs des armes bénies des chrétiens. Renoncez à ce genre de milice, pour ne pas dire de malice invétérée[3] parmi vous, qui vous arme si souvent et vous précipite les uns contre les autres pour vous exterminer de vos propres mains. Quelle fureur et quelle cruauté, malheureux que vous êtes, de plonger votre glaive dans le sein de votre semblable et de lui faire perdre peut-être la vie de l'âme en même temps que celle du corps ! […] Je vous offre aujourd'hui, peuple aussi belliqueux que brave, une belle occasion de vous battre sans vous exposer à aucun danger, de vaincre avec une véritable gloire et de mourir avec avantage. […] Croisez-vous, mes frères, et vous êtes assurés de gagner l'indulgence[4] de tous vos péchés […].

Extraits de la lettre 363 au peuple et au clergé de la France orientale, 1146. *Œuvres complètes* de saint Bernard, traduction par l'abbé Charpentier, tome I, Paris, 1865.

1. Référence à la prise du comté d'Édesse, un royaume chrétien d'Orient, par les troupes musulmanes entre 1144 et 1146 . 2. Jérusalem et les royaumes chrétiens d'Orient. 3. Terme évoquant les guerres entre les seigneurs chrétiens. 4. Pardon des péchés.

ACTIVITÉ 1

1. **Doc. 1** Quels sont les objectifs de la croisade pour Bernard de Clairvaux ?
2. **Doc. 1 et 2** À qui Bernard de Clairvaux s'adresse-t-il essentiellement ? Justifiez votre réponse.

BILAN Présentez et expliquez le rôle de Bernard de Clairvaux lors de la deuxième croisade.

étendre le catholicisme en Méditerranée

Constantinople et la quatrième croisade

Alors que les croisés ont embarqué sur des navires vénitiens pour mener une nouvelle croisade en Terre sainte, l'expédition est détournée par Venise pour payer le transport et prendre possession de terres byzantines. En 1204, Constantinople, capitale chrétienne de l'Empire byzantin, est pillée par les croisés.

> **Pourquoi la quatrième croisade reflète-t-elle les divisions entre chrétiens ?**

3 **Les croisés assiègent Constantinople**

Miniature tirée de *Chronique abrégée* de David Aubert, XVᵉ siècle, BNF, Paris.

4 **Les croisés pillent Constantinople**

De partout, les places, les maisons, les établissements sacrés, les couvents, les monastères, les divins sanctuaires et même la Grande Église de Dieu[1], le palais impérial, furent envahis de guerriers qui respiraient le meurtre, portaient le fer, la lance, l'épée et le poignard ; ils lançaient des regards terribles, criaient, pillaient, saccageaient les objets divers, insultaient au sacré[2]. Les saintes images, murales ou mobiles, du Christ, de la Mère de Dieu et des saints, ils les jetaient à terre. Ils proféraient insanités et blasphèmes, arrachaient les enfants aux mères et les mères aux enfants, violentaient sans honte les vierges dans les enceintes consacrées [...].

Ils dénudaient la poitrine des femmes pour voir si une parure ou un objet d'or s'y cachait ; ils défaisaient les coiffures et retiraient les voiles des têtes. [...] Partout, ce n'était que lamentations, cris de douleur et de malheur. [...] Ils massacraient les nouveau-nés, tuaient les femmes, dénudaient même les femmes âgées, et les outrageaient. Ils torturaient les moines, les frappaient du poing, rouant de coups ces corps vénérables. [...] Tel était le respect pour les choses de Dieu et de ceux qui portaient sur leurs épaules la Croix du Christ !

Témoignage du métropolite d'Éphèse, Jean Mésarités, in « Le sac de Constantinople » de Michel Kaplan, publié dans les *Collections de L'Histoire* n°4 (février-avril 1999), pp. 86-87.

1. La basilique Sainte-Sophie.
2. Injures contre les croyances des chrétiens orthodoxes.

ACTIVITÉ 2

1. **Doc. 3** Qui sont les principaux acteurs de la quatrième croisade ?
2. **Doc. 4** Décrivez le comportement des croisés à l'égard des populations de Constantinople.

BILAN Montrez que la quatrième croisade illustre les divisions entre les croisés et les Byzantins.

PARCOURS CROISÉS

Rédigez un plan détaillé pour répondre à la question suivante : **pourquoi les croisades des XIIᵉ et XIIIᵉ siècles sont-elles le reflet des différentes tensions en Méditerranée ?**

Pas à pas :

1. Présentez les principaux acteurs des deux croisades évoquées.
2. Indiquez ensuite quelles sont les différentes motivations des croisés.
3. Expliquez enfin pourquoi ces deux croisades illustrent la diversité des tensions en Méditerranée.

ÉTUDE 4 L'Empire ottoman, une nouvelle puissance en Méditerranée

MEHMED II
(1432-1481)
Septième sultan ottoman, dit « le Conquérant » après la conquête de Constantinople, qui devient la nouvelle capitale de l'Empire ottoman.

Apparu autour de 1300, l'émirat d'Osman (vers 1258-vers 1324-1326) donne naissance au XIVe siècle à une nouvelle puissance en Méditerranée : l'Empire ottoman. En 1453, le **sultan** fait la conquête de Constantinople et met fin à l'Empire byzantin.

> Comment les Ottomans ont-ils étendu leur domination en Méditerranée ?

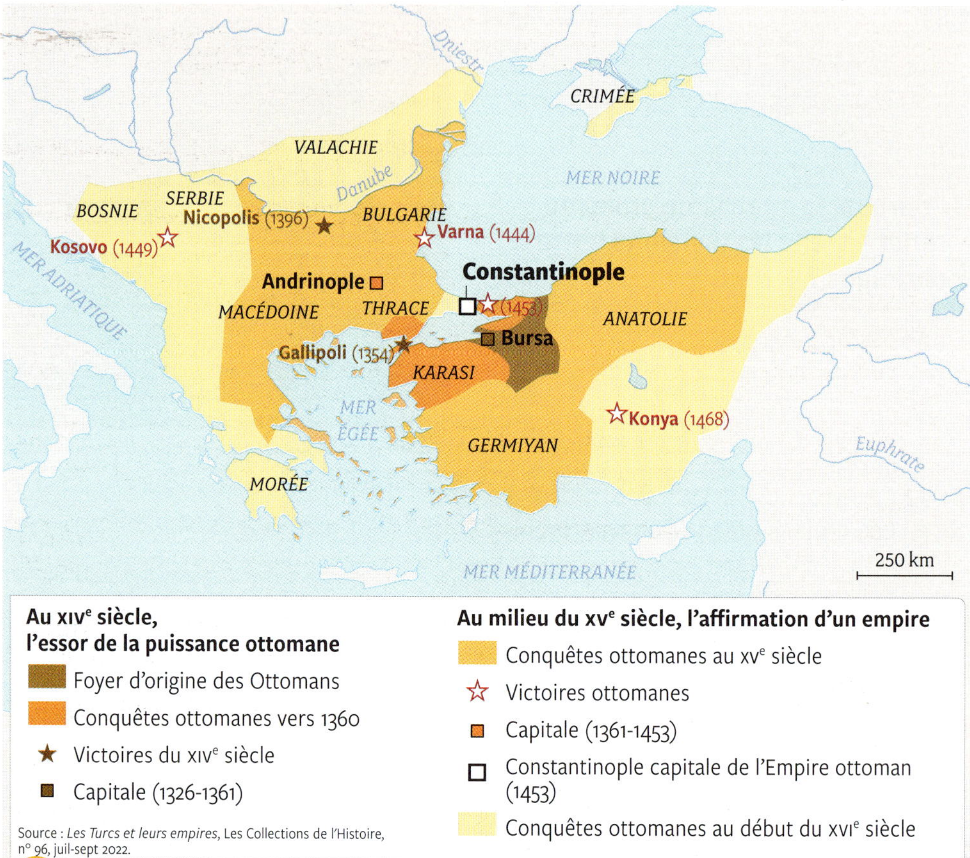

Source : *Les Turcs et leurs empires*, Les Collections de l'Histoire, n° 96, juil-sept 2022.

1 L'émergence d'une puissance ottomane aux XIVe-XVe siècles

VOCABULAIRE

- **Janissaire :** soldat de l'infanterie au sein de l'armée ottomane.
- **Sultan :** souverain de l'Empire ottoman.

2 Une armée au service du sultan et de l'islam

1. Les janissaires sont recrutés parmi les enfants chrétiens du « ramassage* » – ou parmi des prisonniers. [...]
2. Ils doivent obéissance absolue à leurs chefs et aux représentants du pouvoir.
3. Ils forment un seul « corps » et leurs casernes sont groupées ensemble.
4. Ni luxe ni faste : simplicité.
5. Promotions à l'ancienneté. Retraite pour les invalides.
6. Seuls leurs officiers peuvent punir les janissaires.
7. Peine de mort particulière.
8. Les janissaires ne peuvent ni porter la barbe ni se marier.
9. Ils ne doivent ni s'éloigner de leurs casernes, ni exercer un métier, mais passer leur temps à s'exercer à l'art de la guerre.
10. Ils doivent accomplir tous les devoirs pieux de l'islam et ne jamais s'écarter des prescriptions [...] en ce qui concerne le culte et la dévotion.

Loi fondamentale des janissaires au XIVe siècle, texte attribué au sultan Murad Ier (1362-1389).

* Lors des conquêtes, réquisition des jeunes garçons chrétiens de 8 à 18 ans pour être formés par les armées ottomanes.

3 Istanbul, une capitale cosmopolite

En premier lieu, [Mehmed II] tria et établit dans la Cité, parmi les Péloponnésiens[1] qu'il avait ramenés, tous ceux qui paraissaient supérieurs au reste dans leur pratique des métiers. Les autres, il les plaça dans la campagne alentour [...] pour qu'ils puissent s'adonner à l'agriculture. Après cela, il dépêcha à Amastris, [...] un port sur le Pont-Euxin[2], et fit venir à Constantinople la plus grande partie – et la plus capable – de sa population. Il transféra aussi dans la Cité ceux des Arméniens sous son empire qui se distinguaient par le bien, la richesse, le savoir-faire et autres qualifications, et en outre ceux qui étaient de la classe marchande. Ceux-là, il les tira de leurs foyers et les installa dans la Cité, et non seulement des Arméniens mais aussi de semblables personnes parmi d'autres nations ses sujettes. Puis il rassembla en sa présence toutes les personnes riches et les plus capables, celles qui jouissaient de la fortune et de la prospérité la plus grande, et leur ordonna de bâtir de belles demeures dans la Cité, là où il plairait de le faire. Il leur commanda aussi de construire des bains et des auberges et des marchés et de nombreuses et très belles échoppes, d'ériger des lieux de culture et de parer et d'embellir la Cité avec beaucoup d'autres semblables édifices.

Kristovoulos, « Histoire de Mehmed le Conquérant », XVIe siècle, cité par Stéphane Yérasimos dans *Constantinople, de Byzance à Istanbul*, Place des Vosges, 2000.

1. Terme désignant des Grecs. 2. Mer Noire.

PARCOURS 1

Présenter une situation historique

1. **Doc. 1** Localisez et datez les origines de la dynastie ottomane.
2. **Doc. 1 à 3** Citez trois éléments qui expliquent la puissance de l'armée ottomane.
3. **Doc. 3** Pourquoi la prise de Constantinople en 1453 est-elle un événement marquant pour l'Empire ottoman et les autres puissances méditerranéennes ?
4. **Doc. 2 et 3** Décrivez le comportement du pouvoir ottoman avec les populations conquises.

BILAN À l'écrit, racontez comment l'Empire ottoman parvient progressivement à devenir une puissance en Méditerranée.

PARCOURS 2

Réaliser une production numérique

À partir des documents, réalisez un enregistrement audio de 120 secondes qui explique comment l'Empire ottoman est devenu une puissance en Méditerranée.

Vous pouvez structurer votre oral autour des points suivants :
1. L'apparition de la dynastie ottomane (**doc. 1**).
2. Le sultan et son armée puissante (**doc. 2**).
3. Les conquêtes progressives en Méditerranée (**doc. 1**).
4. La prise de Constantinople (**doc. 4**).
5. Istanbul devient un carrefour commercial aux mains du sultan (**doc. 3**).

4 Le siège de Constantinople par Mehmed II

Miniature ottomane du XVe siècle, BnF, Paris.

En avril-mai 1453, Mehmed II le Conquérant (au premier plan) et ses troupes de janissaires font le siège de Constantinople (à droite), qui finit par tomber le 29 mai 1453.

COURS 2 La Méditerranée médiévale, un espace de conflits

> Quels sont les différents types de conflits dans l'espace méditerranéen médiéval ?

VOCABULAIRE

- **Chiite :** adepte d'un courant religieux minoritaire de l'islam apparu au VIIe siècle.
- **Hérésie :** doctrine religieuse condamnée par l'Église catholique.
- ***Jihad* :** désigne l'« effort » de soumission à Dieu de chaque fidèle. Par extension, il devient l'effort nécessaire pour protéger et diffuser l'islam par la guerre si nécessaire.
- **Schisme :** division d'une communauté religieuse suite à des divergences et désaccords.
- **Sunnite :** adepte d'un courant religieux majoritaire de l'islam apparu au VIIe siècle.

1 Un espace de conflits internes

- **Au sein du monde musulman, la fracture est durable.** Depuis le VIIe siècle, les tensions entre chiites et sunnites, concernant la succession du prophète et du califat, divisent les musulmans. Les rivalités et les luttes entre dynasties sont nombreuses, même si des figures telles que Saladin (1138-1193), qui reprend Jérusalem aux croisés en 1187, parviennent ponctuellement à les atténuer.
- **Entre chrétiens latins et chrétiens orthodoxes, la division est irréversible.** Après 1054, la séparation entre le christianisme catholique et orthodoxe, (le schisme) ne cesse de se renforcer alors que l'influence byzantine en Méditerranée s'estompe. Les tensions sont nombreuses et culminent avec le siège et le pillage de Constantinople par les croisés en 1204.
- **D'autres tensions religieuses émergent au sein de la chrétienté latine.** L'Église catholique qualifie d'hérésies certaines croyances. Dans le royaume de France, celles-ci sont surtout liées aux cathares, adeptes d'un mouvement religieux présent dans le Midi, et aux vaudois, présents dans le sud de la France et en Italie. Rome dénonce leurs croyances et leurs pratiques et en appelle à la croisade : la croisade des Albigeois (1209-1229) provoque l'éradication de ces mouvements religieux.

2 Un espace de conflits entre les puissances méditerranéennes

- **En 1095, le pape Urbain II lance un appel à la croisade afin de reconquérir les lieux saints d'Orient.** L'expédition militaire chrétienne aboutit à la prise de Jérusalem en 1099 et à la fondation des royaumes chrétiens d'Orient. En réaction, les musulmans mènent le *jihad* et reprennent progressivement toutes les terres latines d'Orient.
- **Les menaces pesant sur les conquêtes chrétiennes d'Orient nécessitent une deuxième croisade voulue par la papauté (1145).** La prédication de Bernard de Clairvaux permet de mobiliser les grands souverains de son époque. Cependant, l'influence chrétienne en Orient recule : Jérusalem est perdue (1187) et les royaumes chrétiens d'Orient disparaissent à la fin du XIIIe siècle.
- **Les croisades illustrent les relations complexes entre les civilisations méditerranéennes.** Les violences religieuses ont durablement marqué les relations entre les peuples du bassin méditerranéen et accentué le lent déclin de l'Empire byzantin. Celui-ci disparaît avec la prise de Constantinople par le sultan ottoman Mehmed II en 1453.

3 Un espace de conflits entre puissances

- **Le contrôle des routes de commerce maritime et terrestre en Méditerranée est un facteur de rivalités et de tensions.** Vitales pour le commerce entre Europe, Afrique du Nord, Moyen-Orient et Asie, les routes commerciales de Méditerranée sont contrôlées par les puissances byzantine et musulmane jusqu'au XIe siècle. Toutefois, des républiques marchandes telles que Venise ou Gênes deviennent d'importantes puissances maritimes et ont les capacités de rivaliser avec des États ou de soutenir les efforts de croisade.

- **À partir du XIIe siècle, le déclin de l'Empire byzantin se confirme et provoque des tensions.** Il est fragilisé par de nombreuses difficultés internes qui déstabilisent l'État et la société. Affaibli économiquement, l'Empire connaît une période d'instabilité liée à des luttes internes pour le pouvoir qui rendent moins efficaces son administration. Il est aussi confronté aux menaces extérieures que représentent ses puissants voisins (Turcs, Perses…) et les États croisés. La pression est forte aux frontières, notamment à l'est, car les armées byzantines ne parviennent plus à défendre efficacement.

- **Aux XIIIe-XIVe siècles, l'émergence de la puissance ottomane bouleverse les grands équilibres méditerranéens.** Né à la fin du XIIIe siècle dans la région de l'Anatolie (Asie Mineure), l'Empire ottoman s'étend aux dépens de l'Empire byzantin. La conquête de Constantinople par Mehmed II achève d'affirmer la puissance ottomane alors que disparaît l'Empire byzantin (1453). Sous le nom d'Istanbul, la ville devient la capitale d'un empire cosmopolite. Son rayonnement permet de faire le lien entre Orient et Occident et de contrôler les routes commerciales entre l'Europe et l'Asie.

DATES CLÉS

1054

Séparation de l'Église chrétienne d'Orient (orthodoxe) et de l'Église chrétienne d'Occident (catholique).

1204

Siège et pillage de Constantinople par les croisés.

1453

Prise de Constantinople par les Ottomans et disparition de l'Empire byzantin.

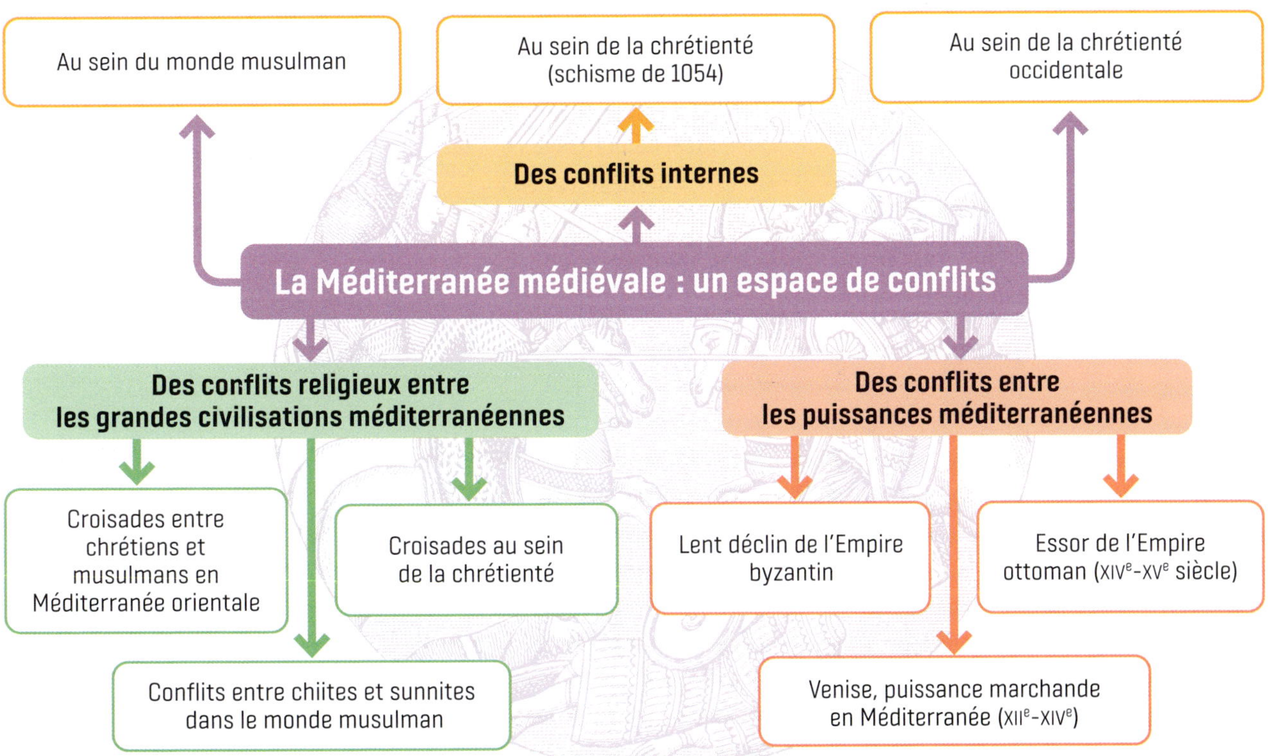

RÉVISIONS

Je fais le point

Quiz
hachette-clic.fr/24hg2011

Repères chronologiques
Vocabulaire
Acteurs

La Méditerranée, un espace de rencontre des civilisations

- Trois civilisations majeures s'établissent autour de la Méditerranée au XIIe siècle. La civilisation byzantine, héritière de l'Empire romain d'Orient, est dirigée par un basileus et un patriarche (chef de la religion chrétienne orthodoxe). La civilisation latine regroupe les États chrétiens d'Occident que dirigent des empereurs et des rois et qu'influence l'Église catholique sous l'autorité du pape. La civilisation musulmane réunit des émirats et des califats autour de l'islam. En raison des conquêtes successives et des échanges en Méditerranée, des territoires deviennent des lieux de brassages culturels. Carrefour d'échanges, la Sicile est un lieu important de syncrétisme avec des influences grecque, arabe, byzantine et latine. La ville de Tolède, reconquise par les chrétiens en 1085, est un lieu de cohabitation entre les peuples méditerranéens.

La Méditerranée, un espace d'échanges

- De nombreuses routes commerciales parcourent la Méditerranée et permettent les échanges de matières premières et de produits agricoles entre les mondes musulman, occidental et byzantin. Les marchands italiens des républiques maritimes de Venise et Gênes sont les grands bénéficiaires de ce commerce florissant en Méditerranée, à l'image de la famille Polo à Venise. Ces familles marchandes établissent de grands empires commerciaux à l'aide de comptoirs sur les littoraux méditerranéens. Les échanges sont aussi culturels avec les voyages d'érudits vers les centres intellectuels (comme Palerme et Tolède) et les routes empruntées par les pèlerins qui se rendent vers des lieux saints tels que Jérusalem, Rome, La Mecque ou Médine.

La Méditerranée, un espace de conflits au Moyen Âge

- Dans le monde musulman, chiites et sunnites s'opposent depuis le VIIe siècle sur la succession du prophète pour le califat. Le schisme de 1054 a divisé les chrétiens catholiques et les chrétiens orthodoxes. L'Église catholique lutte aussi contre des croyances considérées comme hérétiques. C'est le cas de ceux que l'on nomme les cathares et les vaudois. Des conflits ont aussi lieu entre les différentes civilisations, comme lors des croisades à partir de 1095. L'émergence de l'Empire ottoman entre le XIIIe et XIVe siècle aboutie à la prise de Constantinople par Mehmed II et à la fin de l'Empire byzantin (1453).

Les maîtres du jeu

15 min de préparation — **Étape 1** Sur une feuille, trouvez cinq questions pour tester les connaissances de vos camarades sur le chapitre : une question pour faire deviner une date, une pour un acteur, une pour un événement, une pour un mot de vocabulaire, une pour un lieu.

10 min — **Étape 2** Mettez-vous ensuite par trois. À tour de rôle, posez vos cinq questions aux autres élèves. Celui qui répond correctement marque un point. Faites le bilan quand tout le monde a posé ses questions.

Je révise avec des podcasts

1 Quelles sont les civilisations de la Méditerranée médiévale ?

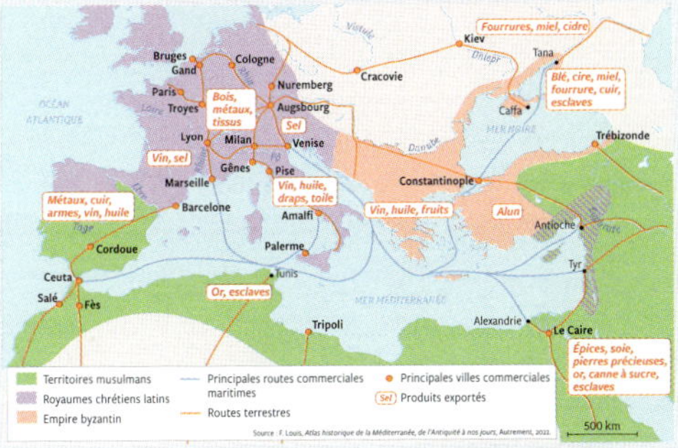

Podcast
hachette-clic.fr/24hg2012

2 Pourquoi la Méditerranée est-elle un espace d'échanges économiques ?

Podcast
hachette-clic.fr/24hg2013

3 Comment la Méditerranée est-elle devenue un lieu de brassage de cultures ?

Podcast
hachette-clic.fr/24hg2014

L'ESSENTIEL en 5 minutes

4 Qu'est-ce qu'une croisade ?

Podcast
hachette-clic.fr/24hg2015

5 Quelles puissances ont dominé la Méditerranée médiévale ?

Podcast
hachette-clic.fr/24hg2016

Je teste mes connaissances

- Écoutez les cinq épisodes du podcast puis testez vos connaissances grâce aux flashcards.

QUESTION

Quelle civilisation du Moyen Âge est l'héritière de l'Empire romain d'Orient ?

RÉPONSE

La civilisation byzantine

Flashcards
hachette-clic.fr/24hg2017

Le saviez-vous ?

Les podcasts ont différents formats. Ils peuvent prendre la forme d'un monologue, ou d'une interview avec un ou plusieurs intervenants. En histoire, le podcast peut être l'occasion de raconter des récits ou de présenter un sujet en plusieurs épisodes thématiques (règnes de monarques, batailles majeures, présentation d'une époque particulière, etc.).

» Je m'entraîne

• Comprendre le brassage des cultures en Sicile

1 **Les notaires grecs, arabes et latins du roi de Sicile Guillaume II**
Jean Chartier, *Chronique de Charles VII roi de France*, Maître du Froissart de Philippe de Commynes, XVe siècle.

2 **Description de Palerme**

La plus belle des cités de la Sicile est la résidence de son roi ; les musulmans l'appellent la cité al Madina et les chrétiens Palerme ; c'est là que demeurent les musulmans citadins ; ils y ont des mosquées et les souks qui leur sont réservés dans les faubourgs sont nombreux. Tous les autres musulmans habitent les fermes, les villages et les autres villes, comme Syracuse, etc. Mais c'est la grande cité, résidence du roi Guillaume, qui est la plus importante et la plus considérable. [...]. Le roi a pleine confiance dans les musulmans et se repose sur eux pour ses affaires et ses travaux les plus importants. Même l'intendant des cuisines est un musulman ! Le roi possède une troupe d'esclaves noirs musulmans qui est commandée par l'un des leurs. Ses vizirs et ses chambellans sont des eunuques dont un grand nombre font partie de son gouvernement et sont ses favoris. [...] C'est le souverain de la Chrétienté qui mène le train le plus pompeux, le plus luxueux et qui est le plus opulent. Il ressemble aux souverains musulmans : comme eux il plonge dans les délices du pouvoir, établit ses lois, règle ses modalités, répartit les dignités parmi ses hommes, exagère la pompe royale et l'étalage de son apparat. [...] Un autre fait admirable qu'on rapporte à propos de sa personne, c'est qu'il lit et écrit l'arabe.

« Ibn Jubayr : Relation de voyages », in *Voyageurs arabes*. Traduction de Charles-Dominique Paule. Bibliothèque de la Pléiade © Éditions Gallimard.

PALIER 1

Je présente et j'identifie les documents

- Quelle est la nature des deux documents ?
- Ces deux documents se complètent-ils ou s'opposent-ils ?

PALIER 2

J'observe et je comprends les documents

- Quels éléments permettent d'identifier les différentes origines des notaires sur le **doc. 1** ?
- Quels sont les lieux fréquentés par les musulmans dans le **doc. 2** ?
- Quelles coutumes musulmanes sont adoptées par les femmes chrétiennes dans le **doc. 2** ?

PALIER 3

J'analyse et je dégage la portée des documents

- Comment le **doc. 1** illustre-t-il une politique de coopération du roi Guillaume II à l'égard des musulmans ?
- Comment le **doc. 2** témoigne-t-il d'un brassage entre culture chrétienne et culture musulmane ?

• Analyser une enluminure

Le siège de Damiette (Égypte) lors de la cinquième croisade (1217-1221)

Miniature sur parchemin extraite de *Vie de Saint-Louis de Polo*, vers 1305-1309, BnF, Paris.

Le saviez-vous ?

Du latin *illuminare*, qui signifie « éclairer » ou « illuminer », l'**enluminure**, souvent associée au terme « miniature », est un art décoratif très utilisé à l'époque médiévale jusqu'à l'apparition de l'imprimerie et de la gravure. Exécutées à la main, ces illustrations sont des sources très utiles pour l'historien, notamment lorsqu'il s'agit de descriptions de villes ou de batailles anciennes pour lesquelles la documentation est rare.

PALIER 1

J'identifie le sujet du document

- Quels éléments importants permettent d'identifier le document (auteur, date, source…) ?
- Où se déroule la scène représentée ?

PALIER 2

Je décris le document

- Qui sont les acteurs visibles sur cette miniature représentant le siège de Damiette.
- Quels éléments permettent d'identifier les croisés sur le document ?
- Quelle semble devoir être l'issue de ce siège, selon l'auteur ?

PALIER 3

J'exerce mon esprit critique

- Comment ce document illustre-t-il ce qu'est une croisade ?
- Pourquoi ce document ne représente-t-il qu'un aspect des relations entre les grandes civilisations de l'espace méditerranéen médiéval ?
- Identifiez la date du siège de Damiette et celle de la réalisation de l'enluminure. Pourquoi cela appelle-t-il à une prudence dans l'analyse de cette représentation ?

›› J'approfondis

À VISITER EN LIGNE

Sur le site Internet *Museum with no frontiers*, recherchez l'exposition virtuelle « **Les Normands en Sicile** » pour approfondir le brassage des cultures entre cultures gréco-romaine, byzantine, arabe et latine.

À VOIR

Venise au Moyen Âge : un redoutable guerrier économique est un reportage de France 24 (2015) qui évoque la puissance vénitienne des XIVe-XVe siècles, et l'inscription de cette puissance dans son architecture.

VERS LA SPÉCIALITÉ HGGSP

L'analyse de l'historien : dans l'émission *La Marche de l'histoire* (24 février 2020), Nicolas Vatin revient sur la naissance et l'expansion de la puissance ottomane.
Comment devient-on une puissance ?

EXERCICES Rédiger et argumenter

Sujet corrigé : La Méditerranée médiévale, espace d'échanges et de conflits ?

Objectif Comprendre la question et mobiliser des connaissances

Vous présenterez la diversité des civilisations méditerranéennes puis vous préciserez quels sont les différents contacts entre celles-ci.

Étape 1 Comprendre la question et identifier les mots-clés

1. Lisez plusieurs fois la question.
2. Définissez et expliquez les mots-clés à l'aide de vos connaissances.

La Méditerranée médiévale, espace d'échanges et de conflits ?

- Méditerranée médiévale : Cette expression désigne la mer Méditerranée et les territoires qui la bordent au Moyen Âge.
- échanges : Ce terme évoque les échanges commerciaux et culturels.
- conflits : Guerres, croisades.

Étape 2 Mobiliser des connaissances

3. Listez au brouillon les idées et les mots de vocabulaire qui permettent de répondre à la question.
4. Listez au brouillon les exemples qui permettent de répondre à la question.

Idée 1 : *Des échanges nombreux et variés.*
Vocabulaire : république maritime, syncrétisme.
Acteurs : Pierre le Vénérable, Guillaume II roi de Sicile, Ibn Jubayr.
Repère chronologique : XIIe siècle.
Exemples : Palerme, Tolède.

Idée 2 : *Des conflits au sein des civilisations et entre celles-ci.*
Vocabulaire : califat, croisade, hérésie, jihad.
Repères chronologiques : (1054) Schisme, (1095) 1e croisade, (1204) Pillage de Constantinople par les croisés, (1453) Chute de Constantinople.
Acteurs : Bernard de Clairvaux, Mehmed II.
Exemples : la deuxième croisade ; la quatrième croisade ; la croisade contre les cathares.

Étape 3 Rédiger l'introduction

5. Rédigez l'introduction.

Une introduction comporte une présentation du sujet, une problématique sous forme de question et l'annonce de deux ou trois idées principales.

Entre le Xe et le XVe siècle, les civilisations latine, byzantine et musulmane occupent l'espace méditerranéen. Elles entretiennent des relations variées allant d'échanges commerciaux et culturels jusqu'à des affrontements violents. Pourquoi la Méditerranée médiévale est-elle à la fois un espace d'échanges et de conflits ? Après avoir présenté les différentes civilisations méditerranéennes médiévales, nous étudierons les nombreux échanges en Méditerranée et nous finirons par évoquer les différentes formes de conflit.

➔ Voir fiche 11 p. 226

Sujet guidé : Pourquoi Venise est-elle une cité puissante de la Méditerranée médiévale aux XIIe-XIIIe siècles ?

Vous montrerez que Venise joue un rôle clé dans les différents contacts entre les trois civilisations de la Méditerranée médiévale.

Étape 1 Comprendre la question et identifier les mots-clés

1. Analysez la question.

Quel est le travail à mener ?

Dans quels domaines Venise est-elle puissante ?

Présentez l'espace géographique concerné.

Pourquoi Venise est-elle une cité puissante de la Méditerranée médiévale aux XIIe-XIIIe siècles ?

Quelles sont les spécificités de cette cité ?

Quel est le contexte ?

Étape 2 Mobiliser des connaissances

2. Sélectionnez ce qui est utile pour répondre au sujet et justifiez vos choix.

Famille Polo	*Constantinople*
Tolède	*Flotte*
République maritime	*1453*
1204	*Croisade*
Cathares	*Ducat*
Comptoirs	*Bernard de Clairvaux*

Étape 3 Rédiger l'introduction

Au XIIe et XIIIe siècles, la cité italienne de Venise est la principale puissance commerciale du bassin méditerranéen. À la tête d'une vaste république maritime, Venise devient un acteur incontournable en Méditerranée. Pour quelles raisons Venise domine-t-elle la mer Méditerranée aux XIIe et XIIIe siècles ?...

3. Quels mots-clés l'élève a-t-il indiqués dans la présentation du sujet ?

4. Identifiez la problématique.

5. Identifiez les deux ou trois idées principales à développer.

Appuyez-vous sur la consigne pour pour identifier les idées principales du sujet.

THÈME 2

XVe-XVIe siècles : un nouveau rapport au monde, un temps de mutation intellectuelle

Le goût pour l'Antiquité, les arts et les « curiosités » au XVIe siècle

Francken - Frans II, le Jeune, *Ulysse reconnaissant Achille parmi les filles de Lycomède*, 1620, musée du Louvre, Paris.

Le renouveau des arts au XVIe siècle est marqué par la redécouverte de l'Antiquité (représentation de sujets mythologiques, utilisation de la perspective). Dans les cabinets de curiosités, princes et érudits rassemblent des objets antiques ou rapportés des voyages d'exploration en Afrique, aux Amériques ou de l'océan Indien.

CHAPITRE

3 L'ouverture atlantique : les conséquences de la découverte du « Nouveau Monde »

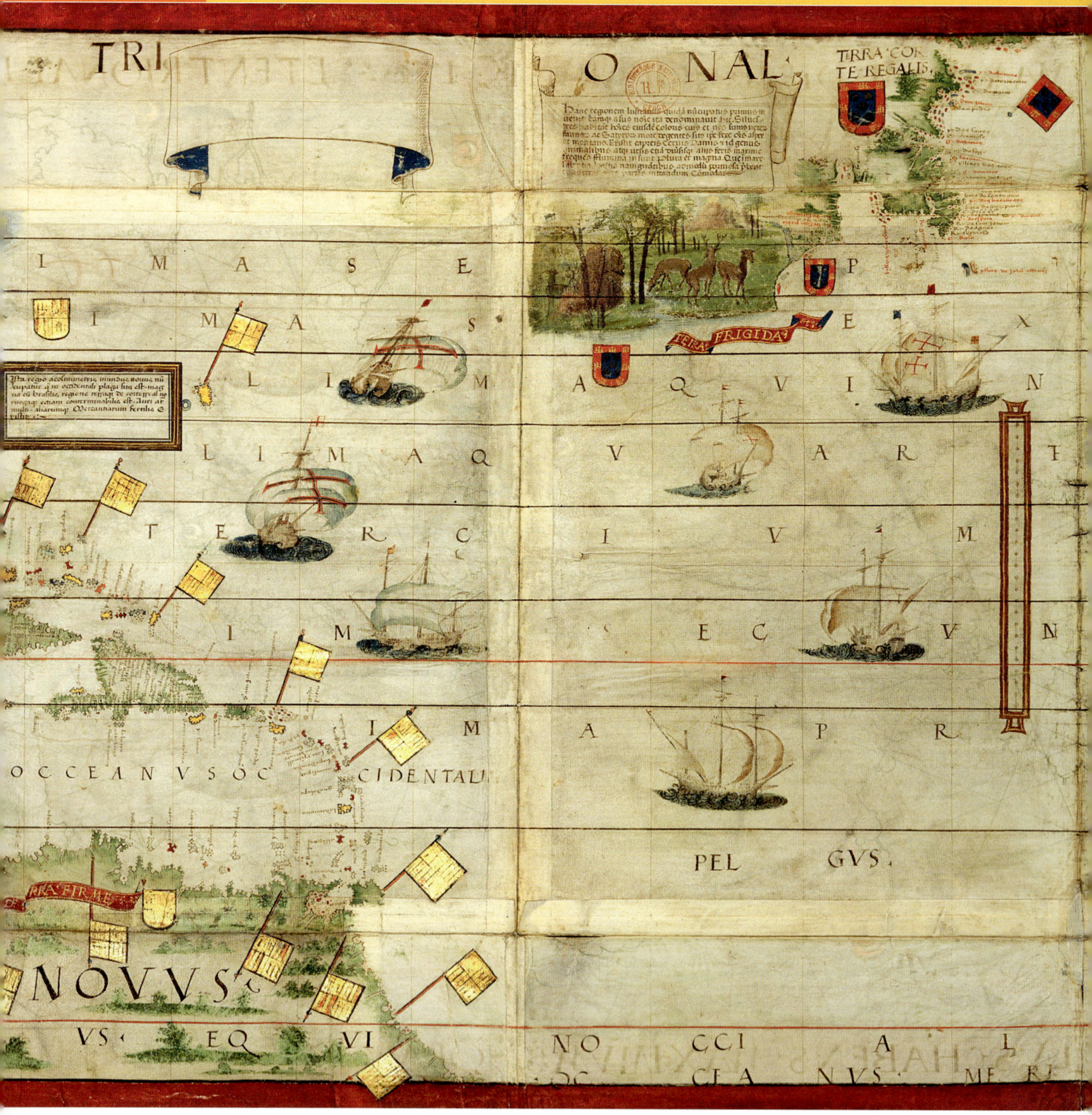

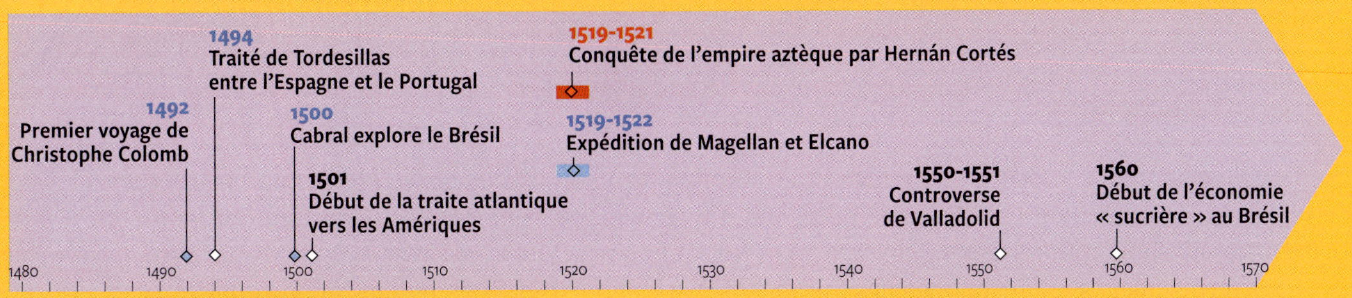

COURS 1 Dès la fin du XVe siècle, les Européens entreprennent des voyages pour ouvrir de nouvelles routes maritimes vers les Indes et prennent possession de terres qu'ils découvrent.

Quelles sont les conséquences des conquêtes de nouvelles terres par les Européens au XVIe siècle ?

COURS 2 Avec la constitution d'empires coloniaux aux Amériques et en Afrique, l'océan Atlantique devient un nouvel espace d'échanges entre l'Europe et les territoires conquis.

Comment le basculement des échanges vers l'Atlantique donne-t-il naissance à une première forme de mondialisation ?

Une représentation de l'océan Atlantique au XVIe siècle

Lopo Homem, *Atlas nautique du Monde, dit atlas Miller*, 1519, Bibliothèque nationale de France, Paris.

Cette carte, destinée au roi portugais Manuel Ier, représente des navires européens circulant sur l'océan Atlantique entre l'Europe et les côtes africaines (à l'est) et des territoires découverts par les Européens (à l'ouest). L'expression « Nouveau Monde » (*Mundus Novus*) a été utilisée en 1503 par l'explorateur Amerigo Vespucci pour désigner ces terres.

QUESTIONS

1. Quel nouveau continent apparaît sur cette carte marine portugaise ?
2. Comment cette carte montre-t-elle que l'océan Atlantique est devenu un nouveau carrefour d'échanges ?

GRAND ANGLE Les conséquences de l'expansion européenne (XVe-XVIe siècles)

● Après la prise de Constantinople en 1453, l'Empire ottoman bloque les voies commerciales vers l'Orient. En cherchant de nouvelles routes maritimes vers les Indes, les Portugais contournent l'Afrique (1488) et Christophe Colomb atteint les Amériques (1492). Les explorateurs découvrent des terres jusqu'alors inconnues des Européens. Les **conquistadors** espagnols et portugais prennent ensuite possession de territoires.

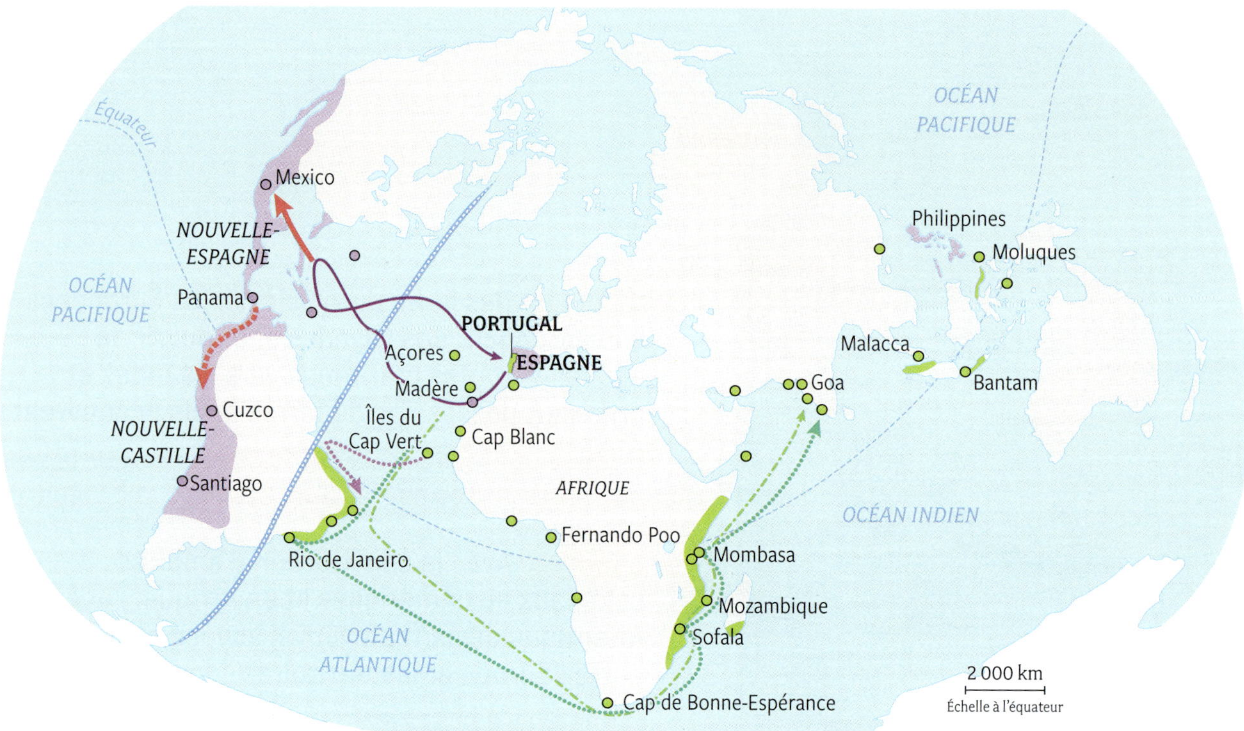

L'empire colonial portugais
- Territoires portugais
- Expédition de Cabral (1500)
- Expédition de Vasco de Gama (1497-1499)

L'Empire colonial espagnol
- Territoires espagnols
- 1er voyage de Christophe Colomb (1492-1493)
- Expédition d'Amerigo Vespucci (1499)

- Conquête de l'empire aztèque par Cortés (1519-1521)
- Conquête de l'empire inca par Pizarro (1531-1533)
- Ligne de partage du traité de Tordesillas (1494)

Source : C. Grataloup, *Atlas historique mondial*, Les Arènes, L'Histoire, 2019

1 Les explorations et les conquêtes (1415-1530)

Christophe **Colomb**

Il découvre l'île d'Hispaniola en 1492 et place les Grandes Antilles sous domination espagnole.

Hernán **Cortés**

Il débarque en 1519 au Mexique, et découvre l'empire aztèque. Après le siège de la ville de Tenochtitlán et la mort de l'empereur Moctezuma II, il prend le pouvoir sur le Mexique.

Francisco **Pizarro**

Il découvre le Pérou en 1526. Il fait la conquête de l'empire inca en 1532 et prend en otage leur chef, Atahualpa, avant de le tuer.

Pedro Álvares **Cabral**

Il découvre le Brésil en 1500, puis les Portugais y établissent leur domination à partir de 1522.

2 La conquête des Amériques (fin XVe-XVIe siècles)

● Les conquêtes et l'exploitation de nouvelles terres aux Amériques, en Afrique et en Asie s'accompagnent d'un essor du commerce maritime dans l'océan Atlantique. Les échanges d'or et d'argent ainsi que de plantes (tomate, cacao, sucre), de matières premières (bois, ivoire) et de produits manufacturés (tissus, armes) se développent. Des esclaves africains sont déportés vers les territoires américains : c'est la **traite atlantique**. Ces échanges entre les différents territoires du monde donnent lieu à une première **mondialisation**.

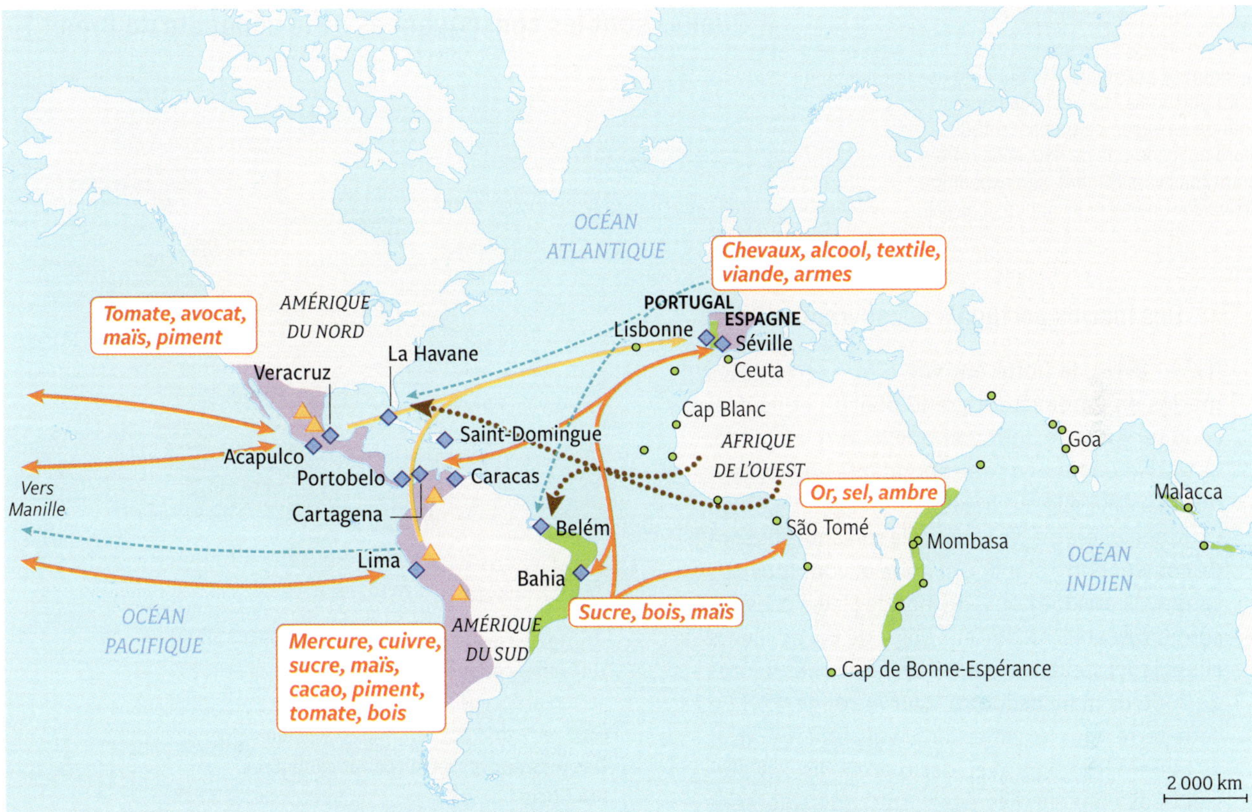

Le développement des échanges maritimes
- Flux de marchandises
- Bois : Marchandises échangées
- Exportation de minerais précieux (or et argent)
- Flux d'esclaves (traite atlantique)
- Départ de missionnaires chrétiens

... qui met tous les continents en contact
- Port
- Mines et carrières d'or et d'argent
- Empire colonial espagnol
- Empire colonial portugais

Source : *Atlas des Amériques*, Les Atlas de l'Histoire, n° 376, mai 2012.

3 La première mondialisation (XVe-XVIe siècles)

VOCABULAIRE

- **Conquistadors :** nom donné aux Espagnols qui réalisent la découverte, la conquête et la colonisation des Amériques.
- **Mondialisation :** mise en relation des régions du monde par les échanges.
- **Traite atlantique :** commerce d'esclaves africains déportés aux Amériques.

QUESTIONS

1. **Doc. 1** Quels océans les Européens explorent-ils pour rechercher une nouvelle route vers les Indes ?
2. **Doc. 1 à 3** Relevez trois conséquences des découvertes pour les populations en Europe et aux Amériques.
3. **Doc. 3** Montrez que ces explorations et conquêtes ont permis une première mondialisation.

ÉTUDE 1 PARCOURS CROISÉS

Le Portugal et les Amériques :

Les conquêtes portugaises aux Amériques

PEDRO ÁLVARES CABRAL
(vers 1460-vers 1520)

Navigateur portugais, il est chargé par le roi portugais Manuel Ier de poursuivre l'œuvre de Vasco de Gama. En 1500, alors qu'il cherche de nouvelles routes maritimes vers l'Orient, son expédition arrive sur une terre inconnue, le Brésil.

Après la découverte du Brésil par le navigateur portugais Pedro Álvares Cabral en avril 1500, la conquête du territoire et sa mise en valeur sont financées par la monarchie portugaise.

> **Quelles sont les conséquences de la conquête du Brésil ?**

1 Des marins portugais découvrent le Brésil

[Le 22 avril], la flotte eut vue d'une terre et les marins en éprouvèrent grand plaisir ; et ils descendirent à terre pour voir quelle terre c'était là. Ils trouvèrent une contrée abondante en arbres et des gens qui allaient le long du rivage de la mer. [...] La manière de ces gens est la suivante : ils sont de couleur entre blanche et noire et vont tous nus sans avoir aucune honte du monde ; leurs cheveux sont longs et ils ne portent point de barbe. Leurs cils et leurs sourcils étaient peints avec des figures de couleur blanche, noire, azur et rouge. [...] En cette terre nous ne vîmes fer ni nul autre métal, et ils taillent leur bois avec des pierres. Ils ont plusieurs oiseaux de diverses sortes, spécialement des perroquets de maintes couleurs, dont certains sont gros comme des poules et encore d'autres oiseaux fort beaux dont ils utilisent les plumes pour leurs chapeaux et leurs coiffes. Il y a aussi eau douce à plaisir, abondance d'arbres, d'ignames et de coton. Nous ne vîmes en ce lieu aucun bétail. La terre est étendue et nous ne savons si c'est une île ou une terre ferme ; [...]. »

Source : relation du pilote anonyme de la navigation de Lisbonne à Calicut (avril-mai 1500), dans Ilda Mendes dos Santos (éd.), *La découverte du Brésil*, Chandeigne, 2000.

2 La conquête du Brésil

ACTIVITÉ 1

1. **Doc. 1** Présentez les éléments qui montrent la découverte par Cabral d'une terre inconnue des Européens.
2. **Doc. 1 et 2** Quelles ressources sont découvertes et convoitées par les Portugais au Brésil ?
3. **Doc. 2** Comment les territoires conquis sont-ils mis en exploitation ?

BILAN A l'aide de vos réponses, présentez les conséquences de la découverte de Cabral pour le Brésil et le Portugal.

conquérir et exploiter

Le Portugal et l'économie « sucrière »

PPO

Le Portugal implante la canne à sucre dans l'île de São Tomé vers 1475 puis au Brésil au milieu du XVIe siècle.

Comment le Portugal a-t-il développé l'économie « sucrière » dans ses colonies ?

3 La culture du sucré à São Tomé

Cette île de São Tomé, lorsqu'elle fut découverte, n'était qu'une épaisse forêt [...]. Depuis quelques années, une partie importante de l'île a été déboisée et on y a construit une ville principale du nom de Povoasan[1] [...]. La ressource principale des habitants est le sucre qu'ils vendent aux navires qui, chaque année, viennent en prendre livraison [...]. Chaque habitant achète en Guinée, au Bénin et au Manicongo, des esclaves noirs avec leurs femmes qu'il emmène travailler la terre et faire du sucre. Certains sont très riches et possèdent jusqu'à 150 et 200 voire 300 nègres et négresses[2] qui sont contraints à travailler toute la semaine pour leur patron, à l'exception du samedi où ils travaillent pour se nourrir [...]. Les deux tiers de cette île ne sont pas encore déboisés ni utilisés pour la culture de la canne à sucre.

Extraits de *Navigation de Lisbonne à l'île de São Tomé par un Pilote portugais anonyme*, 1545. Cité et traduit de l'italien par Serge Sauvageot dans la revue Garcia de Orta, Lisbonne, 9, 1961.

1. Aujourd'hui São Tomé, la capitale de São Tomé-et-Príncipe.
2. Esclaves noirs.

4 Un moulin à sucre au Brésil

Frans Post, *Esclaves travaillant dans un moulin à sucre au Brésil*, plume et lavis, 1640.

Sur une exploitation (*engenho*), des esclaves transportent les cannes à sucre récoltées jusqu'au moulin où d'autres esclaves font fonctionner le pressoir pour extraire le jus de la canne à sucre.

ACTIVITÉ 2

1. **Doc. 3** Quelles sont les conséquences de l'implantation de la canne à sucre sur l'île de São Tomé ?
2. **Doc. 4** Décrivez la production du sucre de canne.
3. **Doc. 3 et 4** Comment la culture de la canne à sucre modifie-t-elle les territoires conquis ?

BILAN Présentez les impacts sur les sociétés et sur les territoires de la mise en place de l'économie «sucrière» par le Portugal dans ses colonies.

PARCOURS CROISÉS

Réalisez un schéma pour expliquer les conséquences de la découverte du Brésil pour les populations et les territoires.

Pas à pas :

1. Inscrivez au centre du schéma « Les conséquences de la découverte du Brésil pour... ».
2. Tracez des flèches pour indiquer :
   - les conséquences pour les différentes populations ;
   - les conséquences pour l'économie et les échanges ;
   - les conséquences pour les territoires conquis.

ÉTUDE 2
REGARD DE L'HISTORIEN

L'esclavage et la traite avant et après la conquête

À partir du milieu du XVe siècle, des navires européens transportent des esclaves africains en Europe et sur les îles portugaises en passant par l'océan Atlantique. Lors de la colonisation des Amériques, la **traite atlantique** est responsable de la déportation de près de 200 000 esclaves vers le « Nouveau Monde » au XVIe siècle.

> Comment la traite a-t-elle évolué avec la conquête des Amériques ?

1 Les Portugais ouvrent la route de la traite atlantique

REGARD DE L'HISTORIEN

Si l'Afrique est au cours du XVe siècle la zone unique d'implantation portugaise, un tournant imprévu intervient en 1500. Alors que les « Indes occidentales », bientôt appelées « Amériques » (en 1507 pour la première fois), sont attribuées à l'Espagne par le traité de Tordesillas (1494), qui trace une ligne de partage des terres, la « découverte » fortuite de la côte la plus orientale du Brésil par Pedro Álvares Cabral, le 22 avril 1500, fait entrer cette partie de l'Amérique dans le domaine portugais. Dès lors, la traite négrière portugaise, jusque-là tournée vers les petites possessions insulaires africaines, se dirige massivement vers l'immense Brésil, la réduction en servitude des populations indiennes se révélant peu efficace. Le comptoir de Luanda est le principal fournisseur de ce gigantesque marché d'esclaves, qui sera le plus important de toutes les traites européennes.

Ainsi, au fil du XVe siècle, le Portugal inaugure un commerce d'êtres humains à grande échelle. L'« engrenage négrier » est donc en place au moment où la découverte des Antilles et du continent américain après 1492 lui impulse une dimension nouvelle : trois continents sont en relation pour la première fois : l'Europe, donneuse d'ordre ; l'Afrique, pourvoyeuse de main-d'œuvre servile ; les Amériques, destinataires des captifs africains. C'est la première mondialisation mettant en circulation des hommes, des marchandises, des techniques et des capitaux.

Marcel Dorigny, « Traites et colonisations : la rupture », *La Vie/Le Monde Afrique* n° 42 : « L'Atlas des Afriques », Juin/Juillet 2023.

Qui est-il ?
Marcel Dorigny (1948-2021), historien français, spécialiste de l'histoire de l'esclavage et membre du conseil scientifique de la Fondation pour la mémoire de l'esclavage.

2 Les destinations de la traite atlantique

	Nombre d'esclaves africains déportés			
Années	Europe	Caraïbes	Territoires américains espagnols	Brésil
1501-1525	624	78	0	0
1526-1550	0	6 861	14 341	0
1551-1575	0	10 067	35 678	388
1576-1600	266	19 008	153 873	597
1601-1625	449	15 605	195 863	1 670
1626-1650	0	12 530	101 779	38 779
TOTAL	**1 339**	**64 149**	**501 534**	**41 434**

Source : Base de données Slave Voyage, 2024.

VOCABULAIRE

- **Traite atlantique :** commerce d'esclaves africains déportés aux Amériques.

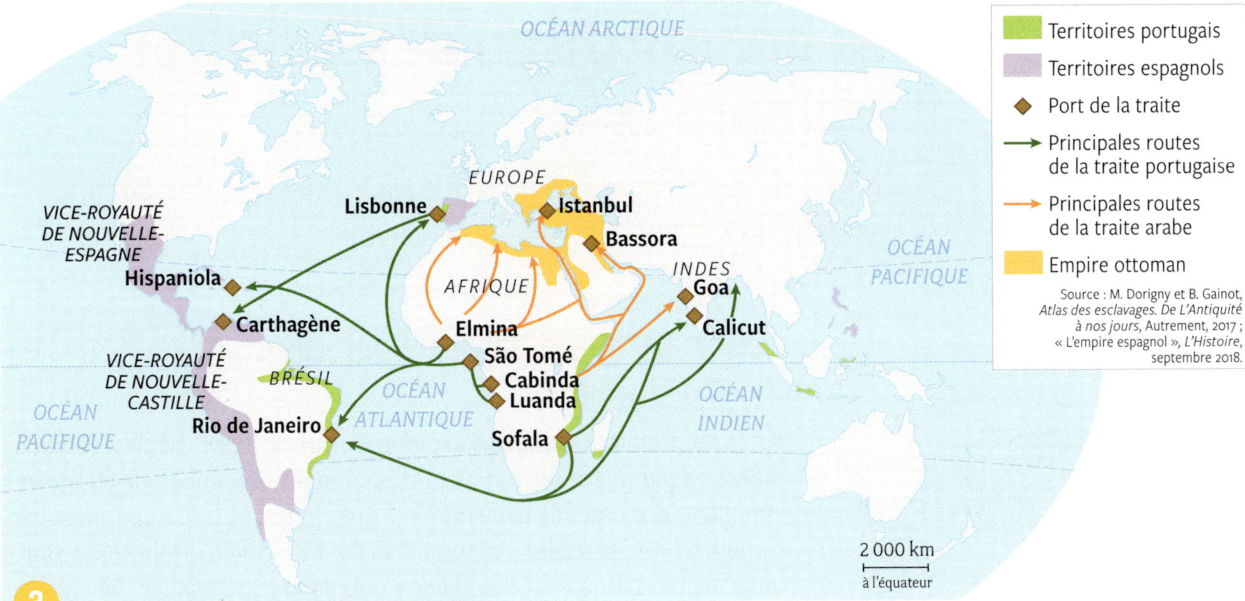

3 Les routes de la traite au XVIe siècle

4 Deux marchands portugais avec des manilles

Plaque en laiton provenant du palais de l'ancien royaume du Bénin (actuel Nigeria), art du peuple Edo, XVIe-XVIIe siècles, Metropolitain Musem of Art, New York.

Les manilles sont des bracelets métalliques, principalement en laiton. À partir du XVIe siècle, les Portugais en fabriquent en Europe et les utilisent comme monnaie dans les ports de traite en Afrique pour acheter des esclaves.

PARCOURS 1

Comprendre et mettre en relation des documents

1. **Doc. 1** Relevez les conséquences de la « découverte » des Antilles et du Brésil sur la traite au XVIe siècle.
2. **Doc. 1 et 3** Pourquoi Marcel Dorigny parle-t-il d'une « première mondialisation » lorsqu'il évoque la traite atlantique au XVIe siècle ?
3. **Doc. 2** Identifiez la principale destination des déportations d'esclaves par l'océan Atlantique au début et à la fin du XVIe siècle. Que constatez-vous ?
4. **Doc. 1 et 4** Présentez le rôle du Portugal dans la traite atlantique.

BILAN À l'aide de vos réponses et des documents, rédigez un paragraphe pour expliquer l'évolution de la traite au XVIe siècle.

PARCOURS 2

Réaliser une production graphique

Pour Marcel Dorigny, la traite atlantique évolue car « la découverte des Antilles et du continent américain après 1492 lui impulse une dimension nouvelle. Trois continents sont en relation pour la première fois : l'Europe, donneuse d'ordre ; l'Afrique, pourvoyeuse de main-d'œuvre servile ; les Amériques, destinataires des captifs africains. »

À l'aide de l'ensemble des documents, réalisez un schéma et sa légende afin d'expliquer comment la traite atlantique a été mise en place entre l'Europe, l'Afrique et les Amériques au XVIe siècle.

COURS 1

Les conséquences de la constitution des empires coloniaux

> Quelles sont les conséquences des conquêtes de nouvelles terres par les Européens au XVIe siècle ?

1 La constitution d'empires coloniaux aux Amériques

- **Après les premiers voyages d'exploration aux XVe et XVIe siècles, conquistadors espagnols et portugais font la conquête de nouveaux territoires** et fondent des empires coloniaux aux Amériques. Le traité de Tordesillas, signé en 1494 entre les Portugais et les Espagnols, établit que toute terre découverte à l'est d'une ligne définie par la papauté doit revenir aux Portugais. Ainsi, Cabral, en prenant la route à l'ouest du Portugal à travers l'Atlantique, découvre en 1500 ce qui devient le Brésil.

- **Dans le reste des Amériques, ce sont les conquistadors espagnols qui, au XVIe siècle, se lancent à la conquête de territoires possédés par des civilisations amérindiennes,** comme les empires aztèque ou inca. Ces « conquérants » sont principalement à la recherche d'or et de ressources qu'ils pourraient ensuite exploiter. Hernán Cortés fait la conquête de l'empire aztèque à partir de 1519, et Pizarro celle de l'empire inca à partir de 1532.

- **Le déroulement des conquêtes et la mise en place de l'administration coloniale prennent des formes très différentes.** Les conquistadors espagnols utilisent soit la violence, comme lors de la prise de Mexico en 1521, soit la négociation avec des élites locales. Pour mener ces conquêtes, les Espagnols s'appuient sur les conflits préexistants entre peuples amérindiens. Au Brésil, les Portugais fondent des capitaineries et des villes comme Olinda.

2 Le bouleversement dans les territoires conquis

- **Les violences commises lors des guerres de conquête déciment les populations.** Les Amérindiens sont également victimes du choc microbien en raison des maladies venues d'Europe et contre lesquelles ils ne sont pas immunisés comme la variole, la varicelle et la grippe. La population d'Amérique latine passe de 50 millions d'habitants en 1492 à 8 millions un siècle et demi plus tard.

- **Les populations des Amériques sont progressivement soumises à des mesures de travaux forcés** (*encomienda* et *mita*). Afin d'asseoir leur domination et d'éviter les révoltes, les Espagnols cherchent à s'appuyer sur les élites locales traditionnelles, les caciques, pour mettre en place un système qui leur permet l'exploitation des mines d'or et d'argent comme celles du Potosí.

VOCABULAIRE

- **Acculturation :** processus par lequel des individus assimilent une culture étrangère à la leur.
- **Cacique :** chef de certaines tribus amérindiennes.
- **Capitainerie :** territoire confié par la Couronne portugaise à des particuliers afin qu'ils l'exploitent et l'administrent.
- **Choc microbien :** augmentation rapide de la mortalité des Amérindiens causée par des maladies venues d'Europe et contre lesquelles ils n'étaient pas immunisés.
- **Plantation :** grande exploitation agricole où des produits sont cultivés par une main-d'œuvre servile.

- **Ces conquêtes aboutissent à des formes d'acculturation.** Des missionnaires européens traversent l'océan pour évangéliser les populations des Amériques. Des baptêmes forcés et des mariages mixtes avec des colons européens ont lieu afin de christianiser les populations. Les temples polythéistes sont détruits. Le peuplement des Amériques est également bouleversé avec l'arrivée de population d'Europe et d'Afrique dans le cadre de la traite atlantique. En effet, près de 200 000 esclaves africains sont déportés aux Amériques au XVIe siècle.

3 La mise en exploitation des territoires conquis

- **Les territoires conquis sont exploités par les Européens.** Des mines sont creusées pour extraire des minerais d'or et d'argent, et les cultures tropicales traditionnelles sont étendues pour devenir l'objet d'un commerce avec l'Europe (coton, tabac, café, cacao). Ces produits sont ensuite exportés vers l'Europe où ils sont vendus très cher.
- **Dans les colonies portugaises apparaît un nouveau système économique : l'économie « sucrière ».** La canne à sucre est acclimatée par les Portugais dans les îles atlantiques (São Tomé) puis au Brésil. De grandes plantations de cannes à sucre se développent, sur lesquelles des esclaves en provenance d'Afrique remplacent peu à peu les populations amérindiennes. Cette économie de plantation contribue au développement de la traite atlantique.
- **À partir de la seconde moitié du XVe siècle et jusqu'aux années 1630, les Portugais dominent la traite atlantique** à la fois vers leurs colonies (Cap-Vert, São Tomé, Brésil) et vers les territoires des Amériques sous domination espagnole. Cette traite atlantique se développe car la demande en main-d'œuvre est croissante à partir du XVIe siècle.

DATES CLÉS

1492
Premier voyage de Christophe Colomb.

1494
Traité de Tordesillas entre l'Espagne et le Portugal.

1500
Cabral découvre le Brésil.

XVIe siècle
Début de l'économie de plantation et de la traite atlantique.

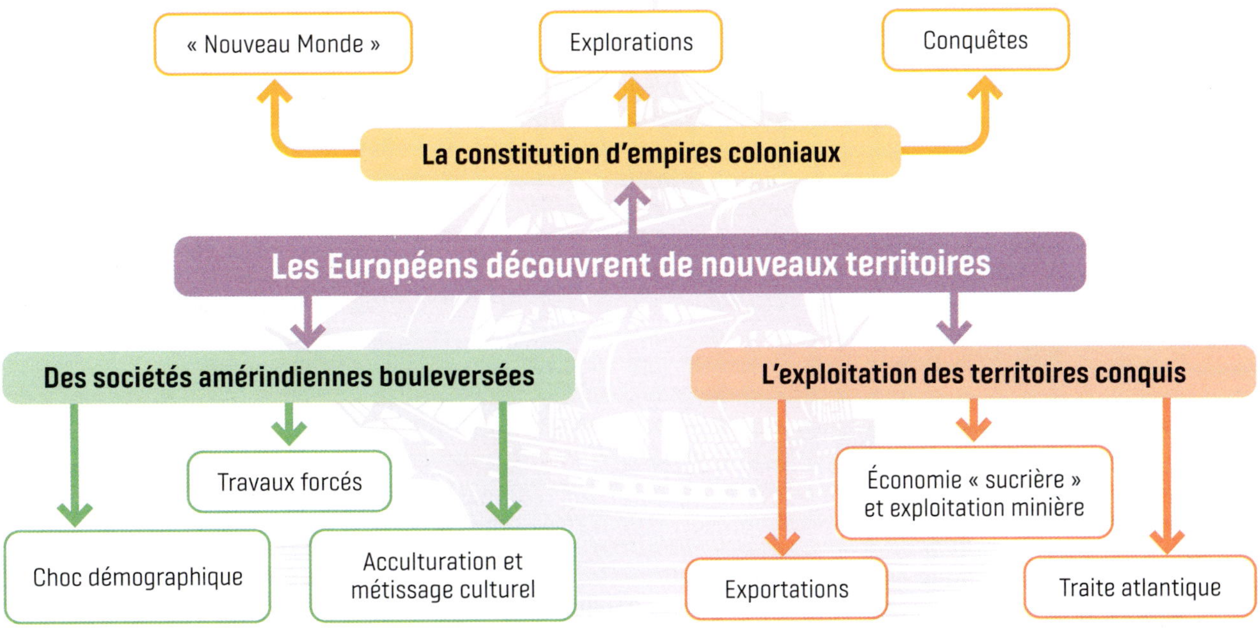

ÉTUDE 3 L'or et l'argent, des Amériques à l'Europe

PPO

À partir de 1520, or et argent des Amériques sont extraits des mines de l'Empire colonial espagnol. Ces ressources précieuses sont exploitées par les Espagnols qui recourent au travail forcé avant d'être expédiées vers l'Europe.

> Quelles sont les conséquences de la circulation de l'or et de l'argent entre les Amériques et l'Europe ?

1 L'exploitation des mines du Potosí (Bolivie actuelle)

Gravure de Théodore de Bry, fin du XVIe siècle.

La *mita* est un travail obligatoire dans l'empire inca auquel est assujetti tout homme valide âgé de 18 à 50 ans. Dans l'empire espagnol, il est intégré au système de l'*encomienda*.

Qui est-il ?

Théodore de Bry (1528-1598) : orfèvre et graveur qui recueille les témoignages de différents explorateurs européens pour réaliser et diffuser plusieurs gravures sur la conquête des Amériques.

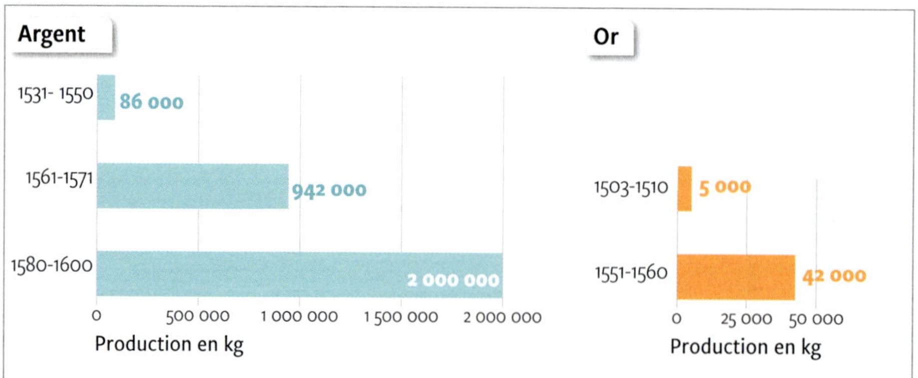

Source : B. Vincent, "Séville, centre du monde", *L'Histoire*, n°31, avril-juin 2006.

2 L'importation d'or et d'argent des Amériques à Séville (Espagne)

VOCABULAIRE

- ***Encomienda*** **:** concession d'une terre de la Couronne d'Espagne à un colon pour l'exploiter avec les Amérindiens qui fournissent un travail et payent un tribut en échange de leur protection et de l'évangélisation.
- ***Mita*** **:** système dans lequel les hommes devaient un nombre de jours de travail à l'empereur inca. Il fut repris par l'administration coloniale espagnole.

3 L'or et l'argent des Amériques dans le port d'Anvers (Pays-Bas espagnols)

L'Espagne nous fournit d'innombrables marchandises, des pierreries et perles que les Espagnols apportent des Indes occidentales et du Pérou [...], de grande quantité d'or et d'argent, pur, massif, mis en lingots, que pour la plupart ils tirent de ce Nouveau Monde et heureuse terre nouvellement découverte. [...] On nous envoie aussi d'Espagne du safran, des draps de soie, du sel, de l'alun de Mazzeron [...] Ils nous fournissent encore du vin et du sucre des Canaries. [...] Ceux d'Anvers envoient vers ce pays de l'argent vif, bien que le temps passant, il nous en vient d'Espagne en grande quantité. Nous leur envoyons du cuivre, du bronze, du laiton, de l'étain, du plomb, des draps de plusieurs sortes, principalement des Flandres et quelques-uns d'Angleterre [...], du lin, de la cire, de la poix[1], de la garance[2], du soufre et souvent du blé et du seigle, des chairs et poissons salés, jusqu'au beurre et au fromage et toutes espèces de mercerie, métal, de soie pour une somme merveilleuse. [...]

En somme, la plus grande partie de l'Espagne prend en ces pays toutes choses qui sont de manufacture ordinaire et qui consistent en l'industrie et le travail des hommes.

Extraits de Lodovico Guicciardini, *Description de tous les Pays-Bas,* publié de manière posthume en 1610.

1. Colle à base de résine ou de goudron de bois. 2. Plante cultivée pour sa couleur rouge.

Qui est-il ?
Lodovico Guicciardini (1521-1589) : négociant et écrivain italien vivant à Anvers.

4 L'essor de l'orfèvrerie et de l'horlogerie

Hans Schlottheim, horloge-automate dite « Nef de Charles Quint », or, laiton doré, fer et émail, fin du XVIe siècle, musée national de la Renaissance, Écouen.

L'exploitation active des mines par des familles de banquiers et de négociants favorise l'essor de l'orfèvrerie et de l'horlogerie aux XVIe et XVIIe siècles.

PARCOURS 1

Comprendre et mettre en relation des documents

1. **Doc. 1** Quelle organisation du travail les Espagnols mettent-ils en place pour extraire l'or et l'argent de leurs colonies ?
2. **Doc. 2 et 3** Présentez les effets de l'arrivée de l'or et de l'argent des Amériques en Espagne.
3. **Doc. 3 et 4** Montrez que l'arrivée de l'or et de l'argent des Amériques stimule la production et le commerce en Europe.

BILAN À partir de vos réponses, présentez les effets de la circulation de l'or et de l'argent aux Amériques et en Europe.

PARCOURS 2

Réaliser une production cartographique

À partir des documents et de la page 75, réalisez un croquis montrant que la circulation de l'or et de l'argent des Amériques vers l'Europe au XVIe siècle illustre une première mondialisation de l'économie.

Pas à pas :
- Localisez les lieux d'extraction ;
- Représentez les courants d'échange d'or et d'argent ;
- Indiquez les espaces d'importation des métaux précieux ;
- Montrez la circulation des métaux précieux en Europe.

Schéma hachette-clic.fr/24hg2018

ÉTUDE 4 Bartolomé de Las Casas et la controverse de Valladolid (1550-1551)

PPO

En 1494, le pape Alexandre VI partage le « Nouveau Monde » entre l'Espagne et le Portugal en leur donnant le droit exclusif de coloniser et de convertir les peuples non chrétiens. Rapidement, les violences de la conquête et de la colonisation suscitent des protestations et des débats, notamment entre Bartolomé de Las Casas et Sepúlveda.

> Comment la découverte et l'exploitation de nouvelles terres transforment-elles la vision européenne du monde ?

BARTOLOMÉ DE LAS CASAS
(1484-1566)
Ancien colon espagnol possédant une *encomienda* sur l'île d'Hispaniola, il intègre ensuite un ordre religieux et plaide en faveur d'une colonisation pacifique fondée sur le consentement des Amérindiens et l'évangélisation.

1 La « conversion » de Las Casas en 1514

Un jour, je préparais mon sermon pour la fête de la Pentecôte, et je lisais la Bible. Je suis tombé sur ce passage : « L'offrande de ceux qui commettent l'injustice n'est pas agréable au Seigneur. Celui qui offre à Dieu ce qu'il a volé aux pauvres, c'est comme s'il sacrifiait un enfant sous les yeux de son père. » Alors j'ai compris que le père Montesinos[1] avait raison. Voler aux Indiens leurs terres, réduire ces gens en esclavage, c'était une grande injustice. Il ne servait à rien de faire des prières, de se confesser, d'aller à la messe et de communier, si l'on continuait à vivre dans ce grand péché d'injustice.

J'ai continué à réfléchir, pendant des jours et des semaines. Finalement, j'ai décidé d'annoncer à tout le monde que je rendais mes terres aux Indiens[2] et la liberté à mes esclaves. Je l'ai annoncé au cours du sermon prononcé à l'occasion de la grande fête du 15 août. Et j'ai dit à ceux qui m'écoutaient qu'ils devraient m'imiter s'ils voulaient vivre en chrétiens. Ce fut un beau scandale. On aurait dit que je leur demandais de rendre la liberté à leurs animaux domestiques.

Bartolomé de Las Casas, *Histoire des Indes*, t. III première édition en 1875-1876, traduit de l'espagnol par Jean-Pierre Clément et Jean-Marie Saint-Lu, Seuil, 2002.

1. Le prêtre Antonio de Montesinos dénonce en 1511 à Saint-Domingue l'attitude des colons à l'égard des Amérindiens. 2. Les Amérindiens.

2 L'exécution de l'empereur inca Atahualpa en 1533

America, Partie VI de Theodore de Bry : *L'exécution au garrot d'Atahualpa* (c. 1502-1533), dernier Empereur des Incas, par les Espagnols, 1596, British Library, Londres.

VOCABULAIRE

- **Controverse :** discussion argumentée entre plusieurs savants qui s'opposent sur une question.
- **Droit des gens :** principe selon lequel les peuples autochtones ont des droits naturels et doivent être traités avec respect et équité.

3 La controverse de Valladolid (1550-1551)

L'empereur Charles Quint et le pape Paul III décident d'organiser à Valladolid une discussion sur la légitimité des conquêtes. Bartolomé de Las Casas et Juan Ginés de Sepúlveda y débattent du droit des gens.

« [La question est de savoir] s'il est permis ou non de faire immédiatement la guerre aux Indiens pour les soumettre et leur prêcher ensuite l'Évangile.

A. Selon Sepúlveda

Le docteur Sepúlveda soutient l'affirmative. [...] Il dit que la guerre est juste et que les Indiens l'ont méritée par l'énormité de leurs crimes, particulièrement celui de l'idolâtrie ; [...] que les Indiens sont une nation grossière, servile par sa nature, et par conséquent l'esclave obligée des autres nations, plus distinguées, telle la nation espagnole, [...] qu'il faut mettre un terme aux maux que les Indiens font souffrir à l'humanité, puisqu'il est prouvé qu'ils tuent d'autres hommes pour les immoler à leurs idoles, et même pour les manger [...].

B. Selon Las Casas

Le seigneur évêque [Las Casas] pense que les prédicateurs de l'Évangile peuvent aller [...] sans soldats, accompagnés seulement d'hommes pacifiques, de bonnes mœurs, instruits des vérités du catéchisme et des principes de la bonne morale. Le bon exemple, une conversion sage et la doctrine évangélique de la paix et les vertus sociales feront aimer la religion chrétienne, sa morale et le souverain qui aura envoyé des sujets aussi pacifiques.

Père Domingo de Soto, *Exposé sommaire des motifs qui ont servi de fondement aux opinions contradictoires de l'évêque de Chiapa et de l'historiographe du roi*, 1551. Résumé à destination de Charles Quint publié dans *Bartolomé de Las Casas, La controverse entre Las Casas et Sepúlveda*, introduit, traduit et annoté par N. Capdevila, Vrin, 2007.

JUAN GINÉS DE SEPÚLVEDA
(vers 1490-1573)
Prêtre et théologien espagnol, il soutient la légitimité de la conquête espagnole des Amériques sous le règne de l'empereur Charles Quint.

Qui est-il ?
Domingo de Soto (1494-1560) : religieux et théologien de l'ordre des Dominicains, il participa à la controverse de Valladolid.

4 Les arguments contraires de Sepúlveda et de Las Casas

Les arguments de Sepúlveda	Les arguments de Las Casas
Les Amérindiens sont soumis par nature.	L'esclavage est injuste et un péché pour les chrétiens.
Les pratiques religieuses et culturelles des Amérindiens sont à combattre.	Convertir au christianisme doit se faire par l'adhésion des Amérindiens.
La guerre facilite le travail des missionnaires.	La guerre n'est juste que si les Amérindiens persécutent les chrétiens.

PARCOURS 1

Mettre en perspective une figure historique

1. **Doc. 1 et 2** Relevez deux exactions commises par les colons.
2. **Doc. 1** Que signifie l'expression « la conversion » de Las Casas ?
3. **Doc. 3** Quel est l'objectif de la controverse de Valladolid ?
4. **Doc. 3 et 4** Sur quels principes Las Casas et Sepúlveda s'opposent-ils ?

BILAN À partir de vos réponses, présentez l'engagement de Bartolomé de Las Casas en faveur des droits des populations des Amériques.

PARCOURS 2

Réaliser une présentation orale

Présentez en 90 secondes l'engagement de Bartolomé de Las Casas.

Pas à pas :
- Identifiez les dates clés de son parcours.
- Sélectionnez dans le corpus documentaire une citation de Las Casas et un fait important qui vous semble le mieux définir son engagement.
- Qualifiez son action pour les populations des Amériques.

COURS 2 L'océan Atlantique, un nouveau carrefour d'échanges et de rivalités

> **Comment le basculement des échanges vers l'Atlantique donne-t-il naissance à une première forme de mondialisation ?**

1 Une circulation économique mondialisée

- **À partir de 1492, de nouvelles routes commerciales maritimes mettent en relation l'Europe, l'Asie, l'Afrique et les Amériques.** Les navires européens exportent des produits manufacturés (armes, textiles, quincaillerie…) et ramènent de l'or, de l'argent et des produits tropicaux inconnus jusqu'alors en Europe comme l'avocat et le maïs. Les flottes déportent également des esclaves africains. Des produits d'Orient comme les épices passent désormais par les routes maritimes.

- **Extraits des mines des Amériques, l'or et l'argent sont acheminés par les navires espagnols vers Séville,** où ils sont redistribués en Europe par le biais du commerce, mais aussi vers l'Asie. L'afflux des métaux entraîne une augmentation de la masse monétaire en circulation en Europe où les négociants et les marchands du commerce colonial constituent une élite dans les villes, notamment les ports qui se développent et s'enrichissent (Séville, Cadix, Lisbonne).

- **L'océan Atlantique devient un carrefour d'échanges à la fois humains, économiques et culturels.** Entre 1500 et 1650, 437 000 Espagnols et 100 000 Portugais s'installent aux Amériques. Ce sont des soldats, des administrateurs ou des missionnaires. Les produits, les techniques, les savoir-faire, les langues et les pratiques religieuses ont traversé l'océan. Des sociétés coloniales se mettent en place. Elles articulent domination, acculturation et métissage.

2 Un nouveau regard sur le monde

- **Grâce aux voyages d'exploration et aux progrès scientifiques, de nouvelles cartes sont élaborées.** Le moine et cartographe allemand Martin Waldseemüller réalise en 1507 une première carte qui porte le nom d'Amérique. L'engouement des voyageurs et des savants européens pour la nature du « Nouveau Monde » se développe : ils décrivent, recensent et classent une faune et une flore inconnues jusqu'alors (plantes tropicales, tatou).

- **Ainsi, la vision du monde des Européens se transforme progressivement.** La découverte de peuples nouveaux est perçue de façon contradictoire : ce sont soit de « bons sauvages », soit des peuples primitifs aux coutumes bestiales dont la domination est justifiée. Toutefois, la fascination exercée par les empires aztèque et inca, et leurs brillantes civilisations, remettent en cause l'idée selon laquelle ce serait des populations primitives.

VOCABULAIRE

- **« Bon sauvage » :** représentation européenne des populations autochtones considérées comme vivant à l'état de l'innocence, en accord avec la nature et en conformité avec les préceptes bibliques.
- **Droit des gens :** principe selon lequel les peuples autochtones ont des droits naturels et doivent être traités avec respect et équité.
- **Métissage :** influence mutuelle de groupes culturellement distincts qui entrent en contact. Ces contacts conduisent à la création de nouvelles formes culturelles hybrides.

■ **Face aux violences commises lors des conquêtes ou de l'exploitation des colonies, des humanistes élaborent la notion de droit des gens.** L'action de Bartolomé de Las Casas lors de la controverse de Valladolid en 1550-1551 montre que le débat sur la nature des Amérindiens et les modalités de la conquête perdure. En 1570, le roi espagnol Philippe II interdit toute discussion sur la légitimité de la conquête, privilégiant ainsi les colons qui enrichissent le royaume.

3 Des puissances coloniales rivales et contestées

■ **Les richesses des Amériques financent les ambitions de l'Espagne.** Dirigée par Charles Quint, la monarchie espagnole établit sa domination sur un vaste empire territorial, dans les Amériques et en Asie (Philippines). En Europe, le commerce colonial permet à Charles Quint de défendre la foi catholique en luttant contre les hérésies et en affrontant la puissance ottomane en Méditerranée.

■ **Le traité de Tordesillas de 1494 est contesté par la France et l'Angleterre.** Ces pays mènent des expéditions en Amérique du Nord (Jacques Cartier), en Amérique centrale et dans les Petites Antilles. Les Pays-Bas rivalisent aussi avec le Portugal pour le contrôle des routes maritimes vers les Indes orientales.

■ **La majorité des individus des communautés amérindiennes et les esclaves venus d'Afrique subissent des violences et des mauvais traitements** même si dans les colonies des élites autochtones comme les caciques coopèrent avec l'administration coloniale. Face aux exactions, des révoltes éclatent aussi bien parmi les esclaves (Saint-Domingue, 1522) qu'au sein des populations amérindiennes (révolte au Pérou en 1553-1555).

DATES CLÉS

1507

Première carte avec l'inscription Amérique.

1522

Révolte d'esclaves à Saint-Domingue.

1550-1551

Controverse de Valladolid.

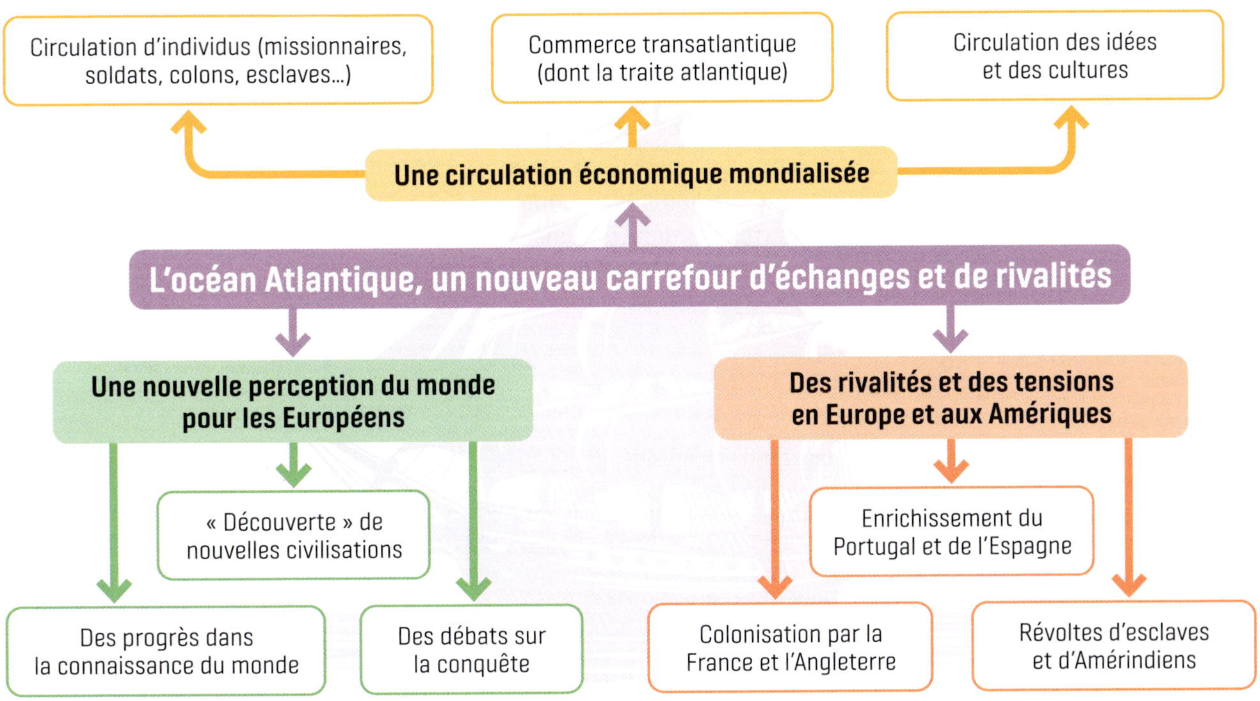

RÉVISIONS

Je fais le point

Quiz
hachette-clic.fr/24hg2019

Repères chronologiques
Vocabulaire
Acteurs

Les conquêtes de nouvelles terres par les Européens

- Au cours du XVe siècle, les navires portugais ouvrent la voie atlantique en longeant les côtes africaines pour atteindre les Indes. En 1492, l'expédition de Christophe Colomb, financée par la monarchie espagnole, atteint un « Nouveau Monde » en cherchant une route par l'Atlantique. En 1494, le traité de Tordesillas partage ces territoires entre l'Espagne et le Portugal. Les conquistadors comme Hernán Cortés fondent des colonies qui sont ensuite mises en exploitation, avec le développement de l'économie « sucrière » reposant sur le travail forcé des Amérindiens (*encomienda*, *mita*). Les populations des Amériques sont décimées en raison des violences commises et du choc microbien. Avec l'effondrement démographique, le Portugal organise la traite atlantique depuis des comptoirs africains pour déporter des esclaves aux Amériques.

Un nouveau rapport au monde

- En Europe, ce basculement des échanges vers l'Atlantique a des conséquences importantes sur le plan de l'économie, de la consommation et de la culture. Le commerce maritime se développe entre les différents continents. Cet afflux de richesses en Europe stimule la production et entraîne des transformations sociales : les marchands et financiers constituent désormais une nouvelle élite. L'ouverture atlantique bouleverse aussi la vision des Européens sur le monde. De nouvelles cartes sont réalisées et des débats émergent, notamment au sujet des violences commises aux Amériques. La controverse de Valladolid (1550-1551) et l'action de Bartolomé de Las Casas illustrent ces réflexions sur le droit des gens. Les conquêtes coloniales stimulent également la concurrence entre les puissances européennes pour la domination du monde et de l'Europe.

La première mondialisation

- À partir de la fin du XVe siècle, l'ouverture atlantique, marquée par les explorations et les conquêtes espagnoles et portugaises, provoque des conséquences majeures pour les territoires et les sociétés. Elle ouvre la voie à une première forme de mondialisation. Elle a également des implications politiques, redessinant la carte du monde et influençant les rivalités entre les puissances européennes. Les conquêtes confortent les Européens dans l'idée de la supériorité de leur civilisation. La violence du processus conduit néanmoins les humanistes à questionner la responsabilité de l'homme, en particulier des Européens, dans ces massacres.

Défi carto

15 min de préparation

Étape 1 En binôme, placez trois repères géographiques du chapitre sur un planisphère vierge.
Cela peut être un lieu, un voyage d'explorateur, une conquête, etc.

10 min

Étape 2 Proposez ensuite votre carte à deux autres groupes pour leur faire deviner à quoi votre repère correspond. Chaque bonne réponse rapporte un point. On inverse ensuite les rôles.

Je révise avec des podcasts

1 Comment se constituent les empires coloniaux au XVIe siècle ?

Podcast
hachette-clic.fr/24hg2020

2 Quels sont les effets de la découverte du « Nouveau Monde » sur les échanges ?

Podcast
hachette-clic.fr/24hg2021

3 Qui est Bartolomé de Las Casas ?

Podcast
hachette-clic.fr/24hg2022

L'ESSENTIEL en 5 minutes

4 Quelles formes prend l'esclavage au XVIe siècle ?

Podcast
hachette-clic.fr/24hg2023

5 Pourquoi la connaissance du monde évolue-t-elle au XVIe siècle ?

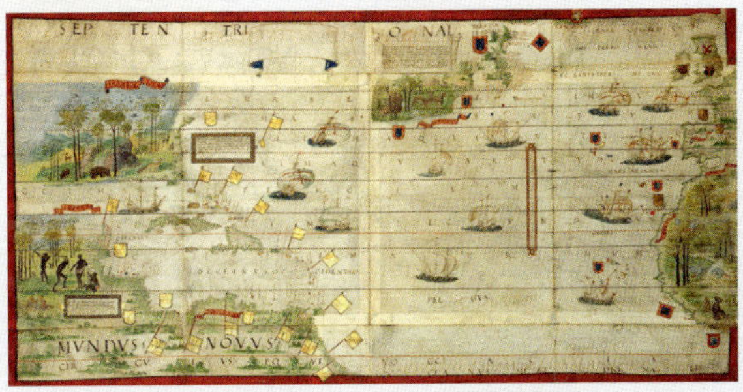

Podcast
hachette-clic.fr/24hg2024

Je teste mes connaissances

- Écoutez les cinq épisodes du podcast puis testez vos connaissances grâce aux flashcards.

QUESTION
Quel conquistador a vaincu l'empire aztèque ?

RÉPONSE
Hernán Cortés

Flashcards
hachette-clic.fr/24hg2025

Le saviez-vous ?

La structure d'un podcast en histoire, comme pour une question problématisée, suit un plan clair. Il débute par un propos introductif, développe deux ou trois idées principales puis se termine par une courte conclusion qui résume les principaux points abordés. Des connecteurs logiques clarifient le propos.

Je m'entraîne

• Confronter deux regards sur l'Autre

Le saviez-vous ?

Les **codex** sont des manuscrits amérindiens rédigés et peints sur des bandes de fibres végétales, des peaux animales ou des tissus. Ces bandes, reliées ou cousues, pouvaient atteindre plusieurs mètres de long. Les quelques codex qui nous sont parvenus sont des sources précieuses pour étudier l'histoire des civilisations amérindiennes.

1 L'avancée des Espagnols vue par les Aztèques

Codex Azcatítlan, planche 22v, mi-XVIe siècle, BnF, Paris.

Hernán Cortés (à droite) est précédé de la Malinche (interprète amérindienne). Il est accompagné des conquistadors espagnols et d'esclaves amérindiens transportant les vivres sur leur dos.

2 L'avancée des Espagnols racontée par eux-mêmes

[En] l'an 1519, nous arrivâmes avec toute la flotte au port de Saint Jean d'Uloa[1] […]. Il y avait une demi-heure que nous avions jeté l'ancre lorsque s'approchèrent deux grandes embarcations qu'on appelle pirogues. Elles portaient plusieurs Indiens mexicains qui, voyant l'étendard et la grandeur du navire, comprirent que c'était là qu'ils devaient aller pour parler au commandant. Ils ramèrent droit au vaisseau, ils y montèrent et demandèrent qui était le *tlatoan*, ce qui en leur langue signifie le maître ou le seigneur. Dona Marina[2], qui les comprit, s'empressa de leur faire voir. […] Cortès leur dit que nous venions pour les visiter et négocier avec eux ; qu'on ne leur causerait aucun ennui et que nous eussions à considérer ensemble notre arrivée dans ce pays comme un heureux événement. Les messagers s'en retournèrent très satisfaits. Le lendemain […] nous débarquâmes les chevaux et l'artillerie sur des amas de sable ; car il n'y avait pas de sol terreux, mais du sable partout.

Bernal Diaz del Castillo, *Histoire véridique de la conquête de la Nouvelle-Espagne*, vers 1551, traduit par Denis Jourdanet, Paris, La Hure, 1877, La Découverte, 2009.

1. Port de Saint Jean d'Ulúa : port à l'est de Mexico. 2. La Malinche.

PALIER 1

J'identifie les documents

- **Doc 1** Quelle est l'origine de l'auteur ?
- **Doc 2** Relevez des éléments qui prouvent que l'auteur de ce texte fait partie des conquistadors du Mexique.
- **Doc 1 et 2** Quel événement ces deux documents évoquent-ils ?

PALIER 2

J'observe et je comprends les documents

- **Doc 1** Montrez que l'avancée des Espagnols est considérée par les Amérindiens comme une expédition militaire.
- **Doc 2** Relevez des passages du texte montrant qu'il s'agit d'une première rencontre entre deux peuples.

PALIER 3

Je confronte les documents

- Identifiez les points communs et les différences de ces deux représentations de l'avancée espagnole au Mexique.
- Pourquoi est-il intéressant de confronter ces deux documents ?

• Analyser un texte

L'*encomienda* et l'exploitation des mines d'or

De toutes les productions d'Hispaniola[1] on ne songe plus qu'à l'or, et c'est à la récolte de l'or que l'on consacre tous ses soins. Voici comment on procède. À chaque Espagnol industrieux et jouissant de quelque crédit on assigne un ou plusieurs caciques, c'est-à-dire petit roi, accompagné de ses sujets. À certains moments de l'année déterminés par une convention, le cacique, escorté de ses sujets, se rend à la mine de l'Espagnol auquel il a été attribué. Là on leur distribue des instruments pour le travail de l'extraction. On assigne un salaire au cacique et à ses hommes pour leurs aliments. […]

C'est ainsi que les insulaires se partagent entre les travaux des mines et ceux des champs. On dirait des esclaves. Ils supportent cette contrainte avec impatience, mais ils la supportent. On donne à ces mercenaires d'Hispaniola le nom d'*anaborios*. […] Quand ils le peuvent [ils] s'enfuient dans les bois et les montagnes, et, plutôt que de se soumettre à ces travaux, se contentent d'aliments sauvages qu'ils trouvent dans leurs cachettes. Ils sont dociles et ont tout à fait oublié leurs vieux rites. Ils croient sans raisonner et répètent les mystères qu'on leur a enseignés. […]

Quant aux mines […] on y ramasse l'or tantôt à fleur de sol, tantôt au milieu des rochers. […] Les lingots pèsent trois cents livres, parfois davantage. On en a trouvé un qui pesait trois cent dix livres. On le portait […] au Roi d'Espagne. Il était dans le navire […] pour retourner en Espagne. Ce navire était trop chargé d'hommes et d'or ; il sombra.

Pierre Martyr d'Anghiera, *De Orbe Novo*, Première décade, 1511, traduit du latin par Paul Gaffarel, E. Leroux, 1907.

1. Île des Antilles où Christophe Colomb accoste en 1492.

Qui est-il ?
Pierre Martyr d'Anghiera (1457-1526) est un écrivain et historien italien de la fin du XVe siècle, proche des rois d'Espagne.

PALIER 1

J'identifie le document
- Présentez le document en précisant sa nature et son auteur.
- Quelle est l'idée principale ?

PALIER 2

Je sélectionne les informations
- Qui a pour tâche d'extraire l'or des mines ?
- Qui supervise l'extraction de l'or ?
- Comment cet or est-il acheminé en Espagne ?

PALIER 3

Je croise le document avec mes connaissances
- Comment les colonies sont-elles mises en exploitation après la conquête ?
- Pourquoi peut-on dire que ce document contribue à la création d'un imaginaire colonial ?
- À l'aide du document et de vos connaissances, montrez que la circulation de l'or entre les Amériques et l'Europe transforme en profondeur les sociétés.

» J'approfondis

À REGARDER

La série documentaire ***Les routes de l'esclavage***. Le deuxième épisode « 1375-1620 : Pour tout l'or du monde » (2018) revient sur la conquête de l'Afrique par les Portugais et la mise en place de la traite atlantique.

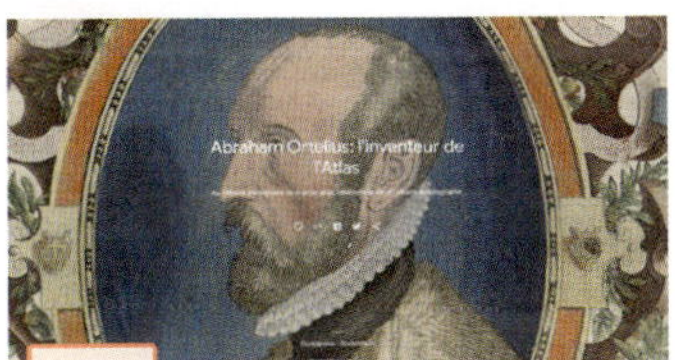

À VISITER EN LIGNE

Visitez l'exposition virtuelle du Musée Plantin-Moretus consacrée à « **Abraham Ortelius : l'inventeur de l'Atlas** » pour retracer l'œuvre du créateur du premier atlas.

VERS LA SPÉCIALITÉ HGGSP

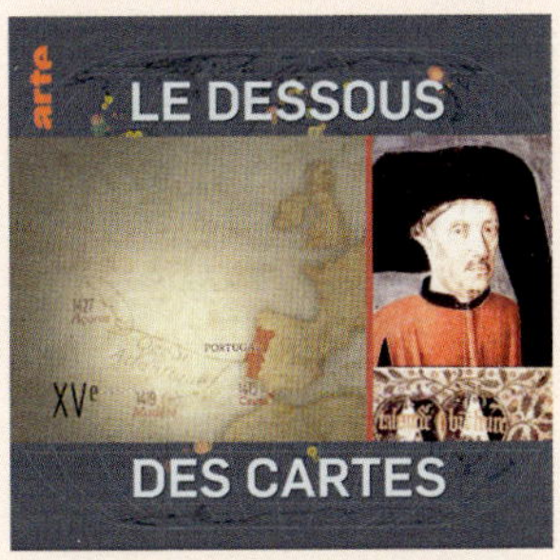

Le regard du géopoliticien : « Portugal : une histoire internationale » est une émission du Dessous des cartes (2020) qui revient sur le lien entre le traité de Tordesillas et l'entreprise coloniale portugaise.
Comment les frontières sont-elles tracées ?

EXERCICES Analyser un document avec des questions

Sujet corrigé : La conquête des Amériques au XVIe siècle

Objectif Sélectionner des informations et les mettre en rapport avec des connaissances

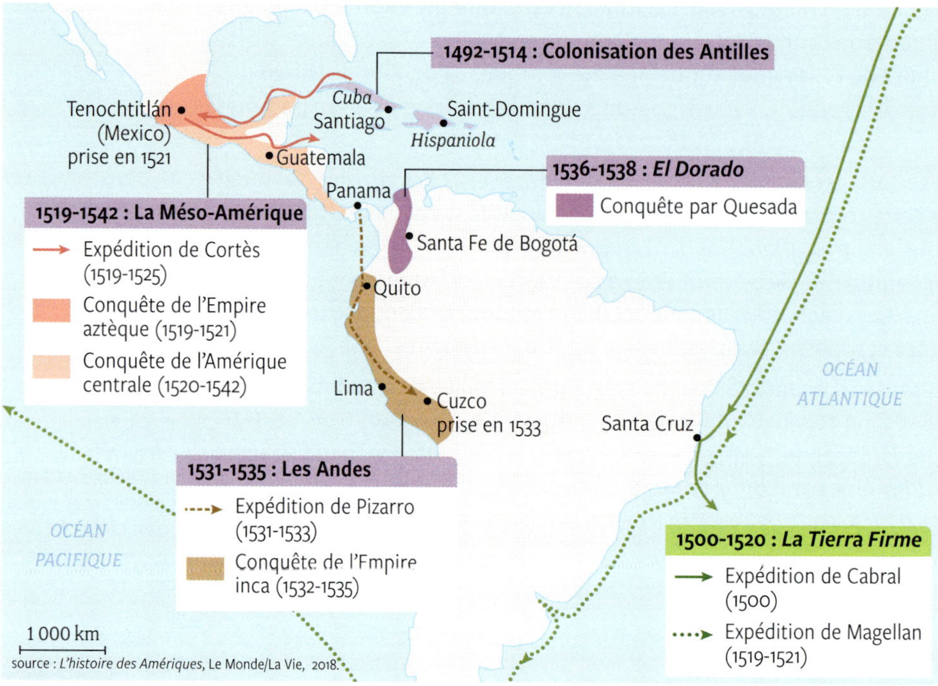

source : *L'histoire des Amériques*, Le Monde/La Vie, 2018.

QUESTIONS

a Nommez les territoires conquis par les Espagnols et les Portugais.

b Expliquez les grandes étapes de l'exploration et de la conquête des Amériques par les Espagnols au XVIe siècle.

Étape 1 Lire les questions et identifier le document

1. Définissez les mots-clés des questions et reformulez-les.
2. Identifiez le document (nature, auteur, source, date, idée principale).

– « **Nommez** » : je dois indiquer le nom des territoires.
– « **Expliquez** » : je dois préciser les périodes, les territoires et les acteurs de la conquête des Amériques par l'Espagne.
– Cette carte réalisée en 2018 pour la revue Le Monde/La Vie montre comment les Espagnols et les Portugais ont exploré et conquis les Amériques au XVIe siècle.

Étape 2 Sélectionner les informations

3. Listez les informations essentielles (dates, acteurs, lieux).

a) Les Espagnols (Cortès, Pizarro, Quesada) ont conquis les empires aztèque et inca, et les Portugais (Cabral) ont conquis les territoires côtiers du Brésil.
b)
– Les Espagnols et les Portugais ont fait des conquêtes de part et d'autre de la ligne de partage fixée par le traité de Tordesillas (1494).
– L'Espagne a conquis les Antilles (1492-1514) puis la Méso-Amérique (1519-1542) puis les Andes (1531-1535) et enfin l'El Dorado (1536-1538).

Étape 3 Mettre les informations en relation avec des connaissances

4. Mobilisez des connaissances (mots-clés, acteurs, etc.)

a) Cortès, Pizarro et Quesada sont des conquistadors espagnols.
b) On distingue 3 étapes: 1492-1514 aux Antilles par Christophe Colomb ; 1519-1521 : Cortés bat l'empereur aztèque Moctezuma II ; 1532: Pizarro victorieux de l'empereur inca Atahualpa.

➔ Voir fiche 8 p. 222

Sujet guidé : La mise en place de l'économie « sucrière » au XVIe siècle

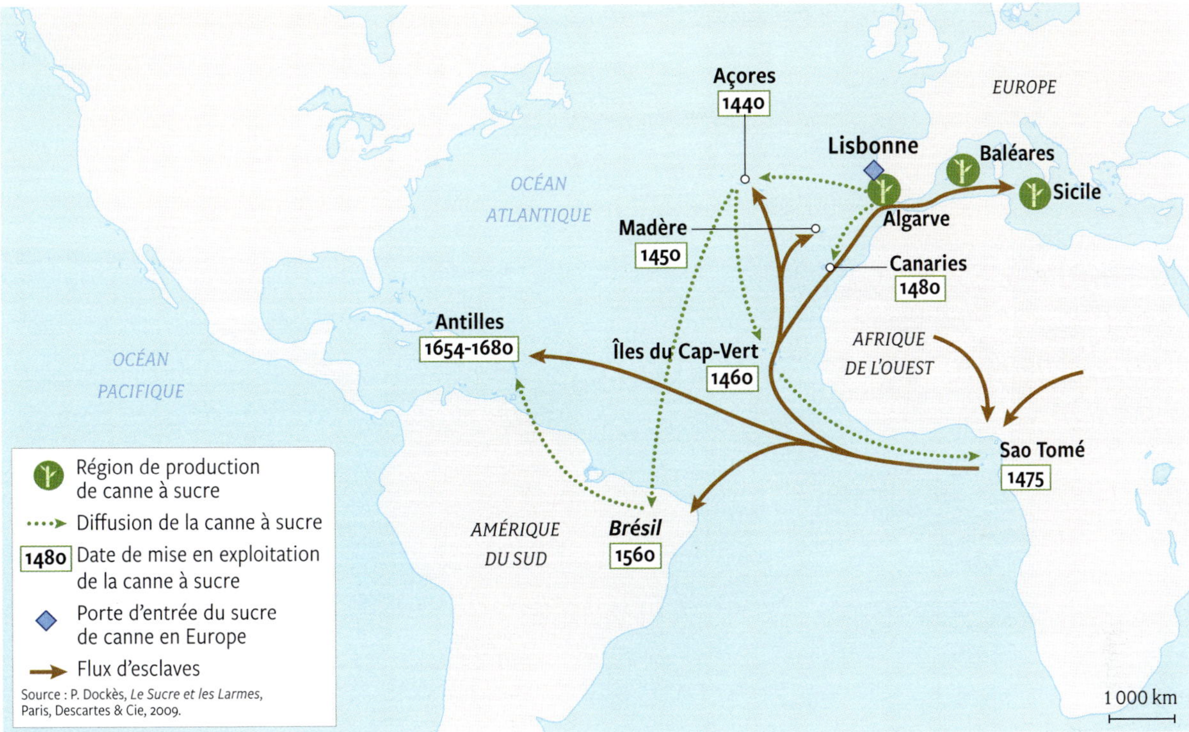

QUESTIONS

ⓐ Identifiez l'État qui implante la culture de la canne à sucre à travers l'océan Atlantique aux XVe et XVIe siècles.

ⓑ Décrivez la diffusion de la production de la canne à sucre par les Européens.

ⓒ À l'aide de vos connaissances, expliquez comment les Européens mettent en place l'économie « sucrière » aux Amériques au XVIe siècle.

Étape 1 Lire les questions et identifier le document

1. Quelles informations sont représentées par les deux figurés linéaires sur la carte ?

Étape 2 Sélectionner les informations

2. Pour répondre à la question ⓐ, sélectionnez la proposition la plus pertinente. Justifiez votre choix.
   - Les Français implantent la canne à sucre aux Amériques.
   - Les Ottomans implantent la canne à sucre en Afrique centrale et aux Amériques.
   - Les Portugais implantent la canne à sucre dans les îles portugaises de l'océan Atlantique puis aux Amériques.
3. Pour répondre à la question ⓑ, relevez les dates et les régions de la mise en exploitation de la canne à sucre.
4. Rédigez les réponses aux questions ⓐ et ⓑ.

Étape 3 Mettre les informations en relation avec des connaissances

5. Quelles pages du chapitre expliquent ce qu'est l'économie « sucrière » ?
6. Quel terme les historiens utilisent-ils pour désigner les flux d'esclaves ?
7. Complétez la réponse à la question ⓒ à l'aide des questions 5 et 6.

Les Européens ont mis en place l'économie « sucrière » aux Amériques en ...

CHAPITRE

4 Renaissance, Humanisme et réformes religieuses : les mutations de l'Europe

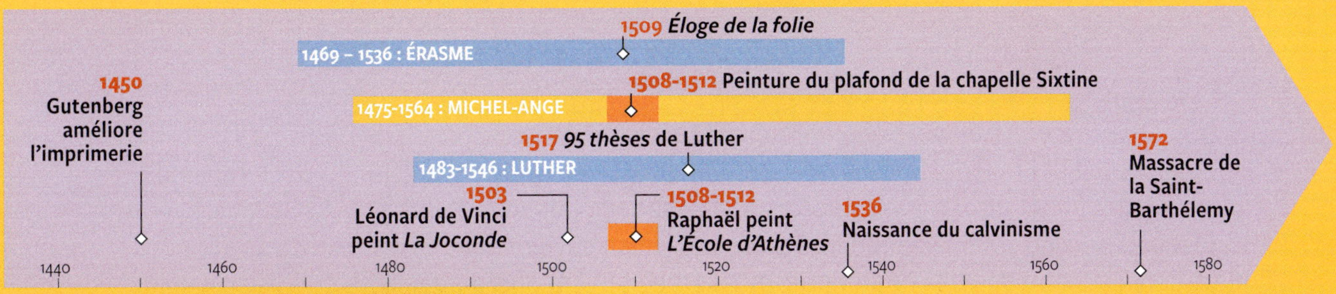

COURS 1 Aux XVe et XVIe siècles, les artistes et les penseurs de la Renaissance s'inspirent de l'Antiquité pour rompre avec le Moyen Âge et concevoir des idées nouvelles.

Comment la pensée et les arts se transforment-ils à la Renaissance aux XVe et XVIe siècles ?

COURS 2 Dans un contexte de bouleversements intellectuels, des penseurs souhaitent une réforme de l'Église, mais les débats religieux sont intenses et fracturent la chrétienté occidentale.

Comment les volontés de réformer l'Église conduisent-elles à la division de la chrétienté occidentale au XVIe siècle ?

La redécouverte de l'Antiquité à la Renaissance

Raphaël, *L'École d'Athènes*, 1508-1512, fresque, 440 x 770 cm Musées du Vatican, Rome.

Réalisée dans le palais du pape Jules II au Vatican (Rome), cette fresque montre au centre Platon (sous les traits de Léonard de Vinci) et Aristote qui dialoguent. Ils sont entourés d'autres savants et philosophes de l'Antiquité comme Socrate, Pythagore et Ptolémée.

QUESTIONS

1. Relevez deux éléments qui montrent l'influence de l'Antiquité dans cette œuvre.
2. Pourquoi cette fresque est-elle appelée « l'École d'Athènes » ?

GRAND ANGLE La transmission de nouvelles idées en Europe aux XVe et XVIe siècles

● La Renaissance et l'**humanisme** apparaissent en Italie et en Flandre à la fin du XIVe siècle puis se diffusent en Europe aux XVe et XVIe siècles. Cette période bouleverse les arts, les sciences et les idées. Des villes comme Florence, Anvers ou Venise deviennent des centres de savoir et d'innovation. La technique de l'imprimerie, améliorée par Gutenberg au milieu du XVe siècle, joue un rôle crucial dans la diffusion des connaissances.

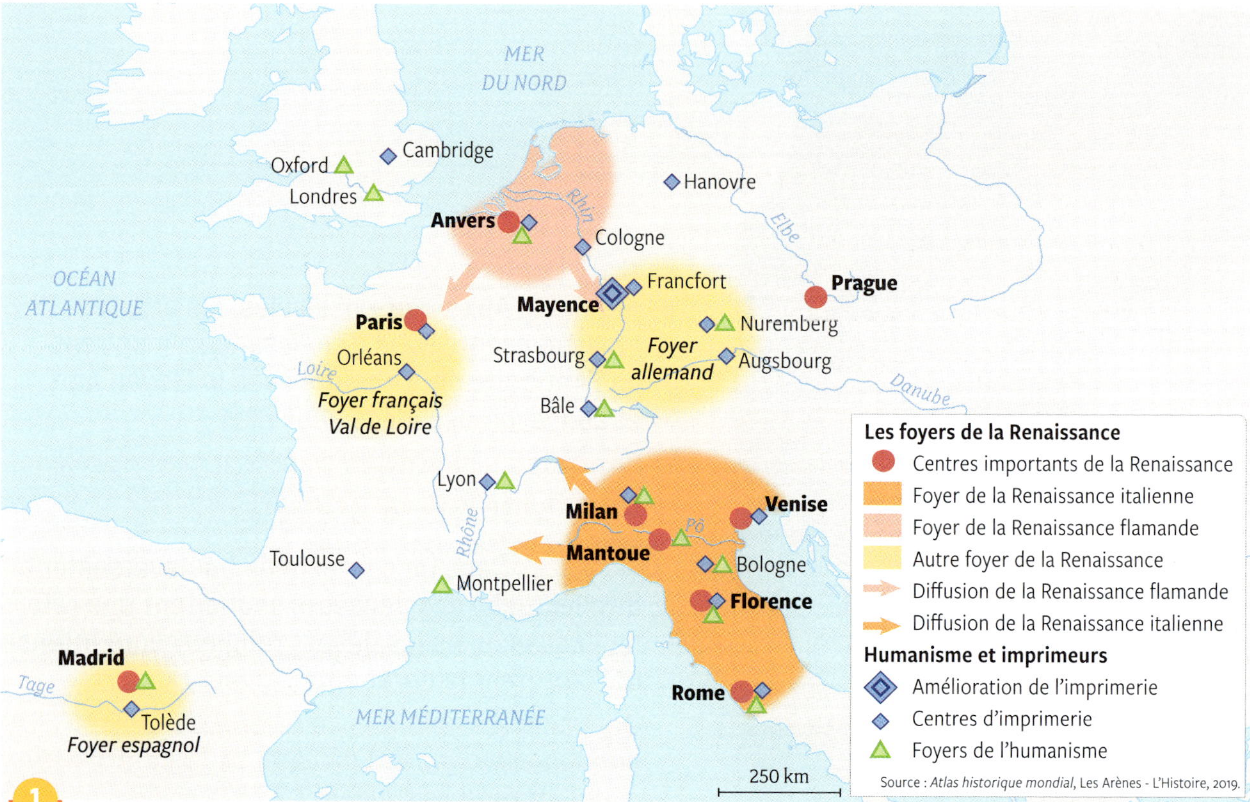

1 La Renaissance et l'humanisme en Europe

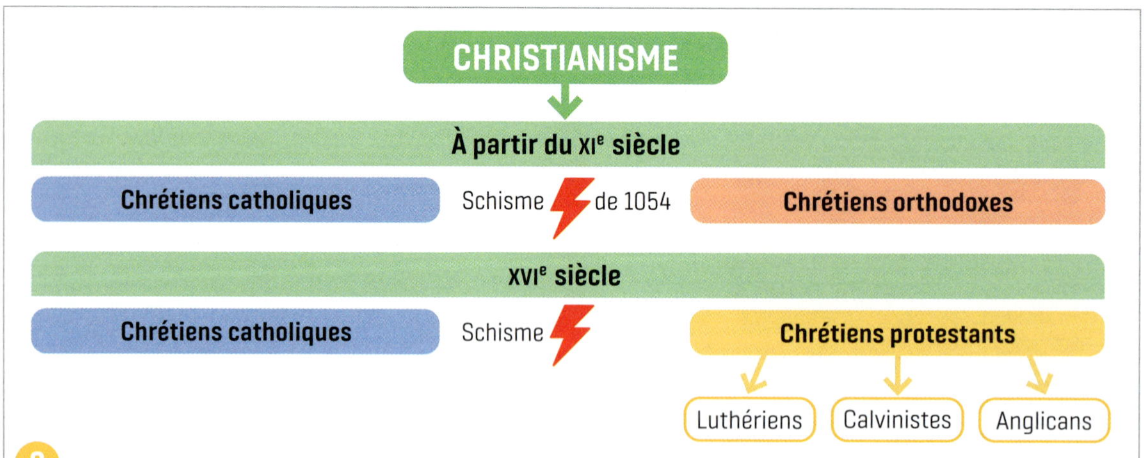

2 La division du christianisme

● Au XVIe siècle, des intellectuels dénoncent des dérives de l'Église catholique et veulent la réformer avec pour idéal l'Église de l'Antiquité. Certains réformateurs comme Martin Luther et Jean Calvin rompent avec le pape. De nouvelles communautés religieuses de **protestants** apparaissent dans le nord de l'Europe, tandis que le sud reste majoritairement catholique. Les tensions entre ces communautés conduisent à des guerres dans la seconde moitié du XVIe siècle.

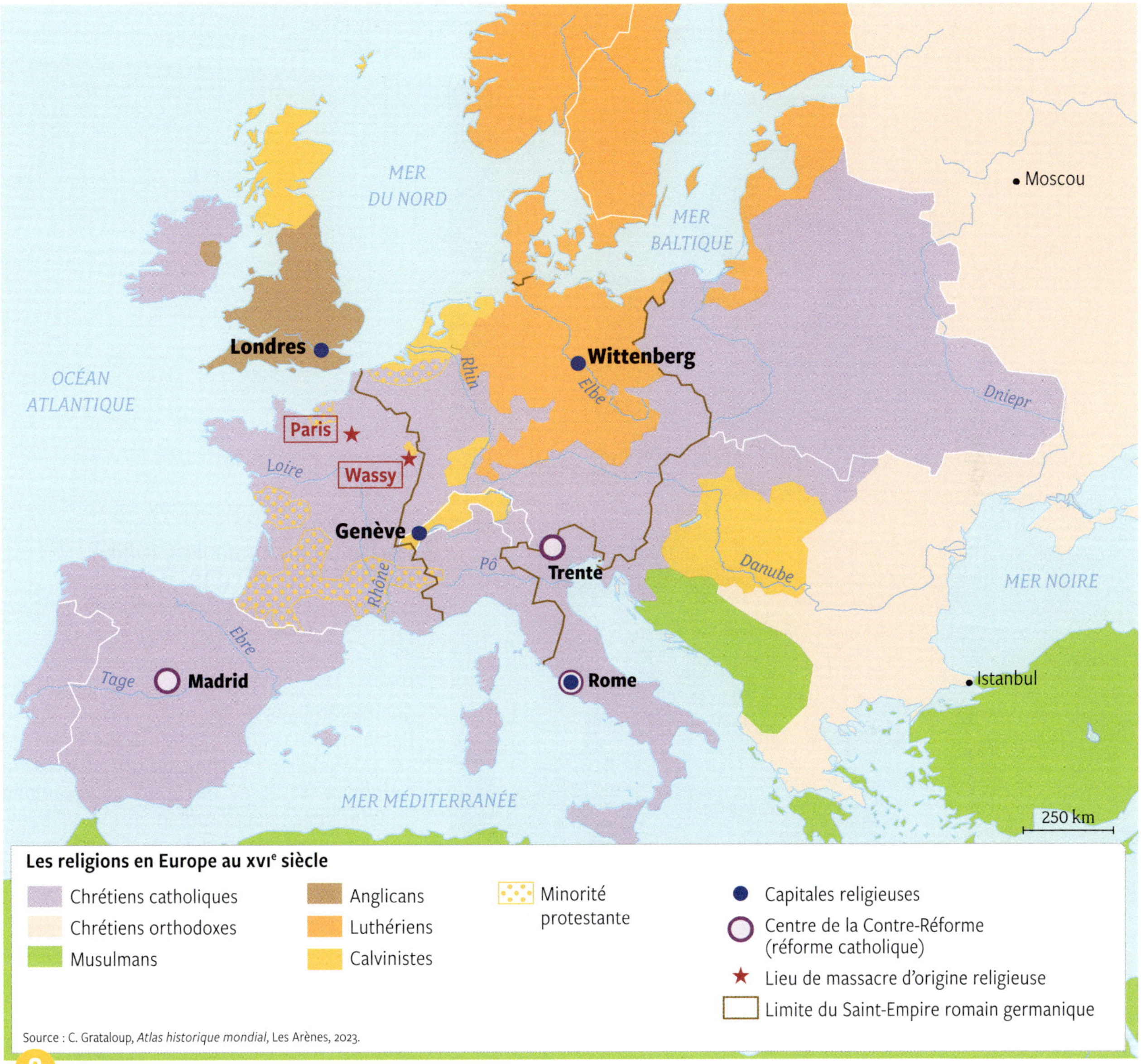

3 L'Europe religieuse au XVIe siècle

VOCABULAIRE

- **Humanisme :** mouvement de pensée qui, par la redécouverte des textes antiques, vise à améliorer la connaissance de l'homme.
- **Protestant :** chrétien adepte de la Réforme.

QUESTIONS

1. **Doc. 1** Localisez les grands foyers de l'humanisme et de la Renaissance.
2. **Doc. 2** Quelles sont les nouvelles communautés religieuses apparues au cours du XVIe siècle ?
3. **Doc. 2 et 3** Pourquoi peut-on parler d'une division de la chrétienté au XVIe siècle ?

ÉTUDE 1 Les humanistes. Une nouvelle vision de l'homme

Au XVIe siècle, les humanistes révolutionnent la pensée en plaçant l'homme au centre de leurs préoccupations. S'inspirant de l'Antiquité qu'ils considèrent comme un âge d'or, ils mettent en avant l'éducation, l'expérimentation et l'ouverture d'esprit.

> Comment les humanistes du XVIe siècle ont-ils transformé la connaissance de l'homme et du monde ?

2 Portrait d'un humaniste italien : Ugolino Martelli (1519-1592)

Portrait d'Ugolino Martelli, vers 1537-39, huile sur bois, 102 x 85 cm, Agnolo Bronzino, Staatliche, Museen, Berlin.

Ugolino Martelli tient dans sa main gauche les poèmes italiens de l'écrivain vénitien Pietro Bembo (1470-1547) et sa main droite est posée sur une copie de L'*Iliade*, en grec, attribuée à Homère (VIIIe s. av. J.-C.). L'*Énéide* rédigée en latin par le poète romain Virgile (Ier s. av. J.-C.) est visible à gauche, posé sur la table. En arrière-plan, une statue de David réalisée par Bernardino Rosselino (1409-1464).

1 Les Lettrés contre l'ignorance

Il y a un siècle, la barbarie régnait partout en Europe [...]. Mais une armée de Lettrés, levés de tous les coins de l'Europe, maîtres dans les deux langues grecque et latine, fait de tels assauts au camp ennemi, qu'enfin la barbarie n'a plus de refuge ; elle a depuis longtemps disparu d'Italie, elle est sortie d'Allemagne, elle a fui hors d'Espagne, elle est bannie de France. Il n'y a plus une ville qui donne asile au monstre. Maintenant l'homme apprend à se connaître ; maintenant il marche à la lumière du grand jour, au lieu de tâtonner misérablement dans les ténèbres. Maintenant, l'homme s'élève vraiment au-dessus de l'animal par son âme et son langage qu'il perfectionne. Les lettres ont repris leur véritable mission qui est de faire le bonheur de l'homme, de remplir sa vie de tous les biens. Courage ! Elle grandira, cette jeunesse qui, en ce moment, reçoit une bonne instruction : elle fera descendre de leur siège les ennemis du savoir ; elle entrera dans le conseil des rois ; elle administrera les affaires de l'État. Son premier acte sera d'instituer partout ces bonnes études qui apprennent à fuir le vice et engendrent l'amour de la vertu.

Étienne Dolet, *Commentaire sur la langue latine*, Livre 1, Lyon, 1536.

Qui est-il ?

Étienne Dolet (1509-1546) est un imprimeur et humaniste français, condamné à mort pour hérésie pour avoir critiqué le catholicisme.

3 Une nouvelle approche de l'anatomie par André Vésale

Après les ravages causés par les Goths[1], toutes les sciences, autrefois si admirablement prospères et pratiquées comme il convenait, se mirent à décliner, d'abord en Italie, où des médecins des plus distingués regardèrent la chirurgie avec mépris, imitant en cela les Romains de l'Antiquité, et commencèrent à ordonner à leurs serviteurs d'opérer les actes chirurgicaux qu'ils jugeaient nécessaires pour les malades, en se contentant d'y assister, comme des architectes [sur un chantier]. […] Dans l'ensemble de l'ouvrage, je n'ai recherché qu'un seul but : être utile au plus grand nombre possible, dans un travail très difficile et non moins ardu, en décrivant, de la manière la plus vraie et la plus complète possible, toute la fabrique du corps humain, qui est composé non pas de dix ou de douze parties (comme il apparaît à première vue), mais de plus de mille différentes ; en expliquant les livres de Galien[2] qui ont été conservés jusqu'à nos jours pour la postérité et qui, parmi les autres monuments de ce maître, requièrent l'aide d'un précepteur, je peux apporter une aide non négligeable aux candidats en médecine. Il ne m'échappe pas qu'en raison de mon âge (je n'ai pas 28 ans révolus), mon essai aura peu d'autorité et que les dénonciations fréquentes des théories fausses de Galien ne le mettront pas à l'abri des attaques de ceux qui n'ont pas assisté à mes cours d'anatomie ou qui n'ont pas fait eux-mêmes de dissections. »

Lettre d'André Vésale à l'empereur Charles Quint, « Au divin Charles Quint, Magnanime et Invincible Empereur », Padoue, 1542 dans *La fabrique, Pièces liminaires*, Éditions, transcriptions et traductions par Jacqueline Vons et Stéphane Velut, 2014.

1. Vésale évoque ici la chute de l'Empire romain d'Occident en 476, donc la fin de l'Antiquité et début du Moyen Âge.
2. Médecin grec de l'Antiquité (129-201) dont les œuvres sont redécouvertes en Europe occidentale à la fin du Moyen Âge par l'intermédiaire des Byzantins et des traductions arabes.

Qui est-il ?
André Vésale (1514-1564) est un médecin et anatomiste flamand, il a publié un livre d'anatomie humaine basé sur les nombreuses dissections de cadavres qu'il pratique. Il est considéré comme un des pères de l'anatomie moderne.

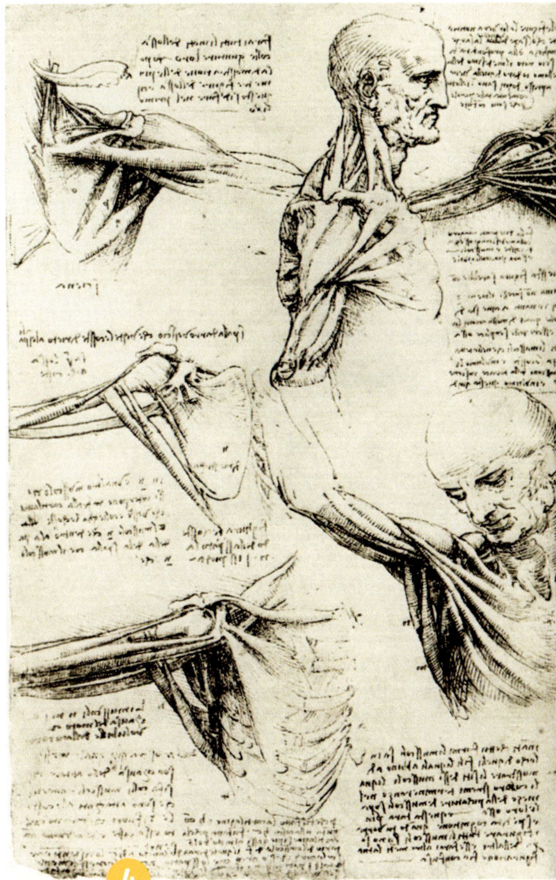

4 La démarche scientifique de Léonard de Vinci

Dessin anatomique *Le cou et les épaules de l'homme*, Léonard de Vinci, vers 1510.

Qui est-il ?
Léonard de Vinci (1452-1519) est un artiste et un homme de sciences italien de la Renaissance, il excelle dans de nombreux domaines (peinture, architecture, ingénierie, anatomie…).

PARCOURS 1

Comprendre et mettre en relation des documents

1. **Doc. 1** Quelles sont les deux langues maîtrisées par les humanistes pour faire progresser les savoirs ?
2. **Doc. 2** Pourquoi la maîtrise de ces deux langues est-elle essentielle pour les humanistes ?
3. **Doc. 3 et 4** Comment Léonard de Vinci et André Vésale ont-ils fait progresser la connaissance de l'homme ?
4. **Doc. 2, 3 et 4** Citez deux moyens de diffusion des savoirs utilisés par les humanistes.

BILAN Expliquez comment les humanistes ont transformé la connaissance du monde et de l'homme.

PARCOURS 2

Produire un écrit construit et argumenté

Vous êtes un(e) jeune étudiant(e) vivant au XVIe siècle et vous admirez des œuvres d'un humaniste célèbre de votre époque. Vous lui écrivez une lettre pour lui dire pourquoi et à quel point la pensée humaniste bouleverse les savoirs de votre époque.

Pas à pas

1re étape : **comprendre ce qu'est un humaniste.**
- Quels sont les objectifs poursuivis par les humanistes ? **(Doc. 1)**
- Pourquoi ces humanistes sont-ils célèbres ? **(Doc. 1 à 4)**

2e étape : **rédiger la lettre**
- Effectuez une recherche biographique sur l'un de ces humanistes.
- Présentez-le puis expliquez sur quelles actions repose votre admiration.

ÉTUDE 2
REGARD DE L'HISTORIEN

Michel-Ange et la chapelle Sixtine

PPO

Peintre, sculpteur, architecte et urbaniste originaire de la cité italienne de Florence, Michelangelo Buonarroti dit Michel-Ange est considéré dès son époque comme un génie. En 1508, le pape Jules II lui demande de réaliser la fresque de la chapelle Sixtine du palais du Vatican à Rome.

> Que nous apprend la fresque de la chapelle Sixtine sur le renouveau artistique de la Renaissance ?

MICHEL-ANGE
(1475-1564)
Sculpteur, peintre, architecte et poète italien, Michel-Ange est l'un des plus grands artistes de la Renaissance. Ses sculptures les plus connues sont le *David*, le *Tombeau de Jules II* et *La Pietà*. Il a également peint le plafond de la chapelle Sixtine.

Qui est-il ?
Alain Tallon (né en 1967) est un historien moderniste français, spécialiste de l'histoire de l'Europe méditerranéenne aux XVIe et XVIIe siècles.

1 Michel-Ange et la représentation du corps humain

REGARD DE L'HISTORIEN

Le premier laboratoire [de la Renaissance] se situe à Florence au début du XVe siècle, où se mettent en place les grands principes de l'art renaissant : perspective, proportion, imitation créatrice de l'Antiquité. L'architecte Filippo Brunelleschi comme le peintre Masaccio appliquent ainsi de stricts principes mathématiques dans leur art pour une construction rigoureuse et harmonieuse de l'espace. [...] La réapparition massive de la nudité dans l'art a frappé les contemporains et suscité les plus fortes réactions de rejet, notamment en matière d'art religieux : on connaît le destin des nus de Michel-Ange dans la chapelle Sixtine, qui, menacés de disparition pure et simple sous la pression des éléments les plus intransigeants de la curie romaine[1], furent finalement « rhabillés » par Daniele da Volterra[2] en 1565. Le nu masculin, musculeux et héroïque, est le moyen privilégié d'exalter la puissance humaine. [...] La beauté du corps humain n'a d'ailleurs pas uniquement un contenu sensuel pour les artistes de la Renaissance : Platon[3] leur a enseigné qu'elle conduisait à la contemplation des idées ; le christianisme leur rappelle que l'homme a été créé à l'image de Dieu et que la perfection du créateur se reflète dans sa créature. [...]

Alain Tallon, *L'Europe de la Renaissance*, Paris, « Que sais-je ? », 2021.

1. Désigne l'administration de l'Église et du Vatican. 2. Peintre et sculpteur florentin, il est chargé de recouvrir des parties de corps nus après la mort de Michel-Ange. 3. Philosophe grec du IVe siècle av. J.-C.

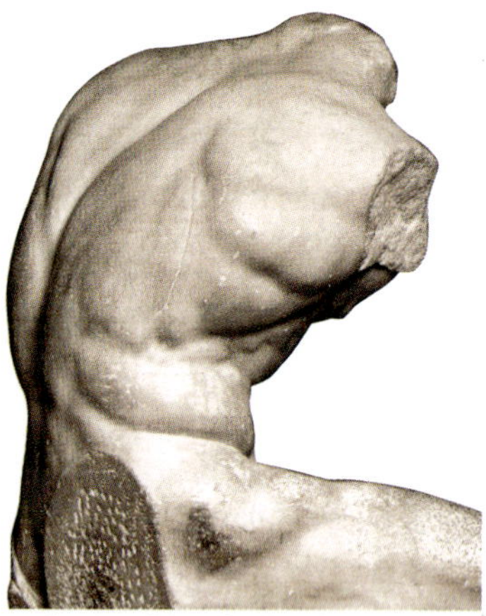

A. Le torse du Belvédère, une statue antique qui fascinait Michel-Ange
Torse et dos du torse du Belvédère, statue grecque du Ier siècle avant Jésus-Christ, Musées du Vatican, Rome.

B. Croquis préparatoire pour la fresque de la chapelle Sixtine
Étude préparatoire de Michel-Ange de la Sybille libyenne.

2 L'inspiration de l'Antiquité

3 Les différentes parties de la chapelle Sixtine

Des artistes italiens de la fin du XVe siècle ont peint les fresques sur les côtés. Michel-Ange a réalisé les fresques de la voûte (1 000 m^2) de 1508 à 1512, et, 26 ans après, il a peint le Jugement dernier au fond de la chapelle, achevé en 1541.

4 Michel-Ange, un artiste humaniste

Au centre de la voûte, Michel-Ange place la création d'Adam (le premier homme) par Dieu et, sur les côtés, des sibylles (prophétesses de l'Antiquité).

PARCOURS 1

Comprendre et mettre en relation des documents

1. **Doc. 1** Pourquoi les artistes de la Renaissance représentaient-ils des corps nus ?
2. **Doc. 2** Montrez que Michel-Ange s'inspire de l'Antiquité pour réaliser les fresques de la chapelle Sixtine.
3. **Doc. 3 et 4** Montrez que Michel-Ange place l'homme et son corps au centre de sa création artistique.
4. **Doc. 1** Expliquez la réception qui a été faite à ces représentations de corps nus à l'époque de Michel-Ange.

BILAN À partir de vos réponses, montrez que Michel-Ange illustre le renouveau artistique à la Renaissance.

PARCOURS 2

Réaliser une production numérique

Réalisez un diaporama montrant plusieurs détails des fresques de la chapelle Sixtine avec pour chacun les inspirations de l'Antiquité que l'on y retrouve et l'approche nouvelle que Michel-Ange apporte.

Fresques
hachette-clic.fr/24hg2026

COURS 1

La Renaissance, un bouillonnement artistique et intellectuel en Europe

> Comment la pensée et les arts se transforment-ils à la Renaissance aux XVe et XVIe siècles ?

1 Les humanistes redécouvrent l'Antiquité

- Au Moyen Âge, les textes antiques sont mal connus et souvent victimes d'erreurs de traduction. Après la prise de Constantinople en 1453, des érudits grecs et italiens fuient la capitale ottomane et s'installent en Europe. Ils commencent à traduire des ouvrages, à les corriger et à les diffuser. Grâce à leurs connaissances en langues anciennes (latin et grec notamment), **les humanistes poursuivent ce travail de traduction des auteurs antiques.**

- **Les humanistes ont une vision très optimiste de l'homme**, placé au centre de la réflexion et qui peut toujours s'améliorer grâce à l'éducation. Valorisant l'esprit critique, l'expérimentation et la tolérance, ils restent des catholiques convaincus qui cherchent aussi la protection et le soutien des puissants. Désirant connaître le monde qui les entoure, ils s'intéressent aux sciences, l'astronomie pour Copernic ou l'anatomie pour Vésale.

- **Érasme (1469-1536) est considéré comme le « prince des humanistes »** pour son savoir et l'importance de son œuvre, notamment sa traduction en latin du *Nouveau Testament* (1516) depuis un texte original en grec. Comme lui, les humanistes voyagent beaucoup en Europe, s'écrivent et s'échangent idées et livres. Ils constituent une « république des lettres » qui reste cependant une élite restreinte.

2 Des savoirs qui se diffusent plus largement

- Avant 1450, les livres, copiés à la main, étaient chers car longs à réaliser. À Mayence, **Johannes Gutenberg invente un procédé technique :** l'utilisation des caractères métalliques réutilisables pour imprimer des textes. Les livres peuvent désormais être produits rapidement, en grande quantité et à un coût réduit.

- **L'imprimerie, qui se développe en Europe, entraîne une révolution culturelle** et la diffusion très large des idées et du savoir, notamment celui des humanistes. Les livres voyagent à travers l'Europe, dans les bagages des érudits qui se déplacent dans les différents foyers de la Renaissance comme Léonard de Vinci à Amboise.

- **Si les premiers ouvrages imprimés sont religieux, l'imprimerie permet aussi de diffuser les livres d'auteurs antiques** comme les épopées d'Homère, les œuvres de Galien et celles écrites par des humanistes. Des familles d'imprimeurs comme les Manuce à Venise ou les Estienne à Paris, proches des savants, contribuent à diffuser les idées et les savoirs en Europe.

VOCABULAIRE

- **Érudit :** personne disposant d'un très grand savoir.
- **Perspective :** art de représenter, sur une surface plane, des objets en trois dimensions tels qu'ils sont vus par l'œil humain.
- **Mécène :** riche famille ou individu qui protège et finance des artistes.
- **« République des lettres » :** expression qualifiant le groupe des humanistes qui s'échangeait courriers, idées et livres.
- **Renaissance :** renouveau culturel, artistique et scientifique en Europe marqué par un retour aux valeurs et aux esthétiques de l'Antiquité et par un esprit d'innovation.

3 Un art bouleversé par de nouveaux sujets et de nouvelles techniques

- **Dans le domaine artistique, la Renaissance naît en Italie autour de Florence puis gagne d'autres villes prospères** comme Milan, Venise et Rome. Dans les riches cités de la Flandre, des artistes développent un style particulier (peinture à l'huile, minutie des détails et représentation des paysages). Avec les guerres d'Italie et les voyages des artistes, ce mouvement artistique se diffuse et des artistes locaux inventent leur propre style. Ainsi, le Val de Loire, où séjournent les rois de France, voit apparaître un mouvement culturel et artistique français (comme au château de Fontainebleau).

- **La redécouverte de l'Antiquité grecque et romaine inspire les artistes.** Ces derniers s'intéressent à de nouveaux sujets (la mythologie, la nudité et le portrait) et utilisent également de nouvelles techniques (peinture à l'huile, anatomie et perspective). De riches mécènes aident et financent ces artistes par goût des arts mais aussi pour cultiver leur prestige. Les artistes sont donc de plus en plus considérés, signent leurs œuvres et se représentent dans des autoportraits.

- **À Rome, Michel-Ange (1475-1564) réalise les fresques de la chapelle Sixtine pour le pape Jules II.** À la fois peintre, sculpteur, architecte et urbaniste, il travaille pour des mécènes comme la puissante famille des Médicis à Florence. Considéré de son vivant comme un génie de l'art, son œuvre montre une maîtrise des nouvelles techniques artistiques et une connaissance étendue du corps humain.

DATES CLÉS

XVe siècle

Renouveau des arts.

Vers 1450

Gutenberg met au point les caractères mobiles pour imprimer.

1508-1512

Michel-Ange peint les fresques du plafond de la chapelle Sixtine.

1469-1536

Vie d'Érasme considéré comme « le prince des humanistes ».

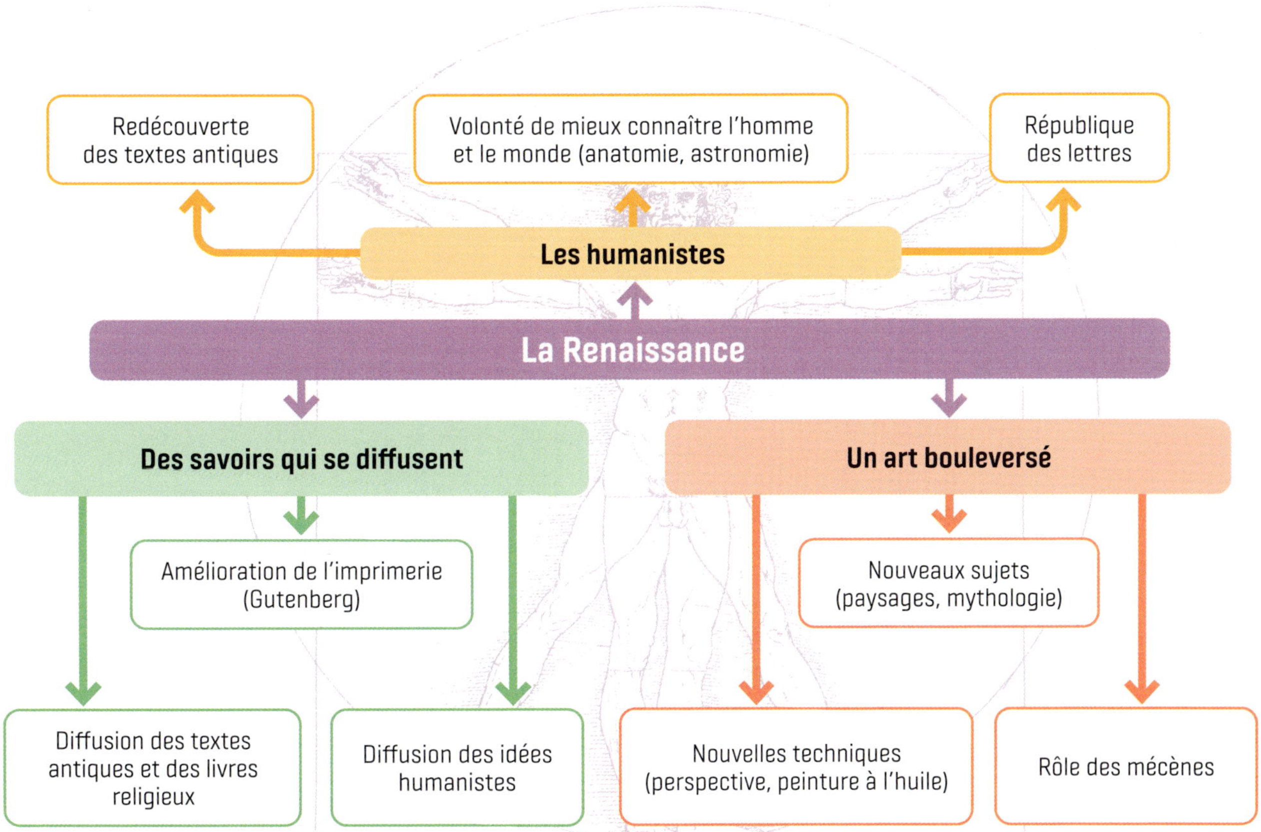

ÉTUDE 3 L'imprimerie et la diffusion des idées

L'invention de l'imprimerie à caractères mobiles par Gutenberg vers 1450 permet de diffuser les connaissances en Europe. Ce progrès technique a contribué à l'essor de l'humanisme et de la Réforme, alimentant débats et découvertes.

> Quel rôle a joué l'imprimerie dans la diffusion des idées à la Renaissance ?

1 Un atelier d'imprimerie au XVIe siècle

Atelier d'imprimerie au XVIe siècle, école française, XVIIe siècle, musée des Beaux-Arts, Dôle.

Des typographes (à gauche) assemblent les caractères pour réaliser les pages en suivant le manuscrit comme modèle. Les plaques de caractères sont ensuite badigeonnées d'encre noire grâce à des tampons et pressées afin d'imprimer le texte sur le papier (à droite). Une fois sèches, les feuilles sont assemblées pour constituer le livre.

2 Des livres de plus en plus nombreux

Période	Production de livres en Europe	En latin	En langues nationales
XIVe siècle	2,8 millions de manuscrits	100 %	0 %
XVe siècle	4 millions de manuscrits	100 %	0 %
1450-1500	20 millions d'imprimés	75 %	25 %
XVIe siècle	200 millions d'imprimés	60 %	40 %

The Journal of Economic History, Vol. 69, No. 2, 2009.

3 L'impression des ouvrages religieux

Bible polyglotte, en cinq langues : syriaque, latin, grec et dans la partie basse hébreu et chaldéen, dite d'Anvers, réalisée par l'imprimerie de Christophe Plantin, 1568-1572.

Musée Plantin Moretus, Anvers.

Qui est-il ?

Léon X (1475-1521), fils de Laurent de Médicis, pape de 1513 à 1521, est un important mécène des arts et un acteur de la Contre-Réforme.

4 L'imprimerie, une invention dangereuse ?

On peut sans doute acquérir avec facilité des connaissances littéraires en lisant les livres ; l'art d'imprimer les livres, qui, grâce à la faveur divine, a été inventé, ou plutôt amélioré et perfectionné, surtout à notre époque, a sans doute apporté aux mortels bien des avantages, puisque pour une petite dépense on peut avoir un très grand nombre de livres : ceux-ci permettent aux esprits de se livrer fort commodément aux études littéraires et ils peuvent produire facilement des hommes instruits en toutes sortes de langues, surtout parmi les catholiques [...] Toutefois, la plainte de nombreuses personnes a frappé nos oreilles [...]. En effet quelques maîtres en cet art de l'impression ont l'audace d'imprimer et de vendre au public en différentes parties du monde des livres – aussi bien traduits du grec, de l'hébreu, de l'arabe et du chaldéen en latin qu'écrits directement en latin ou en langue vulgaire – qui contiennent des erreurs contre la foi, des opinions pernicieuses[1] contraires à la religion chrétienne [...]. [N]ous établissons et ordonnons que désormais et pour tous les temps futurs, personne n'ose imprimer ou faire imprimer un livre ou un autre écrit quel qu'il soit [...] sans que ces livres ou écrits aient été d'abord attentivement examinés, à Rome par notre Vicaire[2] et par le Maître du Sacré-Palais[3], dans les autres cités et diocèses par l'évêque, ou par une autre personne députée à cet office par ce même évêque, et experte dans la science dont relève le livre ou l'écrit en question [...].

Léon X, bulle « Inter sollicitudines », 1515, citée et traduite du latin dans Gervais Dumaige, *Histoire des conciles œcuméniques*, Éditions de l'Orante, vol. 10, 1978.

1. Nuisibles moralement.
2. Représentant du pape en son absence.
3. Officier du palais du pape, dont la fonction est d'examiner, corriger, approuver ou rejeter tout ce qui doit s'imprimer.

PARCOURS 1

Comprendre et mettre en relation des documents

1. **Doc. 1** Comment le procédé d'imprimerie est-il amélioré au XVIe siècle ?
2. **Doc. 2** Quelles sont les conséquences de l'amélioration de l'imprimerie sur la production de livres en Europe ?
3. **Doc. 3** À quel public était principalement destiné cet ouvrage ?
4. **Doc. 4** Pourquoi le pape Léon X considère-t-il l'imprimerie comme une invention aussi utile que dangereuse ?

BILAN À l'aide de vos réponses, montrez que l'imprimerie joue un rôle essentiel dans la diffusion des savoirs à la Renaissance.

PARCOURS 2

Construire une carte mentale

Réalisez une carte mentale en utilisant des outils numériques ou sur papier.
Placez au centre « L'imprimerie et la diffusion des idées » puis complétez le schéma en ajoutant des axes correspondant à chacun des thèmes abordés dans cette étude.

La carte pourra ainsi aborder :
- L'amélioration de l'imprimerie (**doc. 1**).
- Les conséquences de cette innovation (**doc. 2 et 3**).
- Les critiques (**doc. 4**).

ÉTUDE 4
PARCOURS CROISÉS

Réformer l'Église de l'intérieur

(1469-1536)

Prêtre originaire des Pays-Bas, il est considéré comme le « prince des humanistes » pour son érudition et son influence sur les penseurs de son temps. Il a écrit de nombreux ouvrages sur la religion, la philosophie et l'histoire.

Érasme, prince des humanistes

PPO

Érasme, le « prince des humanistes », est aussi un critique virulent des abus de l'Église catholique. Il prône une **réforme** de l'intérieur et progressive.

Comment Érasme pense-t-il la réforme de l'Église ?

1 Érasme critique l'Église de son temps

Mais en vérité, depuis longtemps, les souverains pontifes[1], les cardinaux, les évêques, rivalisent délibérément avec les habitudes des princes et en sont presque à les dépasser. […] Et ils ne se souviennent même plus de leur nom, de ce que signifie le mot d'évêque, c'est-à-dire travail, vigilance, sollicitude. Mais pour attraper l'argent […] ils font parfaitement les « évêques » : ils surveillent[2]. […] Quant aux souverains pontifes qui sont les vicaires[3] du Christ, s'ils s'efforçaient d'imiter sa vie, c'est-à-dire sa pauvreté, ses travaux, sa Doctrine, sa croix, son mépris de la vie, s'ils réfléchissaient seulement à leur nom de pape, autrement dit de père, ou à leur surnom de « très saint », qu'y aurait-il sur terre de plus malheureux ? […] Les plus heureux sont ceux qui s'appellent couramment eux-mêmes « religieux » et « moines », deux surnoms tout à fait trompeurs, car la plupart d'entre eux sont fort éloignés de la religion […]. D'abord ils trouvent que le comble de la piété, c'est de ne rien savoir des belles-lettres, pas même lire. Ensuite, quand, à l'église, ils braillent de leur voix d'âne leurs psaumes […] alors ils croient vraiment charmer l'oreille des saints d'une infinie volupté.

Érasme, *Éloge de la Folie*, extraits des chapitres LIV, LVII à LIX, 1511.

1. Le pape. 2. Jeu de mots sur évêque, dérivé du grec *episcopos*, « surveillant ». 3. Représentant d'une autorité religieuse supérieure.

VOCABULAIRE

Réforme : volonté de réformer le christianisme par un retour aux textes fondateurs et à des pratiques plus simples. Le mouvement qui en est issu rompt avec l'Église catholique pour former les cultes protestants.

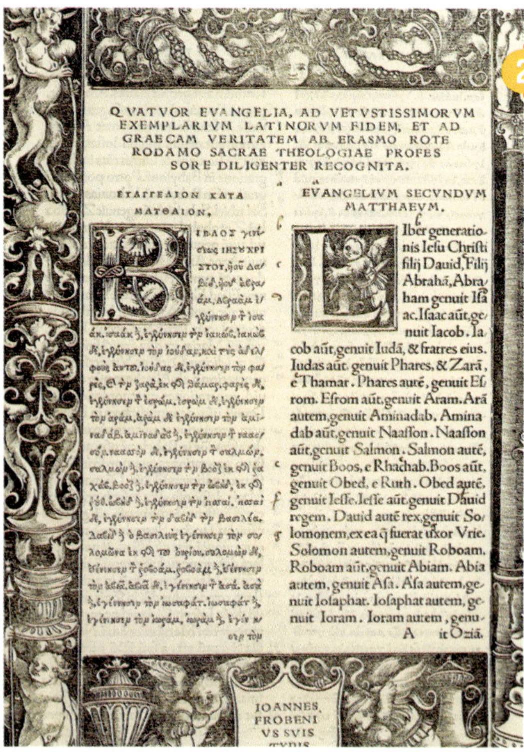

QVATVOR EVANGELIA, AD VETVSTISSIMORVM EXEMPLARIVM LATINORVM FIDEM, ET AD GRAECAM VERITATEM AB ERASMO ROTERODAMO SACRAE THEOLOGIAE PROFESSORE DILIGENTER RECOGNITA.

ΕΥΑΓΓΕΛΙΟΝ ΚΑΤΑ ΜΑΤΘΑΙΟΝ.

EVANGELIVM SECVNDVM MATTHAEVM.

Liber generationis Iesu Christi filij Dauid, filij Abrahã. Abraham genuit Isaac. Isaac aũt genuit Iacob. Iacob aũt genuit Iudã, & fratres eius. Iudas aũt genuit Phares, & Zarã, e Thamar. Phares autẽ genuit Esrom. Efrom aũt genuit Aram. Arã autem genuit Aminadab. Aminadab aũt genuit Naasson. Naasson aũt genuit Salmon. Salmon autẽ genuit Boos, e Rhachab. Boos aũt genuit Obed, e Ruth. Obed autẽ genuit Iesse. Iesse aũt genuit Dauid regem. Dauid autẽ rex genuit Solomonem, ex ea q fuerat uxor Vriæ. Solomon autem genuit Roboam. Roboam aũt genuit Abiam. Abia autem genuit Asa. Asa autem genuit Iosaphat. Iosaphat autem genuit Ioram. Ioram autem genuit Oziã.

IOANNES FROBENIVS SVIS TYPIS

2 L'édition imprimée de la nouvelle traduction par Érasme du Nouveau Testament (1516)

Érasme dédie en préface cette traduction au pape Léon X dans le but de montrer son respect pour l'autorité de l'Église. Dans la colonne à gauche se trouve le texte original en grec, et dans celle de droite, la nouvelle traduction en latin réalisée par Érasme et dans laquelle il a corrigé des erreurs de traduction de la Vulgate (la Bible en latin qui était utilisée jusqu'alors).

ACTIVITÉ 1

1. **Doc. 1** Relevez trois reproches que fait Érasme à l'Église de son époque.
2. **Doc. 1 et 2** Pourquoi Érasme peut-il être qualifié d'humaniste ?
3. **Doc. 1 et 2** De quelle manière Érasme souhaite-t-il réformer l'Église ?

BILAN Montrez qu'Érasme souhaite réformer l'Église en respectant l'autorité du pape.

ou la quitter ?

Luther, un réformateur

PPO

(1483-1546)
Moine et théologien allemand, il dénonce la vente des **indulgences**. En 1517, il publie ses *95 thèses* contre les dérives de l'Église. **Excommunié** en 1521, il organise la Réforme luthérienne.

Le moine allemand Martin Luther, choqué par les dérives de l'Église de son temps, veut provoquer le débat. Mais l'opposition du pape Léon X le pousse à rompre avec l'Église.

Pourquoi Luther rompt-il avec le pape et l'Église romaine ?

VOCABULAIRE

- **Excommunier :** exclure un individu de l'Église chrétienne.
- **Indulgences :** lettres vendues par la papauté à un croyant lui donnant l'espoir de « remettre les péchés » et de réduire le temps au purgatoire.

Qui est-il ?
Lucas Cranach le Jeune (1515-1586) est un peintre et graveur allemand, il travaille à Wittemberg dans l'atelier de son père qui était un proche et un soutien de Luther.

3 **La séparation totale avec Rome : la « Vraie et Fausse Église »**

Gravure (colorisée ultérieurement) par Lucas Cranach le Jeune, 1546.

Luther, au centre, désigne le Christ comme modèle à suivre à ses fidèles (à gauche) et montre les membres de l'Église de Rome, dont le pape (à droite) en train de brûler dans la gueule du Léviathan, un monstre qui représente l'enfer.

4 Luther critique les indulgences

21. C'est pourquoi les prédicateurs[1] de l'indulgence sont dans l'erreur quand ils disent que les indulgences du pape délivrent l'homme de toutes les peines et le sauvent. […]

36. Tout chrétien vraiment repentant, la rémission[2] plénière de la pénitence et même du péché est due sans lettres d'indulgence. […]

62. Le véritable trésor de l'Église, c'est le très saint Évangile[3] de la gloire et de la grâce de Dieu.

67. Les indulgences dont les prédicateurs prônent à grands cris les mérites, n'en ont qu'un, celui de rapporter de l'argent […].

86. Pourquoi le pape, dont le sac est aujourd'hui plus gros que celui des plus riches, n'édifie-t-il pas au moins cette basilique de Saint-Pierre avec ses propres deniers, plutôt qu'avec l'argent des fidèles ? »

Martin Luther, *95 thèses*, 1517.

1. Personne qui prêche, c'est-à-dire qui enseigne la religion afin de renforcer la foi des croyants ou de convaincre de nouveaux croyants. 2. Action de pardonner un péché, une faute. 3. Écrits rédigés par les premiers chrétiens.

ACTIVITÉ 2

1. **Doc. 4** Citez trois critiques que Luther fait au pape et à l'Église.
2. **Doc. 3** Quelle image Luther et ses proches donnent-ils de l'Église et du pape ?
3. **Doc. 3 et 4** Pourquoi Luther rompt-il avec l'Église ?

BILAN Expliquez pourquoi Luther a fondé une nouvelle communauté religieuse.

PARCOURS CROISÉS

Réalisez un schéma pour expliquer la division de la chrétienté en Europe occidentale au XVIe siècle.

Pas à pas :

1. Rappelez les critiques qui conduisent à vouloir réformer l'Église ;
2. Evoquez ceux qui veulent réformer de l'intérieur ;
3. Expliquer pourquoi certains veulent réformer en quittant l'Église.

ÉTUDE 5
ACTRICES DE L'HISTOIRE

Les réformatrices

Si les réformes protestantes ne modifient par le rôle traditionnel des femmes (tâches domestiques, éducation des enfants), la possibilité pour chaque croyante et chaque croyant de lire la Bible conduit au développement de l'instruction des filles et des garçons. Des réformées, issues du peuple ou de la noblesse, contribuent alors à la diffusion des croyances et à la protection de communautés protestantes.

CATHERINE VON BORA
(1499-1552)
Issue de la petite noblesse germanique, elle épouse Luther en 1525. Elle devient un modèle pour les femmes de pasteur : elle seconde son mari tout en s'occupant des tâches domestiques. Elle enseigne également aux enfants et vient au secours des personnes en détresse.

1 Luther écrit à son épouse, Catherine

Ma maître (sic !) de maison Catherine te salue, elle qui transporte, qui cultive les champs, qui fait paître et achète le bétail, brasse, etc. Ce faisant, elle a entrepris aussi de lire la Bible contre promesse de 50 florins si elle finit avant Pâques. Elle y met un grand sérieux : maintenant déjà, elle est parvenue au cinquième livre de Moïse (Deutéronome).

Lettre de Luther en octobre 1523, Lettre 2267, in *Briefe*, t., Weimar, Bölhau, 1930-1985.

« J'aime ma Catherine, je l'aime plus que moi-même, assurément. Je préférerais mourir plutôt que de la voir mourir, elle et les enfants ». Elle est « ma côte, Ma chair, mon maître Käte, mon seigneur et son Moïse législateur », « Madame la Doctoresse, prédicatrice, brasseuse, jardinière, haute justicière sur le marché-aux-cochons ».

Luther cité par Liliane Crété, *Le protestantisme et les femmes. Aux origines de l'émancipation*, Genèse, Labor et Fides, 1999.

2 Les femmes et la Réforme en Angleterre

REGARD DE L'HISTORIENNE

Mécènes, auteurs, martyres de la Réforme ou simples laïques anonymes, un certain nombre de femmes de la période s'impliquèrent dans le débat spirituel et intellectuel qui animait l'Europe. Ce fut le cas de Katherine Parr (vers 1512 – 1548) et de deux des membres de son entourage qui, acquises aux idées de la Réforme, s'engagèrent publiquement : Elizabeth Tyrwhit (vers 1510- 1578) aristocrate anglaise et Anne Askew (1521-1546). […] (Katherine Parr) choisit de s'engager dans la diffusion de la Réforme en Angleterre en prenant la plume. Outre sa vie personnelle mouvementée, son implication pour les idées de la pensée réformée fit d'elle une reine hors du commun[1], même si elle préféra attendre la sécurité du règne protestant d'Edouard VI pour publier son manuel de dévotion ouvertement protestant. Anne Askew fit le choix de sortir de la clandestinité en professant publiquement ses opinions et poussa son témoignage jusqu'au martyre. Elizabeth Tyrwith, quant à elle, ne fit acte de foi qu'un quart de siècle plus tard, pendant le règne d'Elisabeth Iere, à travers son recueil de prière. Toutes trois acquises à la cause protestante, elles vécurent l'expérience de la conversion et choisirent de partager le témoignage de leur foi pour défendre et diffuser les idées de la Réforme.

Julie Vanparys-Rotondi, *La Réforme anglaise au féminin*, Presses universitaires de Strasbourg, 2023.

1. Reine d'Angleterre et épouse d'Henri VIII, fondateur de l'anglicanisme.

3 Les femmes protestantes lisent la Bible

Quirijn van Brekelenkam, *Gumma som läser bibeln*, 1663, Nationalmusem, Stockholm.

Qui est-elle ?
Julie Vanparys-Rotondi (née en 1976), est une spécialiste de la Réforme en Angleterre.

4 Luther sur le mariage

L'homme et la femme, bonnes créatures, ont reçu de Dieu le corps qu'il a voulu. Les deux corps sont respectables. Ils ont le devoir de s'assembler pour se multiplier. La sexualité fait partie de la nature humaine, autant que manger ou dormir, et personne ne peut s'y soustraire. Ceci étant un ordre divin, personne ne doit avoir la présomption de rester sans époux ou de pratiquer la continence : le vœu de chasteté n'a pas de valeur devant Dieu. On ne peut pas plus renoncer à la sexualité qu'on ne peut renoncer à être homme ou femme. C'est vouloir y renoncer qui expose aux fautes. Dans la perspective du projet de Dieu, aucune tâche ne paraîtra trop humble ou méprisable. Le mari pourra bercer l'enfant, laver les langes, changer le lit en sachant que Dieu s'en réjouit. Il trouvera son bonheur dans l'accomplissement de la volonté de Dieu, même si on se moque de lui.

Martin Luther, *De la vie conjugale*, septembre 1522, Paris, Pléiade.

5 **Argula von Grumbach (1492-vers 1568)**

Statue de Mihai Buculei, 2021, Beratzhausen (Allemagne).

Passionnée par les écrits de Luther dès 1520, elle rédige un **pamphlet** en faveur de ses idées. Ses écrits ont eu un grand retentissement.

ACTIVITÉ

1. **Doc. 1 et 4** Repérez les qualités que Martin Luther prête à son épouse, et comment sa conception du mariage a des conséquences favorables pour les femmes.
2. **Doc. 2, 3 et 5** Par quels moyens les femmes participent-elles au débat spirituel et intellectuel au moment de la Réforme ?
3. **Doc. 1 à 5** Pour chacune des femmes évoquée dans ce dossier, précisez son origine sociale et la façon dont elle participe à la Réforme protestante.

BILAN Réalisez un schéma de synthèse qui montre le rôle des femmes dans la réforme protestante.

VOCABULAIRE

- **Pamphlet :** texte violent et accusateur destiné à critiquer un individu, une idée ou une institution.
- **Pasteur :** personne en charge de la gestion du culte dans une communauté réformée.

Pour aller plus loin

À VOIR

- **Les femmes et la Réforme.** Entretien avec la théologienne Valérie Duval-Poujol (11'56). Les évolutions de la place et du statut des femmes dans le protestantisme, de la Réforme à nos jours.

À VISITER EN LIGNE

- **Le rôle des femmes dans le protestantisme,** un parcours proposé par le Musée protestant.

À ÉCOUTER

- **Histoire des femmes protestantes ép. 1** – La Réforme protestante, de nouveaux modèles de femmes ? (26'16) Un podcast avec Marianne Carbonnier-Burkard, théologienne à la Faculté de théologie protestante de Paris et vice-présidente de la Société de l'histoire du protestantisme français, pour mesurer les changements liés à la Réforme pour les femmes.

COURS 2 La division de la chrétienté

> **Comment les volontés de réformer l'Église conduisent-elles à la division de la chrétienté occidentale au XVIe siècle ?**

VOCABULAIRE

- **Art baroque :** style artistique caractérisé par la richesse des détails, les mouvements et une sensation de grandeur dans le but de susciter l'émotion et d'exprimer la puissance de l'Église catholique.
- **Catéchisme :** enseignement de la religion chrétienne.
- **Concile :** assemblée d'évêques qui se réunit pour prendre des décisions à propos d'affaires qui concernent la religion.
- **Contre-Réforme :** mouvement de réforme initié au sein de l'Église catholique romaine au XVIe siècle pour mettre un terme à des dérives et faire face à la Réforme protestante.
- **Inquisition :** tribunaux de l'Église chargés depuis le Moyen Âge de juger les hérétiques.
- **Prédestination :** croyance que tout événement, particulièrement le salut ou la damnation éternelle des âmes, est décidé à l'avance par Dieu.
- **Purgatoire :** croyance en un espace intermédiaire entre le paradis et l'enfer destiné à « purger » les péchés commis pendant la vie et purifier l'âme.

1 Un climat d'inquiétude religieuse

- **La fin du Moyen Âge est marquée par de nombreuses crises :** les guerres (comme la guerre de Cent Ans), les famines et les épidémies (dont la peste). Les chrétiens vivent dans une crainte de la mort qui peut se produire à tout instant. Face à cette inquiétude religieuse permanente, les croyants veulent se faire pardonner leurs péchés pour sauver leur âme.
- **Le culte traditionnel ne paraît plus suffisant** et une approche plus individuelle de la religion se développe. Les dons se multiplient, les pèlerins sont plus nombreux et le purgatoire est inventé au XIIe siècle. Face à ces angoisses, l'Église développe la vente des indulgences. Avec l'imprimerie, la publication des indulgences devient massive, tout comme leur commerce.
- **Le clergé est très critiqué.** Il est accusé de s'enrichir et de s'éloigner de l'idéal de vie et des principes de pauvreté des premiers chrétiens. Des évêques vivent comme des princes et les prêtres vendent parfois les sacrements. Des croyants reprochent surtout à l'Église de ne pas bien jouer son rôle auprès de fidèles qui, eux-mêmes, ne comprennent pas toujours la messe en latin, rendant le culte difficilement accessible.

2 Luther et Érasme, deux réformateurs

- **Des humanistes, conscients de ces dérives, veulent réformer l'Église.** Ils souhaitent notamment un clergé exemplaire et mieux formé, ainsi qu'un culte plus simple en rendant les textes sacrés (traduits et corrigés) accessibles au plus grand nombre. À l'image d'Érasme, ils ne veulent pas quitter l'Église, mais la changer de l'intérieur pour l'améliorer.
- **En 1517, Martin Luther, un moine et théologien allemand qui souhaite aussi réformer l'Église,** affiche ses *95 thèses* sur la porte de l'église de Wittenberg. Pour lui, seule la foi peut sauver l'âme du croyant, non les dons et l'achat des indulgences. Il critique également le comportement déviant de certains religieux et comme à ses yeux tous les hommes sont des pécheurs, il rejette le culte des saints et de la Vierge Marie.
- **L'appel de Luther à réformer l'Église est amplifié par l'imprimerie.** Ses idées se diffusent et sa notoriété grandissante inquiète le pape. Luther est alors excommunié par Léon X en 1521. Mis au ban de l'empire (et donc hors la loi), il est protégé par le prince de Saxe, ce qui lui permet d'établir une nouvelle forme de culte chrétien : le luthéranisme. Luther prône ainsi une religion plus individuelle, sans intermédiaire entre le croyant et Dieu. Il encourage aussi la lecture de la Bible qu'il traduit en allemand à partir de la nouvelle traduction d'Érasme.

3 Une Europe chrétienne divisée

■ **En France, Jean Calvin, s'inspirant des idées de la réforme luthérienne, établit un protestantisme plus austère.** Il prône la prédestination et rejette les images saintes. Menacé, Calvin se réfugie à Genève où, grâce à ses écrits et ses disciples, il diffuse ses doctrines vers l'Europe, notamment l'Écosse et les Pays-Bas. Parallèlement, en Angleterre, le roi Henri VIII, dont le divorce n'a pas été accordé par la papauté, fonde l'Église anglicane en 1534 et en devient le chef religieux.

■ **Face à l'émergence de ces nouveaux cultes chrétiens, l'Église catholique réagit.** Elle réactive l'Inquisition, des tribunaux religieux, contre l'hérésie protestante et s'appuie sur l'ordre religieux des Jésuites pour mener le combat intellectuel contre les penseurs protestants. Le concile de Trente (1545-1563) permet de réaffirmer les doctrines catholiques et d'introduire des réformes de l'Église de l'intérieur comme la formation des prêtres et la création du catéchisme pour enseigner la religion chrétienne. L'art baroque se développe également en réaction au rejet des images par les luthériens et calvinistes.

■ **Malgré la Contre-Réforme, l'Europe chrétienne reste très divisée.** Les débats portant sur les questions religieuses s'intensifient, s'appuyant sur les images et les imprimés pour critiquer l'autre camp. L'intolérance religieuse, croissante tout au long du XVIe siècle, entraîne les premiers massacres (comme à Wassy en 1562 et la Saint-Barthélemy en 1572) et de véritables guerres de Religion.

DATES CLÉS

1517
Luther affiche et publie ses *95 thèses*.

1521
Luther est excommunié par le pape.

1536
Naissance du calvinisme.

1545-1563
Concile de Trente.

1572
Massacres de la Saint-Barthélemy.

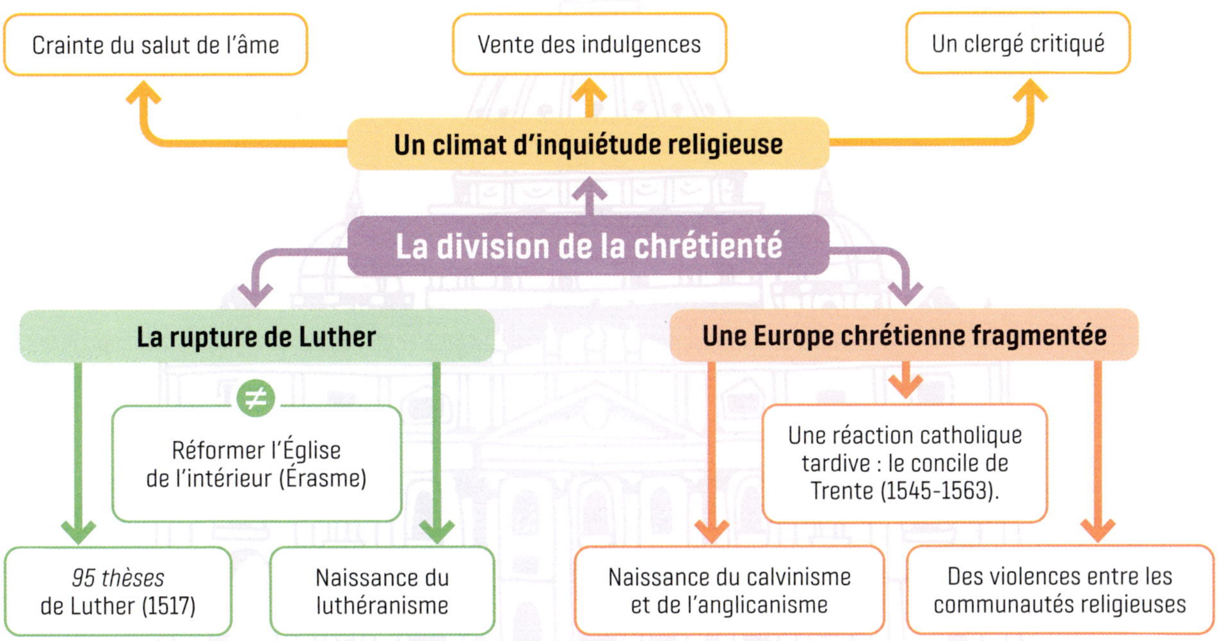

RÉVISIONS

Je fais le point

Quiz
hachette-clic.fr/24hg2027

Repères chronologiques
Vocabulaire
Acteurs

Un renouveau des arts et de la pensée

- La Renaissance et l'humanisme sont deux mouvements qui transforment l'Europe aux XVe et XVIe siècles. La Renaissance est un mouvement intellectuel et artistique basé sur la redécouverte de l'Antiquité considérée comme un âge d'or. Elle intègre des progrès dans la représentation (perspective, proportions) et dans la connaissance (anatomie). Les arts se transforment. Ils sont encouragés par des mécènes comme les Médicis ou encore le pape Jules II qui commande à Michel-Ange les fresques de la chapelle Sixtine. L'humanisme est un courant de pensée qui valorise l'homme et l'éducation. Érasme, considéré comme le « prince des humanistes », propose une traduction du Nouveau Testament en 1516. L'imprimerie, perfectionnée par Gutenberg vers 1450, permet la diffusion rapide des idées et du savoir.

La division de la chrétienté

- Des protestants contestent l'autorité de l'Église catholique. Martin Luther critique la vente des indulgences en 1517 et est excommunié en 1521. Le calvinisme, une autre forme de protestantisme, est développé par Jean Calvin à partir de 1536. L'Angleterre se sépare aussi de Rome et fonde l'anglicanisme. La Contre-Réforme, un mouvement catholique, vise à lutter contre la Réforme protestante. Le concile de Trente, qui se tient de 1545 à 1563, réaffirme les croyances catholiques et propose des changements (catéchisme, formation des prêtres). L'Europe chrétienne reste toutefois profondément divisée.

L'émergence d'une culture nouvelle en Europe

- La Renaissance représente un tournant majeur en Europe, caractérisé par un renouveau dans les arts et la pensée, et stimulé par les humanistes et les progrès de l'imprimerie. Les différents mouvements de réforme soulignent les fractures religieuses et sociales de l'époque. Ces deux mouvements contribuent à l'émergence d'une nouvelle culture, fondée sur l'humanisme et la raison. Ils provoquent également des conflits religieux et des massacres (comme la Saint-Barthélemy en 1572).

La ligne du temps

Jouez en groupe à un *timeline* de révision du chapitre.

15 min de préparation — **Étape 1** Mettez-vous par quatre. Un premier binôme recherche les dates des événements 1 à 4 pendant que l'autre binôme fait la même chose pour les événements 5 à 8.

5 min — **Étape 2** Chaque binôme dispose de 60 secondes pour replacer dans l'ordre chronologique les quatre événements de l'autre équipe. Chaque bonne réponse ramène un point.

Les événements :

1. Les *95 thèses* de Luther
2. Le concile de Trente
3. L'amélioration de l'imprimerie
4. La mort d'Érasme
5. Jean Calvin développe le calvinisme
6. Luther est excommunié par le pape
7. Le Nouveau Testament retraduit par Érasme
8. Henry VIII fonde l'anglicanisme

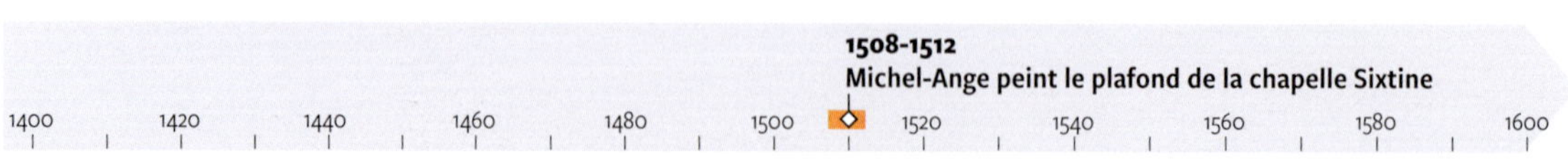

Je révise avec des podcasts

1 Qui sont les humanistes ?

Podcast
hachette-clic.fr/24hg2028

2 Quel est le rôle de l'imprimerie à la Renaissance ?

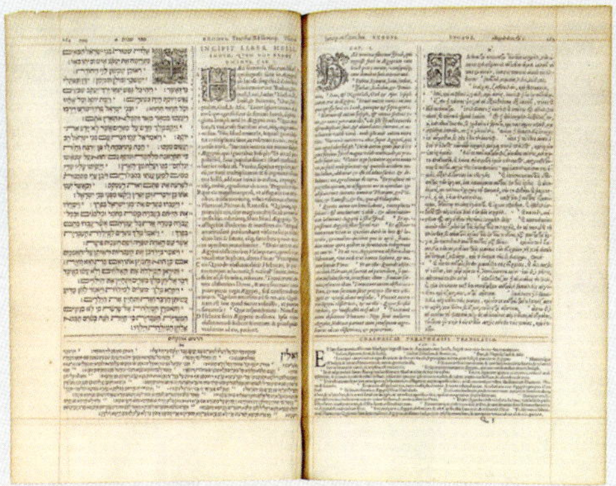

Podcast
hachette-clic.fr/24hg2029

L'ESSENTIEL en 5 minutes

3 Quel est le renouveau artistique à la Renaissance ?

Podcast
hachette-clic.fr/24hg2030

4 Pourquoi la chrétienté s'est-elle à nouveau divisée au XVIe siècle ?

Podcast
hachette-clic.fr/24hg2031

5 Comment la connaissance du monde et de l'homme a-t-elle progressé à la Renaissance ?

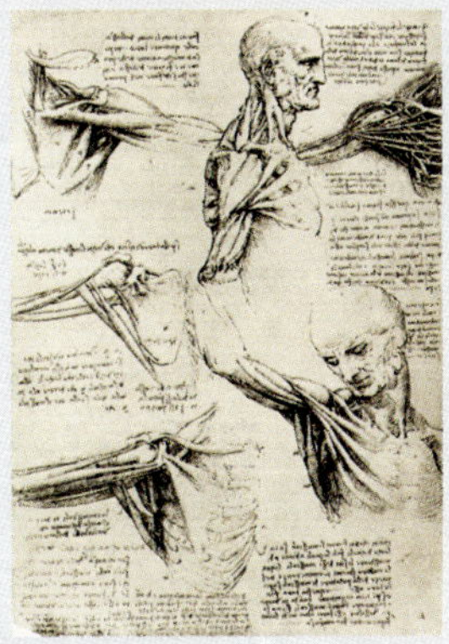

Podcast
hachette-clic.fr/24hg2032

Je teste mes connaissances

- Écoutez les cinq épisodes du podcast puis testez vos connaissances grâce aux flashcards.

QUESTION
Citez deux humanistes

RÉPONSE
Érasme
Ugolino Martelli

Flashcards
hachette-clic.fr/24hg2033

Le saviez-vous ?

L'organisation d'un podcast en histoire nécessite de classer les informations par ordre chronologique, par ordre d'importance et de pertinence. Il est aussi essentiel d'évoquer les causes et les conséquences de l'événement raconté. Des anecdotes peuvent alléger et rythmer le propos pour le rendre plus attrayant.

Je m'entraîne

• Analyser un tableau de la Renaissance

Le saviez-vous ?
En même temps que l'Italie, un autre foyer de la Renaissance s'est épanoui au XVe siècle dans les riches cités marchandes de Flandre. La **Renaissance flamande** s'est développée grâce à des mécènes puissants et des artistes novateurs comme Jan van Eyck, précurseur dans l'usage de la peinture à l'huile.

Le Chancelier Rolin, un mécène de la Renaissance
Jan van Eyck, *Le Chancelier Rolin en prière devant la Vierge,* dit *La Vierge du chancelier Rolin*, vers 1435, musée du Louvre, Paris.

PALIER 1
Je comprends le document
- Quelle scène est représentée ?
- À quelle période ce tableau a-t-il été peint ?
- Comment le chancelier Rolin est-il représenté dans le tableau ?

PALIER 2
Je sélectionne les informations
- Pourquoi le chancelier Rolin est-il représenté ?
- Comment le peintre met-il en valeur le Chancelier ?

PALIER 3
Je croise le document avec mes connaissances
- Pourquoi les mécènes se font-ils représenter sur des tableaux ?
- Quels éléments de l'oeuvre montrent le renouveau artistique de la Renaissance ?

• Analyser un texte

Les reproches adressés à l'Église catholique

L'Institution de la religion chrétienne *est rédigée par Jean Calvin pour développer sa réforme religieuse. Elle est précédée d'une lettre adressée au roi François Ier.*

Je sais bien que d'horribles rapports ont frappé vos oreilles et votre cœur, afin de vous persuader du caractère odieux de notre cause […]. Certains d'entre nous sont détenus en prison, les autres fouettés, les autres obligés de renier leur foi, les autres bannis, les autres traités avec cruauté, les autres obligés de s'exiler : nous sommes persécutés, considérés comme maudits et exécrables, injuriés et traités inhumainement. Contemplez, d'autre part, nos adversaires (je parle de la situation des prêtres, qui inspirent et encouragent ceux qui s'opposent à nous), et considérez un peu avec moi ce qui les pousse et les dirige. Pourquoi se battent-ils avec tant de conviction et d'énergie en faveur de la messe, du purgatoire, des pèlerinages et autres fatras […] ? Pourquoi sinon parce que leur ventre est leur dieu, la cuisine leur religion ? […] Bref, ils tiennent tous le même discours : conserver leur règne et leur ventre plein. Pas un d'entre eux ne fait preuve du moindre bon zèle ; et, pourtant, ils ne cessent pas de calomnier notre doctrine, de la décrier et de la diffamer de toutes les manières possibles, afin de la rendre ou odieuse ou suspecte.

Jean Calvin, Épitre au roi François Ier, *L'Institution de la religion chrétienne*, 1536.

Qui est-il ?

Jean Calvin (1509-1564), théologien, a influencé la Réforme avec son *Institution de la religion chrétienne* (1536). Chassé de France, il est contraint à l'exil à Genève, où il organise une communauté protestante et guide des réformateurs européens.

PALIER 1

Je comprends le document

- À qui est adressée cette lettre et en quelle année ?
- Pourquoi Calvin lui écrit-il ?

PALIER 2

Je sélectionne les informations

- Quelle est la principale critique que Calvin adresse à l'Église catholique ?
- Comment l'Église traite-elle les réformateurs selon Calvin ?

PALIER 3

Je croise le document avec mes connaissances

- Dans quel contexte Clavin écrit-il cette lettre ?
- Pourquoi cette lettre illustre-t-elle les tensions religieuses en Europe au XVIe siècle ?

» J'approfondis

À VISITER EN LIGNE

Visitez virtuellement **la Galerie des Offices** à Florence (Italie) : découvrez le bâtiment construit par Giorgio Vasari en 1560 et qui abrite une des collections de peintures de la Renaissance les plus réputées au monde.

À REGARDER

En cinq minutes, l'émission « **Karambolage** » vous présente la vie et les idées de Luther.

VERS LA SPÉCIALITÉ HGGSP

Le regard de l'historien :
le musée de l'Imprimerie de Lyon explique l'amélioration du fonctionnement de l'imprimerie et ses conséquence sur la diffusion de l'information.
Comment l'imprimerie a-t-elle révolutionné l'information ?

EXERCICES Rédiger et argumenter

Sujet corrigé : Comment les changements intellectuels de la Renaissance ont-ils entraîné un renouveau culturel en Europe ?

Objectif Développer des arguments

Vous montrerez comment l'Antiquité est redécouverte (argument 1) puis vous expliquerez comment elle influence les connaissances et les arts qui se diffusent en Europe (argument 2).

Étape 1 Comprendre la question et identifier les mots-clés

1. Lisez plusieurs fois la question.
2. Définissez et expliquez les mots-clés à l'aide de vos connaissances.

Les manières dont les changements intellectuels ont conduit à un renouveau culturel.

Redécouverte des textes de l'Antiquité.

XVe-XVIe siècles.

Comment les changements intellectuels de la Renaissance ont-ils entraîné un renouveau culturel en Europe ?

Renouvellement des connaissances dans tous les domaines culturels.

Mouvement qui touche notamment l'Italie, la France, l'Allemagne, la Flandre.

Étape 2 Mobiliser des connaissances

3. Listez au brouillon les idées et les mots de vocabulaire qui permettent de répondre à la question.

– La redécouverte des auteurs de l'Antiquité renouvelle la vision de l'homme.
– Les connaissances et la production artistique s'en trouvent transformées et se diffusent en Europe grâce à des puissants.

Vocabulaire : humanisme, imprimerie, mécène, perspective.
Exemples : Raphaël, Érasme, Michel-Ange, Gutenberg, Léonard de Vinci.

Étape 3 Développer les arguments

Un argument est une idée majeure qui répond à la question. Il doit être expliqué et illustré par un ou plusieurs exemples.

4. Développez l'argument en :
   - **définissant** le vocabulaire ;
   - **expliquant** un phénomène, ses causes et/ou ses effets ;
   - **présentant** des situations différentes ;
   - **l'illustrant** par un exemple précis.

Argument 1 : *À partir du XVe siècle, la redécouverte des auteurs antiques renouvelle la vision de l'homme et des connaissances. Les traductions des humanistes permettent de renouer avec des savoirs longtemps ignorés dans les domaines de l'éducation et de l'expérimentation. Érasme (1469-1536), le « prince des humanistes », illustre bien la façon dont les intellectuels produisent et échangent leurs idées et les savoirs à travers l'Europe.*

Argument 2 : *Les connaissances et les innovations artistiques se diffusent et se généralisent dans toute l'Europe avec le soutien des puissants de l'époque. L'amélioration de l'imprimerie par Gutenberg permet une large diffusion des auteurs antiques et des idées nouvelles. Dans le domaine artistique, les innovations venues d'Italie (Florence, Milan) sont partagées en Allemagne, en Flandre et en France. Des figures comme Léonard de Vinci ou Michel-Ange se déplacent et travaillent pour des mécènes puissants contribuant, par leurs œuvres, à bouleverser l'art européen.*

➔ Voir fiche 11 p. 226

Sujet guidé : Pourquoi la Renaissance est-elle marquée par des ruptures religieuses ?

Vous présenterez le contexte dans lequel se déroulent les bouleversements religieux (argument 1) puis vous montrerez qu'ils ont divisé la chrétienté occidentale (argument 2).

Étape 1 Comprendre la question et identifier les mots-clés

1. Définissez et expliquez les mots-clés à l'aide de vos connaissances et du manuel.

Pourquoi **la Renaissance** **est-elle** **marquée** **par des** **ruptures religieuses** **?**

- Pourquoi → Quelles sont les raisons qui permettent d'affirmer cela ?
- la Renaissance → Recherchez la définition de ce terme.
- marquée → Quels sont les faits et les évènements importants ?
- ruptures religieuses → Une rupture est un changement majeur en histoire. Listez les grands changements religieux de cette époque.

Étape 2 Mobiliser des connaissances

2. Associez chaque idée à un mot de vocabulaire puis à un exemple.

Idées	Vocabulaire	Exemples
Critique du pape •	• Hérétiques •	• Concile de Trente
Volonté de renouveau religieux •	• Indulgences •	• Martin Luther (1517)
Chrétienté occidentale divisée •	• Protestants •	• Purgatoire
Réaction de l'Église catholique •	• Contre-Réforme •	• Érasme
Conflits religieux •	• Pêchés •	• Saint-Barthélemy (1572)
Angoisses religieuses •	• Réformateur •	• Calvinistes

Étape 3 Développer les arguments

3. Quelle proposition vous semble la plus pertinente pour présenter le premier argument ? Justifiez votre choix.

Proposition 1 : *Les inquiétudes religieuses en Europe sont liées aux guerres dont les conséquences pour les populations sont catastrophiques.*

Proposition 2 : *À la fin de l'époque médiévale, les chrétiens vivent dans une angoisse forte en raison des nombreuses guerres et de l'incapacité de l'Église à apporter des réponses.*

Proposition 3 : *Les crises, les guerres et les épidémies provoquent une vraie inquiétude religieuse en Europe au Moyen Âge. L'Église ne parvient pas réellement à y répondre malgré l'invention du purgatoire et la vente des indulgences. Le clergé, de plus en plus critiqué, semble incapable de répondre aux attentes des croyants.*

4. Complétez la rédaction du deuxième argument en suivant le modèle de la p. 116.

C'est dans ce contexte que des humanistes envisagent de réformer l'Église afin de l'adapter aux demandes nouvelles des chrétiens. Ainsi, ...

ANTIQUITÉ

THÈME 3

L'État à l'époque moderne : France et Angleterre

Rencontre diplomatique entre François Ier et Henri VIII (juin 1520)

École anglaise, *Le camp du drap d'or*, 1545, huile sur toile, 168,9 x 347,3 cm, Royal Collection Trust, Buckingham Palace.

François Ier, roi de France, et Henri VIII, roi d'Angleterre, s'entretiennent pendant trois semaines au camp du Drap d'or. Chacun souhaite éblouir son homologue par les vêtements, les festivités et les tentes couvertes d'or. Leurs règnes marquent le début d'une mutation des monarchies européennes à l'époque moderne : la mise en place de l'État.

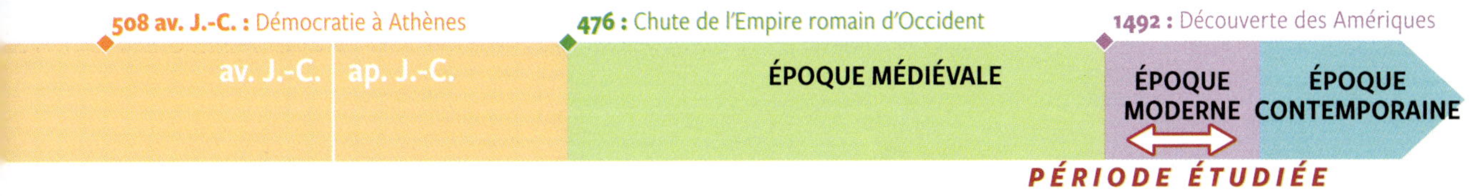

CHAPITRE

5 L'affirmation de l'État dans le royaume de France

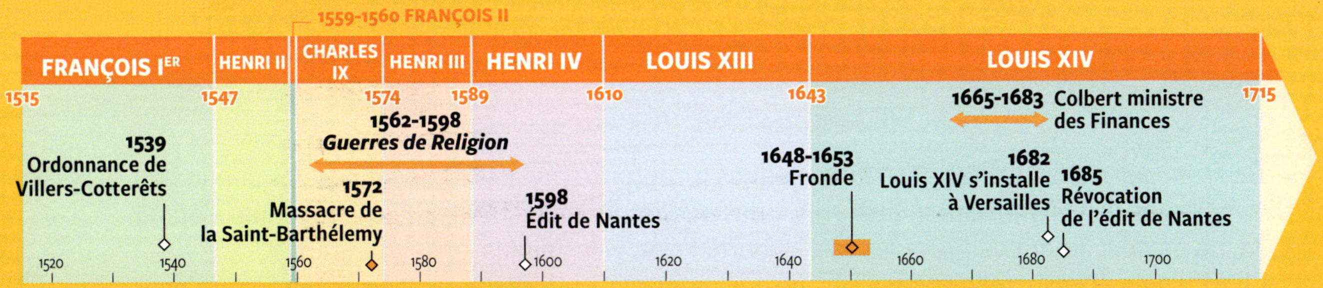

> **COURS 1** À partir du règne de François Ier, l'État monarchique s'affirme en même temps que le pouvoir du roi se renforce.
> **Comment le pouvoir monarchique se renforce-t-il en France à partir du XVIe siècle ?**

> **COURS 2** Le règne de Louis XIV est marqué par la volonté du roi de gouverner seul le royaume.
> **Comment l'État monarchique s'est-il renforcé sous Louis XIV au XVIIe siècle ?**

La victoire de Louis XIII sur les protestants à La Rochelle (1628)

Anonyme français ou flamand, *Louis XIII recevant les clefs de La Rochelle*, XVIIe siècle, huile sur toile, 56,4 x 175 cm, collection du musée d'Orbigny Bernon, La Rochelle.

Pour réaffirmer l'autorité monarchique dans le royaume de France, Louis XIII et son principal ministre Richelieu font le siège de la place forte protestante de La Rochelle. Après 14 mois, la ville se rend le 28 octobre 1628. Le catholicisme y est rétabli, les remparts détruits et les protestants conservent la liberté de culte.

QUESTIONS

1. De quelle manière Louis XIII réaffirme-t-il son autorité dans le royaume de France ?
2. Pourquoi cette représentation du roi contribue-t-elle à renforcer le pouvoir royal et à affirmer l'État ?

GRAND ANGLE Le développement du pouvoir royal en France

● De François Ier à Louis XIV, le territoire soumis à l'autorité royale s'agrandit par des conquêtes, des mariages ou la confiscation de terres à des nobles. En même temps que le royaume s'étend, la façon de gouverner change et les rois séjournent de plus en plus en Île-de-France.
En 1682, Louis XIV s'installe à Versailles, ce qui impose la centralisation de l'administration pour mettre en œuvre les décisions du gouvernement.

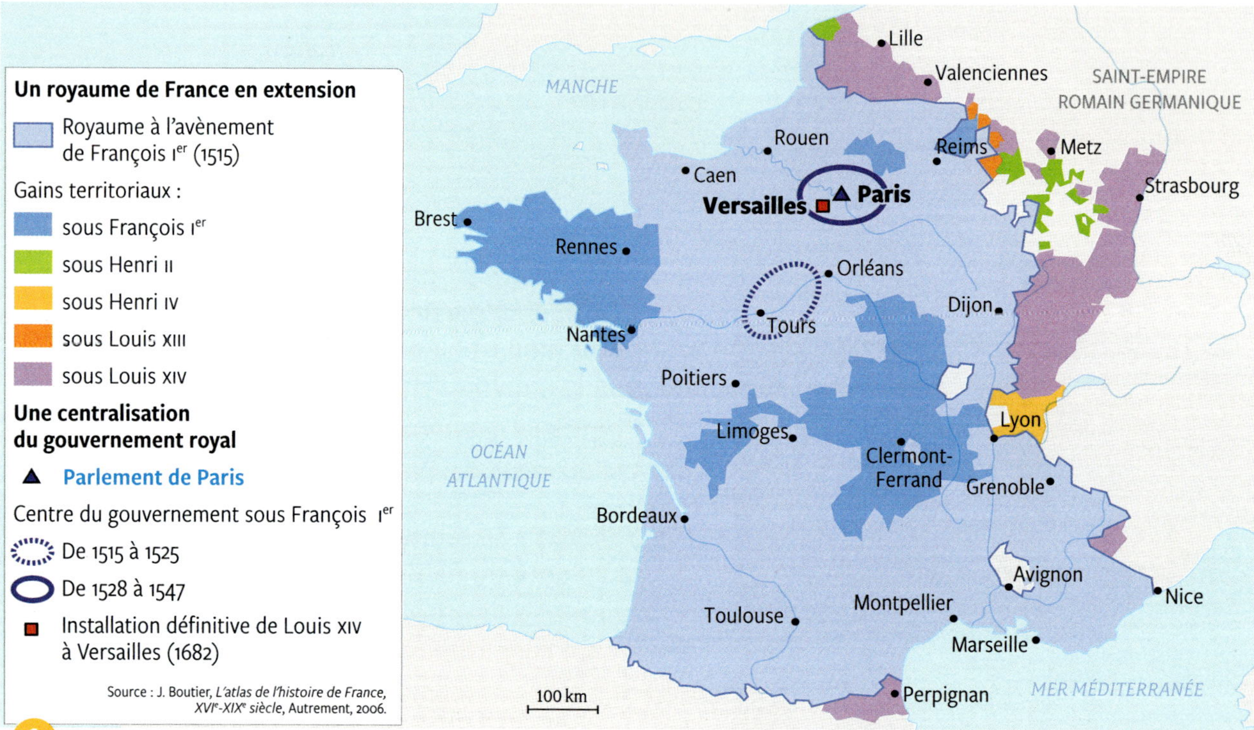

1 L'extension du royaume de France (1515-1715)

Roi **nomme**

Conseil d'en haut
Affaires importantes

Conseil royal des finances
Impôt, budget

Conseil des parties
Justice

Conseil des dépêches
Administration générale, police, et affaires religieuses

Le chancelier
Chef de la Justice

Le contrôleur général des Finances
Ministre des Finances

Quatre secrétaires d'État
- Marine
- Guerre
- Affaires étrangères
- Maison du Roi

Les intendants
Agents du roi dans les provinces. Ils font appliquer les décisions du roi

2 Le gouvernement sous le règne personnel de Louis XIV (1661-1715)

● Après les explorations du XVIe siècle (dont celle de Jacques Cartier en 1534), le règne de Louis XIII est marqué par les premières installations françaises aux Antilles. Afin de renforcer le prestige de Louis XIV et la puissance de la France, le ministre Colbert développe le **mercantilisme**. L'établissement de comptoirs commerciaux et la colonisation de terres permettent à la France de contrôler les routes maritimes et de développer le commerce.

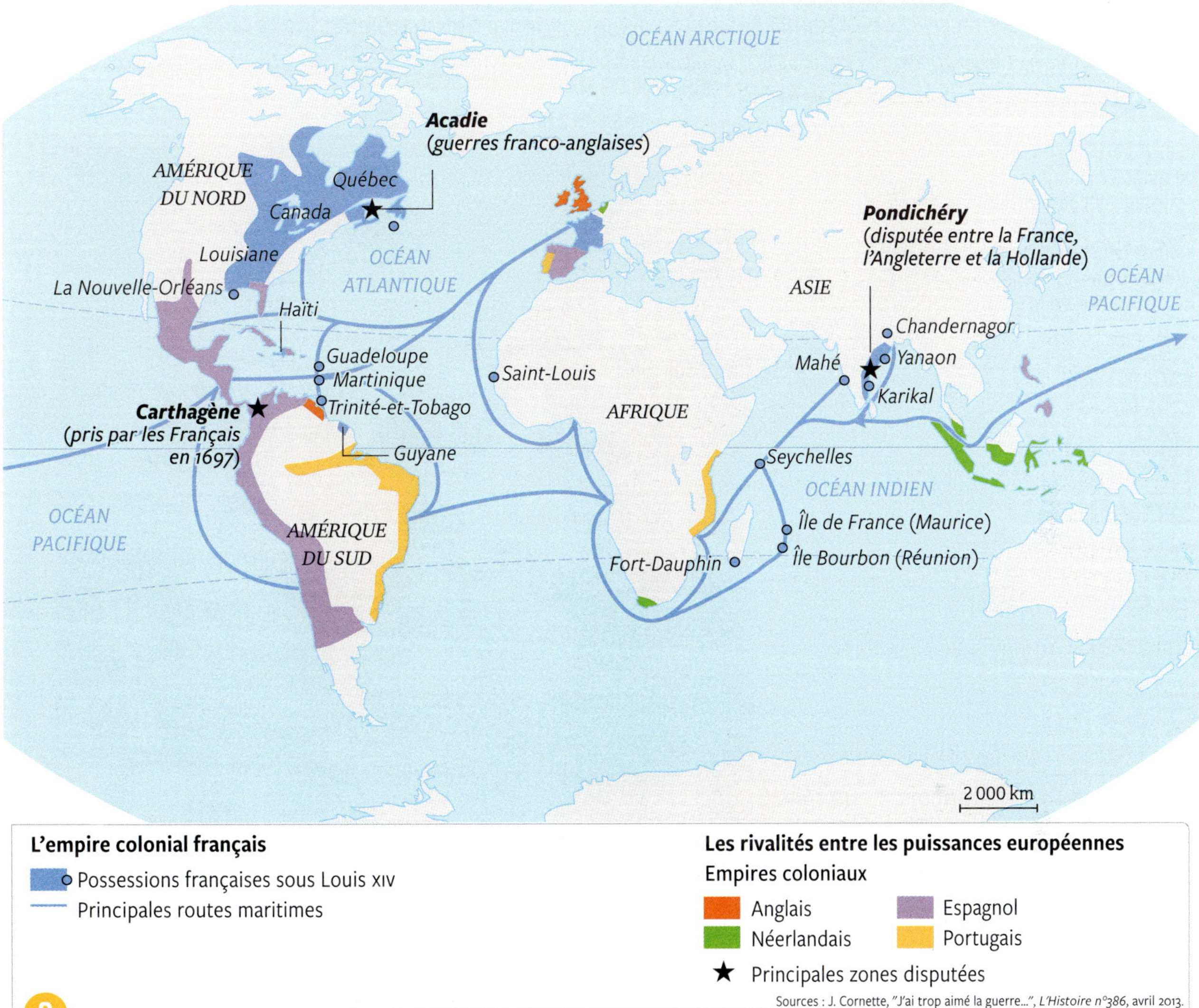

Sources : J. Cornette, "J'ai trop aimé la guerre...", *L'Histoire* n°386, avril 2013.

3 Le premier empire colonial français au début du XVIIIe siècle

VOCABULAIRE

- **Centralisation :** organisation de l'État où l'autorité centrale prend des décisions qui s'imposent aux autorités locales.
- **Mercantilisme :** conception selon laquelle l'économie est entièrement soumise aux objectifs d'accroissement du stock d'or et d'argent présent dans le pays, en limitant notamment les importations et en favorisant les exportations.
- **Parlement de Paris :** cour de justice couvrant le tiers du royaume de France qui enregistre les lois du roi. Le Parlement dispose d'un droit de remontrances qui lui permet de contester un texte royal.

QUESTIONS

1. **Doc. 1** Identifiez deux évolutions territoriales entre le règne de François Ier et celui de Louis XIV.
2. **Doc. 1 et 2** Comment Louis XIV gouverne-t-il et administre-t-il le royaume ?
3. **Doc. 3** Montrez que la France est devenue une puissance maritime et coloniale sous Louis XIV.

ÉTUDE 1

François Ier et le renforcement de l'État royal

PPO

Le règne de François Ier est marqué par un renforcement de l'autorité monarchique. Par les arts et les guerres, il construit l'image d'un roi fort qui incarne l'État. Il publie également un ensemble de lois qui renforce l'administration royale sur le territoire et les populations.

> Comment François Ier renforce-t-il le pouvoir royal ?

FRANÇOIS IER
(1494-1547)
Roi de France de 1515 à 1547. Son règne est marqué par l'usage obligatoire du français dans les actes juridiques et administratifs et par des guerres en Italie (contre Charles Quint).

1 François Ier, un roi de la Renaissance

Miniature extraite de l'ouvrage d'Antoine Macault, XVIe siècle, bibliothèque du musée Condé, Chantilly.

Antoine Macault lit à François Ier et sa cour sa traduction de l'historien antique Diodore de Sicile, 1534.

2 François Ier et l'exercice du pouvoir

L'ambassadeur vénitien Marino Cavali séjourne à la cour de François Ier de 1544 à 1546.

Autant ce roi supporte bien les fatigues corporelles et les endure sans jamais plier sous le fardeau, autant les soucis de l'esprit lui pèsent, et il s'en décharge presque entièrement sur le cardinal de Tournon[1] et sur l'amiral[2]. Il ne prend aucune décision, il ne fait aucune réponse, qu'il n'ait écouté leur conseil ; en toute chose il s'en tient à leur avis ; et si jamais (ce qui est fort rare), on donne une réponse à quelques ambassadeurs, ou si l'on fait une concession qui ne soit pas approuvée par ces deux conseillers, il la révoque ou la modifie. Mais pour ce qui est des grandes affaires de l'État, de la paix ou de la guerre, sa majesté, docile en tout le reste, veut que les autres obéissent à sa volonté. Dans ce cas-là, il n'est personne à la cour, quelque autorité qu'il possède, qui ose en remontrer à sa majesté.

Niccolò Tommaseo, *Relations des ambassadeurs vénitiens sur les affaires de France au XVIe siècle*, « Relation de Marino Cavalli », Imprimerie royale, Paris, 1838.

1. Le cardinal de Tournon, archevêque, diplomate et homme d'État.
2. Claude d'Annebault, chef militaire qui dirige les affaires du royaume de 1543 à 1547.

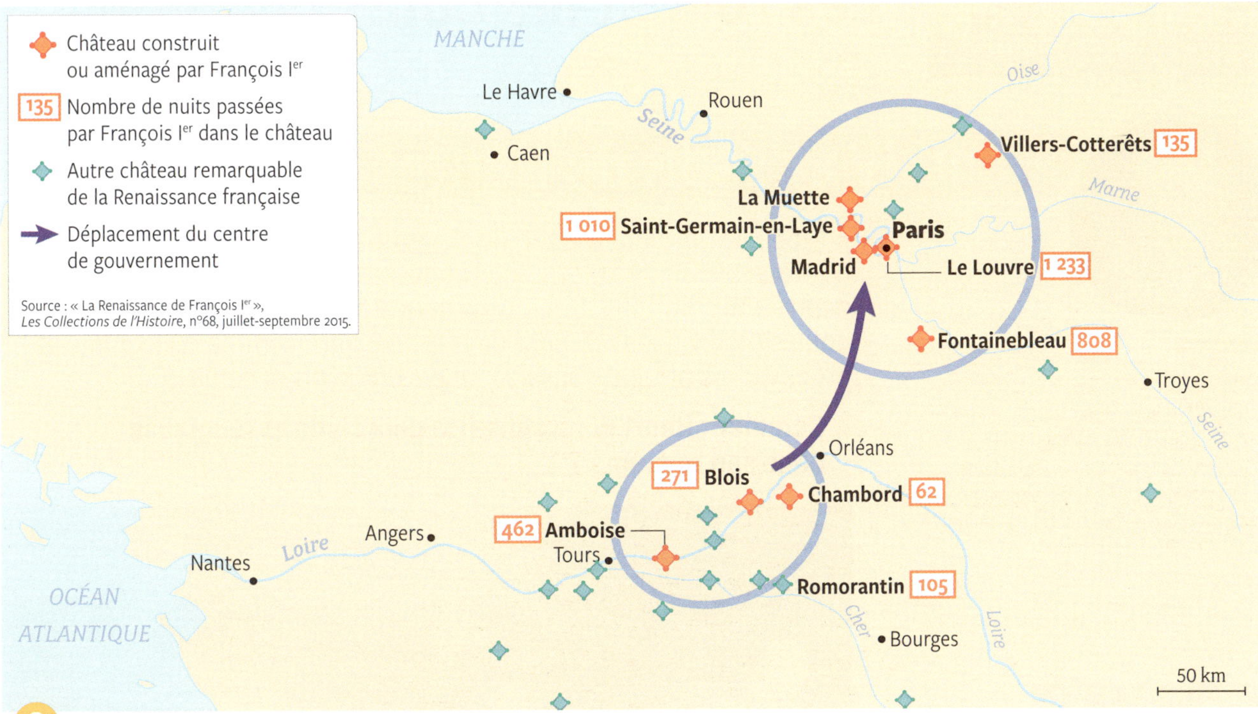

3 L'Île-de-France, un territoire de plus en plus royal

4 L'ordonnance de Villers-Cotterêts

Article 50 : Les sépultures doivent être enregistrées par les prêtres qui doivent mentionner la date du décès.

Article 51 : Aussi sera fait un registre, en forme de preuve, des baptêmes et par l'extrait dudit registre, on pourra prouver le temps de majorité ou de minorité.

Article 52 : Et afin qu'il n'y ait aucune faute auxdits registres, il est ordonné qu'ils seront signés d'un notaire.

Article 53 : Et les chapitres, couvents et cures seront tenus de mettre les registres pour chaque année par-devant le greffe le plus proche du bailli ou du sénéchal[1], pour y être fidèlement conservés.

Article 111. Nous voulons donc que dorénavant tous arrêts, et ensemble toutes autres procédures, soit de nos cours souveraines[2] ou autres subalternes et inférieures, soit des registres, enquêtes, contrats, testaments et autres quelconques actes et exploits de justice ou qui en dépendent, soient prononcés, enregistrés et délivrés aux parties en langage maternel français et non autrement.

D'après l'ordonnance de Villers-Cotterêts (août 1539).
Isambert, *Recueil général des anciennes lois françaises*, Paris, 1827.

1. Officier royal qui rend la justice. 2. Juridictions statuant en dernier ressort comme le Parlement.

PARCOURS 1

Comprendre et mettre en relation des documents

1. **Doc. 1** Relevez deux éléments du portrait qui montrent l'autorité du roi.
2. **Doc. 2** Comment le roi François Ier gouverne-t-il les affaires du royaume ?
3. **Doc. 3** Justifiez l'affirmation : « Sous François Ier, gouverner, c'est voyager ».
4. **Doc. 4** Comment l'ordonnance de Villers-Cotterêts permet-elle à François Ier d'unifier davantage l'administration du royaume ?

BILAN Par quels moyens François Ier renforce-t-il le pouvoir royal ?

PARCOURS 2

S'informer à l'aide de ressources numériques

Sur le site de l'exposition virtuelle de la Bibliothèque nationale de France consacrée à François Ier, choisissez un document qui illustre le renforcement du pouvoir royal sous son règne. Justifiez votre choix à l'oral.

Préparez votre réponse orale en :
- identifiant votre document,
- décrivant votre document,
- expliquant ce qu'il nous apprend sur le pouvoir du roi.

ÉTUDE 2
PARCOURS CROISÉS

Les rois et les conflits religieux

Henri IV et l'édit de Nantes (1598)

PPO

HENRI IV
(1553-1610)
Roi de France de 1589 à 1610, il met fin aux guerres de Religion dans le royaume de France et instaure une tolérance civile. Il est assassiné en 1610 par l'ultra-catholique Ravaillac.

En 1589, le protestant Henri de Navarre, cousin du roi Henri III, hérite du trône alors que le royaume est déchiré par les guerres de Religion depuis 1562. En 1593, Henri IV se convertit au catholicisme, mais des nobles catholiques refusent de le reconnaître comme roi légitime et prennent les armes, fragilisant le pouvoir monarchique.

> **Comment Henri IV rétablit-il la paix civile et religieuse dans son royaume ?**

VOCABULAIRE

- **Ligueur :** membre d'un mouvement ultra-catholique agissant pour éradiquer le protestantisme.
- **Tolérance civile :** fait d'accepter les protestants dans le royaume à défaut de pouvoir les convertir au catholicisme par la force.

1 **Henri IV à la bataille d'Arques en Normandie le 21 septembre 1589**

Anonyme, XVIIe siècle, château de Pau.

Le roi Henri IV sur son cheval et ses partisans (avec une écharpe blanche) combattent les Ligueurs portant la couleur rouge (couleur de leur allié, Philippe II roi d'Espagne).

2 **Henri IV promulgue l'édit de Nantes (1598)**

II. Défendons à tous nos sujets, de quelque état et qualité qu'ils soient ; de s'attaquer, ressentir, injurier, ni provoquer l'un l'autre en reproche de ce qui s'est passé, pour quelque cause et prétexte que ce soit, mais se retenir et vivre paisiblement ensemble comme frères, amis et concitoyens, …

III. Ordonnons que la religion catholique, apostolique et romaine sera remise en tous lieux et endroits de notre royaume et pays de notre obéissance où son exercice a été interrompu pour y être paisiblement et librement exercée sans aucun trouble ou empêchement …

VI. Avons permis et permettons à ceux de ladite religion prétendue réformée de vivre et demeurer par toutes les villes et lieux de notre royaume, …

XXVII. […] déclarons tous ceux qui font et feront profession de ladite religion prétendue réformée capables de tenir et exercés tous états, dignités et charges publiques quelconques, …

D'après l'édit de Nantes, 1598.

ACTIVITÉ 1

1. **Doc. 1** Quelles sont les difficultés du début de règne pour Henri IV ?
2. **Doc. 2** Pourquoi l'édit de Nantes marque-t-il un tournant dans l'histoire politique et religieuse du royaume de France ?

BILAN Expliquez comment Henri IV impose son autorité et restaure la paix civile et religieuse dans le royaume.

Louis XIV et la révocation de l'édit de Nantes (1685)

PPO

LOUIS XIV (1638-1715)

Roi à 5 ans en 1643, il se confronte à la Fronde. En 1661, il décide de gouverner sans premier ministre et de s'impliquer dans la gestion des affaires gouvernementales. Il installe la cour à Versailles et renforce l'administration.

Pour restaurer l'unité religieuse du royaume, Louis XIV tente de pousser à la conversion forcée des **huguenots** par les restrictions juridiques et les persécutions locales, mais, en 1685, il décide de prendre une mesure plus radicale.

Pourquoi Louis XIV a-t-il révoqué l'édit de Nantes ?

VOCABULAIRE

- **Huguenot :** terme employé par les catholiques pour désigner les calvinistes.

3 La fin de la tolérance civile à l'égard des protestants

Gottfried Engelmann, *Nouveaux missionnaires*, caricature hollandaise d'après un dessin de 1686, Paris, BNF.

De 1681 à 1685, Louis XIV envoie des soldats de son armée, les dragons (à gauche), dans les provinces avec l'ordre de loger chez les habitants protestants (à droite) considérés comme hérétiques afin de les forcer à se convertir à la religion catholique : ce sont les dragonnades.

4 L'édit de Fontainebleau signé par Louis XIV en 1685

Nous avons jugé que nous ne pouvions rien faire de mieux pour effacer entièrement la mémoire des troubles, de la confusion et des maux que le progrès de cette fausse Religion a causé dans notre Royaume […].

I. Voulons et nous plaît que tous les Temples[1] de ceux de ladite R.P.R.[2] situés dans notre Royaume, pays, terres, et seigneuries de notre obéissance, soient incessamment démolis.

II. Défendons à nos sujets de la R.P.R. de ne plus s'assembler pour faire l'exercice de ladite Religion en aucun lieu ou maison particulière, sous quelque prétexte que ce puisse être, […]

IV. Enjoignons à tous Ministres[3] de ladite R.P.R. qui ne voudront pas se convertir et embrasser la religion Catholique, Apostolique et Romaine, de sortir de notre Royaume et terres de notre obéissance quinze jours après la publication de notre présent Edit, […]

VIII. A l'égard des enfants qui naîtront de ceux de ladite R.P.R. voulons qu'ils soient dorénavant baptisés par les Curés des paroisses. […]

Catherine Bergeal et Antoine Durrleman, *Protestantisme et libertés en France au 17e siècle : de l'édit de Nantes à sa révocation 1598-1685*, Éditions La Cause, 1985.

1. Lieu de culte protestant. 2. Religion prétendue réformée : les protestants. 3. Terme désignant les pasteurs qui enseignent le culte protestant à une communauté.

ACTIVITÉ 2

1. **Doc. 3** Quelle est la situation religieuse du royaume au début du règne de Louis XIV ?
2. **Doc. 3 et 4** Par quelles dispositions Louis XIV veut-il restaurer l'unité religieuse du royaume ?

BILAN Expliquez comment la politique royale à l'égard des protestants a évolué avec le règne de Louis XIV.

PARCOURS CROISÉS

Rédigez un paragraphe argumenté pour répondre à la question suivante : comment les rois de France traitent-ils la question de la minorité protestante dans le royaume de France aux XVIe et XVIIe siècles ?

Pas à pas :

1. Présentez d'abord la situation religieuse dans le royaume de France au début du règne d'Henri IV.
2. Rappelez comment Henri IV agit pour rétablir son autorité politique et une unité entre les sujets du royaume.
3. Expliquez l'attitude et l'action de Louis XIV face à la minorité protestante.

ÉTUDE 3
ACTRICES DE L'HISTOIRE

Les régentes de France

Alors que le pouvoir du monarque se renforce à partir du règne de François Ier (1515-1547), les femmes de la famille royale jouent un rôle essentiel, mais au second plan, en raison notamment de la **loi salique**. Exclues de la succession, elles sont indispensables à la continuité dynastique. Les reines ne participent pas aux conseils, mais elles ont une influence politique réelle et exercent parfois directement le pouvoir lors des périodes de **régence**.

CATHERINE DE MÉDICIS
(1519-1589)
Épouse du roi Henri II et reine de France à ses côtés de 1547 à 1559. Elle a donné naissance à trois rois de France et à deux reines. Reine mère, elle exerce la régence de 1560 à 1563 pendant la minorité de Charles IX.

1 Catherine de Médicis négocie la régence

En 1560, François II meurt et son frère Charles IX n'a que dix ans. Catherine de Médicis doit manœuvrer pour devenir régente. Elle raconte son habile manœuvre.

« Nous nous sommes mis d'accord, mon frère le roi de Navarre et moi, et aucun séditieux[1] ne pourra nous aliéner[2]. Par ce moyen, je l'ai fait lieutenant général[3] du Roi mon fils, par tout le royaume sous moi[4]. Je garde la suprême autorité, le commandement des finances, les dépêches, comme je l'ai eue jusqu'ici. Moyennant cela, il m'a cédé, par sa promesse écrite et signée de sa main, tout ce que les États lui pouvaient attribuer d'autorité et de puissance. Ni lui ni les princes du sang ne peuvent contester mon pouvoir, ne me causer le moindre trouble ni le moindre empêchement. Cette promesse est ratifiée et signée par tous les autres princes de sang. »

Lettre de Catherine de Médicis du 29 Mars 1561 à son cousin M. d'Etampes, citée par Fanny Cosandey, *La reine de France. Symbole et pouvoir*, Gallimard, 2000.

1. Qui complote. 2. Soumettre. 3. Celui qui remplace le roi dans une province éloignée où le roi se rend peu souvent en personne. 4. Dans tout le royaume qui dépend de moi.

VOCABULAIRE

- **Loi salique :** règle successorale propre à la France, selon laquelle les femmes ne peuvent pas hériter de la Couronne.
- **Régence :** délégation de pouvoir temporaire en raison de l'absence ou de la minorité du roi.

MARIE DE MÉDICIS
(1573-1642)
Issue de la noblesse de Florence (Italie), elle épouse Henri de Navarre, futur Henri IV, en 1600.
Après l'assassinat de son mari en 1610, elle exerce la régence jusqu'en 1614 pendant la minorité de Louis XIII.

2 Henri IV confiant la régence à Marie de Médicis le 20 mars 1610

Pierre-Paul Rubens, *Préparatif du roi pour la guerre d'Allemagne*, vers 1625, musée du Louvre, Paris.

À gauche Henri IV et le monde guerrier des hommes. À droite Marie de Médicis et le monde pacifique des femmes. Le roi confie le pouvoir, symbolisé par un globe fleurdelisé, à la reine. Entre le roi et la reine, le jeune dauphin (futur Louis XIII), héritier du royaume.

ANNE D'AUTRICHE
(1601-1666)
Épouse du roi Louis XIII et reine de France de 1615 à 1643. Elle exerce la régence avec l'appui du cardinal Mazarin jusqu'à la majorité de Louis XIV en 1661.

3 La reine, une régente idéale

REGARD DE L'HISTORIENNE

Si la loi salique empêche les femmes de régner par elles-mêmes, elle leur confère finalement un pouvoir considérable lors des minorités royales. Elle empêche les femmes de régner, mais en fait des régentes idéales. Incapables d'usurper, les reines mères se voient régulièrement confier le gouvernement en même temps que l'éducation de leur jeune fils à la mort de l'époux. L'amour maternel, inscrit dans le registre des lois naturelles, est un argument régulièrement évoqué, tant pour contrer la *naturelle* incapacité des femmes à gouverner que les jurisconsultes[1] avancent pour justifier la loi salique, que pour appuyer l'autorité sans pareille des régentes. [...]. Il assure aussi à la reine de France une puissance sans pareil.

L'élaboration de la monarchie emprunte beaucoup au modèle familial, la figure patriarcale du roi est même une composante de l'absolutisme français. La régente, mère du roi, peut apparaître comme une mère de la patrie. Elle se voit confier la tutelle des enfants mineurs et, l'éducation rejoignant la direction des affaires de l'État, elle obtient les rênes du pouvoir.

Fanny Cosandey, « Puissance maternelle et pouvoir politique. La régence des reines mères », *Clio. Histoire, femmes et sociétés*, 21, 2005.

1. Juriste consulté pour sa bonne maîtrise du droit.

Qui est-elle ?
Fanny Cosandey (née en 1967) est une historienne française spécialiste de la monarchie d'Ancien Régime.

4 Anne d'Autriche, régente du royaume

Pièce de monnaie en cuivre (vers. 1643-1646).

Sur l'avers, buste de la Reine mère avec l'inscription « La reine Anne, mère de Louis XIV, roi de France et de Navarre ». Sur le revers, un buste du monarque avec l'inscription « Louis XIV, par la grâce de Dieu, roi de France et de Navarre ».

ACTIVITÉ

1. **Doc. 2 et 3** Quel est le rôle traditionnellement dévolu aux reines de France ?
2. **Doc. 3** Citez deux manières pour les reines de France d'exercer une influence politique.
3. **Doc. 2 et 3** Pourquoi les reines étaient-elles considérées comme des « régentes idéales » ?
4. **Doc. 1 et 4** Montrez que lors des régences les reines de France ne gouvernent pas seules.

BILAN Expliquez à l'oral comment les reines de France, bien qu'exclues de la Couronne, ont joué un rôle dans l'État monarchique en France.

Pour aller plus loin

À ÉCOUTER

- **L'histoire de Marie de Médicis, reine de France** qui, à la mort d'Henri IV, a dirigé le royaume. Un podcast de Laure Grandbesançon (16').

À VOIR

- Un film de Marc Dugain en 2017, ***L'Échange des princesses***, qui raconte l'échange de l'infante d'Espagne, Anne d'Autriche, qui épouse Louis XIII roi de France, et d'Élisabeth de France (fille d'Henri IV et Marie de Médicis) qui épouse le roi d'Espagne.

À LIRE

- **Ces reines qui ont (un temps) gouverné la France.** Un article paru dans le magazine *Géo* en 2023.

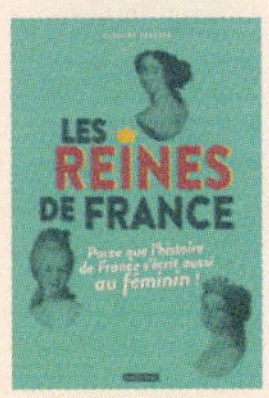

- ***Les Reines de France, Parce que l'Histoire s'écrit aussi au féminin***, par Caroline Charron, autrice, Virginie Berthemet, illustratrice, Casterman, 2020.

COURS 1

Un État royal qui s'affirme malgré des contestations

> Comment le pouvoir monarchique se renforce-t-il en France à partir du XVIe siècle ?

1 François Ier renforce l'autorité royale

- **Le règne de François Ier (1515-1547) est marqué par un affermissement de l'autorité du roi.** Sur le plan politique, il réaffirme son monopole sur la loi face aux parlements, notamment lors des lits de justice. Sur le plan symbolique, l'image du roi est magnifiée par les arts. Il manifeste aussi sa puissance en étant un important mécène.

- **La cour est itinérante, se déplaçant en particulier dans les châteaux du Val de Loire.** Cette mobilité n'empêche pas pour autant le roi d'étendre son emprise sur le royaume : il augmente le nombre d'officiers et publie une série de lois. L'ordonnance dite de Villers-Cotterêts en août 1539 impose le français comme langue de l'État et instaure les registres paroissiaux pour que les curés enregistrent les naissances lors du baptême.

- **Bien que le pouvoir du roi se renforce sous François Ier, le roi ne dispose pas d'un pouvoir absolu.** Il se doit de respecter les lois fondamentales du royaume, gouverner avec les institutions existantes comme les parlements et rechercher un accord commun avant de décider. Disposant de peu d'officiers (4 000 en 1515), François Ier doit s'appuyer sur l'influence des grands nobles et de leurs fidèles pour administrer le royaume.

2 L'État royal contesté

- **À la mort de François Ier en 1547, le royaume de France est divisé religieusement.** Des guerres civiles éclatent à partir de 1562 entre les catholiques et les protestants (qui représentent jusqu'à 10 % de la population). Les rois catholiques tentent de rétablir la paix civile par des édits qui tolèrent la religion prétendue réformée sous des conditions très restrictives.

- **Faute d'avoir les moyens de désarmer leurs adversaires et d'incarner fortement l'État, les rois de France échouent à rétablir l'unité du royaume.** Le règne de Charles IX (1560-1574) est marqué par le massacre de protestants lors de la Saint-Barthélemy en 1572. La politique religieuse du roi Henri III (1574-1589) est contestée par des ultra-catholiques de la Ligue. Lorsque le monarque est assassiné par un ligueur en 1589 (régicide), le royaume de France est déchiré.

- **À la mort d'Henri III, c'est Henri de Navarre, chef huguenot, qui hérite de la couronne de France.** Bien qu'il se soit converti au catholicisme en 1593, Henri IV n'est pas reconnu par une partie de ses sujets catholiques. Après avoir vaincu ses adversaires ou obtenu leur ralliement, il tente de restaurer la paix civile en promulguant l'édit de Nantes en 1598 : si le catholicisme est la religion d'État, le culte protestant est désormais toléré dans une partie du royaume. Tous les Français, quelles que soient leurs croyances religieuses, doivent avant tout obéir au roi.

VOCABULAIRE

- **Fronde :** troubles politiques éclatant entre 1648 et 1653, pendant la régence d'Anne d'Autriche qui débute alors que Louis XIV a cinq ans.
- **Ligue :** mouvement composé d'ultra-catholiques qui prennent les armes pour éradiquer le protestantisme et refuser toute forme de tolérance à leur égard.
- **Lit de justice :** cérémonie où le roi vient en personne imposer sa décision au Parlement.
- **Pouvoir absolu :** pouvoir « délié des lois ». Il ne connaît donc, en théorie, aucune limite et n'est contrôlé par aucune institution.
- **Régence :** délégation de pouvoir temporaire en raison de l'absence ou de la minorité du roi.

3 Le triomphe du pouvoir monarchique

- **Après la période de la régence de Marie de Médicis (1610-1617), le règne de Louis XIII (1610-1643) est marqué par le rétablissement de l'autorité monarchique.** Le cardinal de Richelieu entreprend de soumettre les opposants à la Couronne, notamment les protestants à qui il reprend des places fortes comme La Rochelle en 1628. Par la paix d'Alès du 28 juin 1629, Louis XIII fait détruire des fortifications de villes protestantes, interdit les assemblées politiques des chefs huguenots, mais il maintient la tolérance civile accordée par l'édit de Nantes

- **Louis XIII renforce également le pouvoir monarchique en réduisant à l'obéissance les grands du royaume.** Il fait exécuter ceux qui osent défier son autorité (comme le comte de Montmorency-Bouteville pour avoir bravé l'interdiction des duels). Son règne, marqué par la guerre de Trente Ans (1618-1648) et la guerre contre la monarchie espagnole à partir de 1635, se traduit par une augmentation des besoins financiers de l'État et, par conséquent, un contrôle renforcé de la levée de l'impôt par l'envoi des intendants dans les provinces.

- **Pendant la minorité de Louis XIV éclate la Fronde,** une série de révoltes animées par des nobles et des parlementaires opposés à cette progression de l'absolutisme initiée par Richelieu et poursuivie lors de la régence par Mazarin et Anne d'Autriche. La monarchie parvient finalement à triompher d'adversaires désunis et sans réel projet politique.

DATES CLÉS

1539

Ordonnance de Villers-Cotterêts.

1589

Assassinat d'Henri III (régicide).

1598

Édit de Nantes.

1628

Louis XIII prend La Rochelle.

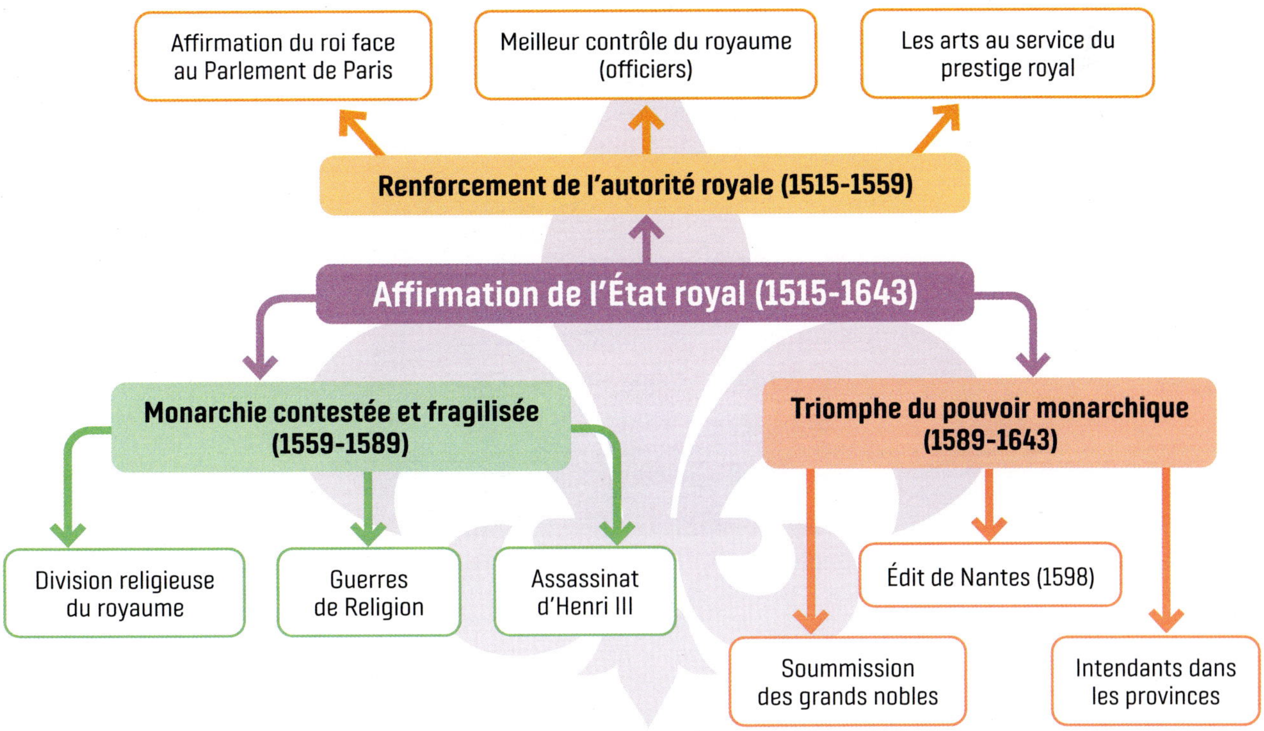

ÉTUDE 4 Colbert renforce la puissance de l'État et du roi

PPO

JEAN-BAPTISTE COLBERT
(1619-1683)
Ministre de Louis XIV, il cumule à partir de 1665 un grand nombre de charges, ce qui permet d'orienter la politique économique du royaume, mais aussi de réformer l'administration de l'État.

Principal ministre de Louis XIV, Colbert a contribué à la formation d'une monarchie centralisée et administrative. Il développe notamment le **mercantilisme**, une vision économique pour le royaume de France qui contribue à accroître la puissance de l'État.

> Quelle politique met en œuvre Colbert pour renforcer l'État et la puissance du roi ?

1 La politique économique de Colbert

Le bon état des finances et l'augmentation des revenus de Votre Majesté consistent à augmenter par tous les moyens le nombre de l'argent monnayé qui roule[1] continuellement dans le royaume [...] Je supplie Votre Majesté de me permettre de lui dire qu'il me semble que depuis qu'elle a pris l'administration de ses finances, elle a entrepris une guerre d'argent contre tous les États d'Europe. [...] Elle a déjà vaincu l'Espagne, l'Allemagne, l'Italie, l'Angleterre. Il ne reste que la Hollande, qui combat encore avec de grandes forces son commerce du Nord ; [...] celui des Indes orientales[2] [...] ; celui du Levant[3] [...] ; celui des Indes occidentales [...] ; ses manufactures, son commerce de Cadix, celui de Guinée et une infinité d'autres dans lesquels réside et consiste toute sa puissance. Votre Majesté a formé des compagnies qui, comme des armées, les attaquent de partout. [...] Ses manufactures, le canal de transnavigation des mers[4] et tant d'autres établissements nouveaux que Votre Majesté crée et tire du néant pour bien faire leur devoir dans cette guerre [...].

Jean-Baptiste Colbert, « Mémoire au roi sur les finances », 1670, texte publié par Pierre Clément, *Lettres, Mémoires et Instructions de Colbert*, Paris, 1861.

1. Qui circule. 2. Les Indes occidentales sont l'Amérique et les Caraïbes, les Indes orientales l'Asie du sud. 3. À destination de l'Empire ottoman. 4. Le canal du Midi.

2 Le comptoir commercial de Pondichéry

Vue des magasins de la Compagnie des Indes a Pondichery, de l'amiraute et de la maison du Gouverneur. Comptoir francais. XVIIIe siècle Musée National des Arts Africains et Océaniens, Paris.

En 1674, la **compagnie des Indes orientales** fonde le comptoir commercial de Pondichéry aux Indes. Au premier plan, les navires de la compagnie sont en partance pour le port de Lorient. Sur les quais se trouvent les entrepôts de la compagnie et à l'arrière-plan la maison du gouverneur nommé par le roi.

VOCABULAIRE

- **Compagnie des Indes orientales :** entreprise coloniale fondée par Colbert en 1664 afin de s'implanter en Orient et concurrencer les importations anglaises et hollandaises. Protégée par l'État, elle obtient des privilèges, notamment des monopoles commerciaux.
- **Manufacture royale :** établissement de production appartenant à des individus, mais bénéficiant de privilèges royaux : regrouper plusieurs métiers, détenir un monopole, recevoir des aides financières et des commandes d'État.
- **Mercantilisme :** voir p. 123

3 **Louis XIV visite la manufacture royale des Gobelins**

Simon Renard de Saint-André, *Visite de Louis XIV à la Manufacture des Gobelins, le 15 octobre 1667*, XVIIIe siècle, château de Versailles.

4 Octroi d'un privilège de fabrication de tapisseries au marchand Louis Hinard

Notre cher et bien aimé le sieur Colbert, [...] nous avons permis audit Louis Hinard d'établir ladite fabrique et manufacture de toutes sortes de tapisseries de verdures[1] et personnages de haute et basse lisse[2]. Voulons que le dit Hinard, ses successeurs et ayant cause jouissent de ladite permission et établissement pendant 30 années [...]. Sur la porte et frontispice desquels maisons et bâtiments, nous voulons qu'il soit mis et apposé un tableau de nos armes, contenant cette inscription : *Manufacture royale de tapisseries*. [...] Lesdits[3] Hinard et associés seront tenus et obligés d'établir, la première année dudit établissement, jusqu'au nombre de 100 ouvriers, tant français qu'étrangers, et augmenter de pareil nombre de cent en chacune desdites six premières années. Et, afin de faciliter encore mieux les moyens de faire venir des pays étrangers le plus grand nombre d'ouvriers que faire se pourra, nous ferons payer auxdits Hinard et associés, de nos deniers, la somme de 20 livres pour chacun desdits ouvriers. Et, comme il n'y a rien de plus important que d'y faire quantité d'apprentis français, lesdits Hinard et associés seront tenus d'en avoir continuellement et jusqu'au nombre de cinquante au moins.

Lettres patentes du roi Louis XIV pour l'établissement d'une manufacture royale de tapisseries à Beauvais confiée à Louis Hinard, août 1664. Pierre Clément, in *Lettres, Mémoires et Instructions de Colbert*, Paris, 1861.

1. Tapisserie avec des décors végétaux. 2. Deux techniques différentes pour réaliser une tapisserie. 3. Désigne les personnes qui recevraient les biens d'Hinard en héritage.

PARCOURS 1

Comprendre et mettre en relation des documents

1. **Doc. 1** Quels sont les objectifs économiques de Colbert pour le royaume de France ?
2. **Doc. 2** Comment Colbert renforce-t-il le contrôle de l'État sur le commerce colonial ?
3. **Doc. 3 et 4** Expliquez par quels moyens les manufactures royales contribuent au développement économique du royaume.

BILAN À partir de vos réponses, expliquez comment la politique économique de Colbert sert les intérêts de la monarchie.

PARCOURS 2

Réaliser un schéma fléché

Complétez le schéma pour expliquer comment l'action de Colbert permet de renforcer la puissance du roi et de l'État monarchique.

Les objectifs de Colbert pour l'État royal (**doc. 1**)

↓ Développer la production et le commerce dans le royaume (**doc. 3 et 4**)

↓ Développer le commerce international de la France (**doc. 1 et 2**)

ÉTUDE 5
REGARD DE L'HISTORIEN

Louis XIV, Versailles et la noblesse

PPO

En 1933, le sociologue allemand Norbert Elias estimait que l'établissement de la **cour** à Versailles par Louis XIV lui aurait permis de « domestiquer » la noblesse. Cette thèse longtemps répétée est aujourd'hui nuancée par les historiens.

> Que nous apprend la cour de Versailles sur les rapports entre Louis XIV et la noblesse ?

1 L'asservissement de la noblesse à la cour : une thèse à nuancer

REGARD DES HISTORIENS

Le roi aurait favorisé une économie de la dépense devenue un système d'asservissement, en obligeant les courtisans à se ruiner en vêtements, parfums, toilettes, bijoux luxueux ou au jeu pour montrer leur rang. Tous n'ayant pas les moyens de vivre aussi largement, les nobles seraient ensuite devenus encore plus dépendants des pensions et charges distribuées par le roi, seul capable désormais d'assurer leur train de vie dispendieux.

Le développement de l'**étiquette** serait le deuxième volet de ce système de domestication, dans la mesure où les courtisans guettaient désormais les moindres signes de faveur ou de disgrâce [...].

Si la thèse de la domestication de la noblesse reste en grande partie valable, elle doit aujourd'hui être nuancée, dans la mesure où le système versaillais est plus accepté qu'imposé aux courtisans qui y trouvent de nombreux avantages. En effet, ils peuvent mieux se situer dans la hiérarchie sociale.

D'autre part, les courtisans reçoivent d'importantes pensions du roi et des charges prestigieuses dans l'armée, la diplomatie ou à la Cour. Pour eux, le service du roi est loin d'être une contrainte, mais est surtout un honneur et une récompense. [...] D'autre part, il ne faut pas s'imaginer que toute la noblesse se presse à Versailles pour voir le roi, puisque sur 200 000 nobles, seuls 5 000 courtisans environ vivent dans la capitale.

Étienne Bourdeu, Jean-Philippe Cénat, David Richardson, *Les Temps modernes. XVIe-XVIIIe siècle*, Armand Colin, 2018.

VOCABULAIRE

- **Cour :** ensemble des personnes qui résident avec le roi.
- **Étiquette :** ensemble de règles et de codes qui régissent la vie du roi et de la cour.

Qui est-il ?
Etienne Bourdeu, Jean-Philippe Cénat et David Richardson sont trois historiens modernistes français.

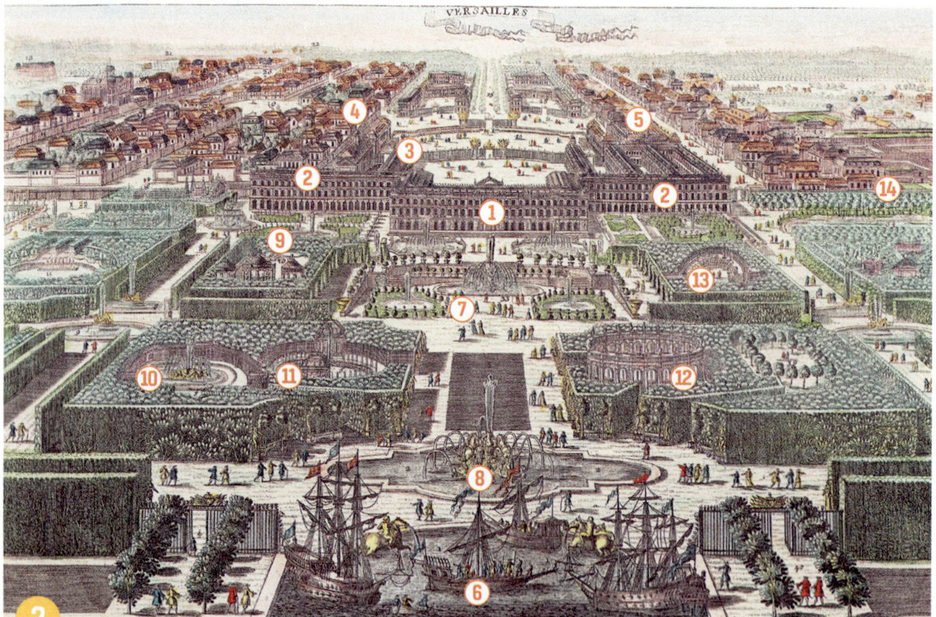

Le château
1 Aile centrale : galerie des Glaces au centre
2 Aile du midi et du nord : logements pour les 5 000 courtisans
3 Aile des ministres : logements des ministres

La ville
4 Écuries royales
5 La ville neuve avec les hôtels particuliers des courtisans

Les Jardins
Principales fontaines
6 Grand Canal avec sa flottille
7 Bassin d'Apollon
8 Fontaine de Latone
Bosquets
9 à 13 Bosquets
14 L'orangerie

2 Versailles à la fin du règne de Louis XIV

Gravure d'après Pierre Aveline, *Vue de la ville et du château de Versailles depuis les jardins*, début XVIIIe siècle, château de Versailles.

Qui est-il ?
Pierre-Denis Martin (1663-1742) est un artiste français et peintre officiel du roi à la fin du règne de Louis XIV.

3 **Vivre à Versailles sous Louis XIV**

Pierre-Denis Martin, *Vue du bassin d'apollon et du Grand Canal de Versailles*, détail, 1713, château de Versailles.

Louis XIV en présence de ses courtisans dans les jardins de Versailles. Le roi est le seul à porter un chapeau car l'étiquette veut que l'on soit découvert en présence du roi.

4 Louis XIV et sa cour

Non seulement, [le roi] était sensible à la présence continuelle de ce qu'il y avait de distingué, mais il l'était aussi aux étages inférieurs. Il regardait à droite et à gauche à son lever, à son coucher, à ses repas, en passant dans les appartements, dans ses jardins de Versailles, où seulement les courtisans avaient la liberté de le suivre ; il voyait et remarquait tout le monde ; aucun ne lui échappait, jusqu'à ceux qui n'espéraient pas même être vus. Il distinguait très bien en lui-même les absences de ceux qui étaient toujours à la cour, celles des passagers qui y venaient plus ou moins souvent ; les causes générales ou particulières de ces absences, il les combinait, et ne perdait pas la plus légère occasion d'agir à leur égard en conséquence. [...] Surtout il ne pouvait souffrir les gens qui se plaisaient à Paris. Il supportait assez aisément ceux qui aimaient leur campagne ; encore y fallait-il être mesuré ou avoir pris ses précautions avant d'y aller passer un temps un peu long. [...] On a vu sur cela, en son lieu, l'attention qu'eut le Roi à un voyage que je fis à Rouen pour un procès, tout jeune que j'étais, et à m'y faire écrire de sa part par Pontchartrain pour en savoir la raison.

Louis de Rouvroy, duc de Saint-Simon, *Mémoires*, édité par Arthur de Boislisle, Paris, Hachette, 1916.

Qui est-il ?
Louis de Rouvroy, duc de Saint-Simon (1675-1755), est un aristocrate et courtisan à Versailles sous Louis XIV, il décrit et dénonce dans ses *Mémoires* les difficultés de la vie à la cour, ainsi que les intrigues politiques qui s'y déroulent.

PARCOURS 1

Comprendre et mettre en relation des documents

1. **Doc. 1** Relevez trois moyens utilisés par Louis XIV pour établir une domination sur la noblesse à Versailles.
2. **Doc. 1 et 4** Pourquoi était-il important pour des nobles de séjourner à la cour ?
3. **Doc. 3** Comment le peintre met-il en scène l'étiquette ?
4. **Doc. 2** Montrez que Versailles est un centre de gouvernement du royaume.

BILAN À partir de vos réponses, expliquez les rapports entre le roi et les nobles à Versailles.

PARCOURS 2

Discuter une affirmation

En binôme, discutez l'affirmation suivante : **« Si la thèse de la domestication de la noblesse reste en grande partie valable, elle doit aujourd'hui être nuancée »** (doc. 1). L'un de vous identifiera dans les documents les arguments justifiant la domestication, l'autre identifiera les arguments nuançant la domestication.

COURS 2

La monarchie absolue sous Louis XIV et ses limites

> Comment l'État monarchique s'est-il renforcé sous Louis XIV au XVIIe siècle ?

1 L'établissement d'un pouvoir personnel

- **Le lendemain de la mort de Mazarin, Louis XIV annonce lors du Conseil du 10 mars 1661 qu'il gouverne désormais sans Premier ministre.** Ses ministres le renseignent et le conseillent, mais le roi se réserve la décision finale. Nul ne peut plus, en théorie, discuter ou contrôler un pouvoir qui se prétend de droit divin. Louis XIV réduit ainsi les prérogatives des parlements en leur retirant le titre de « cour souveraine » (1665) puis en les contraignant à enregistrer les actes royaux avant même de pouvoir rédiger une remontrance.
- **En 1682, la cour et le gouvernement sont définitivement installés à Versailles.** Cette situation permet à Louis XIV de discipliner son aristocratie par une étiquette de cour particulièrement stricte, tout en l'obligeant à célébrer sa gloire. Le roi mobilise tous les arts à Versailles afin de produire un récit héroïque de son règne.
- **Louis XIV considère que les protestants sont une menace pour l'unité du royaume.** Alors qu'ils sont près de 1,5 million vers 1661, le roi multiplie les persécutions (restrictions juridiques, dragonnades). En 1685, il révoque l'édit de Nantes, provoquant un exil de près de 200 000 huguenots.

2 La mise en place d'un État royal centralisé

- **Le roi s'implique personnellement dans le travail du gouvernement.** Il travaille ses dossiers plume à la main, assiste au Conseil ou échange directement avec chacun de ses ministres. Les membres du gouvernement sont peu nombreux : un chancelier en charge de la justice, un contrôleur général des finances et des affaires intérieures et quatre secrétaires d'État.
- La **politique de Colbert, marquée par le mercantilisme, contribue au renforcement de l'État royal.** Colbert favorise la création de manufactures royales (comme celle des Gobelins pour les tapisseries et les meubles). Il augmente les tarifs douaniers sur les produits transportés par les navires étrangers et encourage la fondation de compagnies maritimes.
- **Le règne de Louis XIV est marqué par une meilleure administration et connaissance des territoires du royaume.** Le roi nomme des intendants de police, de justice et des finances pour enquêter et lui faire des rapports réguliers sur la gestion fiscale et administrative. Il commande aussi des plans-reliefs des grandes villes et des citadelles construites par Vauban pour protéger les frontières.

VOCABULAIRE

- **Banqueroute :** incapacité d'un État à assurer ses paiements (dette publique, rétribution des agents publics, factures des fournisseurs, etc.).
- **Camisards :** protestants français qui se soulèvent dans les Cévennes en 1702 contre le gouvernement royal.
- **Droit divin :** principe selon lequel le roi est censé tenir son autorité de Dieu. Il n'a donc de compte à rendre à aucune instance humaine.
- **Intendant :** agent nommé par le roi pour le représenter dans les provinces du royaume.
- **Mercantilisme :** conception selon laquelle l'économie est entièrement soumise aux objectifs d'accroissement du stock d'or et d'argent présent dans le pays, en limitant notamment les importations et en favorisant les exportations.

3 Les limites à la conception absolue du pouvoir

- **Louis XIV dispose de peu d'officiers pour administrer le royaume**, bien que leur nombre ait augmenté (46 000 vers 1665 contre 4 000 en 1515). De fait, malgré les déclarations d'absolutisme du pouvoir royal, le roi doit dans la pratique composer avec les élites locales, notamment la noblesse de province. Il doit aussi faire face aux résistances de communautés locales qui refusent de répondre aux enquêtes des intendants de peur d'un nouvel impôt.

- **La politique royale est également contestée.** Colbert essuie des critiques en raison de l'endettement des compagnies maritimes et de leur incapacité à rivaliser avec les compagnies hollandaises. Des voix s'élèvent contre les mesures prises à l'encontre des minorités protestantes comme les dragonnades (1681-1685). Vauban regrette que l'exil des huguenots entraîne la fuite de capitaux, d'officiers, de soldats et de marins qui grossissent de fait les armées des puissances voisines. L'intérêt du roi ne correspond pas toujours avec celui de l'État.

- **La fin du règne de Louis XIV est marquée par plusieurs difficultés.** Les guerres longues et coûteuses comme la guerre de Succession d'Espagne (1701-1714) ruinent l'activité commerciale et mettent l'État au bord de la banqueroute. L'armée royale est mise en échec lors de la révolte des Camisards, des insurgés protestants qui combattent pour le rétablissement de l'édit de Nantes par le roi.

DATES CLÉS

1661
Louis XIV gouverne sans Premier ministre.

1665-1683
Colbert ministre des Finances.

1682
Installation du roi à Versailles.

1685
Révocation de l'édit de Nantes.

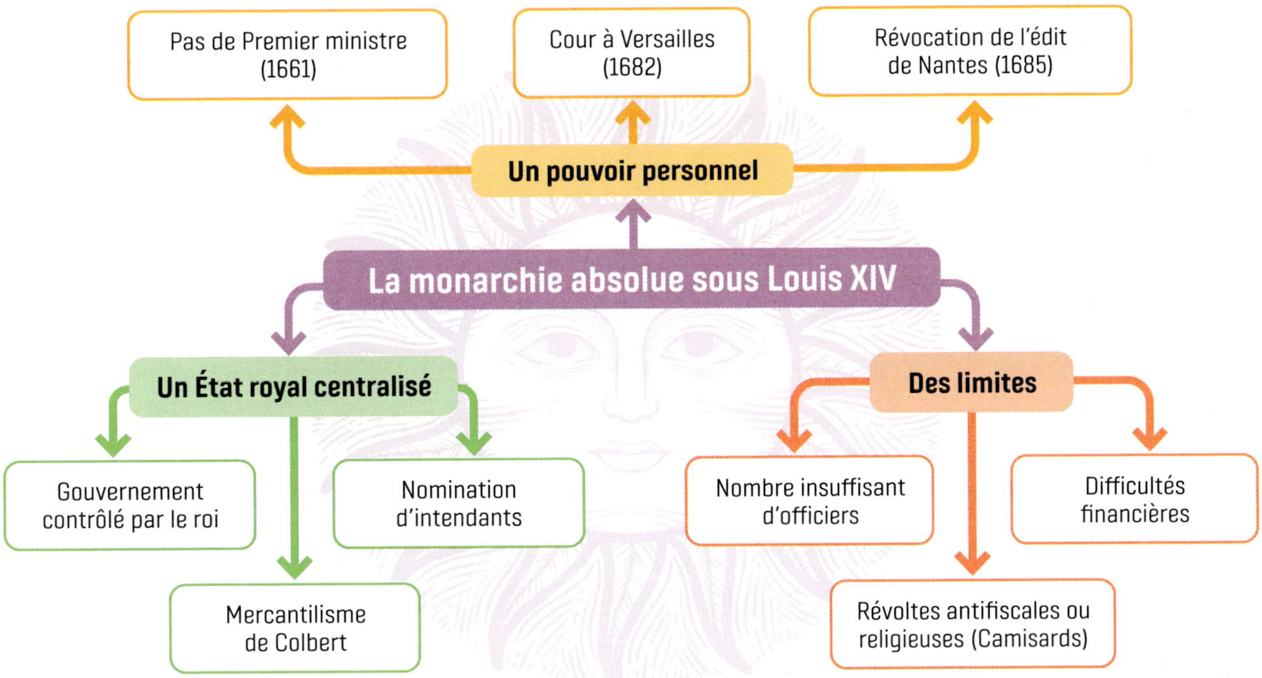

RÉVISIONS

Je fais le point

Quiz hachette-clic.fr/24hg2034

Repères chronologiques
Vocabulaire
Acteurs

Le renforcement du pouvoir royal (1515-1643)

- Sous François Ier, le roi impose son autorité aux autres pouvoirs (Parlement, aristocrates) et renforce le contrôle sur le territoire et les populations du royaume (en 1539 le français devient la langue de l'État). Les guerres de Religion qui opposent les catholiques et la minorité protestante à partir de 1562 fragilisent l'État royal. Henri IV parvient à restaurer l'autorité monarchique et la paix religieuse et civile par les armes et par l'édit de Nantes (1598). Bien qu'il maintienne la tolérance civile, Louis XIII, aidé de Richelieu, fait détruire des fortifications de villes protestantes et interdit les assemblées politiques des chefs huguenots.

Le gouvernement personnel de Louis XIV (1661-1715)

- À partir de 1661, Louis XIV met en place un gouvernement personnel du royaume. Il s'implique lui-même dans la prise de décision et se fait représenter en monarque de droit divin, dont la volonté fait loi. Grâce à Colbert, il met l'économie au service de la puissance de l'État (mercantilisme, création de manufactures royales et de compagnies commerciales et maritimes) et réforme la monarchie afin de renforcer la centralisation administrative. À partir de 1682, le château de Versailles devient le centre du gouvernement, la résidence de la cour et l'instrument de la propagande royale. Louis XIV affirme également son autorité en réduisant à l'obéissance l'ensemble des sujets par la révocation de l'édit de Nantes (1685) et en soumettant les grands nobles.

La construction progressive d'un État monarchique absolu

- Entre l'avènement de François Ier en 1515 et la mort de Louis XIV en 1715, le pouvoir royal se renforce en surmontant plusieurs crises (guerres de Religion, Fronde, régences). Le recours aux arts contribue à la création d'une image du roi sacré et guerrier en qui s'incarne l'ensemble des pouvoirs. Le domaine royal s'étend et la mise en place progressive d'une administration royale permet de mieux connaître, gérer et administrer les territoires et les populations. La centralisation du gouvernement et la conception d'un pouvoir absolu restent néanmoins limitées au vu du faible nombre d'officiers royaux et de la nécessité d'avoir le soutien d'une partie des élites locales pour gouverner.

Défi révisions : Qui est-ce ?

15 min de préparation

Étape 1 Par équipe de quatre, choisissez quatre rois de France parmi les études du chapitre. Relevez pour chaque roi une date, un fait important et un lieu et notez-les sur une carte.

3 min

Étape 2 Affrontez une autre équipe lors d'un match de trois minutes. Le capitaine de l'équipe est chargé de faire deviner à ses coéquipiers un maximum de rois de France sans prononcer les mots inscrits sur la carte. L'un des adversaires surveille qu'aucun mot de la carte ne soit prononcé. L'équipe gagnante est celle qui fait deviner le plus de rois de France.

Je révise avec des podcasts

1 Comment François Ier renforce-t-il l'État ?

Podcast
hachette-clic.fr/24hg2035

2 Comment l'État royal agit-il face à la minorité protestante entre 1562 et 1685 ?

Podcast
hachette-clic.fr/24hg2036

3 Quel est le rôle de Colbert pendant le règne de Louis XIV ?

Podcast
hachette-clic.fr/24hg2037

L'ESSENTIEL en 5 minutes

4 Pourquoi parle-t-on de monarchie absolue pendant le règne de Louis XIV ?

Podcast
hachette-clic.fr/24hg2038

5 Quelles sont les limites de la monarchie absolue ?

Podcast
hachette-clic.fr/24hg2039

Je teste mes connaissances

- Écoutez les cinq épisodes du podcast puis testez vos connaissances grâce aux flashcards.

QUESTION

Citez deux mesures de Colbert pour renforcer la puissance de l'État et du roi.

RÉPONSE

Compagnies maritimes
Manufactures royales

Flashcards
hachette-clic.fr/24hg2040

Le saviez-vous ?

Afin de rythmer les différentes parties d'un podcast, des transitions sonores sont insérées comme de courts extraits musicaux ou des effets sonores. En histoire, il est possible d'ajouter des musiques d'époque, des témoignages, des lectures de textes anciens ou encore des archives sonores.

RÉVISIONS

Je m'entraîne

• Confronter deux sources historiques

1 François Ier, roi de France

Portrait de François Ier âgé, dans Jean Du Tillet, *Recueil des rois de France*, 1566, BNF, département des Manuscrits, Paris.

Le saviez-vous ?

Les rois de France sont représentés avec les **insignes du pouvoir royal**. On retrouve la couronne, emblème de la souveraineté du roi sur le royaume et ses sujets ; le sceptre, attribut du pouvoir de commandement ; la main de justice, symbole du pouvoir judiciaire ; puis l'épée du pouvoir militaire et le manteau fleurdelisé, signes de la dimension religieuse et sacrée du monarque. Ces représentations incarnent le pouvoir royal, mais au quotidien, les rois ne les portent jamais ensemble.

2 François Ier et le Parlement

Le roi était sur son siège au Parlement de Paris tenant son lit de justice. M. Claude Guillard, président du Parlement adresse au roi un discours.

« Nous ne voulons discuter de votre puissance, ce serait une espèce de sacrilège et savons bien que vous êtes par-dessus les lois, et que les lois ne peuvent vous contraindre, mais nous entendons dire que vous ne devez pas faire ce que vous pouvez mais seulement ce qui est en raison bon et équitable, qui n'est autre chose que justice. »

Le roi était sur son siège tenant son conseil étroit, auquel étaient présents : le roi de Navarre, le duc de Vendôme, le comte de Saint-Paul ; Antoine Duprat, archevêque de Sens et chancelier, les sires de Monmorency, grand maître de France ; de Brézé, grand sénéchal de Normandie ; l'archevêque de Bourges ; messieurs F. Robetet, chambellan ; messires N. de Neupville et J. Robertet, secrétaires de ses finances.

Quand les membres du Parlement se sont trouvés devant le roi il leur fit dire : « le roi vous défend que vous vous mêliez de quelque façon d'autre chose que la justice. Le roi défend au Parlement d'user de limitation, modification ou restriction sur ses ordonnances et édits. »

Après cette lecture, le roi s'est levé et s'est retiré accompagné des membres de son conseil.

D'après *Le procès-verbal du lit de justice tenu par le roi*, 24 juillet 1527 dans François Isambert, *Recueil général des anciennes lois françaises*, édition 1821.

PALIER 1

Je sélectionne des informations

- **Doc. 1** Quels insignes royaux porte François Ier sur ce portrait ?
- **Doc. 2** Relevez deux éléments qui montrent que François Ier agit avec autorité sur le Parlement.

PALIER 2

Je confronte les documents

- **Doc. 1 et 2** Quels moyens François Ier utilise-t-il pour mettre en scène sa puissance ?
- **Doc. 1 et 2** Ces deux documents sont-ils complémentaires ou s'opposent-ils ? Justifiez votre réponse.

PALIER 3

Je croise les documents avec mes connaissances

- Citez d'autres moyens utilisés par François Ier pour affirmer son autorité.
- Expliquez pourquoi cette représentation d'un roi autoritaire doit être nuancée.

• Analyser un témoignage

Le Conseil de 1661

Le lendemain 10 (mars 1661), à sept heures précises du matin, j'entrais chez le Roi d'après ses ordres. [...] Le Roi se découvrit et puis remit son chapeau, et se tenant debout devant sa chaise, adressa la parole à M. le chancelier[1] : « Monsieur, je vous ai fait assembler avec mes ministres et secrétaires d'État, pour vous dire que jusqu'à présent, j'ai bien voulu laisser gouverner mes affaires par feu M. le Cardinal[2] ; il est temps que je les gouverne moi-même. Vous m'aiderez de vos conseils quand je vous les demanderai. [...] Je vous prie et vous ordonne, M. le chancelier, de ne rien sceller en commandement que par mes ordres, et sans m'en avoir parlé, à moins qu'un secrétaire d'État ne vous les porte de ma part [...]. » Ensuite, le Roi se tourna vers nous et nous dit : « Et vous, mes secrétaires d'État, je vous ordonne de rien signer, pas même une sauvegarde ni un passeport, sans mon commandement ; de me rendre compte chaque jour à moi-même, et de ne favoriser personne dans vos rôles du mois. Et vous, monsieur le surintendant[3], je vous ai expliqué mes volontés ; je vous prie de vous servir de Colbert que feu M. le Cardinal m'a recommandé [...]. » Puis le roi ajouta : « La face du théâtre change. Dans le gouvernement de mon État, dans la régie de mes finances et dans les négociations au-dehors, j'aurai d'autres principes que ceux de feu M. le Cardinal. Vous savez mes volontés ; c'est à vous maintenant, messieurs, à les exécuter. » Plus n'en dit, et le Conseil se sépara.

Louis-Henri de Loménie de Brienne, *Mémoires*, publiés en 1720 édité par François Barrière en 1828.

1. Pierre Séguier, chancelier (en charge des affaires judiciaires du royaume). 2. Le cardinal Mazarin. 3. Nicolas Fouquet, surintendant des finances (en charge des affaires financières du royaume).

Qui est-il ?
Louis-Henri de Loménie (1636-1698), comte de Brienne (en Champagne), est secrétaire d'État en charge des affaires étrangères de 1651 à 1662.

PALIER 1
J'identifie le document
- Qui est l'auteur du texte et quelle est sa fonction ?
- À quel événement du règne de Louis XIV fait-il référence ?

PALIER 2
Je sélectionne les informations
- Listez les personnes présentes lors de ce Conseil et leurs fonctions.
- Sélectionnez deux citations afin d'expliquer l'évolution dans la façon de gouverner le royaume à partir de 1661.

PALIER 3
Je croise les documents avec mes connaissances
- Pourquoi ce Conseil de 1661 est-il un événement majeur dans l'affirmation du pouvoir royal ?
- Selon vos connaissances, Louis XIV a-t-il gouverné seul le royaume à partir de 1661 ?

» J'approfondis

À VISITER EN LIGNE

Le site Internet *Timographie* 360 permet d'effectuer une visite virtuelle des principaux espaces du **château de Versailles à 360°** (opéra, Galerie des glaces, chapelle royale, jardins) et de découvrir des informations au fil de votre parcours.

À CONSULTER

Le site Internet de la **Cité de la langue française**, ouverte en 2023 au château de Villers-Cotterêts, offre des ressources sur l'ordonnance de Villers-Cotterêts, son impact sur l'administration et la justice en France et, plus largement, sur la langue française de 1539 à nos jours.

VERS LA SPÉCIALITÉ HGGSP

L'analyse des historiens : le site de la BnF propose une exposition virtuelle sur le « Roi très chrétien » à l'époque moderne, et les relations étroites entre les rois de France et la religion catholique.
Quels sont les liens entre les rois de France et la religion aux XVI-XVIIIe siècles ?

➔ Voir fiche 10 p. 224

Analyser un document avec une consigne

Objectif Préparer une réponse à l'aide d'une consigne

Sujet guidé : Louis XIV et sa cour à Versailles

Après avoir situé le document dans son contexte, expliquez pourquoi Versailles est un instrument au service de Louis XIV pour établir un pouvoir absolu.

Anonyme, *Louis XIV devant la grotte de Téthys*, 1684, château de Versailles.

Étape 1 Lire la consigne et le document

Pour lire une consigne, surlignez les verbes et les termes importants (mots-clés, repères) afin de les définir et d'identifier le plan de l'analyse.

1. Analysez la consigne.

Quand ? Où ? Quels faits marquants ? → dans son contexte

Expliquez l'importance de Versailles sous Louis XIV. → Versailles

Après avoir situé le document dans son contexte, expliquez pourquoi Versailles est un instrument au service de Louis XIV pour établir un pouvoir absolu.

Qui est-il ? → Louis XIV

Que signifie ce terme ? → pouvoir absolu

Étape 2 Identifier le document ➔ Voir méthode p. 220

2. Après avoir identifié le thème principal du document, recherchez dans le chapitre les pages qui abordent ce thème.

3. Quelle image du roi le peintre veut-il donner ? Justifiez.

Étape 3 Sélectionner les informations et les mettre en relation avec des connaissances

4. Complétez le tableau.

Plan suggéré par la consigne	Informations sélectionnées dans le document	Connaissances
1er paragraphe : *Le contexte du document*	– *1684 – Pendant le règne de Louis XIV* –	– .... – ....
2e paragraphe : *Versailles est un instrument au service de Louis XIV pour établir un pouvoir absolu*	– .... –	– *Le roi domine la cour et la noblesse qu'il entend soumettre à son contrôle à Versailles.* – ....

→ Voir fiche 8 p. 222

Analyser un document avec des questions

Objectif Préparer une réponse à l'aide de questions

Sujet guidé : Louis XIV, le roi des arts, des lettres et des sciences

Jean Garnier, *Allégorie à Louis XIV, protecteur des Arts et des Sciences*, 1668, château de Versailles.

QUESTIONS

a Précisez la nature du document et son idée principale.

b Relevez trois éléments qui suggèrent que Louis XIV est un « protecteur » des arts et des sciences.

c Expliquez pourquoi cette œuvre est au service de la gloire de Louis XIV.

Étape 1 Lire les questions et le document

1. Recherchez dans un dictionnaire la définition du mot « allégorie » et rappelez les liens entre Louis XIV et les arts.

Étape 2 Identifier le document

→ Voir méthode p. 220

2. Quel est l'art ou la science associé à chaque objet représenté ?
3. Quel message le peintre veut-il faire passer à travers cette œuvre ?

Étape 3 Sélectionner les informations et les mettre en relation avec des connaissances

4. Complétez le tableau.

Questions	Informations sélectionnées dans le document	Connaissances
Question a	- De quel type d'œuvre d'art s'agit-il ?	- Qu'est-ce qu'une allégorie ?
Question b	- Quels éléments évoquent les arts ? les sciences ? les lettres ? - Comment le roi est-il représenté ?	- Quels sont les liens entre Louis XIV et les arts ? - Pourquoi Louis XIV s'entoure-t-il d'artistes et érudits ?
Question c	- Quelle image le peintre donne-t-il du roi ? - Comment procède-t-il ?	- Dans quels buts Louis XIV utilise-t-il les arts ? - À quelles autres formes d'arts fait-il appel pour servir sa gloire ?

CHAPITRE

6 Le modèle britannique et son influence

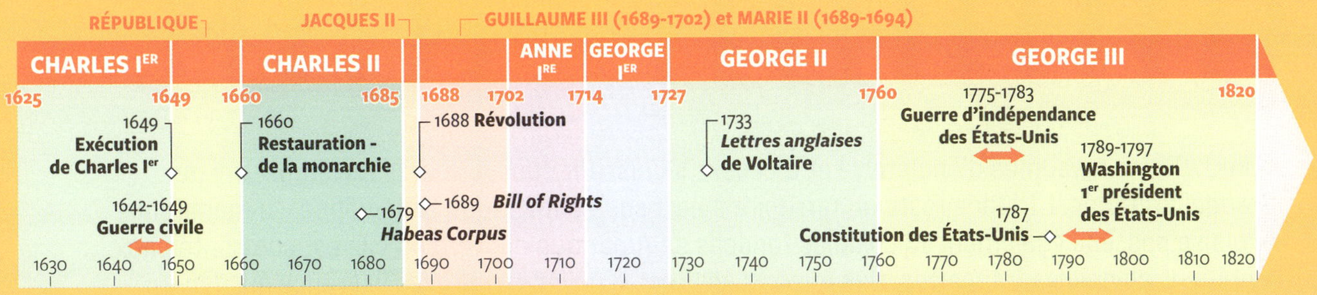

COURS 1 À partir de la révolution qui éclate en 1688 en Angleterre, le monarque doit gouverner les affaires du royaume avec le Parlement dont les pouvoirs se renforcent.

Comment l'Angleterre progresse-t-elle vers un régime représentatif ?

COURS 2 Le régime représentatif anglais qui encadre le pouvoir royal devient un modèle politique qui s'exporte en Europe et aux Amériques au XVIIe siècle.

Quelle est l'influence du modèle britannique aux États-Unis et en France ?

Anne Ire, reine de Grande-Bretagne, devant la Chambre des lords

Peter Tillemans, *La Reine Anne à la Chambre des lords*, vers 1708-1714, 35,1 x 40,8 cm, Royal Collection Trust, Londres.

Alors que dans le royaume de France les femmes sont exclues de la succession à la Couronne, en Angleterre, Anne Stuart monte sur le trône en 1702. Depuis 1688, le monarque anglais réunit régulièrement le Parlement pour diriger les affaires du royaume. En 1707, cette assemblée approuve un traité d'union des Couronnes d'Écosse et d'Angleterre en un seul royaume, le Royaume-Uni de Grande-Bretagne, dont Anne devient la première reine.

QUESTIONS

1. Montrez que le monarque est la figure centrale du gouvernement du royaume en Angleterre.
2. Identifiez deux différences entre les monarchies française et anglaise au début du XVIIIe siècle.

GRAND ANGLE La puissance britannique et son influence au XVIIIe siècle

● En 1707, les royaumes d'Angleterre et d'Écosse s'unissent pour former le Royaume-Uni de Grande-Bretagne. L'Irlande reste un territoire à part sous domination britannique. La monarchie anglaise possède également 13 colonies fondées en Amérique du Nord où elle est confrontée aux ambitions coloniales françaises. Des guerres éclatent régulièrement avec la France qui doit lui céder une partie de ses territoires en 1713.

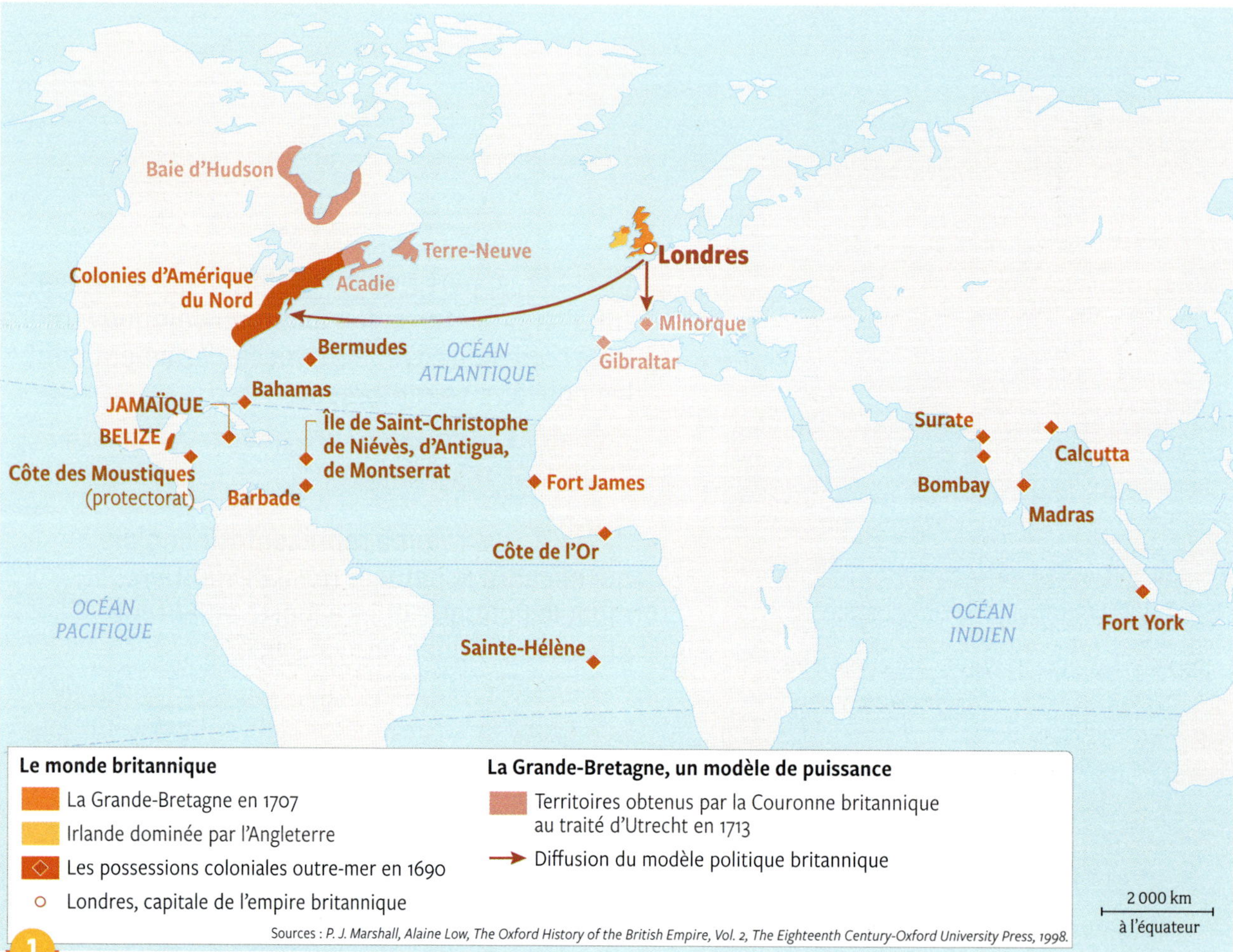

1 Le monde britannique au début du XVIIIe siècle

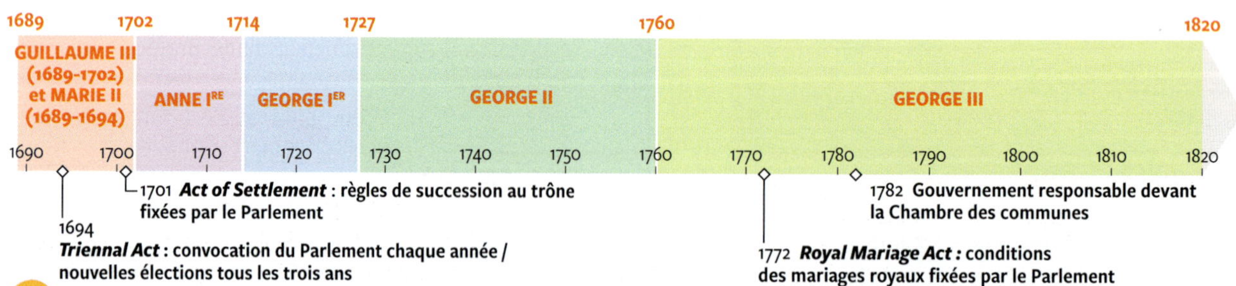

2 Une affirmation progressive des droits du Parlement britannique

● Les tensions entre les 13 colonies et la Couronne britannique se multiplient après 1763 en raison de taxes imposées par Londres sans concertation avec les représentants des colons. Les revendications indépendantistes qui s'inspirent des valeurs de la révolution de 1688 conduisent à la guerre d'indépendance. Les *Insurgents*, aidés par le roi de France Louis XVI, déclarent leur indépendance le 4 juillet 1776 et donnent naissance aux États-Unis à un nouveau régime politique républicain.

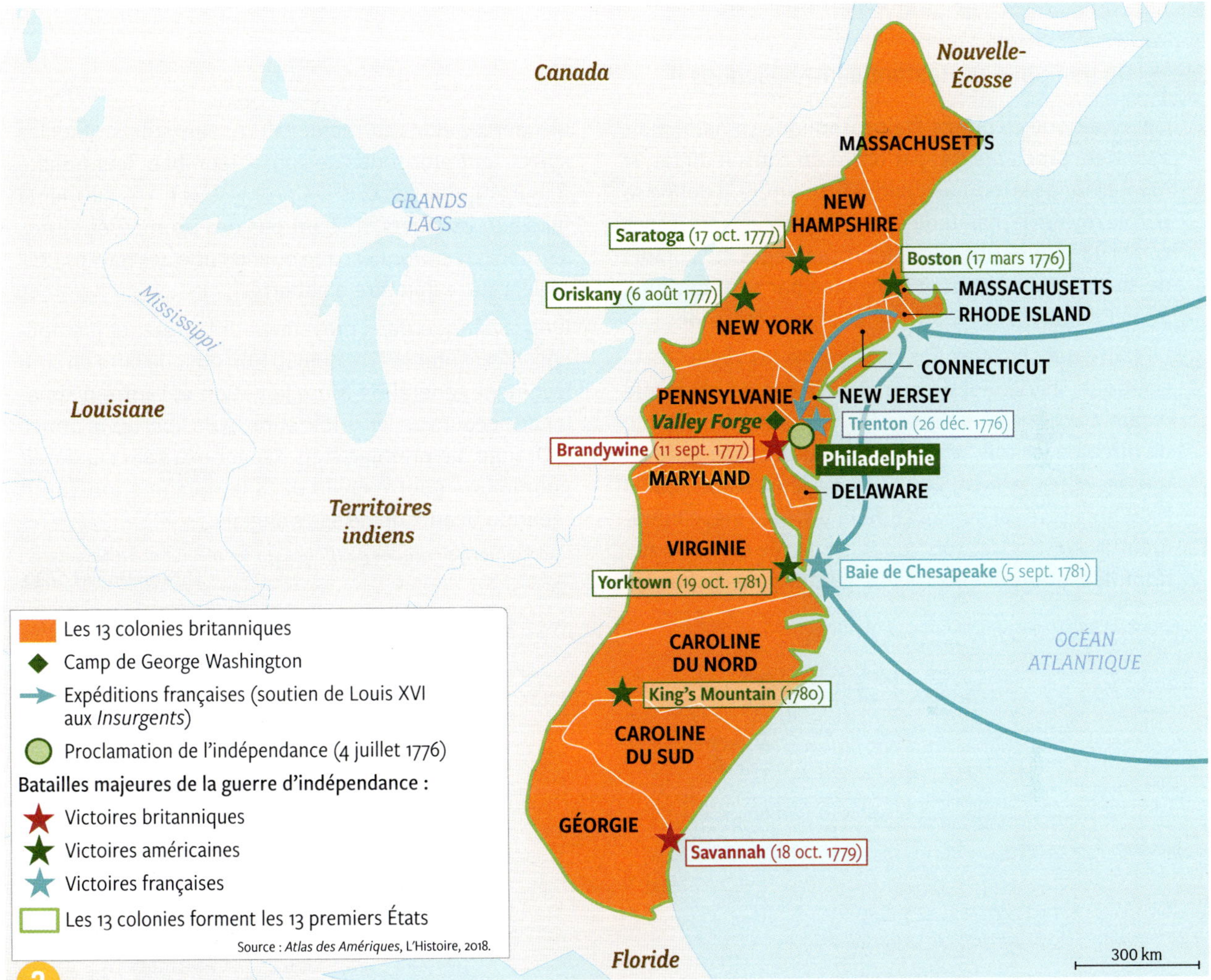

3 La guerre d'indépendance et la naissance des États-Unis d'Amérique (1775-1783)

VOCABULAIRE

- ***Insurgents* :** colons britanniques qui se sont révoltés contre l'Angleterre lors de la guerre d'indépendance des États-Unis d'Amérique.
- **Parlement :** en Angleterre, assemblée législative formée de la Chambre des communes (députés élus au suffrage censitaire) et de la Chambre des lords (évêques et aristocrates nommés par le monarque).

QUESTIONS

1. **Doc. 1** Relevez deux informations qui montrent que la Grande-Bretagne est une puissance mondiale au XVIIIe siècle.
2. **Doc. 2** Justifiez l'affirmation suivante : « la Grande-Bretagne évolue progressivement vers un régime parlementaire au XVIIIe siècle ».
3. **Doc. 3** Quelles sont les conséquences de la diffusion des idées de liberté dans les colonies britanniques ?

ÉTUDE 1 La naissance d'un gouvernement représentatif en Angleterre

Le roi Jacques II (1685-1688) mène une politique autoritaire et en faveur des catholiques, ce qui déplaît aux nobles anglicans. Certains font appel au prince hollandais Guillaume d'Orange qui envahit le royaume et renverse le monarque en 1688.

Comment le pouvoir du roi d'Angleterre évolue-t-il à partir de la révolution de 1688 ?

1 Un pamphlet protestant contre Jacques II

On savait que ce prince était catholique romain, mais ayant été proclamé roi, par ordre du conseil d'État, le même jour de la mort de Charles II, son frère, il donna sa parole royale de maintenir la religion protestante, et ses sujets dans leurs libertés et leurs privilèges. […] Et lors de son couronnement, il s'engagea par serment qu'il fit au Parlement de maintenir la religion et les lois. […]

La faute que Jacques II a faite contre les règles de la politique, est le viol de son serment et de sa parole royale. C'est une erreur grossière, impie et extravagante de dire que les rois ne sont pas tenus de tenir les promesses et les serments qu'ils font à leurs sujets. Car si Dieu qui est le roi du ciel et de la terre, et élevé infiniment au-dessus des rois, garde sa parole qu'il fait aux hommes, pourquoi les rois ne garderaient-ils pas les promesses et les serments faits à leurs sujets. Quoi les sujets sont plus tenus de garder leur foi et leur fidélité à leur roi, que les rois les promesses et les serments faits à leurs sujets, ne sont pas des promesses et des serments réciproques, que quand l'une des parties [les] viole, l'autre doit être en liberté. […]

Il n'y avait que deux moyens pour l'arrêter et [l'empêcher d'exécuter ses desseins]. L'un était de faire un soulèvement général de toute la nation et l'autre d'appeler au secours de leurs lois et de leurs libertés le prince d'Orange. Le premier était dangereux, car cela aurait allumé une guerre civile dans le royaume qui aurait répandu beaucoup de sang anglais.

Anonyme, *Remarques politiques sur les révolutions d'Angleterre*, Jean du Moulin, 1690.

2 Guillaume d'Orange débarque en Angleterre

Anonyme, *Guillaume III, prince d'Orange, arrivant à Brixham*, vers 1689-1699, Royal Collection Trust, Londres.

MARIE II STUART (1662-1694)
GUILLAUME III D'ORANGE-NASSAU (1650-1702)

Mariés en 1677, ils deviennent reine et roi d'Angleterre, d'Écosse et d'Irlande en 1689 après la révolution qui a renversé Jacques II, le père de Marie. S'ils gouvernent ensemble le royaume, ils ont dû préalablement accepter le *Bill of Rights* reconnaissant ainsi un rôle plus important au Parlement anglais.

3 Guillaume d'Orange justifie son intervention en Angleterre

Il est certain et évident pour tous les hommes que la paix publique et le bonheur d'un État ou d'un royaume sont en danger dès lors que les lois, les libertés et les coutumes établies par l'autorité légale sont ouvertement bafouées et transgressées, particulièrement lorsque l'on tente de subvertir[1] la religion pour introduire une autre religion contraire à la loi[2] […]. Nous regrettons profondément de constater que les conseillers les plus écoutés maintenant par le roi ont renversé la religion, les lois et les libertés de ses peuples, pour les soumettre, en matière de conscience, de liberté et de propriété à l'arbitraire du gouvernement […]. Par conséquent, nous jugeons bon de passer en Angleterre, avec des forces suffisantes, si Dieu nous vient en aide, pour nous défendre de la violence de ces mauvais conseillers […]. Cette expédition n'aura d'autres buts que de permettre la réunion d'un parlement, librement élu selon les lois du royaume dans les plus brefs délais […] afin de confirmer et d'exécuter le Test Act[3], et toutes les autres lois si nécessaires à la défense de la religion.

« Declaration of Reasons [Déclaration des motifs] de Guillaume d'Orange » (publiée le 10 octobre 1688), in Bernard Cottret, *La Glorieuse Révolution d'Angleterre*

1. Renverser. 2. En 1687, Jacques II abrogea les lois discriminant les catholiques et nomma certains d'entre eux à des fonctions importantes. 3. Ensemble de lois votées en 1673 pour exclure les catholiques et des minorités protestantes de certains droits et fonctions.

VOCABULAIRE

- **Pamphlet :** texte violent et accusateur destiné à critiquer un individu, une idée ou une institution.
- **Suffrage censitaire :** système électoral où seuls les individus disposant d'un certain niveau de richesse (le cens) votent.

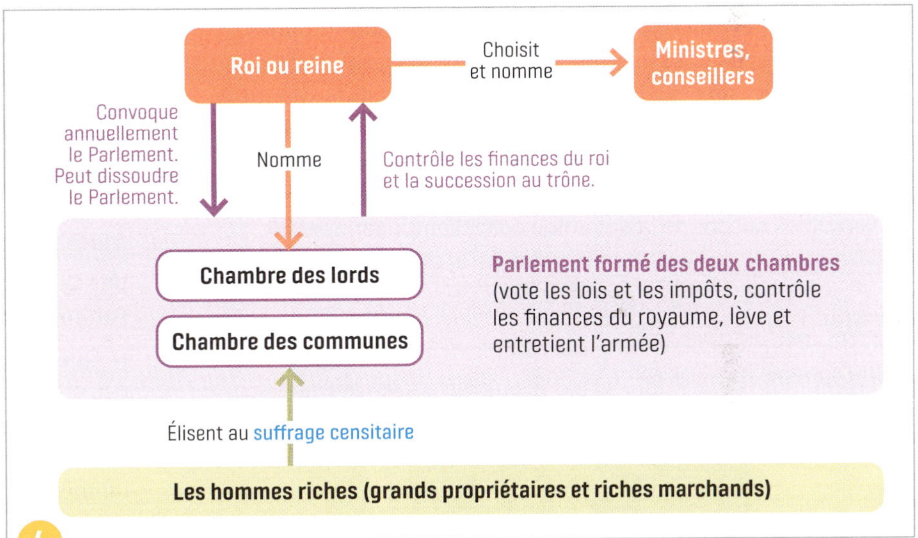

4 Le système représentatif britannique après 1688

PARCOURS 1

Présentez une situation historique

1. **Doc. 1 et 3** Quelles sont les causes du mécontentement contre Jacques II ?
2. **Doc. 2** Expliquez pourquoi on a parlé de « révolution » au sujet des événements de 1688.
3. **Doc. 3** Relevez deux objectifs de l'expédition de Guillaume d'Orange.
4. **Doc. 3 et 4** Quelles sont les obligations de Guillaume III et Marie II envers le Parlement après la révolution ?

BILAN À partir de vos réponses, racontez la révolution de 1688 en Angleterre (causes, déroulement, conséquences).

PARCOURS 2

Confronter des situations historiques

À partir des documents et de vos connaissances sur le pouvoir royal en France (chapitre 5), expliquez pourquoi la situation du pouvoir royal en France et celle en Angleterre sont différentes à la fin du XVIIe siècle.

Aide : vous pouvez comparer les pouvoirs des rois, ceux des autres institutions (notamment des parlements) et les relations entre les monarques, les institutions et la noblesse.

ÉTUDE 2
PARCOURS CROISÉS

La monarchie anglaise, un régime

L'*Habeas Corpus* (1679) et le *Bill of Rights* (1689)

PPO

Admirant le « modèle absolutiste » français, le roi Charles II (1660-1685) puis son frère Jacques II (1685-1688) tentent de renforcer l'autorité royale. En 1679, le Parlement s'y oppose et vote l'*Habeas Corpus*. Après 1688, la couronne est transmise à Guillaume III et Marie II à condition qu'ils acceptent le *Bill of Rights*.

Comment le pouvoir royal est-il progressivement encadré ?

1 Extrait de l'*Habeas Corpus*

Qu'il soit édicté par sa très excellente Majesté le roi, sur l'avis et avec le consentement des Lords et des Communes, réunis dans le présent Parlement, et par l'autorité de ce dernier, que lorsqu'une personne présente une ordonnance d'habeas corpus (…) à l'officier de la Couronne, ou à ses subordonnés, ledit officier, dans les trois jours qui suivent la présentation de l'ordonnance doit conduire ou faire conduire le détenu devant une cour supérieure (le lord chancelier ou le lord gardien du Grand Sceau d'Angleterre), ou devant les juges du tribunal ayant délivré l'ordonnance et ils devront alors énoncer les véritables raisons de la détention ou de l'emprisonnement.

Extrait de l'*Habeas Corpus*, 1679

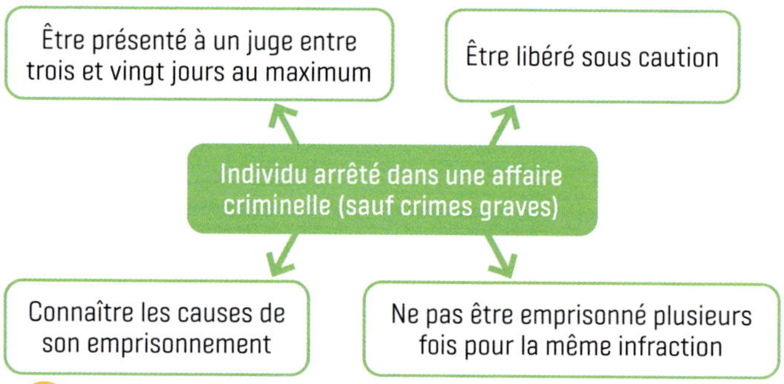

2 Les dispositions de l'*Habeas Corpus*

3 Extraits du *Bill of Rights* (Déclaration des droits) en 1689

I Que le prétendu pouvoir de l'autorité royale de suspendre les lois ou l'exécution des lois sans le consentement du Parlement est illégal.

IV Qu'une levée d'impôt sans le consentement du Parlement est illégale.

VI Que la levée et l'entretien d'une armée dans le royaume, en temps de paix, sans le consentement du Parlement, est contraire à la loi.

VIII Que les élections des membres du Parlement doivent être libres.

IX Que la liberté de parole, des débats et des procédures dans le sein du Parlement, ne peut être entravée ou mise en discussion en aucun tribunal en dehors du Parlement lui-même.

XIII Qu'enfin pour remédier à tous griefs et pour l'amendement, l'affermissement et l'observation des lois, le Parlement doit être fréquemment réuni.

Extrait du *Bill of Rights* (Déclaration des droits), 16 décembre 1689.

VOCABULAIRE

- **Bill :** en Angleterre projet de loi. Une fois validé par le Parlement, il devient *Act*, c'est-à-dire une loi.

ACTIVITÉ 1

1. **Doc. 2** Comment l'*Habeas Corpus* protège-t-il la liberté des individus en Angleterre ?
2. **Doc. 1** Quelle disposition de l'*Habeas Corpus* limite le pouvoir du roi sur ses sujets ?
3. **Doc. 3** Citez deux domaines dans lequel le Parlement renforce son pouvoir avec le *Bill of Rights*.

BILAN Expliquez comment le pouvoir royal est progressivement encadré en Angleterre au XVIIe siècle.

représentatif exemplaire ?

Voltaire, un philosophe anglophile

PPO

FRANÇOIS-MARIE AROUET DIT VOLTAIRE
(1694-1778)
Écrivain et philosophe français, il défend la tolérance et la liberté des individus. Exilé en Angleterre, il l'érige en modèle du libéralisme.

Exilé en Angleterre de 1726 à 1729, Voltaire découvre le système politique mis en place après la révolution de 1688. Il en brosse un portrait dans les *Lettres anglaises* (ou *Lettres philosophiques*) publiées en 1733.

> **Pourquoi Voltaire fait-il de la monarchie anglaise un modèle ?**

4 Les députés, représentants du peuple anglais

Peter Tillemans, *La Chambre des communes en session*, 1710, Parliamentary Art Collection, Londres.

Sir Richard Onslow est assis dans le fauteuil du président de la Chambre des communes.

5 L'Angleterre vue par Voltaire

Lettre VIII – Sur le Parlement

La nation anglaise est la seule de la terre qui soit parvenue à régler le pouvoir des rois en leur résistant, et qui d'efforts en efforts ait enfin établi ce gouvernement sage où le prince, tout-puissant pour faire du bien, ai[t] mains liées pour faire du mal ; où les seigneurs sont grands sans insolence et sans vassaux, et où le peuple partage le gouvernement sans confusion. La chambre des pairs et celle des communes sont les arbitres de la nation, le roi est le surarbitre. [...]

Lettre IX – Sur le gouvernement

[...] Un homme, parce qu'il est noble ou parce qu'il est prêtre, n'est point ici exempt de payer certaines taxes ; tous les impôts sont réglés par la Chambre des communes [...]. Quand le *bill* est confirmé par les lords et approuvé par le roi, alors tout le monde paye ; chacun donne, non selon sa qualité (ce qui serait absurde), mais selon son revenu [...].

Voltaire, *Lettres philosophiques*, t. XXII, Garnier, 1879.

VOCABULAIRE

- **Libéralisme :** doctrine qui place la liberté et les droits de l'individu au cœur de sa réflexion.

ACTIVITÉ 2

1. **Doc. 5** Expliquez la phrase en gras.
2. **Doc. 4 et 5** Relevez deux avantages du système politique britannique selon Voltaire.

BILAN Montrez que Voltaire fait du régime politique britannique un modèle mais que cette vision doit être nuancée.

PARCOURS CROISÉS

À l'aide de vos réponses, rédigez un argumentaire pour montrer que le régime politique britannique est érigé en modèle idéal au XVIIIe siècle.

Pas à pas : 1. Rappelez les grands principes du fonctionnement de la vie politique en Angleterre (**doc. 1 à 3**).
2. Montrez que cette situation n'est pas celle que l'on retrouve ailleurs en Europe et notamment en France (**chapitre 5**).
3. Expliquez pourquoi des philosophes comme Voltaire brossent un portrait idéalisé du modèle politique britannique (**doc. 4 et 5**).

COURS 1

La naissance d'un système politique représentatif en Angleterre

> Comment l'Angleterre progresse-t-elle vers un régime représentatif ?

1 L'affirmation du Parlement face au roi

- **Après la révolution et l'exécution de Charles Ier (1649), la monarchie est rétablie en 1660 par le Parlement** (composé de la Chambre des lords et de la Chambre des communes). Le nouveau roi, Charles II, veut restaurer l'autorité du monarque et finit par entrer en conflit avec les parlementaires. En 1679, le Parlement anglais parvient à adopter et à imposer à Charles II l'*Habeas Corpus*, un texte de loi qui protège l'individu contre toute arrestation et détention arbitraire en Angleterre.

- **En 1685, Jacques II, son frère, lui succède et inquiète le Parlement ainsi qu'une partie de la noblesse.** Défenseur du catholicisme dans un pays anglican et admirateur du pouvoir absolutiste français, le nouveau roi cristallise les oppositions. Certains font appel au prince hollandais protestant Guillaume d'Orange, époux de Marie (la fille de Jacques II), qui envahit l'Angleterre en 1688.

- Le royaume est désormais dirigé par un couple royal : Marie, comme Guillaume, règnent, même si, en pratique, le roi affirme sa prééminence. Pour légitimer *a posteriori* un coup d'État, Guillaume III négocie et accepte en 1689 la Déclaration des droits (*Bill of Rights*) qui réduit ses pouvoirs au profit des deux chambres. **Désormais, le roi ne peut pas gouverner sans le Parlement et une loi ne peut être suspendue par le monarque.**

2 Un renforcement des droits du Parlement

- **À partir du règne de Guillaume III, le Parlement anglais adopte progressivement d'autres lois pour renforcer ses prérogatives :** réunion annuelle du Parlement, obligation de renouveler le Parlement tous les trois ans. En 1708, la reine Anne renonce à son droit de veto, contribuant à dissocier davantage le pouvoir exécutif du pouvoir législatif.

- **Le Parlement parvient également à encadrer davantage le pouvoir royal.** À partir de 1701, il fixe les règles de succession en interdisant à un catholique d'occuper le trône. Il contrôle par ailleurs le budget de l'État ainsi que les dépenses du roi, les deux étant désormais distincts.

- **Au XVIIIe siècle, le Parlement conforte encore son pouvoir** contraignant les premiers ministres nommés par les monarques à ne pas pouvoir exercer leur fonction sans l'appui de la majorité des représentants. En 1782, l'ensemble du gouvernement peut être renversé par la Chambre des communes contre la volonté du roi : ce contrôle donne naissance à une monarchie parlementaire en Angleterre.

VOCABULAIRE

- **Droit de veto :** pouvoir qui permet d'empêcher l'application d'une loi.
- **Libéralisme :** doctrine qui place la liberté et les droits de l'individu au cœur de sa réflexion.
- **Monarchie parlementaire :** régime monarchique où le gouvernement est responsable devant le Parlement.
- **Suffrage censitaire :** système électoral où seuls les individus disposant d'un certain niveau de richesse (le cens) votent.

3 L'influence du régime britannique

- **Le régime représentatif britannique inspire certains réformateurs européens qui l'érigent en modèle.** Si la monarchie absolue domine la France, des philosophes comme Malesherbes, Montesquieu et Voltaire érigent le système britannique en modèle. Ce régime fascine les Lumières françaises qui y voient un gouvernement équilibré favorable aux libertés comme la liberté de presse acquise en 1694. Dans ses *Lettres anglaises* publiées en 1733, Voltaire vante les mérites d'un gouvernement équilibré et d'un régime favorable au libéralisme.

- **Le modèle britannique présente toutefois des limites.** Seules les élites aristocratiques et bourgeoises (soit 5 % de la population) exercent le pouvoir en élisant leurs représentants à la Chambre des communes au suffrage censitaire. Les catholiques sont par ailleurs exclus du droit de vote. Quant aux élections, la corruption et les arrangements entre notables dominent. Ainsi, dans certaines circonscriptions électorales dont les limites remontent au Moyen Âge, il arrive qu'un seul riche propriétaire soit l'unique électeur.

- **Le modèle britannique s'exporte également dans les colonies britanniques situées aux Amériques.** Des colons et des penseurs comme Benjamin Franklin voient dans le système britannique un modèle de défense des libertés et des droits individuels. Ils souhaitent pouvoir être représentés et défendus à Londres mais le Parlement britannique et la Couronne ne répondent pas à leur requête. La fiscalité imposée par la métropole aux colonies fait naître une revendication inspirée du combat de la Chambre des communes contre Charles Ier : « *no taxation without representation* » (« pas de taxe sans représentation »).

DATES CLÉS

1679

Habeas Corpus.

1689

Bill of Rights.

1733

Publication des *Lettres anglaises* de Voltaire.

1782

Monarchie parlementaire en Angleterre.

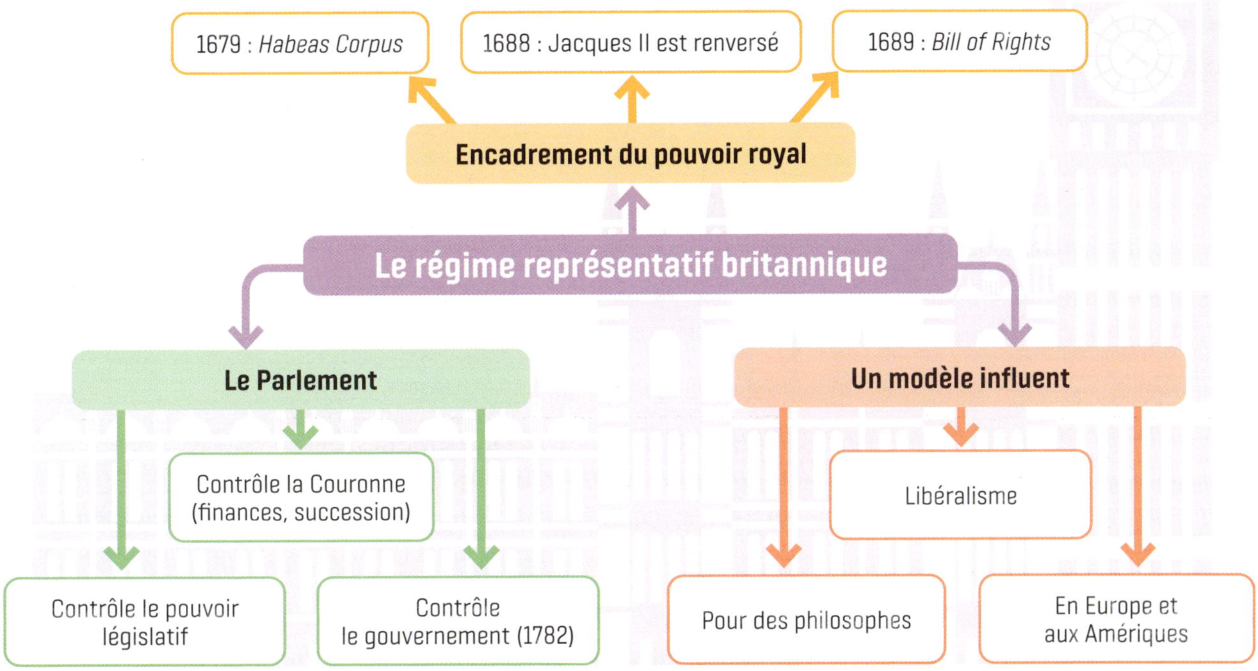

ÉTUDE 3 George Washington et la naissance des États-Unis

PPO

Après avoir combattu les Anglais lors de la guerre d'indépendance (1775-1783), George Washington dirige la **Convention** à l'issue de laquelle est ratifiée la **Constitution** signée le 17 septembre 1787 à Philadelphie. Il est élu en 1789 premier président des États-Unis d'Amérique.

> Quel est le rôle de George Washington dans la naissance des États-Unis ?

1 **George Washington en homme d'État**

Junius Brutus Stearns, *Washington à la Convention de 1787, lors de la signature de la Constitution*, 1856, Virginia Museum of Fine arts, Richmond, Virginie.

George Washington (à droite) présente le texte de la Constitution aux délégués des 13 États ayant proclamé leur indépendance et réunis en Convention à Philadelphie du 25 mai au 17 septembre 1787.

GEORGE WASHINGTON
(1732-1799)

Issu d'une famille de colons américains, il s'engage d'abord dans l'armée coloniale anglaise. Pendant la guerre d'indépendance des États-Unis (1775-1783), il est désigné chef d'état-major de l'armée continentale des 13 colonies. Il préside ensuite la Convention chargée de rédiger la Constitution en 1787 et il est élu premier président des États-Unis en 1789.

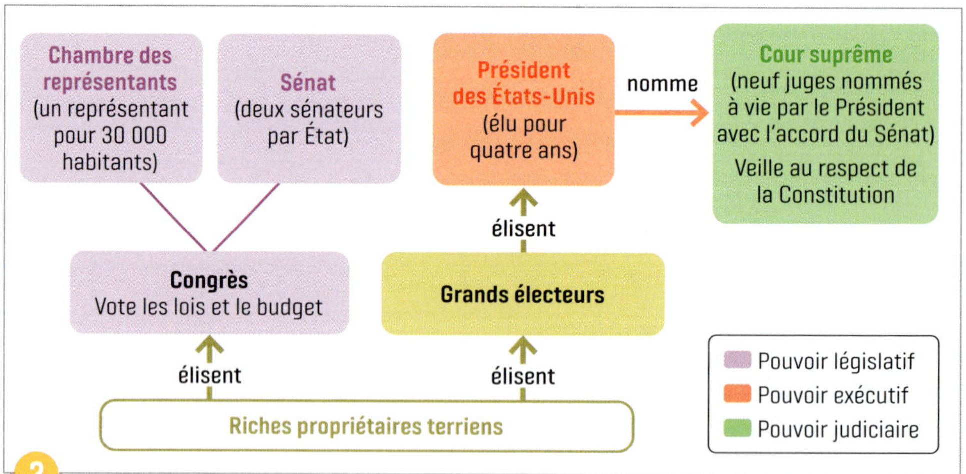

2 **Les institutions politiques américaines selon la Constitution de 1787**

3 George Washington, président des États-Unis

Amos Doolittle, *Portrait des États-Unis d'Amérique*, 1791, Museum of Fine Arts, Yale University Art Gallery Everett Collection.

George Washington, « président des États-Unis d'Amérique, le protecteur de son pays et le partisan des droits de l'humanité », est entouré par les sceaux des 13 États et le sceau présidentiel.

VOCABULAIRE

- **Convention :** assemblée qui a pour objectif de préparer une constitution.
- **Constitution :** ensemble de lois qui définissent l'organisation des pouvoirs et garantissent les droits des individus dans un État.

4 Washington, « Père fondateur » des États-Unis

Rédigé par George Washington en 1796, à la fin de son second mandat, ce discours est lu depuis 1896 chaque année par un membre du Sénat afin de rappeler quels sont les principes fondateurs du pays.

Pour que votre Union soit efficace et durable, il est indispensable qu'elle soit dotée d'un gouvernement commun. […] Ce gouvernement que nous avons choisi, sans influence et sans faille, a été adopté après enquêtes et délibérations approfondies. Il répartit les pouvoirs en conciliant la sécurité et l'énergie. Il prévoit la possibilité d'amendements et mérite votre confiance et votre soutien […]. Le fondement de notre régime est le droit du peuple de faire et de modifier la Constitution. Mais, tant que la Constitution en vigueur n'est pas modifiée par un acte explicite et authentique de tout le peuple, tout le monde a l'obligation sacrée de la respecter. Le droit du peuple à établir un gouvernement entraîne pour chaque individu le devoir d'obéir au gouvernement établi. Toute obstruction à l'exécution des lois, toute combinaison ou association, sous quelque prétexte que ce soit, visant à contrôler, contrecarrer ou subjuguer les délibérations normales des autorités constituées, constitue une violation de ce principe fondamental. […] Une forme d'agression peut consister à modifier la Constitution pour la fragiliser et à saboter ce qu'on n'ose pas attaquer de face. Si l'on vous propose des changements, souvenez-vous que c'est seulement à l'usage et avec le temps que l'on peut sonder la valeur d'un régime comme de toute autre institution humaine.

Cité dans Alain Frerejean, *Les grands discours des présidents des États-Unis*, Archipoche, 2020.

PARCOURS 1

Mettre en perspective une figure historique

1. **Doc. 1 et 3** Relevez quatre événements majeurs dans la carrière de George Washington.
2. **Doc. 2 à 4** Pourquoi parle-t-on un d'un régime présidentiel pour les États-Unis ?

BILAN À partir de vos réponses, expliquez pourquoi la figure de George Washington permet de comprendre l'importance du rôle du président dans le régime politique des États-Unis.

PARCOURS 2

Expliquer une expression

Expliquez pourquoi George Washington est considéré comme un « Père fondateur » des États-Unis.

Pas à pas :

1. Rappelez son rôle dans la naissance des États-Unis (**doc. 1**).
2. Évoquez son action dans la fondation d'un nouveau régime politique (**doc. 1 et 2**).
3. Présentez son rôle dans la mise en place d'un gouvernement d'union (**doc. 3 et 4**).

ÉTUDE 4
REGARD DE L'HISTORIEN

La France et l'indépendance des États-Unis

L'aide française aux *Insurgents* américains contribue à l'indépendance des États-Unis en 1783. La question d'un modèle politique américain à suivre s'ajoute aux débats des philosophes en France sur la meilleure forme de régime à adopter.

› Quelle est l'influence des révolutions anglaise et américaine en France ?

BENJAMIN FRANKLIN (1706-1790)

Imprimeur et physicien américain, il présente les revendications des colons à Londres en 1757. Acteur de l'indépendance américaine, il négocie l'alliance avec la France et participe à la rédaction de la Déclaration d'indépendance et de la Constitution. Il est aussi l'un des signataires du traité de Paris de 1783 par lequel la Grande-Bretagne reconnaît l'indépendance américaine.

1 La circulation des modèles politiques

REGARD DE L'HISTORIEN

Mais celui qui fit progresser plus directement, en France, la réflexion sur la liberté de la presse est Malesherbes[1]. [...] Seule une république, ou l'Angleterre, pouvait selon lui accepter une large liberté d'impression. Trente ans plus tard, en 1788, Malesherbes composait un nouveau mémoire sur la liberté de la presse, mais dans un contexte bien différent : il s'agissait de la convocation des états généraux[2]. **Une grande partie de l'opinion française se tournait dès lors non plus vers l'Angleterre, mais vers la jeune république, outre-Atlantique, qui venait de montrer la puissance d'une presse libre.**

Le développement de la presse dans les colonies américaines du Royaume-Uni fut plus tardif qu'en Europe : elle n'y apparut qu'à partir du deuxième quart du XVIIIe siècle. Mais son développement y fut très rapide et contribua puissamment à la révolte des colons. [...] Le symbole de cette presse américaine est l'Américain le plus connu en France : Benjamin Franklin, qui débuta comme imprimeur puis devint journaliste. [...] Les colonies américaines avaient quatre journaux en 1725 ; elles en comptaient trente-sept un demi-siècle plus tard, à la veille de la révolution, avec un tirage sept fois supérieur. La presse appuya, relaya et se fit l'écho de chaque événement de la guerre d'Indépendance. Rien d'étonnant à ce que les représentants de Virginie, dans la première[3] Déclaration des droits votée par une assemblée représentative en 1776, affirment dans l'article 12 que « la liberté de la presse est l'un des plus puissants bastions de la liberté et ne peut jamais être restreinte que par des gouvernements despotiques ».

En France, cette déclaration des droits était parfaitement connue de tous les députés qui voulaient accompagner la rédaction de la Constitution d'une déclaration des droits – comme était connu le rôle de la presse dans la réussite de la révolution américaine.

« Les Combattants des Lumières » de Philippe Joutard, publié dans *L'Histoire* n°410 (avril 2015), pp. 42-44.

1. Magistrat et, en tant que chef de la censure royale, il a permis la publication de l'*Encyclopédie*.
2. Assemblée des trois ordres (clergé, noblesse, tiers-état) convoquée par le roi Louis XVI. 3. Le 12 juin 1776, l'État de Virginie se dote d'une Déclaration des droits qui inspirera la Constitution américaine.

Qui est-il ?

Philippe Joutard (né en 1935) est un historien français spécialiste d'histoire moderne, particulièrement celle de la France au XVIIIe siècle.

2 Commémoration de la rencontre entre George Washington et le marquis de La Fayette

La première rencontre de Washington et Lafayette, Philadelphie, 3 août 1777, gravure, 1876, New York.

Cette entrevue s'est déroulée dans la ville où a été signée la Déclaration d'indépendance.

GILBERT DU MOTIER, MARQUIS DE LA FAYETTE

(1757-1834)

Il s'engage en 1777 à titre privé dans les rangs de l'armée du général Washington aux côtés des *Insurgents* puis au nom de la France en 1778. Revenu en France en 1781, il est promu maréchal. En 1789, il devient commandant de la garde nationale, vice-président de l'Assemblée. Marqué par son expérience américaine, il participe à la rédaction de *la Déclaration des Droits de l'Homme et du Citoyen*.

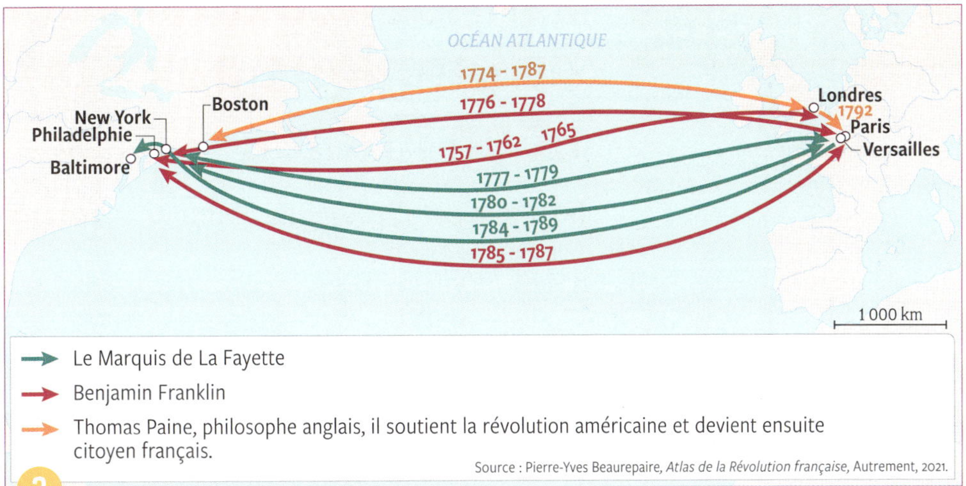

Source : Pierre-Yves Beaurepaire, *Atlas de la Révolution française*, Autrement, 2021.

3 La circulation des hommes et des idées

4 L'influence du modèle américain en France

La liberté de la presse est établie en Amérique, et l'on y a regardé avec une juste raison le droit de dire et celui d'entendre les vérités qu'on croit utiles, comme un des droits les plus sacrés de l'humanité. […] Or, l'exemple seul de tout le bien que la liberté de la presse a fait et fera encore en Amérique, sera d'autant plus utile pour l'Europe, qu'il est […] propre […] à rassurer contre les prétendus inconvénients de cette liberté. […] Le spectacle de l'égalité qui règne dans les États-Unis, et qui en assure la paix et la prospérité, peut aussi être utile à l'Europe. Nous n'y croyons plus, à la vérité, que la nature ait divisé la race humaine en trois ou quatre ordres, […] et qu'un de ces ordres y soit aussi condamné à travailler beaucoup et à peu manger. On nous a tant parlé des avantages du commerce et de la circulation, que le noble commence à regarder un banquier et un commerçant presque comme son égal, pourvu qu'il soit très riche ; mais notre philosophie ne va pas plus loin, et nous imprimions encore, il n'y a pas longtemps, que le peuple est, dans certains pays, taillable et corvéable de sa nature. […] Tels sont les biens que l'humanité entière doit attendre de l'exemple de l'Amérique, et nous serions surpris qu'on regardât comme chimériques ces avantages, parce qu'ils n'ont pas une influence immédiate et physique sur le sort des individus. Ce serait ignorer que le bonheur des hommes réunis en société dépend presque uniquement des bonnes lois.

Nicolas de Condorcet, « L'Influence de la révolution d'Amérique sur les opinions et la législation de l'Europe » [1786], dans *Œuvres de Condorcet*, t. VIII, Firmin Didot Frères, 1847.

Qui est-il ?

Nicolas de Condorcet (1743-1794) est un mathématicien, journaliste et philosophe français, il admire la révolution américaine et l'action de La Fayette à qui il consacre cet ouvrage.

PARCOURS 1

Comprendre et mettre en relation des documents

1. **Doc. 1** Pourquoi la presse anglaise est-elle considérée comme un modèle aux États-Unis et en France au XVIIIe siècle ?
2. **Doc. 1** Expliquez le sens de la phrase en gras.
3. **Doc. 2 et 3** De quelles manières les idées révolutionnaires américaines parviennent-elles en France ?
4. **Doc. 4** Relevez deux phrases qui montrent l'influence du modèle américain sur la pensée de Condorcet.

BILAN À partir de vos réponses, montrez que, si le modèle anglais a d'abord exercé une influence, c'est le modèle américain qui devient ensuite une référence pour les philosophes en France.

PARCOURS 2

Produire un écrit argumenté

Choisissez une figure historique entre Benjamin Franklin et le marquis de la Fayette. En vous aidant des documents les concernant et de la leçon (p. 156), écrivez une lettre dans laquelle cette personnalité décrit les événements politiques auxquels elle assiste.

Pas à pas :

1. Indiquez des événements auxquels ces deux hommes ont participé.
2. Rappelez leur rôle dans la guerre d'indépendance des États-Unis.
3. Présentez des idées nouvelles qu'ils font circuler.

COURS 2

L'influence du modèle britannique aux États-Unis et en France

> Quelle est l'influence du modèle britannique aux États-Unis et en France ?

1 La révolution américaine

- **L'entretien des soldats britanniques sur le sol américain et les privilèges dont ils bénéficient intensifient les tensions avec les colons** malgré la victoire anglaise sur la France lors de la guerre de Sept Ans (1756-1763). Ce conflit a d'ailleurs un coût que la monarchie anglaise tente de combler par une augmentation des taxes et des impôts pesant sur les 13 colonies américaines. Le *Stamp Act* (droit de timbre) est instauré en 1765.
- **Derrière les revendications économiques s'ajoutent des demandes politiques des colons :** ils contestent le droit du gouvernement britannique à taxer les colonies américaines sans leur consentement depuis le Parlement de Londres. Sujets de la monarchie anglaise, les colons veulent être représentés au Parlement et bénéficier de davantage de libertés.
- **La souveraineté britannique sur le territoire des 13 colonies est critiquée.** La résistance américaine prend la forme de protestations, de boycotts ou d'affrontements plus violents. Le 16 décembre 1773, des colons jettent le thé anglais dans le port lors de la *Boston Tea Party* qui est sévèrement punie par la Grande-Bretagne. Désormais, les *Insurgents* revendiquent l'indépendance.

2 La fondation des États-Unis d'Amérique

- **L'assemblée commune des 13 colonies, le Congrès, déclare la guerre en 1775 et proclame son indépendance le 4 juillet 1776.** La Déclaration d'indépendance affirme l'existence de droits universels et conclue sur la rupture nécessaire avec la Grande-Bretagne. La guerre s'internationalise par l'entrée de la France et de l'Espagne aux côtés des révoltés. Le traité de Paris du 3 septembre 1783 est signé par l'Angleterre : les États-Unis sont indépendants.
- **Un gouvernement national est instauré en 1781 et la Constitution américaine est ratifiée le 17 septembre 1787.** Cette loi suprême instaure un État fédéral et une république, qui se distinguent donc du modèle britannique de monarchie parlementaire. Les principes de liberté, d'égalité et de souveraineté populaire deviennent une réalité quoiqu'imparfaite puisque les femmes, les populations noires et indiennes ne disposent pas de droits politiques voire sont privées de libertés (esclavage, expropriations).
- **George Washington est élu à l'unanimité premier président des États-Unis d'Amérique en 1789.** Au cours de ses deux mandats, il défend la fonction présidentielle, l'existence d'un système de contre-pouvoirs et crée l'adhésion nationale autour du gouvernement fédéral.

VOCABULAIRE

- ***Boston Tea Party* :** révolte qui éclate en 1773 à Boston durant laquelle des caisses de thé sont jetées à la mer pour protester contre les taxes imposées par la Grande-Bretagne.
- **Constitution :** ensemble de lois qui définissent l'organisation des pouvoirs et garantissent les droits des individus dans un État.
- **État fédéral :** forme d'État souverain dans lequel des entités territoriales (États fédérés) disposent d'une large autonomie.
- **États généraux :** assemblées extraordinaires convoquées par le roi et réunissant des représentants des trois ordres.
- **République :** régime dans lequel la souveraineté appartient aux citoyens qui sont représentés par des assemblées ou des personnes élues.

3 La révolution américaine vue de France

- **Vue de France, la révolte des colons américains est considérée comme l'opportunité d'un affaiblissement de la Grande-Bretagne.** Par sa défaite lors de la guerre de Sept Ans, la France a perdu de nombreux territoires en Amérique du Nord : la Louisiane est cédée à l'Espagne et à l'Angleterre, cette dernière annexant également des territoires français au Canada. Ces tensions anciennes entre les monarchies anglaise et française expliquent le soutien de Louis XVI aux *Insurgents*.
- **Louis XVI reconnaît l'indépendance des États-Unis puis signe un traité d'alliance et de commerce (1778) que Benjamin Franklin, imprimeur et savant, était venu négocier.** À partir de 1780, ce soutien français se renforce par une aide financière et militaire. Parmi les soldats français débarqués aux États-Unis, le comte de Rochambeau et le marquis de La Fayette contribuent à la victoire de Yorktown le 19 octobre 1781.
- **La révolution américaine précipite la crise de la monarchie en France.** Les prêts français aux Américains ont creusé le déficit et la révolution américaine est analysée comme la concrétisation des idées des Lumières qui circulent dans les salons philosophiques. En 1789, le roi de France doit convoquer les états généraux pour trouver une solution à la crise financière et se heurte rapidement aux critiques de son pouvoir absolu et de la société d'ordres.

DATES CLÉS

1775
Début de la guerre entre *Insurgents* et troupes britanniques.

1776
Déclaration d'indépendance.

1787
Ratification de la Constitution des États-Unis d'Amérique.

1789
Élection de George Washington comme premier président des États-Unis.

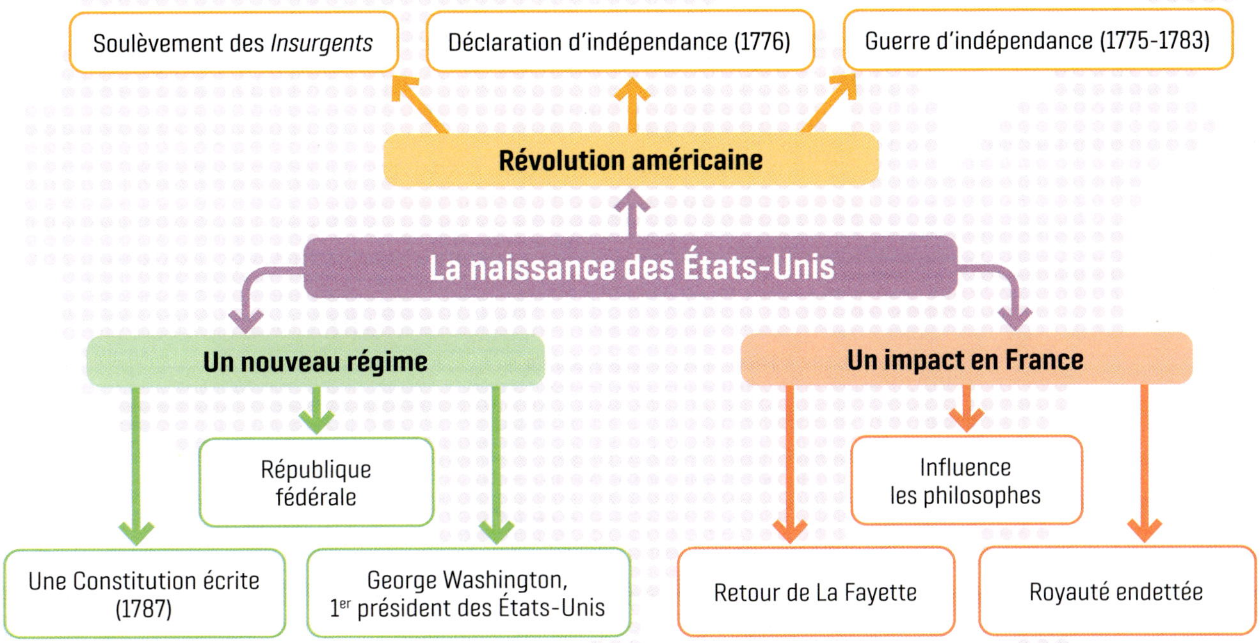

RÉVISIONS

Je fais le point

Quiz
hachette-clic.fr/24hg2041

Repères chronologiques
Vocabulaire
Acteurs

La naissance d'un gouvernement représentatif en Angleterre

- Au XVIIe siècle, le monarque anglais gouverne avec un Parlement composé de deux Chambres : la Chambre des lords (aristocrates titrés et haut clergé) et la Chambre des communes (membres élus par une élite). Il n'existe pas de Constitution écrite et c'est la coutume qui fixe le fonctionnement des institutions. La première révolution anglaise a lieu entre 1642 et 1649 : l'opposition entre le roi Charles Ier et les députés de la Chambre des communes se conclut par une guerre civile. Charles Ier est capturé, jugé puis exécuté en 1649. Oliver Cromwell, chef de l'armée, instaure une dictature. La monarchie est restaurée en 1660 mais, en 1679, le Parlement vote l'*Habeas Corpus* qui protège l'individu des arrestations arbitraires. Après la révolution de 1688 qui chasse Jacques II du trône, c'est le *Bill of Rights* en 1689 qui impose une monarchie parlementaire.

D'une guerre d'indépendance à un régime républicain aux États-Unis

- Les habitants des 13 colonies britanniques aux Amériques se révoltent en 1773 lors de la *Boston Tea Party* contre les taxes imposées par l'Angleterre et revendiquent davantage de représentation au Parlement anglais. L'affrontement devient armé en 1775 et la Déclaration d'indépendance est proclamée le 4 juillet 1776. Le soutien financier et armé de la France aux *Insurgents* contribue à la victoire de Yorktown en 1781. Les États-Unis se dotent d'une Constitution écrite en 1787 qui instaure un régime présidentiel. George Washington est élu à l'unanimité premier président des États-Unis d'Amérique en 1789.

L'influence de la révolution américaine en Europe et en France

- Au XVIIIe siècle, la circulation d'ouvrages, de journaux, d'intellectuels, diplomates et soldats entre l'Europe et les Amériques favorise la diffusion d'idées nouvelles, notamment celles de liberté et du droit des individus face à l'arbitraire royal. Le modèle britannique devient un idéal pour de nombreux penseurs (Voltaire) en Europe et aux Amériques. La fondation des États-Unis donne naissance à un nouveau modèle, celui d'un régime politique libéral et représentatif, qui s'exporte en Europe avec La Fayette ou Benjamin Franklin. Ce vent de liberté qui souffle en France influence des philosophes (Malesherbes, Condorcet) alors que l'intervention militaire française en Amérique accroît l'endettement du royaume de France et fragilise Louis XVI.

Défi révisions – Duel de réf'

15 min de préparation — **Étape 1** Faites un groupe de trois. À partir du chapitre, écrivez sur une feuille huit mots-clés (acteur, date, événement, vocabulaire, etc.) qui font référence soit à l'histoire britannique au XVIIIe siècle, soit à celle américaine au XVIIIe siècle, ou aux deux.

10 min — **Étape 2** Mettez-vous avec un autre élève puis, à tour de rôle, demandez à votre camarade si chaque mot évoque l'Angleterre, les États-Unis ou les deux.

Voltaire

Président

Guerre d'indépendance

…

Je révise avec des podcasts

1 Comment un régime représentatif se met-il en place en Angleterre ?

Podcast
hachette-clic.fr/24hg2042

2 Quel est le rôle du Parlement en Angleterre au XVIIe siècle ?

Podcast
hachette-clic.fr/24hg2043

L'ESSENTIEL en 5 minutes

3 Pourquoi le régime britannique devient-il un modèle ?

Podcast
hachette-clic.fr/24hg2044

4 Qui est George Washington ?

Podcast
hachette-clic.fr/24hg2045

5 La révolution américaine a-t-elle eu une influence en France ?

Podcast
hachette-clic.fr/24hg2046

Je teste mes connaissances

- Écoutez les cinq épisodes du podcast puis testez vos connaissances grâce aux flashcards.

QUESTION

Quelles sont les deux Chambres du Parlement en Angleterre ?

RÉPONSE

Chambre des lords et Chambre des communes

Flashcards
hachette-clic.fr/24hg2047

Le saviez-vous ?

La voix du narrateur d'un podcast est fondamentale. Elle doit être claire, audible et agréable à écouter. Un talent de conteur est appréciable. Comme dans une pièce de théâtre, des effets de voix peuvent souligner des différences de points de vue ou exprimer l'émotions des intervenants.

RÉVISIONS

Je m'entraîne

• Analyser la représentation d'événements fondateurs

1 La Déclaration d'indépendance en 1776

Déclaration unanime des 13 États unis d'Amérique réunis en Congrès le 4 juillet 1776.

Nous, les représentants des États-Unis d'Amérique, assemblés en Congrès général […] publions et déclarons solennellement au nom et par l'autorité du bon peuple de ces Colonies, que ces Colonies unies sont et ont le droit d'être des États libres et indépendants ; qu'elles sont dégagées de toute obéissance envers la Couronne de la Grande-Bretagne ; que tout lien politique entre elles et l'État de la Grande-Bretagne est et doit être entièrement dissous ; que, comme les États libres et indépendants, elles ont pleine autorité de faire la guerre, de conclure la paix, de contracter des alliances, de règlementer le commerce et de faire tous autres actes ou choses que les États indépendants ont droit de faire ; et pleins d'une ferme confiance dans la protection de la divine Providence, nous engageons mutuellement au soutien de cette Déclaration, nos vies, nos fortunes et notre bien le plus sacré, l'honneur.

Déclaration d'indépendance, texte traduit de l'anglais par Thomas Jefferson, 1776.

Le saviez-vous ?

George Washington et Thomas Jefferson sont des « **Pères fondateurs** ». Cette expression désigne les hommes ayant conduit à l'indépendance et à la fondation des États-Unis. Leur buste fait partie de la sculpture monumentale du Mont Rushmore aux côtés d'Abraham Lincoln et Théodore Roosevelt qui ont marqué la vie politique américaine au XIXe siècle.

2 George Washington préside la Convention constituante à Philadelphie en 1787

Gravure d'après une peinture de Michael Wageman, *Washington préside la Convention 1787*, 1870.

PALIER 1

J'identifie les documents

- **Doc. 1 et 2** Présentez les documents.
- **Doc. 1 et 2** Identifiez les deux événements de l'histoire des États-Unis auxquels ils font référence.

PALIER 2

Je décris les documents

- **Doc. 1** Présentez le contexte dans lequel ce document est rédigé.
- **Doc. 2** Qui sont les personnages présents ?
- **Doc. 2** Quel texte fondateur est ici représenté ?

PALIER 3

J'exerce mon esprit critique

- **Doc. 1 et 2** Comment ces deux documents ont-ils contribué à faire du régime américain un modèle ?
- Citez deux groupes d'individus exclus de la vie politique américaine au XVIIIe siècle.

• Analyser un texte de loi

Le Parlement anglais adopte l'*Act of Settlement* (1701)

III. Il est établi par et avec l'avis et consentement des seigneurs spirituels et temporels[1], et des communes assemblées en parlement, et par [leur] autorité.

Que quiconque viendra ci-après à la possession de cette couronne, se conformera à la communion de l'Église anglicane, ainsi qu'elle est établie par les lois.

Qu'au cas que la couronne et la dignité impériale de ce royaume viennent à tomber à quelque personne qui ne sera pas native de ce royaume d'Angleterre, la nation ne sera point obligée de s'engager dans aucune guerre pour la défense de quelques États ou territoires qui n'appartiendront point à la couronne d'Angleterre, sans le consentement du parlement.

Que nulle personne qui viendra ci-après à la possession de cette couronne, ne sortira des domaines d'Angleterre, d'Écosse ou d'Irlande sans le consentement du parlement. [...]

IV. Et comme les lois d'Angleterre sont les droits naturels du peuple, et que tous les rois et reines qui monteront sur le trône de ce royaume doivent le gouverner conformément aux dites lois et que tous leurs officiers et ministres doivent respectivement les servir selon les mêmes lois ; à ces causes, lesdits seigneurs spirituels et temporels et les communes supplient aussi avec humilité que toutes les lois et statuts de ce royaume [...] puissent être ratifiés et confirmés [...] avec l'avis et consentement des lords spirituels et temporels et des communes, et par leur autorité, ratifiés et confirmés.

Extrait de l'*Act of Settlement* (« loi d'établissement »), loi du Parlement pour étendre la succession de la couronne d'Angleterre, et pour mieux assurer la liberté des sujets.

1. Désigne les lords.

PALIER 1

J'identifie le document

- Précisez la nature du document.
- Qui en est l'auteur ?
- Quel est l'objectif de ce texte ?

PALIER 2

Je sélectionne les informations

- Quelles sont les conditions pour pouvoir être souverain d'Angleterre désormais ?
- Dans quels domaines le Parlement affirme-t-il son autorité sur le monarque anglais ?
- Relevez deux dispositions qui montrent l'encadrement du pouvoir royal par le Parlement.

PALIER 3

Je situe le document dans son contexte

- Dans quel contexte ce texte est-il adopté par le Parlement ?
- Quel texte de loi précédent avait déjà renforcé le rôle du Parlement ?
- À partir de vos connaissances, montrez que ce texte s'inscrit dans un long processus de renforcement du pouvoir du Parlement anglais.

» J'approfondis

À VISITER EN LIGNE

Le site Internet Houses of *Parliament 360° virtual tour* permet de réaliser une visite virtuelle de la Chambre des communes et de la Chambre des lords dans le **palais de Westminster à Londres.**

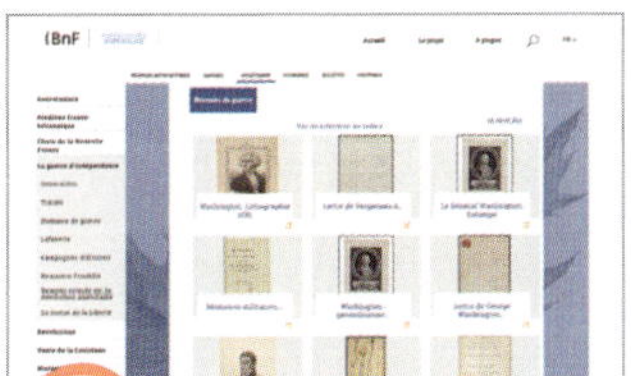

À CONSULTER

Le site Internet de la Bibliothèque nationale de France met à disposition une bibliothèque numérique collaborative « **La France aux Amériques** » avec un dossier de ressources pour comprendre le rôle de la France dans la guerre d'indépendance américaine.

VERS LA SPÉCIALITÉ HGGSP

Le regard des historiens : dans l'émission du Cours de l'histoire « We, the People : la Constitution des États-Unis » (27 octobre 2020), François Vergniolle de Chantal et Alice Béja reviennent sur la rédaction de la Constitution des États-Unis et sa portée. **Comment naît un régime démocratique ?**

→ Voir fiche 11 p. 226

Vers la question problématisée

Objectif Préparer une réponse à une question problématisée

Sujet guidé : Comment le système représentatif anglais exerce-t-il une influence sur les sociétés aux XVIIe et XVIIIe siècles ?

Après avoir présenté ce qui fait la nouveauté du système représentatif anglais, vous montrerez son influence et sa diffusion à l'étranger.

Étape 1 Comprendre la question et identifier les mots-clés

1. Analysez le sujet.

Quels sont les principes de ce système politique ? → **système représentatif anglais**

Quels acteurs ont exercé cette influence ? De quelle(s) façon(s) ? → **influence**

Comment le système représentatif anglais exerce-t-il une influence sur les sociétés aux XVIIe et XVIIIe siècles ?

Dans quels pays les sociétés ont-elles été influencées ? → **sociétés**

Listez les événements marquants de cette période. → **XVIIe et XVIIIe siècles**

Étape 2 Mobiliser des connaissances et développer les arguments

2. Ces affirmations sont-elles vraies ou fausses ? Justifiez.

– L'*Habeas Corpus* renforce les pouvoirs arbitraires du roi d'Angleterre.	V	F
– Le *Bill of Rights* réduit les pouvoirs du roi face au Parlement.	V	F
– Au XVIIIe siècle, l'Angleterre renforce le pouvoir absolu du roi.	V	F
– Le système représentatif anglais influence la France et les colonies britanniques américaines.	V	F

3. Citez trois dates et trois acteurs en lien avec le sujet.

Étape 3 Organiser les arguments en suivant le plan suggéré

Un plan permet d'organiser ses idées et de structurer sa réflexion. En histoire, le plan peut être :
→ chronologique pour présenter des faits par ordre chronologique.
→ analytique pour évoquer un fait historique : ses causes, son déroulement et ses conséquences.
→ thématique pour aborder les différents aspects d'un sujet.

4. Choisissez le plan le plus adapté. Justifiez votre choix.

> Lisez bien la consigne qui suggère le plan à suivre.

Plan A	Plan B	Plan C
1. La révolution anglaise. *2. Les révolutions américaine et française.*	*1. Un nouveau modèle politique représentatif.* *2. La naissance d'une monarchie parlementaire.*	*1. Le Parlement anglais s'affirme face au roi aux XVIIe et XVIIIe siècles.* *2. Le système représentatif anglais exerce une influence en Europe et aux Amériques.*

5. Classez les informations sélectionnées dans l'étape 2 dans le plan choisi, puis rédigez l'ensemble de la réponse à la question problématisée.

EXERCICES
VERS BAC TECHNO

➔ Voir fiche 9 p. 223

Vers les questions de connaissances

Objectif Préparer des réponses à des questions de connaissances

QUESTIONS

a Nommez deux textes de lois qui limitent le pouvoir royal anglais au XVIIe siècle.
b Citez et présentez un philosophe qui admire le régime politique anglais.
c Justifiez l'affirmation : « Un nouveau régime politique apparaît aux États-Unis d'Amérique à la fin du XVIIIe siècle ».

Étape 1 Comprendre les questions et identifier les mots-clés ➔ Voir méthode p. 222

1. Dans la question a, relevez les verbes de consigne et expliquez le travail attendu.
2. Dans la question b, que signifie « citez et présentez » ?
3. Reformulez la question c.

Étape 2 Mobiliser des connaissances ➔ Voir méthode p. 223

4. Choisissez-la ou les informations adaptée(s) à chaque question.

- ***Question a*** *: Habeas Corpus ; Déclaration d'indépendance ; Bill of Rights ; Lettres anglaises.*
- ***Question b*** *: La Fayette ; Voltaire ; Guillaume III ; George Washington.*
- ***Question c*** *: monarchie absolue ; monarchie parlementaire ; république ; république maritime.*

5. Pour chaque information sélectionnée, indiquez une date ou une période qui peut lui être associée.

Étape 3 Développer les arguments ➔ Voir méthode p. 222

6. Intégrez le nom des deux textes et les dates associées dans cette réponse à la question a.

Au XVIIe siècle, le parlement anglais parvient à imposer deux textes qui limitent le pouvoir royal.
Le premier, l'..., en ..., protège l'individu de toute arrestation et détention arbitraire.
Le second, le ..., en ..., permet au Parlement de gouverner avec le roi.

7. Complétez la réponse à la question b.

Le modèle britannique exerce une influence avec la diffusion des œuvres de philosophes comme ...

8. Complétez la réponse à la question c.

La déclaration d'indépendance des États-Unis d'Amérique (4 juillet 1776) marque le point de départ de la création d'un nouveau régime politique ...

ENTRAÎNEZ-VOUS !

a Citez et datez deux événements de l'indépendance des États-Unis d'Amérique.
b Caractérisez le régime représentatif anglais au XVIIIe siècle.
c Justifiez l'affirmation : « Le système politique britannique a exercé une influence en France et aux Amériques ».

THÈME 4

Dynamiques et ruptures dans les sociétés des XVIIe et XVIIIe siècles

Lecture d'une œuvre de Voltaire au salon de Marie-Thérèse Geoffrin en 1755

Anicet-Charles Lemonnier (1743-1824), *Lecture de la tragédie « L'orphelin de la Chine », de Voltaire dans le salon de madame Geoffrin (1755)*, huile sur toile, 129 x 196 cm, Rueil-Malmaison, Châteaux de Malmaison et Bois-Préau, 1812.

Dans cette scène imaginaire, le peintre illustre l'importance des salons dans le Paris du XVIIIe siècle. Ces lieux de sociabilités, tenus parfois par des femmes comme Marie-Thérèse Geoffrin (à droite), réunissent érudits, savants et penseurs qui discutent et échangent sur des œuvres des philosophes des Lumières comme Voltaire.

508 av. J.-C. : Démocratie à Athènes
476 : Chute de l'Empire romain d'Occident
1492 : Découverte des Amériques

av. J.-C. | ap. J.-C. | ÉPOQUE MÉDIÉVALE | ÉPOQUE MODERNE | ÉPOQUE CONTEMPORAINE

PÉRIODE ÉTUDIÉE

CHAPITRE

7 Les Lumières et le développement des sciences

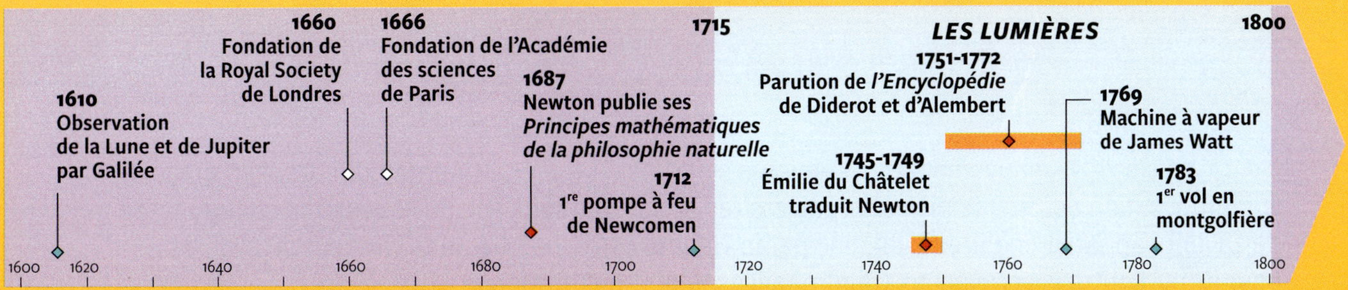

> **COURS 1** Les Lumières, qui triomphent en Europe au XVIIIe siècle, conçoivent la science comme une source de progrès pour tous les individus.
> **Comment le développement des sciences transforme-t-il les sociétés européennes au XVIIIe siècle ?**

> **COURS 2** Les progrès scientifiques et techniques trouvent des applications avec l'apparition de nouvelles machines.
> **Comment l'esprit scientifique et les Lumières permettent-ils un premier développement industriel ?**

La machine de Marly en bord de Seine

Pierre-Denis Martin, *La machine de Marly*, 1723, huile sur toile, 98 x 128 cm, château de Versailles.

Construite en 1681 à Bougival par le mécanicien et charpentier Rennequin Sualem, la machine de Marly pompe l'eau de la Seine pour l'acheminer jusqu'aux jardins du château de Versailles. Dans son article « Machine hydraulique » de l'*Encyclopédie*, Denis Diderot explique son mécanisme général.

QUESTIONS

1. Quel est le rôle de la machine de Marly ?
2. Pourquoi la machine de Marly est-elle considérée comme une avancée technologique ?

GRAND ANGLE L'Europe des savoirs aux XVIIe et XVIIIe siècles

● Au XVIIIe siècle, le mouvement des **Lumières** se diffuse à travers le continent européen grâce à la multiplication des **académies**, des universités et des journaux scientifiques. Une communauté de savants apparaît en Europe, animée par la volonté de recherche de la vérité et du progrès pour lutter contre les croyances traditionnelles et les superstitions.

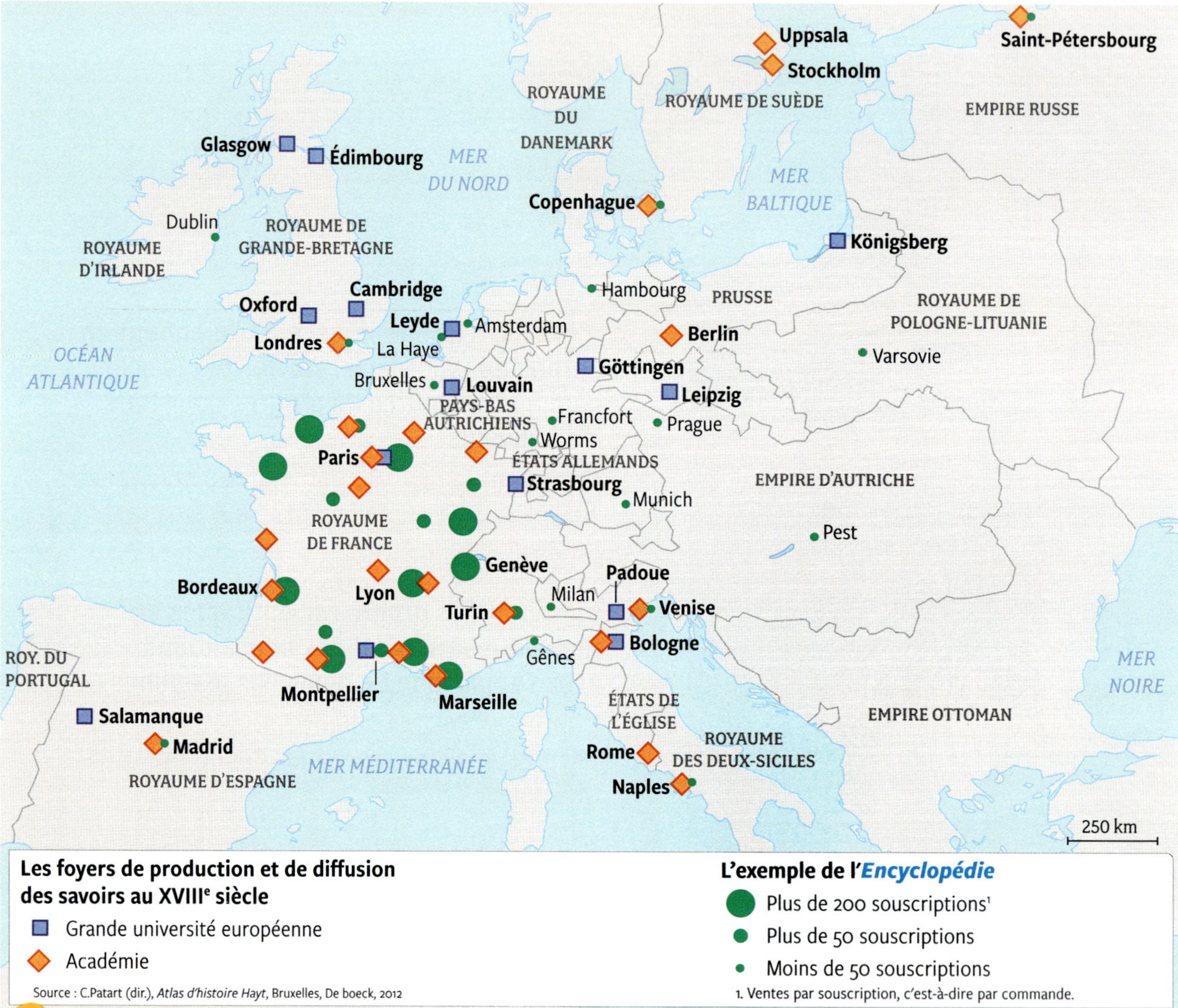

1 La production et la diffusion des savoirs au XVIIIe siècle

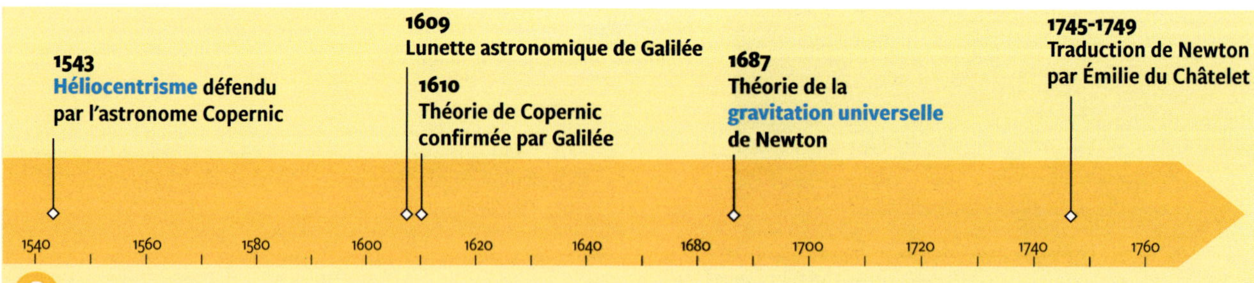

2 Les progrès de l'astronomie

● L'Europe du XVIIIe siècle connaît un important développement économique, commercial et industriel. Grâce aux progrès scientifiques, de nouvelles machines, conçues par des ingénieurs, sont utilisées pour améliorer la production, notamment dans le domaine du textile et de la métallurgie. Initié en Angleterre, ce mouvement d'industrialisation commence à se diffuser à la fin du XVIIIe siècle sur le continent européen.

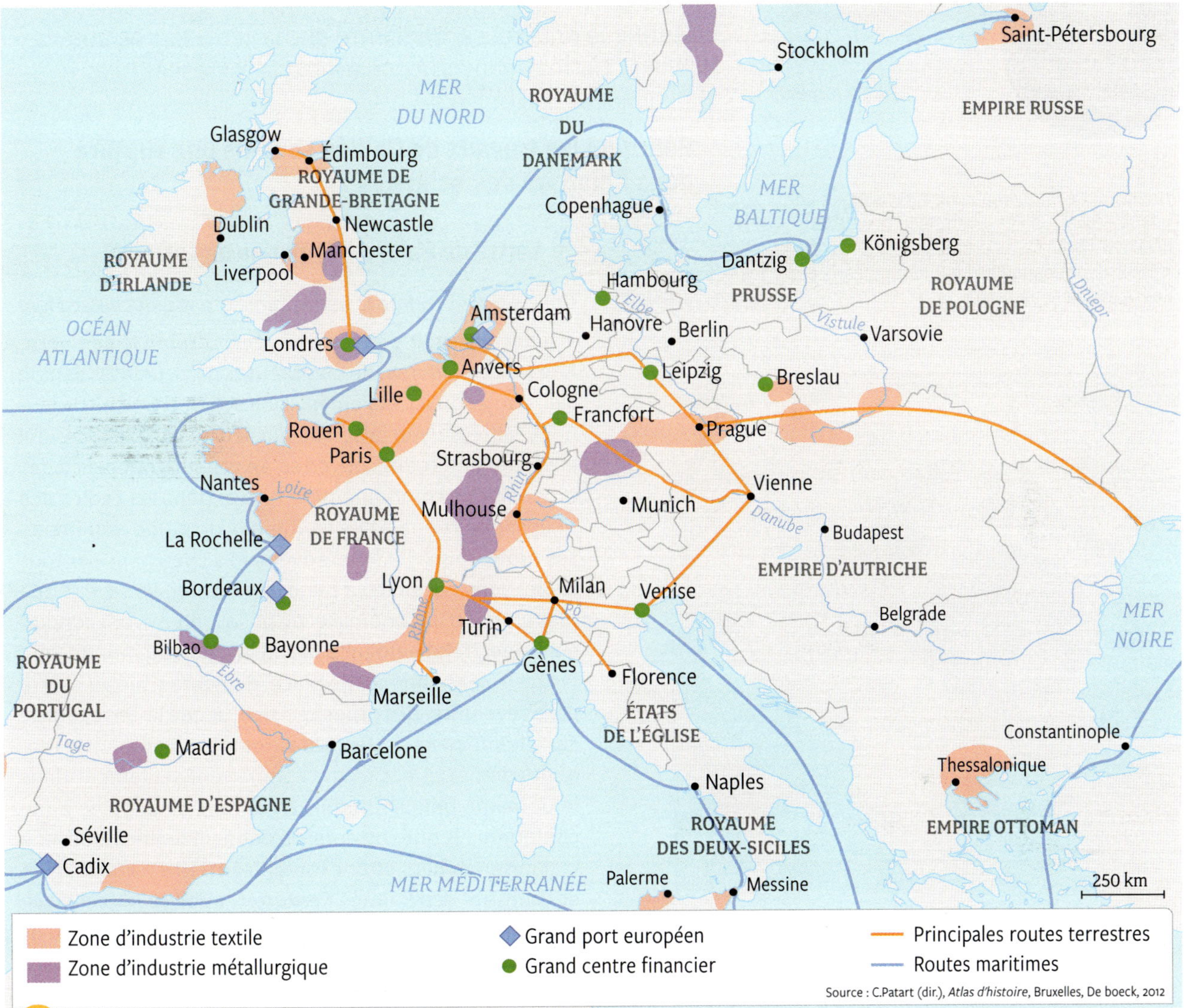

3 **Le dynamisme économique en Europe au XVIIIe siècle**

VOCABULAIRE

- **Académie :** institution qui rassemble des savants reconnus afin de promouvoir les sciences et/ou les arts.
- ***Encyclopédie* :** ouvrage qui réunit l'ensemble des connaissances dans un but éducatif.
- **Gravitation universelle :** loi physique décrivant l'attraction sur Terre et dans l'univers des corps.
- **Héliocentrisme :** conception du monde qui place le Soleil au centre de l'Univers.
- **Lumières :** mouvement littéraire et philosophique du XVIIIe siècle fondé sur le progrès, la tolérance et la liberté. Il s'oppose à l'obscurantisme et aux superstitions.

QUESTIONS

1. **Doc. 1** Où se situent les principaux lieux de production et de diffusion des savoirs en Europe au XVIIIe siècle ?
2. **Doc. 2** Montrez que les découvertes astronomiques s'inscrivent sur un temps long.
3. **Doc. 1 et 3** Justifiez l'affirmation suivante : « Le mouvement des Lumières et le dynamisme économique se diffusent inégalement sur le continent européen. »

ÉTUDE 1
PARCOURS CROISÉS

S'engager pour la vérité scientifique

Galilée

(1564-1642)

Professeur de mathématiques à l'université de Padoue (Italie), Galilée confirme la théorie de l'**héliocentrisme** de Nicolas Copernic (1473-1543). En 1633, il est condamné pour cette théorie par l'Église et doit se rétracter.

Dans les années 1610, le mathématicien Galilée, grâce à la mise au point de sa lunette astronomique et à sa méthode scientifique rigoureuse, démontre que la Terre tourne autour du Soleil. Cette découverte bouleverse la représentation traditionnelle de l'Univers.

Pourquoi les travaux de Galilée sont-ils une rupture dans l'histoire des sciences ?

1 Représentation des systèmes géocentriques et héliocentriques

Andreas Cellarius, *La charte copernicienne en cercles concentriques*, 1660.

Qui est-il ?

Andreas Cellarius (vers 1596-1665) est un mathématicien et cartographe allemand qui a réalisé une compilation des connaissances astronomiques au XVIIe siècle.

2 Lettre de Galilée à Christine de Lorraine[1]

Galileo Galilei à Mme la Sérénissime grande-duchesse Mère

J'ai découvert, il y a peu d'années, comme le sait Votre Altesse Sérénissime, de nombreuses particularités dans le ciel, qui, jusqu'ici, étaient invisibles ; soit en raison de leur nouveauté, soit en raison de plusieurs conséquences qui en découlent, ces découvertes, en venant s'opposer à des propositions communément reçues dans les Écoles des philosophes[2], ont excité contre moi un grand nombre de ses professeurs. […] Ces adversaires cherchent par tous les moyens possibles à me déconsidérer. Ils savent que mes études d'astronomie et de philosophie m'ont conduit à affirmer, relativement à la constitution du monde, que le Soleil, sans changer de place, demeure situé au centre de la révolution des orbes célestes[3] et que la Terre tourne sur elle-même et se déplace autour du Soleil. […] Se rendant compte que, s'ils me combattent seulement dans le domaine philosophique, ils auront de la peine à me confondre, ils ont entrepris de donner comme bouclier à leur raisonnement erroné le manteau d'une feinte religion et l'autorité des Saintes Écritures[4], appliquant celles-ci, avec peu d'intelligence, à la réfutation d'arguments qu'ils n'ont pas compris. Ils en sont venus à prétendre que mes propositions sont contraires aux Saintes Écritures et qu'en conséquence elles sont condamnables et hérétiques[5].

Maurice Clavecin, *Lettre à Madame de Lorraine, grande-duchesse de Lorraine*, trad. de F. Russo, *Revue d'histoire des sciences*, 1964.

1. Christine de Lorraine est la fille du duc de Lorraine et l'épouse du grand-duc de Toscane. 2. Référence aux universités. 3. Mouvement des planètes. 4. La Bible. 5. Contraire à la doctrine de l'Église.

VOCABULAIRE

- **Héliocentrisme :** conception du monde qui place le Soleil au centre de l'Univers.

PARCOURS 1

1. **Doc. 1 et 2** Quelle découverte de Galilée fait progresser la science ?
2. **Doc. 1 et 2** Pourquoi la découverte de Galilée remet-elle en cause la représentation traditionnelle de l'Univers ?
3. **Doc. 2** Quels sont les arguments utilisés par Galilée contre ses détracteurs ?

BILAN Montrez que les travaux de Galilée marquent une rupture scientifique importante.

Émilie du Châtelet

PPO

(1706-1749)

Femme de sciences et de lettres, elle est élue à l'Académie des sciences de Bologne, elle est également la première femme dont un ouvrage a été publié par l'Académie royale des sciences.

Ayant appris la physique auprès de savants et par des lectures, Émilie du Châtelet entreprend de diffuser ses connaissances et de faire progresser les sciences.

Comment Émilie du Châtelet a-t-elle contribué à la diffusion des idées scientifiques ?

3 Madame du Châtelet rédige un nouveau manuel de physique

[…] il faut avouer que, quoique nous ayons plusieurs excellents livres de physique en français, cependant nous n'avons point de physique complète, si on en excepte le petit traité de Rohaut[1], fait il y a quatre-vingts ans ; mais ce traité, quoique très bon pour le temps dans lequel il a été composé, est devenu très insuffisant par la quantité de découvertes qui ont été faites depuis : et un homme qui n'aurait étudié la physique que dans ce livre aurait encore bien des choses à apprendre. […] Je ne me propose dans cet ouvrage que de rassembler sous vos yeux[2] les découvertes éparses dans tant de bons livres latins, italiens et anglais. La plupart des vérités qu'ils contiennent sont connues en France de peu de lecteurs et je veux vous éviter la peine de les puiser dans des sources dont la profondeur vous effrairait et pourrait vous rebuter. Quoique l'ouvrage que j'entreprends demande bien du temps et du travail, je ne regretterai point la peine qu'il pourra me coûter et je la croirai bien employée si elle peut vous inspirer l'amour des Sciences et le désir de cultiver votre raison. La connaissance de la vérité et l'habitude de la rechercher et de la suivre est-elle un objet moins digne de mes soins, surtout dans un siècle où le goût de la Physique entre dans tous les rangs[3] et commence à faire partie de la science du monde.

Émilie du Châtelet, *Institutions de physique*, 1740.

1. Jacques Rohaut, *Traité de physique*, 1671. 2. Madame du Châtelet s'adresse à son fils âgé de 12 ans. 3. Dans tous les milieux sociaux.

4 Le rôle de Voltaire

Voltaire et Mme du Châtelet, Carmontelle, vers 1750, collection privée.

Émilie du Châtelet est épaulée par Voltaire qui lui fait découvrir l'œuvre de Newton. Elle en réalise une traduction entre 1745 et 1749.

PARCOURS 2

1. **Doc. 3** Quel est le projet de Mme du Châtelet ?
2. **Doc. 3 et 4** De quelle façon Mme du Châtelet participe-t-elle au mouvement des Lumières ?
3. **Doc. 3 et 4** Expliquez la nature des liens entre Mme du Châtelet et les philosophes des Lumières.

BILAN Pourquoi Émilie du Châtelet est-elle considérée comme un « passeur scientifique » ?

PARCOURS CROISÉS

Réalisez une affiche pour répondre à la question suivante : pourquoi les travaux de Galilée et de Mme du Châtelet ont-ils été importants pour faire progresser la vérité scientifique ?

Pas à pas : vous pouvez partir des deux portraits des scientifiques et organiser votre affiche autour de trois grands thématiques :
1. Présentation des acteurs : Galilée et Mme du Châtelet ;
2. L'importance de leurs travaux dans l'histoire des sciences ;
3. La diffusion de leurs travaux.

ÉTUDE 2

Produire et diffuser des savoirs

Aux XVIIe et XVIIIe siècles, le développement des sciences est favorisé par les nombreux échanges entre les scientifiques et les savants européens. La création des **académies**, la publication de l'*Encyclopédie* et de nouveaux journaux font émerger des communautés scientifiques.

> Quels sont les nouveaux moyens de production et d'échanges des savoirs ?

1 Les premières académies savantes

Henri Testelin, *Colbert présentant à Louis XIV les membres de l'Académie royale des sciences en 1667*, vers 1675-1680, château de Versailles.

Louis XIV est entouré de mathématiciens et astronomes célèbres. On distingue deux globes, terrestre et céleste, l'observatoire de Paris en cours de construction et une sphère qui permet de schématiser le mouvement des étoiles.

2 Un savant français témoigne des progrès en Angleterre

Les mylords[1] Digby, Boyle, Bronckers, Moray, Devonshire, Worcester et plusieurs autres (car la Noblesse d'Angleterre est presque toute savante et fort éclairée) ont fait bâtir des laboratoires, dresser des machines, ouvrir des mines et employé cent sortes d'artisans, pour essayer de trouver quelques nouvelles inventions. Le roi ne s'est pas éloigné de cette curiosité et même il a fait venir de Paris un grand chimiste, auquel il a fait construire un très beau laboratoire dans le parc de Saint James. […]

L'Académie Royale des physiciens de Londres est établie par des Lettres du Roi, qui en est le fondateur et qui lui a donné le collège de Gresham […] où elle s'assemble tous les mercredis. […] On n'interrompt jamais celui qui parle et les dissentiments[2] ne se poussent pas bien avant, ni d'un ton qui puisse désobliger en aucune manière. Il ne se peut rien voir de plus civil, de plus respectueux, et de mieux conduit que cette assemblée, telle qu'elle me parut.

Samuel de Sorbière, *Relation d'un voyage en Angleterre*, 1664.

1. Titre donné aux nobles anglais. 2. Désaccords, oppositions.

Qui est-il ?

Samuel de Sorbière (1615-1670) est un savant et traducteur français. Il visite l'Angleterre en 1663-1664, voyage au cours duquel il est admis à la Royal Society de Londres.

3 Les débuts des journaux scientifiques

On conçoit par-là de quelle utilité serait pour la France et pour l'Europe entière un ouvrage qui rassemblerait, les découvertes et les chefs-d'œuvre de tous les artistes, de tous les savants du monde en tout genre et dans toutes les langues vivantes. C'est précisément le projet de l'Ouvrage périodique que nous annonçons au public. [Notre objectif] est de faire passer dans la langue française toutes les richesses littéraires de l'Univers ; de familiariser de plus en plus notre nation avec des arts et des talents, auxquels l'ignorance et le préjugé ont fait trop longtemps refuser parmi nous l'estime qui leur était due ; enfin de faire circuler ces trésors de l'esprit chez tous les peuples lettrés par le véhicule d'une langue moderne, devenue presque universelle. Les livres et les journaux, qui paraissent en latin, ne rendent ce service que dans un sens trop limité : ils ne traitent ordinairement que de science et d'érudition. Les ouvrages d'agrément et les aménités de littérature passent rarement les frontières de leur pays natal. Les livres de ce genre ne sont jamais répandus ailleurs, ou le font trop tard. Le JOURNAL ÉTRANGER les fera connaître plutôt et plus universellement.

Premier numéro du *Journal étranger* publié le 1er avril 1754 à Séville.

4 Le laboratoire du couple Lavoisier

Marie-Anne Lavoisier, expérience sur la respiration d'un homme au repos, XVIIIe s., collection privée.

ANTOINE-LAURENT LAVOISIER (1743-1794)

MARIE-ANNE LAVOISIER (1758-1836)

Ce couple de chimistes collabore étroitement dans leur laboratoire à Paris. Ils y mènent des expériences, sur la composition de l'air et le rôle de l'oxygène. Mme Lavoisier traduit plusieurs ouvrages de chimie en français.

VOCABULAIRE

- **Académie :** Voir p. 171.
- ***Encyclopédie* :** Voir p. 171.

PARCOURS 1

S'approprier un questionnement historique

1. **Doc. 1** Quelles sont les disciplines scientifiques représentées à l'Académie royale des sciences ?
2. **Doc. 2** Comment la Royal Society de Londres favorise-t-elle les nouvelles découvertes et la diffusion des connaissances ?
3. **Doc. 3** Pourquoi la publication du *Journal étranger* est-elle novatrice ?
4. **Doc. 4** Décrivez les méthodes scientifiques utilisées par le couple Lavoisier dans leur laboratoire.

BILAN Présentez les nouveaux moyens de production et de diffusion des savoirs en Europe au XVIIIe siècle.

PARCOURS 2

Rédiger un paragraphe argumenté

Rédigez une synthèse présentant les lieux de production et de diffusion des savoirs en Europe au XVIIIe siècle.

Pas à pas : vous évoquerez :
- la façon dont les savants travaillent (**doc. 4**) ;
- le rôle et la fonction des académies (**doc. 1 et 2**) ;
- les moyens utilisés pour diffuser les connaissances en Europe (**doc. 3**).

ÉTUDE 3
ACTRICES DE L'HISTOIRE

Marie-Anne Lavoisier et Madame du Coudray, deux femmes de sciences

Le siècle des Lumières est caractérisé par un grand développement intellectuel et culturel en Europe. Des idées nouvelles se diffusent, notamment grâce à de grandes entreprises éditoriales comme l'*Encyclopédie* de Diderot et d'Alembert. Des femmes prennent une part active à la production de savoirs nouveaux.

1 Marie-Anne Lavoisier et son mari dans leur laboratoire

Jacques-Louis David, *Antoine Laurent Lavoisier et Marie-Anne Lavoisier*, 1788, Metropolitan Museum of Art, New York.

2 Marie-Anne Lavoisier, femme de sciences et épouse de scientifique

D'une intelligence vive et d'une volonté ferme, [Marie-Anne Lavoisier] s'était mise immédiatement à l'étude pour pouvoir suivre [son mari] dans ses travaux. Elle demanda à son frère des leçons de latin et lui écrivait en 1777 [elle avait dix-neuf ans] : « Quand reviens-tu ? Le latin a besoin de toi ici ». Elle apprit l'anglais et le sut assez pour aider son mari en lui traduisant un grand nombre de mémoires de chimie. Outre ses traductions inédites de Priestley, de Gavendish, de Henry, elle fit imprimer une brochure de Richard Kirwan *Sur la force des acides*, et un ouvrage du même auteur *Sur le phlogistique*. Arthur Young, qui lui rendit visite au mois d'octobre 1787, écrivit : « Mme Lavoisier, une personne pleine d'animation, de sens et de savoir, nous avait préparé un déjeuner anglais au thé et au café, mais la meilleure partie de son repas, c'était, sans contredit, sa conversation, soit sur l'*Essai sur le Phlogistique* de Kirwan, qu'elle est en train de traduire, soit sur d'autres sujets qu'une femme de sens travaillant dans le laboratoire de son mari sait si bien rendre intéressants ». Marie-Anne s'initia aussi à la chimie, avec Jean-Baptiste Buquet, qui fut le premier collaborateur de Lavoisier, de 1777 à 1780. Elle dessinait et gravait. C'est elle qui fit les planches du *Traité élémentaire de chimie* de Lavoisier, publié en 1789.

Jean-Jacques Peumery, « Marie-Anne Pierrette Paulze, épouse et collaboratrice de Lavoisier », in *Vesalius. Revue officielle de la Société internationale d'histoire de la médecine*, 2000.

Qui est-il ?

Jean-Jacques Peumery est un médecin et docteur en histoire et en philosophie des sciences.

ANGÉLIQUE DU COUDRAY
(1712-vers 1790)
Sage-femme ayant exercée à Paris, elle forme plusieurs milliers de femmes et des médecins aux techniques d'accouchement en utilisant des outils qu'elle élabore, dont la « machine ».

3 L'art de l'accouchement selon Madame du Coudray

La Dame du Coudray, maîtresse sage-femme de Paris, est l'inventrice d'une machine au moyen de laquelle on peut apprendre l'art des accouchements. Cette machine a été approuvée à l'Académie de chirurgie et elle a mérité à la Dame du Coudray un brevet du Roi pour enseigner l'art des accouchements dans tout le royaume. L'utilité de cette machine est essentielle, on y apprend à prévenir une infinité d'accidents qui arrivent aux mères et à leurs enfants et qui privent l'État d'un grand nombre de sujets et augmentent celui des malheureux. Mon intention est de mettre à profit les avantages de cette machine afin de procurer du secours aux femmes de la campagne presque toujours victimes de l'ignorance des accoucheuses ordinaires ; et à cet effet je destine une machine à votre ville, elle sera accompagnée d'un livre que la Dame du Coudray a composé au même sujet.

Brouillon d'une lettre de l'intendant d'Auvergne aux délégués de sa généralité, Clermont-Ferrand, 26 janvier 1760. Archives départementales du Puy-de-Dôme.

4 La « machine » de Madame du Coudray

Ce mannequin en toile rembourrée représentant la partie inférieure d'un corps féminin permet d'apprendre les manipulations lors d'un accouchement. Il est aujourd'hui conservé au musée Flaubert et d'histoire de la médecine, à Rouen.

ACTIVITÉ

1. **Doc. 1 et 2** Relevez les différents domaines scientifiques dans lesquels Marie-Anne Lavoisier travaille et collabore.
2. **Doc. 1 et 2** Justifiez l'affirmation suivante : « Marie-Anne Lavoisier illustre les liens entre les sciences et le genre au XVIIIe siècle ».
3. **Doc. 3 et 4** Pourquoi Madame du Coudray est-elle considérée comme une pionnière dans l'art de l'accouchement ?
4. **Doc. 3 et 4** Comment contribue-t-elle au progrès et à la diffusion du savoir scientifique ?

BILAN À partir des exemples de Marie-Anne Lavoisier et Madame du Coudray, expliquez à l'oral en 120 secondes le rôle et la place des femmes dans le progrès et la diffusion scientifique au XVIIIe siècle.

Pour aller plus loin

À LIRE

- Adeline Laffitte et Hervé Duphot, ***La Sage-femme du roi***, Éditions Delcourt 2023.

Une bande dessinée qui retrace le destin d'Angélique du Coudray, sage-femme audacieuse, soucieuse de diffuser son savoir. Mais tout ne se passe pas aussi facilement dans une société française du XVIIIe siècle qui renvoie volontiers les femmes à leur condition.

À VOIR

- **Angélique du Coudray, l'art de l'accouchement** - Culture Prime - France tv arts - 2023

Un documentaire consacré à celle qui forma 5 000 femmes et 500 chirurgiens à l'art de l'accouchement en France.

À VOIR

- **La vie de Madame de Lavoisier**, et sa contribution majeure au travail de son mari qui est considéré comme « le père de la chimie moderne ».

COURS 1 La diffusion des progrès scientifiques en Europe

> Comment le développement des sciences transforme-t-il les sociétés européennes au XVIIIe siècle ?

VOCABULAIRE

- **Académie :** institution qui rassemble des savants afin de promouvoir les sciences et/ou les arts.
- ***Encyclopédie* :** ouvrage qui réunit l'ensemble des connaissances dans un but éducatif.
- **Gravitation universelle :** loi physique décrivant l'attraction terrestre des corps.
- **Lumières :** mouvement littéraire et philosophique du XVIIIe siècle fondé sur le progrès, la tolérance et la liberté. Il s'oppose à l'obscurantisme et aux superstitions.
- **Philosophe :** au XVIIIe siècle, ce terme désigne un penseur s'intéressant à la société et à son organisation.

1 Les conditions du renouveau scientifique

- **De nouvelles méthodes scientifiques apparaissent au XVIIe siècle.** Les philosophes Francis Bacon en Angleterre et René Descartes en France s'appuient sur l'observation et l'expérimentation afin d'obtenir des conclusions scientifiques. À la même époque, les instruments scientifiques sont perfectionnés devenant plus précis, comme les télescopes ou les microscopes.

- **De nouveaux lieux favorisent la production et la diffusion des connaissances en Europe.** Après s'être équipées d'imprimeries, quelques universités commencent à se doter en laboratoires et en observatoires comme l'université de Paris en 1667. Des académies et des sociétés savantes se créent, avec l'appui du pouvoir royal qui y voit un relais de prestige, comme la Royal Society à Londres en 1660 ou bien l'Académie royale des sciences de Paris en 1666.

- **Le poids des traditions et de la religion limite cependant le développement des sciences.** La croyance en la magie est encore très présente, et de nombreuses femmes sont accusées de sorcellerie. L'Église condamne également des savants qui avancent des thèses non conformes à la doctrine chrétienne. Certains préfèrent parfois partir en exil aux Provinces-Unies comme René Descartes.

2 La multiplication de découvertes majeures

- **À partir du XVIIe siècle, des découvertes remettent en cause la vision traditionnelle de l'homme et du monde.** En astronomie, Galilée confirme le système héliocentrique défendu par le savant polonais Copernic dès 1543. Il découvre également les anneaux de Saturne. Toutefois, ses travaux sont condamnés par l'Église et il doit se rétracter en 1633.

- **Les progrès de l'astronomie engendrent de grands progrès en physique.** Le physicien anglais Newton, réputé pour ces travaux sur l'optique et sur la composition de la lumière, découvre la gravitation universelle qui explique le mouvement des planètes. En France, Blaise Pascal étudie la pression atmosphérique et parvient à mettre au point une première machine à calculer, nommée la pascaline.

- **En médecine et en anatomie, dès la Renaissance, des progrès significatifs voient le jour grâce à la pratique de la dissection.** Ils permettent de rompre avec les théories médicales héritées de l'Antiquité. L'Anglais William Harvey découvre en 1628 la circulation sanguine et l'Allemand Athanase Kircher en 1658 est le premier à comprendre les mécanismes de propagation des maladies.

3 La diffusion des sciences et des connaissances

- **À partir du XVIIIe siècle, les découvertes s'accélèrent grâce au mouvement des Lumières.** Les philosophes et les savants sont animés par une volonté d'établir la vérité scientifique et par une croyance dans le progrès. Ainsi, « Aie le courage de te servir de ta propre raison » écrit le philosophe allemand Kant en 1784 (*Qu'est-ce que les Lumières ?*). Une puissante dynamique intellectuelle parcourt l'Europe, marquée par une volonté de savoir et de comprendre.

- **Les philosophes et les savants échangent abondamment sur leurs idées et leurs recherches.** Émilie du Châtelet, après s'être intéressée aux travaux du philosophe et mathématicien Leibnitz, traduit en français les *Principes mathématiques de philosophie naturelle* de Newton. Elle facilite ainsi la diffusion de la physique newtonienne en Europe car les savants et les philosophes utilisent le français pour communiquer.

- **Les nouvelles connaissances circulent davantage grâce à une multiplication du nombre d'ouvrages publiés et d'académies fondées.** Une nouvelle académie des sciences apparaît à Berlin en 1700 et à Saint-Pétersbourg en Russie en 1724. En France, des académies sont créées en province comme à Rouen (1736), Clermont-Ferrand (1750) ou bien encore Besançon (1752). À partir de 1751, Diderot et d'Alembert entreprennent de publier l'*Encyclopédie ou Dictionnaire raisonné des sciences, des arts et des métiers*, qui rassemble plus de 70 000 articles. De nombreux journaux comme le Journal des savants (dès 1665) et le Journal étranger (dès 1754), apparaissent pour faciliter la circulation des idées.

DATES CLÉS

1610
Galilée observe la Lune et le Soleil.

1687
Théorie de la gravitation universelle de Newton.

1745-1749
Traduction par Émilie du Châtelet d'un ouvrage de Newton.

1751-1772
Publication de l'*Encyclopédie*.

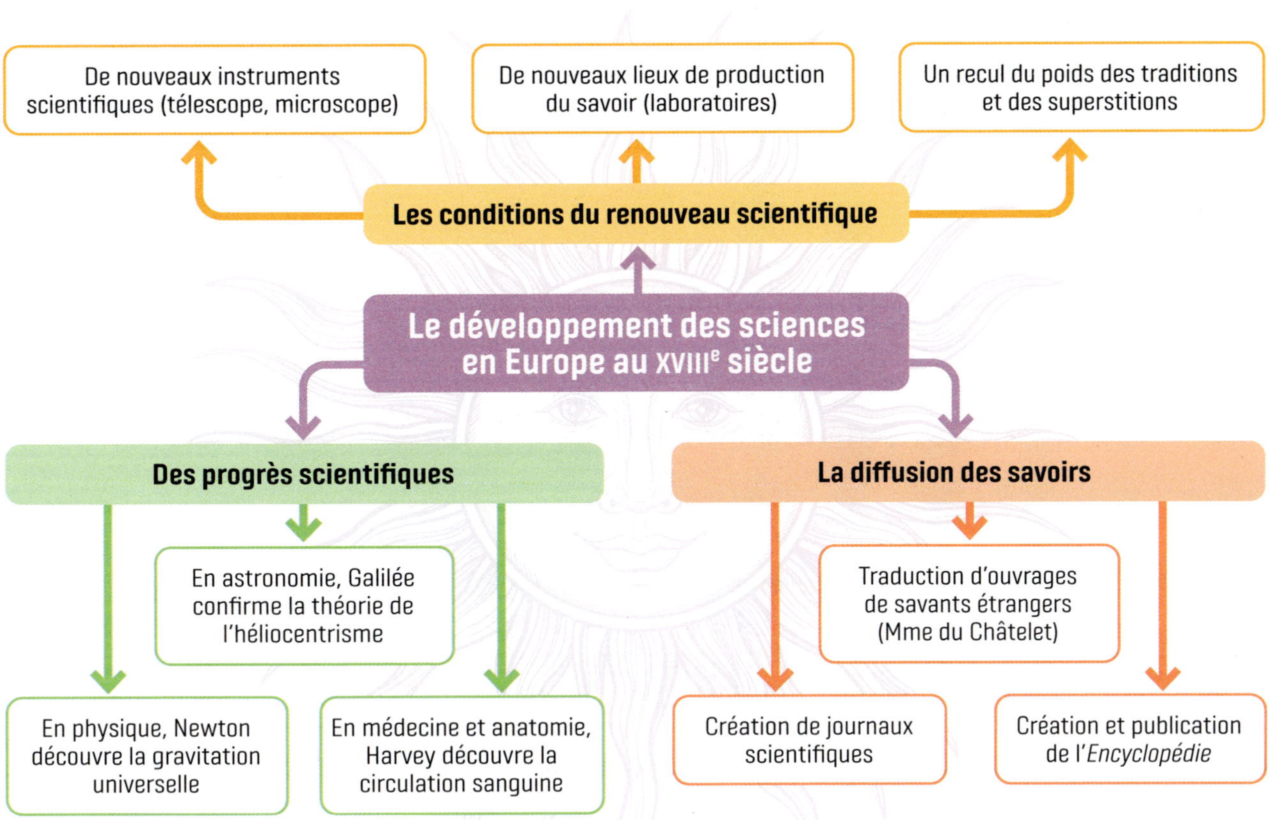

ÉTUDE 4 REGARD DE L'HISTORIEN

Newcomen et la machine à vapeur

PPO

La machine à vapeur a longtemps été attribuée à quelques inventeurs de génie, comme Thomas Newcomen ou James Watt. Depuis quelques années, les historiens insistent davantage sur une **innovation** qui s'appuie sur plusieurs **inventions** à travers le continent européen.

> **Pourquoi les historiens considèrent-ils que la machine de Newcomen est une innovation et non une invention ?**

1 La machine à vapeur, une innovation européenne

REGARD DES HISTORIENS

Dans un ouvrage récent l'historien et économiste Harry Kitsikopoulos souligne la nécessité de réinscrire l'histoire de la machine à vapeur dans la longue durée. Il rappelle ainsi le caractère précurseur des travaux du mathématicien grec Héron d'Alexandrie[1] (Ier siècle), redécouvert par les humanistes du XVIe siècle qui tentèrent de reproduire sa machine pour l'adapter à des bateaux et à des pompes. Il insiste également sur l'importance des recherches menées au XVIIe siècle sur le vide et la pression atmosphérique, à la fois en Angleterre (Boyle[2]), en Italie (Torricelli[3]), en France (Pascal[4], Papin[5]) [...].

Les premières machines à vapeur, élaborées en Angleterre par Thomas Savery en 1698 et Thomas Newcomen en 1711, sont le produit de cette dynamique de recherche européenne. [...] Les machines bénéficient d'expériences menées par des savants, très connectés aux entrepreneurs, tels John Theophilus Desaguliers, démonstrateur à la Royal Society, qui explique dans ses cours comment tirer parti de la vapeur et conseille activement les investisseurs. L'importance des gisements de charbon anglais, exploités de manière croissante pour le chauffage et pour de nombreuses industries (saline, brasserie, verrerie, etc.), stimule également la recherche de solutions pour l'évacuation des eaux souterraines et la ventilation. Enfin, le contexte anglais est capitaliste et la législation est favorable à l'exploitation économique des inventions, protégées par des *patents*, brevets accordés par le roi, pour une durée de quatorze ans.

« La Machine à vapeur démythifiée » de Liliane Hilaire-Pérez et François Jarrige, publié dans les *Collections de L'Histoire* n°91 (avril-juin 2021), pp. 24-25.

1. Il crée une première machine à vapeur dite « Éolipyle », boule qui tourne grâce à l'énergie de la vapeur. 2. Physicien irlandais qui perfectionne la pompe à air. 3. Physicien italien qui invente des thermomètres et baromètres. 4. Physicien français qui étudie la pression atmosphérique. 5. Physicien français réfugié à Londres, inventeur d'une première machine qui utilise la pression de la vapeur.

Qui sont-ils ?
Liliane Hilaire-Pérez (née en 1960) et François Jarrige (né en 1978) sont des historiens français spécialistes de l'histoire des techniques et de l'industrialisation (XVIIIe-XXe siècle).

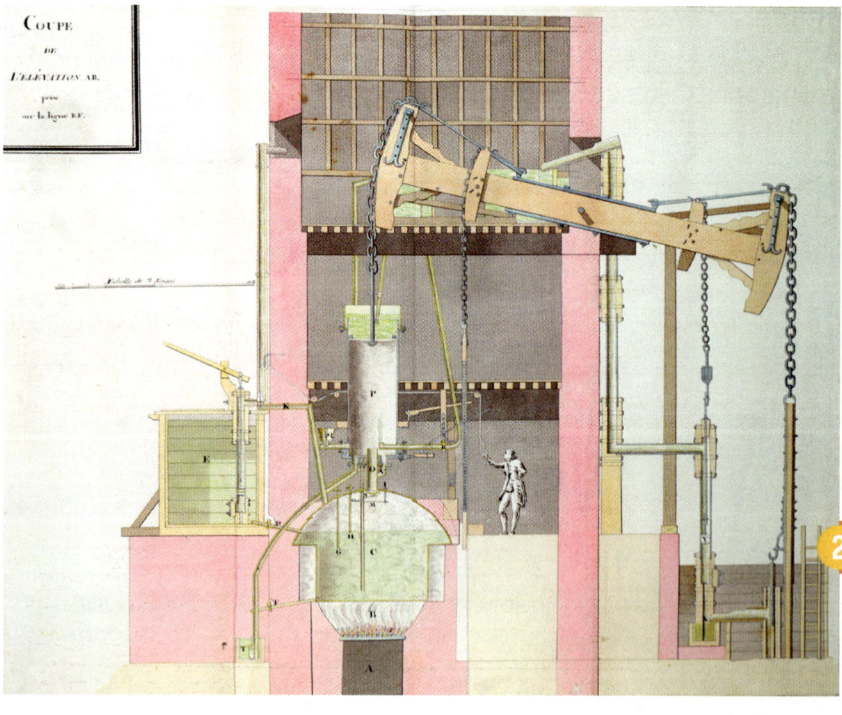

2 Représentation d'une machine à vapeur pour pomper l'eau des mines, vers 1760

École nationale des Ponts et Chaussées, Pierre Yves Beaurepaire, *La France des Lumières 1715-1789*, Belin, 2014.

3 L'utilité des machines à vapeur pour la France

Nous avons examiné par ordre de l'Académie, une machine à élever l'eau par le moyen du feu. [...] Ce que nous pouvons en dire, c'est que cette machine est extrêmement ingénieuse. [...] La consommation de bois, à la vérité, en deviendra plus grande, et elle paraît peut-être déjà un objet considérable, cependant si on compare avec le produit de cette machine et la dépense qu'il faudrait faire pour l'avoir par d'autres moteurs, on trouvera qu'il y aurait de l'épargne et que ce serait un des bons moyens de procurer des quantités d'eau considérables aux grandes villes comme Paris. Mais il y a des endroits dans le royaume où le bois est si bon marché que l'entretien de la machine y reviendrait à peu de frais lorsqu'on en aura besoin dans ces pays-là. Au lieu de bois, on peut aussi se servir de charbon de terre, comme on le pratique en Angleterre pour faire agir des machines pareilles à celle-ci. On pourrait s'en servir pour épuiser l'eau de nos mines de charbon de terre et là son utilité serait grande et son entretien presque rien.

Archives de l'Académie des sciences, 11 mai 1726.

THOMAS NEWCOMEN
(1663-1729)
Pasteur et mécanicien anglais, il développe une machine à vapeur qui permet de pomper l'eau des puits de mine.

VOCABULAIRE

- **Innovation :** application industrielle et commerciale d'une invention.
- **Invention :** réalisation nouvelle en vue d'un progrès.

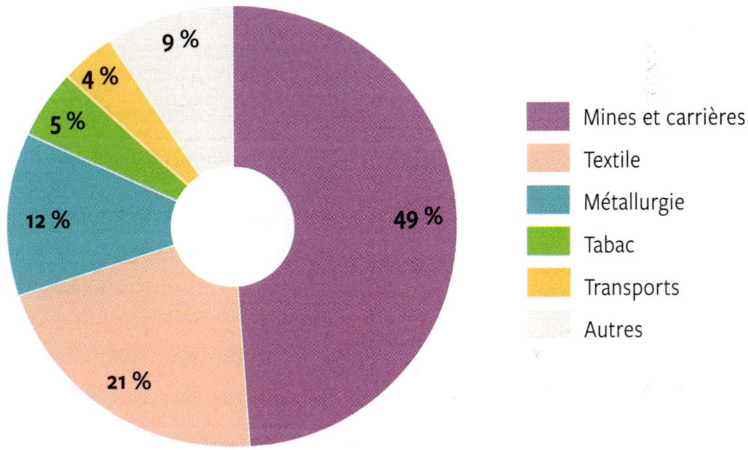

J. Brasseul, *Histoire des faits économiques et sociaux*, Paris, Armand Colin, 2001, p. 227.

4 Emploi de la vapeur dans les industries au Royaume-Uni en 1800

PARCOURS 1

Mettre en perspective un événement historique

1. **Doc. 1** Montrez que la création de la machine à vapeur s'inscrit dans un temps long.
2. **Doc. 1 à 4** Dans quels domaines économiques la machine à vapeur a-t-elle trouvé des applications ?
3. **Doc. 3** Quels sont les avantages et les atouts de la machine à vapeur selon l'Académie des sciences ?
4. **Doc. 1** Montrez que la machine à vapeur est une innovation collective.

BILAN Expliquez pourquoi les historiens considèrent que la machine de Newcomen est « le produit de cette dynamique de recherche européenne. »

PARCOURS 2

Présenter le fruit d'une recherche

Lors d'une conférence entre historiens, vous devez présenter le fruit de vos recherches sur Thomas Newcomen et la machine à vapeur.

Pas à pas : vous pouvez organiser votre présentation orale à partir des idées suivantes :
1. Thomas Newcomen a mobilisé des inventions anciennes.
2. Il a trouvé une application à l'industrie de la machine à vapeur.
3. La machine à vapeur a été améliorée et utilisée dans d'autres secteurs.

ÉTUDE 5 Les débuts de la « révolution industrielle »

Au XVIIIe siècle, le progrès technique est désormais considéré comme une source d'enrichissement. La maîtrise de la machine à vapeur permet ainsi le développement de la métallurgie ou du textile, et marque le début d'une réelle « **révolution industrielle** » en Angleterre, puis en France.

> Pourquoi peut-on dire que les progrès scientifiques et techniques sont à l'origine de la « révolution industrielle » ?

JAMES WATT
(1736-1819)
Ingénieur écossais, il s'intéresse à la vapeur en 1763 après avoir réparé une machine Newcomen. Il dépose le **brevet** d'une nouvelle machine à vapeur en 1769 qui permet de mieux canaliser l'énergie produite. Cette invention fait sa fortune.

1 La machine de James Watt

Lettre de Matthew Boulton, associé de James Watt au comte de Dartmouth, président du Board of Trade *(commission du commerce).*

À Soho, le 22 février 1775

Je prends la liberté de vous écrire en faveur de mon ami M. James Watt, un ingénieur, qui a l'intention de demander au parlement une prolongation de la période du privilège exclusif accordé par le brevet de sa majesté. Il l'a déjà obtenu pour certaines améliorations capitales qu'il a apporté aux machines à vapeur et aux moteurs à combustion.

Je n'ai pas besoin de vous vanter la grande utilité de ces machines à vapeur ou pompes à feu dans les mines de charbon, de plomb, de cuivre et d'étain, et dans les autres domaines où l'on requiert une grande puissance, mais je me permets de vous faire observer que les projets de M. Watt, s'ils sont menés à terme, rendront plus utile encore les machines à vapeur en divisant leur prix par quatre, et en les appliquant à une plus grande variété de domaines et de manufactures pour lesquels elles ne sont pas actuellement adaptées.

M. Watt a consacré une grande partie de sa vie et de sa fortune à mener des expériences sur la vapeur et les engins à vapeur, et il est le premier homme à avoir découvert les mécanismes à partir desquels elles peuvent être construites pour le meilleur rendement et de manière plus efficace que ceux précédemment employés.

Lettre reproduite in *English Historical documents*, t. X, in R. Marx, *La révolution industrielle en Grande-Bretagne*, A. Colin, 1997.

VOCABULAIRE

- **Brevet :** acte juridique qui reconnaît à un inventeur la propriété intellectuelle de son œuvre.
- **Révolution industrielle :** expression apparue au XIXe siècle pour qualifier le passage d'une économie essentiellement agricole à une économie où la production des biens est mécanisée.

2 Situation industrielle du Royaume-Uni et de la France en 1789

	Royaume-Uni	France
Machines à vapeur	2 000	12
Production de charbon	10 millions de tonnes	600 000 tonnes
Broches à filer[1]	2,4 millions	50 000
Hauts-fourneaux au coke[2]	80	1

Yves Leclercq, *Histoire économique et financière de la France d'Ancien Régime*, Paris, Armand Colin, 1998.

1. Machine permettant de filer la laine. 2. Installation permettant de produire de la fonte à partir de la combustion du charbon.

3 L'Iron Bridge construit en 1779

William Williams, *The Iron Bridge*, 1780, Ironbridge Gorge Museum.

Il s'agit du premier pont en fer de l'histoire situé sur le fleuve Severn, au nord de Birmingham en Angleterre. Il pèse près de 380 tonnes.

4 Le haut-fourneau de la Fonderie royale du Creusot

Il y a longtemps que les personnes éclairées désirent en France de voir employer plus généralement le charbon de terre dans les usines et traiter les mines de fer avec le coke. [...] ce qui se pratique depuis longtemps en Angleterre et le succès de la fabrication actuelle de la fonderie royale du Creusot en Bourgogne, ne doivent plus laisser lieu de douter qu'on ne puisse obtenir en France de très bonnes fontes en ne traitant les mines de fer qu'avec le coke. Les travaux de la fonderie du Creusot où l'on n'emploie que du charbon de terre, ne sauraient être trop connus dans les provinces qui sont riches en charbon de terre et en minerais de fer, et où les bois deviennent rares. C'est dans l'intention de rendre les travaux des établissements du Creusot utiles à la nation, que je crois devoir publier les expériences qui y ont été exécutées nouvellement.

Annales de Chimies, Jean-Henry de Gazeran, 1789.

Qui est-il ?
Jean-Henri de Gazeran est inspecteur de la manufacture des cristaux (verres) du Creusot à la fin du XVIIIe siècle.

PARCOURS 1

Analyser les documents

1. **Doc. 1** Pourquoi l'invention de James Watt contribue-t-elle à l'industrialisation de l'Angleterre ?
2. **Doc. 4** Pourquoi le haut-fourneau du Creusot est-il une grande innovation ?
3. **Doc. 3** Comment la « révolution industrielle » modifie-t-elle les paysages ?
4. **Doc. 2 et 4** Montrez que la mécanisation de l'industrie anglaise est précoce par rapport à d'autres pays européens.

BILAN À l'aide de vos réponses, montrez que les progrès scientifiques ont favorisé la transformation de l'économie en France et en Angleterre.

PARCOURS 2

Réaliser un schéma fléché

Afin de présenter les causes et les conséquences des débuts de la « révolution industrielle », reproduisez et complétez le schéma ci-dessous à l'aide des informations des documents.

- Des innovations (doc. 1 et 2) →
- Une nouvelle énergie (doc. 1 et 2) →
- De nouveaux lieux de production (doc. 1, 2 et 4) →
- Fabrication de nouveaux matériaux (doc. 2 à 4) →

Les débuts de la « révolution industrielle »

- → La diffusion de la « révolution industrielle » en Europe (doc. 2 et 4)
- → De nouvelles créations (doc. 3)
- → Des paysages modifiés (doc. 3)

COURS 2 L'application des progrès scientifiques à l'industrie

> Comment l'esprit scientifique et les Lumières permettent-ils un premier développement industriel ?

1 Un contexte favorable pour les innovations techniques

- **Les inventions sont mieux protégées grâce aux brevets.** Ils existent en Italie dès le XVe siècle et protègent ses créateurs. En Angleterre, à partir de 1623, ces *patents* (brevets) permettent aux inventeurs d'exploiter leurs découvertes. James Watt obtient ainsi en 1775 un brevet pour 25 ans pour sa machine à vapeur. En 1791, une première loi sur les brevets est votée en France.

- **Les États encouragent les inventeurs et les ingénieurs** pour le prestige mais aussi pour les applications économiques et militaires, comme les constructions de l'architecte militaire Vauban en France. Les États créent des écoles pour encourager la formation des ingénieurs et améliorer les techniques, comme l'École royale des Ponts et Chaussées en 1747, les Arts et Métiers en 1780, ou bien encore l'École des mines en 1783.

- **Les progrès mécaniques et techniques sont valorisés**. En 1709, le physicien Réaumur entame, à la demande de l'Académie royale des sciences, un ouvrage consacré aux métiers artisanaux intitulé *Description des arts et métiers*. À partir de 1751, Diderot et d'Alembert représentent eux aussi avec une grande précision toutes les techniques de l'époque, en ajoutant 11 volumes de planches à l'*Encyclopédie*.

2 Le grand tournant de la maîtrise de la vapeur

- **Jusqu'au XVIIIe siècle, les inventions débouchent rarement sur des applications industrielles**. Elles restent à l'état de curiosités et d'attractions. Tout change avec les recherches sur la vapeur. En 1690, les travaux du physicien français Denis Papin aboutissent à un premier prototype de machine à vapeur. En Angleterre, des entrepreneurs commencent à percevoir l'intérêt de ces machines pour l'exploitation minière.

- **En 1712, Thomas Newcomen met au point une « pompe à feu » destinée à puiser l'eau qui inonde régulièrement les mines de charbon**. C'est un tournant qui permet d'augmenter la production de charbon. En 1769, James Watt perfectionne cette machine. La vapeur devient alors une nouvelle source d'énergie.

- **Les machines à vapeur se répandent sur le continent européen.** Dans le nord de la France, les premières mines françaises de charbon s'équipent de pompes à feu comme à Fresnes-sur-Escaut en 1732. La machine à vapeur Watt est également introduite plus tard en France par les frères Périer en 1781 ou par des Anglais comme Wilkinson dans la Fonderie royale du Creusot. En 1789, on compte une douzaine de machines à vapeur en France et près de 2 000 au Royaume-Uni.

VOCABULAIRE

- **Brevet :** acte juridique qui reconnaît à un inventeur la propriété intellectuelle de son œuvre.
- **Entrepreneur :** créateur d'une entreprise marchande.
- **Fonte :** alliage de fer et de carbone.
- **Industrialisation :** processus de développement de l'industrie au moyen de nouvelle techniques permettant une forte augmentation de la production dans de nombreux secteurs économiques.
- **Ingénieur :** personne qualifiée en mécanique et nouvelles techniques.
- **Métier à tisser :** machine utilisée pour tisser une pièce à partir d'une bobine de fil.

3 Les débuts de la « révolution industrielle »

- **Les progrès techniques touchent d'autres secteurs économiques comme la métallurgie**. Dès 1709, l'Anglais Abraham Darby parvient à produire de la fonte de bien meilleure qualité en utilisant du coke. Dès lors, le fer est produit en grande quantité et peut être utilisé pour les infrastructures (comme le premier pont en fer, l'Ironbridge de 1779). De grands centres industriels métallurgiques apparaissent en Grande-Bretagne autour de Newcastle ou de Birmingham.
- **Dans le textile, de nouvelles machines apparaissent**. En 1733, John Kay invente « la navette volante » qui tisse mécaniquement des pièces de tissu. Le procédé s'améliore avec la mise au point d'un métier à tisser en 1785 par Cartwright. La production industrielle textile britannique augmente et permet de répondre à une forte demande, grâce à des prix bas. En France, dans les années 1740, Vaucanson invente une machine de tissage de la soie, que perfectionne Jacquard en 1801 avec la mise au point d'un métier à tisser programmable.
- **Cette industrialisation se diffuse lentement sur le continent européen**. En France, les mines d'Anzin emploient plus de 4 000 ouvriers dans les années 1780. En 1783, au Creusot, plus de 500 ouvriers travaillent dans le premier haut-fourneau au coke de France. Des Anglais introduisent des machines textiles en France. Néanmoins, ces nouvelles machines commencent à susciter le mécontentement de certains artisans qui craignent de perdre leur travail. Elles font l'objet de destruction lors des émeutes, comme dans le Lancashire en 1769 ou à Rouen en 1789.

DATES CLÉS

1690
Cylindre à vapeur de Denis Papin.

1712
Pompe à feu de Newcomen.

1746
Machine à tisser de Vaucanson.

1769
Machine à vapeur de James Watt.

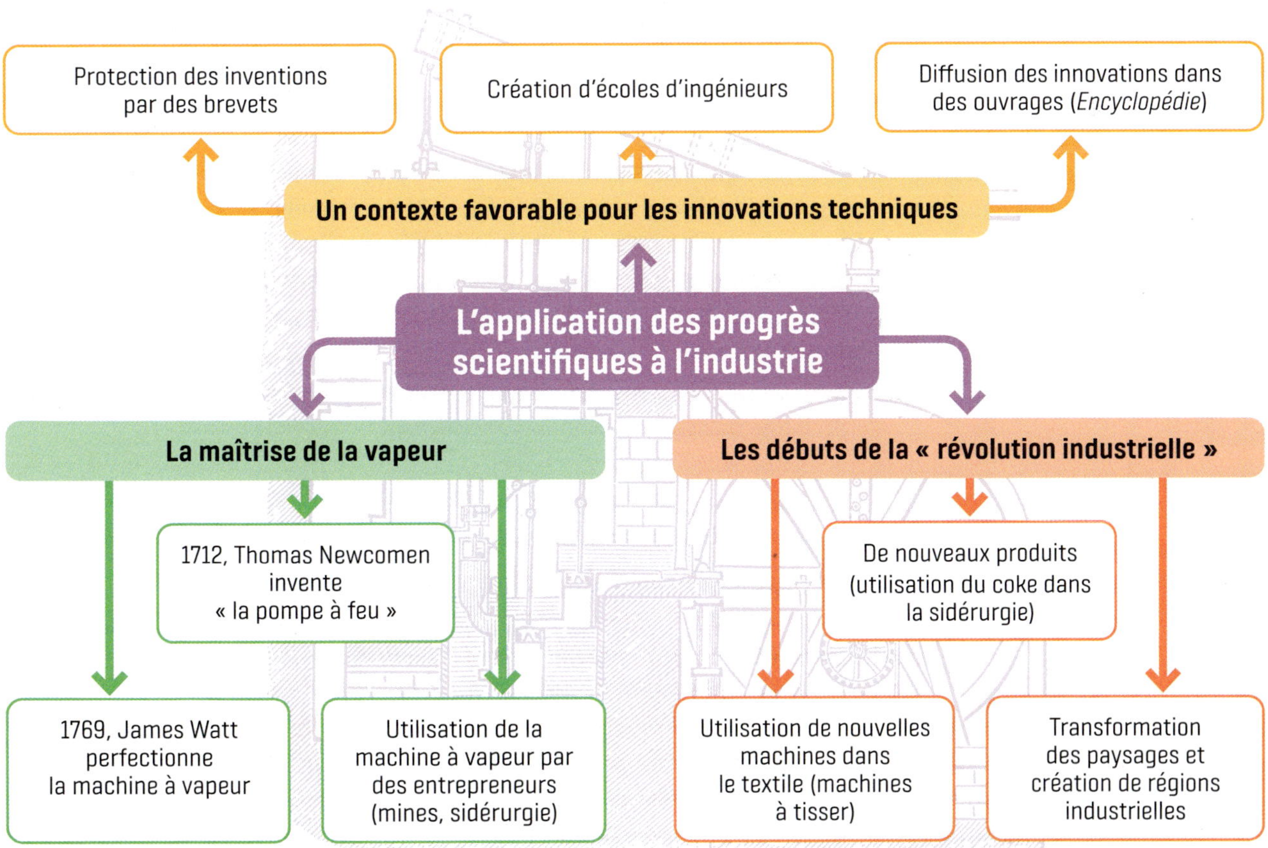

Je fais le point

Quiz hachette-clic.fr/24hg2048

Repères chronologiques
Vocabulaire
Acteurs

RÉVISIONS

La révolution scientifique

- Au début du XVIIe siècle, le mathématicien Galilée confirme la réalité du système héliocentrique du polonais Copernic. Désormais, la méthode expérimentale fondée sur l'observation, les hypothèses et la vérification s'impose parmi les savants. Elle est favorisée par le perfectionnement des outils comme la lunette astronomique ou le microscope. Des progrès significatifs sont ainsi réalisés en médecine avec la découverte de la circulation sanguine par Harvey, ou en physique avec la théorie de la gravitation universelle, élaborée par Newton en 1687. Parallèlement, de nouveaux lieux de savoirs comme les académies ou les laboratoires apparaissent. Des freins néanmoins persistent comme le poids des traditions, des superstitions et de la religion. Galilée et ses découvertes sont ainsi condamnés en 1633 par l'Église catholique.

Le triomphe des Lumières

- Au XVIIIe siècle, les idées des Lumières, mouvement littéraire et philosophique fondé sur le progrès, la tolérance et la liberté se répandent en Europe. Des découvertes se multiplient dans de nombreux domaines, comme la chimie, la géographie et la médecine. La circulation des savoirs s'accélère grâce à la publication de nombreux ouvrages scientifiques, dictionnaires ou journaux scientifiques. Mme du Châtelet participe activement à cette diffusion en traduisant le physicien anglais Newton à partir de 1745. L'*Encyclopédie* de Diderot et d'Alembert, publiée entre 1751 et 1772, est le symbole de ce triomphe des Lumières et des progrès de la diffusion des savoirs en Europe.

Les progrès techniques et les débuts de l'industrialisation

- Les progrès techniques et mécaniques se développent également. Les brevets permettent la protection des inventions des ingénieurs. La maîtrise de la vapeur est la grande aventure technique du XVIIIe siècle. En 1712, l'anglais Thomas Newcomen met au point une « pompe à feu » puis, en 1769, James Watt dépose un brevet pour une machine à vapeur plus efficace encore. Ces nouvelles machines sont très vite utilisées dans le secteur minier, puis dans la métallurgie et dans le textile. La machine à vapeur se diffuse sur le continent européen, notamment en France et en Belgique. Cependant, l'Angleterre garde son avance technologique à la fin du XVIIIe siècle et entame son processus d'industrialisation.

Défi Maître du temps

15 min de préparation — **Étape 1** Réalisez une frise chronologique avec les acteurs et leurs découvertes scientifiques et innovations cités dans le texte « Je fais le point ». Il faudra spécifier les événements, les périodes et donner un titre à cette frise.

10 min — **Étape 2** Une fois ce travail réalisé, mettez-vous par groupe de 3 pour comparer vos frises et choisir ensemble 4 repères qui vous semblent les plus importants en justifiant votre choix.

Je révise avec des podcasts

1 Pourquoi les travaux de Galilée sont-ils une rupture dans l'histoire des sciences ?

Podcast
hachette-clic.fr/24hg2049

2 Comment Mme du Châtelet a-t-elle diffusé les savoirs ?

Podcast
hachette-clic.fr/24hg2050

3 Où les savoirs sont-ils produits au XVIIIe siècle ?

Podcast
hachette-clic.fr/24hg2051

L'ESSENTIEL en 5 minutes

4 Qui a inventé la machine à vapeur ?

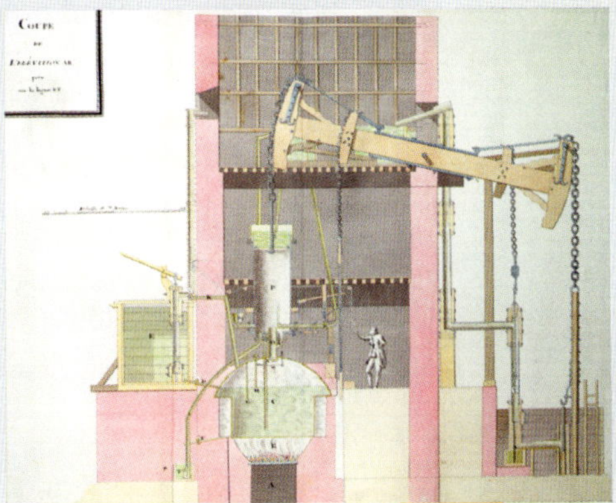

Podcast
hachette-clic.fr/24hg2052

5 Quelles sont les origines de la « révolution industrielle » en Angleterre ?

Podcast
hachette-clic.fr/24hg2053

Je teste mes connaissances

- Écoutez les cinq épisodes du podcast puis testez vos connaissances grâce aux flashcards.

QUESTION
Quelle théorie Galilée confirme-t-il ?

RÉPONSE
L'héliocentrisme

Flashcards
hachette-clic.fr/24hg2054

Le saviez-vous ?

Un podcast est un excellent outil pour apprendre car il peut être arrêté à tout moment et réécouté autant de fois que nécessaire. Il permet ainsi de noter les informations essentielles, en histoire : acteurs, dates, notions, causes et conséquences d'un événement…

RÉVISIONS

Je m'entraîne

• Comprendre un événement

Le saviez-vous ?

Galilée a entretenu une importante **correspondance** avec des savants, des membres du haut clergé et de l'aristocratie européenne, comme la grande-duchesse Christine de Lorraine. Il nous reste aujourd'hui plus de 4 000 lettres de ces correspondants et plusieurs centaines de sa main.

1 Lettre de Galilée à Giuliano de Médicis[1] (février 1611)

J'ai une démonstration certaine que tout comme les planètes dans leur totalité reçoivent la lumière du Soleil, étant par elles-mêmes enténébrées et opaques, de même les étoiles fixes resplendissent naturellement, n'ayant nul besoin de l'illumination des rayons solaires, dont Dieu sait s'ils parviennent à une telle hauteur plus que ne nous parvient à nous la lumière de l'une des fixes.

Le principe de mon raisonnement tient dans l'observation très évidente, grâce à la lunette, que ces planètes, au fur et à mesure qu'elles sont plus proches de nous ou du Soleil, reçoivent plus de lumière, et la réfléchissent avec plus d'éclat ; ainsi Mars au périgée[2], donc très près de nous, est vu bien plus brillant que Jupiter, quoique sa masse soit de beaucoup inférieure, et c'est difficilement que l'on arrive à supprimer avec la lunette l'irradiation qui nous interdit de voir son disque net et rond, ce qui n'est pas le cas de Jupiter que l'on perçoit parfaitement circulaire. Quant à Saturne, en raison de son grand éloignement, nous le voyons avec un contour absolument net, qu'il s'agisse de la grande étoile centrale ou des deux petites étoiles latérales ; sa lumière apparaît faible et pâle, sans qu'aucune irradiation n'empêche de distinguer ses trois petits globes très bien délimités.

Maurice Clavelin, *Galilée Copernicien*, Albin Michel, 2004.

1. Membre de la grande famille des Médicis de Florence, il est ambassadeur à Prague, avant d'être fait archevêque de Pise.
2. Moment où l'astre est le plus proche de la terre.

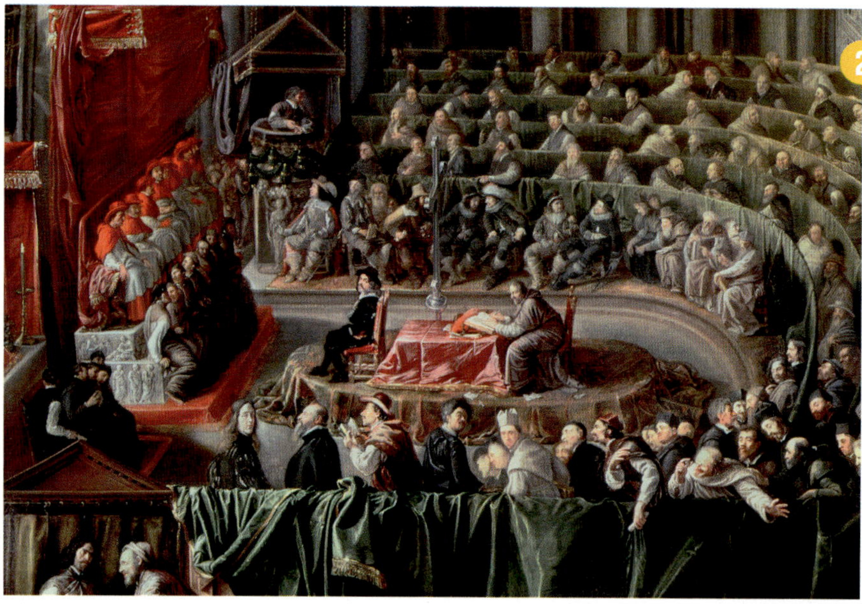

2 La condamnation de Galilée lors de son second procès en 1633

Le procès de Galilée, peinture anonyme italienne XVIIe siècle.

Le 22 juin 1633, Galilée comparaît devant le tribunal de l'Inquisition à Rome, où il est accusé de défendre les thèses coperniciennes, interdites depuis 1616.

PALIER 1

Je lis, j'observe et je comprends les documents

- **Doc. 1** Identifiez le document (nature, auteur, source, date).
- **Doc. 2** À quel événement correspond le document ?
- **Doc. 2** Qui sont les différents personnages représentés sur le document ?

PALIER 2

Je sélectionne les informations

- **Doc. 1** Quelles sont les découvertes réalisées par Galilée ?
- **Doc. 1** Quelle est la méthode appliquée par Galilée pour réaliser ces découvertes ?
- **Doc. 2** Quelles sont les conséquences de ses découvertes pour Galilée ?

PALIER 3

Je croise les documents avec mes connaissances

- Quel terme permet de qualifier la théorie scientifique confirmée par Galilée ?
- Pourquoi les travaux de Galilée sont-ils en contradiction avec la conception de l'Univers défendue par l'Église catholique ?
- Pourquoi les découvertes de Galilée sont-elles importantes dans l'histoire des sciences ?

• Comprendre le rôle des acteurs

L'éloge de Madame du Châtelet par Voltaire

Cette traduction que les plus savants hommes de France devaient faire, et que les autres doivent étudier, une dame l'a entreprise et achevée, à l'étonnement et à la gloire de son pays. Gabrielle-Émilie de Breteuil, épouse du marquis du Châtelet-Laumont, lieutenant général des armées du roi, est l'auteur de cette traduction, devenue nécessaire à tous ceux qui voudront acquérir ces profondes connaissances dont le monde est redevable au grand Newton.

[…] <u>On a vu deux prodiges : l'un, que Newton ait fait cet ouvrage ; l'autre, qu'une dame l'ait traduit et l'ait éclairci.</u> Ce n'était pas son coup d'essai; elle avait auparavant donné au public une explication de la philosophie de Leibniz, sous le titre *d'Institutions de physique*, adressées à son fils, auquel elle avait elle-même enseigné la géométrie. Il a fallu que les modernes créassent des mots nouveaux pour rendre ces nouvelles idées : c'est un grand inconvénient dans les livres de sciences, et il faut avouer que ce n'est plus guère la peine d'écrire ces livres dans une langue morte, à laquelle il faut toujours ajouter des expressions inconnues à l'Antiquité, et qui peuvent causer de l'embarras. Le français, qui est la langue courante de l'Europe, et qui s'est enrichi de toutes ces expressions nouvelles et nécessaires, est beaucoup plus propre que le latin à répandre dans le monde toutes ces connaissances nouvelles.

Préface de Voltaire à la traduction de Mme du Châtelet de Newton, *Principes mathématiques de la philosophie naturelle*, tome 1, 1756.

PALIER 1

Je lis et je comprends les documents

- Présentez l'auteur du document.
- Identifiez les deux savants mentionnés par l'auteur.
- Quelles sciences sont évoquées dans le document ?

PALIER 2

Je sélectionne les informations

- Quelles sont les découvertes de Newton ?
- Quelle est, selon Voltaire, la grande réussite de Mme du Châtelet ?
- Pourquoi est-il important de traduire les œuvres scientifiques en français au XVIIIe siècle ?

PALIER 3

Je croise les documents avec mes connaissances

- Expliquez la phrase soulignée.
- Montrez que Madame du Châtelet est une actrice du mouvement des Lumières en Europe au XVIIIe siècle.

» J'approfondis

À REGARDER

La Vapeur qui révolutionna le monde est un documentaire diffusé sur Arte en 2008 consacré à James Watt et à son invention de 1769.

À VISITER EN LIGNE

Le site Internet du **musée des Arts et Métiers** de Paris permet d'étudier les grandes étapes de l'histoire des sciences et d'accéder à des collections d'objets ou à des ressources liées à l'industrialisation.

VERS LA SPÉCIALITÉ HGGSP

Le regard de la scientifique : dans la vidéo de l'Institut de France « L'Encyclopédie, un combat pour la connaissance » (2018), Catherine Bréchignac : l'*Encyclopédie* fut l'un des combats des Lumières. **Comment diffuse-t-on les connaissances ?**

EXERCICES

VERS BAC GÉNÉRAL

➔ Voir fiche 10 p. 224

Analyser un document avec une consigne

Objectif Rédiger une réponse à l'aide d'une consigne

Sujet guidé : Les Lumières et la défense de l'homme libre

Après avoir présenté le document et son contexte, identifiez les arguments utilisés par le chevalier de Jaucourt pour dénoncer l'esclavage et expliquez pourquoi ils lui permettent aussi de critiquer le pouvoir du roi.

La liberté naturelle de l'homme c'est de ne connaître aucun pouvoir souverain sur la terre et de n'être point assujettie à l'autorité législative de qui que ce soit, mais de suivre seulement les lois de la Nature : la liberté dans la société est d'être soumis à un pouvoir législatif établi par le consentement de la communauté, et non d'être sujet à la fantaisie, à la volonté inconstante et arbitraire d'un seul homme en particulier. Cette liberté par laquelle on n'est point assujetti à un pouvoir absolu est unie si étroitement avec la conservation de l'homme qu'elle n'en peut être séparée que par ce qui détruit en même temps sa conservation et sa vie. Quiconque tâche donc d'usurper un pouvoir absolu sur quelqu'un, se met par là en état de guerre avec lui […]. En effet, du moment qu'un homme veut me soumettre malgré moi à son empire, j'ai lieu de présumer que si je tombe entre ses mains, il me traitera selon son caprice et ne se fera pas scrupule de me tuer, quand la fantaisie lui en prendra. La liberté est, pour ainsi dire, le rempart de ma conservation, et le fondement de toutes les autres choses qui m'appartiennent. Ainsi, celui qui dans l'état de la nature, veut me rendre esclave, m'autorise à le repousser par toutes sortes de voies, pour mettre ma personne et mes biens en sûreté. Tous les hommes ayant naturellement une égale liberté, on ne peut les dépouiller de cette liberté, sans qu'ils y aient donné lieu par quelques actions criminelles.

Extraits de la notice « Esclavage » par Louis de Jaucourt[1], *L'Encyclopédie*, 1755.

1. Noble français et médecin, auteur de nombreux articles dans l'*Encyclopédie*.

Étape 1 Préparer l'analyse du document au brouillon

➔ Voir méthode p. 142

1. Analysez la consigne en identifiant et en définissant les mots-clés.
2. Présentez le contexte et l'ouvrage dans lequel ce document est publié.
3. Complétez le tableau.

Plan suggéré par la consigne	Informations	Connaissances
Paragraphe 1 Les arguments du chevalier de Jaucourt contre l'esclavage	*– « Tous les hommes ayant naturellement une égale liberté »* *– …*	*– Pour les philosophes des Lumières, les hommes naissent libres à l'état de nature.* *– …*
Paragraphe 2 La critique du pouvoir du roi par le chevalier de Jaucourt	*– « Quiconque tâche donc d'usurper un pouvoir absolu sur quelqu'un, se met par là en état de guerre avec lui »* *– …*	*– L'auteur dénonce l'arbitraire du pouvoir royal en France.* *– …*

Étape 2 Rédiger l'analyse du document

4. Complétez la présentation du document.

Le document proposé est l'extrait d'une notice de l'Encyclopédie écrite…

5. Complétez la rédaction des paragraphes 1 et 2.

- ***Paragraphe 1*** *: Dans cet extrait d'une notice de l'Encyclopédie, Louis de Jaucourt précise pourquoi il ne peut être question de réduire un individu à un esclave. En effet, selon lui…*
- ***Paragraphe 2*** *: Pour Louis de Jaucourt, être libre, c'est aussi ne pas être soumis à l'arbitraire ou à « la fantaisie » d'un seul homme. Indirectement, il formule une critique du pouvoir absolu du roi car…*

6. Rédigez la conclusion de l'analyse en utilisant les mots-clés : liberté • droits naturels • Lumières • despotisme • critique • esclavage

➔ Voir fiche 8 p. 222

Analyser un document avec des questions

Objectif Rédiger des réponses à partir de questions

Sujet guidé : L'*Encyclopédie* présentée par l'un de ses auteurs

L'*Encyclopédie* que nous présentons au public, est, comme son titre l'annonce, l'ouvrage d'une société de gens de lettres. [...] notre fonction d'éditeurs consiste principalement à mettre en ordre des matériaux dont la partie la plus considérable nous a été entièrement fournie. Nous avions fait expressément la même déclaration dans le corps du Prospectus[1] ; mais elle aurait peut-être dû se trouver à la tête. Par cette précaution, nous eussions apparemment répondu d'avance à une foule de gens du monde, et même à quelques gens de lettres, qui nous ont demandé comment deux personnes pouvaient traiter de toutes les sciences et de tous les arts [...]. L'ouvrage dont nous donnons aujourd'hui le premier volume, a deux objets : comme encyclopédie, il doit exposer autant qu'il est possible, l'ordre et l'enchaînement des connaissances humaines : comme dictionnaire raisonné des sciences, des arts et des métiers, il doit contenir sur chaque science et sur chaque art, soit libéral, soit mécanique, les principes généraux qui en sont la base, et les détails les plus essentiels, qui en font le corps et la substance. Ces deux points de vue, d'encyclopédie et de dictionnaire raisonné, formeront donc le plan et la division de notre discours préliminaire.

Extrait du *Discours préliminaire à l'Encyclopédie* (1751) rédigé par le mathématicien et philosophe Jean le Rond d'Alembert.

1. Texte introductif rédigé avant de la parution de l'*Encyclopédie* et qui est ensuite intégré à celle-ci.

QUESTIONS

a Présentez la nature et l'auteur du document.

b Montrez que l'*Encyclopédie* est une œuvre collective.

c À l'aide du document et de vos connaissances, expliquez le rôle et l'apport de l'*Encyclopédie* au XVIIIe siècle.

Étape 1 Préparer l'analyse du document au brouillon ➔ Voir méthode p. 222

1. Identifiez l'auteur et le contexte.
2. Qui a contribué à l'*Encyclopédie* ?
3. Quels sont les deux objectifs de cette publication ?

Étape 2 Rédiger les réponses aux questions

4. Rédigez la réponse à la question a à l'aide de l'étape 1.
5. Rédigez la réponse à la question b à l'aide du tableau ci-contre.

Informations du texte	Connaissances
- « l'ouvrage d'une société de gens de lettres » - « notre fonction d'éditeurs » - « traiter de toutes les sciences et de tous les arts »	- Diderot - Lumières - Savants et philosophes - Lavoisier

6. Complétez la réponse à la question c.

D'Alembert précise bien quels sont les deux objectifs poursuivis par son entreprise. Il s'agit d'abord d'une « encyclopédie » qui « doit exposer autant qu'il est possible, l'ordre et l'enchaînement des connaissances humaines », c'est-à-dire ...
L'auteur précise aussi qu'il s'agit d'un « dictionnaire raisonné des sciences, des arts et des métiers », ce qui signifie que ...
C'est pour cela que cette œuvre, malgré son rayonnement limité aux cercles culturels et intellectuels, a permis de ...

CHAPITRE

8 Tensions, mutations et crispations de la société d'ordres

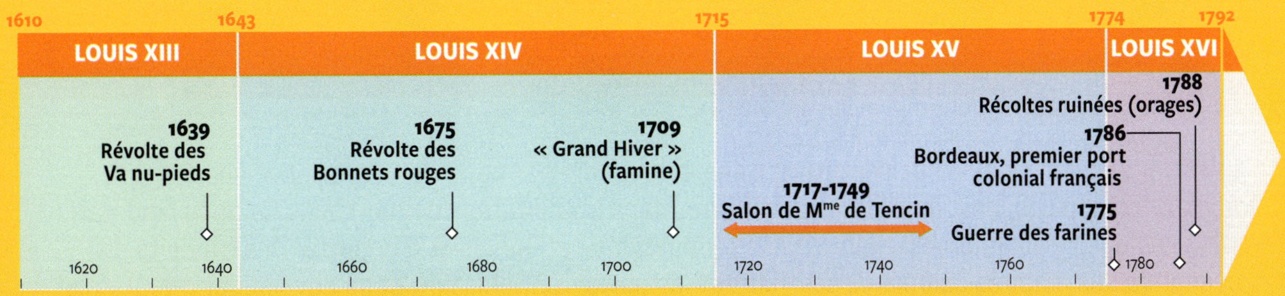

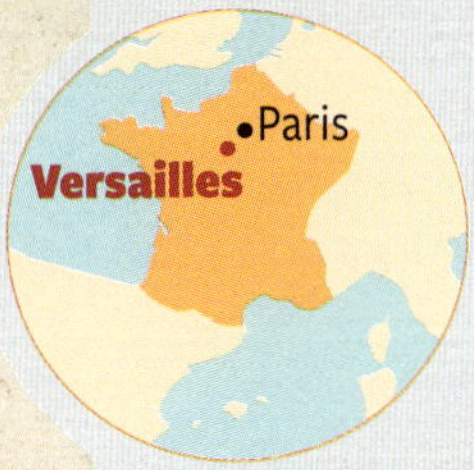

COURS 1 Composée de trois ordres (noblesse, clergé, tiers état), la société française d'Ancien Régime connaît d'importantes évolutions : amélioration de l'agriculture, développement du commerce maritime, affirmation d'une élite bourgeoise.

Quelles transformations économiques et sociales touchent la société française au XVIIIe siècle ?

COURS 2 Fragilisée par ces transformations, la société est sous tension. Les injustices provoquent des révoltes dans les campagnes tandis que, dans les villes, les inégalités entre les ordres sont de plus en plus dénoncées par la bourgeoisie et les philosophes des Lumières.

Dans quelle mesure la critique des inégalités remet-elle en cause la société d'ordres ?

La société d'ordres en France à la fin du XVIIIe siècle

Gravure de Vion, 1789, BnF, Paris.

Cette gravure montre les représentants des trois ordres de la société française : le clergé et la noblesse discutent pendant que le tiers état conduit une calèche qui symbolise l'État monarchique. Ils se rendent au château de Versailles où le roi Louis XVI a convoqué les états généraux (assemblée des trois ordres) en mai 1789.

QUESTIONS

1. Présentez la composition de la société française au XVIIIe siècle.
2. Comment l'auteur illustre-t-il l'existence d'inégalités sociales ?

GRAND ANGLE Les transformations économiques et sociales en France au XVIIIe siècle

● Le développement des réseaux routiers dans le royaume permet d'unifier l'espace économique. Grâce aux transports, des régions se spécialisent dans les cultures commerciales ou dans l'industrie textile. Les ports permettent d'exporter ces productions nationales et d'importer des produits en provenance des empires coloniaux. Les villes et les ports s'enrichissent et se développent, toutefois cela renforce des inégalités et des tensions qui viennent perturber la **société d'ordres.**

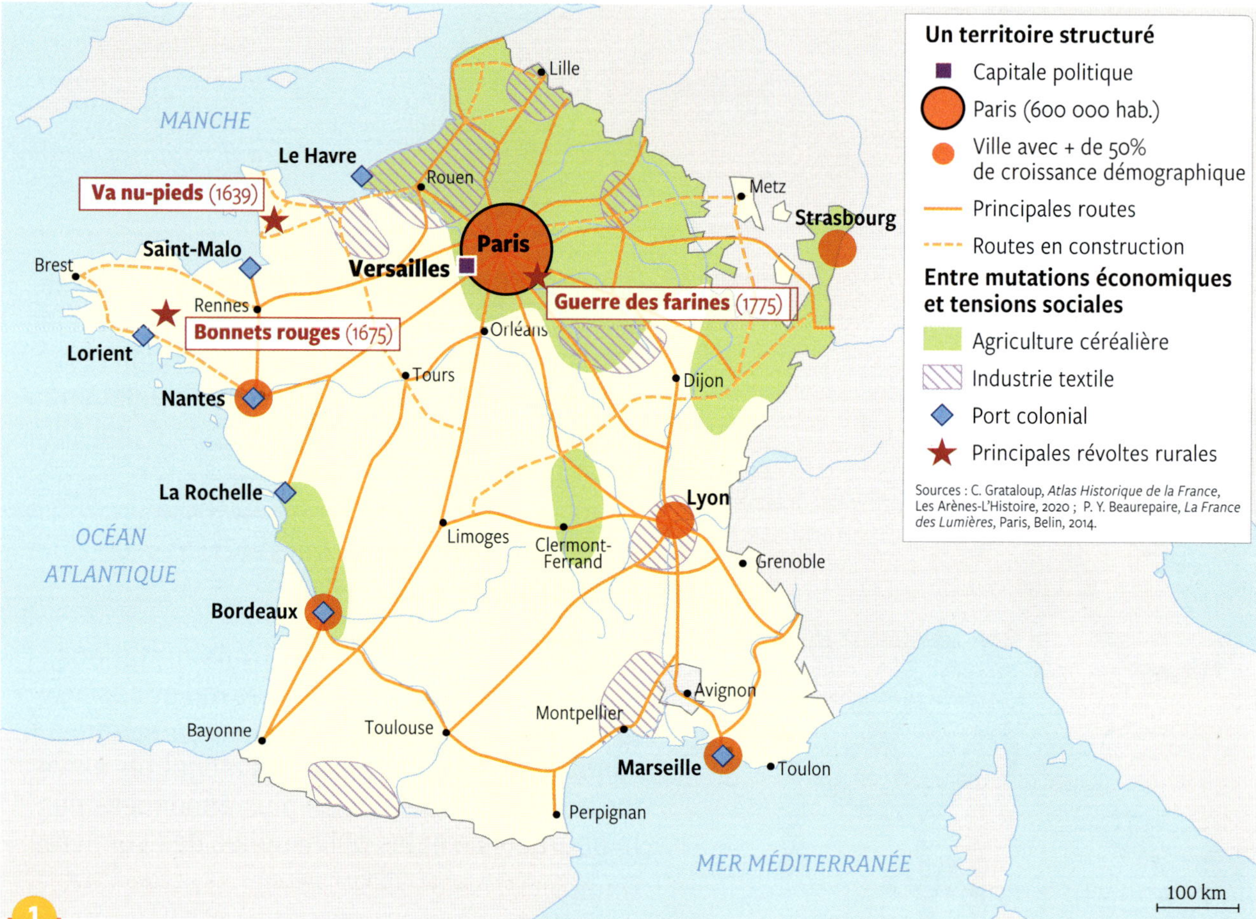

1 Les mutations dans le royaume de France au XVIIIe siècle

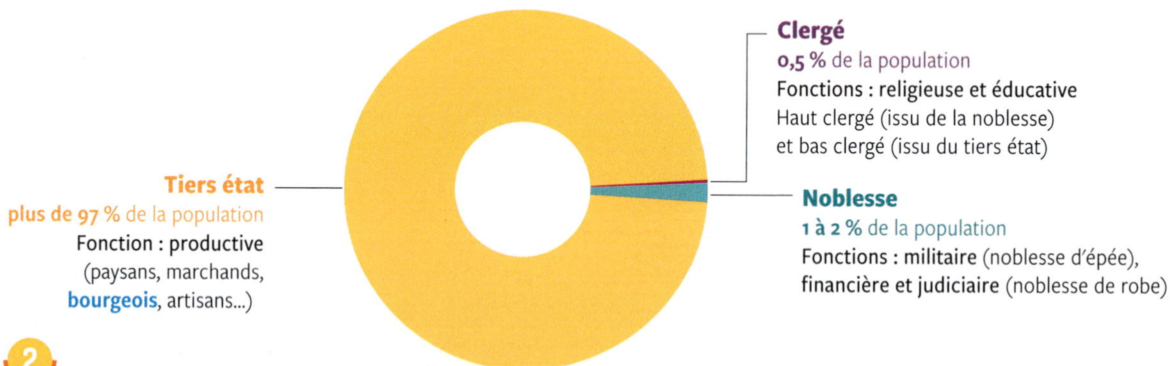

2 Une société d'ordres

● Au XVIIIe siècle, la France dispose d'un vaste empire colonial avec des territoires sur l'ensemble des continents. Aux Antilles, la France développe une économie de plantation en recourant à la traite atlantique animée par des ports comme Nantes, Bordeaux et La Rochelle. Les villes portuaires se développent grâce au commerce colonial, ce qui fait émerger une élite de marchands enrichis.

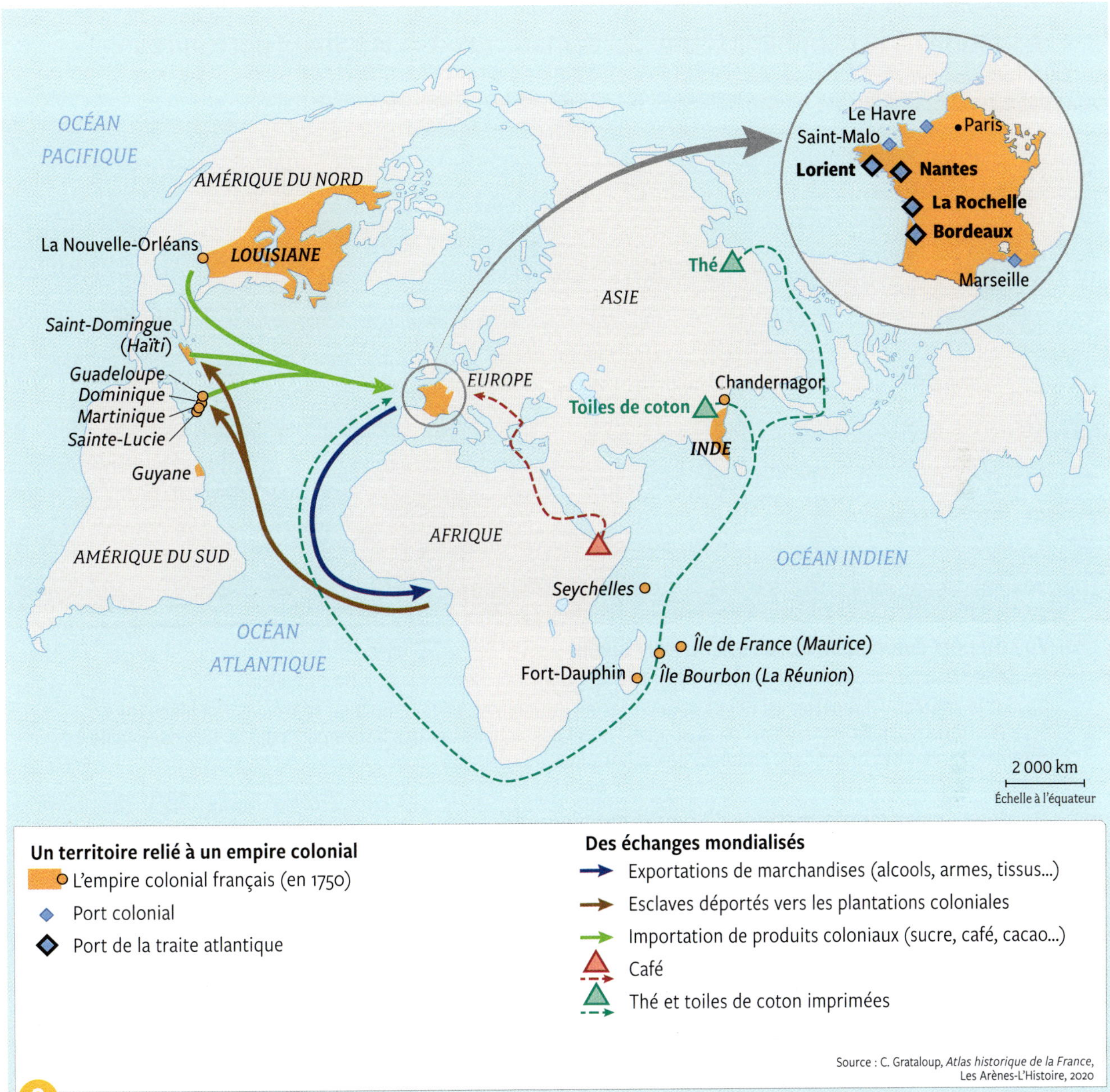

3 L'empire colonial français et les échanges commerciaux au milieu du XVIIIe siècle

VOCABULAIRE

- **Bourgeois :** terme qui désigne à la fois un statut juridique (le bourgeois est citoyen d'une ville), et un statut social (un certain niveau de fortune, un mode de vie plutôt aisé).
- **Société d'ordres :** société fondée sur des groupes sociaux fermés et héréditaires (noblesse et tiers état), chaque ordre ayant une fonction spécifique.

QUESTIONS

1. **Doc. 1** Relevez trois mutations dans le royaume de France et indiquez le(s) élément(s) cartographique(s) associé(s).
2. **Doc. 2** Justifiez l'idée que la société d'ordres est très inégalitaire (inégalités entre ordres, et à l'intérieur de chaque ordre).
3. **Doc. 3** Montrez que la France est une puissance coloniale et commerciale au XVIIIe siècle.

ÉTUDE 1 Les ports français et le commerce colonial

Au XVIIIe siècle, la croissance du commerce colonial stimule le développement des ports de la façade atlantique, comme Nantes ou Bordeaux. Les villes portuaires se transforment, tandis que naît une élite marchande fortunée.

> Comment le commerce colonial transforme-t-il les villes portuaires ?

1 Vue du port colonial de Bordeaux au XVIIIe siècle

Joseph Vernet, *Vue du port de Bordeaux prise du château Trompette*, 1759, musée national de la Marine, Paris.

Devant le château Trompette, les riches **négociants** se promènent. Le long du quai se trouvent la place royale avec la statue de Louis XV, le palais de la bourse, l'hôtel des douanes et des hôtels particuliers. Des navires de commerce, dont des hollandais, circulent sur la Garonne.

2 Bordeaux : les transformations d'un port dynamique

Quoi que j'aie pu entendre dire et lire sur le commerce, la richesse et la magnificence de cette cité, ils dépassent grandement mon attente. [...]La grande curiosité dont j'avais le plus entendu parler répond le moins à sa réputation : je veux dire le quai, qui est respectable seulement par sa longueur et son activité commerciale [...] Si je me permets de trouver des défauts aux bâtiments qui longent la rivière, on ne doit pas supposer que mon jugement porte sur le tout ; la demi-lune[1] qui se trouve sur la même ligne est bien mieux. La place royale, avec la statue de Louis XV au milieu constitue une belle ouverture. Mais ce qui est vraiment magnifique, c'est le château Trompette, qui occupe près d'un demi-mille[2] sur le quai. Ce fort a été racheté au roi par une société de spéculateurs[3] qui sont en train de l'abattre dans l'intention de construire une belle promenade et des rues neuves, pouvant contenir dix-huit cents maisons. [...] Le théâtre construit il y a dix ou douze ans, est de beaucoup le plus magnifique qu'il y ait en France. Je n'ai rien vu qui en approche. [...] Les maisons neuves, qui sont bâties dans tous les quartiers de la ville, marquent trop clairement pour qu'on s'y méprenne, la prospérité de la ville. Partout, les faubourgs sont composés de nouvelles rues ; d'autres sont tracées et en partie bâties. Ces maisons sont en général petites ou de dimensions moyennes pour les commerçants de rang inférieur. Elles sont toutes en pierre blanche et lorsqu'elles sont terminées, elles ajoutent beaucoup à la beauté de la ville.

Arthur Young, *Voyages en France en 1787-1788 et 1789*, t. 1, traduction par Henri Sée, Paris, Armand Colin, 1931.

1. Place royale de Bordeaux en forme de demi-cercle. 2. Environ 800 mètres. 3. Investisseurs qui cherchent à faire d'importants bénéfices.

Qui est-il ?

Arthur Young (1741-1820) est un agronome anglais qui voyage en Europe, notamment en France, pour observer et décrire les différentes techniques agricoles.

3 Le commerce colonial français au XVIIIe siècle

Valeurs et provenance des importations (en million de livres tournois[1])

	1716	1787
Levant et Barbarie[2]	3,3	37,7
Asie	6,3	34,7
Amérique	16,8	192,1
Afrique	2,5 (dont 2 sont le produit de la traite atlantique)	43,3 (dont 39 sont le produit de la traite atlantique)
Total	28,9	307,8

Valeurs et destination des exportations (en million de livres tournois)

	1716	1787
Réexportations coloniales	17,8	156,3
Levant et Barbarie	2	25,6
Asie	2,9	17,4
Amérique	9,1	77,9
Afrique	0,6	22,8
Total	32,4	300

Source : Pierre Pluchon, *Histoire de la colonisation française*, Paris, Fayard, 1991.

1. Unité de compte monétaire sous l'Ancien Régime.
2. Moyen-Orient et Maghreb.

VOCABULAIRE

- **Armateur :** personne qui paye, à ses frais, l'équipement d'un navire (équipage, matériel, ravitaillement, armements).
- **Négociant :** marchand pratiquant des activités diversifiées (commerce, armement, banques) à l'échelle internationale.

4 L'ascension sociale des négociants

Pierre-Bernard Morlot, *Portrait de Marguerite Deurbroucq*, 1753, château des ducs de Bretagne, musée d'Histoire de Nantes.

Ce tableau représente Madame Deurbroucq, épouse d'un armateur et négociant nantais ayant fait fortune dans le commerce atlantique. Assise à côté d'un perroquet du Gabon (Afrique), elle tient une tasse en porcelaine contenant du chocolat ou du café importé à Nantes. Une esclave lui apporte un autre produit exotique : le sucre.

PARCOURS 1

Comprendre et mettre en relation des documents

1. **Doc. 3** Quelle est l'évolution du commerce colonial français au XVIIIe siècle ?
2. **Doc. 4** Comment ce portrait témoigne-t-il du développement du commerce colonial à Nantes ?
3. **Doc. 1 et 2** Quelles transformations connaît la ville de Bordeaux grâce à la croissance du commerce colonial ?
4. **Doc. 1 et 4** Comment se manifeste l'affirmation d'une nouvelle élite marchande dans les villes portuaires ?

BILAN À l'aide de vos réponses, expliquez les conséquences du développement du commerce colonial pour les sociétés et les villes portuaires.

PARCOURS 2

Produire un oral argumenté

Vous êtes guide au musée national de la Marine à Paris. Vous expliquez à l'oral en quoi ce tableau (**Doc. 1**) témoigne de la façon dont le développement du commerce maritime (**Doc. 3**), a provoqué d'importantes transformations urbaines (**Doc. 2**) et sociales (**Doc. 4**) dans les ports atlantiques.

ÉTUDE 2
REGARD DE L'HISTORIEN

La révolte des Va nu-pieds et la condition paysanne

PPO

Afin de financer la guerre de Trente Ans (1618-1648), Louis XIII augmente les impôts, ce qui provoque des soulèvements populaires dont celui des Va nu-pieds en 1639 en Normandie. Rapidement réprimées, ces révoltes ont longtemps donné l'impression qu'elles n'étaient dues qu'à la fiscalité.

> Que nous apprend la révolte des Va nu-pieds sur la condition paysanne au XVIIe siècle ?

1 Les causes de la révolte des Va nu-pieds

REGARD DE L'HISTORIEN

Les premiers écrits relatifs à la révolte des Nu-pieds ont été l'œuvre des révoltés eux-mêmes : il s'agit de libelles[1], de manifestes[2] ou de pamphlets, circulant, sous forme manuscrite ou imprimée, dès l'été 1639 dans l'intention de donner un sens au mouvement. […] Tous ces écrits véhiculent un même discours, qui peut être résumé en trois points. Tout d'abord, le constat est général et sans ambiguïtés : la Normandie est opprimée par les gens du fisc, ces « partisans » qualifiés de « voleurs », de « traîtres », de « gabeleurs », de « monopoliers[3] ». […] Dès lors — c'est le deuxième point — il convient de prendre les armes contre ces tyrans comparables à ceux de l'Antiquité greco-romaine, qui oppriment le peuple et la patrie. […] Enfin, dernier point, l'ensemble est irrigué de références à un passé idéal et prestigieux que la sédition[4] entend reconduire : combattre la tyrannie des gabeleurs devient un préalable indispensable au rétablissement de la Normandie dans ses libertés bafouées. […] La Normandie doit retrouver ses libertés, et notamment ses libertés fiscales, inscrites dans la Charte aux Normands de 1315 […] La révolte est donc conçue comme un acte de justice, et non de rébellion, au nom de la défense des libertés locales : elle est l'œuvre d'un peuple opprimé qui se retourne contre ses oppresseurs.

Brice Évain, « Raconter la révolte : l'exemple des Nu-pieds de Normandie (XVIIe siècle-XVIIIe siècle) », *Dix-septième siècle*, 2017.

1. Textes courts et anonymes critiquant une personne, une institution. 2. Textes expliquant un point de vue sur une situation donnée. 3. Personne qui s'approprie la richesse des autres. 4. Révolte.

Qui est-il ?
Brice Évain est un historien français, spécialiste des révoltes sous l'Ancien Régime.

VOCABULAIRE
- **Gabelle :** impôt royal sur le sel.
- **Journalier :** ouvrier agricole payé à la journée.
- **Laboureur :** paysan à la tête d'une petite exploitation familiale, possédant un capital modeste (un attelage, des animaux de traits…).

Les étapes de la mobilisation au sein des villages révoltés

1. Les cloches de l'église du village sonnent l'alarme (tocsin).
2. Les villageois s'assemblent et élisent un capitaine.
3. Une troupe se forme (1 homme sur 2 en âge de porter les armes se mobilise).
4. Par la rumeur, cette mobilisation se répète de village en village, aboutissant à la création d'une troupe.

Les acteurs de la révolte

Les travailleurs ruraux :
- Laboureurs,
- Journaliers,
- Ouvriers du sel.

Les élites locales :
- Le **clergé** qui encadre les révoltés et relaye les appels à la révolte à l'église,
- **Professions liées au droit** (avocats, notaires),
- **La petite noblesse pauvre** (seigneurs locaux), qui encadre et entraîne les insurgés.

Source : Madeleine Foisil, *La Révolte des Nu-Pieds et les révoltes normandes de 1639*, Paris, P.U.F, 1970.

2 Formes et acteurs de la mobilisation

3 Le déclenchement de la révolte vu par un magistrat normand

En juillet 1639, le sieur de la Benardière Poupinel, lieutenant-criminel à Coutances, étant allé à Avranches, on crut qu'il venait pour établir la **gabelle**. [...] Ce faux bruit passa pour une vérité certaine. [...] Les paysans travaillant au sel blanc, capables de tout entreprendre par leur extrême misère [...], l'attaquèrent en son hôtellerie[1] et le tuèrent ainsi que deux de ses serviteurs. Ce premier exemple fit soulever plusieurs paysans sous un chef qui se faisait nommer Jean Nudpieds. [...] Ils disaient vouloir empêcher la levée[2] de tout impôts établis depuis la mort du roi Henri IV [1610]. Ils se saisirent d'un des faubourgs d'Avranches et tinrent la campagne ; et jusque à la fin de l'automne, faisant une exacte recherche de ceux qu'ils croyaient faire des levées extraordinaires et ne faisant nul mal aux autres, ce qui faisait que le peuple, bien loin de les attaquer, leur fournissait secrètement des vivres.

Alexandre Bigot de Monville, *Mémoires du président Bigot de Monville sur la sédition des Nu-pieds et l'interdiction du Parlement de Normandie en 1639, publiés avec une introduction et des notes, par le Vicomte d'Estaintot*, Rouen, Ch. Métérie, 1876.

1. Auberge. 2. Collecte.

Qui est-il ?

Alexandre Bigot de Monville (1607-1675) est un magistrat normand, témoin de la révolte des Va-nu-pieds.

4 La répression des révoltes rurales par la monarchie

Matthias Scheits, *Soldat attaquant un village en Bretagne*, 1675.

Cet épisode de répression suit la révolte bretonne des Bonnets rouges en 1675. Il s'agit d'une des rares représentations d'un soulèvement paysan. Jugées comme des rébellions inacceptables, le pouvoir s'efforce de les oublier rapidement.

PARCOURS 1

Mettre en perspective un événement historique

1. **Doc. 1 et 3** Quels sont les éléments déclencheurs de la révolte ?
2. **Doc. 1** En contestant l'impôt, qu'est-ce que les révoltés cherchent aussi à défendre ?
3. **Doc. 2 et 3** Montrez que cette révolte mobilise des communautés villageoises organisées et solidaires.
4. **Doc. 1 et 4** Quelle est l'attitude de la monarchie française vis-à-vis des révoltés ?

BILAN En vous appuyant sur la révolte des Va nu-pieds, montrez ce qu'elle révèle de la condition paysanne (difficultés rencontrées, hiérarchies sociales au village, liens de solidarité à l'échelle locale...).

PARCOURS 2

Confronter deux regards d'historiens

En 1948, l'historien soviétique Boris Porchnev présente son interprétation des révoltes rurales (*Les soulèvements populaires en France de 1623 à 1648*).

Confrontez chacune de ses analyses au **Doc. 1** :

- Les impôts imposés par la noblesse et l'État sont vécus comme un outil d'oppression.
- Le rejet des impôts est aussi un rejet de la société d'ordres.
- Les révoltes sont souvent spontanées et peu organisées.

COURS 1

Les transformations économiques et sociales

> **Quelles transformations économiques et sociales touchent la société française au XVIIIe siècle ?**

1 Une société d'ordres diversifiée

- **Le tiers état regroupe plus de 97 % de la population.** Composé de roturiers, il est très diversifié. Dans les campagnes, les grands fermiers aisés côtoient des laboureurs qui peuvent être propriétaires de leurs terres ou des journaliers louant leurs bras à la journée. Dans les villes, se trouvent à la fois des officiers, des marchands enrichis et autres bourgeois et des artisans, des ouvriers, des mendiants...

- **Le clergé (0,5 % de la population) exerce les fonctions religieuses.** Son entrée se fait au terme de longues études, et aboutit à des fonctions diverses, de simples curés (milieux modestes) à des évêques (noblesse). **La noblesse (1 à 2 % de la population) est au service du roi**, que ce soit dans l'armée (noblesse d'épée) ou dans la justice ou la finance (noblesse de robe). Lorsqu'on ne naît pas noble, on peut aussi le devenir en achetant un office, ou en obtenant une lettre d'anoblissement délivrée par le roi en récompense de services rendus.

- **Les trois ordres sont soumis à différents impôts et taxes, le tiers état étant le plus taxé.** La monarchie perçoit des impôts directs ; l'Église, la dîme. Les paysans paient également aux seigneurs des loyers pour l'usage de terres, ou des taxes pour l'utilisation d'équipements (moulin, four). La noblesse et le clergé, exemptés d'impôts directs, payent des taxes appliquées à des produits comme la gabelle sur le sel.

2 Une société bousculée par de profondes mutations

- **La société française connaît une croissance démographique importante**, passant de 22 millions d'habitants en 1715 à 28 millions en 1790. Les progrès agricoles – mise en culture de nouvelles terres et perfectionnement de techniques, comme la fertilisation des sols – permettent de réduire les jachères. Avec le développement des transports, les cultures commerciales des campagnes se développent, à l'image des grandes fermes céréalières de l'Ile-de-France.

- **La population urbaine passe de 16 % à 19 % au cours du siècle.** Si cette urbanisation est lente, des villes comme Lyon, Marseille ou Strasbourg, voient leur population augmenter rapidement (plus de 50 % au XVIIIe siècle) : le dynamisme économique et les grands travaux attirant de la main-d'œuvre des campagnes. Ces villes se transforment avec l'aménagement de nouvelles rues et la construction d'hôtels particuliers.

- **La société française profite des progrès dans le domaine du commerce.** Les villes portuaires comme Nantes ou Bordeaux se développent avec le commerce colonial atlantique qui est multiplié par 10 au cours du siècle. L'élite marchande qui s'enrichit cherche alors à poursuivre son ascension sociale en intégrant la noblesse.

VOCABULAIRE

- **Bourgeois :** terme qui désigne à la fois un statut juridique (le bourgeois est citoyen d'une ville), et un statut social (un certain niveau de fortune, un mode de vie plutôt aisé).
- **Dîme :** impôt prélevé sur les récoltes et versé à l'Église ou à un seigneur.
- **Jachère :** terre agricole qu'on ne cultive pas pour améliorer sa fertilité.
- **Impôt direct :** impôt prélevé directement sur les personnes ou sur les terres.
- **Ferme :** terre qu'on exploite, sans en être le propriétaire.
- **Office :** fonction publique exercée au nom du roi qu'on peut acheter, et qui anoblit.
- **Roturier :** qui n'est pas noble.

3 Des mutations provoquant de fortes tensions

- **La croissance économique ne bénéficie pas à tous les individus, renforçant les inégalités**. Les marchands qui font fortune parviennent rarement à obtenir une lettre d'anoblissement. Une grande partie du tiers état à la campagne comme en ville (domestiques, artisans) vit dans un équilibre fragile. La perte d'un emploi ou la hausse du prix de l'alimentation en raison de mauvaises récoltes peuvent faire basculer dans la pauvreté, comme lors du « Grand Hiver » de 1709, ou lors des orages de 1788 qui ravagent les récoltes.

- **Les inégalités sont très fortes et visibles à Paris**. Centre politique, économique et religieux, Paris concentre les élites, et attire de nombreux provinciaux en quête de travail. La façon d'y vivre témoigne des inégalités. Les plus riches bénéficient de l'intimité au sein d'hôtels particuliers tandis que les plus modestes s'entassent dans des chambres louées à plusieurs. Cette cohabitation génère des tensions.

- **À la fin du XVIIIe siècle, l'appauvrissement de la population devient préoccupant**. Les moyens d'aide aux plus démunis (charité, hôpitaux accueillant les sans abris) ne sont plus suffisants. En 1747, un corps d'inspecteurs est créé pour arrêter et enfermer les prostituées, tandis qu'en 1767 sont créés les dépôts de mendicité pour enfermer vagabonds et mendiants : la pauvreté est désormais criminalisée, accusée de troubler l'ordre public.

DATES CLÉS

1709

« Grand Hiver », période de froid intense qui provoque des famines.

1767

La mendicité devient un délit.

1786

Bordeaux devient le premier port de commerce colonial.

1788

Orages dévastant les récoltes.

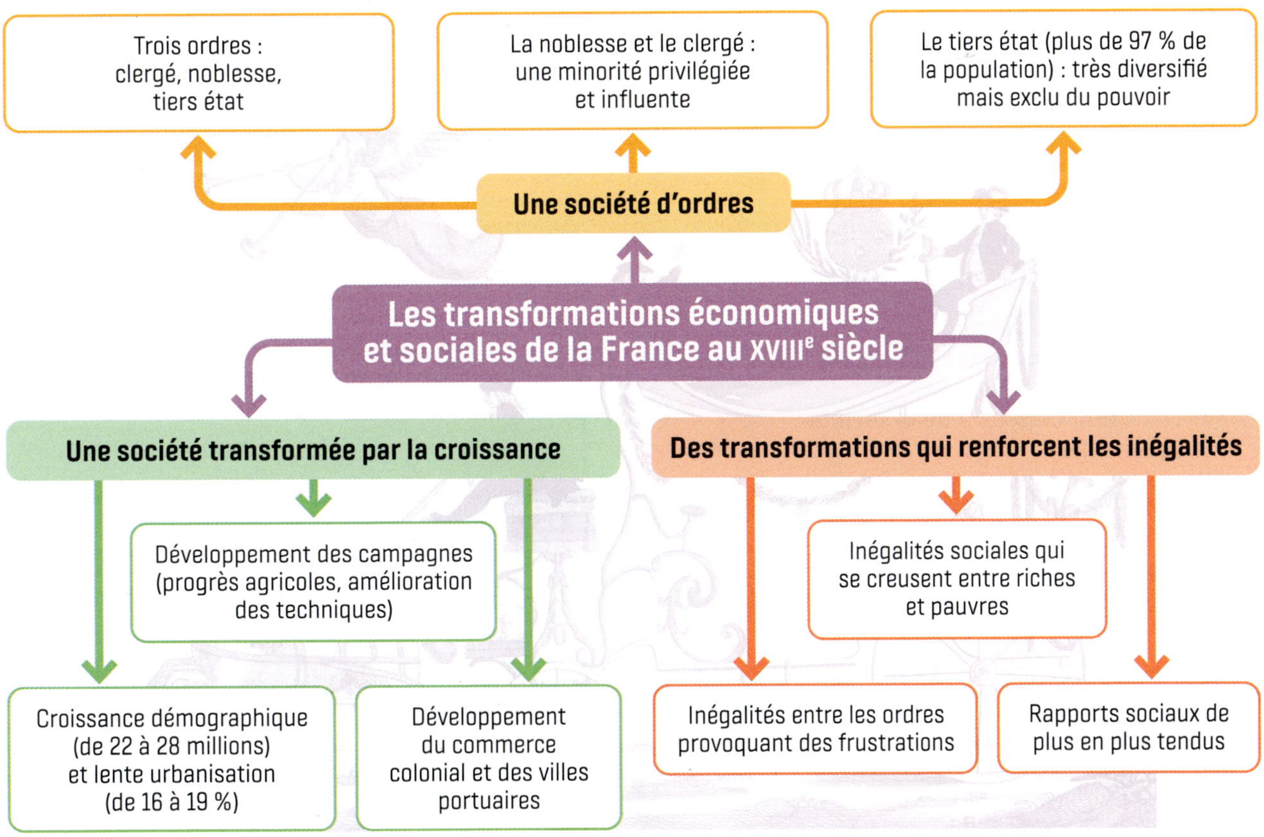

Une société d'ordres en mutation

Riches et pauvres à Paris

PPO

Bien que la cour soit à Versailles, Paris reste un centre économique, administratif et religieux de premier plan. Première ville du royaume par sa taille (600 000 habitants), elle concentre une population variée et attire de nombreux paysans.

> Quelles sont les inégalités sociales à Paris ?

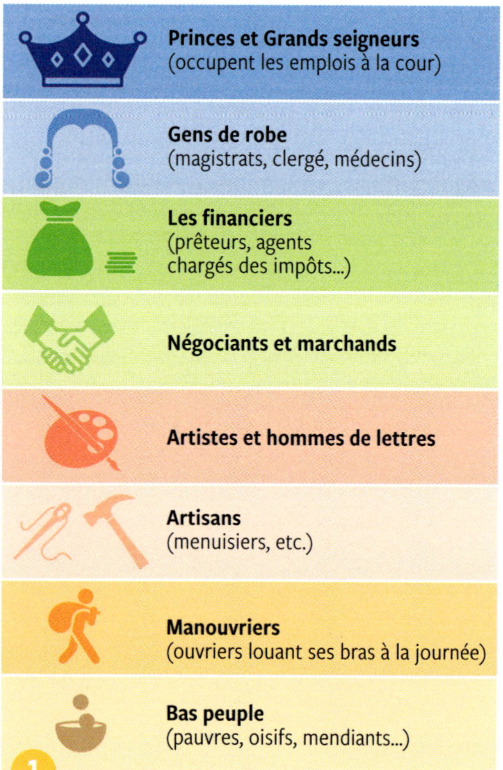

1 Les « huit classes » de la société parisienne

Sources : Louis-Sébastien Mercier, « les huit classes », *Tableau de Paris*, T. XI, Amsterdam, 1788.

En 1700, on comptait autour de 180 000 pauvres à Paris ; autour de 200 000 en 1789.

2 Les mendiants à Paris

Malgré cette infinité de moyens qu'on a inventés, pour gagner de quoi vivre à Paris, oui malgré ces très bonnes et sages dispositions, que la police y a faites, pour soulager les pauvres et les mendiants, cette grande ville regorge de ces gens, tellement qu'on ne sait presque plus que faire, pour se garantir de leur importunité. Je parle ici de cette sorte de mendiants qui vont de porte en porte, ou qui demandent la charité à tout passant dans les rues. Car il y a encore une infinité de pauvres habitants qui ont de la peine à trouver le pain qu'ils mangent, sans toutefois sortir de la maison pour le demander. Or les susdits mendiants ne sont pas tous de Paris, mais nombre de ces gens y viennent d'autre part et des provinces, dans la persuasion de trouver dans cette ville une subsistance plus aisée et plus riche, à cause de la multitude de ses habitants. [...] Il est impossible de donner l'aumône à tous ceux qui la demandent. Il faudrait pour cela une grande bourse bien garnie, et puis il y a assez de dépenses à faire sans cela. Néanmoins on est obligé en conscience d'assister son prochain (surtout s'il est chrétien) dans la nécessité qui le presse.

Joachim Christoph Nemeitz, *Séjour de Paris, c'est-à-dire, instructions fidèles, pour les voyageurs de conditions, comment ils se doivent conduire, s'ils veulent faire un bon usage de leur temps et argent, durant leur séjour à Paris*, Leide, Jean Van Abcoude, 1722.

Qui est-il ?
Joachim Christoph Nemeitz, (1679-1753) est un écrivain allemand ayant voyagé à Paris au début du XVIIIe siècle. Il rédige un guide de voyage sur la vie parisienne.

PARCOURS 1

1. **Doc. 1** Identifiez les critères utilisés par l'auteur pour décrire la société parisienne.
2. **Doc. 2** Quelle image ce voyageur étranger a-t-il de la société parisienne ?
3. **Doc. 2** Quelles sont les relations entre les riches et les pauvres à Paris ?

BILAN Justifiez l'affirmation suivante : « la société parisienne est inégalitaire au XVIIIe siècle. »

L'influence de la noblesse

Représentant 1 à 2 % de la population, la noblesse bénéficie de privilèges et occupe les principales fonctions politiques, religieuses et militaires du royaume. Elle parvient à exercer une influence de plus en plus forte sur l'ensemble de la société.

› Comment la noblesse influence-t-elle la bourgeoisie ?

3 Portrait d'une famille noble

Jacques Dumont, *Mme Mercier entourée de sa famille*, 1731, musée du Louvre, Paris.

Marie-Madeleine Mercier, nourrice de Louis XV, est anoblie en 1716. Cette peinture illustre cette nouvelle position sociale. Mme Mercier tient le portrait du roi et les hommes incarnent les différentes charges occupées dans l'Église, à la cour ou dans l'armée royale.

4 La noblesse : entre intégration de nouvelles élites et tensions

Dès cette époque, le Cours[1] devint le rendez-vous et la promenade journalière des habitants d'Aix. Les familles nobles et les parlementaires s'y montraient dans leurs carrosses, […] et, il faut le dire, lorsque quelques-uns de leurs membres y paraissaient à pied ils avaient grand soin de ne point se mêler avec la bourgeoisie. […] Le croira-t-on ? On en était venu au point […] que telle ou telle allée appartenait exclusivement à telle ou telle classe et malheur à celui d'une classe inférieure qui s'y serait présenté. Des rixes[2] déplorables que nous ne rappellerons pas avaient même lieu à cette occasion. Des lignes de démarcation étaient pour ainsi dire, tracées […] Les bourgeois eux-mêmes savaient se tenir à l'écart des marchands, quoique ceux-ci fussent bien souvent plus riches qu'eux. Mais les uns vivaient de leur modique revenu et faisaient gloire de leur oisiveté depuis plusieurs générations, ce qu'ils appelaient vivre noblement ; la plupart avaient même des liaisons de parenté avec certaines familles nobles […]. Mais les artisans n'auraient osé se montrer sur le Cours que le soir ou à la nuit close, les jours de fête ou de grande réunion.

Ambroise Roux-Alphéran, cité par Laurent Coste, *Les bourgeoisies en France, du XVIe au milieu du XIXe siècle*, Paris, Armand Colin, 2013.

1. Nom de la principale promenade d'Aix-en-Provence. 2. Disputes.

Qui est-il ?
Ambroise Roux-Alphéran (1776-1858) est un avocat et historien d'Aix-en-Provence.

PARCOURS 2

1. **Doc. 3** Identifiez les éléments qui montrent la richesse et l'exercice du pouvoir de cette famille noble.
2. **Doc. 3 et 4** Comment la noblesse montre-t-elle son prestige au reste de la société ?
3. **Doc. 4** Comment ce document montre-t-il que la noblesse attire la bourgeoisie ?

BILAN À partir de vos réponses, montrez que la noblesse exerce une influence sur la vie politique et sociale du royaume.

PARCOURS CROISÉS

À partir de vos réponses, présentez à l'oral, par groupe de trois les inégalités sociales en France en 3 minutes.

Pas à pas :
1. Rappelez que la société est dominée par deux ordres (**doc. 3**).
2. Présentez les inégalités au sein d'un même ordre (**doc. 1 et 2**).
3. Montrez que la noblesse représente un idéal pour la bourgeoisie (**doc. 4**).

ÉTUDE 4 Madame de Tencin et la société d'ordres

PPO

Au XVIIIe siècle, des femmes de la haute société réunissent des membres de l'élite – financiers, artistes, économistes – dans leur demeure. Le **salon** de Madame de Tencin, l'un des plus réputés, lui permet d'exercer une influence dans différents domaines.

> Quelle influence Madame de Tencin a-t-elle eue sur la société ?

CLAUDINE GUÉRIN DE TENCIN
(1682-1749)
Issue de la petite noblesse, elle ouvre à Paris un salon appelé le « bureau d'esprit » en 1717. Initialement lieu de discussions sur la politique et les finances, il devient un centre littéraire et philosophique.

VOCABULAIRE

- **Salon :** lieu de réunion privé accueillant des élites politiques, scientifiques, artistiques et littéraires.

1 Le salon de Mme de Tencin : le « bureau d'esprit »

Jacques Autreau, *La Maison d'Auteuil*, 1716, châteaux de Versailles et de Trianon, Versailles.

Fontenelle (écrivain et scientifique), La Motte (écrivain) et Saurin (mathématicien) dans le salon de Mme de Tencin qui leur apporte du chocolat.

2 Lettre de Mme de Tencin à Montesquieu

Voici [...] ce que je pense sur *De l'esprit des lois*. La philosophie, la raison, l'humanité se sont assemblées pour composer cet ouvrage [...]. Il est bien certain que l'on n'en permettra pas l'entrée dans ce pays-ci, il y a des gens qui n'ont ni le courage de dire les vérités, ni de permettre qu'on les dise. Comme je ne veux pas prêter à tout venant mon exemplaire, il y a des gens qui le viennent lire chez moi. [...] J'en ai jusqu'ici entendu que des applaudissements, il faut bien cependant s'attendre à quelques critiques. Je vous ferai part de celles qui me viendront [...]. Encore un petit mot sur *De l'esprit des lois*. Prault[1] me dit bien que s'il en avait seulement deux cents exemplaires, il ferait sa fortune ; si je voulais céder le mien, l'édition serait bientôt contrefaite, et qu'il se vendrait mieux et plus promptement que des brochures remplies d'ordures et de médisances [...]. Venez me donner la joie de causer avec vous, de jouir de votre esprit, et de votre amitié.

Lettre de Mme de Tencin à Montesquieu, 2 octobre 1748, Ms 1868, BM. Bordeaux.

1. Éditeur.

Qui est-il ?
Montesquieu (1689-1755) est un philosophe des Lumières. En 1748 il publie à Genève, avec le soutien financier de Mme de Tencin, *De l'esprit des lois*, ouvrage dans lequel il défend la séparation des pouvoirs.

3 Les principaux salons au XVIIIe siècle

César-François Cassini de Thury, Carte générale de la France, feuille 1, détail, 1756.

I. Les salons au temps de Mme de Tencin…

1. Salon de la marquise de Lambert (1710-1733)
2. Salon de Mme de Tencin (1717-1749)
3. Le Club de l'Entresol (1720-1731), ne réunissant que des hommes autour de l'abbé Alary, précepteur de Louis XV.

II. … et ses principaux successeurs

4. Salon de Mme du Deffand (1740-1780)
5. Salon de Mme Geoffrin (1749-1777)
6. Salon de Mme de Lespinasse (1764-1776)

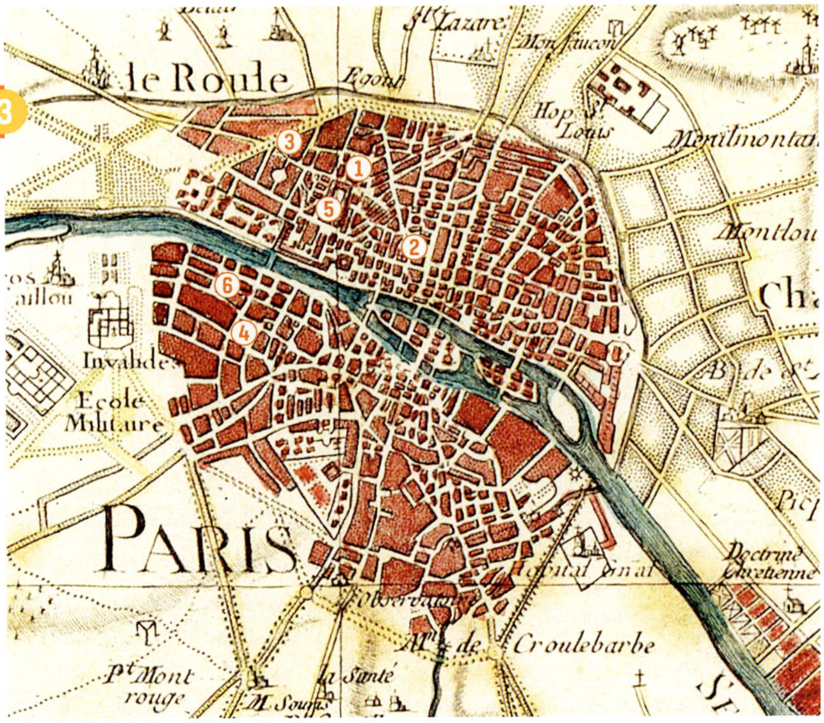

4 Un regard sur Mme de Tencin et son salon

Sa beauté, son génie, joints à un petit air de coquetterie[1], la firent bientôt connaître, lui formèrent une grosse cour, et la mirent en possession de voir ce qu'il y avait de meilleur en hommes dans les différents états. Les beaux esprits du temps firent de sa maison une espèce d'académie : le courtisan, le magistrat, le financier vinrent parer son cercle […]. Tout cela ne l'empêchait pas non plus que de donner audience à une multitude de gens qui venaient lui marchander sa protection ou l'informer des intrigues du cabinet[2] et des diverses histoires de la cour et de la ville. De là elle dressait ses batteries[3] pour le grand nombre d'affaires qu'elle entreprenait […] : elle a presque réussi dans toutes. Pour prendre un peu de relâche dans des occupations si sérieuses, elle se délassait de temps en temps sur son lit de repos des fatigues de son cabinet, et sans se piquer autrement de constance, ni de délicatesse, elle partageait ses faveurs entre un certain nombre d'amis, dont elle traitait les uns par intérêt, les autres par estime, quelques-uns par caprice, et d'autres par amour du plaisir.

Gabriel de Bois-Jourdain, *Mélanges historiques, satiriques et anecdotiques de M. de B… Jourdain, écuyer de la Grande Écurie du roi… contenant des détails ignorés ou peu connus sur les événements et les personnes marquantes de la fin du règne de Louis XIV, des premières années de celui de Louis XV, et de la Régence*, t. I, Paris, Chèvre et Chanson, 1807.

1. Il s'agit de Mme de Tencin. 2. Lieu où se réunit le gouvernement. 3. Unité d'artillerie. Il s'agit ici d'une image.

Qui est-il ?

Gabriel de Bois-Jourdain est un courtisan, présent à la cour à la fin du règne de Louis XIV et au début de celui de Louis XV.

PARCOURS 1

Mettre en perspective une figure historique

1. **Doc. 3** Localisez le salon de Mme de Tencin et situez-le dans son contexte.
2. **Doc. 1 et 4** Après avoir identifié ses invités, précisez ce qui en fait l'originalité.
3. **Doc. 2 et 4** Comment Madame de Tencin a-t-elle exercé une influence ?
4. **Doc. 1 et 4** Ces documents donnent-ils la même vision de Mme de Tencin ? Justifiez votre réponse.

BILAN À partir de vos réponses, rédigez une synthèse montrant comment les salons sont des lieux originaux dans la société du XVIIIe siècle. Vous pourrez insister sur l'influence acquise par les femmes, la liberté intellectuelle qui y régnait, et la remise en cause apparente des hiérarchies sociales.

PARCOURS 2

Participer à un débat

À l'oral, organisez un débat entre deux habitués du salon de Mme de Tencin à l'aide des documents :
- le premier présente le salon comme un lieu d'affirmation des femmes et de liberté intellectuelle ;
- le second évoque la persistance des inégalités sociales dans les salons.

COURS 2 Une société d'ordres inégalitaire

> Dans quelle mesure la critique des inégalités remet-elle en cause la société d'ordres ?

1 Des campagnes en révolte

- **Les paysans doivent faire face à de nombreuses difficultés**. Les seigneurs prennent possession des communaux et augmentent les redevances (taxes, corvées). L'augmentation des besoins alimentaires liée à la croissance démographique provoque une hausse des prix. Enfin, les dernières années du siècle sont marquées par de mauvaises récoltes.

- **La hausse de la fiscalité, qui repose essentiellement sur les paysans, déclenche de nombreuses révoltes.** Pour financer ses guerres, la monarchie multiplie les impôts indirects. L'imposition de la gabelle en Normandie provoque la révolte des paysans en 1639. Elle vise autant à critiquer la fiscalité, qu'à défendre l'identité et la survie d'une communauté locale qui s'estime menacée.

- **Le XVIIIe siècle est un siècle de révoltes (environ 8 500).** Les grands mouvements mobilisant des communautés et des régions entières deviennent rares, les révoltes sont davantage localisées et comprennent moins d'acteurs. Les motifs antifiscaux demeurent, mais les révoltes de subsistance gagnent en importance (335 émeutes entre 1780-1789) comme la Guerre des farines en 1775. Parfois critiques envers l'État, elles ne remettent en cause ni la monarchie, ni l'ordre social.

2 Une noblesse qui se transforme

- **La noblesse comporte de multiples distinctions**. Elle peut être définie selon qu'elle occupe des fonctions dans la justice et la finance (noblesse de robe) ou militaires (noblesse d'épée). Les nobles ne sont pas toujours fortunés, on oppose ainsi grande et petite noblesse. Par exemple, en Bretagne, au début du siècle, rien ne permet de distinguer cette petite noblesse des paysans. Cet ordre se reconnaît toutefois dans un idéal commun : le service du roi.

- **Avec la montée des élites urbaines, la noblesse se sent menacée**. La monarchie ne s'appuie plus que sur elle pour gouverner et, face aux difficultés financières, les ministres Turgot puis Calonne tentent de la taxer. Enfin, l'anoblissement par achat de charges ou décision royale crispe la noblesse traditionnelle. En 1781, l'édit de Ségur réserve les grades d'officiers militaires à cette noblesse ancienne.

- **La noblesse conserve néanmoins son influence**, que ce soit par son contrôle sur la terre, les sources de richesses et par l'accès au roi. Elle reste un modèle qui influence les modes vestimentaires et culturelles de la bourgeoisie, et la norme de la réussite. Ainsi, de riches négociants tentent d'intégrer cet ordre en achetant des terres ou des charges anoblissantes.

VOCABULAIRE

- **Communaux :** terres ou forêts utilisées en commun par les habitants d'un ou plusieurs villages.
- **Impôts indirects :** taxes prélevées sur des produits.
- **Révolte de subsistance :** émeute qui survient lorsque l'alimentation manque.
- **Salonnière :** femme qui tient un salon.

3 Penser la société autrement

- **La société du XVIIIe siècle est influencée par les idées des philosophes des Lumières** comme Diderot, Rousseau, Voltaire ou Montesquieu. Dénonçant les inégalités entre les ordres et défendant la liberté et l'égalité, ils pensent à de nouvelles organisations sociales et politiques. Ainsi, dans *De l'esprit des lois* (1748), Montesquieu formule l'idée d'une séparation des pouvoirs.

- **Les idées des Lumières se diffusent néanmoins dans les salons comme celui de Madame de Tencin.** Liée aux milieux financiers et politiques, sa protection est recherchée, par exemple, pour réussir une carrière artistique. Fondés sur un idéal de fusion entre les élites, les salons restent fermés : il faut y respecter des normes de comportement qui sont celles de l'aristocratie. La salonnière y reste par ailleurs valorisée de façon traditionnelle, comme maîtresse de maison soucieuse du bien-être de ses invités.

- **Des femmes ont pu exercer une influence dans différents domaines,** comme la Pompadour, maîtresse de Louis XV, qui joue un rôle politique à la cour. C'est dans le domaine artistique que plusieurs femmes s'illustrent, comme les écrivaines Mme de Graffigny et Olympe de Gouges, ou la peintre Élisabeth Vigée Le Brun. Mais les inégalités restent profondes : les femmes restent dépeintes comme inférieures aux hommes. Rares sont par ailleurs les philosophes à s'engager pour une égalité, hormis quelques auteurs comme Condorcet.

DATES CLÉS

1639
Révolte des Va nu-pieds.

1717
Ouverture du salon de Mme de Tencin à Paris.

1774
Tentative de Turgot de généraliser l'impôt aux trois ordres.

1781
Édit de Ségur.

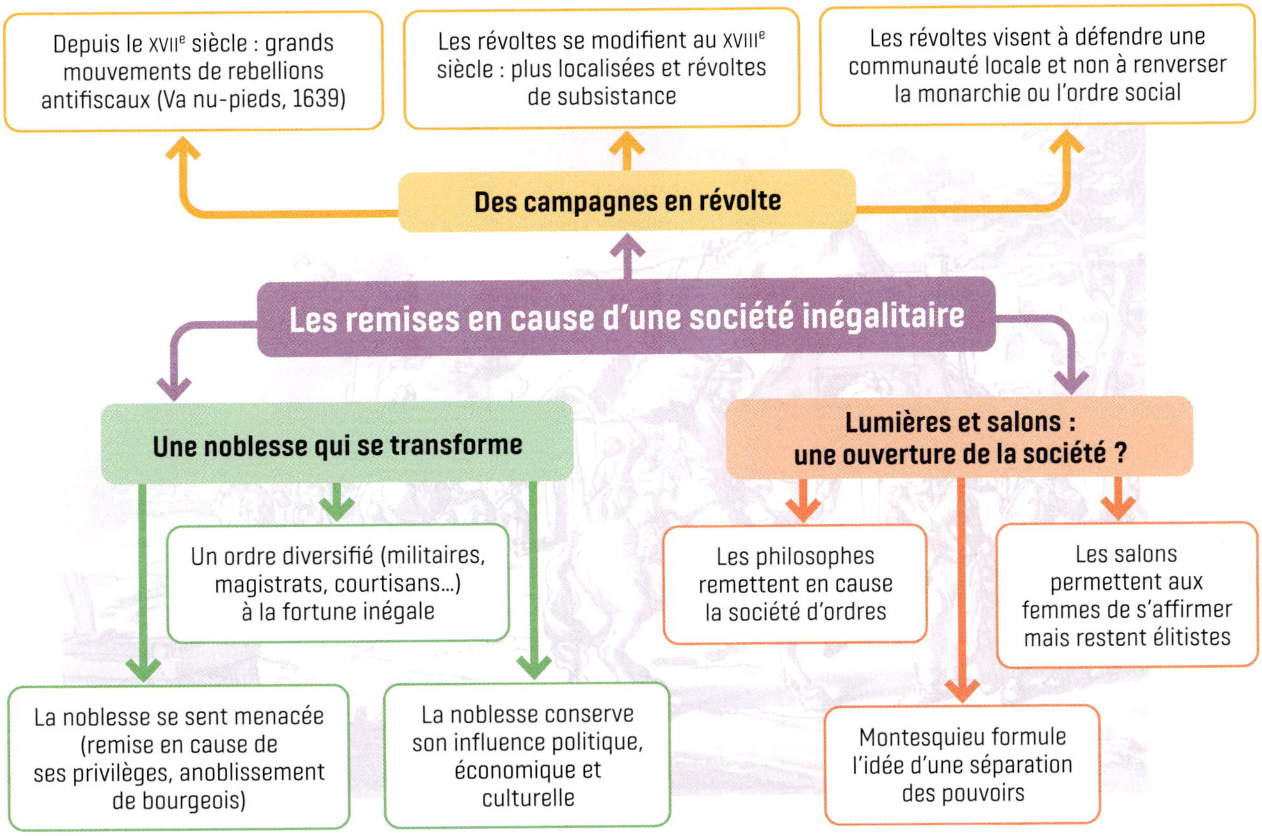

RÉVISIONS

Je fais le point

Quiz
hachette-clic.fr/24hg2055

Repères chronologiques
Vocabulaire
Acteurs

Une société bouleversée par de profondes mutations

- La société d'Ancien Régime est fondée sur l'inégalité entre les trois ordres. Le clergé et la noblesse (2 à 3 % de la population) jouissent de privilèges fiscaux et occupent les principales fonctions. Cette société est bouleversée par un ensemble de mutations économiques comme le développement de la production agricole ou l'essor du commerce colonial qui dynamise les villes portuaires : en 1786, Bordeaux s'impose comme premier port colonial. Ces évolutions favorisent des mutations sociales et de nouvelles catégories sociales s'affirment. Néanmoins, les inégalités se renforcent, ne reposant plus seulement sur la naissance, mais sur la richesse. La création des dépôts de mendicité en 1767 témoigne d'une tolérance moindre à l'égard de la pauvreté.

Une société française sous tension

- Ces inégalités provoquent de nombreuses tensions et crispations. Les campagnes sont secouées par de multiples révoltes, que ce soit pour contester le poids des impôts, les redevances seigneuriales (comme la révolte des Va nu-pieds en 1639) ou pour des motifs de subsistance. La noblesse quant à elle se crispe, se sentant menacée par l'essor d'une nouvelle élite bourgeoise et par des politiques royales qui revoient à la baisse ses privilèges (Turgot, 1774). Enfin, dans les salons, comme celui de Mme de Tencin, lieux de rencontre des élites et de quelques femmes, les inégalités sont remises en cause par les philosophes qui critiquent la société d'ordres par exemple.

Une remise en cause réelle de l'ordre social ?

- Si les critiques et les contestations existent, la société d'ordres reste profondément ancrée. Ni les révoltes rurales, ni les salons ne sont révolutionnaires. Les révoltes cherchent avant tout à défendre une communauté et non à renverser la monarchie ou l'ordre social. Quant aux salons, ils restent respectueux des hiérarchies, en étant fondés sur des valeurs aristocratiques. La noblesse conserve son influence politique et économique, en témoigne l'édit de Ségur (1781). Elle devient un modèle à imiter et à intégrer. La noblesse reste le couronnement d'une ascension sociale réussie. C'est bien la difficulté à intégrer cet ordre qui cause la frustration de la bourgeoisie.

Défi chrono

15 min de préparation — **Étape 1** Sélectionnez dans le chapitre, 3 mots-clés, 3 acteurs et 3 dates, que vous et vos camarades devrez deviner. Notez-les sur un morceau de papier et refermez-le.

5 min — **Étape 2** Formez une équipe de deux et affrontez deux autres duos. Les papiers sont mis en commun et, à tour de rôle, vous disposez de 20 secondes pour faire deviner le maximum de mots à votre binôme. Lorsque tous les mots sont trouvés, comptez les points par équipe.

Je révise avec des podcasts

1 Qu'est-ce que la société d'ordres ?

Podcast
hachette-clic.fr/24hg2056

2 Quelles transformations connaît le monde rural ?

Podcast
hachette-clic.fr/24hg2057

3 Comment les villes se transforment-elles ?

Podcast
hachette-clic.fr/24hg2058

L'ESSENTIEL en 5 minutes

4 Quelle est l'influence de la noblesse ?

Podcast
hachette-clic.fr/24hg2059

5 À quoi les salons servent-ils ?

Podcast
hachette-clic.fr/24hg2060

Je teste mes connaissances

- Écoutez les cinq épisodes du podcast puis testez vos connaissances grâce aux flashcards.

QUESTION

Quels sont les trois ordres de la société française d'Ancien Régime et leur part dans la population ?

RÉPONSE

Le tiers état (plus de 97 %)
Le clergé (0,5 %)
La noblesse (1 à 2 %)

Flashcards
hachette-clic.fr/24hg2061

Le saviez-vous ?

La rédaction du script d'un podcast en histoire nécessite de sélectionner des informations (acteurs, dates, événements) puis de les organiser de manière thématique ou chronologique, sans oublier de s'assurer que les sources des informations choisies soient fiables.

Je m'entraîne

• Confronter deux documents d'époques différentes

1 Une description de Paris à la fin du XVIIIe siècle

Les trois états qui font aujourd'hui fortune dans Paris, sont les banquiers, les notaires et les maçons [...]. Les remparts se hérissent d'édifices qui ont fait reculer les anciennes limites : de jolies maisons s'élèvent vers la chaussée d'Antin et vers la porte Saint-Antoine que l'on a abattue [...].

Description du faubourg Saint-Marcel, qui accueille des miséreux venus de la province pour travailler à Paris :
C'est le quartier où habite la populace de Paris, la plus pauvre, la plus remuante et la plus indisciplinable. Il y a plus d'argent dans une seule maison du faubourg Saint-Honoré, que dans tout le faubourg Saint-Marcel. [...] si l'on fait un voyage dans ce pays-là, c'est par curiosité ; rien ne vous y appelle ; il n'y a pas un seul monument à y voir ; c'est un peuple qui n'a aucun rapport avec les Parisiens, habitants polis des bords de la Seine. [...] Une famille entière occupe une seule chambre, où l'on voit les quatre murailles, où les grabats[1] sont sans rideaux, où les ustensiles de cuisine roulent avec les vases de nuit. [...] Tous les trois mois les habitants changent de trou, parce qu'on les chasse faute de paiement du loyer [...]. On ne voit point de souliers dans ces demeures ; on n'entend le long des escaliers que le bruit des sabots. Les enfants y sont nus et couchent pêle-mêle [...]. La police craint de pousser à bout cette populace ; on la ménage, parce qu'elle est capable de se porter aux plus grands excès.

Louis-Sébastien Mercier, *Le tableau de Paris, nouvelle édition revue et augmentée*, T.1., Amsterdam, 1783.

1. Lits.

2 L'implantation des hôtels particuliers à Paris au XVIIIe siècle

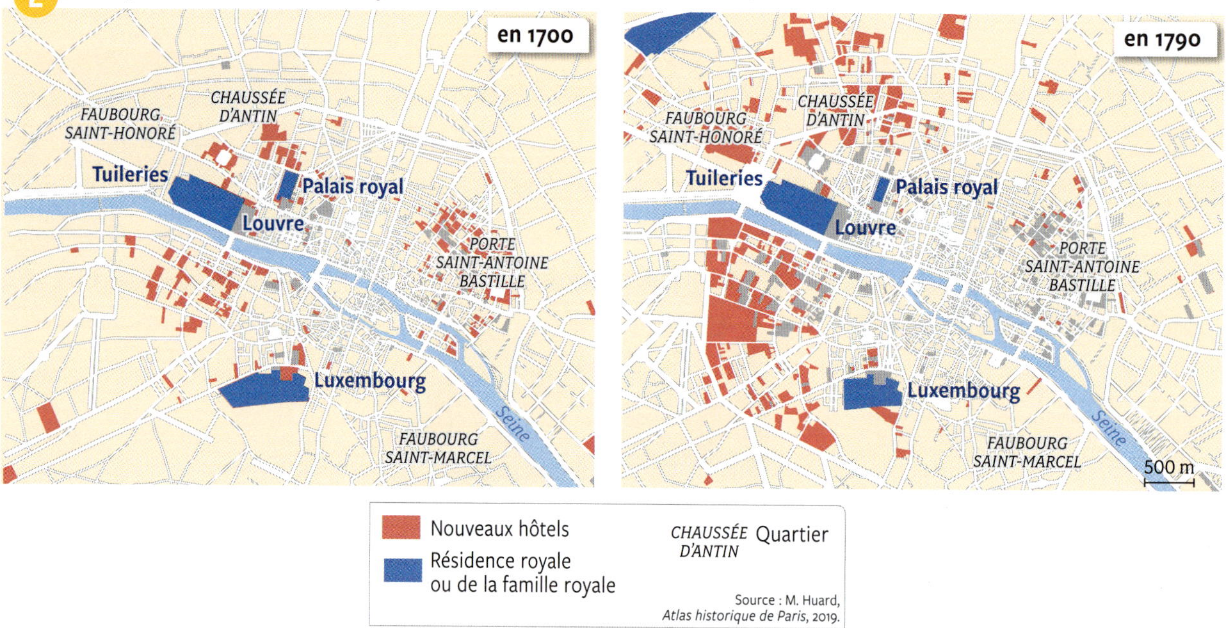

Source : M. Huard, *Atlas historique de Paris*, 2019.

PALIER 1

J'identifie et je comprends les documents

- Identifiez le sujet, la nature et la date de chaque document.
- **Doc. 2** Que montre le document ? Justifiez votre réponse.

PALIER 2

J'analyse les documents

- **Doc. 1** Quel regard l'auteur du document porte-t-il sur les pauvres et leur quartier ?
- **Doc. 1 et 2** Listez les transformations urbaines évoquées dans les documents.
- Comment les conditions de vie opposent-elles riches et pauvres à Paris (habitat, mode de vie...) ?

PALIER 3

Je croise et je confronte les documents

- Quel nous apprend chaque document sur Paris au XVIIIe siècle ?
- Pourquoi est-il intéressant de croiser ces deux documents ?

• Analyser le point de vue d'un auteur

La société d'ordres : une société bloquée ?

Mais les villes s'étaient considérablement augmentées : il s'était établi des places de commerce, telles que Lyon, Nantes, Bordeaux, Marseille, devenues aussi considérables et plus riches que les capitales de plusieurs États voisins. Paris s'était accru d'une manière effrayante ; et tandis que les nobles quittaient leurs terres pour venir s'y ruiner, les plébéiens[1] y puisaient des trésors à l'aide de leur industrie […]. Ils [les bourgeois] avaient reçu en général, une éducation qui leur devenait plus nécessaire qu'aux gentilshommes, dont les uns, par leur naissance et par leur richesse, obtenaient les premières places de l'État sans mérite et sans talents, tandis que les autres étaient destinés à languir dans les emplois subalternes de l'armée. Ainsi à Paris et dans les grandes villes, la bourgeoisie était supérieure en richesses, en talents et en mérite personnel. […] Elle sentait cette supériorité, cependant elle était partout humiliée, elle se voyait exclue, par les règlements militaires, des emplois dans l'armée, elle l'était, en quelque manière, du haut clergé […]. La Haute magistrature la rejetait également […]. Même pour être reçu maître des requêtes […] on exigeait dans les derniers temps des preuves de noblesse. Ainsi, tandis que la noblesse avait été dépouillée de sa prérogative nécessaire dans une monarchie, on donnait aux nobles des privilèges nuisibles à la société.

Marquis de Bouillé, *Mémoires sur la Révolution Française*, publiés à Londres en 1797.

1. Tiers état.

Le saviez-vous ?
Le marquis de Bouillé est un noble, militaire et homme politique proche de Louis XVI. Fuyant la Révolution en 1791, il se réfugie en Angleterre, où il meurt en 1800 après avoir rédigé ses Mémoires. Dans cet extrait il met en avant les évolutions économiques et sociales qui, selon lui, ont rendu possible la Révolution.

PALIER 1
J'identifie le document
- Identifiez le sujet, la nature et la date de ce document.
- Quels sont les groupes sociaux évoqués ?
- Quelle est l'idée principale développée ?

PALIER 2
Je sélectionne les informations
- Quelles sont les transformations urbaines ?
- Comment la bourgeoisie est-elle parvenue à exercer une influence grandissante ?

PALIER 3
J'exerce mon esprit critique
- À quel ordre appartient l'auteur ? Quel effet cela peut-il avoir sur son témoignage ?
- Quel événement historique a pu influencer le témoignage de l'auteur ?
- Montrez que la noblesse reste un modèle pour la bourgeoisie selon l'auteur.

» J'approfondis

À REGARDER

Un jour à Paris en 1775, est un docufiction d'Arte (2019) qui, en suivant la journée d'un perruquier au temps de Louis XVI, donne des clés pour comprendre la société parisienne du XVIIIe siècle.

À VISITER EN LIGNE

Le site Internet du musée d'Histoire de Nantes propose des ressources sur ***Nantes et la traite atlantique***. À travers le commentaire de tableaux, gravures et objets, l'histoire de la traite atlantique est retracée et son lien avec le développement de la ville.

VERS LA SPÉCIALITÉ HGGSP

L'analyse de l'historien : dans une interview au journal télévisé de France 3 (23.09.2006), l'historien Emmanuel Le Roy Ladurie évoque les dérèglements climatiques dans l'histoire.
Quels sont les liens entre l'histoire et le climat ?

➔ Voir fiche 11 p. 226

Vers la question problématisée

Objectif Rédiger une réponse à une question problématisée

Sujet guidé : Quelles évolutions bouleversent la société française au XVIIIe siècle ?

Vous montrerez que les changements économiques et sociaux modifient la société et renforcent les inégalités.

Étape 1 Préparer la réponse à la question problématisée

1. Analysez le sujet.

Listez les changements économiques et sociaux en France au XVIIIe siècle. → évolutions

Trouvez trois adjectifs pour décrire la société française au XVIIIe siècle. → société française au XVIIIe siècle

Quelles évolutions bouleversent la société française au XVIIIe siècle ?

Quelles sont les conséquences des changements économiques et sociaux ? → bouleversent

2. Complétez le tableau.

Plan suggéré par la consigne	Idées / Explications	Exemples
Paragraphe 1 Les changements économiques et sociaux modifient la société française	– *Augmentation de la population urbaine* – *Développement des villes et des ports coloniaux.* –	– *Urbanisation de Lyon, Marseille ou Strasbourg* – .... – ....
Paragraphe 2 Les inégalités sociales se renforcent	– *Appauvrissement de la population* –	– *Création des dépôts de mendicité (1767)* – ....

Étape 2 Rédiger la réponse à la question problématisée

La rédaction répond à des règles générales en histoire-géographie.
- Rédigez l'ensemble de votre réponse à l'aide de **phrases**.
- Mobilisez des **connaissances précises** : vocabulaire, évènements, lieux, acteurs, données chiffrées.
- Utilisez des **connecteurs logiques** quand vous présentez plusieurs arguments.
- Vérifiez **l'orthographe** et la construction des phrases en relisant l'ensemble de vos réponses.

3. Complétez la rédaction de l'introduction.

D'importantes transformations parcourent la société française au XVIIIe siècle ...

4. Complétez la rédaction du paragraphe 1.

Au XVIIIe siècle, les changements économiques et sociaux modifient la société française. La population urbaine augmente, notamment dans des villes comme Lyon, Strasbourg et Marseille qui connaissent une forte urbanisation. Les villes et les ports coloniaux comme Nantes et Bordeaux se développent et connaissent des transformations dans l'urbanisme, le paysage et la composition de la société urbaine avec l'affirmation d'une élite marchande.

5. Rédigez le deuxième paragraphe à l'aide de l'étape 1.

6. Complétez la rédaction de la conclusion.

Ainsi, la société d'ordres est profondément bouleversée au XVIIIe siècle. Elle l'est d'abord en raison de la remise en question de l'ordre social traditionnel qui provoque d'importantes tensions ...

EXERCICES

VERS BAC TECHNO

➔ Voir fiche 9 p. 223

Vers les questions de connaissances

Objectif Rédiger des réponses à des questions de connaissances

QUESTIONS

a Définissez et expliquez ce qu'est la société d'ordres.
b Citez deux mutations qui bouleversent la société d'ordres en France au XVIIIe siècle.
c Justifiez l'affirmation suivante : « La noblesse exerce une influence sur la société en France au XVIIIe siècle ».

Étape 1 Préparer les réponses aux questions de connaissances

➔ Voir méthode p. 164

1. Identifiez le ou les verbe(s) de chaque question et expliquez-les.
2. Reformulez chaque question.

Étape 2 Mobiliser des connaissance

3. Indiquez la ou les page(s) du chapitre en rapport avec la question a.
4. Pour les questions b et c, associez une idée, un mot de vocabulaire et un exemple.

Idées	Vocabulaire	Exemples
• Influence des élites	• urbanisation	• Bordeaux
• Développement des ports	• gabelle	• Mme de Tencin
• Bouleversement de la condition paysanne	• salon	• Paris
• Hausse des inégalités	• armateur	• Va Nu-pieds

Étape 3 Rédiger des réponses à des questions de connaissances

5. Identifiez dans cette réponse la définition, les explications et l'exemple.

La société d'ordres repose sur des groupes auxquels on appartient par la naissance. Au XVIIIe siècle, cette société s'organise en trois groupes. Le tiers état, qui représente 97 % de la population (riches fermiers, marchands, journaliers, ouvriers, mendiants), est le plus taxé. Le clergé et la noblesse représentent des groupes très minoritaires au service de l'Église ou du roi mais dotés d'importants privilèges.

6. Complétez la réponse à la question b.

Au XVIIIe siècle, la société française connaît de profonds bouleversements comme…

7. Rédigez la réponse à la question c.

ENTRAÎNEZ-VOUS !

a Citez deux tensions qui traversent la société française au XVIIIe siècle.
b Justifiez l'affirmation : « La condition paysanne s'améliore progressivement au XVIIIe siècle ».
c Montrez que les femmes ont exercé une influence sur la société française au XVIIIe siècle.

FICHE MÉTHODE 1

Réviser pour l'évaluation

> Réviser demande de la **méthode** mais surtout de l'**anticipation**. Quelle que soit l'évaluation à préparer, il s'agit à la fois de **mémoriser** des connaissances du cours et de réaliser des **entraînements**.

1 Relire le cours pour s'assurer que tout est compris

- Lisez attentivement et listez les éléments incompris.
- Servez-vous du manuel, de recherches ou sollicitez l'aide de votre professeur pour **expliquer** ces éléments.

2 Réaliser une fiche de révision

> À partir des schémas bilans des Cours | > À partir des résumés des pages Révision | > À partir des podcasts

- Notez le **titre du chapitre**, la **problématique** et le **titre** des grandes parties.
- Listez les **éléments essentiels** à mémoriser.

Chapitre 4 - Renaissance, Humanisme et réformes religieuses : les mutations de l'Europe ➔ p. 94

Cours 1 - La Renaissance, un bouillonnement artistique et intellectuel en Europe

Comment la pensée et l'art se transforment-ils à la Renaissance aux XVe et XVIe siècles ?

1 - Les humanistes redécouvrent l'Antiquité

- *Humanistes : traduction d'ouvrages (latins et grecs)*
- *Création d'une « république des lettres »*
- *Mieux connaître l'homme et le monde*
- *Progrès des sciences (astronomie avec Copernic, anatomie avec Vésale)*
- *Soutien et protection des puissants*
- *Érasme (1469-1536), « prince des humanistes »*

2 - Des savoirs qui se diffusent plus largement ...

Conseil

Utilisez des mots-clés et notez chaque connaissance sous forme de tirets pour aller à l'essentiel.

3 Quelques jours avant l'évaluation

- **Mémoriser le cours progressivement en vous mettant en situation d'évaluation** car la seule lecture répétée du cours ne suffit pas.

  Si vous êtes seul(e) :
  > interrogez-vous sur les repères à l'aide de **cartes-mémoire** (une question au recto, une réponse au verso). *Ex. : un mot de vocabulaire et sa définition, un événement et sa date...*
  > utilisez les **exercices numériques** des pages Révision.

  Si vous êtes à plusieurs :
  > demandez à votre camarade de vous interroger **à l'oral**. *Ex. : Peux-tu définir... ? Peux-tu expliquer... ? Peux-tu résumer... ?*
  > demandez à votre de camarade de vous interroger **à l'écrit**. *Ex. : Questions, QCM, vrai/faux...*
  > réalisez en groupe les **défis des pages Révision**. *Ex. : Défi Pecha Kucha p. 422.*

- **Réaliser des exercices d'entraînement pour tester vos connaissances**
  > Pour rédiger et argumenter : travaillez les sujets proposés dans les pages Exercices.
  > Pour analyser des documents : travaillez les sujets proposés dans les pages Exercices et Révision.

- **La veille du devoir**
  > Relisez une dernière fois l'ensemble de votre cours.
  > Relisez plusieurs fois votre fiche de révision.
  > Écoutez une dernière fois les podcasts.

Conseil

Parcourez uniquement les points essentiels la veille du devoir.

FICHE MÉTHODE 2

Prendre des notes

> La prise de notes consiste à **sélectionner les informations et à les synthétiser** de façon à écrire plus rapidement en classe ou sur un brouillon pendant une évaluation.

1 Sélectionner des informations

- Sélectionnez les éléments les plus importants du cours, c'est-à-dire les repères essentiels : *titres, problématique, notions et vocabulaire définis, événements datés, chiffres, acteurs et lieux importants.*

Conseil

Il est impératif d'être concentré pour prendre des notes.

- Ne cherchez pas à tout abréger car cela n'aurait plus de sens.

Conseil

Supprimez tout ce qui n'est pas indispensable à la compréhension : les articles des noms communs, le verbe être...

- Revenez à la ligne à chaque idée pour organiser vos notes et utilisez des couleurs pour hiérarchiser les informations.

2 Utiliser des abréviations et des signes

- Utilisez des abréviations ou des signes mathématiques courants.
- Constituez au cours de l'année votre banque d'abréviations et de signes (en vous inspirant du langage SMS par exemple).

Abréviations	Signes
cad = c'est-à-dire	↗ augmentation, en hausse
nbx = nombreux	↘ diminution, en baisse
ct = comment	→ qui a pour conséquence, qui entraîne
ex = exemple	∈ qui appartient à ∉ qui n'appartient pas à
pop. = population	>, <, = plus grand, plus petit ou égal
prd° = production	Ø aucun / pas de / absence / sans

3 S'entraîner à la prise de notes à partir de différents supports

	À partir de supports écrits	À partir de supports oraux
Pour apprendre	Pages Cours du manuel Résumés des pages Révision	Explications du professeur Podcasts du manuel
Pour approfondir	Articles de presse, d'une revue ou d'une encyclopédie	Podcasts ou vidéos en ligne

Cours 1 : Les sociétés face aux risques → p. 276

Pourquoi les sociétés sont-elles inégalement menacées par les risques dans un contexte de changement climatique ?

1 Des risques nombreux

risques nbx - climatiques + géologiques
- technologiques
- sanitaires
→ 350 à 500 catastrophes/an dans le monde depuis 20 ans

↗ exposit° des sociétés aux risques
- concentrat° pop. sur littoraux + ds métropoles
- multiplicat° risques ds pays qui s'industrialisent (ex : Chine, Vietnam)

FICHE MÉTHODE 3

Mener un travail de groupe

> Le travail de groupe désigne des projets réalisés grâce à une **démarche collective**. Chaque membre du groupe apporte ses connaissances et ses compétences. La **répartition des tâches** et la qualité des **échanges** au sein du groupe sont la clé de la réussite.

AU BROUILLON

1 Identifier le travail de groupe à mener

- Lisez plusieurs fois et attentivement la **consigne**.
- Identifiez le thème, **les mots-clés, la période et/ou l'échelle** du travail à mener.
- Accordez une attention particulière à la **forme finale** attendue. Il peut s'agir de réaliser un travail :
  > à l'écrit : une affiche, un compte rendu de recherche...
  > à l'oral : un podcast, un jeu de rôle, un débat, une présentation orale...

Conseil

Analysez d'abord la consigne individuellement avant d'échanger avec vos camarades afin d'enrichir l'analyse et éviter tout hors sujet.

PRÉPARATION

2 Organiser le travail de groupe

- **Identifiez les tâches** à accomplir : lecture d'un dossier documentaire, sélection d'arguments pour défendre ou contredire une thèse, recherche documentaire...
- **Répartissez les tâches** entre les membres du groupe et définissez un temps de préparation du travail à mener en autonomie.

Conseil

Pour être efficace et ne pas prendre trop de temps, tout travail de groupe exige un temps de travail individuel avant la mise en commun.

RÉALISATION

3 Réaliser le travail de groupe

- Accomplissez la tâche qui vous est attribuée.
- Réunissez-vous dès qu'un membre rencontre une difficulté et **coopérez** pour trouver ensemble une solution.
- À la fin du temps de préparation, faites un **compte rendu** de votre travail à l'ensemble du groupe.

Conseil

Pour faciliter la mise en commun du travail, vous pouvez créer un mur collaboratif (Padlet), une carte mentale (MindMup) ou un texte collaboratif (Framapad).

RÉDACTION / PRÉSENTATION

4 Finaliser le travail de groupe

- **Validez** ensemble les éléments du travail de groupe et finalisez la présentation.
- Répartissez-vous à nouveau les tâches :
  > à l'écrit : qui rédige l'introduction ? la partie une ? la partie deux ? ...
  > à l'oral : qui parle en premier ? en second ? ...

Exemple : **Le débat en groupe**

Organiser le travail	Qui recherche des arguments qui soutiennent la thèse de départ ? Qui recherche des arguments qui contredisent la thèse ?
Finaliser le travail	Qui parle en premier ? en second ? Qui joue le rôle du modérateur ?

FICHE MÉTHODE 4

Mener une recherche documentaire

> La **recherche de documents** de différentes natures permet de réaliser un exercice, écrit ou oral, exigeant une réponse argumentée et illustrée (rédaction, exposé, débat). La recherche documentaire exige **méthode et organisation**.

1 Préparer la recherche documentaire

- Lisez plusieurs fois et attentivement la **consigne**.
- Identifiez **le thème, les mots-clés, la période et/ou l'échelle** du travail à mener.
- Accordez une attention particulière à la **recherche documentaire** attendue. Il peut s'agir de rechercher :
  - > des **documents officiels** pour défendre ou réfuter un point de vue ;
  - > des **articles de presse** pour comparer des situations ;
  - > des **articles spécialisés** pour présenter le point de vue d'un acteur sur un événement ou présenter un sujet en particulier ;
  - > des **données statistiques** ou des **documents iconographiques** pour illustrer une situation.

2 Mener la recherche documentaire

- Répondez à des questions essentielles pour identifier les mots-clés.

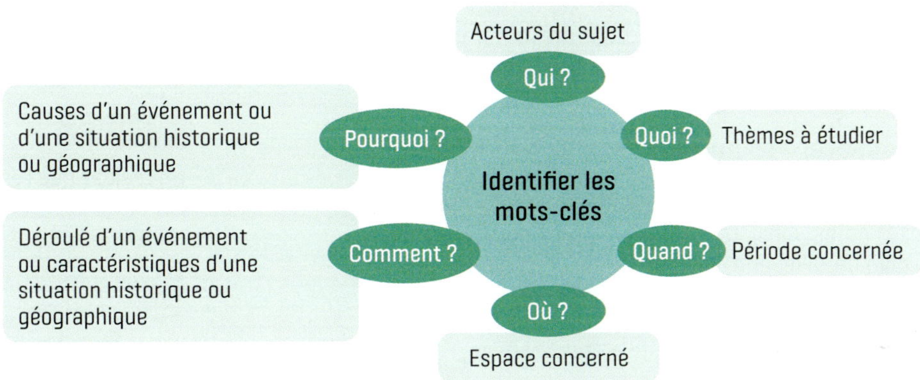

- **À l'aide des mots-clés identifiés, cherchez les documents** dans le manuel, au CDI sur e-sidoc et/ou à partir de moteurs de recherche. Quel que soit le site consulté, vérifiez bien que les sources soient mentionnées.
- Sélectionnez les documents qui sont **directement en lien avec le sujet**.

Conseil

Sollicitez l'aide de votre professeur ou de votre professeur documentaliste.

3 Évaluer la qualité et la pertinence des documents

RÈGLE 1 Consultez des **sources fiables** parmi :

- > la presse écrite française ou internationale : *Le Monde, Courrier international, The New York Times… ;*
- > la presse scientifique : *L'Histoire, Echogéo, Carto, L'espace géographique… ;*
- > des sites spécialisés : Géoconfluences, Universalis, Larousse… ;
- > des sites institutionnels : l'Insee, l'Ina, Toute l'Europe…

RÈGLE 2 Vérifiez **l'identité de l'auteur** en consultant sa biographie ou la page « À propos » du site Internet consulté.

RÈGLE 3 Vérifiez **l'intérêt du document** pour répondre au sujet : quelles informations nouvelles ? quels chiffres essentiels retenir ?

FICHE MÉTHODE 5

Réaliser une présentation orale

> Une présentation orale consiste à **préparer**, seul(e) ou en groupe, puis à **présenter à l'oral** la réponse à un exercice devant la classe (ou un jury) en respectant la forme demandée dans la consigne.

PRÉPARATION

1 Identifier et comprendre le travail à réaliser

- Lisez plusieurs fois et attentivement la **consigne**.
- **Délimitez** le thème, les mots-clés, les acteurs, la période et/ou l'échelle du travail à mener.
- **Identifiez les attendus** de la présentation orale. La consigne peut contenir des indications de durée, des précisions sur le support à utiliser, sur la structure à suivre.

PRÉPARATION

2 Se documenter et organiser sa réponse

- **Effectuez des recherches** en vous aidant de la fiche « Mener une recherche documentaire » (p. 217).
- **Sélectionnez les informations** utiles en prenant des notes (définitions, idées essentielles, acteurs, repères, exemples, mots-clés). N'oubliez pas de noter la source de vos informations.
- **Identifiez les idées clés** permettant de répondre à la consigne et **organisez-les** en deux ou trois parties.
- **Rédigez** une phrase d'amorce pour présenter votre sujet et une phrase de bilan pour conclure votre présentation orale.

Conseil

S'il s'agit d'une présentation orale en groupe, organisez votre travail avec la fiche « Mener un travail de groupe » (p. 216).

PRÉPARATION

3 Préparer son support

- Pour **capter l'attention** de l'auditoire, il faut être détaché de ses notes. Ainsi, **réalisez un support** pour vous aider : un plan détaillé, une carte mentale, un schéma, etc.

Conseil

Ne rédigez que l'essentiel sur le support : le sujet, le plan, les mots-clés.

➔ chapitre 5 p. 388-389

Sujet d'oral

La migration internationale des médecins : atout ou difficulté ?

I) Un atout

- *Pour les pays de départ : remises migratoires*
  Déf : part de revenus que les migrants internationaux envoient vers leur pays d'origine
- *Pour les pays d'accueil : solution à la pénurie de médecins et au vieillissement de la pop*
  Ex : Allemagne = 690 000 personnes travaillant dans le secteur de la santé sont nées à l'étranger

II) Une difficulté

- *Pour les pays de départ : moins de personnel qualifié (Brain drain)*
  Déf : migration des personnes les plus qualifiées à la recherche de meilleures conditions de travail
  Ex : 17 % des médecins Égyptiens sont expatriés
- *Pour les pays d'accueil : débats + replis identitaires*

PRÉSENTATION

4 Prendre la parole

- **Mémorisez les idées essentielles** de votre présentation orale et **entraînez-vous** avec votre support.
- **Réalisez un bilan** à la fin de votre entraînement en vérifiant votre tonalité, le volume de votre voix, votre posture, votre gestuelle, le respect du temps, l'utilisation du support.

Conseil

Enregistrez-vous et/ou filmez-vous afin d'identifier les points forts et les éléments à retravailler pour l'oral (posture, tonalité de la voix, hésitations).

FICHE MÉTHODE 6

Créer un podcast

> Un podcast est un **contenu audio** accessible sur Internet ou par une application pour une écoute facile sur smartphone, tablette ou ordinateur. En histoire-géographie, un podcast permet de **partager des informations et analyses** sur des événements, des situations ou des acteurs.

1 Écrire le script du podcast

- **Identifiez un thème pour votre podcast :** un événement historique, un acteur, un processus géographique, une situation dans un pays…
- **Choisissez un format pour votre podcast** : vous pouvez parler seul pour présenter une situation historique ou géographique, mais vous pouvez aussi interviewer une ou plusieurs personnes avec une démarche plus journalistique.
- **Trouvez un angle d'étude** : qu'est-ce qui rend votre sujet captivant ? Comment soutenir l'attention des auditeurs ?
- **Effectuez des recherches sur le thème retenu** : sélectionnez des informations (acteurs, dates, événements) et organisez-les de manière logique.
- **Rédigez le texte à enregistrer** : comme pour une réponse à une question problématisée, commencez par présenter votre thème puis développez votre propos en deux ou trois idées principales. Concluez par un résumé des points clés.
- **Illustrez** chaque idée par un exemple développé.

Conseil

Pour dynamiser le podcast, pensez à ajouter des anecdotes, des citations marquantes, des données intéressantes, des chiffres-clés, des témoignages, etc.

2 Enregistrer son texte

- Avant de vous enregistrer, entraînez vous afin de maîtriser au mieux votre propos et d'être le plus à l'aise possible. Si votre podcast mobilise différentes personnes, repérez bien à quel moment chacune doit intervenir.
- Enregistrez-vous sur un ordinateur ou un smartphone à l'aide d'un logiciel. Il existe de nombreux logiciels gratuits (Audacity, Free Sound Recorder).
- Après l'enregistrement, utilisez un logiciel de montage pour ajouter des effets sonores (musiques de transition, bruitages, voix off).

Conseil

Si plusieurs personnes participent au podcast, il est préférable de les enregistrer séparément pour mieux contrôler le volume de chaque voix.

3 Publier son podcast

- **Enregistrez** votre production en format MP3.
- **Nommez votre fichier** avec des mots-clés pertinents afin de permettre à vos camarades d'identifier plus facilement le thème du podcast puis déposez-le sur votre espace numérique de travail.
- Vous pouvez aussi transformer votre podcast en **vidéo** en ajoutant, par exemple, une image d'onde sonore ou des iconographies. De nombreuses applications et sites le proposent gratuitement (EoleEdit, Veed…).

FICHE MÉTHODE 7

Identifier un document

> Pour analyser un document, il convient d'en établir une **identification** rapide pour **éviter les contresens**. Vous utiliserez pour cela les indications du document et vos connaissances.

1 Connaître les différents types de documents en histoire-géographie

- Repérez de quel type de documents il s'agit en vous aidant du schéma suivant.

Les documents en histoire-géographie

Les textes
- Texte politique (discours, programme...)
- Texte juridique (édit, ordonnance, traité...)
- Article de presse
- Témoignage : acteurs directs ou indirects
- Texte de spécialistes (historiens, géographes)
- Texte littéraire

Les documents statistiques
- Tableau de données
- Graphique en courbe, circulaire, histogramme

Les documents reconstitués
- Frise chronologique
- Maquette de monuments

Les documents audiovisuels
- Émission, reportage de radio ou de télévision
- Film
- Dessin animé

Les cartes
- Carte thématique (ex. : les milieux en France)
- Carte statistique (ex. : le PIB dans le monde)
- Carte à différentes échelles : mondiale, nationale, locale

Les documents iconographiques
- Photographie, image satellite
- Affiche promotionnelle
- Dessin de presse, caricature
- Œuvre d'art (tableau, sculpture...)

- Au cours de votre année de seconde, vous rencontrerez tous les types de documents exploités en histoire comme en géographie. Si leur nature diffère, la méthode d'identification des documents et leur analyse restent les mêmes.

AU BROUILLON

2 Lister les informations utiles pour identifier un document

■ Répondez à ces **questions** quel que soit le document.

Quoi ?	Nature	*Quel est le type de document étudié ?*
Qui ?	Auteur	*L'auteur est-il connu ou inconnu ? Quel est son rôle ? Est-il témoin des faits racontés ?*
Quand ?	Date	*Quelle est la date de rédaction ? À quelle période historique correspond-elle ?*
Dans quelles circonstances ? À quelle période ?	Contexte	*Dans quelles circonstances l'événement rapporté a-t-il eu lieu ? Qui règne à cette époque ? Est-ce une période de paix ou de guerre ? Quel est le rôle de l'auteur à ce moment-là ?*
D'où provient le document ?	Source	*Relevez le titre du livre pour un extrait de texte ou une carte, le nom du journal ou de la revue pour un article de presse, le lieu d'exposition pour une œuvre d'art…*

Exemple : Octave-Auguste, le premier empereur romain ➔ p. 46

Le Sénat et le peuple attribuèrent aussi à César le titre « Auguste » […]. C'est ainsi que tous les pouvoirs du peuple et du Sénat passèrent aux mains d'Auguste : dès ce moment s'établit véritablement une monarchie […] puisque le pouvoir politique des empereurs est souverain. En effet, si la plupart des magistratures créées par les lois existent encore aujourd'hui, […], c'est pour tout dire le souverain régnant qui dirige et administre tout […] ; mais pour donner l'impression d'agir en conformité aux lois et non du fait d'un pouvoir personnel, les empereurs se sont attribués les titres de toutes les fonctions dont les hommes acceptaient la puissance sous la République.

Dion Cassius, *Histoire romaine*, début du IIIe siècle ap. J.-C., trad. M. Bellissime et F. Hurlet, Les Belles Lettres, 2018.

Dion Cassius, *Histoire romaine*, début du IIIe siècle ap. J.-C., trad. M. Bellissime et F. Hurlet, Les Belles Lettres, 2018.

- Dion Cassius : Auteur du texte
- *Histoire romaine* : Titre de l'ouvrage
- début du IIIe siècle ap. J.-C. : Époque ou date de rédaction par l'auteur
- trad. M. Bellissime et F. Hurlet : Personnes qui ont traduit le texte en français
- Les Belles Lettres, 2018 : Éditeur qui a publié la traduction du texte en 2018

■ **Présentez l'idée principale** du document.

> Formulez l'idée principale du document en présentant un **résumé** pour un texte, une **évolution générale** pour un graphique ou une **thématique** pour les cartes, photographies, oeuvres d'art…

> Recherchez à quelle partie du cours le document fait référence en vous aidant des mots-clés du titre.

■ **Rédigez l'identification** du document.

> Si cette identification est attendue par votre correcteur, elle vous sera demandée sous la forme d'une question ou d'une consigne.

> Veillez alors à la **fluidité de la rédaction** en rédigeant deux phrases de présentation.

Conseil

N'essayez pas de tout dire en une seule phrase.

Cet extrait de texte du début du IIIe siècle est issu d'un ouvrage d'histoire rédigé par Dion Cassius, qui était un homme politique et un historien romain. Dion Cassius y explique comment Octave-Auguste, le premier empereur romain, est parvenu à contrôler tous les pouvoirs à Rome.

FICHE MÉTHODE 8

VERS BAC TECHNO

Analyser un ou deux document(s) avec des questions

> Cet exercice consiste à **analyser** un ou deux documents, de natures diverses, en répondant à **plusieurs questions**. Il s'agit d'identifier le(s) document(s), de les décrire puis de prélever des informations pour les mettre en lien avec des connaissances.

AU BROUILLON

1 Lire les questions et le(s) document(s)

- **Lisez** plusieurs fois le(s) document(s) et **identifiez** les verbes de consigne de chaque question.
- **Définissez** les mots-clés des questions et **reformulez**-les.
- **Définissez** les mots-clés et les termes complexes du/des document(s).

2 Identifier le(s) document(s)

- **Notez les informations** utiles pour identifier le(s) document(s) (nature, auteur, source, date de parution).
- **Formulez l'idée principale** du/des document(s).

3 Sélectionner les informations et les mettre en rapport avec des connaissances

- **Sélectionnez les informations** pertinentes en les surlignant. Ces informations peuvent être des chiffres, des faits, des dates, des mots-clés.
- Mettez ces informations **en rapport avec des connaissances**. Vous pouvez utiliser un tableau d'analyse comme ci-dessous.

Conseil

Lisez attentivement et plusieurs fois le(s) document(s).

Verbes de consigne des questions	Informations sélectionnées dans le(s) document(s)	Connaissances mobilisées
Décrire	Dire ce que l'on voit dans un ensemble (image, graphique)	Utiliser du vocabulaire précis
Relever	Faire une citation (texte) ou nommer des éléments précis (image, graphique)	Expliciter les éléments
Identifier	Désigner ou reconnaître une information dans les documents	Mettre en lien avec des mots-clés, des événements, des acteurs, des lieux
Justifier	Apporter des preuves et des explications pour confirmer ou réfuter une affirmation	Confronter les explications des documents avec les connaissances du cours
Expliquer	Exposer les causes et les conséquences d'une situation historique ou géographique	Mettre en lien avec des mots-clés, des événements, des acteurs, des lieux
Montrer	Donner les caractéristiques d'une situation historique ou géographique	Prouver la véracité des informations avec des connaissances précises

RÉDACTION

4 Rédiger la réponse aux questions

La rédaction répond à des **règles générales** en histoire-géographie.

> Rédigez des **phrases** pour l'ensemble de vos réponses.

> Utilisez **les informations sélectionnées dans le(s) document(s)** : citations d'un texte entre guillemets, éléments de description d'une photographie ou d'une iconographie, données chiffrées d'un document statistique.

> Mobilisez des **connaissances précises** : vocabulaire, événements, lieux, acteurs, données chiffrées.

> Utilisez des **connecteurs logiques** quand vous présentez plusieurs arguments.

> Vérifiez **l'orthographe** et la construction des phrases en relisant l'ensemble de vos réponses.

FICHE MÉTHODE 9 — VERS BAC TECHNO

Répondre à des questions de connaissances

> Cet exercice consiste à **répondre de manière précise à des questions de connaissances.** Il vise à mettre en valeur à la fois vos **acquis** et la **qualité de votre rédaction.**

AU BROUILLON

1 Comprendre les questions et identifier les mots-clés

- Lisez plusieurs fois les questions.
- Relevez et expliquez les mots-clés.
- Identifiez le(s) verbe(s) de consigne pour comprendre quelle réponse est attendue.

2 Mobiliser des connaissances

- Listez au brouillon les connaissances qui permettent de répondre aux questions.
- Variez les informations mobilisées. Il peut s'agir d'acteurs, d'événements, de lieux, de chiffres-clés, de notions ou d'explications sur une situation historique ou géographique.
- Développez des arguments quand la question commence par *justifier, expliquer* ou *montrer.*

Conseil

Identifiez les pages du manuel qui traite du même sujet.

Verbes de consigne	
Définir	Apporter la définition précise d'une notion. *Exemples :* Définissez l'ostracisme. Définissez la transition démographique.
Citer, nommer	Identifier des mots-clés, des événements, des acteurs, des lieux. *Exemples :* Citez deux mutations qui bouleversent la société d'ordres en France au XVIIIe siècle. Citez deux types d'acteurs participant au développement touristique des territoires.
Justifier, expliquer	Apporter des preuves ou des explications en répondant à des questions simples : qui ? quoi ? quand ? où ? pourquoi ? comment ? *Exemples :* Justifiez l'affirmation suivante : « Le système politique britannique a exercé une influence en France et aux Amériques ». Justifiez l'affirmation : « Les migrants internationaux quittent leur pays pour des raisons multiples ».
Montrer	Développer des arguments en présentant une idée majeure, des explications et des exemples précis. *Exemples :* Montrez que la Renaissance est une période de renouveaux culturel et intellectuel. Montrez que les flux migratoires ont des effets différents pour les pays d'arrivée et de départ.
Localiser	Placer des repères géographiques sur une carte. *Exemple :* Localisez les trois plus grandes régions d'accueil des touristes internationaux.

RÉDACTION

3 Rédiger les réponses aux questions

La rédaction répond à des **règles générales** en histoire-géographie.

> Rédigez des **phrases** pour l'ensemble de vos réponses.
> Mobilisez des **connaissances précises** : vocabulaire, événements, lieux, acteurs, données chiffrées.
> Utilisez des **connecteurs logiques** quand vous présentez plusieurs arguments.
> Vérifiez **l'orthographe** et la construction des phrases en relisant l'ensemble de vos réponses.

FICHE MÉTHODE 10

VERS BAC GÉNÉRAL

Analyser un ou deux document(s) avec une consigne

> Cet exercice consiste à **analyser** un ou deux documents, de natures diverses, en répondant à une **consigne**. La consigne suggère une **problématique** et des **idées** à mettre en avant dans votre analyse.

AU BROUILLON

1 Lire la consigne et le(s) document(s)

- Lisez plusieurs fois la consigne qui suggère un plan et le(s) document(s).
- Identifiez le(s) verbe(s) de consigne, le **thème**, les **mots-clés**, la **période** et/ou **l'échelle** concernés.
- Définissez les mots-clés et les termes complexes du document.
- Reformulez la consigne à l'aide de ces éléments.

2 Identifier le(s) document(s)

- Notez les informations utiles pour identifier le(s) document(s) (nature, auteur, source, date de parution).
- Formulez l'idée principale du/des document(s).

3 Sélectionner les informations et les mettre en relation avec des connaissances

- Lisez à nouveau le(s) document(s) et **sélectionnez les informations** pertinentes en les surlignant. Ces informations peuvent être des chiffres, des faits, des dates, des mots-clés.
- Mettez ces informations **en rapport avec des connaissances**. Vous pouvez utiliser un tableau d'analyse comme ci-dessous.

Plan suggéré par la consigne	Informations sélectionnées dans le(s) document(s)	Connaissances mobilisées
Première partie suggérée par la consigne : ...	*– Recopiez ici des citations, des chiffres-clés, des localisations...* – « .... »	*– Définissez les mots-clés, explicitez le contexte, les chiffres, les localisations...* *– Expliquez les arguments de l'auteur...*
Deuxième partie suggérée par la consigne : ...	– « .... »	– ....

Conseil

Lorsque le sujet comporte deux documents, il faut veiller à ne pas les analyser séparément.
Il faut les confronter, c'est-à-dire distinguer leurs points communs et leurs complémentarités ou, au contraire, leurs différences et leurs oppositions.

RÉDACTION

4 Rédiger l'analyse de document(s)

- La rédaction finale doit comporter :
  > une à deux phrases de **présentation du sujet et du/des document(s)** ;
  > un **développement structuré** en deux ou trois **paragraphes** comportant les informations sélectionnées dans le(s) document(s) et des connaissances mises en relation ;
  > une à deux phrases **conclusives** qui répondent à la consigne.

- La rédaction répond à des **règles générales** en histoire-géographie.
  > Rédigez des **phrases** pour l'ensemble de votre réponse.
  > Utilisez **les informations sélectionnées dans le(s) document(s)** : citations d'un texte entre guillemets, éléments de description d'une photographie ou d'une iconographie, données chiffrée d'un document statistique.
  > Mobilisez des **connaissances précises** : vocabulaire, événements, lieux, acteurs, données chiffrées.
  > Utilisez des **connecteurs logiques** quand vous présentez plusieurs arguments.
  > Vérifiez **l'orthographe** et la construction des phrases en relisant l'ensemble de vos réponses.

Un exemple de **sujet traité**

Le sujet traité en géo
hachette-clic.fr/24hg2159

Le parfait humaniste

Après avoir situé le document dans son contexte, expliquez ce qu'est un humaniste pour l'auteur.

Paragraphe 1 — Paragraphe 2

Je voudrais qu'il fût bien instruit des lettres ou de ces études que nous appelons les « humanités ». Qu'il soit familier avec le latin et le grec à cause de l'abondance et de la variété des choses qui furent si divinement écrites dans ces langues. Qu'il connaisse bien les poètes ainsi que les orateurs et les historiens et qu'il apprenne lui aussi à écrire en vers et en prose, en particulier dans notre propre langue [l'italien]. Je le louerai aussi de savoir plusieurs langues étrangères, particulièrement l'espagnol et le français [...]. Il devrait savoir également nager, sauter, courir et lancer des pierres pour la préparation au combat. Je ne serai pas satisfait s'il n'est aussi musicien et il doit jouer de divers instruments. Enfin, je ne voudrais pas lui voir négliger : le dessin et la peinture.

Baldassare Castiglione, *Le Parfait Courtisan*, 1528.

Introduction

Au XVe et XVIe siècle, l'humanisme, apparu en Italie et en Flandres, se diffuse en Europe. Ce document de 1528 nous présente les humanistes, des savants qui, par la connaissance des textes antiques, visent à améliorer la condition de l'homme.

Mots-clés
Présentation du document

alinéa

Paragraphe 1

Tout d'abord, Castiglione, qui publie son ouvrage Le Parfait Courtisan en 1528, évoque l'intérêt pour « le latin et le grec », faisant ainsi référence à la Renaissance, époque où se met en place une « république des lettres », c'est-à-dire un groupe d'humanistes qui s'échange courriers, idées et livres. Par ailleurs, il évoque sa « propre langue, [l'italien] », ce qui permet de préciser qu'il s'agit de la Renaissance italienne avec des foyers scientifiques et culturels comme Florence ou Rome.

citations
connaissances
connecteurs logiques

saut de lignes

Paragraphe 2

Castiglione décrit ce qu'est un humaniste. Premièrement, il doit « être bien instruit des lettres », notamment « le latin et le grec », pour traduire les ouvrages de l'Antiquité, considérée comme un âge d'or, tels ceux d'Aristote. L'humaniste doit aussi pratiquer les sciences dont « la science du dessin » car il valorise l'expérimentation afin de mieux connaître l'homme et le monde. Il réalise ainsi des croquis d'anatomie, comme Vésale. Ensuite, pour l'auteur, l'humaniste doit « savoir plusieurs langues étrangères » pour échanger avec les membres de la « république des lettres » tel Érasme. Enfin, il faut maîtriser « le dessin et la peinture » pour être un humaniste complet.

citations
connaissances
connecteurs logiques

Conclusion

Ce document explique de manière idéalisée ce qu'est un humaniste au XVIe siècle : un savant et un lettré pratiquant l'ensemble des arts et des sciences pour mieux connaître l'homme et le monde.

Réponse concise à la consigne

FICHE MÉTHODE 11 — VERS BAC GÉNÉRAL

Répondre à une question problématisée

> Cet exercice consiste à rédiger la réponse à une **question** à partir de **connaissances organisées** et **illustrées** par des **exemples.** Une consigne donne des indications sur les **arguments** à mettre en avant ainsi que leur organisation.

AU BROUILLON

1 Comprendre la question problématisée

- Lisez plusieurs fois la question problématisée.
- Identifiez et expliquez au brouillon le **thème**, les **mots-clés**, la **période** et/ou **l'échelle** concernés.
- Repérez le plan suggéré dans la question problématisée, il vous donne l'ordre de vos paragraphes.

2 Mobiliser des connaissances et développer des arguments

- Listez des connaissances en lien avec la question problématisée.
- Ne gardez que celles qui répondent directement à la question posée pour former des **arguments.**
- Développez chaque argument grâce à des explications fondées sur des dates, des lieux, des acteurs, du vocabulaire.
- Illustrez chaque argument par au moins un **exemple précis et pertinent.**

Conseil

Pensez à varier vos exemples (différents lieux, différents événements...).

3 Organiser les arguments

- Regroupez vos différents arguments et exemples pour former deux ou trois paragraphes.
- Introduisez chaque paragraphe par une phrase présentant l'idée générale.

RÉDACTION

4 Rédiger la réponse à la question problématisée

- La rédaction finale doit comporter :
  - > Une à deux **phrases de présentation du sujet.**
  - > Un **développement organisé** en deux ou trois paragraphes comportant les arguments et les exemples choisis. Les **paragraphes** doivent être clairement identifiés.
  - > Une à deux **phrases conclusives** qui répondent à la question problématisée.

En **histoire**, le plan peut être :
- **chronologique** pour présenter des faits par ordre chronologique ;
- **analytique** pour évoquer un fait historique : ses causes, son déroulement, ses conséquences ;
- **thématique** pour aborder différents aspects du sujet.

En **géographie**, le plan peut être :
- **par échelle** pour décrire un phénomène à l'échelle mondiale, régionale et locale ;
- **analytique** pour évoquer une situation géographique, ses causes et ses conséquences ;
- **thématique** pour aborder les différents aspects du sujet.

- La rédaction répond à des **règles générales** en histoire-géographie.
  - > Rédigez des **phrases** pour l'ensemble de votre réponse.
  - > Mobilisez des **connaissances précises** : vocabulaire, événements, lieux, acteurs, données chiffrées.
  - > Utilisez des **connecteurs logiques** quand vous présentez plusieurs arguments.
  - > Vérifiez **l'orthographe** et la construction des phrases en relisant l'ensemble de vos réponses.

Un exemple de **sujet traité**

Le sujet traité en histoire
hachette-clic.fr/24hg2160

Pourquoi les villes dans le monde sont-elles particulièrement exposées aux risques ?

Après avoir évoqué les risques qui menacent les villes dans le monde, vous vous demanderez si l'urbanisation accentue ou réduit la vulnérabilité. Vous devrez vous appuyer sur des exemples précis.

Introduction

De nombreuses villes dans le monde sont exposées aux risques et donc à la probabilité qu'un aléa se produise et touche leurs populations et aménagements. Leur vulnérabilité diffère selon leur niveau de développement et leur capacité à faire face au risque.

Pourquoi les villes sont-elles particulièrement exposées aux risques ?

alinéa → *Après avoir présenté les risques qui menacent les villes, nous nous demanderons si l'urbanisation accentue ou non la vulnérabilité.*

saut de lignes →

Paragraphe 1

Tout d'abord, toutes les villes du monde connaissent des aléas qui peuvent créer des risques. L'aléa sismique fait courir le plus grand risque aux villes par le potentiel de destruction tel le séisme qui a touché Port-au-Prince, capitale d'Haïti, en 2010. Un séisme peut causer un tsunami dévastateur sur les littoraux urbanisés (Japon, 2011). Les villes à proximité de volcans actifs sont menacées telle Naples en raison du Vésuve. Le changement climatique renforce les risques car les vagues de chaleur sont plus régulières et plus intenses en ville. De plus, les risques technologiques, liés aux centrales nucléaires, aux raffineries de pétrole ou aux usines chimiques, menacent les villes. Ils peuvent engendrer des explosions (l'usine AZF à Toulouse en 2000) ou des émanations toxiques (Bhopal en Inde en 1984). Existent enfin les risques sanitaires, telle la pandémie de Covid-19.

Paragraphe 2

De plus, l'urbanisation renforce la vulnérabilité. En effet, la densité des populations et des biens (habitations, réseaux…), plus importante en ville, accentue les conséquences des catastrophes. Cependant, la vulnérabilité reste surtout liée au niveau de développement. Ainsi, le non-respect des normes antisismiques, l'urbanisation en zone inondable ou à proximité des zones industrielles amplifient la vulnérabilité des villes des pays en développement. Les villes disposent de ressources financières, techniques ou humaines inégales pour la prévention et la gestion des risques. Des actions sont menées pour atténuer le changement climatique et les risques qu'il intensifie comme le Plan Climat de Paris.

Conclusion

À travers le monde, et quel que soit le pays, les villes sont menacées par des risques divers. Elles présentent une forte vulnérabilité car elles concentrent à la fois un grand nombre d'habitants et de biens. Cependant, selon leur niveau de développement, les villes sont capables de mettre en place des politiques efficaces de prévention et de gestion des risques.

Légende : Mots-clés — Question problématisée — Argument — Exemple — Connecteur logique — Argument — Exemple — Connecteur logique — Réponse concise à la question

FICHE MÉTHODE 12

VERS BAC GÉNÉRAL

Transposer un texte en croquis

> Cet exercice consister à **sélectionner** des informations dans un texte, à les organiser en construisant une **légende** et à les localiser sur le croquis. Un **fond de carte** est fourni.

AU BROUILLON

1 Comprendre la consigne et le texte

- Lisez plusieurs fois la consigne et le texte.
- Identifiez le **thème** du croquis à réaliser, **l'espace** concerné, les **mots-clés** de la consigne et les **connaissances** à mobiliser.

AU BROUILLON

2 Sélectionner les informations dans le texte

- **Sélectionnez les informations à cartographier** (des types d'espaces, des aménagements, des flux ou des évolutions...) en les surlignant.
- Associez à **chaque information sa localisation** (villes, régions, pays, éléments de relief...) et soulignez-la dans le texte.

Conseil

Pour plus de clarté, vous pouvez réaliser un tableau.

	Informations sélectionnées dans le texte	Localisations sélectionnées dans le texte
Premier paragraphe	– *Recopiez ici les éléments à cartographier* –	– *Mettez-les en rapport avec leur localisation* – ....
Deuxième paragraphe	–	– ....

AU BROUILLON

3 Choisir les figurés et organiser la légende

- Chaque information est transposée en **langage cartographique**.
- Choisissez des **figurés** en combinant des formes simples et des couleurs.

Il existe trois types de **figurés** :
> des **figurés de surface** pour représenter une zone ;
> des **figurés ponctuels** pour situer un lieu précis ;
> des **figurés linéaires** pour représenter des flux et des axes.

Le **choix des couleurs** répond à deux logiques :
> respecter les **conventions cartographiques** : bleu pour les informations liées à l'eau, vert pour les éléments naturels...
> choisir une même **gamme de couleurs** pour un même type d'informations.

Conseil

Reportez-vous au mémento cartographique. p. 230.

- **Attribuez un figuré à chaque information** sélectionnée dans le texte.
- **Organisez la légende en deux ou trois parties.** Chaque partie correspond à un paragraphe du texte.
- **Donnez un titre à chaque partie** en résumant l'idée générale du paragraphe.

RÉALISATION

4 Réaliser le croquis

- **Recopiez la légende** dans un cadre sur le fond de carte fourni.
- **Réalisez le croquis en reportant les éléments** dans l'ordre suivant :
  > le titre ;
  > les figurés de surface (crayons de couleurs) ;
  > les figurés linéaires (feutres) ;
  > les figurés ponctuels (feutres) ;
  > les noms des lieux (en noir pour les États et les villes, en bleu pour les mers, océans et fleuves).

Un exemple de **sujet traité**

L'eau en Espagne, une ressource rare sous pression

À partir du texte, vous construirez un croquis correspondant au sujet suivant : « *L'eau en Espagne, une ressource rare sous pression* ».

Le sujet traité pas à pas
hachette-clic.fr/24hg2161

Des informations à cartographier

Des localisations

La ressource en eau en Espagne est considérée comme un facteur primordial de développement. Pays méditerranéen, l'Espagne possède de nombreux fleuves dans lesquels l'eau est puisée. Mais alors que les précipitations sont abondantes au nord, de l'océan Atlantique aux Pyrénées, elles sont rares à l'est et au sud. Dans le contexte du changement climatique, la pénurie d'eau est de plus en plus forte, surtout l'été. (partie 1 de la légende)

Les usages de l'eau en Espagne sont multiples. L'agriculture irriguée, qui utilise plus des ¾ de l'eau totale, est concentrée le long des fleuves (surtout le long de l'Èbre et du Guadalquivir et autour des villes de Valence et de Murcie). Les utilisations de l'eau pour le tourisme sont plus saisonnières et concentrées sur le littoral méditerranéen et dans les îles Baléares. Toutes les villes sont de très grosses consommatrices d'eau, notamment les plus grandes comme Madrid, Barcelone et Valence. (partie 2 de la légende)

Les aménagements hydrauliques sont anciens. Mais face au changement climatique, les barrages présents sur tous les fleuves, notamment sur le Tage et le Guadiana, sont complétés par des transferts d'eau du Tage à la région agricole de Murcie. Des usines de dessalement de l'eau de mer viennent couvrir les besoins hydrauliques du littoral, de Malaga à Valence et dans les îles Baléares. (partie 3 de la légende)

D'après M. Drain, *Encyclopédie Universalis*, 2024.

Titre : *L'eau en Espagne, une ressource rare sous pression* ← un titre

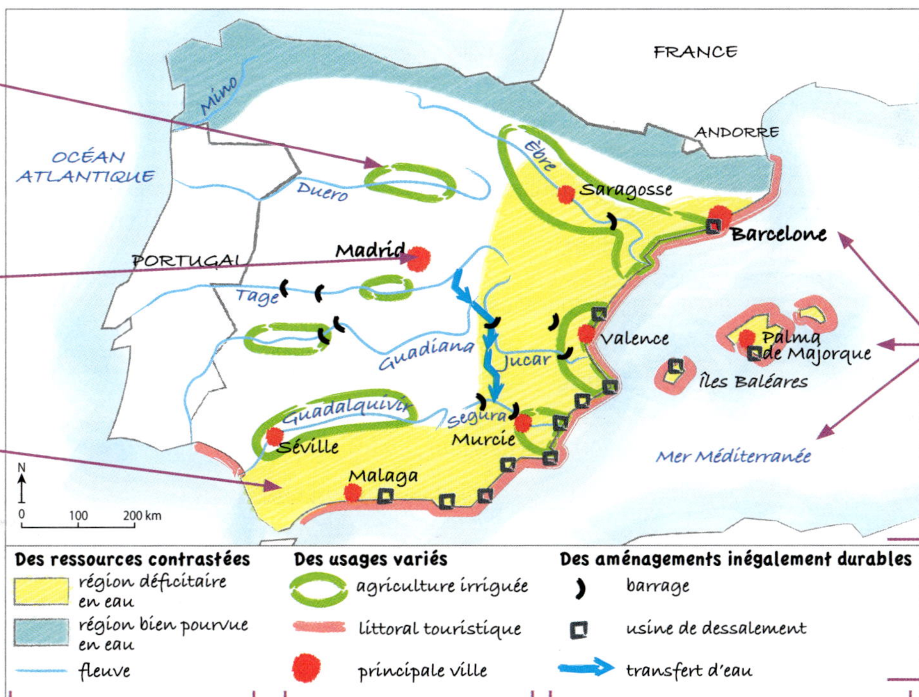

des figurés linéaires

des figurés ponctuels

des figurés de surface

des noms de lieux

une légende organisée en trois parties

partie 1 de la légende

partie 2 de la légende

partie 3 de la légende

Le langage cartographique

- La réalisation cartographique répond à un langage spécifique et à des règles d'usage pour le choix des figurés (surfaces, lignes, flèches, points), des couleurs et de la taille des figurés.
- La connaissance, la maîtrise et le respect de ces règles sont obligatoires pour assurer la compréhension des cartes du manuel et la réussite de vos productions graphiques.

	Représenter les informations	**Hiérarchiser les informations**
Figurés de surface (pour des espaces ou des zones)	Réserve de pétrole et de gaz Céréaliculture Territoire industriel Parc national	**Accès à l'eau potable** Faible Moyen Fort **Indice de développement humain** 0,38 0,55 0,7 0,8 0,96
Figurés linéaires ▪ **Les lignes** (pour des axes de transport, des limites)	Axe routier ou autoroutier Ligne ferroviaire à grande vitesse Future ligne à grande vitesse Limite de l'espace Schengen Littoral touristique Frontière	**Trafic aérien** Fort Moyen Faible
▪ **Les flèches** (pour les flux de toutes natures)	Flux de marchandises Flux d'IDE Flux de touristes	Principaux flux migratoires internationaux Flux migratoires régionaux
Figurés ponctuels (pour des lieux)	Métropole Aéroport international Port de commerce Plage Volcan actif Pôle récréatif ou commercial	**Ville, en million d'habitants** 1 2 7 **Nombre de travailleurs mobiles** 405 000 100 000 50 000 5 000

Les différentes productions cartographiques

Carte

Représentation cartographique issue d'un manuel de géographie ou d'un atlas. Elle présente des informations multiples, organisées et hiérarchisées permettant d'analyser précisément une situation géographique.

légende avec des données quantitatives

source

localisations précises

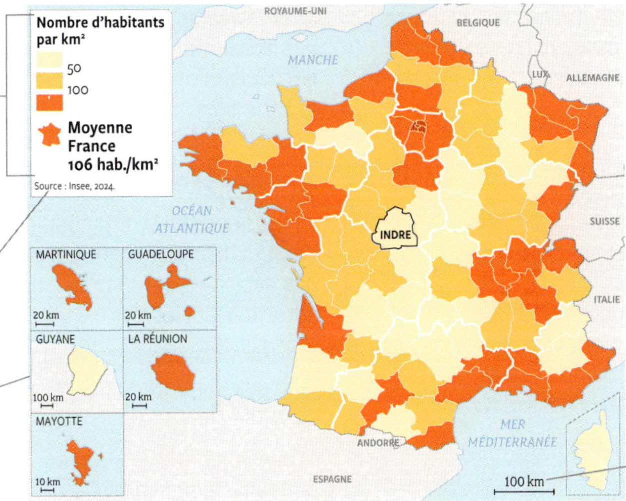

échelle

La répartition de la population de la France

titre

Croquis

Production cartographique réalisée par les élèves. Elle présente des informations organisées et hiérarchisées à partir d'un fond de carte fourni pour l'exercice.

titre

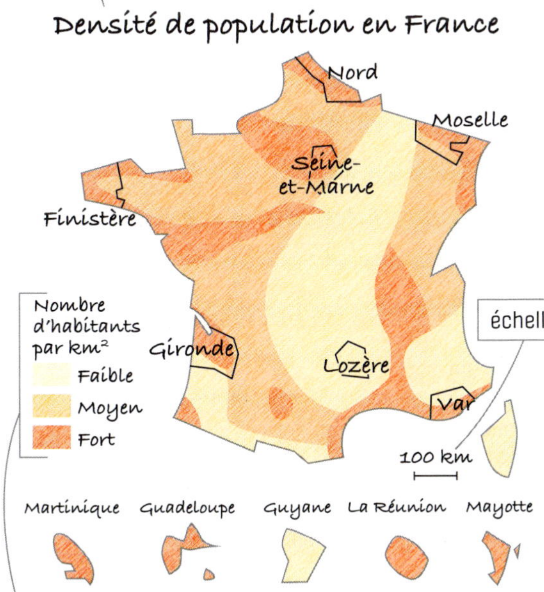

échelle

légende avec des données qualitatives

Schéma

Production cartographique réalisée par les élèves. Elle présente un nombre restreint d'informations pour illustrer un paragraphe dans une analyse de document ou une question problématisée.

titre

localisations peu nombreuses

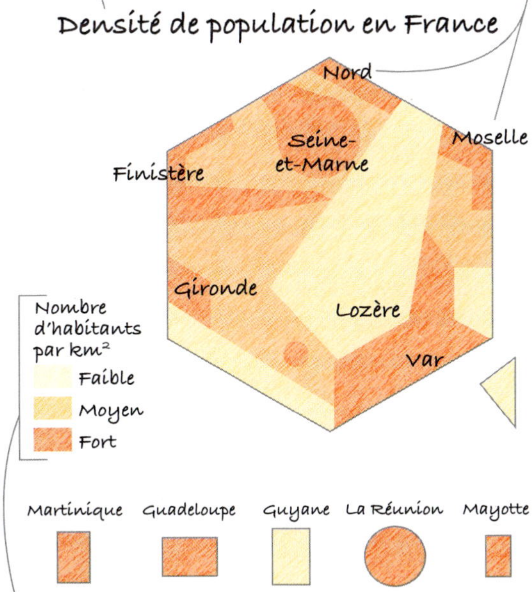

légende avec des données qualitatives

LEXIQUE HISTOIRE

- **Académie :** institution qui rassemble des savants reconnus afin de promouvoir les sciences et/ou les arts.
- **Acculturation :** processus par lequel des individus assimilent une culture étrangère à la leur.
- **Armateur :** personne qui paye, à ses frais, l'équipement d'un navire (équipage, matériel, ravitaillement, armements).
- **Art baroque :** style artistique caractérisé par la richesse des détails, les mouvements et une sensation de grandeur dans le but de susciter l'émotion et d'exprimer la puissance de l'Église catholique.
- **Banqueroute :** incapacité d'un État à assurer ses paiements (dette publique, rétribution des agents publics, factures des fournisseurs, etc.).
- ***Bill* :** En Angleterre, projet de loi. Une fois validé par le Parlement, il devient *Act*, c'est-à-dire une loi.
- **« Bon sauvage » :** représentation européenne des populations autochtones considérées comme vivant à l'état de l'innocence, en accord avec la nature et en conformité avec les préceptes bibliques.
- ***Boston Tea Party* :** révolte qui éclate en 1773 à Boston durant laquelle des caisses de thé sont jetées à la mer pour protester contre les taxes imposées par la Grande-Bretagne.
- **Bourgeois :** terme qui désigne à la fois un statut juridique (le bourgeois est citoyen d'une ville), et un statut social (un certain niveau de fortune, un mode de vie plutôt aisé).
- **Brevet :** acte juridique qui reconnaît à un inventeur la propriété intellectuelle de son œuvre.
- **Cacique :** chef de certaines tribus amérindiennes.
- **Califat :** territoire où s'exerce l'autorité du calife, souverain musulman considéré comme le successeur de Mahomet.
- **Camisards :** protestants français qui se soulèvent dans les Cévennes en 1702 contre le gouvernement royal.
- **Capitainerie :** territoire confié par la Couronne portugaise à des particuliers afin qu'ils l'exploitent et l'administrent.
- **Catéchisme :** enseignement de la religion chrétienne.
- **Centralisation :** organisation de l'État où l'autorité centrale prend des décisions qui s'imposent aux autorités locales.
- **Chiite :** adepte d'un courant religieux minoritaire de l'islam apparu au VIIe siècle.
- **Choc microbien :** augmentation rapide de la mortalité des Amérindiens causée par des maladies venues d'Europe et pour lesquelles ils n'étaient pas immunisés.
- **Civilisation :** ensemble de caractéristiques sociales, politiques, culturelles, morales et religieuses qui confèrent une unité à une société à une époque et sur un espace donnés.
- **Communaux :** terres ou forêts utilisées en commun par les habitants d'un ou plusieurs villages.
- **Compagnie des Indes orientales :** entreprise coloniale fondée par Colbert en 1664 afin de s'implanter en Orient et concurrencer les importations anglaises et hollandaises. Protégée par l'État, elle obtient des privilèges, notamment des monopoles commerciaux.
- **Comptoir :** établissement commercial fondé par un État ou une entreprise dans un pays éloigné pour y développer des échanges.
- **Concile :** assemblée d'évêques qui se réunit pour prendre des décisions à propos d'affaires qui concernent la religion.
- **Conquistadors :** nom donné aux Espagnols qui réalisent la découverte, la conquête et la colonisation des Amériques.
- **Constitution :** ensemble de lois qui définissent l'organisation des pouvoirs et garantissent les droits des individus dans un État.
- **Contre-Réforme :** mouvement de réforme initié au sein de l'Église catholique romaine au XVIe siècle pour mettre un terme à des dérives et faire face à la Réforme protestante.
- **Controverse :** discussion argumentée entre plusieurs savants qui s'opposent sur une question.
- **Convention :** assemblée qui a pour objectif de préparer une constitution.
- **Cour :** ensemble des personnes qui résident avec le roi.
- **Croisade :** expédition militaire entreprise par des chrétiens dans un objectif religieux, notamment pour assurer le pèlerinage vers les lieux saints tels que Jérusalem.
- **Culte impérial :** culte public rendu à l'empereur et à la famille impériale.
- **Dauphin :** titre désignant l'héritier du royaume de France.
- **Démagogue :** politicien qui, par son habileté à parler au peuple, parvient à le manipuler pour servir ses propres intérêts.
- **Démocratie :** système politique dans lequel la communauté des citoyens (*dèmos*) exerce sa souveraineté en participant à l'exercice du pouvoir (*kratos*) à travers des représentants élus ou tirés au sort.
- **Dîme :** impôt prélevé sur les récoltes et versé à l'Église ou à un seigneur.
- **Droit de veto :** pouvoir qui permet d'empêcher l'application d'une loi.
- **Droit des gens :** principe selon lequel tous les peuples ont des droits naturels qu'ils doivent respecter dans leurs relations.
- **Droit divin :** principe selon lequel le roi est censé tenir son autorité de Dieu. Il n'a donc de compte à rendre à aucune instance humaine.
- **Émirat :** territoire musulman gouverné par un prince, l'émir.

- **Empereur :** terme désignant le citoyen qui domine la vie politique du monde romain à partir de 27 av. J.-C.
- **Empire :** régime politique où les institutions sont dominées par un seul homme, l'empereur.
- ***Encomienda* :** concession d'une terre de la Couronne d'Espagne à un colon pour l'exploiter avec les Amérindiens qui fournissent un travail et payent un tribut en échange de leur protection et de l'évangélisation.
- ***Encyclopédie* :** ouvrage qui réunit l'ensemble des connaissances dans un but éducatif.
- **Entrepreneur :** créateur d'une entreprise marchande.
- **Érudit :** personne disposant d'un très grand savoir.
- **État fédéral :** forme d'État souverain dans lequel des entités territoriales (États fédérés) disposent d'une large autonomie.
- **États généraux :** assemblées extraordinaires convoquées par le roi et réunissant des représentants des trois ordres.
- **Étiquette :** ensemble de règles et de codes qui régissent la vie du roi et de la cour.
- **Excommunier :** exclure un individu d'une Église chrétienne.
- **Ferme :** terre qu'on exploite, sans en être le propriétaire.
- **Fonte :** alliage de fer et de carbone.
- **Fronde :** troubles politiques éclatant entre 1648 et 1653, pendant la régence d'Anne d'Autriche qui débute alors que Louis XIV a cinq ans.
- **Gabelle :** impôt royal sur le sel.
- **Gravitation universelle :** loi physique décrivant l'attraction des corps sur Terre et dans l'univers.
- **Héliocentrisme :** conception du monde qui place le Soleil au centre de l'Univers.
- **Hérésie :** doctrine religieuse condamnée par l'Église catholique.
- **Huguenot :** terme employé par les catholiques pour désigner les calvinistes.
- **Humanisme :** mouvement de pensée qui, par la redécouverte des textes antiques, vise à améliorer la condition de l'homme.
- **Impérialisme :** politique menée par un État pour exercer sa domination sur d'autres territoires.
- **Impôt direct :** impôt prélevé directement sur les personnes ou sur les terres.
- **Impôts indirects :** taxes prélevées sur des produits.
- **Indulgences :** lettres vendues par la papauté accordant à son possesseur le pardon de ses péchés et réduisant son temps de purgatoire.
- **Industrialisation :** processus de développement de l'industrie au moyen de nouvelles techniques permettant une forte augmentation de la production dans de nombreux secteurs économiques.
- **Ingénieur :** personne qualifiée en mécanique et nouvelles techniques.
- **Innovation :** application industrielle et commerciale d'une invention.
- **Inquisition :** tribunaux de l'Église chargés depuis le Moyen Âge de juger les hérétiques.
- ***Insurgents* :** colons britanniques qui se sont révoltés contre l'Angleterre lors de la guerre d'indépendance des États-Unis d'Amérique.
- **Intendant :** agent nommé par le roi pour le représenter dans les provinces du royaume.
- **Invention :** réalisation nouvelle en vue d'un progrès.
- **Jachère :** terre agricole qu'on ne cultive pas pour améliorer sa fertilité.
- **Janissaire :** soldat de l'infanterie au sein de l'armée ottomane.
- **Jihad :** désigne l'« effort » de soumission à Dieu de chaque fidèle. Par extension, il devient l'effort nécessaire pour protéger et diffuser l'islam par la guerre si nécessaire.
- **Journalier :** ouvrier agricole payé à la journée.
- **Laboureur :** paysan à la tête d'une petite exploitation familiale, possédant un capital modeste (un attelage, des animaux de traits, etc.).
- **Libéralisme :** doctrine qui place la liberté et les droits de l'individu au cœur de sa réflexion.
- **Ligue :** mouvement composé d'ultra-catholiques qui prennent les armes pour éradiquer le protestantisme et refuser toute forme de tolérance à leur égard.
- **Ligue de Délos :** alliance militaire conclue en 478 av. J.-C. entre Athènes et d'autres cités grecques pour se défendre contre les Perses.
- **Ligueur :** membre d'un mouvement ultra-catholique agissant pour éradiquer le protestantisme.
- ***Limes* :** système de fortifications construites pour protéger certaines frontières du monde romain.
- **Lit de justice :** cérémonie où le roi vient en personne imposer sa décision au Parlement.
- **Loi salique :** règle successorale propre à la France, selon laquelle les femmes ne peuvent pas hériter de la Couronne.
- **Lumières :** mouvement littéraire et philosophique du XVIIIe siècle fondé sur le progrès, la tolérance et la liberté. Il s'oppose à l'obscurantisme et aux superstitions.
- **Manufacture royale :** établissement de production appartenant à des individus, mais bénéficiant de privilèges royaux : regrouper plusieurs métiers, détenir un monopole, recevoir des aides financières et des commandes d'État.
- **Mécène :** riche famille ou individu qui protège et finance des artistes.
- **Mercantilisme :** conception selon laquelle l'économie est entièrement soumise aux objectifs d'accroissement du stock d'or et d'argent présent dans le pays, en limitant notamment les importations et en favorisant les exportations.
- **Métèque :** étranger résidant à Athènes mais qui ne peut avoir les droits d'un citoyen.
- **Métier à tisser :** machine utilisée pour tisser une pièce à partir d'une bobine de fil.

LEXIQUE HISTOIRE

- **Métissage :** influence mutuelle de groupes culturellement distincts qui entrent en contact. Ces contacts conduisent à la création de nouvelles formes culturelles hybrides.
- ***Misthos*** **:** somme versée aux citoyens athéniens pour exercer des charges politiques et compenser la perte de leur journée de travail.
- ***Mita*** **:** système dans lequel les hommes devaient un nombre de jours de travail à l'empereur inca. Il fut repris par l'administration coloniale espagnole.
- **Monarchie parlementaire :** régime monarchique où le gouvernement est responsable devant le Parlement.
- **Mondialisation :** mise en relation des régions du monde par les échanges.
- **Négociant :** marchand pratiquant des activités diversifiées (commerce, armement de navires, banque) à l'échelle internationale.
- **Office :** fonction publique exercée au nom du roi qu'on peut acheter et qui anoblit.
- **Ostracisme :** procédure de vote visant à bannir un citoyen de la cité pendant dix ans.
- **Pamphlet :** texte violent et accusateur destiné à critiquer un individu, une idée ou une institution.
- **Parlement :** en Angleterre, assemblée législative formée de la Chambre des communes (députés élus au suffrage censitaire) et de la Chambre des lords (évêques et aristocrates nommés par le monarque).
- **Parlement de Paris :** cour de justice couvrant le tiers du royaume de France qui enregistre les lois du roi. Le Parlement dispose d'un droit de remontrances qui lui permet de contester un texte royal.
- **Pasteur :** personne en charge de la gestion du culte dans une communauté réformée.
- **Perspective :** art de représenter, sur une surface plane, des objets en trois dimensions tels qu'ils sont vus par l'œil humain.
- **Philosophe :** au XVIIIe siècle, ce terme désigne un penseur s'intéressant à la société et à son organisation.
- **Plantation :** grande exploitation agricole où des produits sont cultivés par une main-d'œuvre servile.
- **Pouvoir absolu :** pouvoir « délié des lois ». Il ne connaît donc, en théorie, aucune limite et n'est contrôlé par aucune institution.
- **Prédestination :** croyance que tout événement, particulièrement le salut ou la damnation éternelle des âmes, est décidé à l'avance par Dieu.
- **Principat :** régime politique dans lequel l'empereur domine la vie politique, tout en maintenant les institutions de la République.
- **Protestant :** chrétien adepte de la Réforme.
- **Purgatoire :** croyance en un espace intermédiaire entre le paradis et l'enfer destiné à « purger » les péchés commis pendant la vie et purifier l'âme.
- **Réforme :** volonté de réformer le christianisme par un retour aux textes fondateurs et à des pratiques plus simples. Le mouvement qui en est issu rompt avec l'Église catholique pour former les cultes protestants.
- **Régence :** délégation de pouvoir temporaire en raison de l'absence ou de la minorité du roi.
- **Renaissance :** renouveau culturel, artistique et scientifique en Europe marqué par un retour aux valeurs et aux esthétiques de l'Antiquité et par un esprit d'innovation.
- **République :** régime dans lequel la souveraineté appartient aux citoyens qui sont représentés par des assemblées ou des personnes élues.
- **« République des lettres » :** expression qualifiant le groupe des humanistes qui s'échangeait courriers, idées et livres.
- **République maritime :** cité indépendante à la tête d'un empire commercial grâce au développement de ses activités maritimes.
- **Révolte de subsistance :** émeute qui survient lorsque l'alimentation manque.
- **Révolution industrielle :** expression apparue au XIXe siècle pour qualifier le passage d'une économie essentiellement agricole à une économie où la production des biens est mécanisée.
- **Romanisation :** processus d'échanges entre la culture romaine et les autres cultures du monde romain, soit par appropriation, soit par adaptation.
- **Roturier :** qui n'est pas noble.
- **Salon :** lieu de réunion privé accueillant des élites politiques, scientifiques, artistiques et littéraires.
- **Salonnière :** femme qui tient un salon.
- **Schisme :** division d'une communauté religieuse à la suite de divergences et désaccords.
- **Société d'ordres :** société fondée sur des groupes sociaux fermés et héréditaires (noblesse et tiers état), chaque ordre ayant une fonction spécifique.
- **Suffrage censitaire :** système électoral où seuls les individus disposant d'un certain niveau de richesse (le cens) votent.
- **Sultan :** souverain de l'Empire ottoman.
- **Sunnite :** adepte du courant religieux majoritaire de l'islam apparu au VIIe siècle.
- **Thalassocratie :** terme issu du grec *thalassa* (la mer) et *kratos* (pouvoir) afin de désigner une puissance maritime.
- **Tolérance civile :** fait d'accepter les protestants dans le royaume à défaut de pouvoir les convertir au catholicisme par la force.
- **Traite atlantique :** commerce d'esclaves africains déportés aux Amériques.

BIOGRAPHIES

ANNE D'AUTRICHE
(1601-1666)
Épouse du roi Louis XIII et reine de France de 1615 à 1643. Elle exerce la régence avec l'appui du cardinal Mazarin jusqu'à la majorité de Louis XIV en 1661.

ASPASIE
(470-400 av. J.-C.)
Originaire de la cité de Millet en Asie Mineure, elle est issue d'un milieu social très aisé et reçoit une excellente éducation. Elle vit à Athènes où elle est une métèque. Elle y rencontre Périclès avec lequel elle entretient, selon les sources, une relation amoureuse ou une profonde amitié.

CABRAL, PEDRO ÁLVARES
(vers 1460-vers 1520)
Navigateur portugais, il est chargé par le roi portugais Manuel Ier de poursuivre l'œuvre de Vasco de Gama. En 1500, alors qu'il cherche de nouvelles routes maritimes vers l'Orient, son expédition arrive sur une terre inconnue, le Brésil.

CASAS, BARTOLOMÉ DE LAS
(1484-1566)
Ancien colon espagnol possédant une encomienda sur l'île d'Hispaniola, il intègre ensuite un ordre religieux et plaide en faveur d'une colonisation pacifique fondée sur le consentement des Amérindiens et l'évangélisation.

CHÂTELET, ÉMILIE DU
(1706-1749)
Femme de sciences et de lettres, elle est élue à l'académie des sciences de Bologne, elle est également la première femme dont un ouvrage a été publié par l'Académie royale des sciences.

CLAIRVAUX, BERNARD DE
(1090-1153)
Abbé cistercien. En 1146, il soutient l'appel à la croisade lancé par le pape Eugène III pour défendre les royaumes chrétiens d'Orient menacés par l'avancée des Turcs seldjoukides.

COLBERT, JEAN-BAPTISTE
(1619-1683)
Ministre de Louis XIV, il cumule à partir de 1665 un grand nombre de charges, ce qui permet d'orienter la politique économique du royaume, mais aussi de réformer l'administration de l'État.

COLOMB, CHRISTOPHE
(1451-1506)
Navigateur d'origine génoise, il découvre l'île d'Hispaniola en 1492 et place les grandes Antilles sous domination espagnole.

CONSTANTIN IER
(vers 272-337)
Proclamé empereur par ses troupes en 306, il vainc ses adversaires (Maxence, Licinius) et redevient le seul maître de l'Empire romain. C'est le premier empereur à se convertir au christianisme.

CORTÉS, HERNÁN
(1485-1547)
Il débarque en 1519 au Mexique, et découvre l'empire aztèque. Après le siège de la ville de Tenochtitlán et la mort de l'empereur Moctezuma II, il prend le pouvoir sur le Mexique.

COUDRAY, ANGÉLIQUE DU
(1712-vers 1790)
Sage-femme ayant exercée à Paris, elle forme plusieurs milliers de femmes et des médecins aux techniques d'accouchement en utilisant des outils qu'elle élabore, dont la « machine ».

ÉRASME
(1469-1536)
Prêtre originaire des Pays-Bas, il est considéré comme le « prince des humanistes » pour son érudition et son influence sur les penseurs de son temps. Il a écrit de nombreux ouvrages sur la religion, la philosophie et l'histoire.

BIOGRAPHIES

FRANÇOIS IER
(1494-1547)
Roi de France de 1515 à 1547. Son règne est marqué par l'usage obligatoire du français dans les actes juridiques et administratifs et par des guerres en Italie (contre Charles Quint).

FRANKLIN, BENJAMIN
(1706-1790)
Imprimeur et physicien américain, il présente les revendications des colons à Londres en 1757. Acteur de l'indépendance américaine, il négocie l'alliance avec la France et participe à la rédaction de la Déclaration d'indépendance et de la Constitution. Il est aussi l'un des signataires du traité de Paris de 1783 par lequel la Grande-Bretagne reconnaît l'indépendance américaine.

GALILÉE
(1564-1642)
Professeur de mathématiques à l'université de Padoue (Italie), Galilée confirme la théorie de l'héliocentrisme de Nicolas Copernic (1473-1543). En 1633, il est condamné pour cette théorie par l'Église et doit se rétracter.

GUÉRIN DE TENCIN, CLAUDINE
(1682-1749)
Issue de la petite noblesse, elle ouvre à Paris un salon appelé le « bureau d'esprit » en 1717. Initialement lieu de discussions sur la politique et les finances, il devient un centre littéraire et philosophique.

HENRI IV
(1553-1610)
Roi de France de 1589 à 1610, il met fin aux guerres de religion dans le royaume de France et instaure une tolérance civile. Il est assassiné en 1610 par l'ultra-catholique Ravaillac.

LA FAYETTE (MARQUIS DE) GILBERT DU MOTIER
(1757-1834)
Il s'engage en 1777 à titre privé dans les rangs de l'armée du général Washington aux côtés des Insurgents puis au nom de la France en 1778. Revenu en France en 1781, il est promu maréchal. En 1789, il devient commandant de la garde nationale, vice-président de l'Assemblée. Marqué par son expérience américaine, il participe à la rédaction de la *Déclaration des Droits de l'Homme et du Citoyen*.

LAVOISIER, ANTOINE-LAURENT DE
(1743-1794)
LAVOISIER, MARIE-ANNE DE
(1758-1836)
Ce couple de chimistes collabore étroitement dans leur laboratoire de l'hôtel des Régisseurs à Paris. Ils y mènent des expériences, sur la composition de l'air et le rôle de l'oxygène. Mme Lavoisier traduit plusieurs ouvrages de chimie en français.

LOUIS XIV
(1638-1715)
Roi à 5 ans en 1643, il se confronte à la Fronde. En 1661, il décide de gouverner sans premier ministre et de s'impliquer dans la gestion des affaires gouvernementales. Il installe la cour à Versailles et renforce l'administration.

LUTHER
(1483-1546)
Moine et théologien allemand, il dénonce la vente des indulgences. En 1517, il publie ses 95 thèses contre les dérives de l'Église. Excommunié en 1521, il bénéficie de la protection de princes allemands et organise la Réforme luthérienne.

MARIE II STUART
(1662-1694)
GUILLAUME III D'ORANGE-NASSAU
(1650-1702)
Mariés en 1677, ils deviennent reine et roi d'Angleterre, d'Écosse et d'Irlande en 1689 après la révolution qui a renversé Jacques II, le père de Marie. S'ils gouvernent ensemble le royaume, ils ont dû préalablement accepter le *Bill of Rights* reconnaissant ainsi un rôle plus important au Parlement anglais.

MÉDICIS, CATHERINE DE
(1519-1589)
Épouse du roi Henri II et reine de France à ses côtés de 1547 à 1559. Elle a donné naissance à trois rois de France et à deux reines. Reine mère, elle exerce la régence de 1560 à 1563 pendant la minorité de Charles IX.

MÉDICIS, MARIE DE
(1573-1642)

Issue de la noblesse de Florence (Italie), elle épouse Henri de Navarre, futur Henri IV, en 1600. Après l'assassinat de son mari en 1610, elle exerce la régence jusqu'en 1614 pendant la minorité de Louis XIII. Elle est ensuite chef du Conseil du roi de 1614 à 1617.

MEHMED II
(1432-1481)

Septième sultan ottoman, dit « le Conquérant » après la chute de Constantinople, qui devient la nouvelle capitale de l'Empire ottoman.

MICHEL-ANGE
(1475-1564)

Sculpteur, peintre, architecte et poète italien, Michel-Ange est l'un des plus grands artistes de la Renaissance. Ses sculptures les plus connues sont le David, le *Tombeau du pape Jules II* et *La Pietà*. Il a également peint le plafond de la chapelle Sixtine.

NEWCOMEN, THOMAS
(1663-1729)

Pasteur et mécanicien anglais, il développe une machine à vapeur qui permet de pomper l'eau des puits de mine.

OCTAVE-AUGUSTE
(63 av. J.-C.-14 ap. J.-C.)

Héritier de Jules César, Octave met un terme à une période trouble à Rome, les guerres civiles. Le Sénat lui remet les titres d'Auguste et de Princeps en 27 av. J.-C. À sa mort, il concentre entre ses mains les principaux pouvoirs des institutions romaines.

PÉRICLÈS
(vers 495-429 av. J.-C.)

Élu stratège de 443 à 429 av. J.-C., il entreprend des réformes importantes pour améliorer le fonctionnement de la démocratie. Il renforce la domination d'Athènes sur son alliance et impulse de grands travaux comme la construction du Parthénon.

POLO, NICCOLÒ ET MATTEO

Marchands vénitiens de la fin du XIIIe siècle, ils ont fondé plusieurs comptoirs commerciaux en Méditerranée orientale (Empire byzantin, mer Noire) et ont effectué deux voyages commerciaux en Asie.

SEPÚLVEDA, JUAN GINÉS DE
(vers 1490-1573)

Prêtre et théologien espagnol, il soutient la légitimité de la conquête espagnole des Amériques sous le règne du roi Charles Quint.

VOLTAIRE, FRANÇOIS-MARIE AROUET DIT
(1694-1778)

Écrivain et philosophe français, il défend la tolérance et la liberté des individus. Exilé en Angleterre, il l'érige en modèle du libéralisme.

VON BORA, CATHERINE
(1499-1552)

Issue de la petite noblesse germanique, elle épouse Luther en 1525. Elle devient un modèle pour les femmes de pasteur : elle seconde son mari tout en s'occupant des tâches domestiques. Elle enseigne également aux enfants et vient au secours des personnes en détresse.

WASHINGTON, GEORGE
(1732-1799)

Issu d'une famille de colons américains, il s'engage d'abord dans l'armée coloniale anglaise. Pendant la guerre d'indépendance des États-Unis (1775-1783), il est désigné chef d'état-major de l'armée continentale des treize colonies. Il préside ensuite la Convention chargée de rédiger la Constitution en 1787 et il est élu premier président des États-Unis en 1789.

WATT, JAMES
(1736-1819)

Ingénieur écossais, il s'intéresse à la vapeur en 1763 après avoir réparé une machine Newcomen. Il dépose le brevet d'une nouvelle machine à vapeur en 1769 qui permet de mieux canaliser l'énergie produite. Cette invention fait sa fortune.

LEXIQUE GÉOGRAPHIE

- **Accaparement des terres :** terres agricoles acquises par des États étrangers ou des entreprises transnationales au détriment des populations locales.
- **Adaptation :** réduction de la vulnérabilité des populations aux effets du changement climatique (augmentation des températures, sécheresse...).
- **Agriculture vivrière :** agriculture de subsistance, destinée à nourrir la famille et parfois les villages proches.
- **Aléa :** source de danger naturel, technologique ou sanitaire.
- **Apartheid :** politique du « développement séparé » mise en œuvre en Afrique du Sud (1948-1991) pour discriminer les populations noires et les éloigner des espaces résidentiels blancs.
- **Artificialisation :** transformation d'un espace naturel, agricole ou forestier en un espace bâti (logements, routes, activités économiques).
- **Banquise :** étendue de glace formée à la surface de la mer.
- **Braconnage :** pratique illégale de la chasse.
- ***Brain drain* (fuite des cerveaux) :** migration des personnes les plus qualifiées à la recherche de meilleures conditions de travail.
- **Catastrophe :** événement qui provoque des pertes humaines et matérielles importantes et qui perturbe le bon fonctionnement d'une société.
- **Changement climatique :** transformation du climat depuis le début du XXe siècle due à un réchauffement rapide de l'atmosphère et des océans, causé principalement par les actions humaines.
- **Conflit d'usage :** concurrence entre différents acteurs pour le contrôle et l'utilisation d'un espace ou d'une ressource.
- **Continuité territoriale :** principe de service public qui se traduit par des aides fournies aux populations et aux territoires marqués par l'éloignement géographique ou l'enclavement.
- **Développement :** amélioration des conditions sociales et économiques permettant aux populations de satisfaire leurs besoins essentiels.
- **Développement durable :** développement qui permet de répondre aux besoins des générations actuelles sans compromettre la satisfaction des besoins des générations futures. Il repose sur trois piliers : économique, social et environnemental.
- **Diaspora :** communauté d'une même origine dispersée dans plusieurs pays et qui maintient des liens économiques, financiers et culturels importants avec son pays d'origine.
- **Dividende démographique :** avantage économique dont dispose un pays quand sa population en âge de travailler est plus nombreuse que les non-actifs (enfants et personnes âgées).
- **Économie circulaire :** modèle de production et de consommation fondé sur la réutilisation des produits (réparation, recyclage) pour éviter le gaspillage des ressources.
- **Économie de rente :** économie faiblement diversifiée reposant sur l'exploitation des ressources naturelles.
- **Écotourisme :** forme de tourisme respectueuse de l'environnement.
- **Effet tunnel :** situation dans laquelle des espaces ne sont pas desservis par des axes de transports rapides (LGV, autoroute) entraînant leur isolement et enclavement.
- **Émigration :** départ d'une personne d'un pays pour s'installer dans un autre.
- **Enclavement :** situation dans laquelle un territoire est mal relié aux autres territoires.
- **Énergie fossile :** ressource énergétique issue de la décomposition de matières organiques pendant des millions d'années (charbon, pétrole, gaz naturel).
- **Énergie renouvelable :** énergie fournie par la nature (soleil, vent, eau) en quantité illimitée ou se régénérant à l'échelle humaine (biomasse, agrocarburant).
- **Espace Schengen :** espace de libre circulation des personnes entre les États signataires des accords de Schengen (1985).
- **Étalement urbain :** croissance spatiale des villes sous l'effet d'un accroissement démographique et/ou de l'implantation de nouvelles activités.
- **Fragmentation socio-spatiale :** séparation des territoires urbains en fonction du niveau de vie des populations. Elle s'oppose à la mixité sociale.
- **Friche :** espace abandonné par l'activité qui y était pratiquée.
- **Frontex :** agence européenne chargée de faciliter la coopération entre États pour le contrôle des flux migratoires aux frontières extérieures de l'Union européenne.
- **Gentrification :** afflux d'une population aisée dans un quartier auparavant populaire.

- **GES (Gaz à effet de serre) :** gaz (CO2, méthane, ozone) piégé dans l'atmosphère contribuant au changement climatique.

- **Hub aérien :** plate-forme de correspondance et de redistribution des flux de marchandises et de passagers dans les aéroports.

- **IDE (Investissements directs à l'étranger) :** investissements réalisés par une entreprise dans un pays étranger soit par la création d'une nouvelle filiale soit par le rachat d'une entreprise existante.

- **Immigration :** arrivée d'une personne dans un pays alors qu'elle n'en a pas la nationalité.

- **Indice de développement humain (IDH) :** indicateur mis en place par l'ONU pour mesurer les conditions de vie d'une population. Il prend en compte les revenus, l'espérance de vie et le niveau de scolarisation.

- **Intermodalité :** utilisation successive d'au moins deux modes de transport différents.

- **LGV (Ligne à grande vitesse) :** ligne ferroviaire permettant la circulation de trains à grande vitesse (supérieure à 270 km/h).

- **Mangrove :** formation végétale tropicale recouverte par la mer à marée haute.

- **Marketing territorial :** ensemble des techniques de publicité mobilisées pour présenter les atouts d'un territoire.

- **Migrant climatique :** individu se déplaçant dans son pays ou vers un autre pays en raison d'une catastrophe ou d'un changement climatique.

- **Migrant international :** personne qui quitte son pays pour s'installer dans un pays étranger pendant plus d'une année.

- **Migration :** déplacement d'un individu ou d'un groupe pour s'installer durablement dans une autre région (migration interne) ou dans un autre pays (migration internationale).

- **Mobilité durable :** déplacement accessible au plus grand nombre et respectueux de l'environnement.

- **Mobilité pendulaire :** déplacement quotidien effectué entre le domicile et le lieu de travail.

- **Mobilité résidentielle :** changement de lieu de résidence d'une personne ou d'un foyer.

- **Mobilité transfrontalière :** déplacement pratiqué par des populations vivant à proximité de la frontière et effectuant un franchissement de celle-ci pour divers motifs.

- **Motilité :** faculté d'une personne à se déplacer.

- **Nomadisme numérique :** mode de vie de travailleurs qui, grâce aux nouvelles technologies, exercent leur emploi tout en voyageant d'un pays à l'autre en quête d'une meilleure qualité de vie.

- **ODD (Objectifs de développement durable) :** ensemble des 17 objectifs de développement fixés en 2015 par les États à l'ONU et qui doivent être atteints en 2030.

- **ONG (organisation non gouvernementale) :** association indépendante des gouvernements aux domaines d'intervention divers (environnement, humanitaire, droits de l'homme).

- **Parc naturel :** espace protégé soumis à une réglementation spécifique afin d'y préserver l'environnement tout en favorisant le développement économique.

- **Pauvreté :** situation des ménages français dont les revenus sont inférieurs ou égaux à 60 % du niveau de vie médian, selon l'Insee (1 100 euros par mois pour une personne seule).

- **Pays émergent :** pays dont la croissance économique est forte et dont les conditions de vie de ses habitants s'améliorent, mais de manière inégale.

- **Paysage :** aspect visible d'un espace géographique. Il est le résultat de la transformation du milieu naturel par les aménagements humains.

- **Périurbain :** territoire situé autour d'une ville dont les habitants maintiennent des liens forts avec la ville-centre (travail, achats...).

- **Périurbanisation :** urbanisation au-delà des limites d'une agglomération à l'origine d'un étalement urbain plus ou moins continu.

- **Plan de prévention des risques (PPR) :** document réalisé par l'État qui règlemente l'utilisation des territoires à l'échelle des communes, en fonction des risques auxquels ils sont soumis.

- **Politique de redistribution :** politique de lutte contre les inégalités consistant à distribuer aux plus démunis des aides sociales financées par les impôts prélevés sur le reste de la société.

- **Politique migratoire :** mesures prises par un État pour contrôler ou éventuellement favoriser les flux migratoires.

- **PPR (Plan de prévention des risques) :** document réalisé par l'État qui réglemente l'utilisation des sols à l'échelle des communes, en fonction des risques auxquels ils sont soumis.

- **Prévention :** ensemble des mesures visant à réduire la vulnérabilité d'une société : prévision du risque, aménagements, organisation des secours.
- **Réfugié :** personne qui fuit son pays par crainte d'une persécution et qui demande la protection du pays qui l'accueille.
- **Remise migratoire :** part de revenus que les migrants internationaux envoient vers leur pays d'origine.
- **Réseau de transport :** ensemble des infrastructures et des véhicules permettant de se déplacer et de relier un territoire à l'autre.
- **Ressource :** ensemble des matières minérales et biologiques qui présentent une utilité pour les sociétés.
- **Risque :** probabilité qu'un aléa se produise et touche une population et ses aménagements.
- **RNB (Revenu national brut) :** indicateur qui révèle le niveau de vie des individus et mesure ainsi leur accès aux biens et aux services.
- **Sanctuarisation :** protection totale d'un espace de toute action humaine pouvant porter atteinte à l'environnement.
- **Secteur informel :** ensemble d'activités qui échappent à l'encadrement et au contrôle de l'État.
- **Solde migratoire :** différence entre le nombre de personnes qui s'installent sur un territoire donné et le nombre de celles qui le quittent chaque année.
- **Stress hydrique :** situation critique qui surgit lorsque les ressources en eau disponibles sont inférieures aux besoins.
- **Surtourisme :** tourisme de masse pouvant nuire au bien être des habitants et à l'environnement.
- **Taux d'accroissement naturel :** différence entre le taux de natalité et le taux de mortalité. Si le taux est positif, la population augmente ; dans le cas contraire, elle diminue.
- **Tourisme :** déplacement temporaire de plus d'une nuit le plus souvent à des fins de récréation (loisirs), même si on y intègre parfois des déplacements liés aux affaires.
- **Tourisme durable :** forme de tourisme intégrant les objectifs du développement durable (transport moins polluant, découverte des traditions et de l'artisanat local...).
- **Townships :** quartiers réservés aux populations de couleur en périphérie des villes lors de l'apartheid en Afrique du Sud. Ce sont aujourd'hui des quartiers plutôt pauvres et d'habitat dégradé, parfois en cours de requalification.
- **Trame verte :** couloir favorisant la biodiversité en créant des liaisons entre les territoires parcourus par les espèces animales pour circuler, s'alimenter et se reproduire.
- **Transition démographique :** passage d'un régime ancien où les taux de natalité et de mortalité sont élevés à un régime moderne où ces taux sont faibles. Durant ce passage, la population augmente fortement.
- **Transition énergétique :** passage d'un système fondé sur les énergies fossiles à un système fondé sur des énergies plus respectueuses de l'environnement (dont les énergies renouvelables).
- **Transition environnementale :** transformations mises en œuvre par les sociétés pour s'adapter au changement climatique et en limiter les impacts.
- **Transition touristique :** passage d'un tourisme réservé à une élite à un tourisme de masse. Il s'accompagne d'une extension de l'espace touristique et d'une transformation des pratiques.
- **Transition urbaine :** passage d'une société majoritairement rurale à une société majoritairement urbaine.
- **Valorisation :** mise en valeur d'un territoire ou d'une ressource au profit des activités humaines (mise en valeur touristique d'un littoral, exploitation du bois de la forêt...).
- **Vieillissement démographique :** augmentation de la part des personnes âgées et diminution de la part des jeunes dans une population.
- **Vulnérabilité :** fragilité d'une société face à un aléa. Elle varie selon sa capacité à s'y préparer et à y faire face.
- **ZAD (Zone à défendre) :** expression utilisée pour désigner une forme d'occupation illégale d'un territoire destiné à s'opposer à un projet d'aménagement.

VERS LA SPÉCIALITÉ HGGSP

Qu'est-ce que la spécialité HGGSP ?

L'enseignement de spécialité HGGSP (Histoire-géographie, géopolitique et sciences politiques) est l'une des **spécialités les plus proposées** dans la voie générale du lycée. Son objectif est d'apporter « des **clés de compréhension du monde passé et contemporain** sur le plan des relations sociales, politiques, économiques et culturelles » et à « analyser et élucider la complexité du monde » pour « mieux comprendre le présent ».

Si elle aborde des enseignements d'histoire-géographie, cette **spécialité pluridisciplinaire** permet aussi d'étudier les enjeux sociaux, politiques et géopolitiques des questions étudiées.

Quelle orientation la spécialité HGGSP permet-elle de préparer ?

Les **contenus** et les **compétences** de cette spécialité préparent notamment à une **orientation** vers :

- des **études universitaires** en sciences humaines (histoire, géographie, droit, sciences politiques...),
- des **classes préparatoires** aux grandes écoles littéraires et commerciales,
- des **Instituts d'études politiques** (IEP),
- des écoles de **commerce**,
- des écoles de **journalisme**...

À qui s'adresse cette spécialité ?

- ☑ Des élèves qui s'intéressent au **passé et au présent des sociétés** et aux actions des États, entreprises, organisations internationales...
- ☑ Des élèves qui suivent **l'actualité** et veulent comprendre la complexité des **relations internationales.**
- ☑ Des élèves qui souhaitent étendre et approfondir leur **culture générale.**
- ☑ Des élèves qui désirent développer leurs qualités de **rédaction** et d'**argumentation**.

Les thèmes du programme d'HGGSP de Première

4 heures par semaine

Thème 1 : Comprendre un régime politique : la démocratie
Thème 2 : Analyser les dynamiques des puissances internationales
Thème 3 : Étudier les divisions politiques du monde : les frontières
Thème 4 : S'informer : un regard critique sur les sources et modes de communication
Thème 5 : Analyser les relations entre États et religions

Les thèmes du programme d'HGGSP de Terminale

6 heures par semaine

Thème 1 : De nouveaux espaces de conquête
Thème 2 : Faire la guerre, faire la paix : formes de conflits et modes de résolution
Thème 3 : Histoire et mémoires
Thème 4 : Identifier, protéger et valoriser le patrimoine : enjeux géopolitiques
Thème 5 : L'environnement, entre l'exploitation et protection : un enjeu planétaire
Thème 6 : L'enjeu de la connaissance

Le relief dans le monde

OCÉAN ARCTIQUE
Monts Oural
SIBÉRIE
Iénisseï
Ob
Iéna
Volga
ASIE
pes
Altaï
Caucase
Tian Shan
Désert de Gobi
Anatolie
Monts Kunlun
Monts Zagros
Hindou Kouch
HIMALAYA
Désert d'Arabie
Plateau du Deccan
Tibesti
Désert de Nubie
RA
AFRIQUE
Nil
Massif Éthiopien
Mékong
OCÉAN PACIFIQUE
BASSIN DU CONGO
Congo
OCÉAN INDIEN
OCÉANIE
Désert du Namib
Plateau de Luanda
Désert du Kalahari
Drakensberg
Grand désert de Victoria
Cordillère Australienne
2 000 km
à l'équateur
ANTARCTIQUE

La répartition de la population dans le monde

Source : ONU, 2024.

OCÉAN ARCTIQUE
Moscou
Istanbul
Téhéran
Le Caire
Delhi
Dacca
Mumbai
Bangalore
ASIE DU SUD
Pékin
Séoul
Tokyo
ASIE DE L'EST
Chongqing
Osaka-Kobe
Shanghai
OCÉAN PACIFIQUE
Bangkok
Manille
Hô Chi Minh-Ville
Kinshasa
Luanda
OCÉAN INDIEN
Jakarta
Johannesburg
OCÉAN ANTARCTIQUE
2 000 km
à l'équateur

Le relief en France

Les climats en France

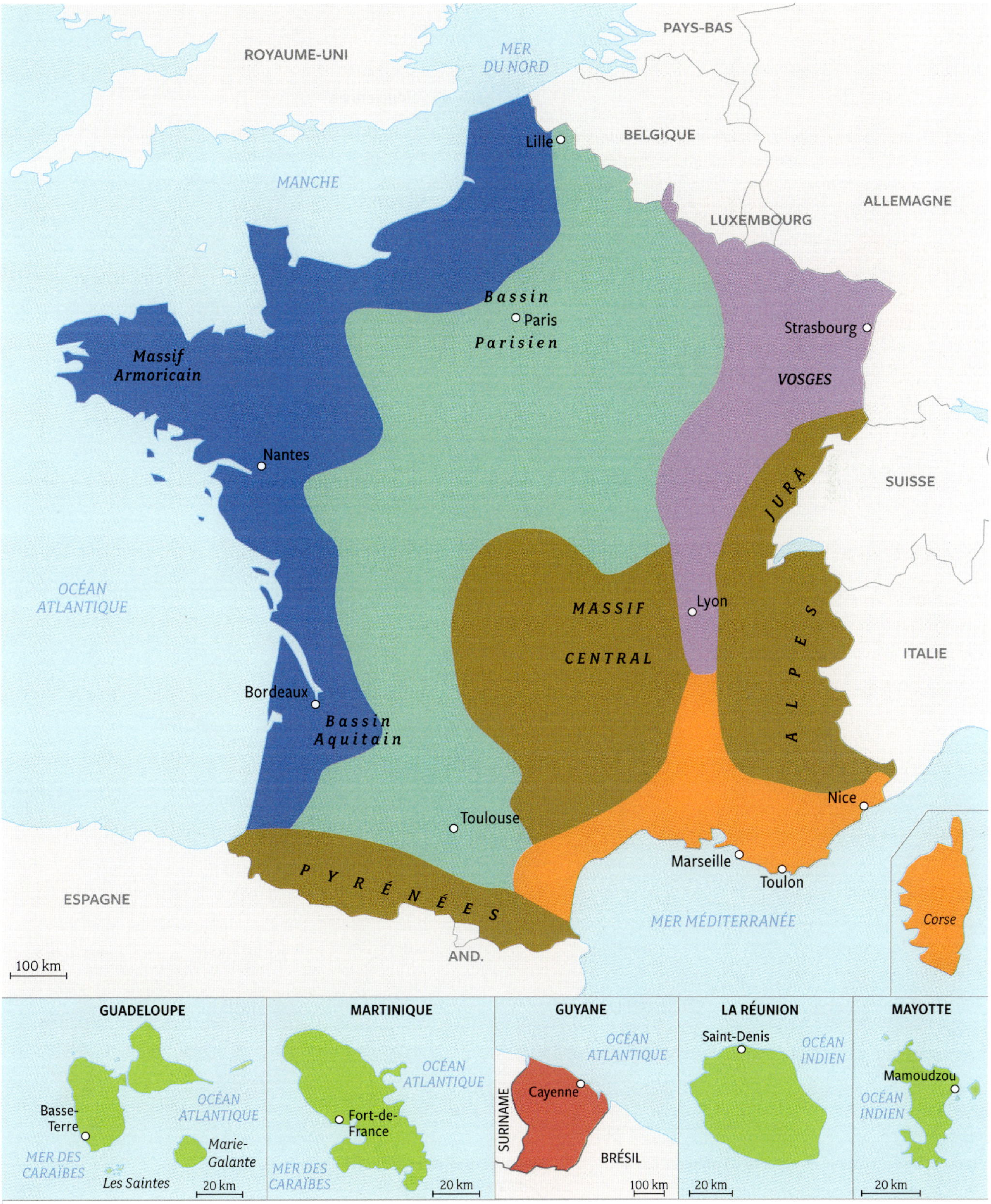

Climat

- Océanique
- Océanique dégradé
- Semi-continental
- Méditerranéen
- Montagnard
- Équatorial
- Tropical

La répartition de la population en France

Sources : Observatoire des territoires et Insee, 2024.

L'organisation administrative de la France

DROM (départements et régions d'outre-mer)

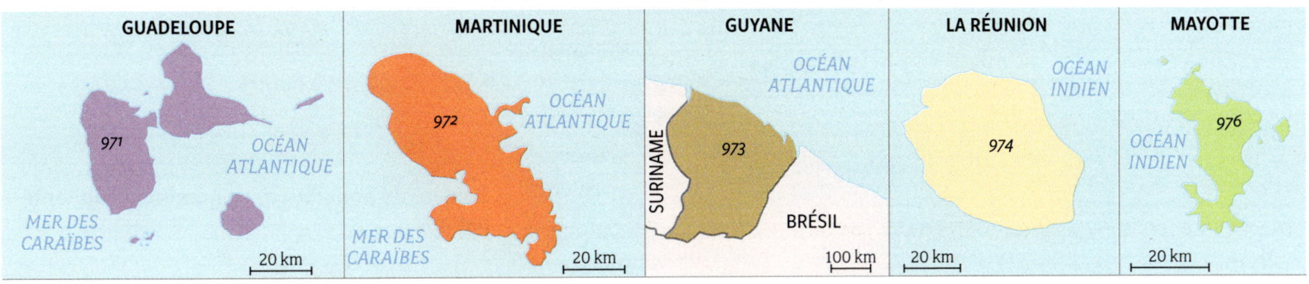

Présentation de l'Afrique australe

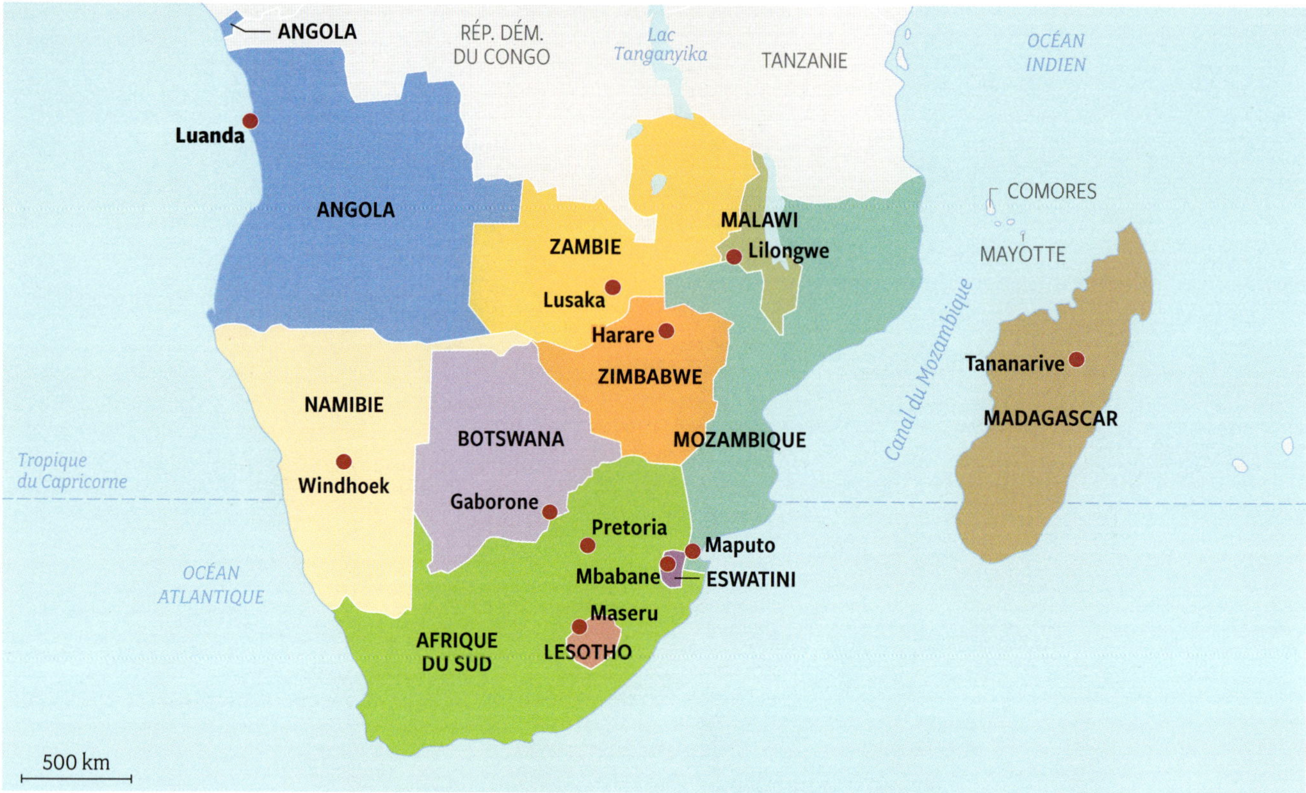

La répartition de la population en Afrique australe

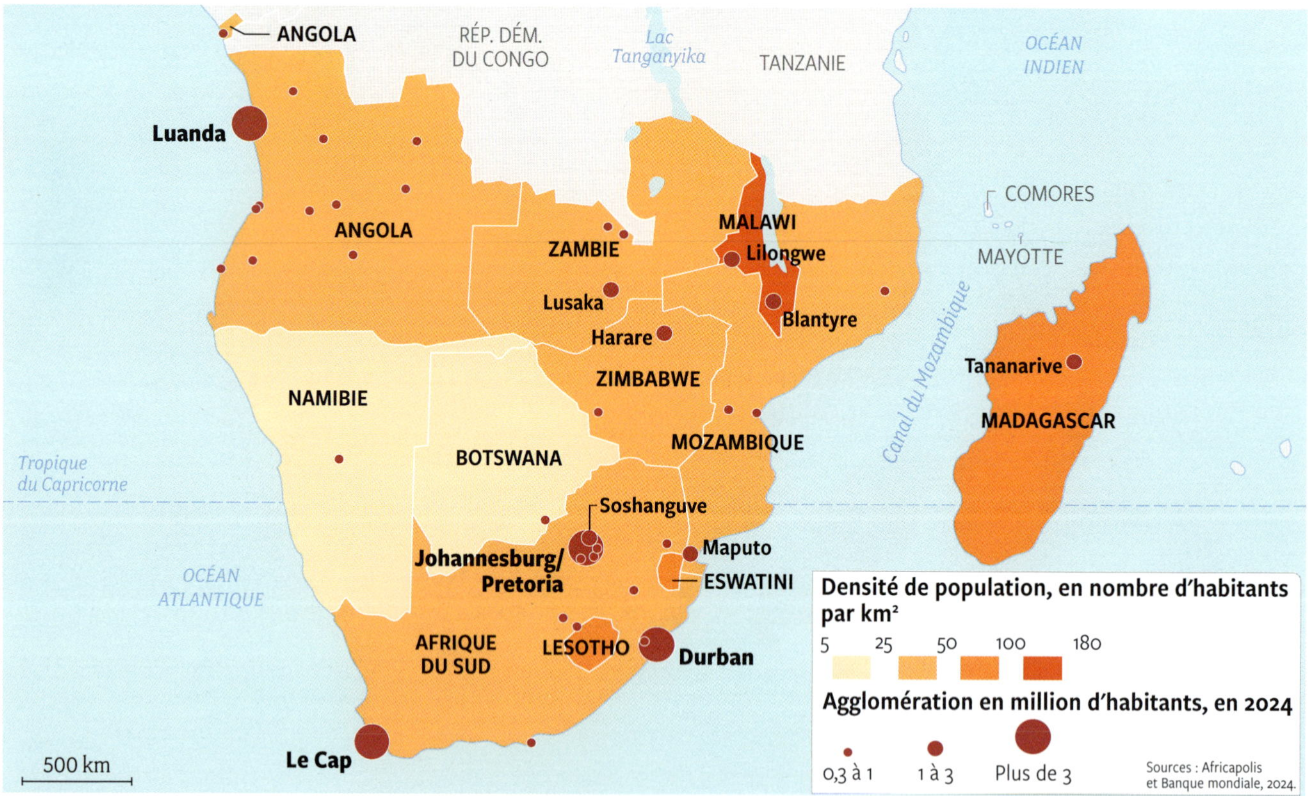

Le relief en Afrique australe

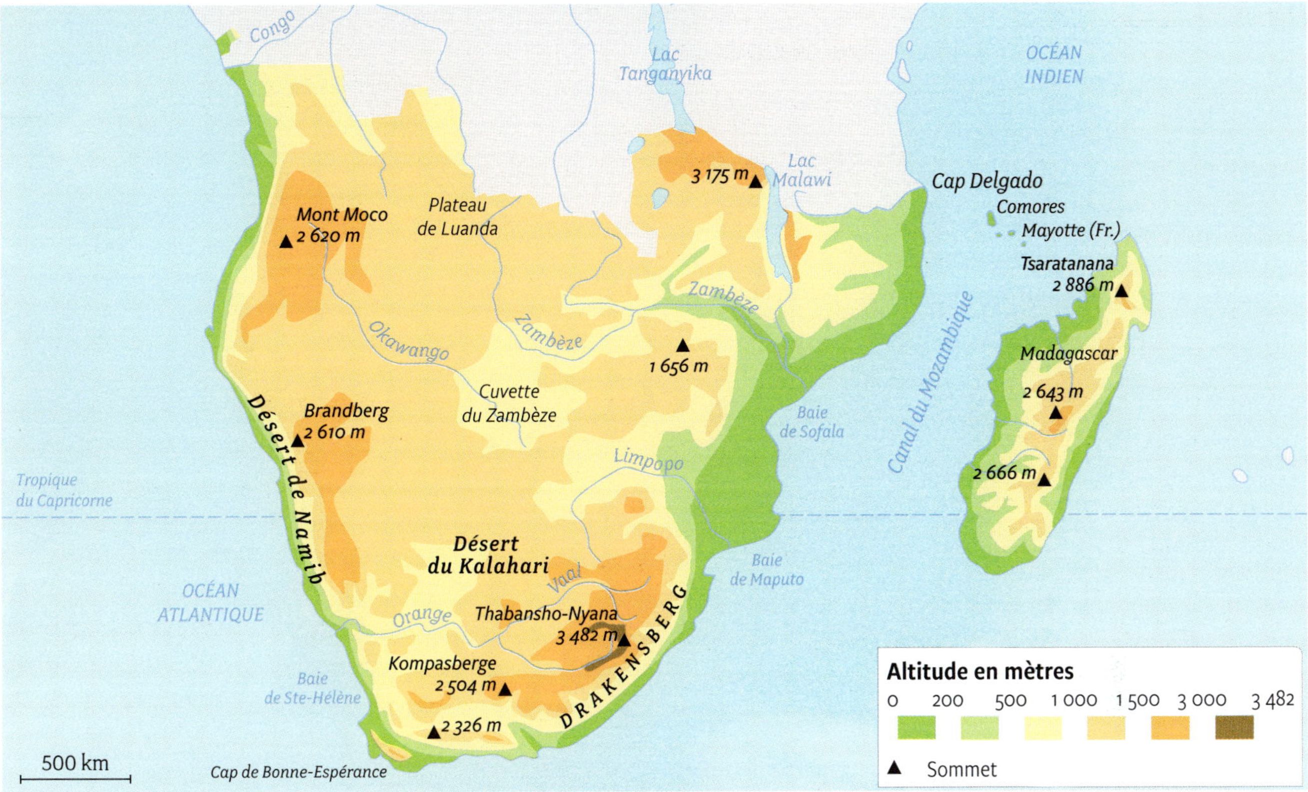

Le climat de l'Afrique australe

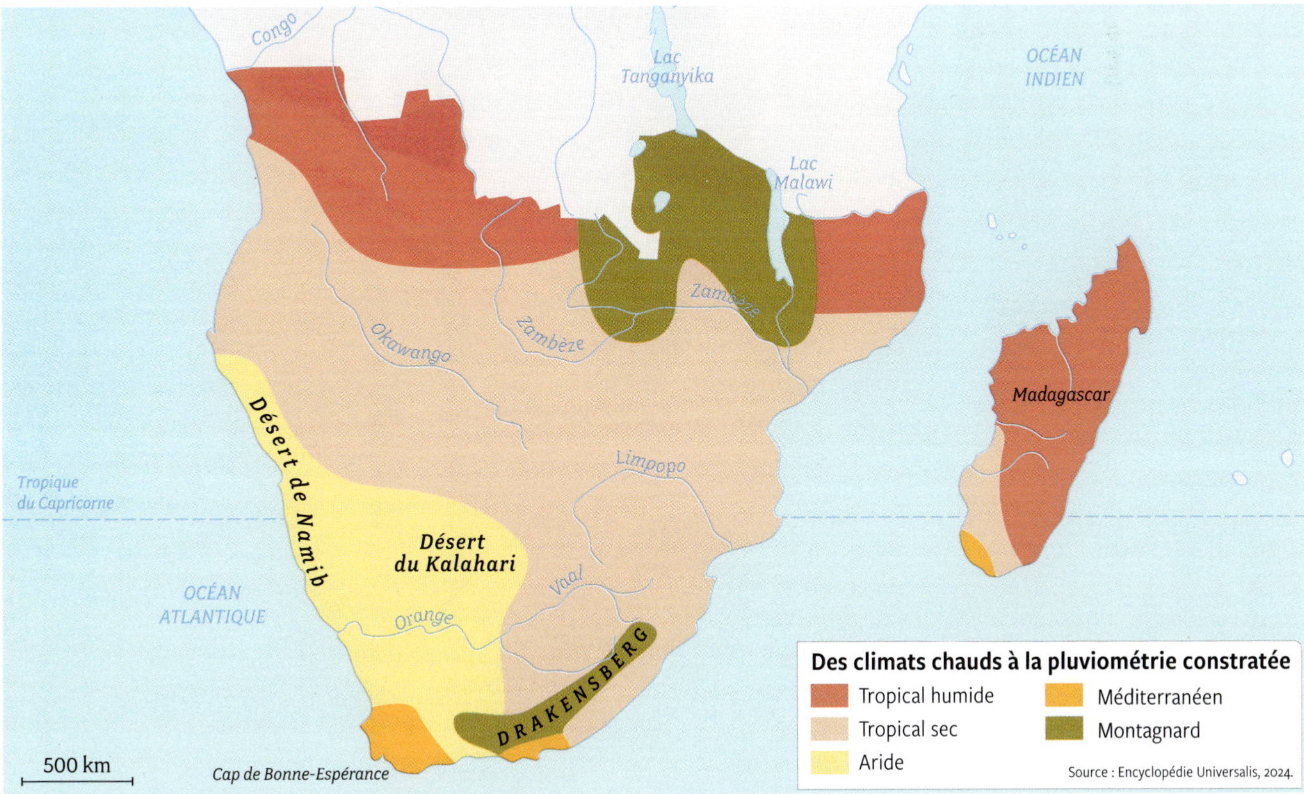

THÈME 1

Sociétés et environnements : des équilibres fragiles

Opération de reforestation à Palu (Indonésie)

Pour lutter contre le réchauffement climatique et les conséquences dévastatrices des tsunamis, l'Indonésie développe des opérations de reforestation. Les mangroves constituent un rempart plus efficace que les digues et captent le carbone responsable du réchauffement.

CHAPITRE

1 Risques et pressions sur les ressources dans le monde

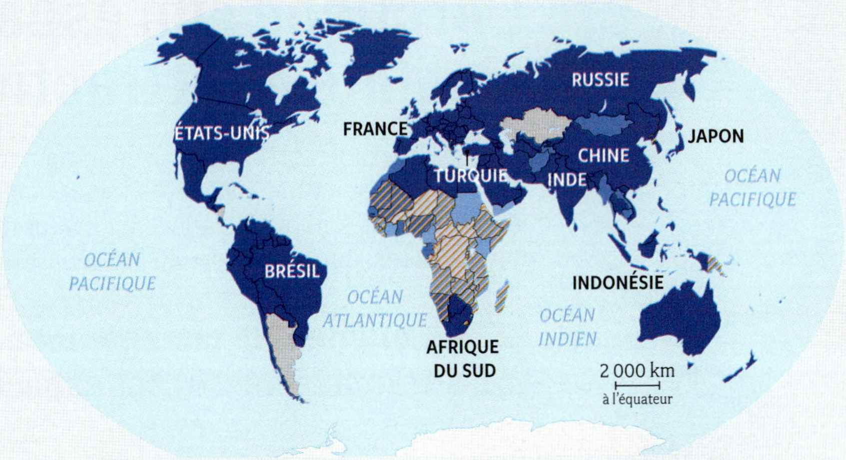

Part de la population ayant accès à l'eau potable en 2022, en %

- Moins de 50
- 50-75
- 75-90
- 90-100
- Absence de données
- **Moyenne monde 89 %**

L'accès à l'électricité

- Moins de 60 % de la population à accès à l'électricité, en 2022
- **Moyenne monde 91,5 %**

Source : Banque mondiale, 2024.

2 L'accès à l'eau potable et à l'électricité dans le monde

> **COURS 1** Toutes les sociétés sont confrontées à de nombreux risques, mais leurs capacités à s'en protéger varient fortement.
> **Pourquoi les sociétés sont-elles inégalement menacées par les risques dans un contexte de changement climatique ?**

> **COURS 2** L'augmentation des besoins en eau et en énergie pose de nombreux défis aux sociétés.
> **Pourquoi les pressions sur les ressources obligent-elles les sociétés à repenser leur consommation ?**

1 Une distribution d'eau potable à New Delhi (Inde)

Avec 4 % des ressources en eau douce, l'Inde se place parmi les dix premiers pays les plus riches en eau dans le monde. Cependant, toute la population indienne n'est pas raccordée à un réseau de distribution d'eau potable et les habitants des bidonvilles notamment dépendent de livraisons par camion.

QUESTIONS

1. Quel problème lié à l'accès à l'eau potable révèle le doc. 1 ?
2. À l'aide du doc. 2, montrez que l'accès à l'eau potable et à l'électricité est très variable selon les pays.

ÉTUDE DE CAS

L'Arctique : un espace entre fragilité et attractivité

L'Arctique, région polaire organisée autour d'un océan glacial, est peuplé par 4 millions d'habitants. Malgré les fortes contraintes naturelles et les dangers, les ressources sont mises en valeur. La fonte des glaces donne accès à de nouvelles ressources et relance les débats sur les choix de développement.

A Comment le changement climatique transforme-t-il cet espace fragile ?

1 L'évolution du glacier Hoffellsjökull (Islande) entre 1982 et 2017

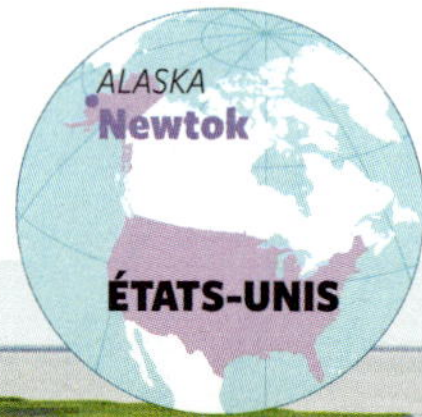

2 Les effets du dégel du sol dans le village de Newtok (Alaska)

VOCABULAIRE

- **Banquise :** étendue de glace formée à la surface de la mer.

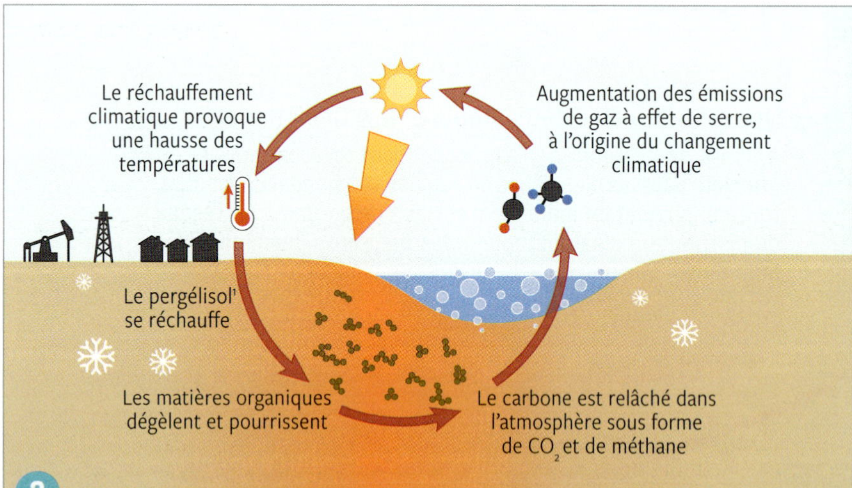

Risques naturels
Glissements de terrain
Érosion côtière
Augmentation des feux de forêt

Risques industriels
Effondrement d'infrastructures (routes, conduites de gaz ou de pétrole) à cause du dégel des sols

Autres risques
Destruction de villages entiers
Dégradation de la qualité de l'eau
Réactivation de certains virus anciens ou inconnus

1. Sol gelé en profondeur quelle que soit la saison.

Sources : BonPote, A. Brès et C. Marc, *Tout comprendre (ou presque) sur le climat*, CNRS Éditions, 2022 et F. Tétart, *Grand Atlas 2023*, 2022.

3 Le changement climatique en Arctique et ses risques

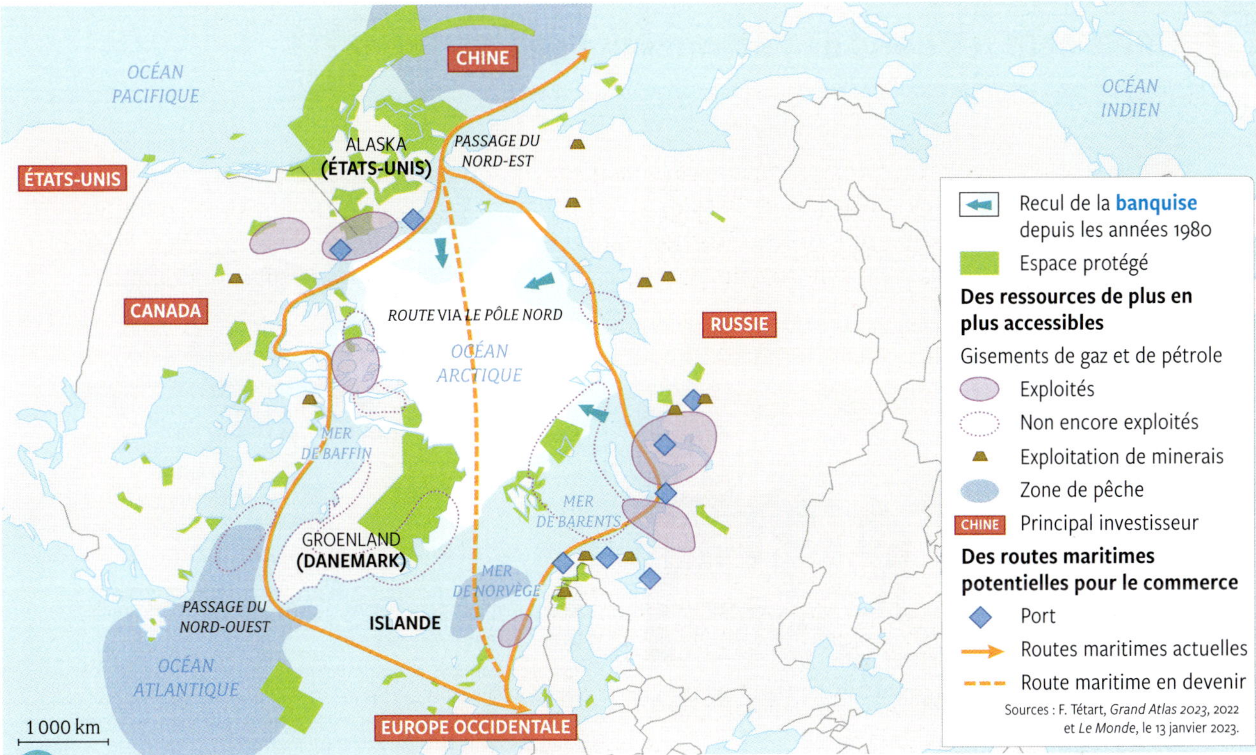

4 De nouvelles opportunités de développement

5 Des modes de vie transformés au Groenland

Dans le nord et l'est du pays, plus isolé, la fonte de la banquise met en péril les modes de vie traditionnels, notamment celui des chasseurs, qui disposent de moins de terrain d'action et de saisons plus courtes, bouleversant toute l'organisation sociale et condamnant des communautés entières à l'extinction. La culture de l'usage des chiens de traîneau par exemple disparaît peu à peu.

Les eaux réchauffées font en revanche les affaires des pêcheurs, qui y trouvent des poissons plus abondants, y compris de nouvelles espèces, comme les maquereaux. De nombreux chasseurs se reconvertissent donc dans la pêche, plus rentable.

Dans le sud du pays, une timide activité agricole a émergé depuis une dizaine d'années : des parcelles individuelles dans les jardins pour l'essentiel, où les habitants font pousser des salades, des choux, parfois même – impensable il y a encore quelques années – des fraises ou des tomates.

Le changement climatique accompagne le développement du tourisme : la ville d'Ilulissat, au Nord, dont l'immense glacier a été classé au patrimoine mondial de l'humanité en 2004, attire désormais, notamment en été, les visiteurs européens, américains et asiatiques. Au fil des ans, c'est tout le modèle économique et social qui a été repensé à l'aune du changement climatique.

Libération, 29 août 2023.

PARCOURS 1

Présenter une situation géographique

1. **Doc. 1 et 2** Quelles sont les manifestations du changement climatique en Arctique ?
2. **Doc. 4 et 5** Listez les nouvelles opportunités de développement économique offertes aux populations et aux États de l'Arctique.
3. **Doc. 3 et 4** Expliquez pourquoi les risques s'amplifient.
4. **Doc. 4 et 5** Comment les populations locales et les États s'adaptent-ils ?

BILAN Rédigez une synthèse montrant que le milieu arctique est fragilisé par le changement climatique mais que sa transformation offre de nouvelles opportunités de développement.

PARCOURS 2

Réaliser une présentation orale

En binôme, préparez une présentation orale pour montrer quels sont les effets du changement climatique en Arctique.

- Un premier élève présente les effets environnementaux à partir des **doc. 1, 2 et 3**.
- Le deuxième élève s'appuie sur les **doc. 4 et 5** pour expliquer les effets économiques et sociaux.

B Quels sont les défis de l'attractivité de l'Arctique ?

6 **Les risques maritimes**

La multiplication des bateaux de croisière et de commerce renforce les risques d'accident et de pollution.

Membre permanent

Membre observateur

Forum créé en 1996, le Conseil de l'Arctique a réussi à limiter les tensions entre les États sur le partage des ressources. Toutefois, il ne peut pas imposer ses décisions en termes de protection de l'environnement ou de développement. De plus, son fonctionnement est pénalisé par l'isolement diplomatique de la Russie depuis 2022.

Source : Site Internet du Conseil de l'Arctique, 2024.

7 **Les difficultés du Conseil de l'Arctique**

8 Concilier exploitation et protection en Alaska

Au nord-ouest de l'Alaska va s'installer le forage pétrolier Willow où vit le peuple autochtone Iñupiat, près du village d'Utqiagvik de 5 000 habitants. Mike Donovan est à la fois vendeur de motoneiges et président de l'Association des pêcheurs de baleines. « *Je dirais qu'environ 40 à 50 % de notre population est dans l'industrie pétrolière, peut-être même plus. Beaucoup de gens n'aiment pas ça, mais nous avons besoin de l'industrie pétrolière pour maintenir notre mode de vie.* »

Willow sera le plus grand projet pétrolier des États-Unis : 8 milliards de dollars, 600 millions de barils de pétrole brut produits sur 30 ans, plus de 9 millions de tonnes d'émissions de dioxyde de carbone par an, 2 500 emplois et 17 milliards de dollars de recettes pour le gouvernement fédéral. « *Les taxes des compagnies pétrolières financent nos écoles, notre système de santé, notre logement, notre système de travaux publics* », explique la directrice des ressources naturelles de la communauté Iñupiat. « *Nous avons l'eau courante depuis seulement 50 ans. Ce n'est pas si vieux et ce sont les taxes sur le pétrole qui ont permis ça.* »

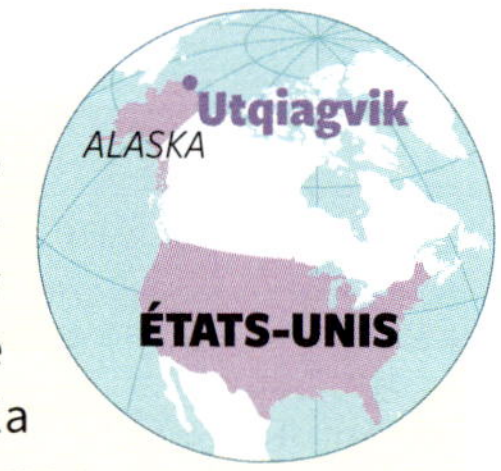

Une pétition contre le forage Willow a rassemblé plus de 3,5 millions de signatures dans le pays. Les opposants locaux au projet sont peu nombreux à s'exprimer, mais ils pensent que les migrations de caribous, base de l'alimentation des habitants, vont être modifiées.

D'après *France Info*, 1er décembre 2023.

PARCOURS 1

Comprendre et mettre en relation des documents

1. **Doc. 6 et 7** Quels sont les acteurs impliqués dans le développement durable de l'Arctique ?
2. **Doc. 6 et 7** Identifiez les risques et les freins à sa mise en place.
3. **Doc. 8** Quels arguments divisent les populations à propos du projet pétrolier Willow ?

PARCOURS 2

Réaliser un tableau de synthèse

En vous appuyant sur les **documents 5 à 7**, complétez le tableau pour montrer les défis de l'attractivité de l'Arctique.

	Actions	Acteurs	Difficultés
1er défi : limiter les risques			
2e défi : mettre en œuvre un développement durable			

BILAN L'Arctique : un espace entre fragilité et attractivité

L'Arctique, un milieu fragile en mutation

Des manifestations du changement climatique

- Fonte des glaciers, du pergélisol et de la banquise

Des risques qui s'intensifient

- **Naturels :** glissements de terrain, érosion, feux de forêt, émissions de gaz à effet de serre
- **Humains :** destruction des infrastructures, risque d'accidents et de pollutions maritimes, dégradation de la qualité de l'eau

De nouvelles opportunités de développement

- Économie (pétrole, minerais, pêche)
- Accessibilité (routes maritimes, tourisme)

Une attractivité renforcée

- Pour les investisseurs
- Pour les habitants
- Pour les touristes

Des menaces

- Sur les modes de vie
- Sur les cultures
- Sur la faune

Une transformation à accompagner

- Par une coopération entre les acteurs à toutes les échelles (Conseil de l'Arctique, ONU)
- Par de nouvelles réglementations
- Par une adaptation des populations

Et ailleurs ?

1. Pourquoi peut-on dire que le degré de protection du Groenland est une exception dans le monde ?
2. Citez cinq pays dont plus de 25 % du territoire sont classés en zone protégée et cinq pays où ce taux est inférieur à 15 %.

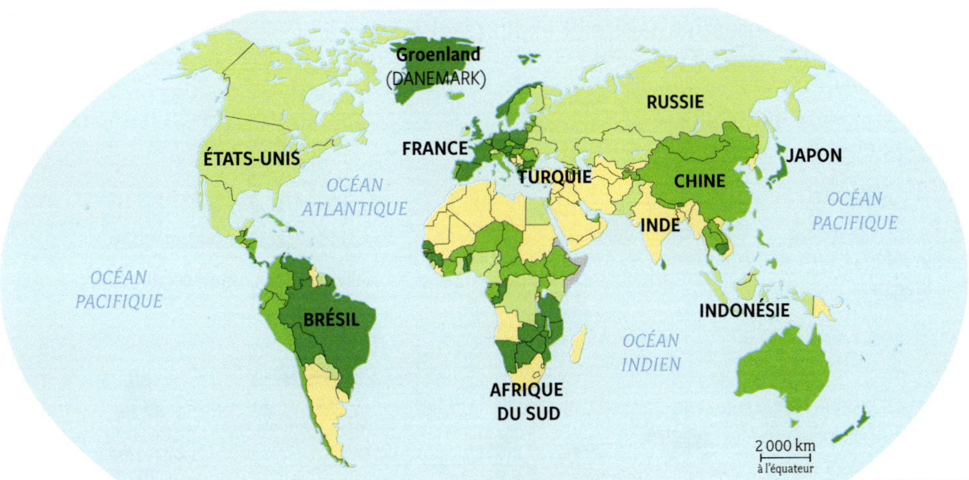

Part de la superficie de chaque pays classée « zone protégée » en %, en 2022

0 – 9 – 15 – 25 – 62

Absence de données

Moyenne monde 15

Source : Banque mondiale, 2024.

ÉTUDE DE CAS

La forêt amazonienne : un environnement fragile soumis aux pressions et aux risques

L'Amazonie est la plus grande forêt tropicale mondiale avec 5,5 millions de km², dont 60 % situés au Brésil. Le développement des pays de la région repose sur l'exploitation de ces vastes espaces forestiers, mais la déforestation menace à terme l'Amazonie et accentue les risques.

A Comment la déforestation menace-t-elle l'Amazonie ?

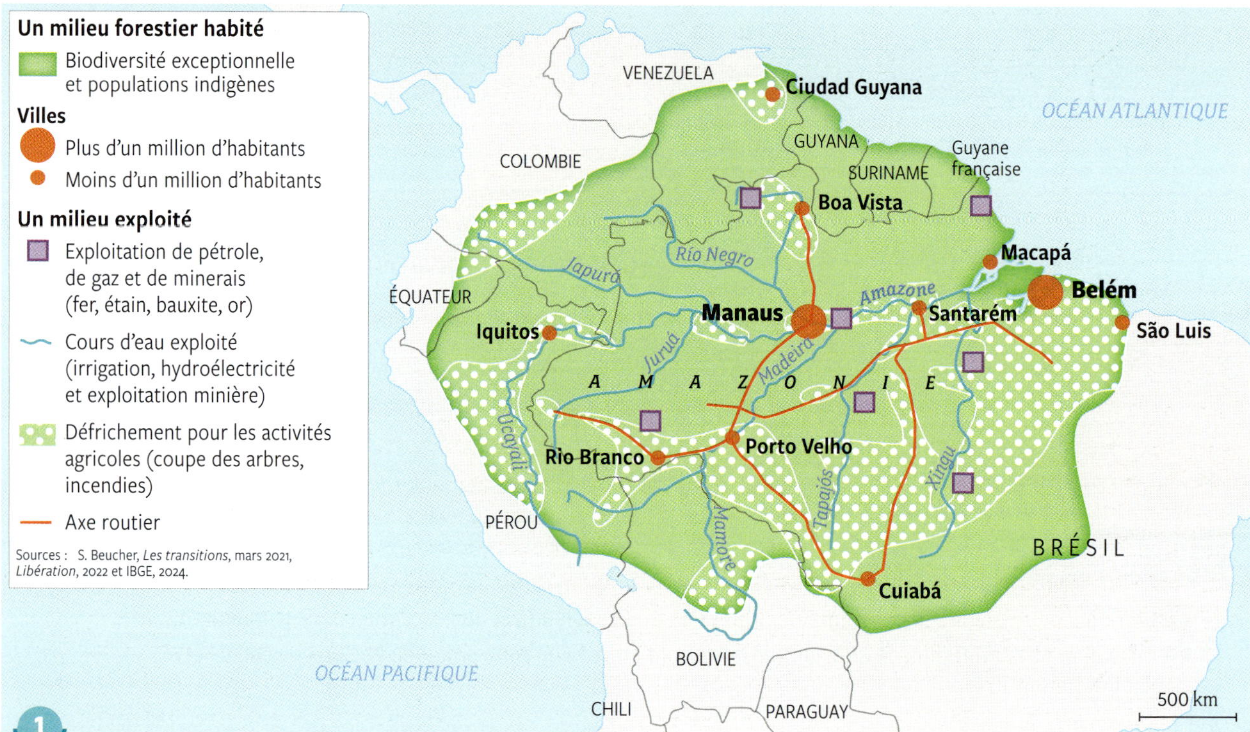

1 L'Amazonie, un massif forestier habité et exploité

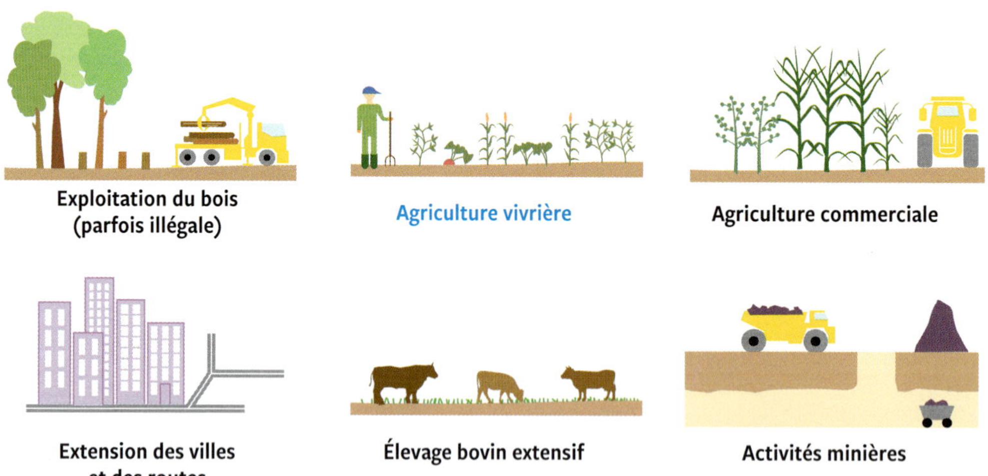

2 Les causes de la déforestation

3 L'élevage extensif de bœufs dans la région du Rondônia

Source : Google Earth, 15 juin 2022.

① Forêt primaire. ② Pâturages obtenus par la coupe des arbres ou par le feu (technique traditionnelle pour fertiliser les sols). ③ Fermes et bâtiments d'exploitation. ④ Zone défrichée depuis mai 2020 soit 240 hectares.

VOCABULAIRE

- **Agriculture vivrière :** agriculture de subsistance, destinée à nourrir la famille et parfois les villages proches.

4 Les exportations de la filière bovine brésilienne en question

Les trois multinationales[1] brésiliennes JBS, Marfrig et Minerva réalisent environ 70 % des exportations de bœuf du pays. À elle seule, en 2022, JBS dit avoir abattu en moyenne 75 000 bovins par jour, pour des clients situés dans plus de 190 pays. Cette viande de bœuf est, de loin, la première responsable de la déforestation en Amazonie. Le sujet était devenu l'une des marottes du journaliste Dom Phillips, qui avait fait du Brésil son pays d'adoption depuis 2007. Il avait consacré ses derniers articles à l'industrie de la viande, avant d'être assassiné le 5 juin 2022. Alors que JBS s'est engagé à atteindre zéro émission nette de gaz à effet de serre d'ici à 2040, Dom Phillips rappelait dans son dernier article qu'une grande partie de cet objectif pouvait être atteinte si « JBS mettait fin à la déforestation menée par ses fournisseurs en Amazonie ». JBS, Marfrig et Minerva ont l'obligation de s'assurer que leurs fournisseurs directs ne sont pas impliqués dans de la déforestation illégale. Mais pour masquer la véritable origine de leur bétail, certains éleveurs font passer leurs animaux d'une ferme « sale », liée à la destruction de la forêt, à une ferme « propre » – sans déforestation – avant l'abattoir.

Le Monde, 2 juin 2023.

1. Entreprise dont les activités se déploient à travers des filiales dans plusieurs pays et/ou continents.

PARCOURS 1

Comprendre et mettre en relation des documents

1. **Doc. 1 et 2** Identifiez et classez les activités à l'origine du déboisement de la forêt amazonienne.
2. **Doc. 3 et 4** Quels sont les acteurs et les infrastructures permettant la production de viande de bœuf ?
3. **Doc. 3 et 4** Comment l'élevage de bœufs participe-t-il à la déforestation au Brésil ?
4. **Doc. 1 et 4** Quels sont les risques associés à la déforestation en Amazonie ?

BILAN Rédigez une synthèse qui explique les effets des activités humaines sur la forêt amazonienne et les risques que cela implique.

PARCOURS 2

Rédiger un texte argumenté

À l'aide des **Doc. 3 et 4**, rédigez un article expliquant les liens entre la production de viande de bœuf et la déforestation en Amazonie brésilienne. N'oubliez pas d'évoquer le caractère illégal d'une partie de cette production.

B Quels sont les enjeux de la protection de la forêt amazonienne ?

Des outils pour protéger l'Amazonie
- Aire protégée (réserve naturelle ou indigène)
- Subvention internationale pour freiner la déforestation en Amazonie, en 2023

Des aménagements en faveur du développement
- Barrages et centrales hydroélectriques
- Aéroport
- Projet de voie ferrée

Sources : WWF, Rapport sur l'Amazonie, 2022, *Libération*, 7 août 2023 et Gouvernement du Brésil, 2024.

5 Concilier protection et développement de la forêt

7 Maîtriser la croissance urbaine : l'exemple de Manaus

La zone industrielle de Manaus attire les ruraux, mais le manque de logements les oblige à s'installer à côté de la réserve forestière Adolpho Ducke.

6 Atténuer le changement climatique mondial

Le déboisement renforce le changement climatique localement et globalement, et met à l'épreuve les limites de l'adaptation des écosystèmes, entraînant une perte générale de biodiversité et l'émission de plus de gaz à effet de serre. [...] Si l'application de politiques publiques volontaristes, comme cela a été le cas au Brésil entre 2003 et 2014[1], permettrait de freiner très fortement la déforestation en Amazonie, en venir à bout exigera un effort bien plus important permettant d'inverser la situation actuelle et faire qu'un hectare de forêt plantée soit plus rentable pour son propriétaire que le même hectare dépourvu de sa végétation. Or un tel objectif est hors de portée des seuls pays qui se partagent l'Amazonie, et il demande plus pour être atteint que des discours. [...]. Il exige un engagement ferme des pays développés[2] pour proposer un partenariat aux États amazoniens en vue de la recherche de mécanismes communs et non imposés depuis l'extérieur, et pose la question de savoir si les plus riches sont prêts à investir financièrement à la hauteur de leurs dénonciations de la déforestation.

F.-M. Le Tourneau, *La déforestation baisse en Amazonie. Vraiment ?*, revue Échogéo, 2023.

1. Période de fort contrôle de la déforestation et de soutien aux populations autochtones.
2. En 2023, le Parlement européen a voté une loi imposant aux entreprises de vérifier que leurs fournisseurs ne participent pas au déboisement des forêts tropicales.

PARCOURS 1

Mettre en perspective une situation géographique

1. **Doc. 5 et 6** Quelles sont les différentes formes de protection de la forêt ?
2. **Doc. 5 et 6** Montrez la diversité des acteurs impliqués dans cette protection.
3. **Doc. 5 et 7** Donnez deux exemples qui prouvent que concilier la protection de la forêt et la poursuite du développement est parfois difficile.

PARCOURS 2

Réaliser un tableau de synthèse

À l'aide des documents, complétez le tableau pour montrer les enjeux de la protection de l'Amazonie.

	Acteurs impliqués	Outils de protection	Freins à la protection
À l'échelle locale			
À l'échelle nationale			
À l'échelle internationale			

BILAN La forêt amazonienne : un environnement fragile soumis aux pressions et aux risques

Un massif forestier menacé par un déboisement massif

Des causes multiples

- Élevage bovin
- Agriculture vivrière et commerciale
- Extension urbaine
- Routes et infrastructures

Des risques associés

- Perte de biodiversité
- Renforcement du changement climatique
- Destructions de l'espace de vie des populations autochtones

Concilier exploitation et protection de l'Amazonie

Échelle internationale

- **Mesures :** aides financières, lois contre l'exploitation illégale de bois
- **Acteurs :** Union européenne, États-Unis

Échelle nationale

- **Mesures :** développement économique grâce aux aménagements (réserves), lois contre le déboisement illégal, aires naturelles et protection des populations autochtones
- **Acteurs :** États amazoniens et régions

Et ailleurs ?

1. Quelles sont les causes de la déforestation dans le monde ?
2. Quelles régions du monde sont concernées par d'immenses feux de forêts parfois incontrôlables ?

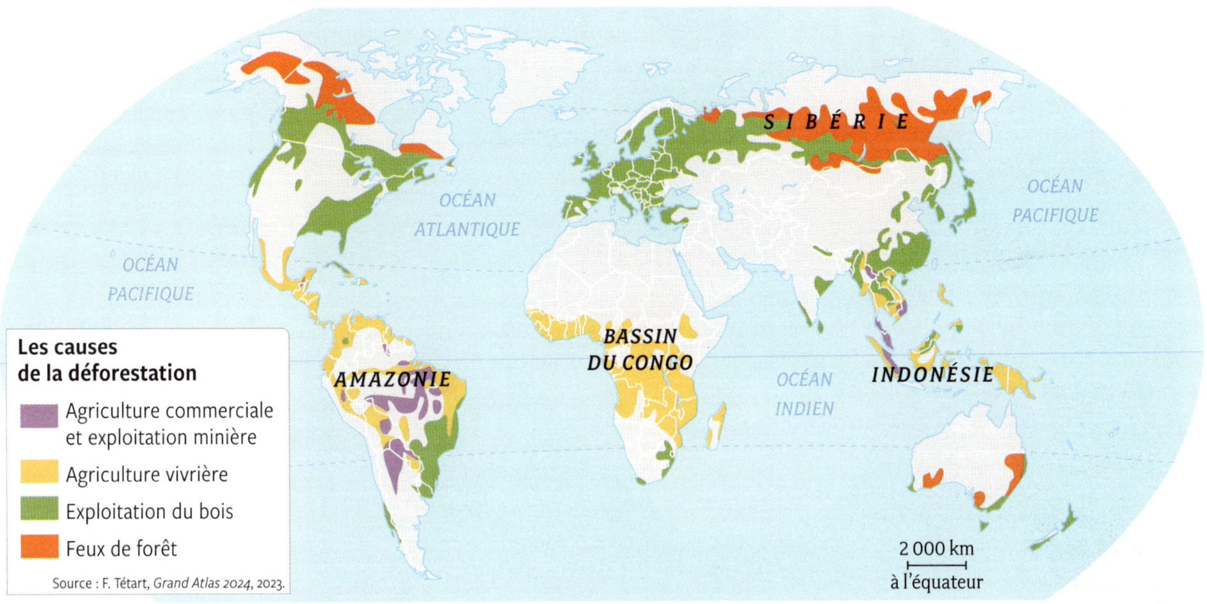

Source : F. Tétart, *Grand Atlas 2024*, 2023.

ÉTUDE DE CAS

Les Alpes : un milieu montagnard valorisé et vulnérable

La chaîne des Alpes, principal massif montagneux d'Europe, s'étend sur huit pays. Les sociétés ont su s'adapter à ce relief, voire tirer profit des pentes et de l'enneigement pour leurs activités. Toutefois, le changement climatique renforce la vulnérabilité de ce milieu.

A Comment le milieu montagnard alpin est-il à la fois valorisé et protégé ?

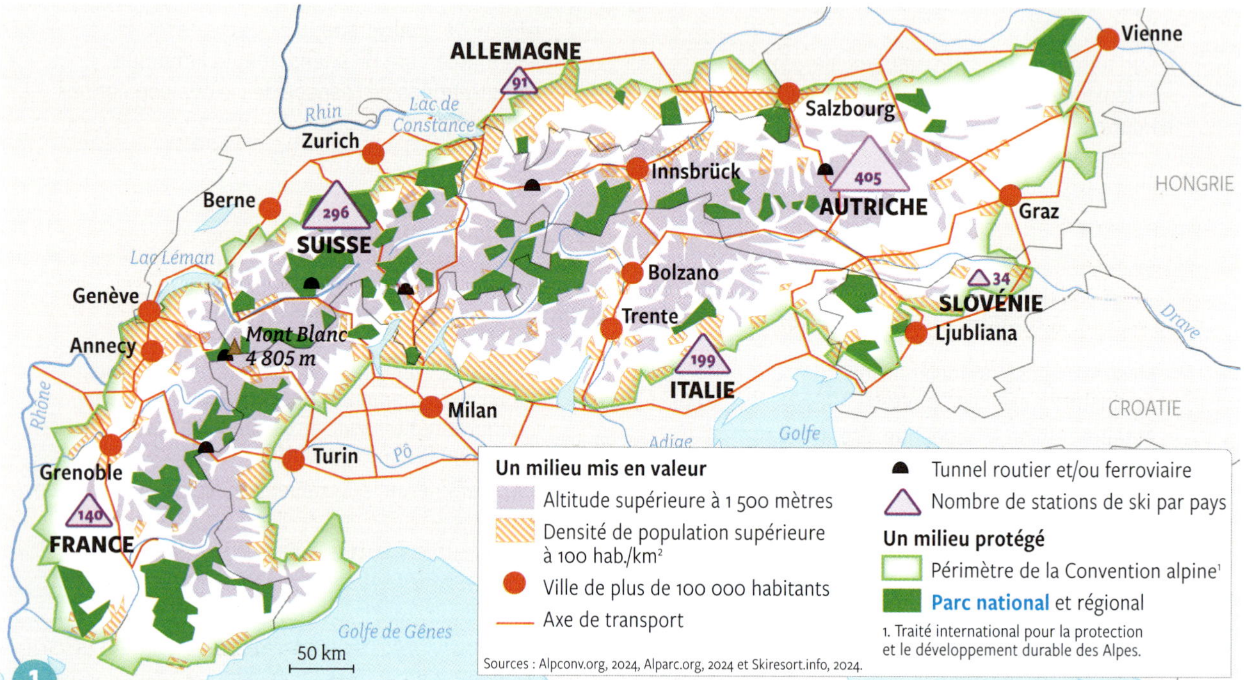

1 Les Alpes, un milieu montagnard aménagé

VOCABULAIRE

- **Parc national :** espace protégé soumis à une réglementation spécifique afin d'y préserver l'environnement tout en favorisant le développement économique.

2 Le barrage de la Grande-Dixence (Suisse)

Ce barrage, le plus haut d'Europe, participe à l'irrigation et à l'approvisionnement en eau et en énergie de la Suisse.

Vidéo ▶
Arte, 24 novembre 2022
hachette-clic.fr/24hg2062

3 **La station autrichienne de Zell am See-Kaprun**

Dominée par le glacier du Kitzsteinhorn, cette région touristique concentre plus de 400 kilomètres de pistes de ski et de nombreux sentiers de randonnée. En fond de vallée, d'autres activités comme la natation, la voile ou le *paddle* sont pratiquées sur le lac de Zell.

4 **Le Parc national de la Vanoise, premier parc français**

Aîné des parcs nationaux en France, le Parc national de la Vanoise a été créé en 1963 pour sauvegarder le bouquetin alors menacé d'extinction. Bordé par les vallées de la Tarentaise et de la Maurienne, le Parc national englobe près d'une centaine de sommets de plus de 3 000 m d'altitude et de nombreux glaciers. Une mosaïque de milieux naturels accueille une grande biodiversité : gypaète barbu[1], aigle royal, lagopède[2]… Ou encore, parmi les 1 200 espèces de flore recensées, la linnée boréale, espèce arctico-alpine, et l'emblématique chardon bleu. Avec près de 400 km de sentiers et un réseau important de refuges modernisés, le Parc national est propice à la randonnée, offrant une large palette d'itinéraires pour tous les publics. Une agriculture traditionnelle dynamique fournit notamment le fameux beaufort[3] tandis que de nombreuses gravures rupestres témoignent de la présence ancienne de l'homme. Le cœur du Parc national s'étend sur 53 300 hectares et, contigu avec le Parc national italien du Gran Paradiso, il forme avec lui l'un des plus vastes espaces protégés des Alpes occidentales.

OFB (Office français de la biodiversité), 2024.

1. Plus grand rapace d'Europe réintroduit dans les Alpes à partir des années 1980. 2. Oiseau emblématique de la haute montagne quasi menacé. 3. Fromage élaboré en Savoie à base de lait de vache.

PARCOURS 1

Mettre en perspective une situation géographique

1. Doc. 1 Situez précisément le massif des Alpes en Europe.
2. Doc. 1, 2 et 4 Quelles sont les différentes activités présentes dans les Alpes ?
3. À l'aide des Doc. 1, 2 et 3 montrez comment les aménagements valorisent et exploitent les atouts de cet espace.
4. Doc. 1 et 4 Justifiez l'affirmation : « Le territoire alpin est protégé mais cela n'empêche pas le développement d'activités. »

PARCOURS 2

Réaliser un podcast

En binôme, réalisez un podcast de trois minutes pour discuter la question suivante : « Comment concilier mise en valeur et protection du massif alpin ? »

Pour vous aider, complétez le tableau en identifiant au moins un argument et un exemple par document.

Les Alpes, un massif montagneux valorisé (doc. 1, 2 et 3)	Les Alpes, un massif montagneux protégé (doc. 1 et 4)
- Doc. 1 : Tourisme → *Exemple : ski de piste, randonnées dans les parcs nationaux* - Doc. … : …	- Doc. … : …

B Pourquoi les Alpes sont-elles particulièrement vulnérables aux effets du changement climatique ?

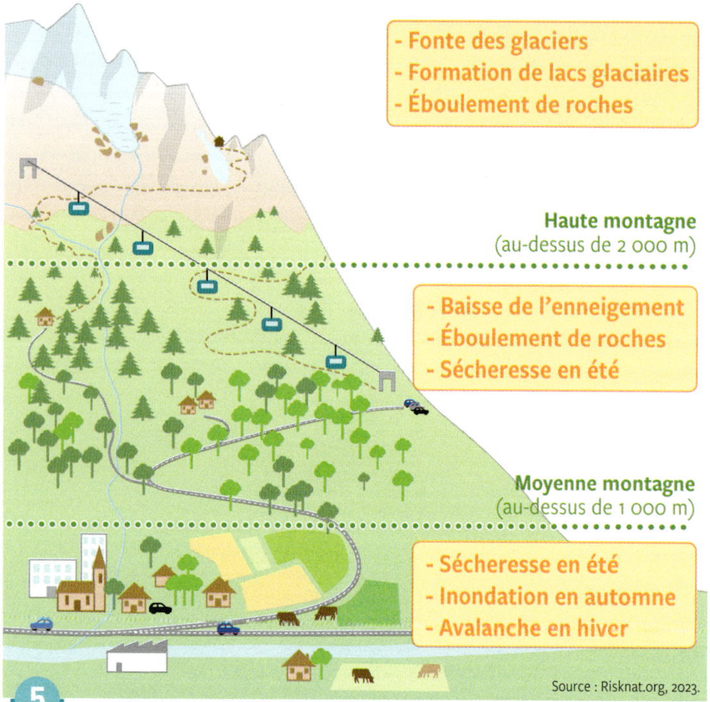

5 Des risques accentués par le changement climatique

7 De nouvelles activités touristiques

Afin d'accueillir touristes et locaux toute l'année sont créées des activités quatre saisons comme ici dans les Alpes françaises.

6 La transition environnementale dans les Alpes suisses

Les écologistes des Alpes suisses s'opposent fermement au projet qui prévoit l'installation de 177 canons à neige à Leysin et aux Mosses pour un coût de 20 millions d'euros. Ce projet n'a plus de sens au vu de la crise écologique et énergétique actuelle. « Il faudrait plutôt accélérer une transition la plus viable possible de ces stations touristiques. 177 canons à neige, c'est 250 000 m³ d'eau pompée alors que les glaciers fondent et que les problèmes d'approvisionnement en eau nous guettent » affirment-ils. Ils ajoutent que c'est aussi entre un et deux millions de kilowattheures utilisés pour faire fonctionner les canons, sans compter l'énergie nécessaire au pompage. […]

De leur côté, les partisans du projet relèvent que la stratégie de la station Télé-Leysin-Col des Mosses-Lécherette (TLML) va définitivement vers le modèle quatre saisons[1] mais qu'une période de transition est nécessaire. Le projet permettrait de sécuriser la pratique du ski pour une trentaine d'années alors que 230 emplois sont en péril. L'hiver est en effet très important pour les stations, TLML y réalise 80 % de son chiffre d'affaires soit quelques 200 000 journées skieur par saison à Leysin, entre 80 000 et 110 000 aux Mosses, station familiale par excellence.

RTS (média suisse), 27 juillet 2023.

1. La baisse de l'enneigement oblige les stations de ski de moyenne montage à proposer des activités tout au long de l'année (VTT, randonnées…).

PARCOURS 1

Analyser des documents

1. Doc. 5 et 7 Quels sont les effets du changement climatique dans les Alpes ?
2. Doc. 7 Quelles réponses sont développées dans certaines stations pour faire face à ce changement ?
3. Doc. 6 Montrez que la transition environnementale fait l'objet de tensions dans certains espaces alpins.

PARCOURS 2

Présenter une situation géographique

Rédigez une synthèse présentant les effets du changement climatique sur le milieu montagnard des Alpes en insistant sur les adaptations développées par les sociétés.

Utilisez les mots-clés : *aléa ; risque ; changement climatique ; transition environnementale.*

BILAN Les Alpes : un milieu montagnard valorisé et vulnérable

Un milieu montagnard et menacé

Un milieu montagnard exploité

- Axes de transport
- Offre touristique variée : stations de sports d'hiver...
- Production d'hydroélectricité

Un milieu montagnard vulnérable face au changement climatique

- Baisse de l'enneigement
- Diversification et renforcement des aléas : risques éboulements, inondations, avalanches, sécheresses

Concilier exploitation et protection

Des adaptations sources de tensions

- Développement d'activités quatre saisons
- Tensions sur le développement de la neige artificielle

Un milieu montagnard protégé

- Création de parcs (nationaux, régionaux) pour protéger la faune et la flore
- Lois de protection (Convention alpine)
- Rôle majeur des États et des collectivités territoriales (Régions et Départements en France)

Et ailleurs ?

1. Quel risque majeur lié au changement climatique touche les massifs montagnards dans le monde ?
2. Quels risques liés au changement climatique menacent les littoraux et les zones arides ?

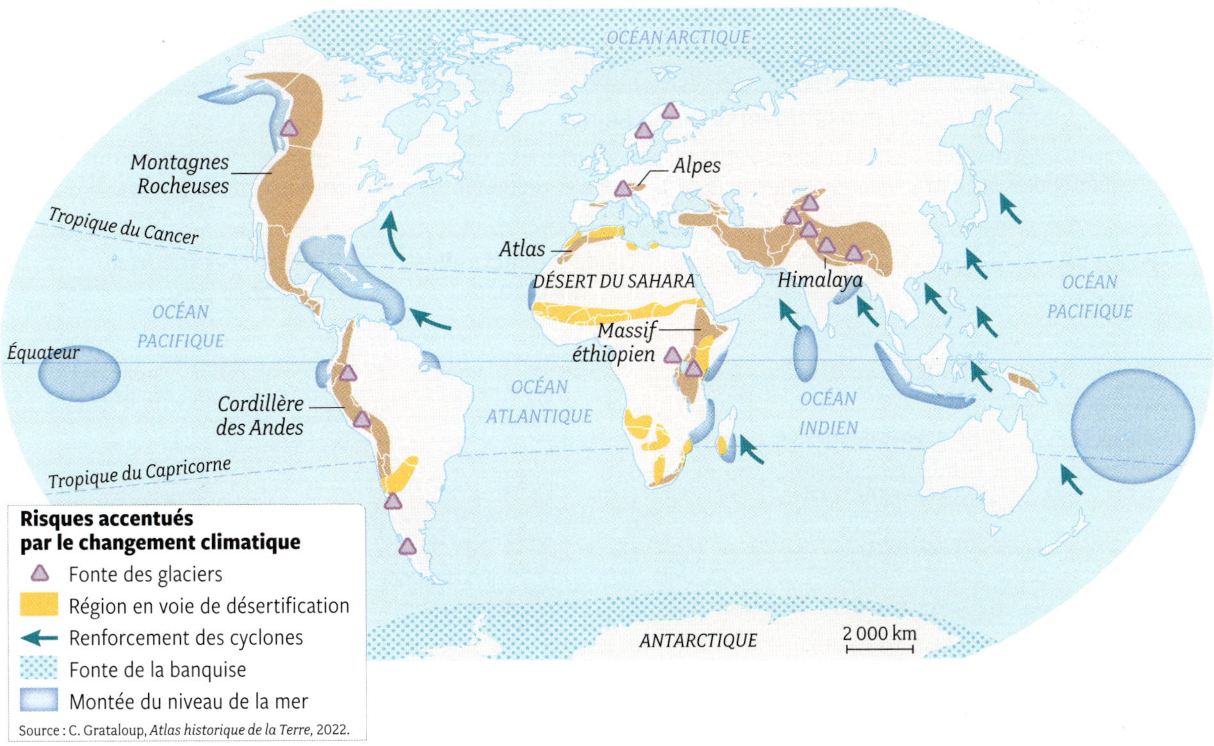

Source : C. Grataloup, *Atlas historique de la Terre*, 2022.

ÉTUDE DE CAS

Paris : une grande métropole face au changement climatique

En 2023, le rapport *Paris à 50 °C* exposait les dangers et les enjeux du changement climatique dans cette métropole. Des actions sont déjà mises en place pour limiter les risques et s'adapter au changement, mais elles restent à intensifier.

A Quels risques sont aggravés par le changement climatique à Paris ?

1 **Paris, un milieu urbain dense traversé par la Seine**

Composée de bâtiments hauts et proches, Paris est l'une des villes les plus denses au monde avec plus de 20 000 habitants /km². La métropole concentre un tiers des emplois de la France et produit 40 % de la richesse nationale.

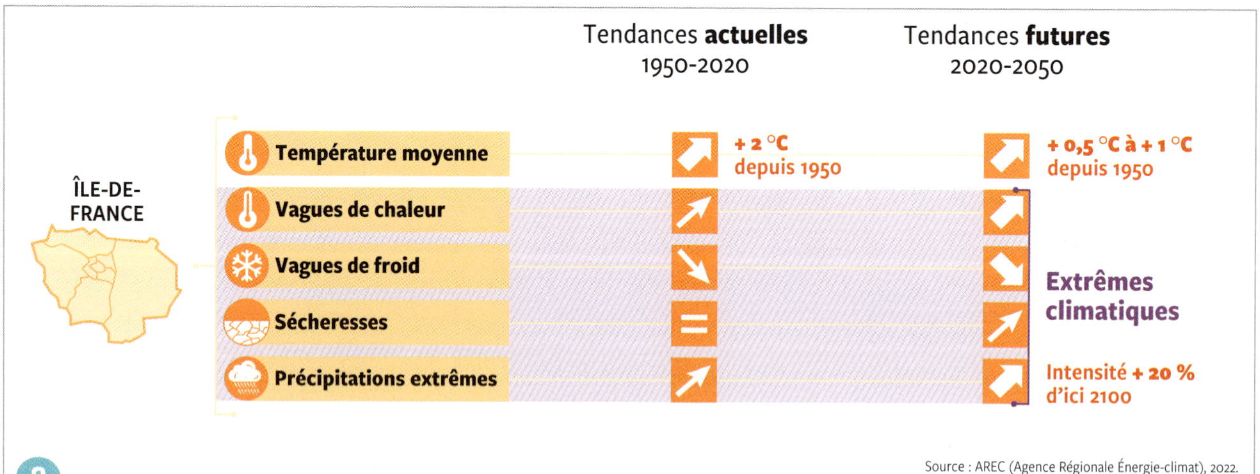

2 L'évolution des risques climatiques

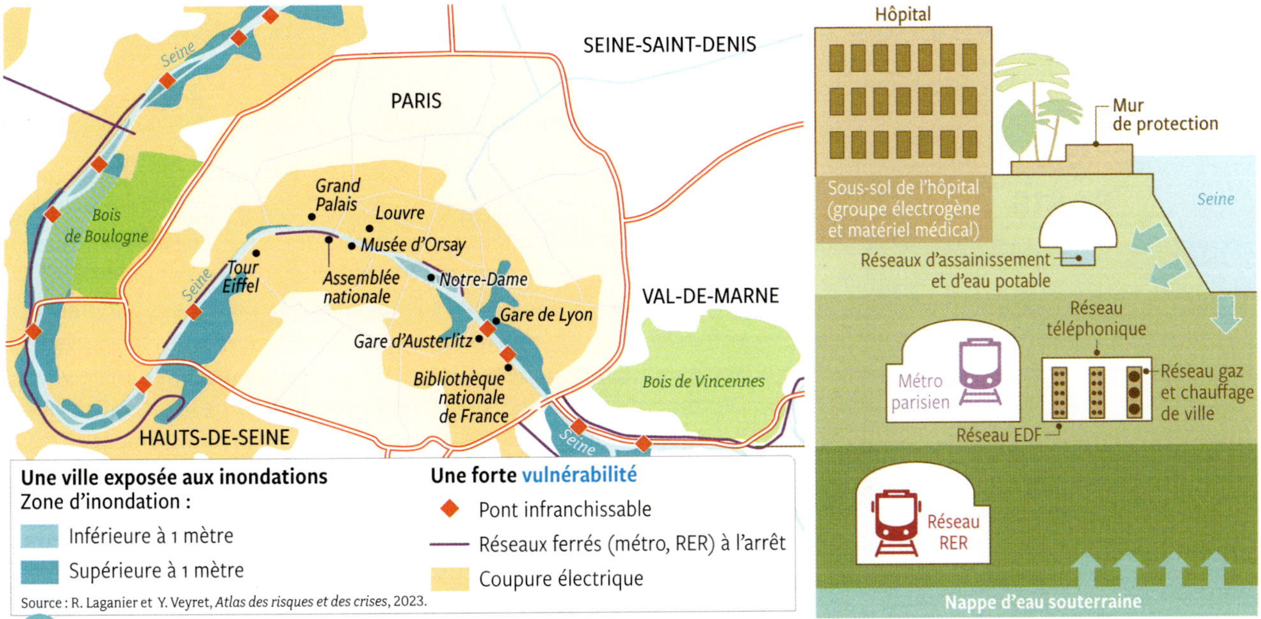

3 Les effets probables d'une inondation de la Seine à Paris[1]

1. Estimation des dégâts d'une inondation comparable à celle de 1910 (pic de crue de 8,62 m) : 900 000 personnes inondées et 1,9 million de Franciliens privés d'électricité, de gaz, de chauffage ou d'assainissement.

4 Un milieu urbain exposé au risque de canicule

Une étude scientifique a estimé que Paris était une des villes d'Europe les plus meurtrières en cas de canicule [à cause du changement climatique]. [...] Celle de 2003 a constitué un événement extrême qui a suscité une prise de conscience. Depuis, les canicules se succèdent et vont encore s'amplifier. [...] Dans les quartiers périphériques où habitent les ménages les plus modestes, le bâti est mêlé à des zones industrielles et commerciales, et les températures diurnes[1] atteignent des valeurs extrêmes dues à des revêtements imperméables et sombres prépondérants. Au contraire, à l'ouest de Paris où vivent les ménages les plus aisés, les températures sont moindres, du fait de l'extension de zones pavillonnaires avec jardins, souvent situées à proximité de grands espaces verts. Densifier encore fortement le tissu urbain aura pour effet d'augmenter la superficie du dôme de l'îlot de chaleur urbain[2], et exacerbera son intensité maximale au centre, étant donné que la circulation de l'air risque d'être bloquée en périphérie.

The Conversation, 15 août 2023.

1. Températures de la journée. 2. Concentration de la chaleur au-dessus d'une ville en raison des matériaux de construction et/ou d'une faible végétalisation.

VOCABULAIRE

▪ **Vulnérabilité :** fragilité d'une société face à un aléa. Elle varie selon sa capacité à s'y préparer et à y faire face.

▶ **Vidéo**
L'îlot de chaleur urbain
Cerema
hachette-clic.fr/24hg2063

PARCOURS 1

Comprendre et mettre en relation des documents

1. **Doc. 2 et 3** Énumérez les risques accentués par le changement climatique à Paris.
2. **Doc. 1 et 4** Quels éléments accentuent les effets des sécheresses et/ou des canicules ?
3. **Doc. 1 et 3** Quelles seraient les conséquences humaines et matérielles d'une inondation majeure à Paris ?
4. **Doc. 3 et 4** Pourquoi la population parisienne est-elle inégalement vulnérable à ces risques ?

BILAN Rédigez une synthèse expliquant que le changement climatique aggrave les risques à Paris et augmente la vulnérabilité de la population.

PARCOURS 2

Rédiger un texte argumentatif

Vous participez à la rédaction du rapport *Paris à 50 °C*. À l'aide des documents, expliquez, en une dizaine de lignes, pourquoi la métropole de Paris est particulièrement vulnérable aux effets du changement climatique.

Utilisez les mots-clés : *changement climatique ; risque ; vulnérabilité ; densité ; canicule ; îlot de chaleur urbain.*

B Comment faire face aux risques ?

VILLE DE
PARIS

5 Le Plan Climat de Paris

Le Plan Climat Air Énergie de Paris est la politique de lutte contre le changement climatique initiée par la Mairie de Paris depuis 2007.

6 Les adaptations aux risques

Pour être moins vulnérables aux canicules, il est nécessaire d'avoir une meilleure prise en compte du « confort d'été » dans les bâtiments, multiplier les îlots de fraîcheur, qui sont déjà plus de 1 200 sur le territoire, et travailler sur le changement des habitudes et des comportements (préserver la fraîcheur dans son logement, modifier ses horaires de sortie, adapter ses moyens de transport, etc.). La Ville de Paris travaille sur les solutions fondées sur le développement de la nature en ville. Désimperméabiliser les sols et renforcer la place de la nature en ville peut permettre d'éviter de saturer les réseaux d'assainissement en cas de fortes pluies, de préserver la biodiversité et la ressource en eau tout en réduisant l'effet d'îlot de chaleur urbain. Pour répondre rapidement au besoin de préserver les habitants des vagues de chaleur, la Ville de Paris envisage aussi l'installation d'ombrières[1] là où on ne peut pas planter des arbres, de lancer un plan « volets » dans les programmes d'éco-rénovation, de déployer davantage le réseau de froid (un réseau souterrain qui rafraîchit l'air naturellement grâce à la Seine) dans certains établissements sensibles comme les hôpitaux.

Agence parisienne du climat, 18 février, 2022.

1. Structure aménagée pour fournir de l'ombre.

VOCABULAIRE

- **Adaptation :** réduction de la vulnérabilité des populations aux effets du changement climatique (augmentation des températures, sécheresse…).
- **Prévention :** ensemble des mesures visant à réduire la vulnérabilité d'une société : prévision du risque, aménagements, organisation des secours.

7 Un exercice de prévention face aux chaleurs extrêmes

En 2023, la Mairie de Paris a testé la réaction de plusieurs corps de métier (pompiers, police, soignants, enseignants) lors d'un exercice grandeur nature pour anticiper les canicules.

Vidéo ▶
On vous explique tout : la stratégie de résilience
Ville de Paris, 11 avril 2023
hachette-clic.fr/24hg2064

PARCOURS 1

Présenter une situation géographique

1. **Doc. 5 et 6** Comment la ville de Paris tente-t-elle de limiter le changement climatique ?
2. **Doc. 5 et 6** Listez les actions entreprises pour protéger les habitants de ses effets.
3. **Doc. 7** Quel est l'intérêt d'un tel exercice de prévention ? Montrez que cet exercice nécessite la mobilisation de nombreux acteurs.

PARCOURS 2

Participer à un jeu de rôle à l'oral

Par groupe de quatre, choisissez un rôle parmi : un habitant du quartier, un directeur d'école, un représentant de la ville de Paris, un sapeur-pompier ou un responsable du réseau de métro.

Puis, dans le cadre d'un exercice de crise face à une canicule extrême, présentez, tour à tour, les mesures à mettre en place avant, pendant et après la canicule (**Doc. 5, 6 et 7**).

BILAN Paris : une grande métropole face au changement climatique

Lutter contre des risques croissants

Aléas aggravés par le changement climatique
- Canicule
- Sécheresse
- Inondation

Connaissance des risques
- Mesure des températures
- Cartographie des risques
- Identification des éléments exposés (réseaux de transports, énergétiques...)

Une inégale vulnérabilité
- Entre les habitants
- Entre les quartiers

Adaptation
- Multiplication des espaces végétalisés
- Adaptation des bâtiments et des rues
- Plan Climat pour lutter contre les émissions de gaz à effet de serre

Les effets probables des catastrophes
- Conséquences humaines : mortalité accrue lors des canicules et des inondations
- Conséquences matérielles : destruction des réseaux de transport et d'énergie

Prévention
- Informer la population sur la diversité des risques
- Réaliser des exercices pour préparer la population

Et ailleurs ?

1. Où se situent majoritairement les villes du réseau C40 dans le monde ?
2. Citez trois pays ayant ratifié l'Accord de Paris et dont plus de quatre villes font partie du réseau C40.

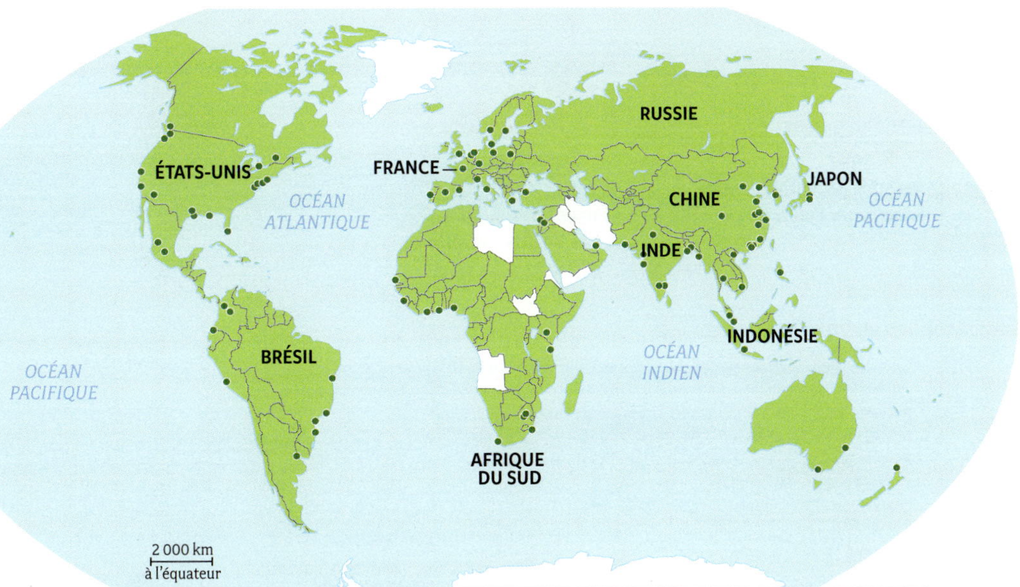

- Ville du réseau C40 impliquée dans la lutte contre le changement climatique
- État ayant ratifié l'Accord de Paris pour baisser les émissions de GES dans le monde

Sources : c.40.org et ONU, 2024.

GRAND ANGLE La diversité des risques dans le monde

- Les **risques** peuvent être d'origine naturelle (inondations, cyclones, séismes…) ou humaine (explosions, pollutions chimiques…). Leur nombre, leur fréquence et leur intensité varient en fonction du milieu et/ou du degré d'industrialisation des territoires.
- La croissance démographique et la concentration de la population sur les littoraux et dans les métropoles expliquent que le nombre de personnes exposées aux risques augmente. Le changement climatique augmente la fréquence et l'intensité des inondations, des sécheresses et des incendies. L'ONU considère que 3,5 milliards d'êtres humains y sont exposés.

NOTION EN VIDÉO

▪ **Risque :** probabilité qu'un aléa se produise et touche une population et ses aménagements.

▶ Vidéo
Qu'est-ce qu'un risque majeur ?
Ministère de la transition écologique et de la cohésion des territoires, 7 octobre 2022
hachette-clic.fr/24hg2065

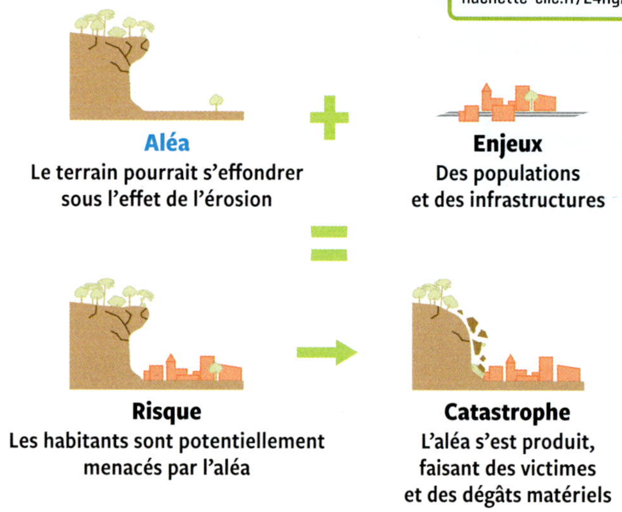

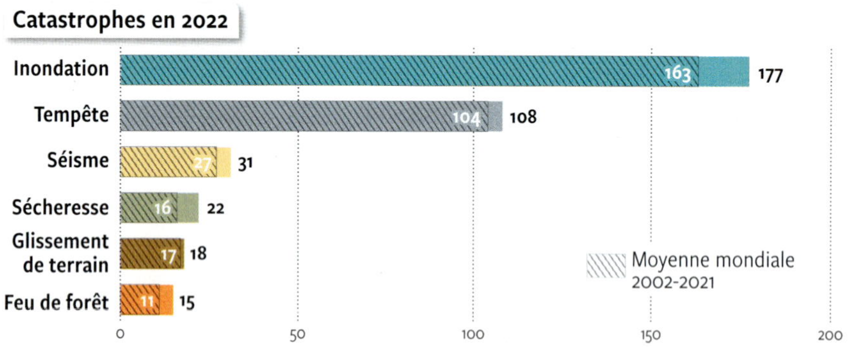

Source : CRED, 2024.

2 Une augmentation des catastrophes naturelles dans le monde

Carte interactive
hachette-clic.fr/24hg2066

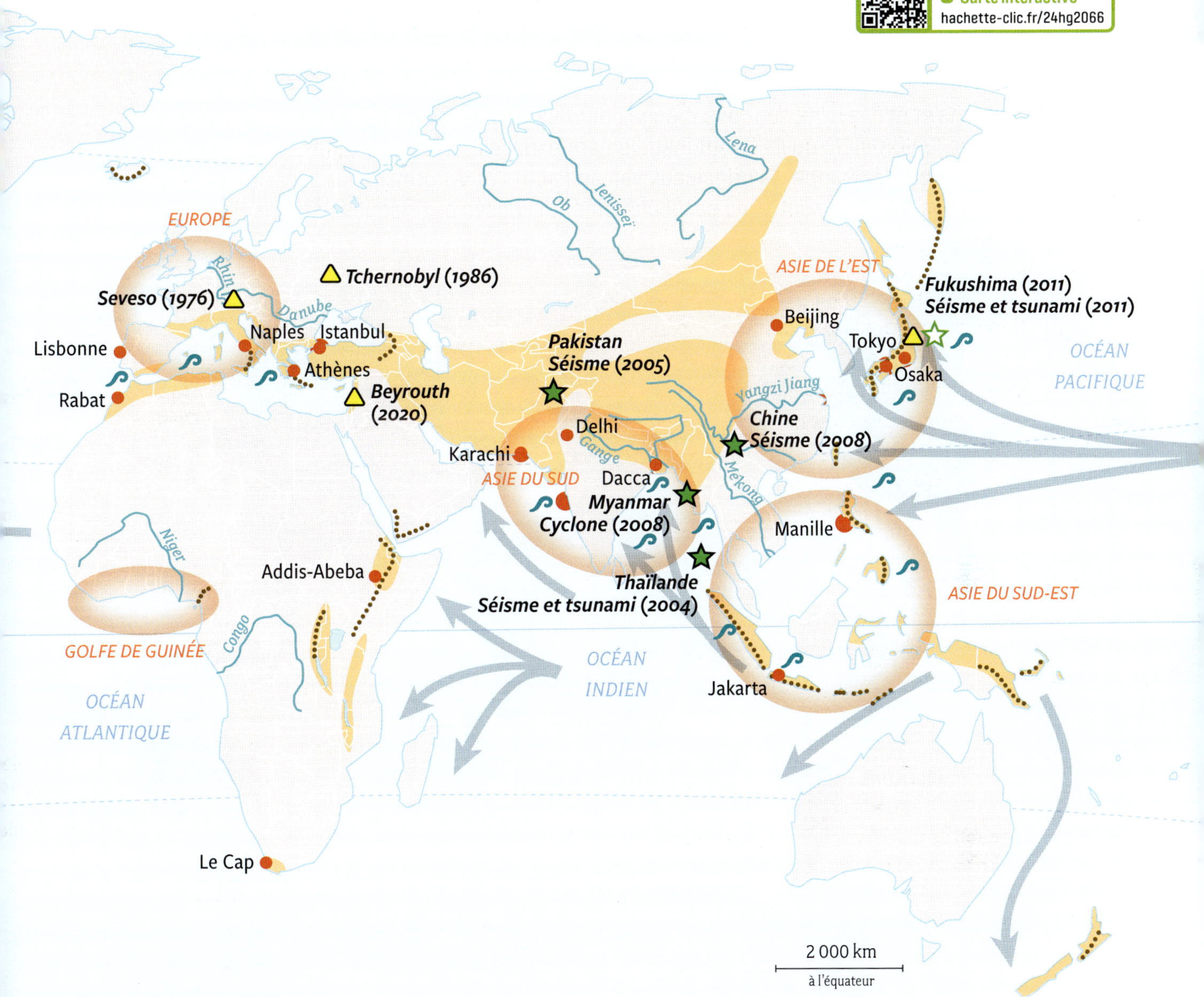

Une exposition à des risques variés

- Zone sismique
- Principale zone inondable
- Concentration de volcans actifs
- Trajectoire des cyclones/ouragans
- Tsunami
- Foyer de peuplement majeur
- Ville menacée par un ou plusieurs risques

Des sociétés frappées par des catastrophes majeures

- Accident industriel ou nucléaire majeur
- Les cinq catastrophes naturelles les plus meurtrières depuis 2000
- Les cinq catastrophes naturelles les plus coûteuses depuis 2000

Sources : Y. Veyret, *Atlas des risques et des crises*, 2023 et UNDRR, 2024.

1 Une population mondiale exposée à des risques variés

VOCABULAIRE

Aléa : source de danger naturel, technologique ou sanitaire.

QUESTIONS

1. **Notion en vidéo** Quelles sont les différences entre un aléa, un risque et une catastrophe ?
2. **Doc. 1** Citez trois foyers de peuplement fortement exposés aux risques et justifiez votre choix.
3. Montrez que les catastrophes les plus fréquentes (**Doc. 2**) ne sont pas forcément les plus meurtrières et les plus coûteuses. (**Doc. 1**).

GRAND ANGLE L'exposition et la gestion des risques dans le monde

- Les populations et les pays ne sont pas touchés par des risques de même nature et/ou de même fréquence. On dit alors qu'ils y sont inégalement exposés. Par exemple, la ceinture de feu, dans l'océan Pacifique, regroupe les principaux volcans actifs et les principales zones de séismes au monde. Les pays riverains sont donc particulièrement exposés aux risques naturels.

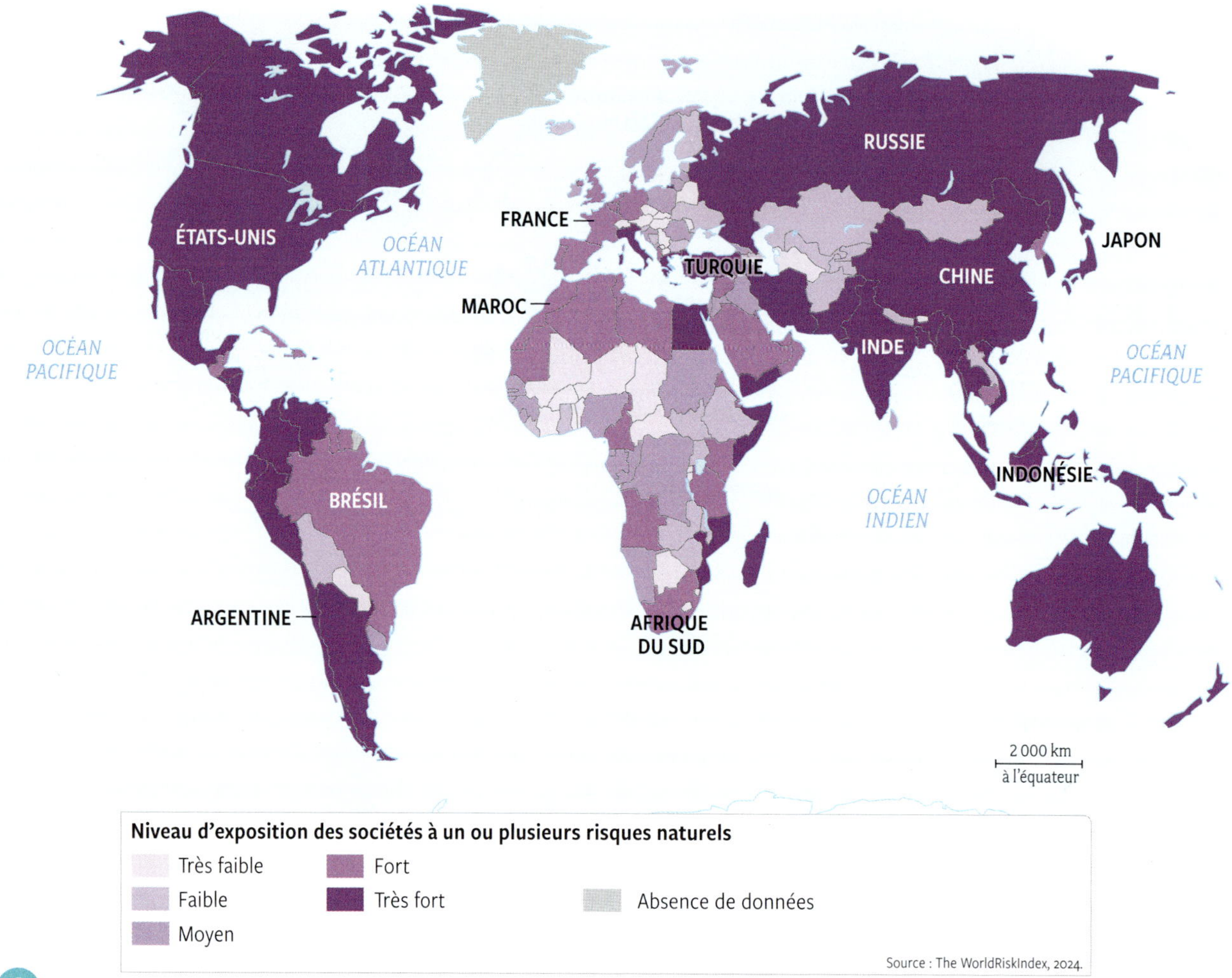

1 Une inégale exposition aux risques

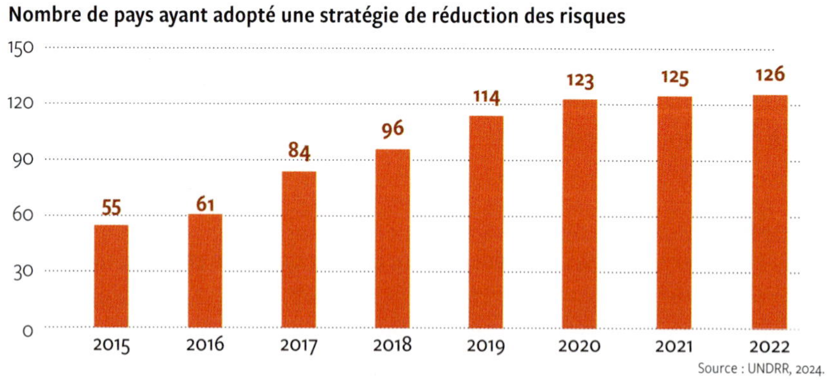

3 La généralisation des politiques de gestion des risques

● Les réponses apportées par les sociétés pour se protéger des risques varient considérablement. Généralement, plus une société est développée et plus elle est capable de mettre en place des politiques de **prévention**. En 2015, les Nations unies ont adopté une stratégie mondiale, le Cadre d'action de Sendai, pour baisser durablement le niveau de **vulnérabilité** des sociétés aux risques et aux catastrophes.

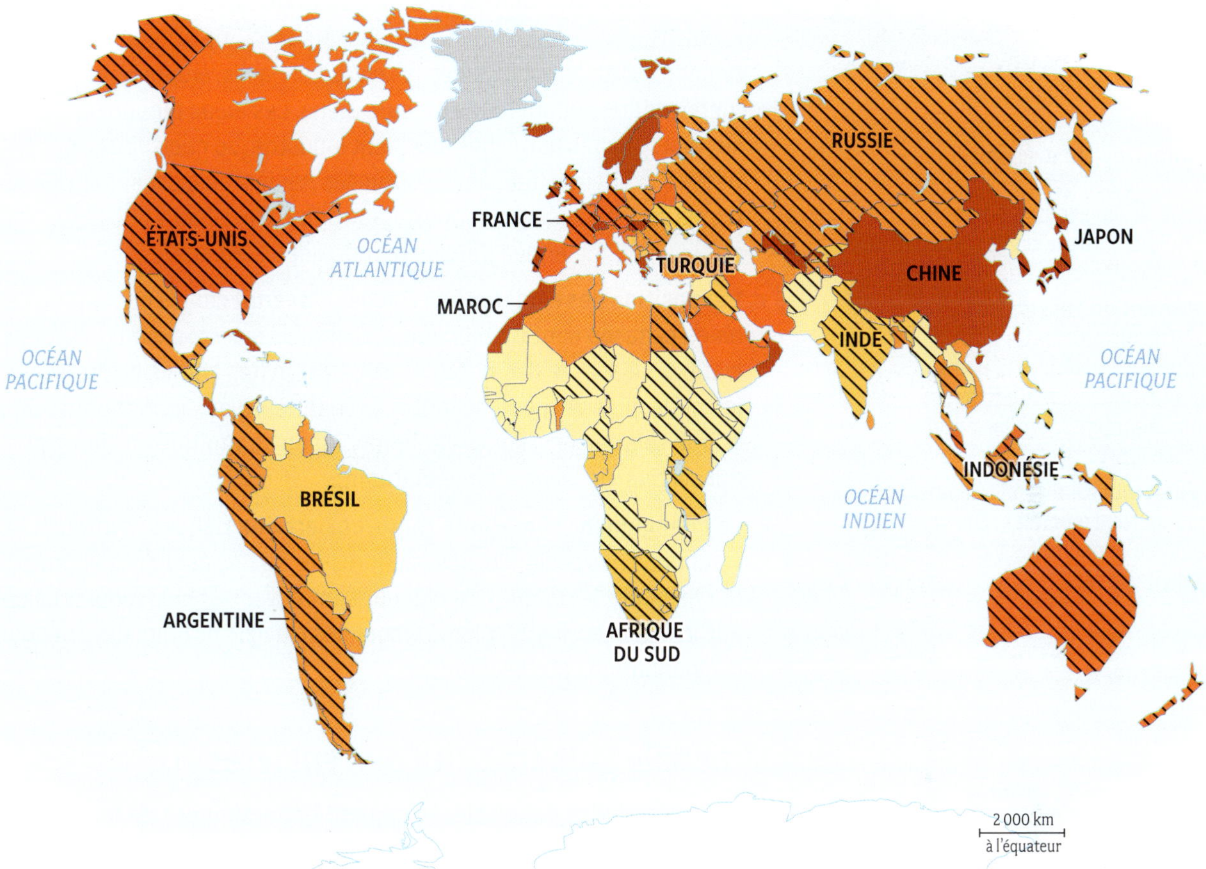

Capacité d'adaptation aux risques [1]

- Très faible
- Faible
- Moyen
- Forte
- Très forte
- Absence de données
- Pays disposant d'un dispositif d'alerte pour protéger les populations des catastrophes en 2022

1. Le niveau d'éducation, les inégalités, la prévention des risques et la lutte contre le changement climatique sont pris en compte.

Sources : UNDRR et The WorldRiskIndex, 2024.

2 Une inégale capacité à faire face aux risques

VOCABULAIRE

- **Prévention :** ensemble des mesures visant à réduire la vulnérabilité d'une société : prévision du risque, aménagements, organisation des secours.
- **Vulnérabilité :** fragilité d'une société face à un aléa. Elle varie selon sa capacité à s'y préparer et à y faire face.

QUESTIONS

1. **Doc. 1** Citez trois pays très exposés aux risques et trois pays peu exposés aux risques.
2. **Doc. 1 et 2** À partir de deux exemples précis, justifiez l'affirmation : « Un pays peut être très exposé aux risques mais avoir une forte capacité à y faire face ».
3. **Doc. 2 et 3** Montrez que la gestion des risques dans le monde progresse mais qu'elle est encore incomplète.

COURS 1

Les sociétés face aux risques

> Pourquoi les sociétés sont-elles inégalement menacées par les risques dans un contexte de changement climatique ?

1 Des risques nombreux

- **Les sociétés sont confrontées à des risques variés.** Des risques dits « naturels » existent lorsque des aléas climatiques (inondations, tempêtes...) et/ou géologiques (séismes, tsunamis, éruptions volcaniques...) menacent des populations et leurs biens. Les aléas technologiques sont liés aux activités humaines (accident industriel ou nucléaire...), comme les risques sanitaires (épidémies diffusées par le transport aérien). Quand le risque se produit survient une catastrophe. Ainsi, 350 à 500 catastrophes ont lieu chaque année dans le monde depuis 20 ans.
- **L'exposition des sociétés aux risques s'accroît** car les populations et les biens exposés sont de plus en plus nombreux. Par exemple, la concentration croissante des hommes et des activités sur les littoraux et dans les métropoles expose davantage d'habitants aux inondations. Dans le même temps, les risques technologiques se multiplient dans les pays qui s'industrialisent (Chine, Vietnam).
- **Le changement climatique renforce certains risques.** L'intensité et la fréquence des cyclones, des sécheresses ou des canicules augmentent. Par exemple, les vagues de chaleur sont devenues plus régulières tandis que leur succession accélère la fonte des glaciers de l'Himalaya et aggrave les inondations au Pakistan.

2 L'inégale vulnérabilité des sociétés

- **La vulnérabilité des sociétés dépend généralement de leur niveau de développement.** La pauvreté, la faible connaissance du risque ou une mauvaise organisation des secours aggravent les effets d'une catastrophe. Les pays en développement demeurent les plus vulnérables. En 2023, le cyclone Freddy a endommagé les cultures au Malawi (Afrique de l'Est) et a entraîné de graves pénuries alimentaires car 80 % de la population vit de l'agriculture familiale.
- **Les catastrophes sont souvent plus meurtrières dans les pays en développement, mais les pertes financières restent plus élevées dans les pays développés.** Les destructions de biens (habitations, entreprises, infrastructures) représentent des coûts particulièrement importants même s'ils sont en partie pris en charge par les assurances. Depuis 1980, les États-Unis ont subi 341 catastrophes climatiques pour un montant total supérieur à un milliard de dollars.
- **Après la catastrophe, les capacités de reconstruction varient selon les États.** Certains parviennent à réduire leur vulnérabilité en suivant le principe de « reconstruire en mieux ». Ainsi, en 2015, après un tremblement de terre d'une magnitude de 7,8, le Népal a reçu des fonds de la Banque mondiale pour reconstruire des écoles et des routes plus solides. Or, pour de nombreux pays, la pauvreté demeure un frein à une reconstruction durable.

VOCABULAIRE

- **Aléa :** source de danger naturel, technologique ou sanitaire.
- **Catastrophe :** événement qui provoque des pertes humaines et matérielles importantes et qui perturbe le bon fonctionnement d'une société.
- **Prévention :** ensemble des mesures visant à réduire la vulnérabilité d'une société : prévision du risque, aménagements, organisation des secours.
- **Vulnérabilité :** fragilité d'une société face à un aléa. Elle varie selon sa capacité à s'y préparer et à y faire face.

NOTIONS

- **Changement climatique :** transformation du climat depuis le début du XXe siècle due à un réchauffement rapide de l'atmosphère et des océans, causé principalement par les actions humaines.
- **Risque :** probabilité qu'un aléa se produise et touche une population et ses aménagements.

3 La gestion des risques à renforcer

■ **La gestion des risques est mise en place à toutes les échelles.** L'ONU a adopté une stratégie mondiale nommée le Cadre d'action de Sendai. Ce dispositif adapté à tous les pays du monde vise à réduire les décès et les dommages matériels pour la période 2015-2030. Désormais, 126 pays disposent de stratégies nationales de réduction des risques alors qu'ils n'étaient que 55 en 2015. Ainsi, la nouvelle stratégie du Maroc vise à cartographier précisément les régions exposées aux inondations pour mieux protéger la population. Les villes se dotent aussi de plans de **prévention**, comme Rotterdam (Pays-Bas) où des jardins publics se transforment en lacs en cas de fortes précipitations.

■ **La gestion des risques progresse dans les pays en développement.** Les dispositifs pour avertir les populations avant la catastrophe se multiplient et réduisent fortement la mortalité. En 2023, en Birmanie, grâce à une alerte précoce, le cyclone Mocha a entraîné la mort d'une centaine de personnes quand, en 2008, le cyclone Nargis, de même intensité, avait causé 138 000 décès. Toutefois, seul un tiers des îles du Pacifique vulnérables aux cyclones, en est équipé.

■ **Des actions sont entreprises pour atténuer le changement climatique et les risques qu'il intensifie.** L'Accord de Paris (2015) prévoit de limiter le réchauffement global à 1,5° sur Terre tandis que les États financent des projets pour limiter les énergies fossiles. Or, les émissions de gaz à effet de serre continuent d'augmenter et des tensions apparaissent. Les pays en développement ont besoin de 2 400 milliards de dollars par an pour réduire les émissions et faire face aux catastrophes.

CHIFFRES CLÉS

Les 5 catastrophes naturelles les plus meurtrières dans le monde depuis 2000

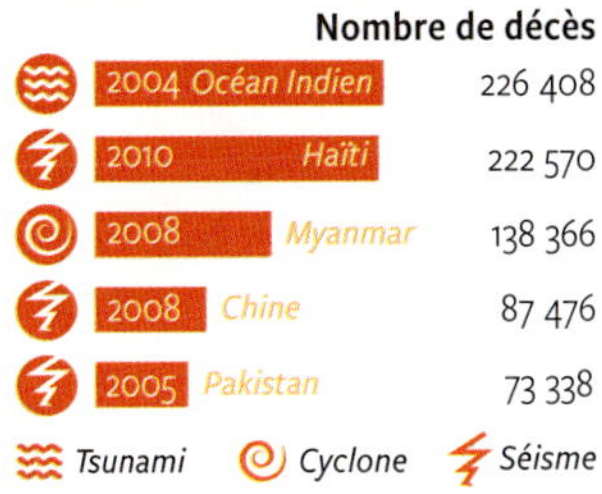

Source : UNDRR, 2024.

Les pays qui adaptent une stratégie de réduction des risques dans le monde

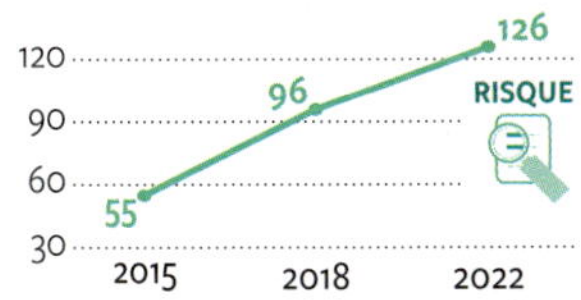

Source : UNDRR, 2024.

Le nombre de personnes vulnérables au changement climatique

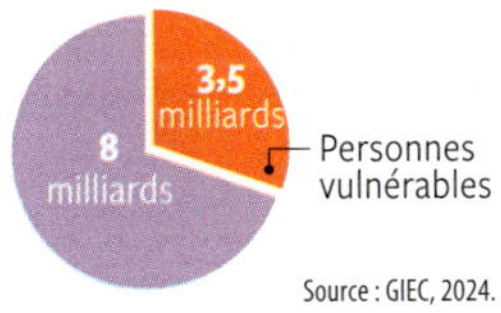

Source : GIEC, 2024.

Des aléas nombreux
- Climatiques
- Géologiques
- Industriels et nucléaires
- Sanitaires

Des aléas accentués par le changement climatique
- Sécheresse, canicule, inondation
- Plus fréquents et plus intenses

Une inégale vulnérabilité des sociétés en fonction
- Du niveau de développement
- Du nombre et de la densité de la population et des aménagements
- De la capacité à agir avant et après la catastrophe

La gestion des risques
- Divers acteurs impliqués à toutes les échelles
- Plans de prévention à toutes les échelles
- Gestion à renforcer dans les pays en développement

Des actions pour atténuer les risques et les effets du changement climatique
- Accord de Paris (2015)
- Volonté de limiter les énergies fossiles
- Actions encore insuffisantes (augmentation des gaz à effet de serre)

EXEMPLE

Maroc-Japon : deux pays inégaux face au risque sismique

Le Japon et le Maroc, deux pays situés à la rencontre de plaques tectoniques, sont exposés à des séismes plus ou moins puissants. Toutefois, les dégâts humains et matériels occasionnés par les séismes diffèrent entre ces deux pays, en lien avec leur inégal développement.

> Pourquoi le Maroc et le Japon ont-ils une inégale capacité à faire face au risque sismique ?

1 Deux pays aux profils socio-économiques différents

en 2022	Maroc	Japon
Population totale, en million d'habitants	37	125
PIB, en milliard de dollar	134	4 230
PIB par habitant, en dollar	3 200	34 000
IDH	0,69	0,92
Taux d'urbanisation, en %	64	91

Source : Banque mondiale, 2024.

2 L'exposition de la population marocaine au risque sismique

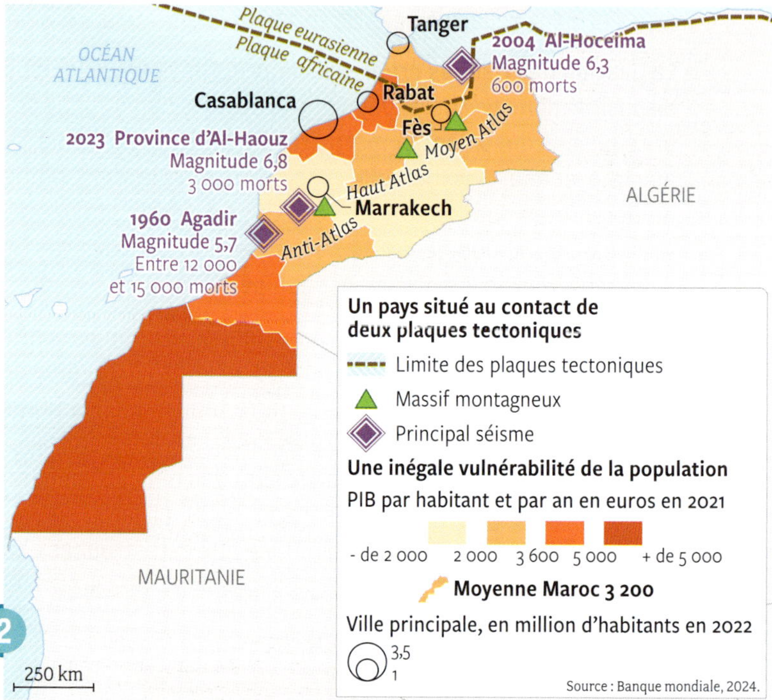

3 Les destructions au Maroc après le séisme de 2023

En 2023, à 50 km de Marrakech, un séisme a fait 3 000 morts et 5 000 blessés. Depuis 2011, le gouvernement a renforcé la réglementation antisismique pour les nouvelles constructions. Or, le séisme a touché des villages aux habitations traditionnelles.

4 L'investissement du Japon dans la prévention

Le 1er septembre 1923, le tremblement de terre du Kanto, de magnitude 7,9, détruisait Tokyo, faisant plus de 100 000 morts[1]. Un choc qui a, depuis, totalement bouleversé la politique japonaise en matière de prévention. Dans les années 1960, Tokyo, dont la population dépasse alors pour la première fois les 10 millions d'habitants, dévoile son plan d'urbanisme pour l'atténuation de l'impact des catastrophes naturelles. Dès lors, priorité est donnée au béton. Des zones d'évacuation sont construites, tout comme des bâtiments coupe-feu le long des routes. Les risques de dommages en cas de catastrophes ont été réduits de 30 à 40 % ces 10 dernières années. Faire de Tokyo, qui compte désormais 14 millions d'habitants, une ville qui ne s'effondre pas, qui ne brûle pas et où la population survit lors d'un séisme majeur est l'ambition du nouveau projet « Tokyo résilience ».

Mais protéger les infrastructures ne suffit pas sans la formation des populations. Depuis les années 1960, le 1er septembre est désigné Journée nationale de la préparation aux catastrophes. Des exercices sont organisés dans les écoles et les entreprises afin que les Japonais se tiennent toujours prêts à évacuer, se protéger, trouver refuge dans un simulateur.

Ouest France, 11 septembre 2023.

1. Ce séisme a été bien plus meurtrier que le séisme de Kobé en 1995 (5 502 morts) et de Fukushima en 2011 (15 690 morts). Les destructions du séisme du Kanto ont été estimées à 29 % du PIB japonais (contre 2 % en 1995 et 3,5 % en 2011).

Les bâtiments de Tokyo

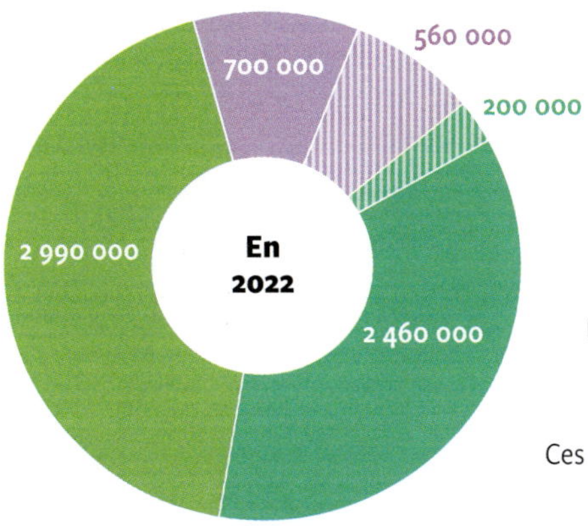

Anciennes normes
Normes récentes (avant 2000)
Normes actuelles (depuis 2000)
Protections insuffisantes contre les séismes

Les normes antisismiques sont définies par une loi de 1950, fréquemment révisée, pour obliger les constructeurs à réaliser des structures parasismiques.
Ces normes sont devenues de plus en plus strictes pour que les bâtiments résistent aux secousses les plus violentes.

Maison en bois construite selon les normes antisismiques d'avant 2000 détruite lors du séisme de Kumamoto (sud du Japon) en 2016.

Source : Gouvernement métropolitain de Tokyo, 2022.

5 Une inégale résistance sismique des bâtiments au Japon

PARCOURS 1

Mettre en relation des faits de localisations différentes

À l'aide des informations des documents, complétez le tableau.

	Maroc	Japon
Niveau de richesse et de développement		
Nombre et dates des principaux séismes		
Bilan humain et matériel des principaux séismes		
Facteurs qui aggravent la vulnérabilité		
Actions pour réduire la vulnérabilité et acteurs impliqués		

BILAN Rédigez une synthèse pour expliquer l'inégale capacité du Maroc et du Japon à faire face au risque sismique.

PARCOURS 2

Vers le bac

En analysant le **Doc. 2**, rédigez deux paragraphes pour montrer que la population marocaine est vulnérable aux séismes et expliquez-en les raisons.

Pas à pas

1. Localisez les séismes ayant frappé le Maroc depuis 1960. Quel lien faites-vous avec la répartition de la population marocaine ?
2. Expliquez la vulnérabilité en insistant sur l'inégale richesse des régions marocaines.

GRAND ANGLE

Une ressource sous pression dans le monde : l'eau

- Chaque année, les sociétés ne prélèvent qu'une faible part des ressources en eau douce disponibles sur Terre. Mais les besoins augmentent en raison de la croissance démographique et de l'amélioration globale des conditions de vie.
- De faibles précipitations ou des eaux souterraines limitées provoquent un **stress hydrique**. Au cours de l'année 2022, plus de 2 milliards de personnes ont été confrontées au moins une fois à cette situation, notamment en Afrique et en Asie. Or, à cause du changement climatique, 1 milliard de personnes supplémentaires devrait être concerné d'ici 2050.

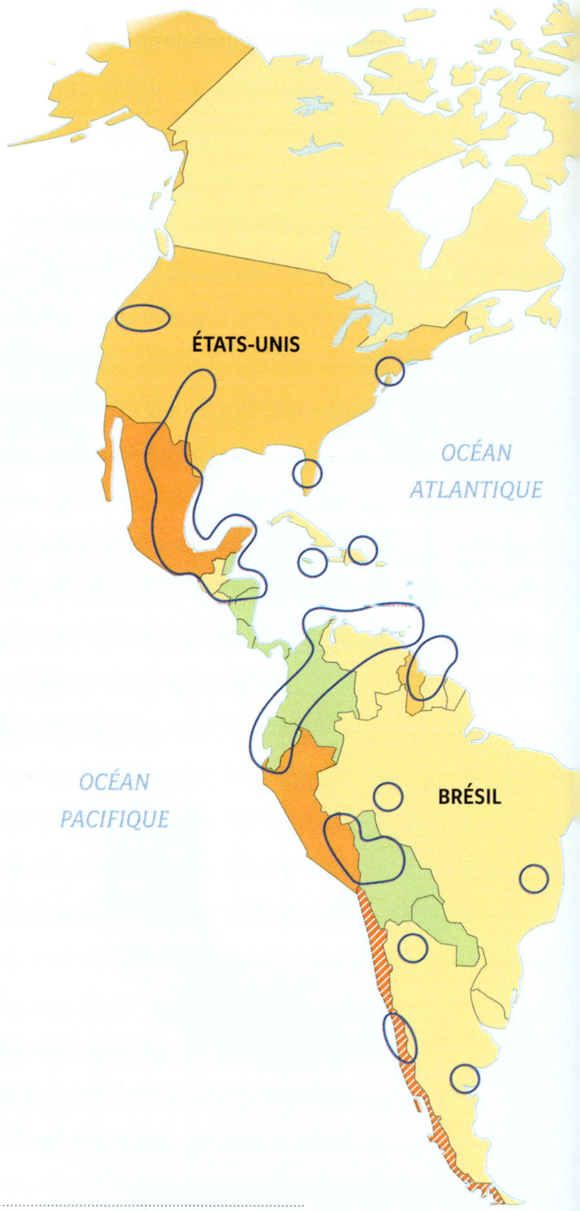

Vidéo L'eau, une ressource rare
Vie publique, 13 juin 2022
hachette-clic.fr/24hg2067

NOTION EN VIDÉO

■ **Ressource :** ensemble des matières minérales et biologiques qui présentent une utilité pour les sociétés.

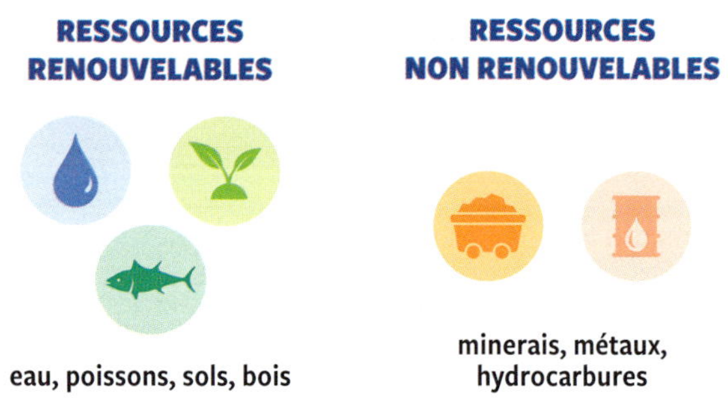

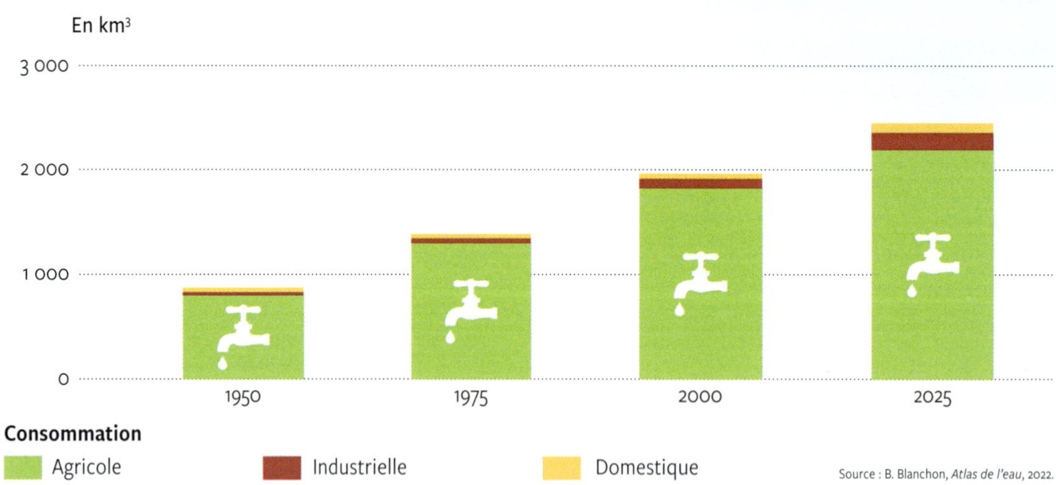

Source : B. Blanchon, *Atlas de l'eau*, 2022.

2 L'évolution de la consommation mondiale de l'eau

Carte interactive
hachette-clic.fr/24hg2068

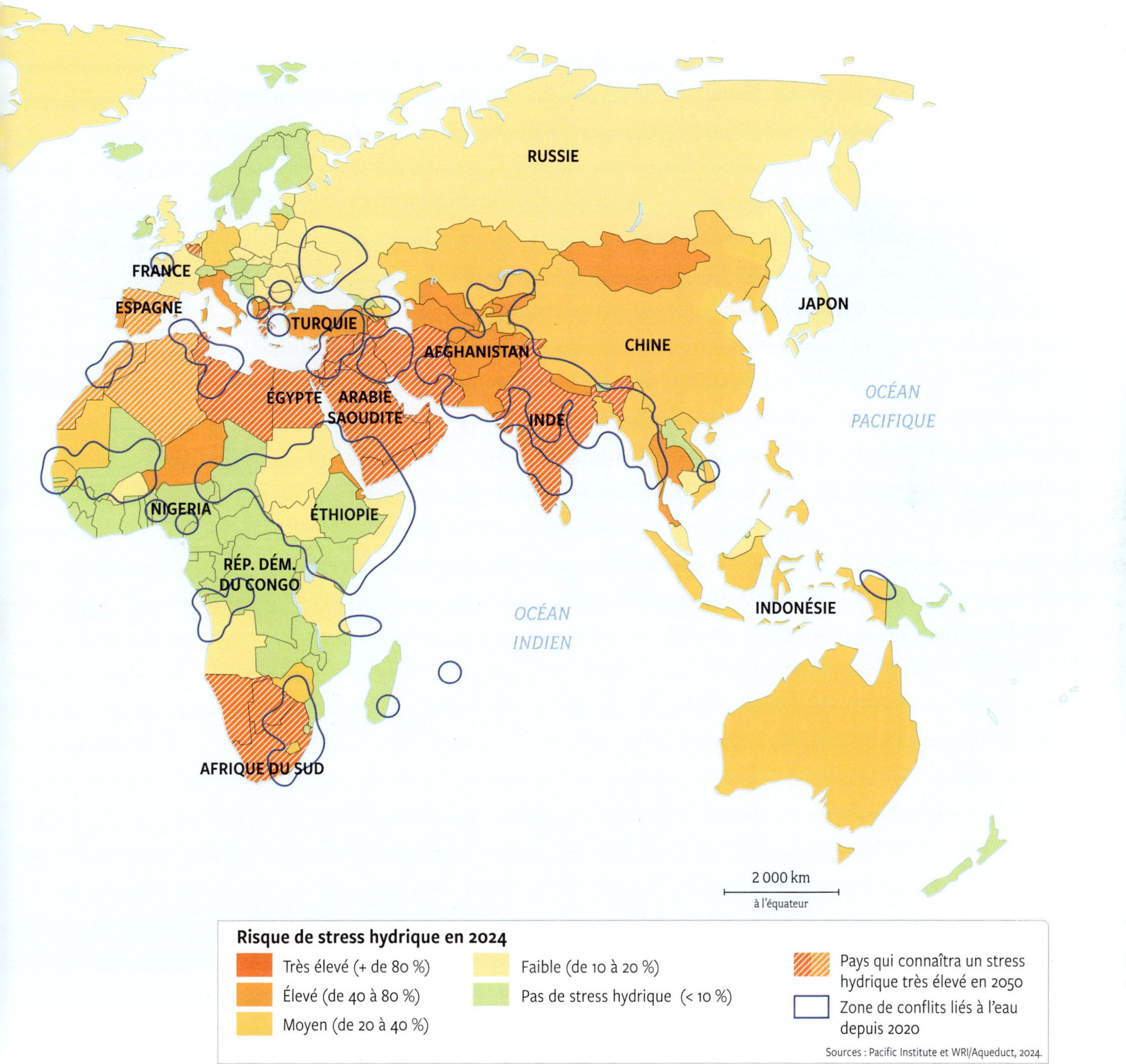

1 Des pressions sur l'eau dans le monde

VOCABULAIRE

■ **Stress hydrique :** situation critique qui surgit lorsque les ressources en eau disponibles sont inférieures aux besoins.

QUESTIONS

1. **Notion en vidéo et doc. 2** Présentez les différents usages de l'eau.
2. **Doc. 1 et 2** Quelles régions du monde connaissent un niveau de stress hydrique élevé ?
3. **Doc. 1** Montrez que les régions marquées par le stress hydrique ne sont pas forcément celles qui concentrent le plus de conflits liés à l'eau.

GRAND ANGLE La transition énergétique dans le monde

● Chaque pays utilise des ressources énergétiques différentes pour répondre à ses besoins économiques et domestiques (transport, chauffage). Cependant, à l'échelle mondiale, la part des **énergies fossiles**, composée du pétrole, du charbon et du gaz naturel atteint 82 %. À elle seule, la Chine consomme plus d'un quart de l'énergie mondiale, juste devant les États-Unis (16 %).

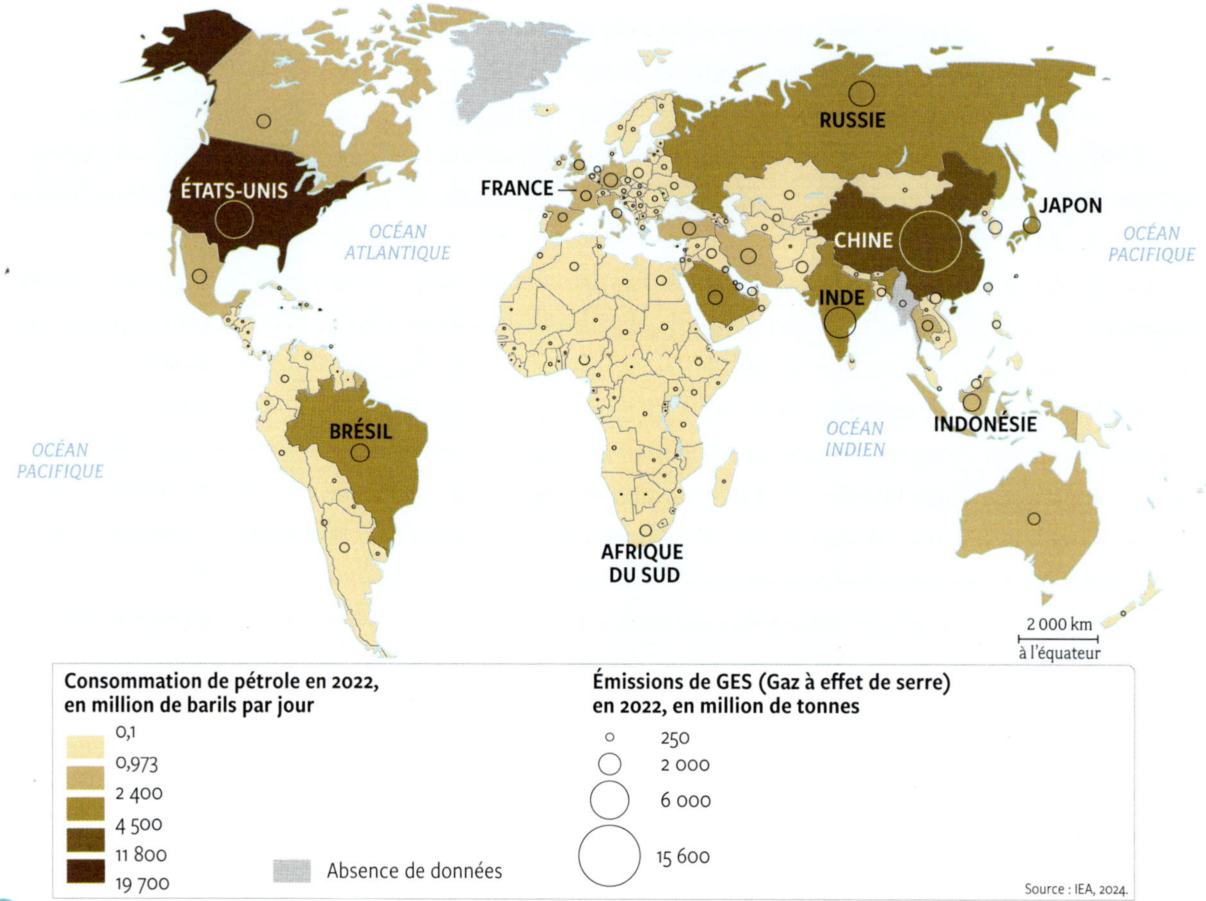

1 La consommation du pétrole dans le monde et ses effets

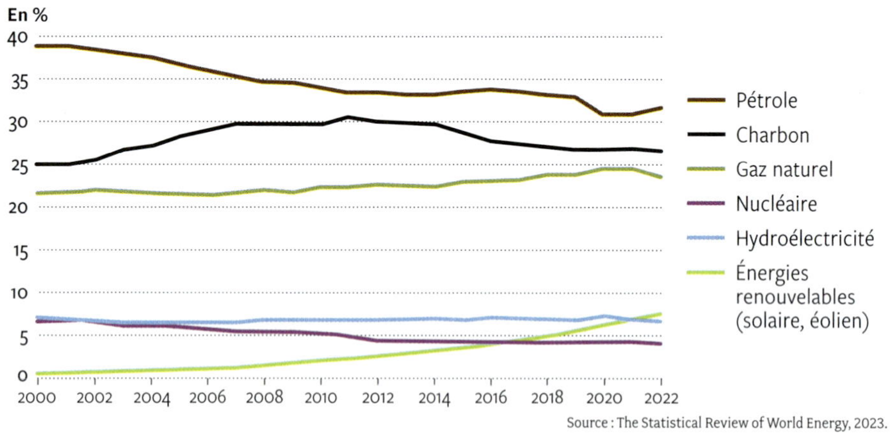

3 L'évolution de la consommation d'énergie dans le monde

● La consommation d'énergies fossiles participe au changement climatique en émettant des gaz à effet de serre. Une **transition énergétique** est en cours avec une augmentation de la part des **énergies renouvelables**. Cependant, celle-ci est encore très faible : seule une vingtaine de pays utilise plus d'un tiers d'énergie renouvelable dans sa consommation totale.

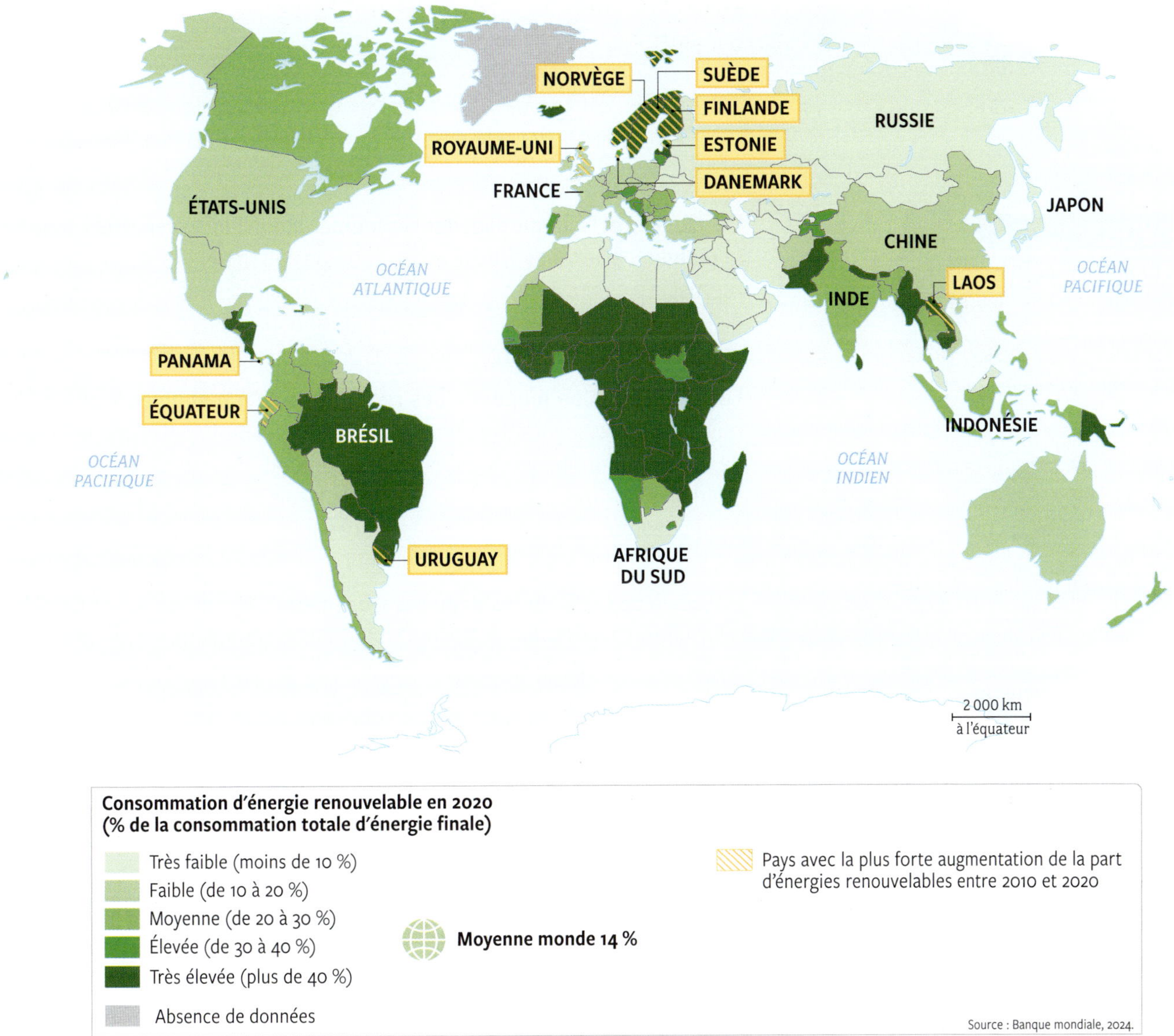

2 Les énergies renouvelables dans la consommation énergétique

VOCABULAIRE

- **Énergie fossile :** ressource énergétique issue de la décomposition de matières organiques pendant des millions d'années (charbon, pétrole, gaz naturel).
- **Énergie renouvelable :** énergie fournie par la nature (soleil, vent, eau) en quantité illimitée ou se régénérant à l'échelle humaine (biomasse, agrocarburant).
- **Transition énergétique :** passage d'un système fondé sur les énergies fossiles à un système fondé sur des énergies plus respectueuses de l'environnement (dont les énergies renouvelables).

QUESTIONS

1. **Doc. 1** Citez les trois pays qui consomment le plus d'énergies fossiles dans le monde.
2. **Doc. 2** Dans quels pays la part des énergies renouvelables dans la consommation énergétique totale est-elle élevée ?
3. **Doc. 2 et 3** Que pouvez-vous en conclure sur l'avancée de la transition énergétique dans le monde ?

COURS 2 Des ressources majeures sous pression

> Pourquoi les pressions sur les ressources obligent-elles les sociétés à repenser leur consommation ?

1 L'eau et l'énergie, des ressources majeures convoitées

- **L'eau douce et l'énergie sont des ressources inégalement réparties dans le monde.** La Terre est recouverte à 70 % d'eau, mais l'eau douce n'en représente qu'une infime partie (2,5 %). Le Brésil, la Russie et le Canada disposent des ressources en eau les plus abondantes. Le Moyen-Orient concentre 48 % des réserves mondiales de pétrole et 43 % de celles de gaz.
- **La consommation mondiale des ressources est en augmentation** en raison de la croissance de la population, de l'amélioration des conditions de vie et de l'urbanisation. Ainsi, la consommation d'eau potable a été multipliée par trois depuis 1950 et celle de pétrole par six pour atteindre un niveau record en 2023. La Chine a assuré son développement en triplant sa consommation de pétrole depuis 1990 par exemple.
- **L'accès à ces ressources demeure très inégal.** Leur production et leur distribution nécessitent de vastes et coûteux aménagements (barrages, plateformes en mer), financés par de grandes firmes transnationales (TotalEnergies, BP pour l'énergie ou Veolia pour l'eau). Or, faute d'équipements ou de revenus suffisants, deux milliards de personnes n'ont toujours pas accès à l'eau potable, surtout dans les zones rurales, et les trois quarts de la population mondiale n'ayant pas accès à l'électricité habitent en Afrique subsaharienne.

2 De multiples tensions liées aux ressources

- **Les situations de pénuries d'eau se multiplient.** Initialement localisées au Moyen-Orient et en Afrique du Nord, ces pénuries gagnent de nouvelles régions sous l'effet conjugué d'une forte consommation et du changement climatique (ouest des États-Unis). Le manque d'eau peut être temporaire (littoraux méditerranéens en été) et entraîner des politiques de restrictions.
- **Le partage de l'eau engendre parfois des tensions.** Des conflits d'usage peuvent naître entre l'agriculture, l'industrie ou le tourisme, comme dans le sud de l'Espagne. La gestion de certains fleuves transfrontaliers conduit à des tensions internationales. L'Égypte, dont les ressources en eau sont fournies à 97 % par le Nil, s'oppose à l'Éthiopie qui a construit un immense barrage risquant de réduire le débit du fleuve.
- **Les gisements énergétiques sont au cœur d'enjeux géopolitiques.** Des États se disputent parfois la découverte de gisements (Turquie et Grèce en Méditerranée). La collaboration apaise des rivalités : le Conseil de l'Arctique permet d'atténuer les tensions autour des gisements d'hydrocarbures entre la Russie, les États-Unis et le Canada.

VOCABULAIRE

- **Conflit d'usage :** concurrence entre différents acteurs pour le contrôle et l'utilisation d'un espace ou d'une ressource.
- **Énergie renouvelable :** énergie fournie par la nature (soleil, vent, eau) en quantité illimitée ou se régénérant à l'échelle humaine (biomasse, agrocarburant).
- **GES (Gaz à effet de serre) :** gaz (CO2, méthane, ozone) piégé dans l'atmosphère contribuant au changement climatique.
- **Transition énergétique :** passage d'un système fondé sur les énergies fossiles à un système fondé sur des énergies plus respectueuses de l'environnement (dont les énergies renouvelables).

NOTIONS

- **Ressource :** ensemble des matières minérales et biologiques qui présentent une utilité pour les sociétés.
- **Transition environnementale :** transformations mises en œuvre par les sociétés pour s'adapter au changement climatique et en limiter les impacts.

3 Une consommation des ressources à repenser

- **L'utilisation des énergies fossiles aggrave le changement climatique.** Les énergies fossiles représentent 82 % de la consommation énergétique mondiale. Or, les émissions de GES ont atteint leur plus haut niveau historique en 2021. Pour éviter un réchauffement planétaire de 1,5 °C, le GIEC (Groupe d'experts intergouvernemental sur l'évolution du climat) appelle à réduire les émissions de CO_2 de 50 % d'ici à 2030 et d'atteindre zéro émission en 2050. De nombreux acteurs (États, ONG, citoyens…) souhaitent accélérer la transition énergétique tout en appelant à réduire la consommation.

- **Les énergies renouvelables sont en croissance** et couvrent 14 % des besoins mondiaux. Localement, de vastes projets sont financés. Ainsi, depuis 2023, au large de l'Écosse, 114 éoliennes alimentent 1,6 million de personnes. Toutefois, les entreprises pétrolières et gazières continuent de financer leurs activités grâce aux grandes banques mondiales. L'usage des véhicules électriques progresse dans les pays riches (États-Unis, Allemagne, Chine), mais elle accélère l'exploitation parfois nocive du lithium, nécessaire au fonctionnement des batteries.

- **La préservation de l'eau douce est une priorité.** L'accès à une eau de qualité est un objectif majeur pour l'ONU car un quart de la population mondiale utilise encore de l'eau contaminée (rejets industriels et urbains, pesticides agricoles). Une transition environnementale est nécessaire pour partager les ressources en eau et des solutions existent comme la lutte contre le gaspillage, l'irrigation au goutte à goutte ou la récupération des eaux de pluie.

CHIFFRES CLÉS

La part de la population ayant accès à l'eau

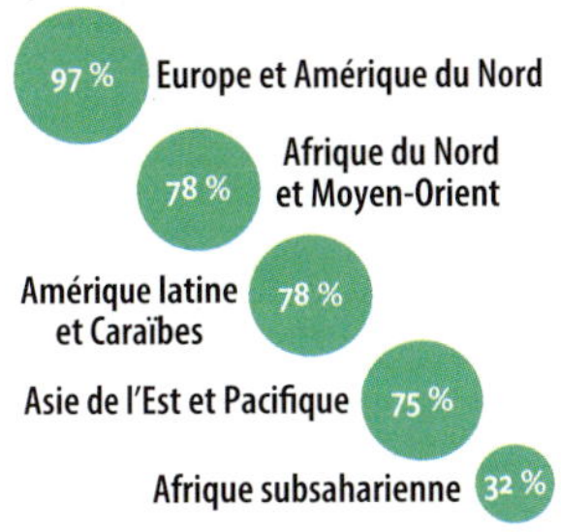

Source : Banque mondiale, 2024.

L'usage agricole de l'eau dans le monde

L'agriculture consomme 72 % de l'eau potable

20 % des **terres agricoles** sont irriguées

Source : FAO, 2024.

La consommation d'énergie dans le monde

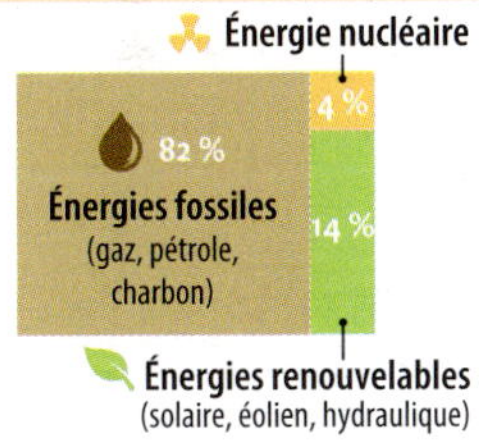

Source : Statistical Review of World Energy, 2023.

L'eau douce et l'énergie
- Des ressources inégalement réparties
- Des ressources inégalement accessibles

Une consommation en hausse
- Croissance démographique
- Croissance économique
- Amélioration générale des conditions de vie

Une augmentation mondiale des besoins en eau et en énergie

Une gestion difficile
- Accès à l'eau et à l'énergie dépend du niveau de développement des populations
- Pollution
- Aggravation du changement climatique par les énergies fossiles

Des tensions
- Conflits d'usage entre les activités économiques et/ou entre les habitants
- Tensions entre les États à propos des fleuves ou des nouveaux gisements énergétiques

Vers une transition environnementale ?
- Objectifs : gestion durable de l'eau, baisse des énergies fossiles et augmentation des énergies renouvelables
- Freins : pauvreté et poursuite de l'utilisation des énergies fossiles

Faire face aux pénuries d'eau en Espagne

L'Espagne est le pays d'Europe qui exerce les plus fortes pressions sur ses ressources en eau. Les périodes de sécheresse se multiplient, aggravant le stress hydrique. Néanmoins, des solutions plus ou moins coûteuses répondent aux besoins en eau des usagers.

DE DÉVELOPPEMENT DURABLE
Objectifs traités

6 EAU PROPRE ET ASSAINISSEMENT — 12 CONSOMMATION ET PRODUCTION RESPONSABLES

Dans le cadre de l'ONU, les États ont signé une feuille de route pour atteindre 17 Objectifs de développement durable (ODD) en 2030.

Votre mission **Rédigez un article de presse pour répondre à la question : « Quelles sont les réponses apportées aux pénuries d'eau en Espagne ? »**

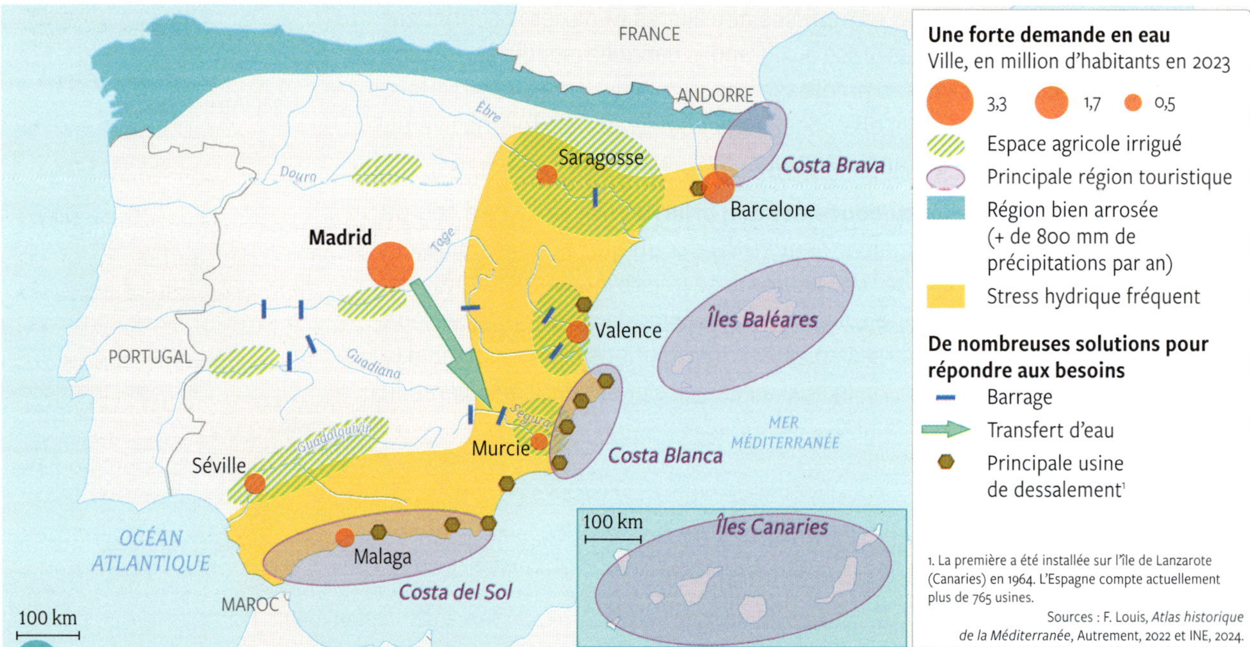

1 Des aménagements pour mobiliser l'eau

Urgence sécheresse

Le niveau d'eau dans nos barrages est très en dessous du niveau habituel

Fais un usage responsable de l'eau !!

Nous avons besoin de ton aide !

Mairie de Lora del Río

Association Espagnole des Opérateurs Publics d'Approvisionnement en eau et d'Assainissement

2 Une campagne d'information pour économiser l'eau en Andalousie

Source : Mairie de Lora del Río, 2022.

3 Des inégalités face au prix de l'eau

4 Les restrictions d'eau en Espagne

À Malaga, l'eau est coupée la nuit pour lutter contre la sécheresse.

Vidéo ▶
France 24, 11 août 2023
hachette-clic.fr/24hg2069

5 Des conflits d'usage autour de la ressource en eau en Andalousie

Penchée au-dessus de son évier en ce début du mois d'août, Ángela Gutiérrez, 83 ans, remplit comme chaque jour un seau d'eau. « Je fais des réserves pour la nuit, au cas où je doive aller aux toilettes ou me doucher. » Depuis la fin du mois de juin, l'eau ne coule plus au robinet la nuit dans le village de Benamargosa, près de Malaga, en raison de la sécheresse historique que traverse cette région du sud de l'Espagne.

Au manque de précipitations s'ajoute la surexploitation de la ressource en eau par le secteur agricole. Le moindre espace disponible des collines de l'Axarquía est couvert de plantations d'avocatiers et de manguiers. Des cultures gourmandes en eau qui ne cessent de s'étendre et qui ont grandement contribué à vider la principale réserve en eau de la région.

Depuis le début de l'été, 30 municipalités de la région de Malaga ont interdit l'arrosage des jardins, le lavage des voitures et le remplissage des piscines avec de l'eau potable. À Torre del Mar, importante station balnéaire de la zone, les douches de plage ne fonctionnent plus.

France 24, 18 août 2023.

Rédiger un article de presse

Rédigez un article de presse de 15 lignes pour répondre à la question :
« Quelles sont les réponses apportées aux pénuries d'eau en Espagne ? »

1 À l'aide des documents, répondez à ces questions essentielles qui constituent la structure de tout article de presse.

→ Quoi ?	doc. 1	À quel problème sont confrontés les Espagnols ?
→ Comment ?	doc. 1 et 2	Quelles solutions sont mises en place ?
→ Qui ?	doc. 1 et 2	Quels acteurs sont concernés (aménageurs, usagers) ?
→ Où ?	doc. 1 et 2	Quelles régions sont engagées contre les pénuries ?
→ Pourquoi ?	doc. 1, 4 et 5	Quels sont les enjeux de la lutte contre les pénuries d'eau ?
→ Quelles conséquences ?	doc. 3, 4 et 5	Quelles sont les conséquences et les limites des solutions mises en place ?

2 Utilisez vos réponses pour rédiger votre article.

3 Sélectionnez, parmi les propositions suivantes, un titre accrocheur pour votre article et justifiez votre choix.
- *L'Espagne a soif !*
- *Doit-on encore remplir les piscines en Espagne ?*
- *Boire l'eau de la mer Méditerranée : une solution durable pour les Espagnols ?*

LE LABO DE GÉO

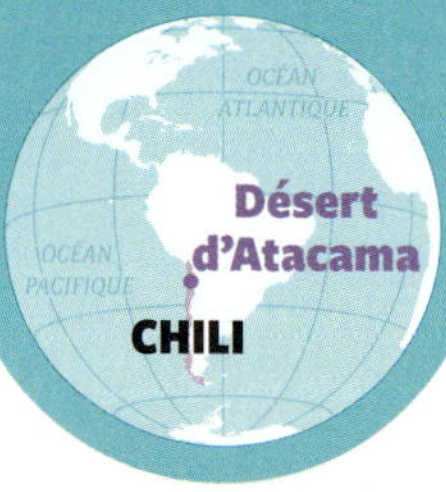

L'exploitation du lithium au Chili

Deuxième producteur de lithium au monde, le Chili possède plus du tiers des réserves mondiales. De plus en plus convoité pour la production des batteries des voitures électriques, ce métal est devenu un enjeu de la transition énergétique. Or, son exploitation a de multiples conséquences économiques et environnementales.

Votre objectif À partir de l'image satellite, réalisez un schéma pour répondre au sujet : **« Comment le Chili exploite-t-il le lithium et quels en sont les effets ? »**

Les premiers producteurs mondiaux de lithium en tonnes, en 2022

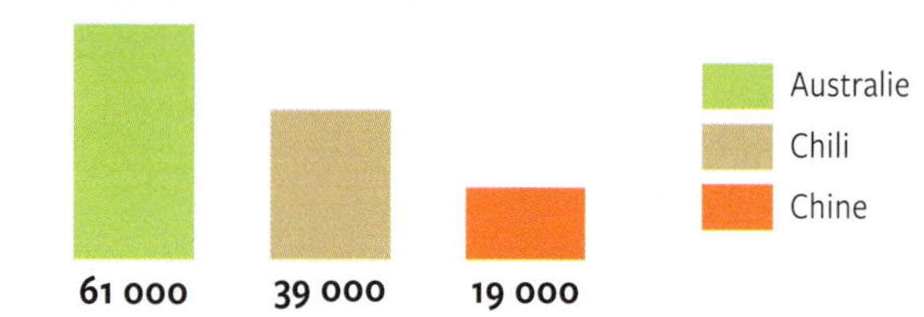

Les importateurs du lithium chilien en %, en 2022

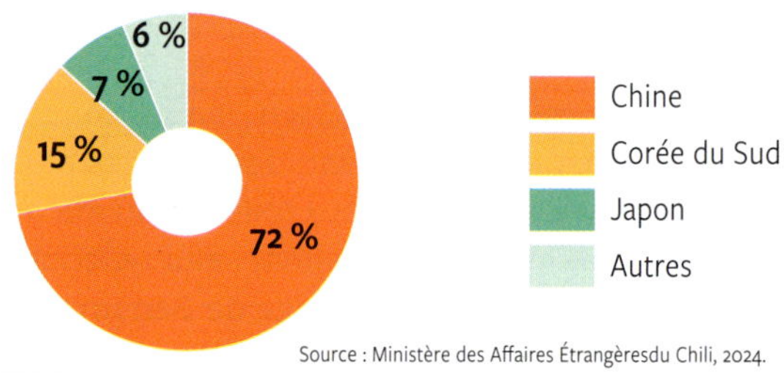

Source : Ministère des Affaires Étrangèresdu Chili, 2024.

1 L'exploitation du lithium dans le désert d'Atacama

2 Les conséquences de l'exploitation du lithium au Chili

Pour atteindre le « zéro émission nette » de GES en 2050, la demande annuelle de métaux et minerais dits « critiques », parce qu'indispensables à la transition énergétique (cobalt, lithium et nickel – pour la fabrication des batteries électriques), devrait être multipliée par sept. Cette croissance rapide de la demande n'est pas sans conséquence. L'Argentine, la Bolivie et le Chili concentrent près de 85 % des réserves mondiales de lithium dans leurs déserts de sel. […] Pour obtenir ce nouvel « or blanc », la saumure (mélange de sels et d'eau) est pompée puis envoyée dans de gigantesques bassins de plusieurs kilomètres. L'eau s'évapore tandis que les sels se solidifient et se déposent au fond ; le chlorure de lithium ainsi produit est envoyé dans une usine à Antofagasta où il est transformé à l'aide de produits chimiques. Mais ce processus est extrêmement énergivore, consommateur d'eau et polluant. Les impacts environnementaux pour ceux qui vivent de la récolte du sel ou pour les agriculteurs[1], sont lourds.

M. Reghezza-Zitt, « *L'Anthropocène*, Documentation photographique », CNRS Éditions, 2023.

1. Le pompage de l'eau assèche notamment les pâturages utilisés pour l'élevage de lamas.

3 Le rôle du lithium dans la transition énergétique

L'histoire du lithium, ce « nouvel or blanc » devenu indispensable à l'économie mondiale.

Vidéo
Les Échos, 17 février 2022
hachette-clic.fr/24hg2070

Étape 1 Préparer le schéma de l'image satellite

Contextualiser

1. Doc. 1 Après avoir situé le Chili, décrivez sa place dans la production mondiale de lithium.
2. Doc. 1 En dehors du Chili, citez les principaux pays qui exploitent le lithium et ceux qui importent les ressources du Chili.
3. Doc. 3 Pourquoi le lithium est-il une ressource de plus en plus convoitée ?

Sélectionner et classer les informations

4. Doc. 1 et 3 Identifiez et expliquez les différentes étapes de l'exploitation du lithium, de son extraction à son exportation. Associez chaque étape à un aménagement visible sur le doc. 1.
5. Doc. 1 et 2 Listez les effets économiques et environnementaux de l'exploitation du lithium.

Étape 2 Réaliser le schéma de l'image satellite

6. À l'aide des réponses aux questions 4 et 5, complétez la légende du schéma.
7. Complétez le schéma en localisant chaque information et en écrivant des noms de lieux précis.
8. Choisissez un titre.

Reportez-vous au mémento cartographique p. 230 pour choisir les figurés manquants.

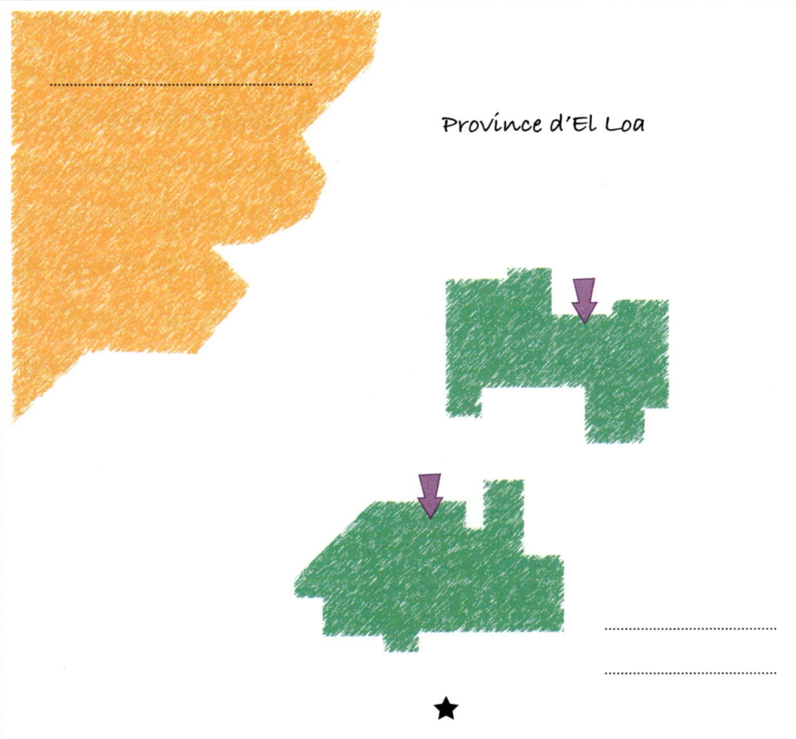

Titre : L'exploitation du lithium dans le désert d'Atacama et ses effets

Les aménagements nécessaires pour l'exploitation du lithium

- (figuré vert) ....
- ★ ....

Les effets de l'exploitation du lithium

- Exportations de lithium
- Forte consommation d'énergie
- (flèche violette) ....
- Mode de vie des agriculteurs perturbé

Schéma et légende
hachette-clic.fr/24hg2071

Pour conclure

Rédigez une réponse à la question : « Comment le Chili exploite-t-il le lithium et quels en sont les effets ? ».
Pour vous aider, adoptez le plan suivant :
- Le lithium, une ressource convoitée
- Une production qui nécessite de nombreux aménagements
- Les effets économiques et environnementaux de la production

RÉVISIONS

Je fais le point

Quiz
hachette-clic.fr/24hg2072

Chiffres clés
Vocabulaire
Exemple

Les sociétés face aux risques

- Le monde connaît des aléas d'origine naturelle (cyclones, séismes...), technologique (accident industriel, nucléaire...) ou sanitaire. Ils deviennent des risques quand ils menacent des sociétés. Certains territoires sont particulièrement exposés (Japon, Caraïbes). Quand le risque se produit survient alors une catastrophe. La concentration croissante des hommes et des activités sur les littoraux et dans les métropoles expose davantage d'habitants aux risques. Enfin le changement climatique renforce la fréquence et l'intensité de certains risques comme en Arctique.
- La vulnérabilité des sociétés est variable. Les catastrophes sont souvent plus meurtrières dans les pays pauvres (Haïti, Pakistan), mais les pertes financières restent plus élevées dans les pays riches (États-Unis). Ainsi, la capacité des sociétés à faire face aux risques dépend souvent de leur niveau de développement. La gestion des risques progresse à toutes les échelles. 126 pays disposent de stratégies nationales de réduction des risques alors qu'ils n'étaient que 55 en 2015. Des mesures de prévention et des actions pour atténuer le changement climatique se multiplient à toutes les échelles.

Des ressources majeures sous pression

- L'eau douce et l'énergie sont des ressources stratégiques inégalement réparties dans le monde. Le Brésil, la Russie et le Canada disposent des ressources en eau les plus abondantes. Le Moyen-Orient concentre 48 % des réserves mondiales de pétrole et 43 % de celles de gaz. La consommation des ressources augmente et leur production nécessite des aménagements coûteux (barrages, plateformes en mer...). Cependant, deux milliards de personnes n'ont toujours pas accès à l'eau potable, en grande partie en Afrique subsaharienne.
- L'utilisation des ressources génère des tensions. Les pénuries d'eau se multiplient et alimentent des conflits d'usage entre agriculteurs, industriels ou acteurs du tourisme, comme dans le sud de l'Espagne. Des pays se disputent parfois la découverte de gisements énergétiques (Turquie et Grèce). Les énergies fossiles représentent encore 82 % de la consommation énergétique mondiale et émettent de nombreux GES. La croissance des énergies renouvelables participe à l'accélération de la transition énergétique et de la transition environnementale.

Réaliser un jeu sérieux

15 min **Étape 1** Préparation

Par trio, sélectionnez trois pays dans le monde et réalisez une fiche d'information sur chacun.
Chaque fiche est organisée en trois parties.

1 « Exposition ». Listez les aléas qui peuvent frapper le pays grâce au doc. 2 p. 268-269

2 « Niveau de vulnérabilité ». Évaluez la capacité du pays à faire face aux risques grâce aux pages 272-273

3 « Explications ». Laissez cette partie vierge.

5 min **Étape 2** Réalisation

Distribuez vos fiches d'information à un autre trio. Le trio doit compléter la partie « Explications » en listant les facteurs de vulnérabilité des pays (localisation, niveau de développement, situation politique...) pour chaque fiche.

Je révise avec des podcasts

1 Quels sont les principaux risques dans le monde ?

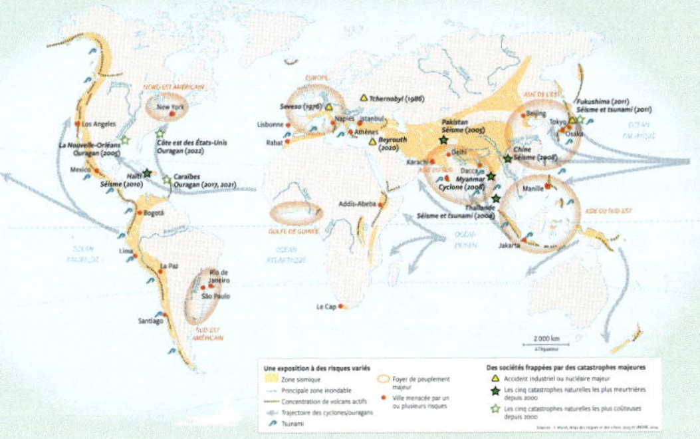

Podcast
hachette-clic.fr/24hg2073

2 Pourquoi certaines sociétés sont-elles plus vulnérables que d'autres ?

Podcast
hachette-clic.fr/24hg2074

3 Comment se protéger face aux catastrophes ?

Podcast
hachette-clic.fr/24hg2075

L'ESSENTIEL en 5 minutes

4 Pourquoi les ressources génèrent-elles des tensions ?

Podcast
hachette-clic.fr/24hg2076

5 Comment mettre en place une transition environnementale ?

Podcast
hachette-clic.fr/24hg2077

Je teste mes connaissances

- Écoutez les cinq épisodes du podcast puis testez vos connaissances grâce aux flashcards.

QUESTION
Qu'est-ce qu'aléa ?

RÉPONSE
Source de danger naturel, technologique ou sanitaire

Flashcards
hachette-clic.fr/24hg2078

Le saviez-vous ?

Un podcast est un enregistrement audio avec un ou plusieurs intervenants qui analyse(nt) un sujet. En géographie, il peut s'agir d'une situation géographique, ses évolutions et les acteurs concernés. Le podcast peut être l'occasion de présenter un sujet sur plusieurs épisodes pour comparer des situations entre différents pays ou à plusieurs échelles.

Je m'entraîne

• Confronter deux documents

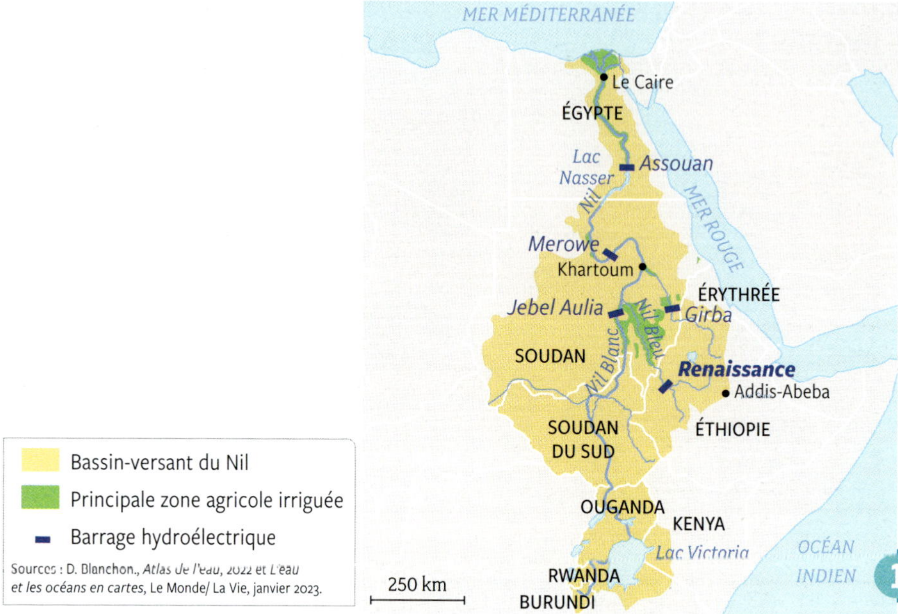

1 Le Nil, un fleuve aménagé

2 Les tensions régionales autour du barrage de la Renaissance

Avec ses 145 m de hauteur, 1,7 km de longueur et une capacité de 74 milliards de m^3 d'eau, le barrage Gerd – ou Grand barrage de la Renaissance – est le plus grand barrage hydroélectrique d'Afrique. Il se situe sur le Nil bleu, dans la région éthiopienne de l'Amhara (nord), à 16 km de la frontière soudanaise. Il devrait fournir à terme (au plus tôt en 2025) plus de 5 000 mégawatts d'électricité.

Pour l'Éthiopie, ce projet de 4,2 milliards de dollars est vu comme légitime et indispensable à son développement. Le barrage permettrait en effet de doubler la production d'électricité dans le pays, alors que la moitié de sa population de 120 millions de personnes n'y a pas accès. Le Soudan et l'Égypte y voient plutôt une menace pour leur approvisionnement en eau, avec des conséquences potentiellement graves sur les plans humain et environnemental. Ils évoquent aussi des droits historiques, issus d'accords avec les anciennes puissances coloniales.

L'Égypte, qui dépend à plus de 90 % du Nil pour ses besoins en eau, s'élève contre le projet éthiopien depuis 2011. Le Caire a même menacé de bombarder le barrage, faisant craindre la possibilité d'une guerre entre les deux pays. De nouvelles discussions tripartites se sont terminées le 19 décembre 2023, sans entente. À la recherche d'un accord pour garantir son accès à la source, l'Égypte accuse l'Éthiopie d'être « opposée à tout compromis ».

La Presse (journal numérique canadien), 20 janvier 2024.

PALIER 1

Je lis et je comprends les documents

- **Doc. 1** Quels sont les pays traversés par le Nil blanc, le Nil bleu puis par le Nil ?
- **Doc. 1 et 2** Localisez précisément le barrage de la Renaissance.
- **Doc. 2** Identifiez les causes des tensions entre l'Égypte, l'Éthiopie et le Soudan.

PALIER 2

J'explique les documents

- **Doc. 1** Quels sont les principaux usages de l'eau du Nil ?
- **Doc. 2** Expliquez les raisons de la construction du barrage de la Renaissance.
- **Doc. 2** Pourquoi l'Égypte est-elle opposée à la construction de ce barrage ?

PALIER 3

Je confronte les documents

- **Doc. 1 et 2** Présentez les enjeux économiques et sociaux du partage de l'eau du Nil.
- **Doc. 1 et 2** Quels en sont les enjeux politiques ?

• Analyser une photographie pour comprendre une situation géographique

Le saviez-vous ?
Pour le géographe, la **photographie** est un outil très utile. Elle permet de visualiser un phénomène dans l'espace et ses effets. Ici, on découvre les impacts des catastrophes et la manière dont les sociétés sont préparées (ou non) à y faire face.

Les conséquences du séisme de janvier 2024 au Japon

Le 1er janvier 2024, le Japon est touché par un séisme de magnitude 7,5 provoquant la mort de plus de 240 personnes. Des milliers de bâtiments de la préfecture d'Ishikawa ont été entièrement ou partiellement détruits.

PALIER 1

Je lis et je comprends le document

- Identifiez le document en présentant sa nature, sa date et le sujet représenté.
- Décrivez l'aléa évoqué dans le document.

PALIER 2

Je sélectionne les informations

- Quel est le bilan de cette catastrophe ?
- Comment la photographie rend-elle compte des dégâts ? de la réaction des autorités ?

PALIER 3

J'explique le document à l'aide de mes connaissances

- Cette exposition aux risques naturels est-elle spécifique au Japon ? Justifiez votre réponse.
- Comment le haut niveau de préparation de la société japonaise face aux catastrophes est-il représenté ?

Aide : Faites une comparaison avec le doc. 2 p. 278.

J'approfondis

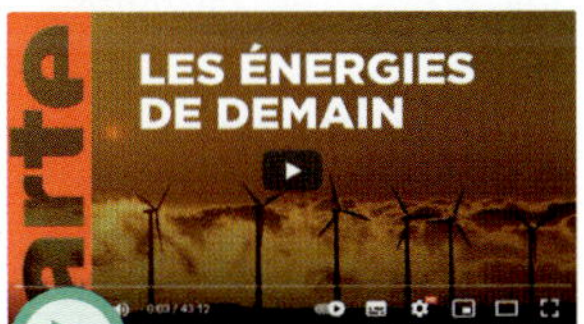

À REGARDER

Le documentaire ***Des énergies vertes pour demain. Bonnes nouvelles de la planète*** d'Arte (2022) propose un tour du monde à la découverte des solutions les plus innovantes en matière d'énergies vertes.

À ÉCOUTER

Séismes, inondations : penser le risque naturel est un podcast de France Culture (2023). Les spécialistes invités s'interrogent sur le paradoxe entre la connaissance des risques naturels et la présence des populations dans les zones à risque.

VERS LA SPÉCIALITÉ HGGSP

Le climat, enjeu géopolitique

Source : Fondation Jean-Jaurès, 22 février 2022.

L'analyse critique du politologue François Gemenne : le climat constitue un enjeu politique et géopolitique international de premier ordre et nécessite des réponses globales.

EXERCICES Analyser un document avec des questions

Sujet corrigé : Les usages agricoles de l'eau

Objectif Identifier et comprendre l'idée principale d'un document

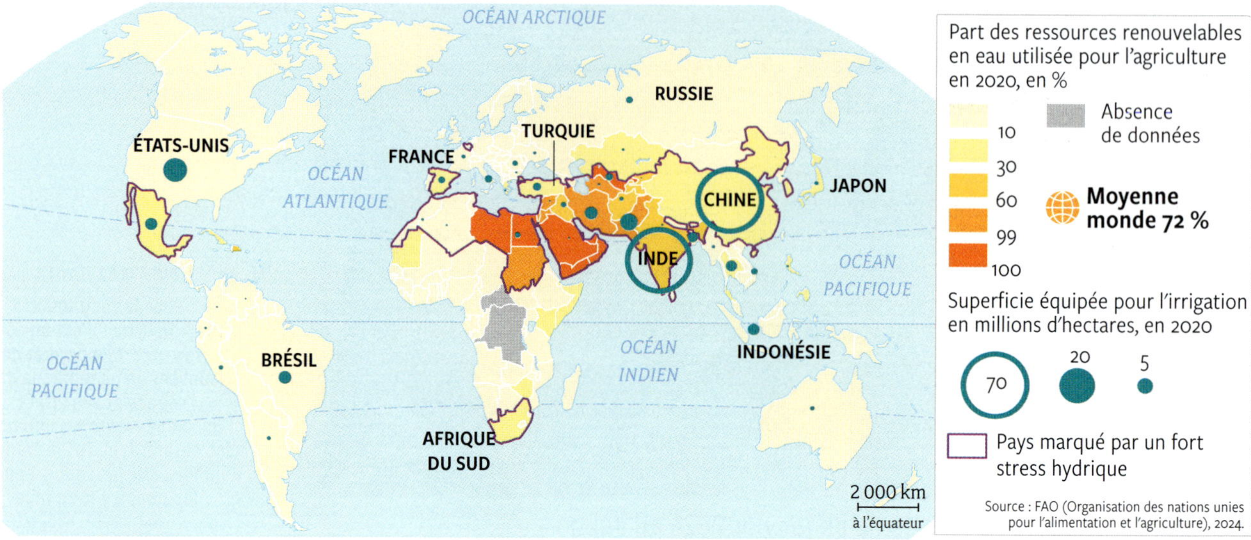

QUESTIONS

a Identifiez la nature précise du document ainsi que sa source.

b Justifiez l'affirmation : « L'agriculture consomme une grande partie des ressources mondiales en eau mais cet usage est menacé. »

Étape 1 Lire les questions et le document

1. Lisez les questions et identifiez les verbes de consigne.
2. Observez plusieurs fois le document.

*– « **Identifier** » : je dois trouver la source et la nature du document.*
*– « **Justifier** » : je dois apporter des preuves à l'aide des informations du document.*

3. Recherchez à quelles pages du chapitre le document fait référence.

Grand angle 2 p. 280-281 + Cours 2 p. 284-285

4. Définissez les mots-clés et les termes complexes du document.

Ressources renouvelables *: ensemble des matières minérales et biologiques fournies par la nature en quantité illimitée ou se régénérant à l'échelle humaine.*
Irrigation *: apport d'eau sur les cultures.*
Stress hydrique *: situation critique qui surgit lorsque les ressources en eau disponibles sont inférieures aux besoins.*

Étape 2 Identifier le document

5. Notez au brouillon les informations utiles pour identifier le document.

Nature : carte statistique Échelle : mondiale Source : FAO (Organisation des Nations unies pour l'alimentation et l'agriculture) Date : 2024

6. Formulez l'idée principale du document.

Plus des ¾ des ressources en eau dans le monde sont utilisées pour l'agriculture dont l'agriculture irriguée. Mais certains pays surexploitent leurs ressources ce qui menace leurs productions agricoles et leur développement.

➔ Voir fiche 8 p. 222

Sujet guidé : Les enjeux de l'exploitation pétrolière au Nigeria

Avec 1,62 million de barils par jour en 2021, le Nigeria est le premier producteur africain de pétrole brut possédant les plus importantes réserves (36,9 milliards de barils) du continent avec la Libye. Les exportations de pétrole ont représenté, en 2021, 88 % de la valeur des exportations totales pour environ 8 % du PIB. Toutefois, le Nigeria doit faire face au déclin progressif de la production. Le pays est contraint, par ailleurs, d'importer des produits raffinés, notamment du carburant pour les transports. [...] Entre 5 et 20 % de la production du delta du Niger seraient détournés, puis raffinés de manière illégale, alimentant des marchés souterrains devenus essentiels pour les populations ne trouvant pas d'essence dans les circuits officiels [...]. Les leaders de l'opposition, les associations caritatives et les ONG (Organisations non gouvernementales) dénoncent l'inaction du gouvernement fédéral, voire sa complicité avec les organisations criminelles. Les opérations visant à détruire des raffineries clandestines ont eu des effets contre-productifs dans la région du delta du Niger, de plus en plus incontrôlable. Les populations se retrouvent souvent démunies de leurs sources de revenus, tout comme les communautés de pêcheurs, dont l'environnement de mangrove est dégradé par les marées noires et les pollutions durables provoquées par ces destructions.

E. Janin, L. Margueritte, « La malédiction du pétrole », *Carto*[1], juillet 2023.

1. Revue mensuelle de géographie.

QUESTIONS

a Identifiez le document.

b Montrez que l'exploitation du pétrole au Nigeria est à la fois un enjeu économique, social et environnemental.

Étape 1 Lire les questions et le document

1. Sélectionnez la proposition qui explique les verbes de consigne de chaque question.

Proposition 1 :
a) Définir des mots-clés
b) Citer le document

Proposition 2 :
a) Citer le document
b) Donner des arguments uniquement issus de ses connaissances

Proposition 3 :
a) Désigner la nature, l'auteur et la date du document
b) Donner les caractéristiques de la situation géographique à l'aide du document

2. Recherchez à quelles pages du chapitre le document fait référence.
3. Afin de comprendre le sens général du document, expliquez chaque terme surligné dans le document.

Étape 2 Identifier le document

4. Notez au brouillon les informations utiles pour identifier le document.

Identifier le document
- Nature : ...
- Auteur : ...
- Source : ...
- Titre : ...
- Date de rédaction : ...

5. Poursuivez la rédaction de l'idée principale du document.

Ce document expose les difficultés de...

EXERCICES Transposer un texte en croquis

Sujet guidé : Des risques accentués par le changement climatique au Pakistan

Objectif Sélectionner des informations dans un texte

À partir du texte, vous construirez un croquis correspondant au sujet suivant : « Des risques accentués par le changement climatique au Pakistan ». Vous utiliserez le fond de carte fourni.

Premier paragraphe

Le Pakistan est soumis à des risques climatiques dont la fréquence et l'intensité sont amplifiées par le changement climatique. Chaque été, le pays connait le phénomène de la mousson. Il s'agit de vents chargés d'humidité, venus de l'océan Indien et traversant la mer d'Arabie située au sud du pays. Ces vents produisent de fortes pluies auxquelles les Pakistanais sont habitués. Cependant, les vagues de chaleurs actuelles rendent les sols imperméables dans tout le sud du Pakistan. En ne s'infiltrant plus, l'eau de la mousson cause d'importantes inondations dans cette partie du pays. À cela s'ajoutent les inondations provoquées par les crues du fleuve Indus. Ce fleuve prend sa source dans la chaîne de montagnes de l'Himalaya, au nord, puis traverse tout le pays avant de se déverser dans la mer d'Arabie. La hausse des températures entraîne la fonte des glaciers des montagnes augmentant alors le débit du fleuve qui déborde et inonde les plaines situées le long de l'Indus.

Deuxième paragraphe

En 2022, le Pakistan a connu les pires inondations de son histoire. Les territoires les plus touchés ont été les villes situées le long de l'Indus, telles Peshawar et la capitale Islamabad au nord mais aussi Hyderabad ou Karachi et ses 15 millions d'habitants au sud du pays. Ces inondations ont endommagé de nombreux aménagements dont 130 ponts sur l'Indus. Dans la région du Sind, au sud-est de l'Indus, plus de 1,8 million d'hectares de terres agricoles furent détruits obligeant les habitants, dont les maisons furent endommagées, à rejoindre les régions épargnées. Certains ont fait le choix de migrer vers d'autres pays, notamment la Turquie ou les pays du Golfe à l'ouest.

D'après Le Monde Hors-série, *40 cartes pour comprendre un monde fracturé*, novembre 2023-janvier 2024.

Étape 1 Comprendre la consigne et le texte

1. Identifiez le pays et le thème étudié en lisant attentivement la consigne.
2. À l'aide du manuel, définissez les termes du texte : inondation, réchauffement climatique et migration.

Étape 2 Sélectionner les informations du texte

Une information est un élément précis qui répond à une question essentielle : Quoi ? Où ? Qui ? Pourquoi ? Comment ? Quelles conséquences ?

3. En suivant le modèle du premier paragraphe, repérez dans la suite du texte les informations en les surlignant dans une couleur. Puis, avec une autre couleur, identifiez la localisation associée à chaque information.
4. Recopiez le tableau et complétez-le avec les éléments repérés dans le texte.

Ce tableau, réalisé au brouillon, vous permet de construire la légende du croquis.

	Informations sélectionnées dans le texte	Localisations sélectionnées dans le texte
Premier paragraphe	*Mousson* *Sols imperméabilisés*	*mer d'Arabie et sud du pays* *sud du pays* ....
Deuxième paragraphe	....	....

➔ Voir fiche 12 p. 228-229

Étape 3 Choisir les figurés

5. Complétez la partie 1 de la légende en associant une information à chaque figuré proposé.

6. Reliez chaque figuré à une information et à une localisation afin de réaliser la partie 2 de la légende.

➔ Aidez-vous du mémento cartographique p. 230

Figurés

Informations	Localisations
Terres agricoles détruites	*sur l'Indus*
Migration internationale	*le long de l'Indus*
Ville touchée par les inondations	*sud du pays*
Déplacement interne de populations	*la Turquie et les pays du Golfe*
Ponts endommagés	*régions épargnées*

7. Reportez les informations de la partie 2 dans la légende du croquis.

Étape 4 Réaliser le croquis

8. En vous aidant du fond de carte et de la légende, complétez le croquis.

Toute carte doit comporter des éléments de nomenclature. Il s'agit des noms essentiels à indiquer sur la carte comme le nom des États, des villes, des mers ou encore des fleuves.

Fond de carte
hachette-clic.fr/24hg2079

Titre : ....

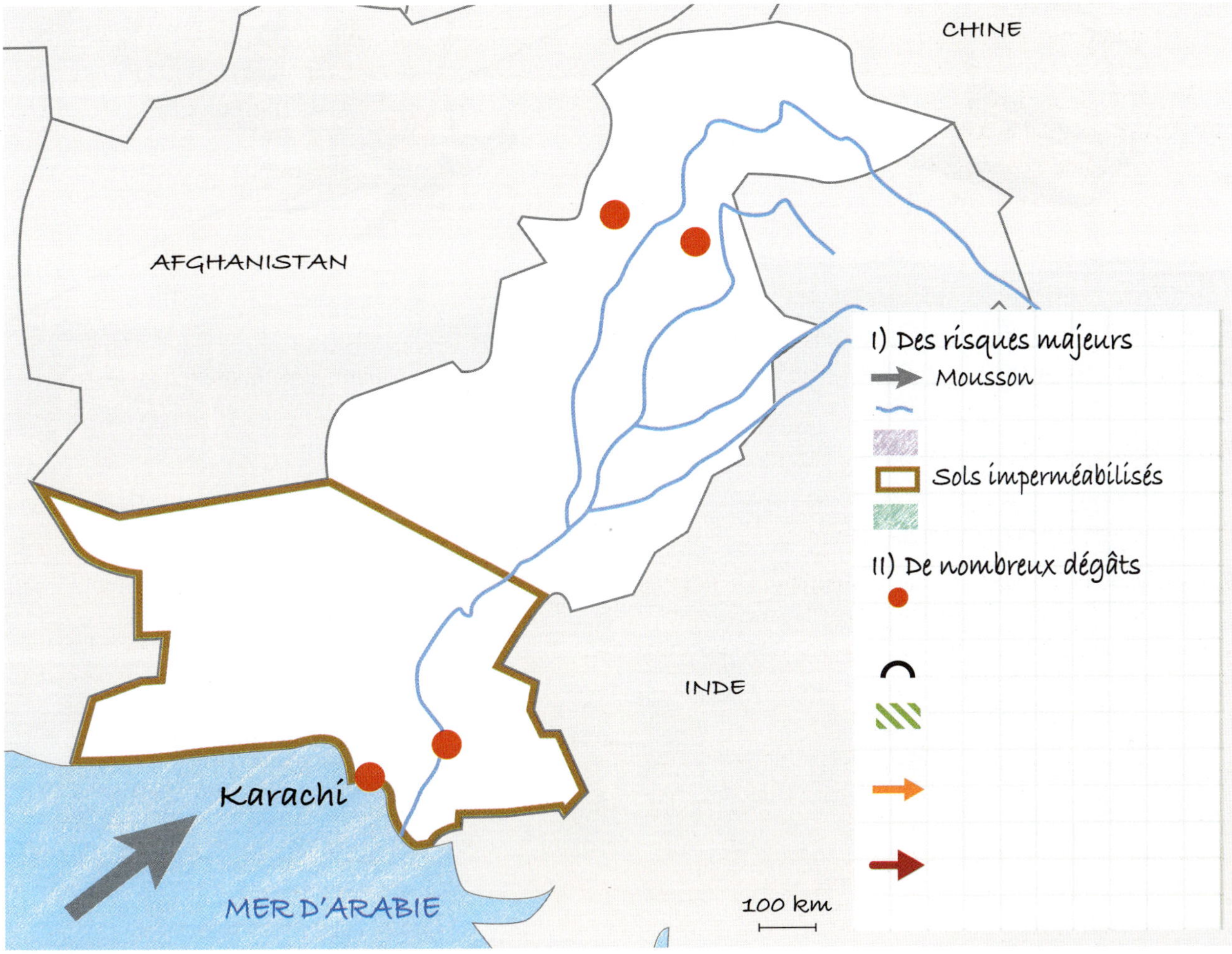

CHAPITRE

2 La France : des milieux métropolitains et ultramarins entre valorisation et protection

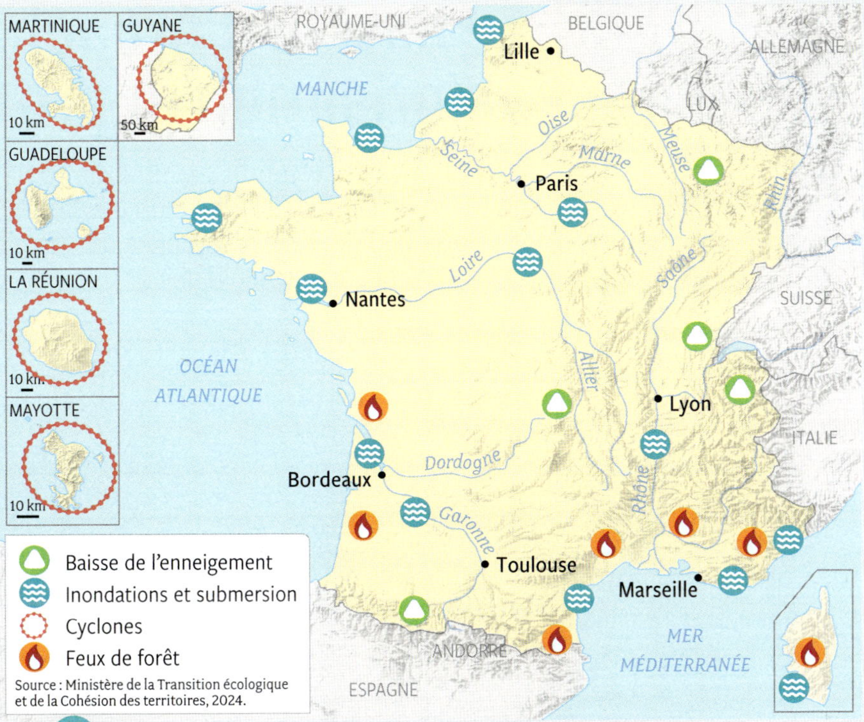

2 Des risques accentués par le changement climatique

> **COURS 1** En France, les milieux sont riches et variés. Ils constituent un atout pour les hommes et leurs activités.
> **Comment la France valorise-t-elle ses milieux ?**

> **COURS 2** La valorisation des milieux pose aujourd'hui des défis environnementaux, notamment face aux risques accrus par le changement climatique.
> **Comment concilier valorisation et protection des milieux en France ?**

1 Les effets du changement climatique sur le milieu montagnard

Les conditions d'enneigement se dégradent progressivement dans les Alpes, comme ici à Megève durant l'hiver 2023. Les stations de ski ont alors recours à de la neige artificielle qui ne suffit pas toujours à maintenir leurs activités.

QUESTIONS

1. **Doc. 1** Montrez les effets du changement climatique sur le milieu montagnard et ses activités.
2. **Doc. 2** Citez et localisez les autres risques accentués par le changement climatique en France.

ÉTUDE DE CAS

Le bassin d'Arcachon entre valorisation et protection

L'attractivité des littoraux est croissante (12 % de la population vivent à moins de 10 km de la mer), à l'image du bassin d'Arcachon. Pourtant, cet espace maritime de 155 km² est soumis à des risques nécessitant des aménagements et une protection particulière.

A Pourquoi l'aménagement et l'attractivité du bassin d'Arcachon renforcent-ils sa vulnérabilité ?

1 Un espace littoral riche en ressources

Marqué par une forte identité maritime, le bassin dispose de nombreuses ressources naturelles (faune, flore, paysages) qui bénéficient à l'ostréiculture (dans les parcs à huîtres), à la pêche et aux activités touristiques.

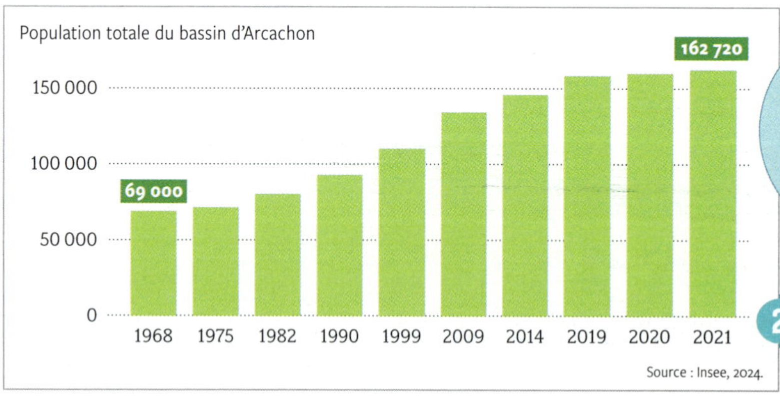

2 L'évolution de la population littorale

VOCABULAIRE

- **Conflit d'usage :** concurrence entre différents acteurs pour le contrôle et l'utilisation d'un espace ou d'une ressource.
- **Lagune :** étendue d'eau salée en partie séparée de la mer par une bande de terre.

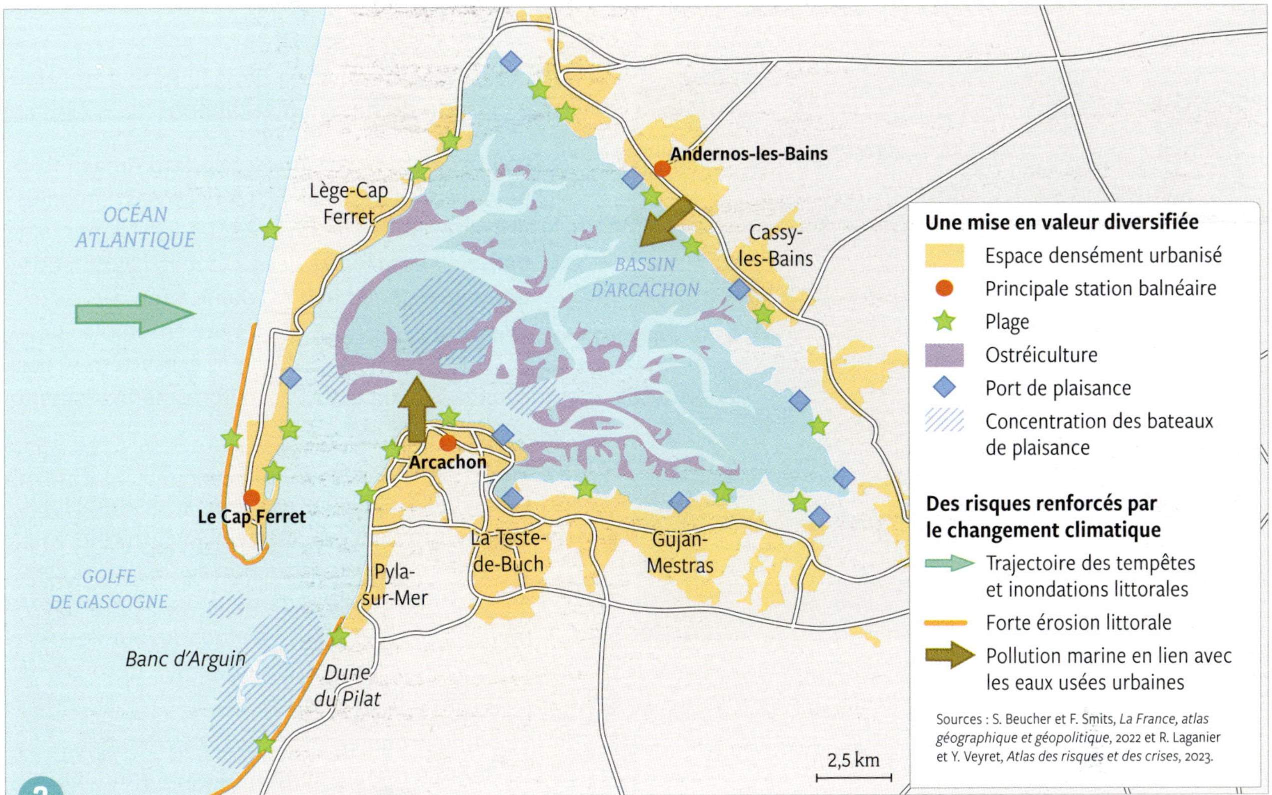

3 Une **lagune** valorisée et menacée

4 Une concentration des activités source de conflit d'usage

À l'approche des beaux jours, les commerces et restaurants font le plein, les hébergements touristiques affichent complet et les plages se garnissent. Mais sur l'eau également, l'affluence est forte. Les activités de loisirs en mer ne manquent pas : voile, kayak, bateaux à moteur ou encore jet-skis. Ces derniers, de plus en plus nombreux, sont régulièrement pointés du doigt. Non-respect de la réglementation, excès de vitesse et nuisances sonores rendent la cohabitation avec les autres usagers du bassin difficile. […] Si certains demandent son interdiction au nom de la tranquillité et de la protection de l'environnement, d'autres observent davantage les intérêts économiques que suscite l'activité. « *L'an dernier, pendant les incendies, il y avait des jet-skis qui faisaient la course avec des canadairs* », se rappelle Benoît Dumeau, conservateur de la réserve naturelle nationale du Banc d'Arguin. « *Parfois, c'est carrément de la Formule 1* », observe Vital Baude, élu Europe Écologie-Les Verts au conseil régional. Ils sont nombreux à se plaindre des nuisances. Certaines municipalités ont trouvé des moyens de limiter la présence des jet-skis […]. Sur le bassin d'Arcachon, de moins en moins de cales sont autorisées pour mettre à l'eau son jet-ski.

France 3 Nouvelle-Aquitaine, 31 juillet 2023.

PARCOURS 1

Présenter une situation géographique

1. **Doc. 1 et 3** Après avoir situé le bassin d'Arcachon, énumérez ses ressources et les activités qui le mettent en valeur.
2. **Doc. 3** Quels risques menacent les littoraux ?
3. **Doc. 2 et 3** Pourquoi l'attractivité du bassin renforce-t-elle sa vulnérabilité face aux risques ?
4. **Doc. 3 et 4** Montrez que les conflits d'usage sont nombreux dans le bassin d'Arcachon.

BILAN Rédigez une synthèse expliquant pourquoi les aménagements et l'attractivité du bassin augmentent sa vulnérabilité face aux risques.

PARCOURS 2

Analyser une carte

Comment le **Doc. 3** montre-t-il que le bassin d'Arcachon est valorisé par de multiples activités mais qu'il est aussi un espace menacé.

Rédigez votre réponse en trois points.
1. Un espace attractif (**Doc. 2 et 3**)
2. Un espace valorisé (**Doc. 1 et 3**)
3. Un espace menacé (**Doc. 3 et 4**)

B Comment le bassin d'Arcachon est-il protégé ?

- Parc naturel régional
- Parc naturel marin
- Site naturel protégé par le Conservatoire du littoral[1] et ouvert au public
- Trame verte (couloir de circulation pour la faune)

Sources : vue du bassin d'arcachon par satellite. © DR et S. Beucher, *Les Transitions*, Documentation photographique, mars 2021 et Conservatoire du littoral, 2024.

[1] Organisme géré par l'État qui acquiert et gère des portions du littoral pour le protéger.

5 Les politiques de protection du bassin d'Arcachon

6 La réglementation dans le Parc naturel marin du bassin d'Arcachon

Le Parc naturel marin du bassin d'Arcachon a pour mission de préserver les richesses naturelles et culturelles et de favoriser le développement durable des activités liées à la mer. Les comportements respectueux et l'application des règles de pratique participent au vivre ensemble sur le bassin et à la préservation des écosystèmes. Les agents de l'État et du Parc naturel marin assurent une présence régulière.

La flore protégée

Le chenal du Courbey est interdit au mouillage[1] afin de protéger les herbiers sous-marins […]. Soyez vigilants, la destruction d'espèce protégée est un délit passible de deux ans d'emprisonnement et de 150 000 € d'amende. Sur l'estran, évitez de pêcher et de piétiner les herbiers de Zostère[2] naine.

La faune protégée

Le dérangement intentionnel des animaux est interdit, il peut mettre leur survie en péril (contravention 135 €). Par exemple, il est interdit de faire du cerf-volant ou du *kite surf* dans la réserve naturelle nationale du banc d'Arguin. Vous devez également respecter les règles de bonne conduite à proximité des mammifères marins.

Protégez la qualité de l'eau

Ne jetez rien à l'eau, ramassez vos déchets et ramenez-les à terre.

Office français de la biodiversité, 2021.

1. Immobilisation d'un bateau. 2. Plante aquatique.

7 Des aménagements pour stabiliser la dune du Pilat

Ce site naturel unique (3 km de longueur, 110 m de hauteur) est menacé par les tempêtes, l'érosion et la fréquentation touristique. Les autorités renaturalisent le site par des plantations et balisent les sentiers.

PARCOURS 1

Sélectionner des informations dans les documents

1. **Doc. 5 et 6** Listez les acteurs et les mesures prises pour protéger les littoraux.
2. **Doc. 7** Pourquoi stabiliser la dune du Pilat est-il nécessaire ?
3. **Doc. 5, 6 et 7** Trouvez trois éléments prouvant que protéger les littoraux ne signifie pas y interdire toutes activités humaines ou tout aménagement.

PARCOURS 2

Justifier des choix

En trio, organisez un jeu de rôle. Chacun incarne un acteur de la valorisation ou de la protection du bassin d'Arcachon (professionnel du tourisme, membre de la Ligue de protection des oiseaux, maire…).

Aidez-vous des documents p. 300 à 302 pour préparer le débat, rechercher les arguments défendus par l'acteur incarné et lister les arguments des autres acteurs pour pouvoir les contrer. ➔ Voir livret central p. 216.

BILAN Le bassin d'Arcachon entre valorisation et protection

Un espace littoral riche et attractif mais fragile

Des activités diversifiées

- Urbanisation croissante
- Tourisme balnéaire
- Ostréiculture

Des menaces

- Inondation littorale
- Érosion littorale
- Pollution marine (eaux usées, activités nautiques)
- Conflits d'usage

Concilier valorisation et protection

Des acteurs

- État
- Conservatoire du littoral
- Région

Des mesures

- Parcs naturels réglementés
- Protection de la faune, de la flore et de l'eau
- Protection des sites fragiles (dune du Pilat)

Et ailleurs ?

1. Outre les littoraux, quels sont les autres milieux du territoire français fortement exposés aux risques ?
2. Quels risques menacent chacun de ces espaces ?

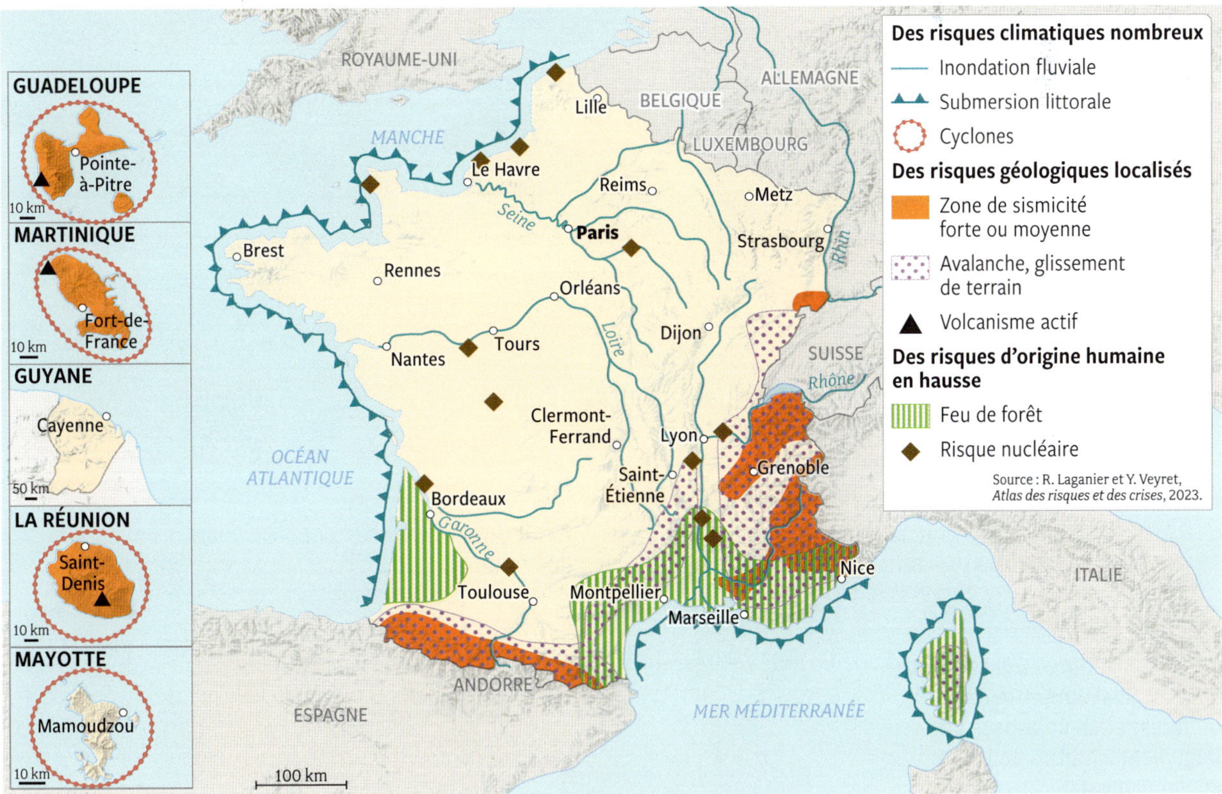

Source : R. Laganier et Y. Veyret, *Atlas des risques et des crises*, 2023.

GRAND ANGLE Des milieux valorisés et protégés

● Les territoires français, hexagonaux ou ultramarins, offrent une grande variété de milieux tels que le milieu montagnard, forestier ou de plaine. Tous ont été aménagés par les hommes qui en exploitent les ressources comme c'est le cas des vallées fluviales. Les milieux urbains connaissent la plus forte **artificialisation**.

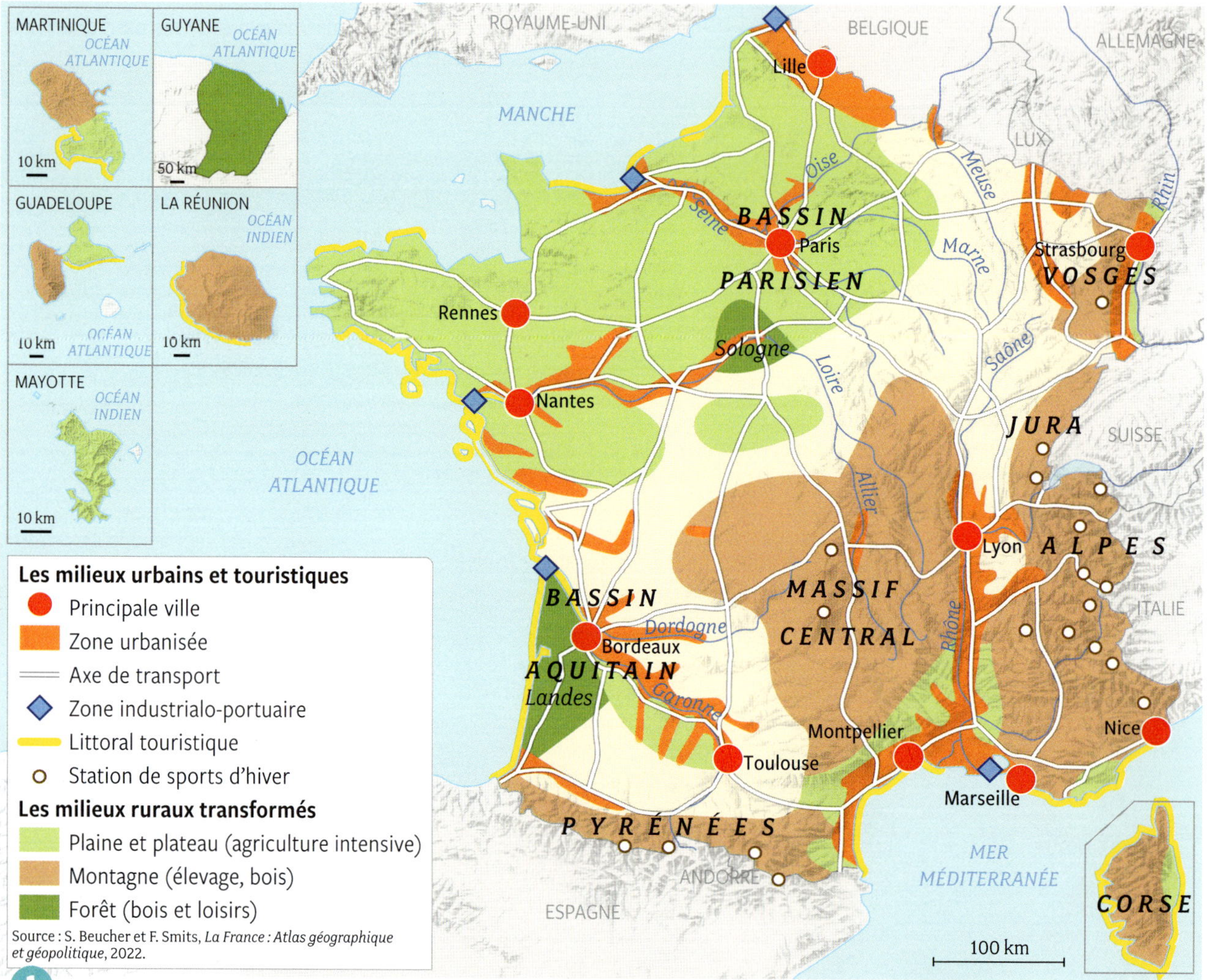

1 La valorisation et la transformation des milieux en France

Carte interactive
hachette-clic.fr/24hg2081

NOTION EN VIDÉO

▶ Vidéo
Le Zéro Artificialisation Nette
Cabinet Landot & associés, 18 mars 2022
hachette-clic.fr/24hg2080

▪ **Artificialisation :** transformation d'un espace naturel, agricole ou forestier en un espace bâti (logements, routes, activités économiques).

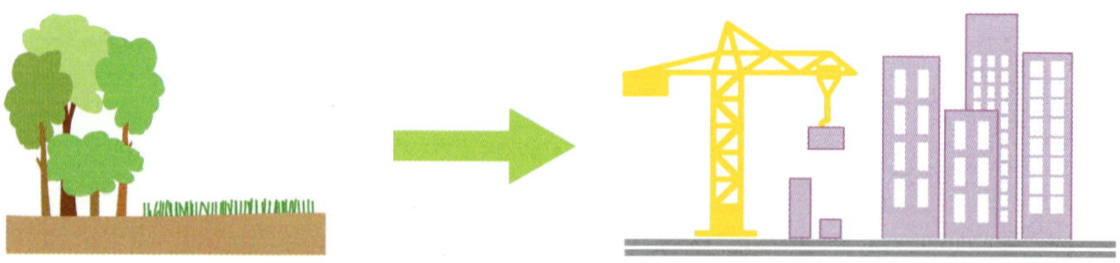

● La France est l'un des pays européens les plus soumis aux aléas naturels. La vulnérabilité des populations est parfois aggravée par les activités humaines. Ainsi, les pouvoirs publics s'efforcent de protéger les populations et l'environnement, dans un contexte de changement climatique.

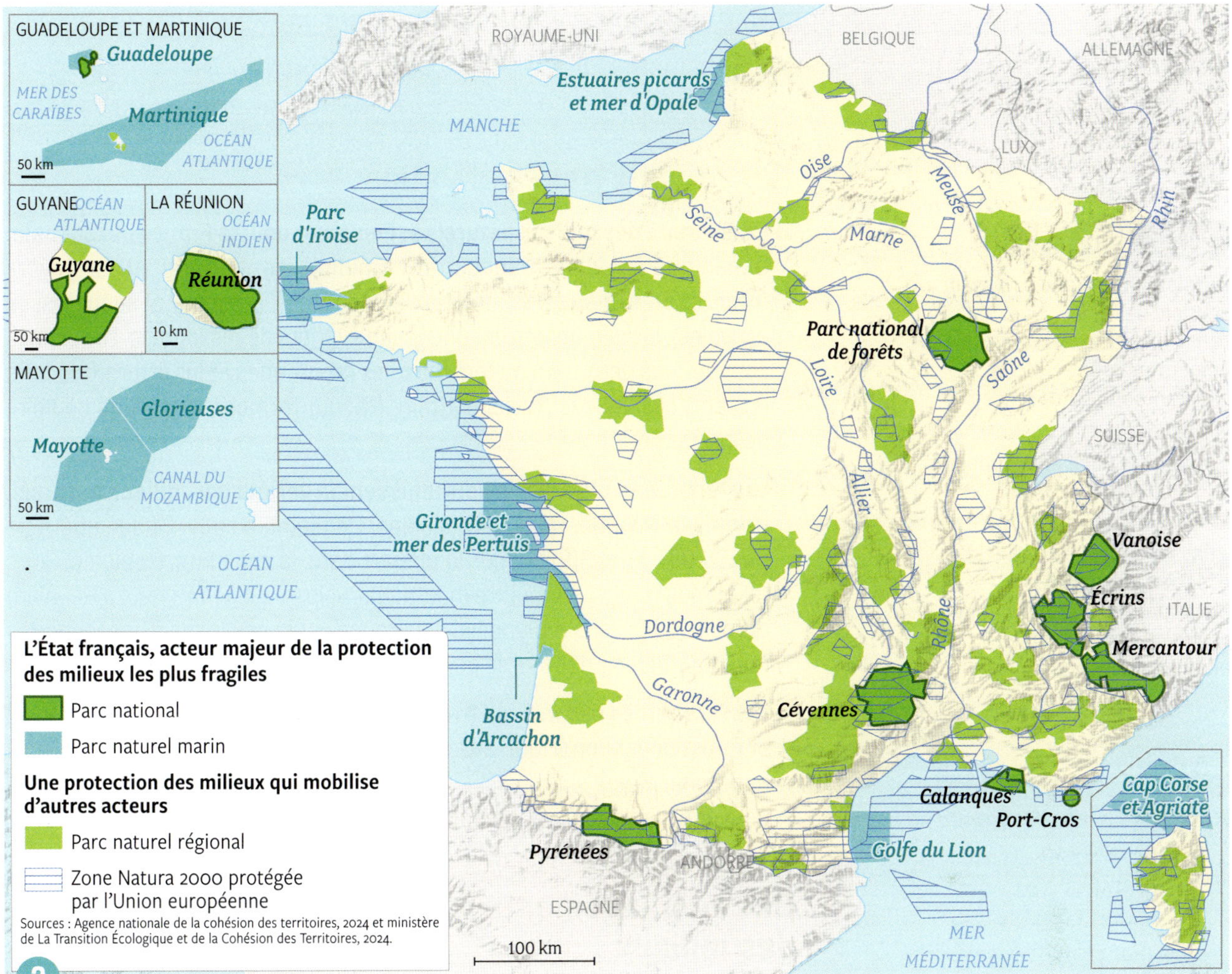

Sources : Agence nationale de la cohésion des territoires, 2024 et ministère de La Transition Écologique et de la Cohésion des Territoires, 2024.

2 Des milieux protégés

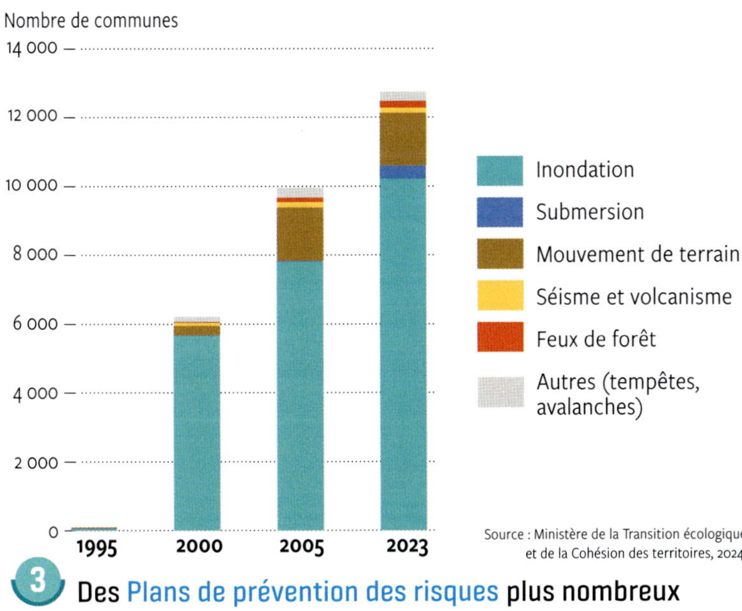

Source : Ministère de la Transition écologique et de la Cohésion des territoires, 2024.

3 Des Plans de prévention des risques plus nombreux

VOCABULAIRE

■ **Plan de prévention des risques (PPR) :** document réalisé par l'État qui réglemente l'utilisation des sols à l'échelle des communes, en fonction des risques auxquels ils sont soumis.

QUESTIONS

1. **Notion en vidéo et doc. 1** Comment les milieux naturels sont-ils valorisés par les activités humaines ? Montrez qu'ils sont également fragilisés.
2. **Doc. 3** Quels sont les principaux risques couverts par un PPR en France ?
3. **Notion en vidéo et doc. 2** Quels outils sont mis en place pour concilier mise en valeur et protection des milieux ?

COURS 1 Des milieux valorisés et aménagés en France

> Comment la France valorise-t-elle ses milieux ?

VOCABULAIRE

- **Étalement urbain :** croissance spatiale des villes sous l'effet d'un accroissement démographique et/ou de l'implantation de nouvelles activités.
- **Friche :** espace abandonné par l'activité qui y était pratiquée.
- **Paysage :** aspect visible d'un espace géographique. Il est le résultat de la transformation du milieu naturel par les aménagements humains.

NOTIONS

- **Artificialisation :** transformation d'un espace naturel, agricole ou forestier en un espace bâti (logements, routes, activités économiques).
- **Valorisation :** mise en valeur d'un territoire ou d'une ressource au profit des activités humaines (mise en valeur touristique d'un littoral, exploitation du bois de la forêt...).

1 Des milieux riches et variés

- **La diversité des milieux naturels est un atout pour la France hexagonale.** Océanique à l'ouest (douceur et humidité), continental à l'est (hivers froids et étés chauds) et méditerranéen au sud (douceur et sécheresses estivales), les climats offrent une grande variété de ressources. Les plaines couvrent les deux tiers du territoire, les montagnes et les littoraux le tiers restant. Les vallées fluviales (Rhin, Rhône) forment de grands couloirs de circulation.

- **Les territoires ultramarins enrichissent la variété des milieux naturels.** Hormis la Guyane, tous sont des îles. L'ensemble couvre une superficie de 120 000 km^2. Situés pour la plupart dans la zone intertropicale, leurs reliefs sont contrastés, entre montagnes volcaniques (Antilles, La Réunion) et récifs coralliens (Polynésie). La France est le seul pays à posséder des récifs coralliens dans trois océans.

- **Les ressources des milieux français sont multiples.** Le potentiel agricole et forestier est important, avec respectivement 45 et 31 % de la superficie nationale. Même si les ressources minières sont abandonnées (charbon, uranium), les ressources renouvelables sont variées (hydrauliques, solaires).

2 Des aménagements pour la valorisation des milieux

- **Il n'y a plus de milieu naturel en France.** Les hommes, par l'ancienneté et l'ampleur des aménagements, ont permis la valorisation de tous les milieux. Même si les friches agricoles progressent, la nature est domestiquée : entretien des forêts, réintroduction de saumons dans le Rhin ou de l'ours dans les Pyrénées.

- **Les aménagements ont pour objectif de valoriser les milieux pour répondre aux besoins des Français.** Des barrages hydroélectriques ou des infrastructures de transport (autoroutes, aéroports, ports) permettent de produire, transformer et transporter les ressources. À la périphérie des villes, les aménagements (lotissements pavillonnaires, zones commerciales et industrielles, routes) favorisent l'étalement urbain.

- **Les paysages sont de plus en plus valorisés** et prennent une valeur marchande et patrimoniale. Ils reposent sur des éléments naturels (massif du Mont-Blanc, falaises d'Étretat) et sont valorisés par les activités humaines (paysages de vignobles de Bourgogne). Certains de ces sites sont classés au patrimoine mondial de l'Unesco (Chaîne des Puys, lagon calédonien).

3 Des milieux fragilisés et menacés

■ **Certains aménagements dégradent les milieux.** Chaque année, entre 20 000 et 30 000 hectares connaissent une artificialisation, par l'étalement des villes, la construction d'infrastructures de transport ou de zones d'activités. De plus, les activités agricoles peuvent être source de pollution : l'élevage intensif en Bretagne explique la concentration en nitrates des nappes phréatiques. Sur les côtes, les algues vertes prolifèrent et produisent un gaz toxique pour les hommes et les animaux en se décomposant.

■ **La France est exposée à l'ensemble des aléas naturels présents sur la planète.** Les aléas les plus fréquents sont les inondations, les sécheresses et les tempêtes. L'aléa cyclonique existe pour toutes les îles tropicales alors que les aléas sismiques et volcaniques menacent surtout les Antilles. Les risques technologiques se concentrent dans les territoires fortement industrialisés. Le changement climatique accroît l'intensité des aléas sur l'ensemble du territoire.

■ **Les risques sont aggravés par les activités humaines.** Les constructions près des fleuves, l'imperméabilisation des sols et l'arrachage des haies freinent l'infiltration des précipitations et ont un impact direct sur le nombre et l'ampleur des inondations. Depuis 1950, 95 inondations sévères ont touché la France, dont plus de la moitié depuis 2010. En 2024, un quart de la population française vit sous le risque d'inondation. De même, la pression des activités touristiques en montagne multiplie le risque de glissements de terrain et leurs conséquences.

CHIFFRES CLÉS

La répartition des terres artificialisées

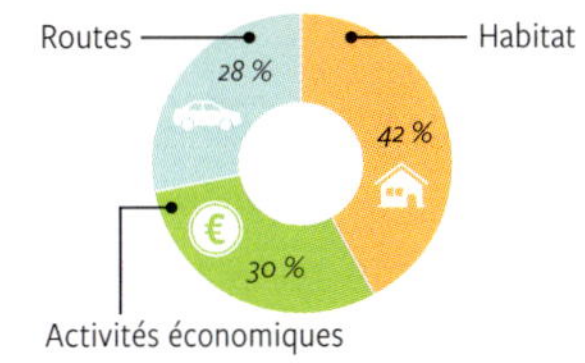

Source : Office français de la biodiversité, 2024.

Le risque d'inondation, un risque majeur en France

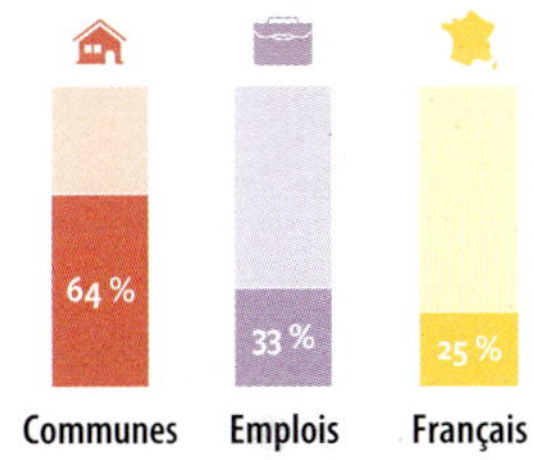

Source : Office français de la biodiversité, 2024.

L'évolution de la surface forestière depuis 1830

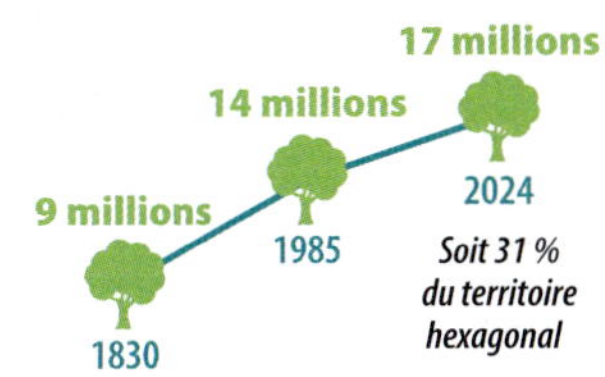

Source : ONF, 2024.

Des milieux riches et variés

Une variété de climats et de reliefs
- France hexagonale : climats océanique, continental, méditerranéen ; plaines et montagnes
- Territoires ultramarins : climat tropical ; volcanisme

Des potentialités
- Des ressources riches et variées : forêts, ressources maritimes, énergies renouvelables
- Des paysages remarquables : littoraux, montagnes, paysages agricoles

Des aménagements
- Pour produire, transformer, transporter les ressources
- Pour répondre à l'urbanisation croissante

Des menaces sur les milieux
- Des risques naturels (inondations, tempêtes, érosion des littoraux et des montagnes) en hausse
- Des risques technologiques (marées noires, explosions chimiques)
- Des risques accentués par les aménagements (inondations, pollution, érosion)

Une nécessité : protéger les milieux

LE LABO DE GÉO

La vallée du Rhône, un territoire densément aménagé

En France, les vallées fluviales sont des milieux fortement valorisés et aménagés par les hommes. La vallée du Rhône est devenue un axe majeur de circulation et un site favorable à la production d'énergie et à l'irrigation. Cependant, elle reste soumise aux risques naturels et technologiques.

Votre objectif Réaliser un schéma à partir d'une photographie et d'une carte topographique : **Comment les aménagements transforment-ils la vallée du Rhône ?**

1 Le Rhône à la hauteur de Caderousse (région Sud, ex-Provence-Alpes-Côte d'Azur)

① Écluse-barrage hydroélectrique. ② Île artificielle. ③ Rhône. ④ Site nucléaire. ⑤ Canal de dérivation destiné à l'irrigation. ⑥ Parcelles agricoles du village de Caderousse.

2 Des aménagements inégalement efficaces face aux événements extrêmes

En septembre 2002, la crue du Rhône a envahi le village de Caderousse, inondant les maisons à hauteur de 1,50 mètre d'eau. Seule la partie centrale, protégée par une enceinte datant de 1856, a été épargnée. Aujourd'hui, cette protection en pierres se dégrade augmentant la vulnérabilité des populations.

Étape 1 Préparer l'analyse

Contextualiser

1. Situez la ville de Caderousse sur la carte de France. Comment pourriez-vous caractériser sa situation géographique ?
2. À quel risque le territoire de Caderousse est-il confronté ? (doc. 2)

Sélectionner les informations

3. Identifiez sur le doc. 1 les aménagements suivants :
   - aménagements pour l'agriculture : ....
   - aménagements pour la production énergétique et industrielle : ....
   - aménagements pour le logement : ....
4. Prélevez et classez les informations montrant que le Rhône est un atout mais aussi une contrainte pour les populations locales (doc. 1 et 2). Complétez le schéma fléché ci-contre.

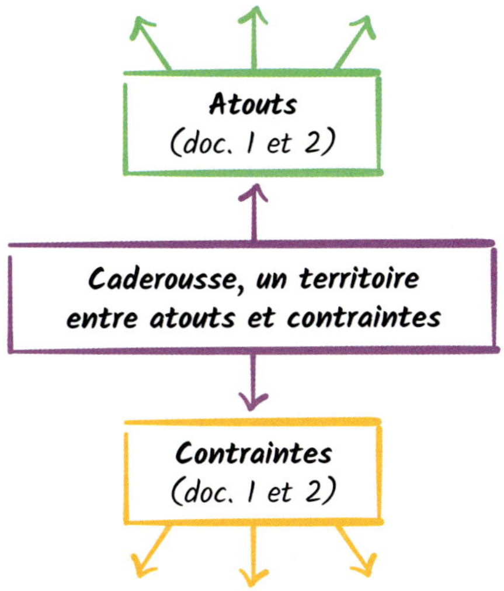

Étape 2 Réaliser le schéma

5. En vous appuyant sur le travail préparatoire réalisé dans la question 4, complétez la légende du schéma.
6. Choisissez des figurés permettant de schématiser le doc. 1.
7. Réalisez le schéma en accordant une attention particulière aux noms de lieux à placer.

> Utilisez des figurés de surface pour les espaces agricoles, de production énergétique et d'urbanisation.
> Aidez-vous du mémento cartographique p. 230.

> Consultez le site Géoportail pour répertorier les noms de lieux.

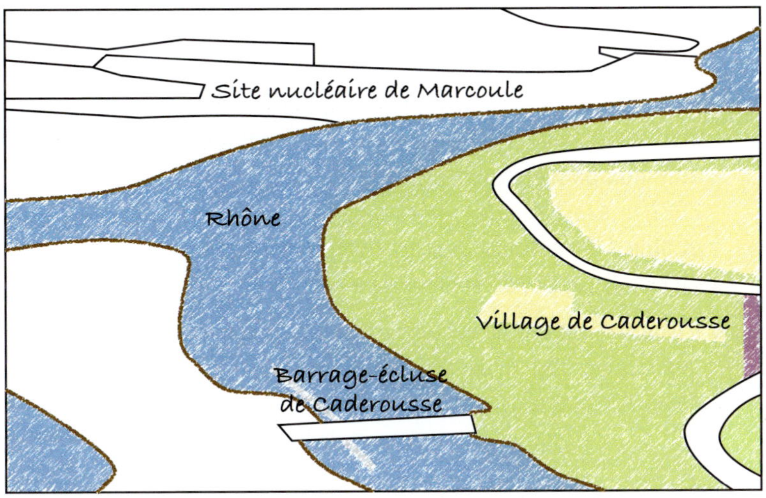

Titre : ....

Des aménagements pour protéger les populations

- Fleuve soumis à des inondations
- Digue
- Périmètre non habité permettant d'absorber les crues

Des aménagements pour permettre les activités économiques

- ....
- ....
- ....
- ....
- ....
- ....

Des risques persistants

- ....
- ....

8. Pour conclure : rédigez une synthèse présentant le risque d'inondation du Rhône et les aménagements mis en place pour tenter d'y faire face.

> Construisez votre paragraphe en suivant le plan proposé par la légende.

COURS 2

Vers une gestion durable des milieux en France

> Comment concilier valorisation et protection des milieux en France ?

1 Des politiques de gestion des risques

- **La France privilégie les politiques de prévention pour limiter la vulnérabilité face aux risques.** Les aléas climatiques sont surveillés dans le cadre d'une politique de prévision (Météo France). L'État délimite les espaces à risque, à travers les Plans de prévention des risques (PPR). Les communes sont dans l'obligation d'en informer les populations.
- **Face au changement climatique, la gestion des risques devient un enjeu international.** En 2018, l'Union européenne a mis en place le système RescEU pour aider les pays européens confrontés à une catastrophe naturelle. À l'échelle mondiale, la France s'investit dans les COP sur le climat (accueil en 2015 de la COP21 à Paris où est signé un accord universel visant à limiter les émissions de CO_2), et soutient les revendications des pays en développement pour faire face au changement climatique.
- **Des politiques d'adaptation au changement climatique se développent.** L'objectif est d'anticiper et d'aménager les territoires en tenant compte des conséquences prévisibles des modifications du climat. Par exemple, après le cyclone Irma qui a dévasté l'île de Saint-Martin en 2017, les constructions neuves sont soumises à des normes plus strictes et un nouveau PPR a été adopté en 2021.

2 Des politiques de protection

- **Des actions sont menées pour protéger les milieux.** L'État interdit toute nouvelle construction dans les milieux les plus fragiles (montagnes, littoraux) et les parcs naturels associent en partie développement économique et protection environnementale. Le Conservatoire du littoral œuvre pour la préservation de la biodiversité, en créant des réserves protégées où les animaux peuvent se reproduire en sécurité (dunes, mangrove). Depuis 2021, une loi limite les opérations conduisant à l'artificialisation des sols et oblige les acteurs à compenser tout aménagement par une opération de renaturation, c'est-à-dire de remise à l'état naturel.
- **L'Union européenne est un partenaire de la France.** En 2020, elle a adopté une stratégie en faveur de la biodiversité fixant un objectif d'au moins 30 % de sa surface terrestre et marine en zones protégées d'ici 2030. L'Union européenne finance des actions innovantes, comme l'application numérique du parc du Haut-Languedoc qui permet de suivre l'évolution des forêts.
- **Une transition est amorcée pour une gestion durable des ressources.** Les lois du Grenelle de l'Environnement entre 2007 et 2010 constituent un tournant dans la transition environnementale, et notamment la protection de la biodiversité (succès des trames vertes pour favoriser la circulation des espèces). En revanche, la France est en retard pour la part des énergies renouvelables dans sa production électrique (25 %, contre 39,5 % en moyenne dans l'Union européenne).

VOCABULAIRE

- **Parc naturel :** espace protégé soumis à une réglementation spécifique afin d'y préserver l'environnement tout en favorisant le développement économique.
- **Plan de prévention des risques (PPR) :** document réalisé par l'État qui réglemente l'utilisation des territoires à l'échelle des communes, en fonction des risques auxquels ils sont soumis.
- **Sanctuarisation :** protection totale d'un espace de toute action humaine pouvant porter atteinte à l'environnement.
- **ZAD (Zone à défendre) :** expression utilisée pour désigner une forme d'occupation illégale d'un territoire destiné à s'opposer à un projet d'aménagement.

NOTIONS

- **Adaptation :** réduction de la vulnérabilité des populations aux effets du changement climatique (augmentation des températures, sécheresse...).

3 Des tensions et des conflits d'usage

L'aménagement des milieux suscite des conflits d'usage. Ils opposent les défenseurs de l'environnement, les acteurs économiques (agriculteurs, professionnels du tourisme), les résidents et les collectivités territoriales. Ainsi, en 2023, la création de grands réservoirs d'eau à Sainte-Soline (Deux-Sèvres), souhaitée par les agriculteurs, a violemment opposé des militants organisés au sein d'une ZAD aux forces de l'ordre. Ces militants dénoncent notamment la confiscation de la ressource en eau aux dépens des autres usages.

Les méthodes pour protéger l'environnement font également débat. Certains acteurs défendent la sanctuarisation des espaces les plus fragiles, excluant toute activité humaine, mais ces réserves intégrales sont rares en France (cœur de quelques parcs naturels comme celui des Écrins dans les Alpes). La majorité des opérations s'efforce de concilier protection et valorisation. Pour limiter les émissions de gaz à effet de serre, le maintien de l'énergie nucléaire est soutenu par certains tandis que d'autres dénoncent les risques environnementaux que représentent les déchets nucléaires.

La coopération des acteurs facilite la gestion durable des milieux et des ressources. Ainsi les entreprises en charge du transport électrique collaborent depuis les années 1980 avec la Ligue de protection des oiseaux pour les protéger des accidents liés aux câbles électriques à haute tension. Des actions de sensibilisation sont également menées par les pouvoirs publics ou des associations. L'association La Fresque du climat a sensibilisé plus d'un million de Français aux conséquences du changement climatique sur nos sociétés.

CHIFFRES CLÉS

Les parcs naturels

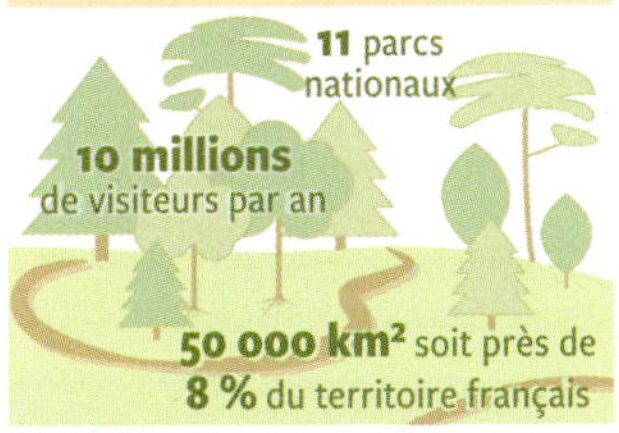

Source : Office français de la biodiversité, 2024.

Les parcs naturels marins

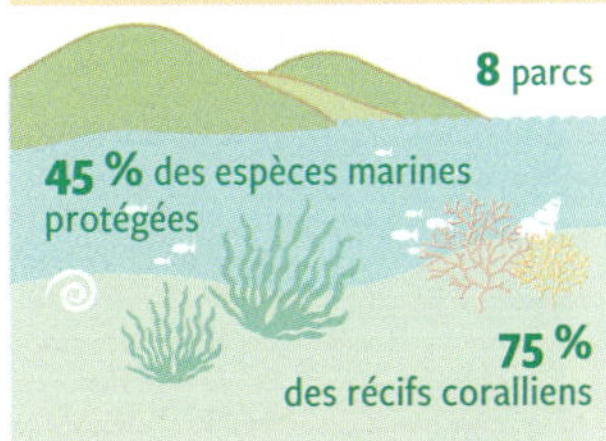

Source : Office français de la biodiversité, 2024.

La production d'électricité en France

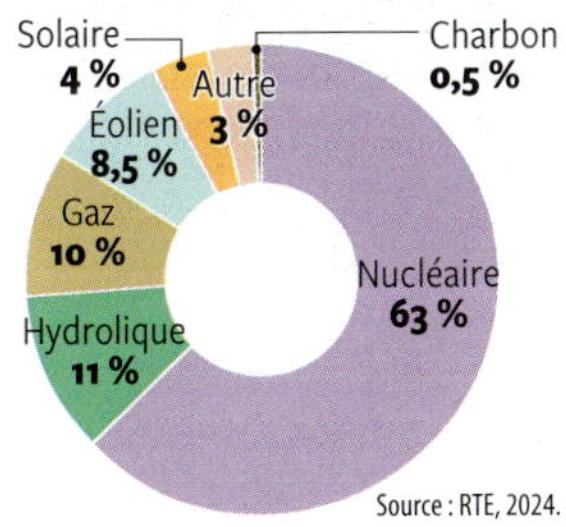

Source : RTE, 2024.

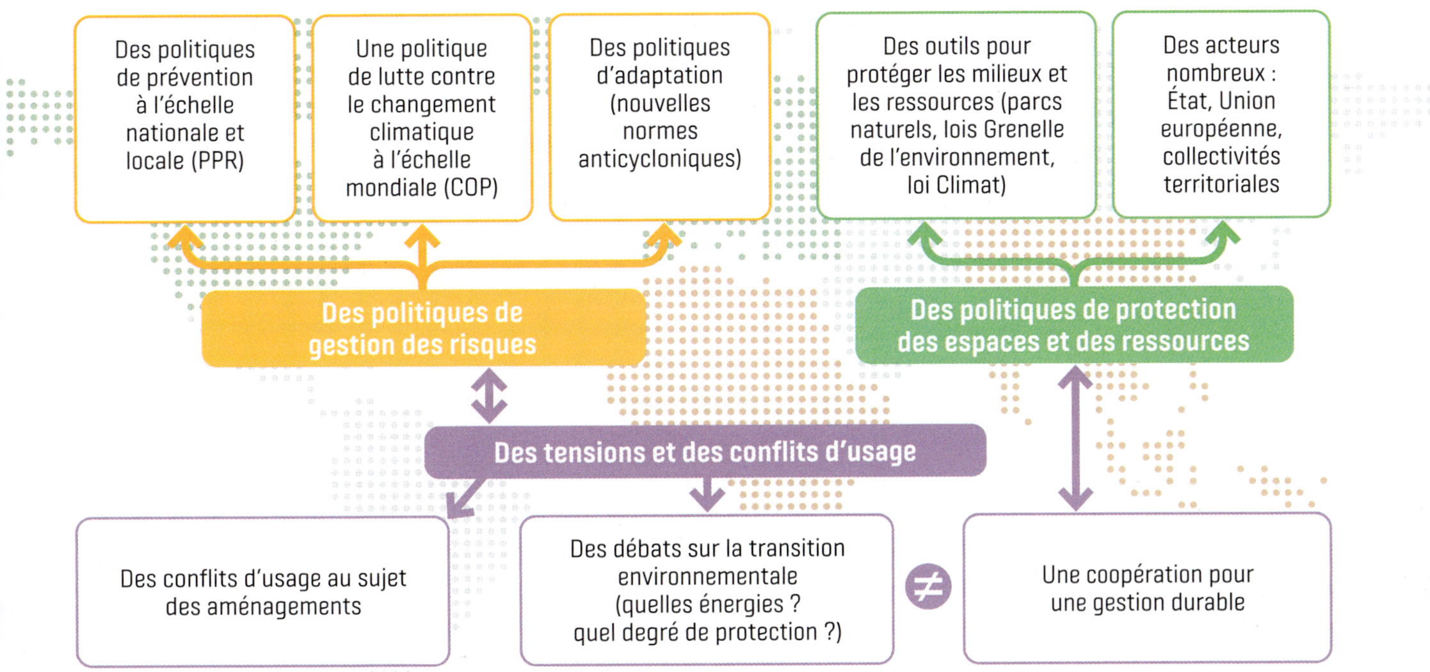

EXEMPLE

La gestion des risques en Guadeloupe

Île tropicale aux paysages exceptionnels, la Guadeloupe est également un territoire vulnérable soumis à de nombreux risques. Par leurs activités, les populations peuvent accentuer l'impact des risques, mais elles mettent également en place des mesures pour s'en protéger.

> Quels défis les Guadeloupéens doivent-ils relever pour faire face aux risques ?

1 Le volcan la Soufrière dans le Parc national de la Guadeloupe

Créé en 1989, le Parc national de la Guadeloupe constitue une réserve exceptionnelle de biodiversité et offre des paysages spectaculaires, comme la Soufrière visitée chaque année par 100 000 randonneurs. La dernière éruption du volcan date de 1976 mais l'activité sismique y reste intense.

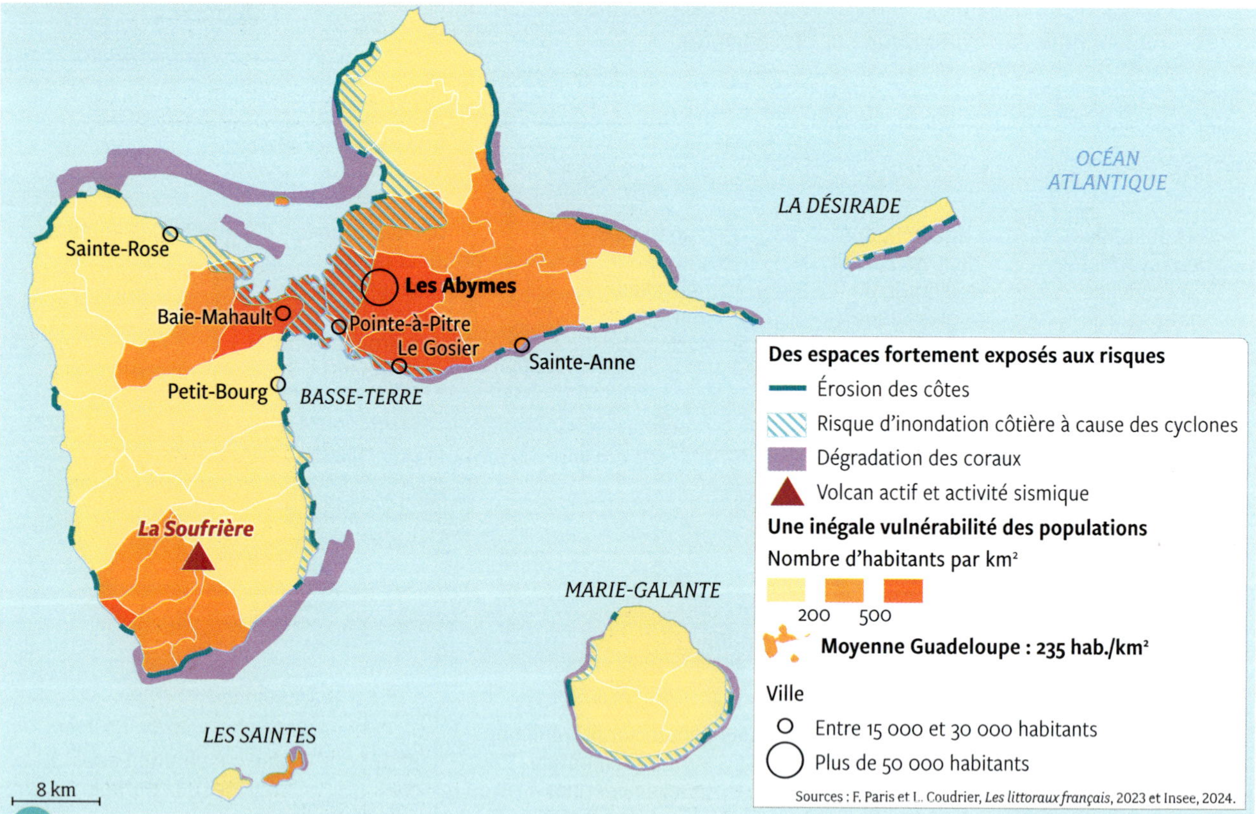

2 Une île soumise aux risques

3 La mobilisation de la Région

4 Face à la dégradation des milieux : des actions de prévention

Une opération de replantation de palétuviers rouges a été menée à Jarry[1]. Une action pour montrer l'importance de cette espèce pour lutter contre la pollution industrielle et préserver la biodiversité. L'opération s'inscrit dans le cadre de l'opération « Mangco » du Grand Port Maritime de la Guadeloupe qui prévoit la restauration active des milieux naturels littoraux. Une poignée de bénévoles accompagnés de leurs enfants ont pris part à l'action de replantation des palétuviers, désireux de redonner du souffle à la biodiversité. Si la zone de Jarry est à vocation industrielle, des poumons verts y subsistent. Des zones qu'il convient de protéger. Et le choix des palétuviers rouges n'est pas anodin… C'est l'espèce la plus en souffrance sur l'île. Pourtant, c'est une espèce qui contribue à dépolluer et purifier les sols et l'eau. En plantant ces arbustes qui s'ancrent dans la vase de la mangrove[2] grâce à ses imposantes racines-échasses disposées en arceaux, le Port a pour ambition de protéger la biodiversité marine, notamment les coraux. En effet, les palétuviers améliorent la qualité de l'eau qui arrive en mer et protègent donc les coraux particulièrement vulnérables à la pollution qui vient de la terre. Cette opération a donc un double usage, protéger les coraux et reverdir les zones humides de Jarry.

Outre-Mer La 1re, 11 septembre 2022.

1. Jarry est une importante zone industrialo-portuaire située à Baie-Mahault. 2. Mangrove : formation végétale tropicale recouverte par la mer à marée haute.

Vidéo
Ademe, 25 mars 2021
hachette-clic.fr/24gh2082

5 L'adaptation de l'agriculture au changement climatique

En Guadeloupe, le changement climatique accentue la fréquence des sécheresses et oblige les agriculteurs à s'adapter. Des microfermes s'organisent sur le modèle du jardin créole traditionnel pour améliorer leurs rendements malgré le manque d'eau.

PARCOURS 1

Identifier les ressources et les contraintes d'une situation géographique

Complétez le tableau à l'aide des documents.

	Des risques naturels	Des risques amplifiés par les actions des hommes
Identifiez les risques. (Doc 1 à 5)		
Quelles actions sont menées pour s'en protéger ? Par quels acteurs ? (doc. 3 à 5)		

PARCOURS 2

Vers le bac

À partir des informations extraites des doc. 2 et 4, rédigez une réponse à la question problématisée : Comment la population fait-elle face aux risques en Guadeloupe ?

Pas à pas

1. Localisez et décrivez les différents risques présents en Guadeloupe (**doc. 2**)
2. Par un exemple concret, montrez comment la population fait face aux risques (**doc. 4**)

RÉVISIONS

Je fais le point

Quiz hachette-clic.fr/24hg2083

Chiffres clés
Vocabulaire
Exemple

Des milieux valorisés et aménagés en France

- La variété des milieux naturels est un atout pour la France. Ils varient selon le relief (Alpes, Bassin parisien) et le climat (méditerranéen, océanique). Les territoires ultramarins complètent cette diversité. Les ressources des milieux français sont également multiples. La forêt représente 31 % de la superficie nationale et les ressources renouvelables sont riches (énergie hydraulique et solaire). Des aménagements sont mis en place pour la valorisation des milieux : infrastructures de transport, zones commerciales.
- Les milieux naturels sont fragiles. Certaines activités accentuent la pollution (élevage et algues vertes en Bretagne). Chaque année, l'artificialisation représente entre 20 000 et 30 000 hectares. De plus, la France est exposée à de nombreux aléas : inondations, sécheresses en France hexagonale, cyclones et séismes aux Antilles. Les risques technologiques se concentrent dans les territoires fortement industrialisés. Le changement climatique et les activités humaines augmentent l'intensité des aléas sur l'ensemble du territoire. En 2024, un quart de la population est menacé par le risque d'inondation.

Vers une gestion durable des milieux en France

- Face aux risques, la France privilégie les politiques de prévention, notamment au travers des Plans de prévention des risques (PPR). 12 500 communes en sont équipées. Des politiques d'adaptation au changement climatique se développent (normes plus strictes de construction après le cyclone Irma à Saint-Martin en 2017) et la France est engagée dans la lutte contre le changement climatique à l'échelle internationale (Accords de Paris lors de la COP21).
- Des actions sont menées pour protéger les milieux. Les 11 parcs nationaux associent développement économique et protection environnementale (Mercantour, Forêts). Depuis 2021, une loi limite les opérations conduisant à l'artificialisation des sols et d'autres protègent la biodiversité (trames vertes pour les animaux). Pourtant, la protection des milieux est source de conflits d'usage opposant les défenseurs de l'environnement, les acteurs économiques et les collectivités territoriales (Sainte-Soline en 2023). À l'inverse, la coopération des acteurs facilite la gestion durable des milieux (collaboration entre les entreprises de lignes électriques et la Ligue de protection des oiseaux).

Participez à un café-géo

15 min de préparation

- La classe est divisée en cinq ateliers ; chaque atelier correspond à un sujet différent.
- Les élèves se répartissent dans les ateliers et désignent un « hôte » qui reste dans l'atelier tandis que les autres membres du groupe participent tour à tour à chaque atelier.

Sujets possibles :
- La diversité des milieux en France
- La protection des milieux en France
- Les aléas naturels en France
- La gestion des risques en France

- En cinq minutes, les participants à l'atelier regroupent leurs idées sur le sujet et les notent sur une grande feuille.
- Au terme des cinq minutes, les élèves changent d'atelier. L'« hôte » expose le travail du groupe précédent et invite les nouveaux arrivants à compléter la feuille.

5 min de réalisation

- Lorsque les élèves sont passés dans tous les ateliers, les cinq hôtes utilisent les traces écrites pour réaliser une synthèse orale à l'ensemble de la classe.
  Aide : les hôtes peuvent inviter les participants à expliquer telle ou telle indication.

Je révise avec des podcasts

1 Quels sont les milieux en France ?

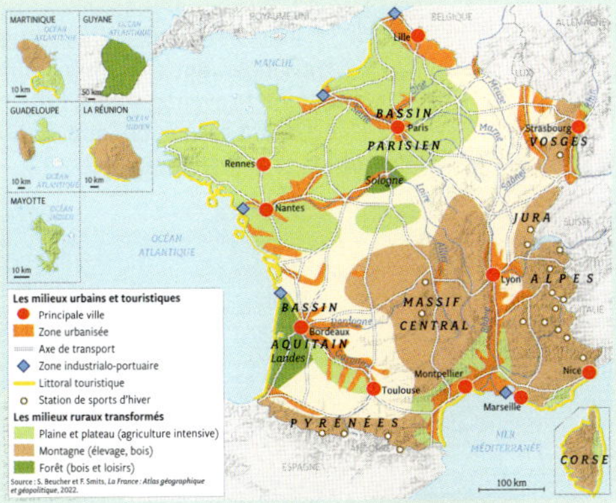

Podcast
hachette-clic.fr/24hg2084

2 Comment les aléas naturels et technologiques menacent-ils les territoires en France ?

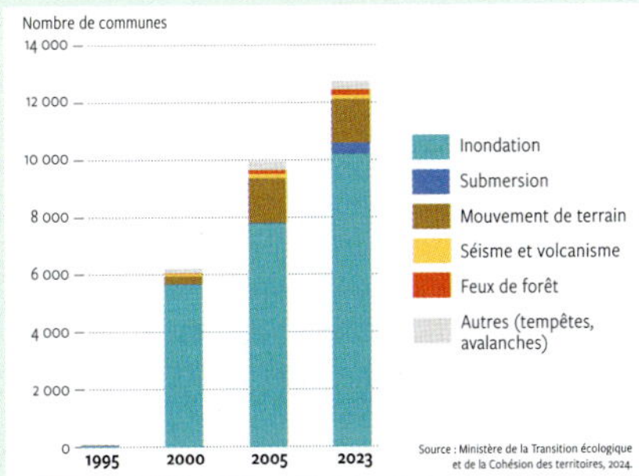

Podcast
hachette-clic.fr/24hg2085

3 Comment lutter contre l'artificialisation des territoires en France ?

Podcast
hachette-clic.fr/24hg2086

L'ESSENTIEL en 5 minutes

4 Protéger les hommes et leurs activités des risques : un défi ?

Podcast
hachette-clic.fr/24hg2087

5 Quels outils protègent les milieux les plus fragiles en France ?

Podcast
hachette-clic.fr/24hg2088

Je teste mes connaissances

- Écoutez les cinq épisodes du podcast puis testez vos connaissances grâce aux flashcards.

QUESTION
Que signifie PPR ?

RÉPONSE
Plan de prévention des risques

Flashcards
hachette-clic.fr/24hg2089

Le saviez-vous ?

La structure d'un podcast en géographie, comme pour une question problématisée, suit un plan clair. Il débute par un propos introductif, développe deux ou trois idées principales, puis se termine par une courte conclusion qui résume les principaux points abordés. Des connecteurs logiques clarifient le propos.

Je m'entraîne

• Interpréter une affiche de communication

Le saviez-vous ?

Le **marketing territorial** est utilisé par les territoires pour renforcer leur image. Il peut prendre des formes diverses : affiches promotionnelles, presse institutionnelle, site Internet, changement de nom (comme la Région Provence-Alpes-Côte d'Azur qui a opté pour l'appellation Région Sud).

Une campagne de sensibilisation du parc naturel du Mont-Ventoux

PALIER 1

Je lis et je comprends le document

- Repérez les éléments visuels : décor, couleurs, personnages, mise en scène.
- Dégagez les informations contenues dans le texte : titre, slogan…
- Identifiez les auteurs grâce au logo.

PALIER 2

Je sélectionne les informations

- Expliquez le choix du paysage et de la scène représentée.
- Quel message le texte dans l'encadré rose veut-il faire passer ?

PALIER 3

Je croise le document avec mes connaissances

- Pourquoi peut-on parler de protection du milieu naturel du Mont-Ventoux ?
- Comment le parc naturel concilie-t-il valorisation et protection du milieu ?

• Utiliser une photographie pour comprendre la transformation d'un milieu

La vallée de l'Isère à Grenoble

PALIER 1

Je lis et je comprends le document

- Dans quel type de milieu se situe ce paysage ?
- Repérez les différents plans de la photographie.

PALIER 2

J'explique le document

- Expliquez la localisation des espaces urbanisés et leurs fonctions.
- Pourquoi les espaces sont-ils inégalement urbanisés ?

PALIER 3

J'interprète le document

- En vous appuyant sur la méthode de construction de schéma d'aménagement des pages 308-309, réalisez un croquis et sa légende.
- Faites des hypothèses sur les risques qui peuvent menacer ce milieu, en lien notamment avec le changement climatique.
- Quelles solutions mettre en place ?

>> J'approfondis

À REGARDER

Les Algues vertes est un film de Pierre Jolivet (2023) qui relate l'enquête d'une journaliste pour comprendre la pollution des plages bretonnes.

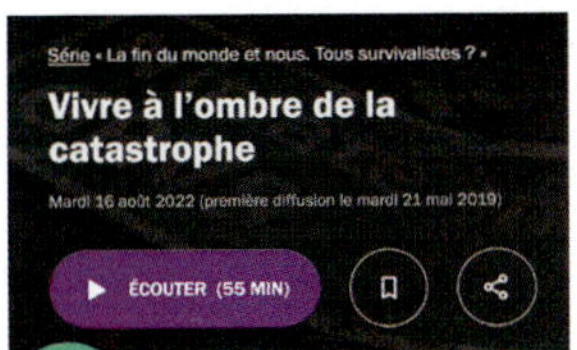

À ÉCOUTER

Vivre à l'ombre de la catastrophe est un documentaire de France culture de 2022. Des habitants, chercheurs et ingénieurs évoquent les risques dans le couloir de la chimie, le long du Rhône.

À LIRE

Dans ***Tropiques Toxiques, le scandale du chlordécone*** (2022), Jessica Oublié et Nicola Gobbi mettent en images les effets désastreux sur les populations et l'environnement du pesticide largement utilisé entre 1972 et 1993 pour produire des bananes dans les Antilles françaises.

VERS LA SPÉCIALITÉ HGGSP

La forêt française

Source : Ministère de l'Agriculture et de la Souveraineté alimentaire, 12 mai 2022.

L'analyse du ministère de l'Agriculture et de la Souveraineté alimentaire : la forêt française est un bien commun à préserver des effets du changement climatique.

EXERCICES Rédiger et argumenter

Sujet corrigé : Les littoraux en France, des milieux valorisés sous pression ?

Objectif Comprendre la question et mobiliser des connaissances

Après avoir présenté les activités qui valorisent les littoraux, vous analyserez les menaces qui pèsent sur ces milieux fragiles.

Étape 1 Comprendre la question et identifier les mots-clés

1. Lisez plusieurs fois la question.
2. Définissez et expliquez les mots-clés à l'aide de vos connaissances.

Les littoraux en France, des milieux valorisés sous pression ?

- **littoraux** : Espaces de contact entre la terre et la mer aux formes variées (côtes sableuse, à falaise, dunaire ...).
- **en France** : 20 000 km de littoraux dans l'Hexagone et les territoires ultramarins.
- **milieux valorisés** : Ces espaces sont exploités par les hommes pour leurs activités.
- **sous pression** : Ce terme signifie que la multiplication des aménagements fragilise les littoraux et crée des tensions sociales.

Étape 2 Mobiliser des connaissances

3. Listez au brouillon les idées et les mots de vocabulaire qui permettent de répondre à la question.

> ***Idées*** *:*
> *– Les littoraux sont des espaces valorisés et aménagés (pêche, zones industrialo-portuaires, tourisme).*
> *– Cependant leur artificialisation peut conduire à des dégradations et à des tensions entre les activités et/ou les acteurs.*
> ***Vocabulaire*** *: ressources ; tourisme balnéaire ; activités industrielles et portuaires ; artificialisation ; conflit d'usages ; pollution ; érosion...*
> ***Acteurs concernés*** *: État, collectivités territoriales, professionnels du tourisme, pêcheurs et agriculteurs...*

4. Listez au brouillon les exemples qui permettent de répondre à la question.

> *Exemples : Bassin d'Arcachon ; Guadeloupe ; Bretagne ; zones industrialo-portuaires du Havre et de Marseille*

Étape 3 Rédiger l'introduction

5. Rédigez l'introduction.

Une introduction comporte une présentation du sujet, une problématique sous forme de question et l'annonce de deux ou trois idées principales.

> *Les littoraux sont des espaces de contact entre la terre et la mer aux formes variées présentant une grande diversité de ressources. Ils s'étendent sur près de 20 000 kilomètres dans la France hexagonale ainsi que dans les territoires ultramarins. Pourquoi peut-on affirmer que les littoraux en France sont des milieux valorisés sous pression ? En effet, les littoraux sont des espaces valorisés mais leur artificialisation peut conduire à des dégradations et à des tensions.*

➔ Voir fiche 11 p. 226

Sujet guidé : Dans quelle mesure peut-on concilier la valorisation et la protection des milieux en France ?

Vous montrerez que la valorisation des milieux peut entraîner des dégradations mais que des formes variées de protection sont mises en place et que de nombreux acteurs sont mobilisés.

Étape 1 Comprendre la question et identifier les mots-clés

1. Analysez la question.

Dans quelle mesure peut-on concilier la valorisation et la protection des milieux en France ?

- valorisation : Définissez ce terme et présentez deux exemples de valorisation des milieux.
- protection des milieux : Citez une loi, deux acteurs et un type d'espace en lien avec la protection des milieux.
- France : Pourquoi les milieux ultramarins sont-ils aussi concernés ?

Étape 2 Mobiliser des connaissances

2. Listez des informations qui traitent du sujet à l'aide des p. 304-307 et p. 310-311.

3. Reproduisez et complétez ce tableau à l'aide de vos réponses à la question 2.

Plan suggéré par la consigne	Idées	Vocabulaire	Exemples
Paragraphe 1 La valorisation des milieux peut entraîner des dégradations	*– l'étalement urbain transforme les milieux* *– des activités économiques (agriculture, industrie, tourisme) sont à l'origine de dégradations*	*– artificialisation, étalement urbain* –	*– entre 20 000 et 30 000 ha par an sont transformés par l'urbanisation* – ....
Paragraphe 2 La protection des milieux prend des formes variées	*– des actions associent développement économique et protection environnementale* *– des lois*	*– Parc national ou régional terrestre ou marin* –	– .... *– loi de 2021 limitant l'artificialisation*
Paragraphe 3 De nombreux acteurs sont mobilisés	*– la coopération des acteurs facilite la gestion durable des milieux* *– la protection des milieux est source de conflits d'usage.*	– .... –	– .... – ....

Étape 3 Rédiger l'introduction

4. Classez ces propositions dans l'ordre pour recomposer l'introduction.

- *Dans quelle mesure peut-on concilier la valorisation et la protection des milieux en France ?*
- *En 1963, le premier parc national français voit le jour : il s'agit de celui de la Vanoise dans les Alpes. Il visait à protéger le milieu montagnard tout en sensibilisant les promeneurs.*
- *En effet, la valorisation des milieux peut entraîner leur dégradation. Mais des formes variées de protection sont mises en place. De nombreux acteurs collaborent mais entrent parfois en conflit.*

5. Rédigez un des paragraphes au choix à l'aide de vos réponses à la question 3.

الأندلس
Mix
Ots

THÈME 2

Territoires, populations et développement : quels défis ?

Une rue du Caire

Avec près de 23 millions d'habitants en 2023, Le Caire symbolise à elle seule la forte croissance démographique de l'Égypte. Le gouvernement doit parvenir à subvenir aux besoins de cette population nombreuse et en croissance (logements, transports, scolarisation) pour assurer le développement du pays.

CHAPITRE

3 Population, développement et inégalités dans le monde

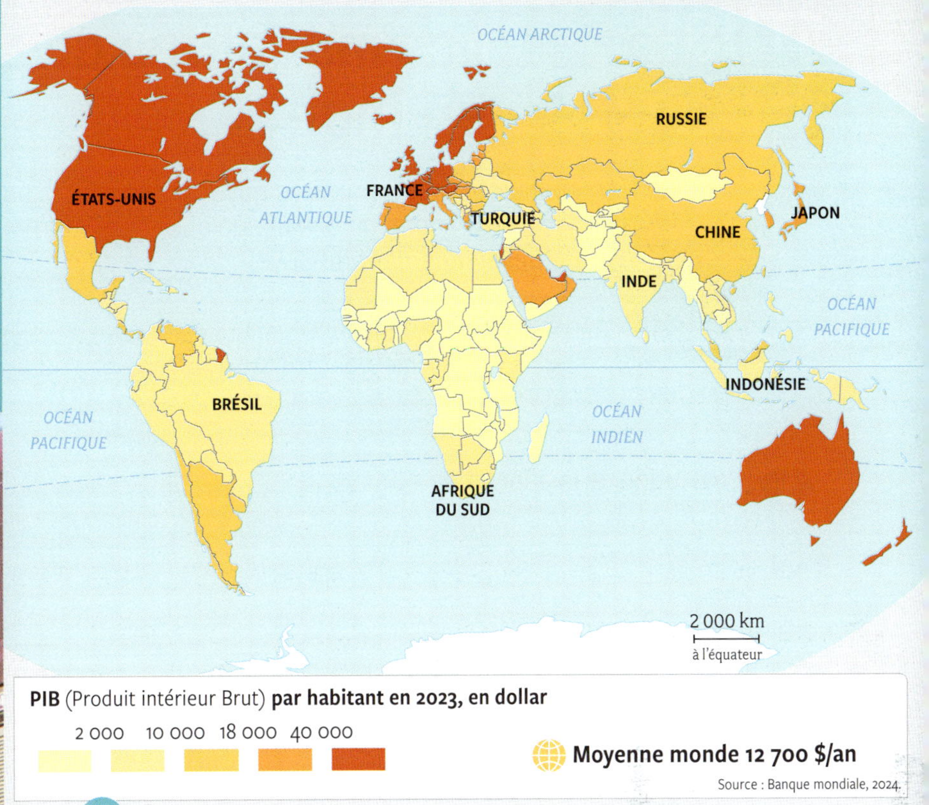

2 Les inégalités socio-économiques dans le monde

> **COURS 1** La population mondiale continue à augmenter, mais à un rythme différent selon les territoires.
> **Comment expliquer l'inégale croissance des populations dans le monde ?**

> **COURS 2** L'évolution de la population, associée aux forts contrastes de développement, pose de nombreux défis aux sociétés.
> **Comment se manifestent le développement et les inégalités dans le monde ?**

1 Un sans-abri dans les rues de Broadway, un quartier de New York

Alors que les États-Unis sont le pays le plus riche de la planète, 11,6 % de sa population vivent dans la pauvreté. Dans la ville de New York, le nombre de sans-abri ne cesse d'augmenter. Ils sont actuellement 70 500, dont un tiers d'enfants.

QUESTIONS

1. Quels contrastes de richesse observe-t-on sur le doc. 1 ?
2. En confrontant les doc. 1 et 2, expliquez pourquoi les inégalités doivent toujours se lire à différentes échelles.

ÉTUDE DE CAS 1 Les modalités du développement en Inde

Depuis 2023, l'Inde est le pays le plus peuplé au monde. Cette situation soulève des défis économiques et sociaux que l'État doit surmonter pour garantir le **développement** du pays.

A À quelles évolutions démographiques l'Inde doit-elle faire face ?

1 L'évolution de la population

	1980	2000	2023
Population totale	698 millions	1 milliard	1,44 milliard
Nombre de naissances pour 1 000 habitants	35	25	16
Nombre de décès pour 1 000 habitants	12	9	9
Taux d'accroissement naturel[1]	2,3 %	1,6 %	0,7 %
Nombre moyen d'enfants par femme	4,8	3,3	2
Part de la population urbaine	23 %	28 %	36 %
Nombre d'habitants par km²	235	350	473

Source : Banque mondiale, 2024.

1. Différence entre le taux de natalité et le taux de mortalité. Si le taux est positif, la population augmente ; dans le cas contraire, elle diminue.

VOCABULAIRE

- **Développement :** amélioration des conditions sociales et économiques permettant aux populations de satisfaire leurs besoins essentiels.
- **Indice de développement humain (IDH) :** indicateur mis en place par l'ONU pour mesurer les conditions de vie d'une population. Il prend en compte les revenus, l'espérance de vie et le niveau de scolarisation.

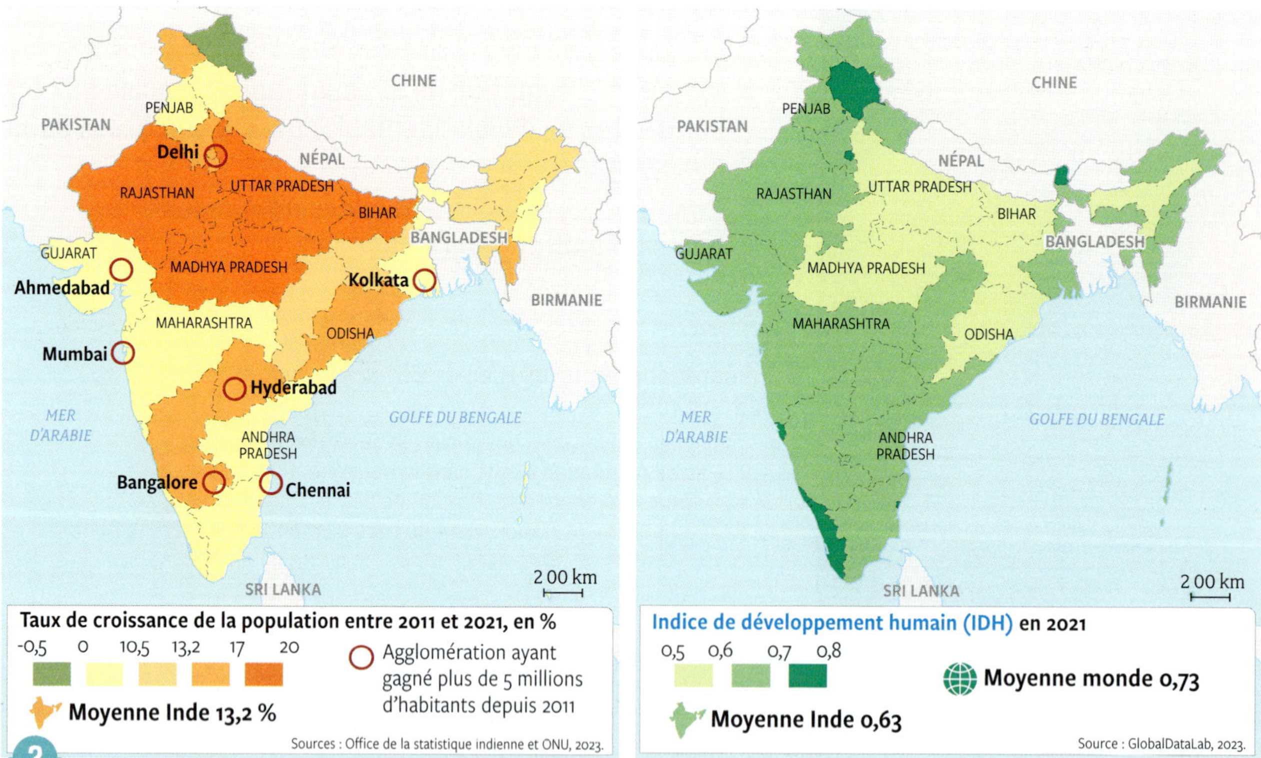

2 Les inégalités démographiques et économiques en Inde

5 Un modèle familial en évolution

Source : *India Today* (magazine d'actualité indien), 10 août 2021.

À partir de 1952, l'Inde a été le premier État au monde à instaurer des politiques de contrôle des naissances pour ralentir la croissance de sa population.

3 Des États inégaux face à la croissance démographique

Dans le nord de l'Inde, la population continue d'augmenter alors que, dans le sud, plus riche, le nombre de naissance se stabilise et diminue même en certains endroits. Depuis les années 1980 se sont développées des initiatives pour convaincre les familles, surtout les plus pauvres, des avantages du contrôle des naissances. Les agents de santé sillonnent les villages pour sensibiliser les populations à la contraception. Cependant, sur le minuscule budget de la santé de l'Inde, à peine 0,4 % sont investis dans la pilule contraceptive et les préservatifs. Dans l'État du nord de l'Uttar Pradesh gouverné par le parti nationaliste hindou *Bharatiya Janata Party* (BJP), la forte population a été utilisée pour justifier la rédaction d'un projet de loi sur le contrôle de la population, proposant des méthodes contraignantes pour assurer deux enfants par couple[1]. À mesure que l'Inde se développe et que davantage de femmes sont éduquées et entrent sur le marché du travail, les experts affirment que les normes de fécondité continueront d'évoluer. Pour Nazia Parveen, étudiante à l'université : « C'est un tel changement par rapport au passé où il n'y avait aucune prise de conscience, et tout cela est dû à l'éducation des femmes. Personne de ma génération ne veut avoir plus de deux enfants. »

D'après *The Guardian*, 14 novembre 2022.

1. Une loi refuserait les emplois publics et les promotions à toute personne ayant plus de deux enfants.

00:00

4 De lents changements de mentalité

« À l'est, chaque femme donne naissance en moyenne à cinq enfants. Fatima sensibilise les couples à la contraception. »

Vidéo
RTBF Info, 17 avril 2023
hachette-clic.fr/24hg2090

PARCOURS 1

Mettre en perspective une situation géographique

1. **Doc. 1** Relevez trois preuves du ralentissement de la croissance démographique indienne.
2. À l'aide du **Doc 2**, justifiez l'affirmation suivante : « La croissance de la population est étroitement liée à son niveau de développement ».
3. **Doc. 3 et 4** Identifiez les facteurs favorisant la baisse du nombre d'enfants par femme. Qui en sont les acteurs ?
4. À l'aide du **Doc. 5** et de vos réponses précédentes, expliquez l'évolution du modèle familial diffusé en Inde.

BILAN Rédigez une synthèse expliquant les évolutions démographiques auxquelles l'Inde doit faire face.

PARCOURS 2

Analyser un document iconographique

Pourquoi la une du journal *India Today* (**doc. 5**) reflète-t-elle les évolutions démographiques de l'Inde ?

Pas à pas

1. Décrivez le ralentissement démographique à l'aide du **doc. 1**.
2. Expliquez-en les facteurs et les acteurs (**doc. 3 et 4**).
3. Nuancez votre réponse en confrontant le **doc. 5** au **doc. 4**.

B Quels sont les effets de la croissance démographique sur le développement ?

Le dividende démographique = **Main-d'œuvre abondante** (65 % de la population a moins de 35 ans) > **Essor d'une classe moyenne** qui alimente le marché intérieur > **Forte croissance économique** > **Augmentation des dépenses de l'État** (pour l'éducation, la santé...)

6 Une population jeune, un atout pour le développement

8 Les inégalités en Inde

Un Indien sur deux vit dans un bidonville. Ces quartiers précaires sont les premiers menacés par la pauvreté et par les risques naturels, tels que les inondations.

7 Les défis de la croissance démographique

Le **dividende démographique** est à double tranchant. S'il est un facteur de dynamisme, il impose aussi au pays de former un nombre important de jeunes et de fournir des emplois aux nouveaux arrivants sur le marché du travail, au nombre d'un million chaque mois. Le système scolaire manque de moyens [...]. Une autre évolution sociodémographique est l'urbanisation croissante. Cette expansion urbaine repose en grande partie sur l'arrivée de jeunes ruraux en quête de travail. Elle implique d'énormes enjeux sociaux et environnementaux car les conditions de vie sont déjà difficiles dans les mégapoles très denses et très polluées. Le manque de logements abordables gonfle l'habitat précaire. Ces espaces urbains saturés ne pourront donc accueillir des millions de nouveaux arrivants sans d'importants investissements publics, pour tenter de les transformer et de les rendre plus vivables. Par ailleurs, l'Inde devra veiller à assurer l'alimentation et l'apport en eau de 1,6 milliard d'habitants en 2050 [...]. Or les ressources en eau diminuent également depuis plusieurs années. L'irrigation agricole épuise les nappes phréatiques et la pollution des fleuves rend leur eau impropre à la consommation.

Bénédicte Manier, *Alternatives économiques*, 18 janvier 2023.

VOCABULAIRE

- **Dividende démographique :** avantage économique dont dispose un pays quand sa population en âge de travailler est plus nombreuse que les non-actifs (enfants et personnes âgées).

PARCOURS 1

Analyser des documents

1. **Doc. 6** Justifiez l'affirmation : « La croissance démographique peut être un atout pour le développement de l'Inde ».
2. **Doc. 7** Quels sont les problèmes et les difficultés provoqués par la croissance de la population ?
3. **Doc. 8** Dans quelle mesure les inondations renforcent-elles les inégalités sociales en Inde ?

PARCOURS 2

Présenter une situation géographique

À l'écrit, rédigez une synthèse présentant les effets positifs de la croissance démographique pour le développement de l'Inde puis ses limites.

Utilisez les mots-clés : dividende démographique ; main-d'œuvre ; emplois ; scolarité ; inégalités ; pression sur les ressources ; risques naturels.

BILAN Les modalités du développement en Inde

Croissance démographique et développement en Inde

Une population croissante

- Taux de natalité encore élevé
- Taux de mortalité en baisse
- Surtout au nord et au centre de l'Inde
- Mais une croissance démographique qui ralentit

Une baisse du nombre d'enfants par femme

- Contrôle des naissances par l'État
- Évolution des mentalités
- Amélioration des conditions de vie
- Surtout au sud de l'Inde

Des effets positifs

- Main-d'œuvre jeune et nombreuse
- Classe moyenne en essor
- Investissements de l'État en augmentation (éducation, santé...)

Des défis

- Former la jeunesse
- Créer des emplois dans tous les secteurs de l'économie
- Lutter contre les inégalités régionales et urbaines
- Aménager les villes

Et ailleurs ?

1. Quels pays ou quelles régions ont une part de la population en âge de travailler similaire à celle de l'Inde ?
2. Quel continent jeune pourra miser sur son dividende démographique dans les années à venir ?

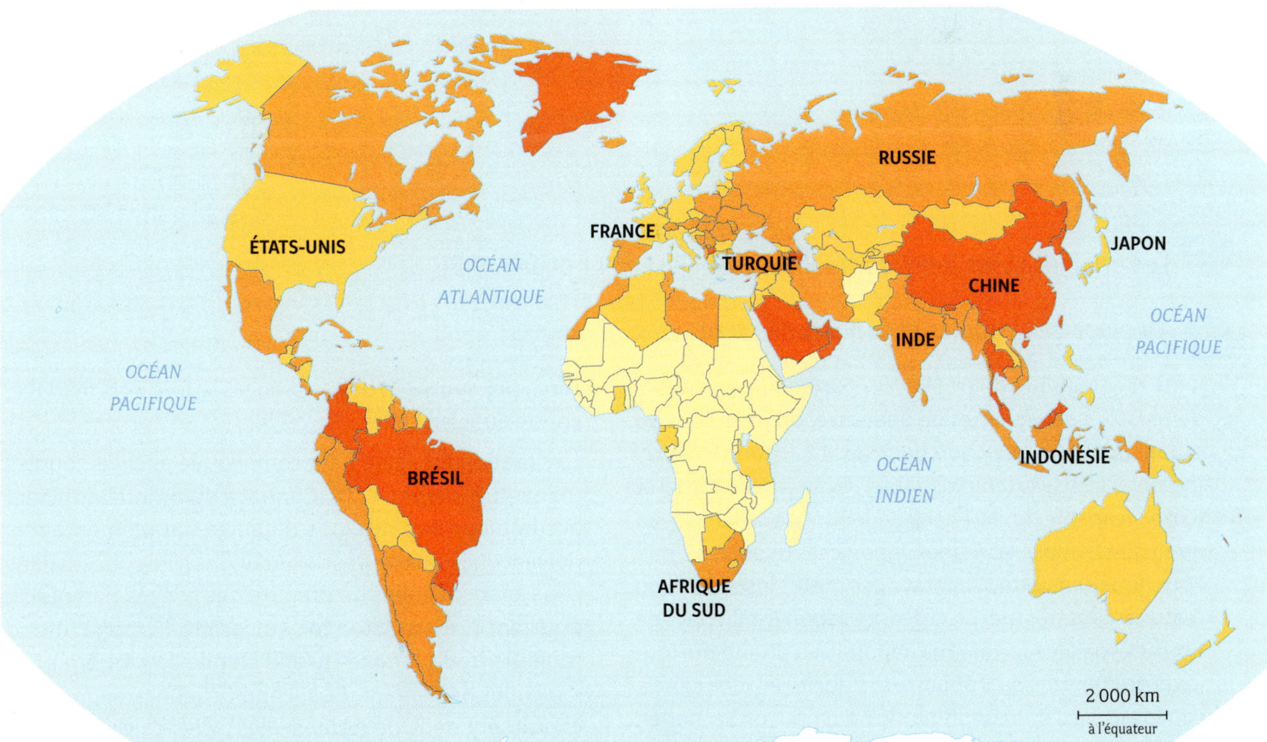

Part de la population en âge de travailler (15 à 64 ans) en 2022, en % de la population totale

48 % 58 % 64 % 68 % 83 %

Moyenne monde 65 %

Source : Banque mondiale, 2024.

ÉTUDE DE CAS 2

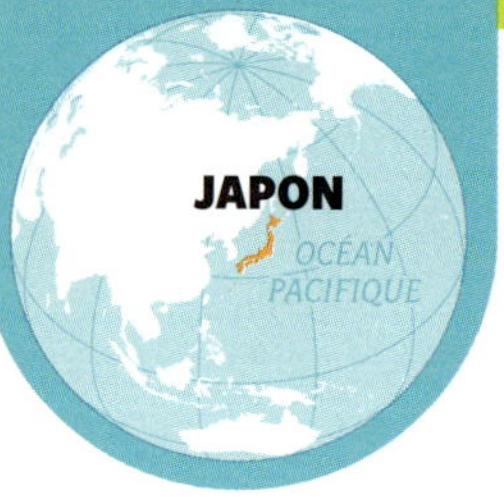

Le défi du vieillissement au Japon

La population japonaise est la plus âgée au monde : un habitant sur trois a plus de 65 ans, contre un sur 10 dans les années 1970. L'État souhaite en faire un atout économique sans renoncer à relancer la natalité.

A Comment se manifeste le vieillissement de la population au Japon ?

A. L'évolution des taux de mortalité et de natalité*

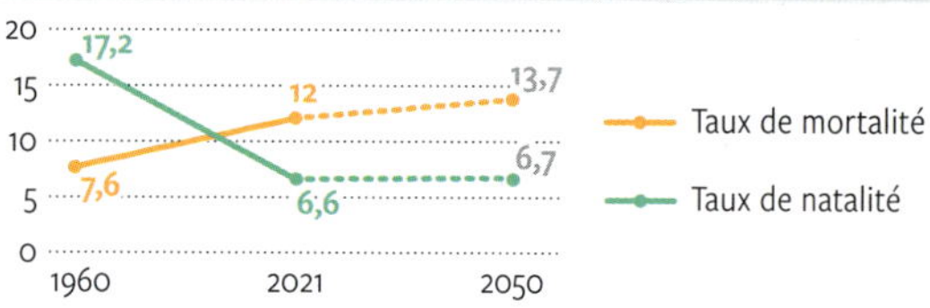

* Taux brut pour 1 000 personnes

B. La composition de la population par classe d'âge

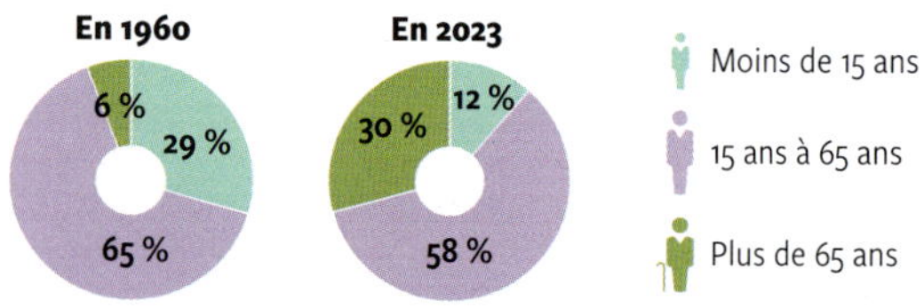

C. La progression des dépenses de santé, en % du PIB

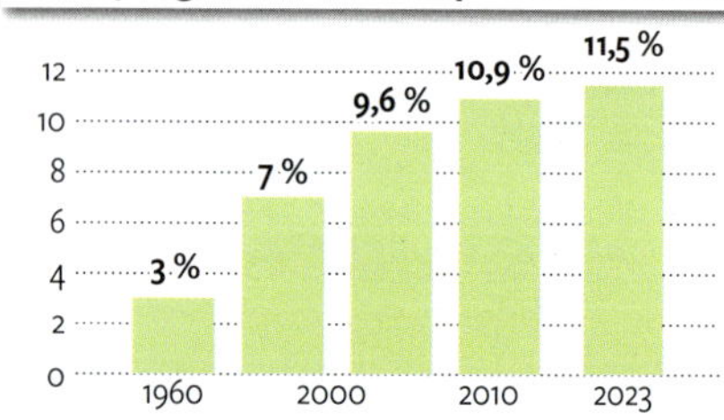

Sources : Banque mondiale et Office national de la statistique japonais, 2024.

D. La désertification des territoires ruraux

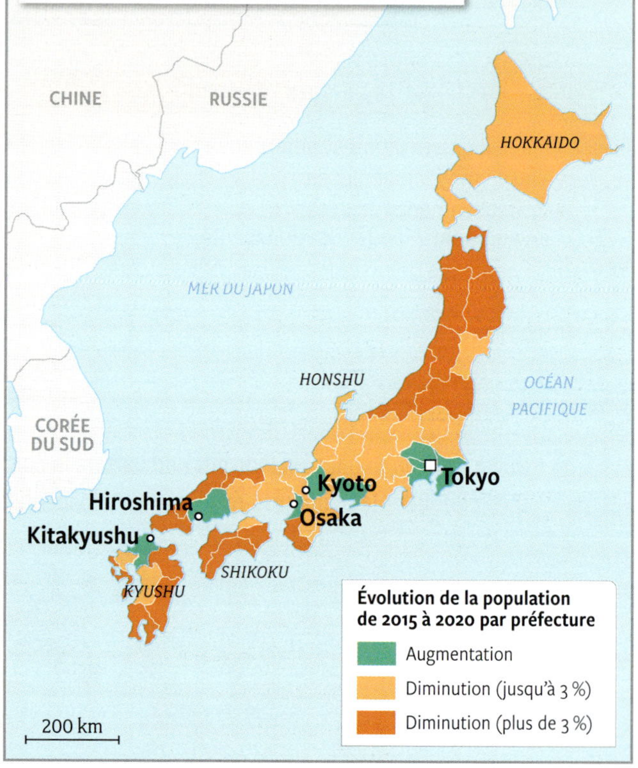

1 Les origines et les manifestations du vieillissement depuis 1960

2 La place des femmes et le poids des traditions

Il est si compliqué de trouver un partenaire au Japon, de réussir à se marier et de peut-être, un jour, faire un enfant. Les femmes cherchent les 4T – pour *teishisei* (humble), *teirisuku* (emploi stable), *teinenpi* (économe) et *teiizon* (capable de vivre sans dépendre de sa femme ou de sa mère). Ainsi, les jeunes Japonaises fuient les 7 millions de Japonais travaillant sur des postes instables, peu rémunérés et très mal protégés. Le Japon est un pays de normes sociales fortes. Les Japonaises attendent toujours de l'homme qu'il apporte la stabilité économique à son foyer. C'est une condition clé pour pouvoir se marier. Pas de carrière, pas de mariage. Pas de mariage, pas d'enfant. Ce serait trop mal vu, par les parents, les cousins, les voisins, la société toujours très conservatrice. Ainsi, dans l'archipel, seuls 2 % des naissances se font hors mariage, contre 60 % en France.

La situation est également compliquée pour les couples mariés. Les pères en CDI (Contrat à durée indéterminée) accumulent des dizaines d'heures supplémentaires, doivent obéir aux ordres de mutations n'importe où dans le pays et craignent de prendre des congés parentaux, pourtant prévus par la loi. La société nippone attend toujours de la femme qu'elle stoppe sa carrière pour s'occuper de l'enfant. Beaucoup de jeunes Japonaises choisissent donc de rester seules ; elles ne veulent plus être les femmes que la société attend qu'elles soient.

Les Échos, 19 juillet 2023.

3

Le vieillissement de la société vu par le dessinateur Roger Dalh

Source : *Japan Times* (quotidien japonais), 2016.

Dans la culture populaire, le monstre Godzilla terrifie la population et détruit tout sur son passage. Ici, le danger vient de « Oldzilla », les personnes âgées (*Aging society*) menaçant la jeunesse (*Youth*).

Pourquoi aller au centre commercial Aeon Kasai ?

Participer à des cours de gym

Tous les jours, à sept heures et demi, un cours de gym spécialisé pour les seniors a lieu dans le mall. Ce cours est gratuit pour toutes les personnes âgées. Étirements et échauffements font partie du programme afin que les seniors puissent rester en forme.

Faire son shopping dans des magasins spécialisés pour les seniors

Espérant attirer encore plus de seniors, le mall a transformé les magasins en boutiques pour les personnes âgées. Les objets vendus sont des produits adaptés pour les seniors. Par exemple, le rayon sport vend surtout des genouillères et d'autres produits pour éviter les blessures pendant les séances de sport.

Echangeur.fr, 2021.

4 **L'accompagnement des seniors, une opportunité économique**

PARCOURS 1

Mettre en perspective une situation géographique

1. Doc. 1 Prélevez quatre informations qui prouvent que la population du Japon vieillit.
2. Doc. 2 Quelle citation établit un lien entre le poids des traditions, la place de la femme et la baisse de la natalité ? Expliquez votre choix.
3. À l'aide du Doc. 3, décrivez la perception du vieillissement de la population par les médias japonais.
4. Doc. 4 Pourquoi ce document présente-t-il une vision opposée des effets du vieillissement sur le développement du Japon ?

BILAN Rédigez une synthèse pour expliquer les causes du vieillissement de la population japonaise et ses manifestations dans la société.

PARCOURS 2

Participer à un débat

1. Au brouillon, remplissez le tableau

Le vieillissement est un danger pour la société japonaise	Le vieillissement peut être une chance pour l'économie si les mentalités évoluent
- doc. 1 : ... - doc. 3 : ...	- doc. 2 : ... - doc. 4 : ...

2. En binôme, présentez à votre classe un débat en trois minutes pour discuter la question :
« Le vieillissement : danger ou chance pour le Japon ? ».

B Comment le Japon fait-il face au vieillissement de sa population ?

5 Lutter contre les effets du vieillissement de la population

Poursuivre le développement économique	- Report de l'âge de la retraite à 80 ans - Assouplissement des règles en matière d'immigration : création d'un visa pour attirer les diplômés
Relancer la natalité	- Amélioration des services de garde d'enfants - Hausse des allocations familiales - Prime de 4 000 $ pour chaque couple qui se marie
Lutter contre la désertification	- Aide financière versée aux familles qui quittent Tokyo pour vivre pendant au moins cinq ans dans une zone rurale - Rénovation de logements et de commerces de petites villes pour attirer de nouvelles populations

Sources : Fondation Asie Pacifique, 25 août 2023, Gouvernement du Japon, 2024.

7 Développer la robotisation

Pour compenser le manque de main-d'oeuvre et le vieillissement de la population, le Japon développe la robotisation pour les services du quotidien.

6 Des difficultés persistantes

Pour relancer la natalité, le gouvernement a créé, en 2023, une agence des affaires familiales, chargée de réfléchir à l'amélioration des services de garde d'enfants, à l'environnement de travail, mais aussi à la hausse des allocations familiales. Or, rien n'indique que les décisions suffiront à relancer la natalité. Sur le plan financier, les Japonais restent confrontés à la diminution régulière de leurs revenus. Le coût de l'éducation reste aussi élevé dans l'Archipel. Pour les trois années de lycée et un cursus de quatre ans à l'université – le parcours le plus commun d'un élève japonais –, les parents doivent prévoir en moyenne 10 millions de yens, sans compter les coûts annexes, comme le logement et l'alimentation, voire celui des cours du soir privés censés permettre d'intégrer les meilleures universités. Noriko Hama, professeure à l'université de Kyoto, juge qu'il est vain de « donner de l'argent aux jeunes couples et d'attendre qu'ils aient plus d'enfants. Le problème est que les Japonais ne sont pas satisfaits de l'environnement dans lequel ils devront élever un enfant. Tant que cet environnement ne s'améliorera pas, le taux de natalité ne se redressera pas ».

Le Monde, 27 janvier 2023.

PARCOURS 1

Analyser des documents

1. **Doc. 5 et 7** Comment le Japon cherche-t-il à poursuivre son développement économique ?
2. **Doc. 5** Quelles solutions met en place le Japon pour relancer la natalité ? contre la désertification ?
3. **Doc. 6** Identifiez les difficultés rencontrées dans la lutte contre le vieillissement.

PARCOURS 2

Discuter une affirmation

En vous appuyant sur les **Doc. 5 à 7**, discutez l'affirmation, publiée dans le journal *Les Échos* : « La population japonaise a diminué de 800 000 personnes. Un choc pour le gouvernement, qui n'arrive pas à enrayer la dénatalité ».

Pas à pas :

1. À l'aide du **doc. 5 et 7**, expliquez les mesures mises en place pour lutter contre le vieillissement.
2. Montrez que de multiples acteurs sont mobilisés (**doc. 5 et 6**).
3. Nuancez l'efficacité des mesures en analysant le **doc. 6**.

BILAN Le défi du vieillissement au Japon

Causes
- Baisse des taux de natalité et de mortalité
- Poids des traditions et des normes sociales

→ **Le vieillissement de la population japonaise** →

Effets
- Hausse de la part des plus de 65 ans
- Baisse de la part des moins de 15 ans
- Hausse des dépenses de santé
- Désertification des territoires ruraux

↓

Mesures pour freiner les effets du vieillissement
- Actions économiques (immigration, robotisation)
- Actions pour relancer la natalité (aides financières)
- Actions contre la désertification (rénovation des villes, prime à l'installation)

\+

Acteurs
- Gouvernement
- Collectivités territoriales
- Entreprises

↓

Des limites persistantes
- Manque de place en crèches et coût de l'éducation
- Poids des mentalités et du conservatisme
- Nouvelles envies des femmes

Et ailleurs ?

1. Dans quelle région du monde les populations vivent-elles le plus longtemps ?
2. À l'inverse, quels pays ou quelles régions du monde sont confrontés à la faible espérance de vie de leur population ?

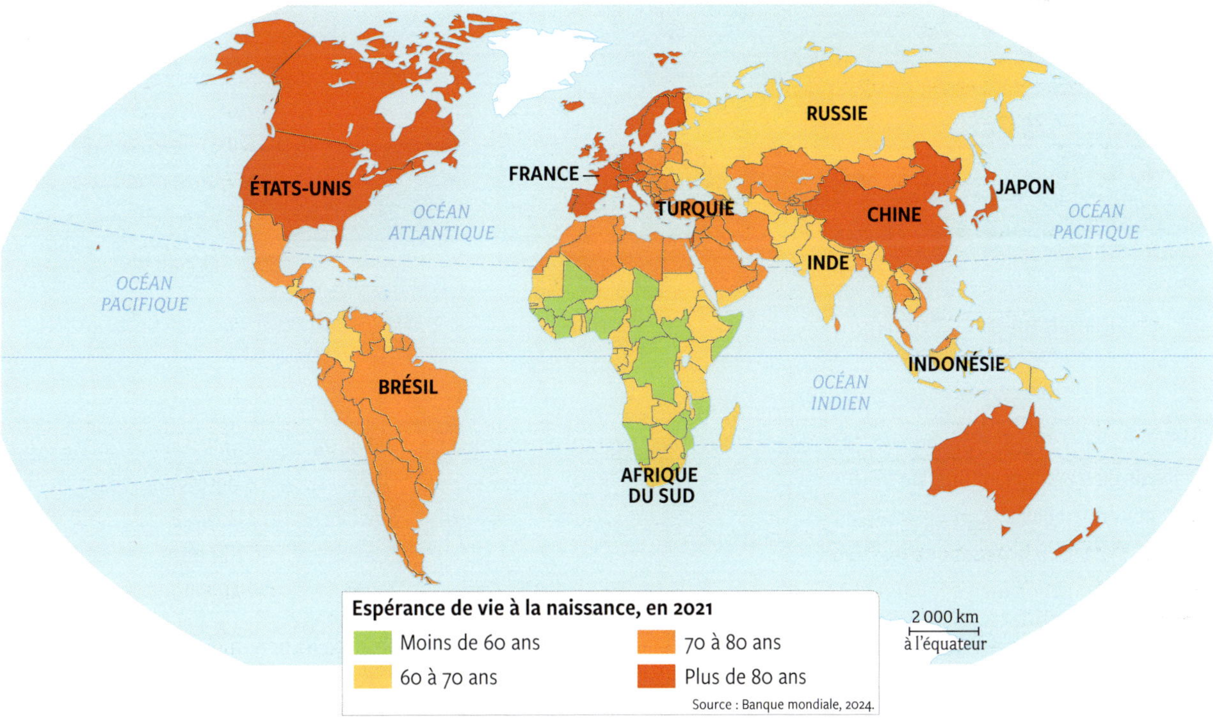

ÉTUDE DE CAS 3

Développement et inégalités au Brésil

Grâce à ses exportations agricoles et son essor industriel, le Brésil s'est développé et est devenu le troisième pays le plus riche du continent américain depuis les années 2000. Cependant, la richesse, mal répartie entre les 203 millions d'habitants, crée de profondes inégalités.

A Comment se manifestent le développement et les inégalités au Brésil ?

1 Le Brésil, un pays émergent

2 Des progrès inégaux de développement

	2000	2010	2022
Indice de développement humain (IDH)	0,68	0,73	0,76
PIB/habitant en dollar	3 727 $	11 249 $	8 918 $
Espérance de vie à la naissance	69,7 ans	73,1 ans	73 ans
Part de la population utilisant Internet	2,9 %	40,6 %	81 %
Part de la population vivant avec moins de 1 dollar par jour	15 %	6 %	5,8 %
Part des revenus détenu par les ménages les plus riches (10 % de la population)	46,1 %	41,7 %	41,5 %

Sources : Banque mondiale, 2024 et Office national de la statistique brésilienne, 2024.

3 **Les inégalités à Rio de Janeiro**

À Rio de Janeiro, la juxtaposition des favelas et des quartiers aisés alimente les tensions. La ville connaît l'un des plus forts taux de criminalité du pays.

4 L'effet de la pandémie de Covid-19 sur les inégalités

La pandémie de Covid-19 a accéléré l'aggravation de la crise sociale et économique au Brésil. Le pays a enregistré un record de 14,4 millions de chômeurs en avril 2021, mais le taux de chômage est plus élevé dans la population noire que dans la population blanche. De plus, les femmes occupent plus d'emplois informels que les hommes, par conséquent, la perte de revenus chez les femmes a été plus importante pendant la pandémie, entraînant des effets secondaires d'isolement accru et une plus grande exposition à la violence domestique. La faim est aussi montée en flèche pendant la pandémie. En 2022, 33 millions de Brésiliens, soit 15 % de la population, n'ont pas accès à une nourriture suffisante. Enfin, l'inégalité d'accès aux services de santé a laissé des cicatrices sur les plus vulnérables du Brésil. Des études indiquent que l'inégalité est un facteur de propagation du Covid-19 dans les périphéries des villes, augmentant jusqu'à 50 % le risque de décès par coronavirus. Même avec la vaccination, la plupart des décès dus au Covid-19 sont concentrés à la périphérie des grandes villes, en raison de l'inégalité d'accès aux vaccins. Les Noirs sont 1,5 fois plus susceptibles de mourir du Covid-19 que les Blancs au Brésil.

Oxfam (Organisation internationale de lutte contre les inégalités), 16 janvier 2022.

VOCABULAIRE

- **Indice de développement humain (IDH) :** voir p. 324.
- **Pays émergent :** pays dont la croissance économique est forte et dont les conditions de vie de ses habitants s'améliorent, mais de manière inégale.

PARCOURS 1

Comprendre et mettre en relation des documents

1. Doc. 1 Quelles sont les régions les plus développées au Brésil ? les moins développées ?
2. Doc. 1 et 2 Justifiez et expliquez l'inégal développement des régions brésiliennes.
3. Doc. 3 Décrivez précisément les inégalités urbaines.
4. Doc. 4 Comment le Covid-19 a-t-il accentué les difficultés pour les populations ?

BILAN Montrez que le Brésil est confronté à des inégalités de développement multiples et à différentes échelles.

PARCOURS 2

Présenter une situation géographique

Une émission de radio vous demande de réaliser un podcast pour montrer que le Brésil est un pays émergent.

Pas à pas

Vous présenterez :
- les moteurs de la croissance économique (**doc. 1**)
- les inégalités régionales (**doc. 1 et 2**)
- les inégalités urbaines (**doc. 3 et 4**).

B Quels sont les défis d'un développement durable ?

L'État s'engage dans la lutte contre les inégalités

Programme *Bolsa Familia*
- Revenu de base et aides financières pour l'accès aux soins, à l'éducation et au logement
- Destiné aux familles vivant dans la pauvreté

Programme *Minha Casa Minha Vida* (Ma maison, ma vie)
- Aides financières pour l'accès au logement à la ville ou à la campagne
- Destiné aux familles à faibles revenus

Programme d'acquisition alimentaire (PAA)
- Achat des productions aux petits agriculteurs
- Distribution aux familles les plus pauvres

Source : Gouvernement brésilien, 2024

5 Les politiques de redistribution

VOCABULAIRE

Politique de redistribution : politique de lutte contre les inégalités consistant à distribuer aux plus démunis des aides sociales financées par les impôts prélevés sur le reste de la société.

6 Les peuples autochtones à l'écart du développement

Source : Portail éducatif Conexão Escola, 4 mars 2022.

En Amazonie, ces peuples revendiquent la reconnaissance de leurs terres, de leur culture et luttent contre la déforestation agricole et minière.

7 Curitiba, une ville modèle du développement durable ?

Curitiba est « la ville la plus verte » du Brésil ; elle fait figure de modèle dans le monde et au Brésil, où la déforestation de l'Amazonie fait trembler la population. La transition écologique et urbaine s'effectue sous l'impulsion du maire Jaime Lerner, élu en 1972. Dès son premier mandat, Lerner invente le premier transport en commun en site propre : les bus empruntent des voies réservées. À l'heure actuelle, il existe 340 lignes de bus roulant au biodiesel depuis 2010, et couvrant plus de 1000 km de terrain, pour 2,4 millions de voyageurs quotidiens. 80 % de la population se déplacent en transports en commun dans Curitiba. De plus, chaque station de bus est accompagnée de commerces et bâtiments du service public, dans ce que la ville a appelé les « rues de la citoyenneté », afin que les services publics soient très facilement accessibles à tous. Cependant, depuis 2010, la ville subit l'entassement de la population dans des favelas, l'augmentation de la pollution avec le trafic routier et la mauvaise gestion des détritus. Curitiba connaît ses premiers ratés : le réseau de transports en commun est saturé, et la corruption gangrène les pouvoirs publics qui ne rénovent pas les infrastructures nécessiteuses.

Opinion internationale, 3 mars 2022.

PARCOURS 1

Analyser des documents

1. **Doc. 5 et 7** Comment le gouvernement brésilien lutte-t-il contre les inégalités aux échelles nationale et locale ?
2. **Doc. 6 et 7** Montrez les limites et les difficultés de la lutte contre les inégalités au Brésil.

PARCOURS 2

Rédiger un texte argumenté

Rédigez une synthèse présentant les actions menées pour le développement durable du Brésil et les difficultés rencontrées.

Pas à pas

Utilisez obligatoirement les mots :
- tout d'abord ; ensuite ; de plus ; cependant ; enfin.
- développement durable ; engagement de l'État ; lutte contre les inégalités ; peuples autochtones ; difficultés.

BILAN Développement et inégalités au Brésil

Inégalités

- À l'échelle nationale : développement humain élevé au sud, moyen au centre, faible au nord
- À l'échelle régionale : revenus, accès à l'éducation et aux soins…
- À l'échelle locale : favelas, quartiers favorisés

Actions pour lutter contre les inégalités

- Aides financières pour l'accès aux soins, à l'éducation et au logement
- Développement de villes durables
- Aménagements
- Distributions alimentaires

+

Acteurs

- État
- Collectivités territoriales
- Associations
- Population

Limites

- Persistance des inégalités entre les régions et au sein des villes
- Peuples autochtones à l'écart du développement
- Corruption des pouvoirs publics
- Pollution de l'environnement

Et ailleurs ?

1. Quels pays connaissent une évolution de leur PIB comparable au cas brésilien ?
2. Quel pays est concerné par de fortes inégalités parmi sa population ? par de faibles inégalités ?

A. L'évolution du PIB dans le monde

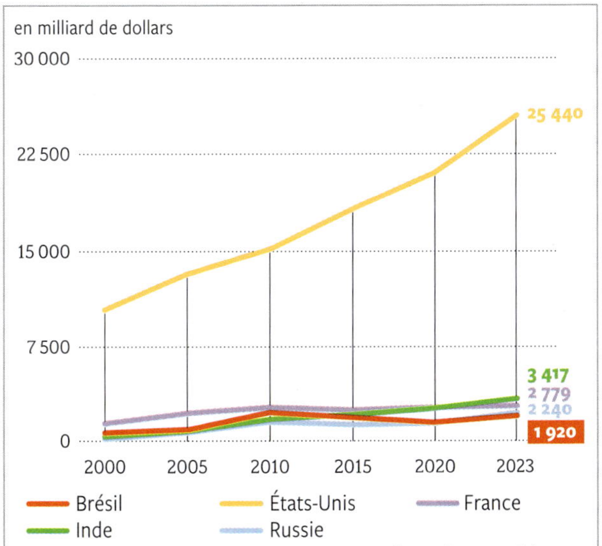

Source : Banque mondiale, 2024.

B. L'évolution des inégalités dans le monde

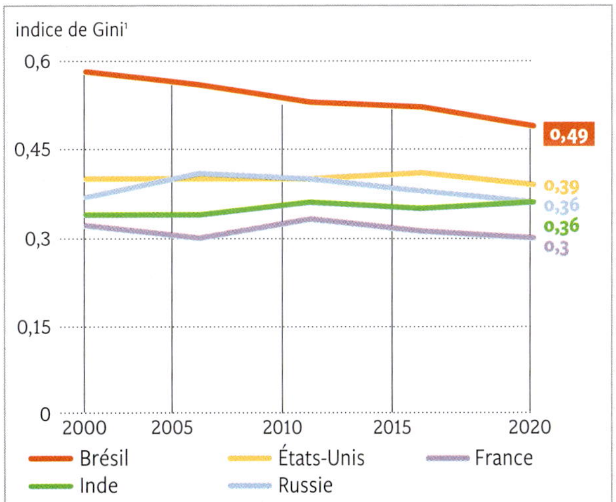

1. Indice mesurant le niveau d'inégalité dans un État. Il est égal à 0 dans une situation d'égalité parfaite et égal à 1 dans la situation la plus inégalitaire possible.

Source : Banque mondiale, 2024.

ÉTUDE DE CAS 4

Développement et inégalités en Russie

La Russie a connu des transformations majeures depuis les années 1990. Délaissant une économie communiste, elle a misé sur ses nombreuses ressources naturelles. Les conditions de vie de ses habitants se sont nettement améliorées, mais des inégalités persistent.

A Pourquoi l'économie russe produit-elle un développement inégal ?

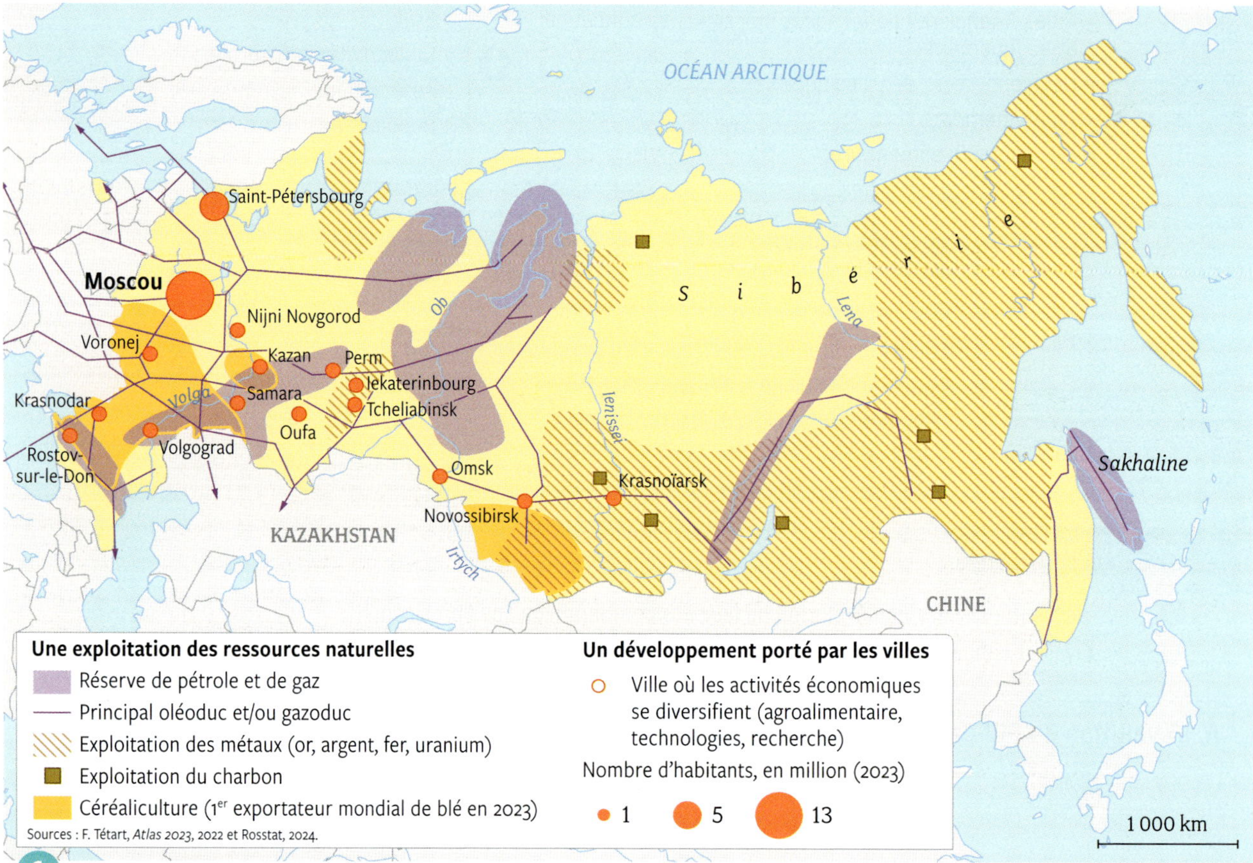

1 Un développement déséquilibré du territoire

2 Les progrès inégaux du développement

	2000	2010	2022	France 2022
Indice de développement humain (IDH)	0,732	0,796	0,822	0,903
Espérance de vie à la naissance	65 ans	69 ans	69 ans	82 ans
Part de la population utilisant Internet	2 %	49 %	90 %	92,5 %
Part de la population vivant sous le seuil de pauvreté russe[1]		12,5 %	11 %	2 %
Part du patrimoine détenu par les ménages les plus riches (1 % de la population)	40,7 %	43,7 %	47,6 %	26,8 %

Sources : Banque mondiale, Rosstat et World Inequality Database, 2024.

1. Seuil fixé par les autorités de chaque pays. En Russie, il correspond à 140 euros par mois et par habitant. Pour la France, il correspond à 900 euros par mois et par habitant.

VOCABULAIRE

- **Économie de rente :** économie faiblement diversifiée reposant sur l'exploitation des ressources naturelles.
- **Indice de développement humain (IDH) :** voir p. 324.

3 Une économie fondée sur l'exploitation des hydrocarbures

La Russie a développé une économie de rente en exploitant son pétrole (3e producteur mondial), son gaz (2e producteur mondial) mais aussi son charbon et ses métaux. De nombreux aménagements ont été réalisés pour stocker et exporter ses ressources, comme ici dans le port de Sabetta au bord de l'océan Arctique.

4 Les inégalités : l'exemple de l'accès à l'énergie

En plein mois de juin, la température affiche un petit 2 °C à Salekhard, une ville de 50 000 habitants au niveau du cercle polaire arctique. Ici, beaucoup n'ont pas grand-chose pour vivre, à l'image de Sabrina, retraitée qui vit avec à peine 200 euros par mois. « Mon four électrique est en marche. C'est un four classique que j'utilise pour le chauffage, je n'ai pas d'argent pour m'acheter un radiateur, ma pension est ridicule. Je sais que l'électricité est très chère, mais il n'y a pas de gaz ici », explique-t-elle. Pourtant Salekhard est connue pour être la capitale mondiale du gaz. Les compagnies russes implantées ici en produisent 620 milliards de m^3 par an. De quoi fournir de bons salaires à ceux qui vivent dans les appartements modernes. Les autres doivent se débrouiller. « On vit dans la région de Russie qui produit le plus de gaz, mais où est l'argent ? Les gens d'ici vivent dans des conditions terribles. » Un ressentiment qui s'est accentué avec la guerre en Ukraine. Beaucoup d'hommes de la ville y ont été mobilisés et souvent blessés. Les autorités avaient promis que le gaz initialement réservé à l'Europe serait utilisé localement. Mais la promesse n'a pas été tenue. Désormais les gazoducs desservent la Chine.

Reportage *Russie : vivre dans le froid à côté d'immenses réserves de gaz*, Arte, 7 juillet 2023.

PARCOURS 1

Confronter des documents

1. **Doc. 1 et 3** Quelle est la place des ressources naturelles dans l'économie et le territoire russes ?
2. **Doc. 1** Pourquoi peut-on affirmer que l'économie russe est peu diversifiée ?
3. **Doc. 2** Montrez que les conditions de vie en Russie se sont améliorées depuis 2000.
4. **Doc. 2 et 4** Comment se manifestent la persistance d'inégalités et de la pauvreté en Russie ?

BILAN À l'aide de vos réponses, décrivez le modèle économique de la Russie puis expliquez ses effets sur le développement et les inégalités.

PARCOURS 2

Discuter une affirmation

En 2021, le quotidien français *Le Monde* publiait un article sur la situation socio-économique de la Russie avec ce titre :
« Russie riche mais Russes pauvres ».

En binôme, discutez cette affirmation à l'aide du tableau.

	Une affirmation justifiée car…	Une affirmation à nuancer car…
doc. 1	*Ressources naturelles nombreuses*	
doc. …		

B Quels sont les freins au développement en Russie ?

5 Une forte concentration des investissements à Moscou

En 2014, Moscou captait 11 % des investissements de la Russie. Aujourd'hui, ce pourcentage est de 18 %, témoignant de la concentration importante des investissements de l'État et des entreprises, notamment dans le quartier d'affaires.

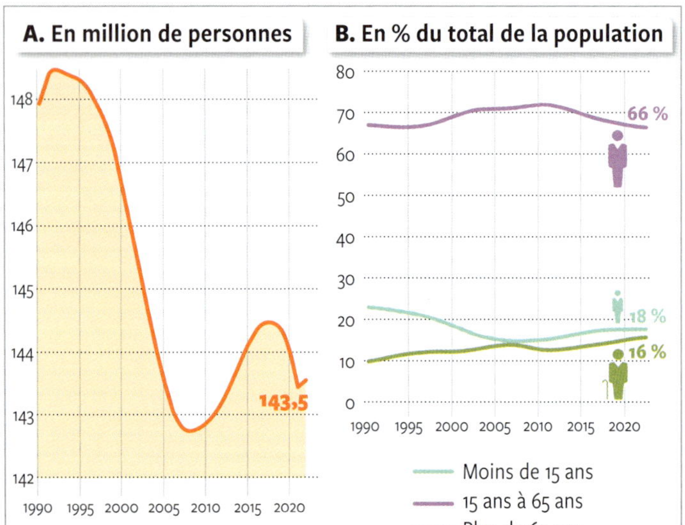

Source : Banque mondiale, 2024.

7 L'évolution de la population russe

6 Des défis économiques et démographiques majeurs

La Russie connaît une grave pénurie de travailleurs dans de nombreux domaines, a expliqué le président Poutine pourtant pas toujours très enclin à souligner les faiblesses de son économie. Il a expliqué qu'il fallait mieux utiliser la main-d'œuvre des régions où le chômage est plus élevé, accélérer l'automatisation de certains secteurs, et surtout renforcer la formation. C'est en effet sur les postes les plus qualifiés que la tension est la plus forte.

La Russie a perdu 1,3 million de jeunes travailleurs entre décembre 2022 et décembre 2023. C'est surtout chez les moins de 35 ans que le marché du travail s'est asséché. Et du coup on entrevoit bien les raisons de cette chute : la fuite de jeunes hommes voulant échapper à la mobilisation ou au contraire la mobilisation d'autres jeunes partis en Ukraine privent l'économie russe de centaines de milliers de travailleurs.

À cela s'ajoute un problème démographique qui ne date pas d'hier : il n'y a pas assez de naissances. Une récente étude de la haute école d'économie de Moscou estime que la Russie a besoin d'environ un million de migrants tous les ans pour maintenir sa population. Si la Russie n'accueillait plus de migrants, sa population en 2100 serait de 67 millions d'habitants, c'est-à-dire la moitié de ce qu'elle est aujourd'hui[1]. La guerre en Ukraine amplifie un phénomène qui risque de fragiliser encore l'économie russe.

France Info, 15 avril 2023.

1. La Russie connaît actuellement une croissance démographique parmi les plus faibles du monde.

PARCOURS 1

Mettre en perspective une situation géographique

1. **Doc. 6 et 7** Quelles sont les difficultés liées à la main-d'œuvre en Russie ?
2. **Doc. 6** Citez les solutions envisagées.
3. **Doc. 5 et 6** Pourquoi les difficultés socio-économiques sont-elles renforcées par certaines décisions économiques et politiques de l'État ?

PARCOURS 2

Présenter des arguments

À l'oral et à l'aide des documents, présentez les freins au développement de la Russie. Expliquez-les en sélectionnant un chiffre clé pour chaque frein identifié.

BILAN Développement et inégalités en Russie

La Russie : un développement qui s'accélère

Une économie de rente

- Ressources naturelles abondantes et diversifiées
- Exportations majeures (pétrole, gaz, métaux, blé)

+

Des progrès de développement

- Progression de l'IDH et de l'espérance de vie depuis 2000
- Accès généralisé à Internet
- Diversification économique dans les villes

Un développement qui reste limité

Des freins

- Main-d'œuvre insuffisante et peu qualifiée
- Déclin démographique
- Répartition inégale des investissements
- Décisions politiques et économiques de l'État
- Faible diversification économique

+

Des inégalités

- Pauvreté importante et persistante
- Inégalités sociales marquées
- Mise en valeur déséquilibrée du territoire
- Inégal accès à l'énergie

Et ailleurs ?

1. Citez cinq pays dont l'essentiel des exportations est fondé sur les hydrocarbures et cinq sur les minerais.
2. Sur quoi reposent majoritairement les exportations de marchandises des pays européens ? Asiatiques ?

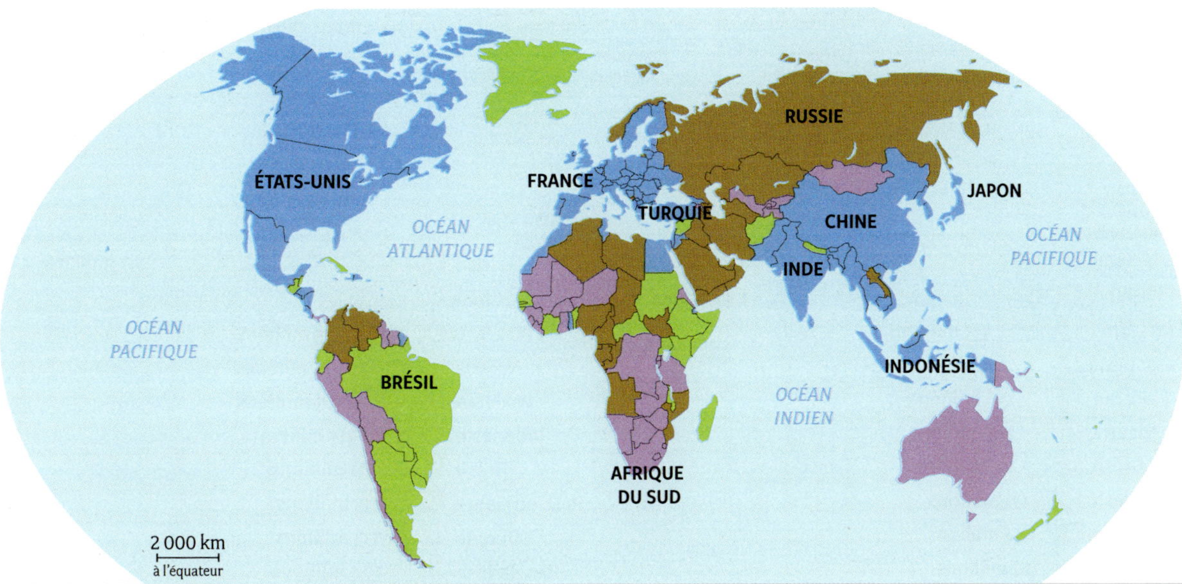

Exportations par type de marchandises dans le monde

- Hydrocarbures
- Minerais
- Produits industriels
- Tous types de marchandises
- Absence de données

Source : UNCTAD, 2024.

GRAND ANGLE La transition démographique dans le monde

● Plus de trois habitants du monde sur 10 vivent en Chine et en Inde. Or, cette situation ne devrait pas durer. On observe une évolution entre des pays dont la croissance démographique ralentit, voire diminue (comme la Chine), et ceux dont la croissance se poursuit (comme l'Inde).

● En effet, le monde a connu de profonds changements depuis deux siècles : la baisse de la mortalité suivie de la baisse de la natalité et de la fécondité.

● Les démographes appellent ces changements la **transition démographique**. Or, tous les pays n'ont pas connu ces changements au même moment, ce qui explique pourquoi la croissance démographique est inégale dans le monde.

Vidéo ▶
La transition démographique
Ined
hachette-clic.fr/24hg2091

NOTION EN VIDÉO

■ **Transition démographique :** passage d'un régime ancien où les taux de natalité et de mortalité sont élevés à un régime moderne où ces taux sont faibles. Durant ce passage, la population augmente fortement.

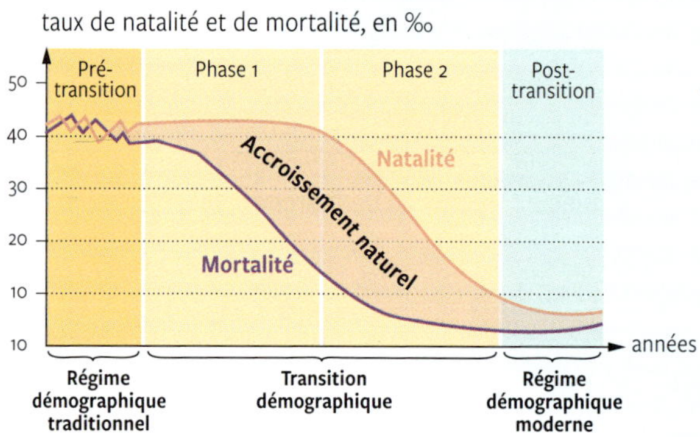

Sources : G. Pinson, *Atlas de la population*, 2023 et ONU, 2024.

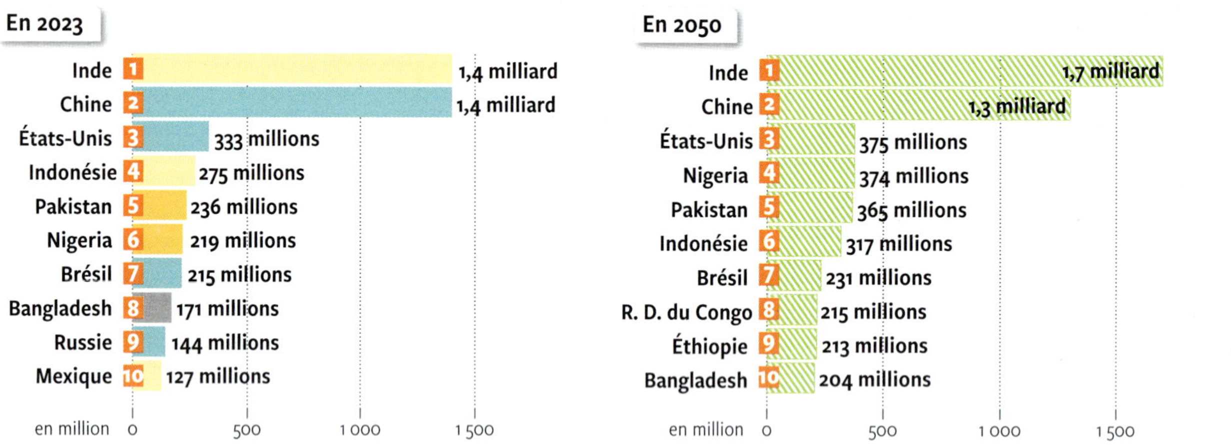

Source : ONU, 2024.

2 Les pays les plus peuplés au monde

Carte interactive
hachette-clic.fr/24hg2092

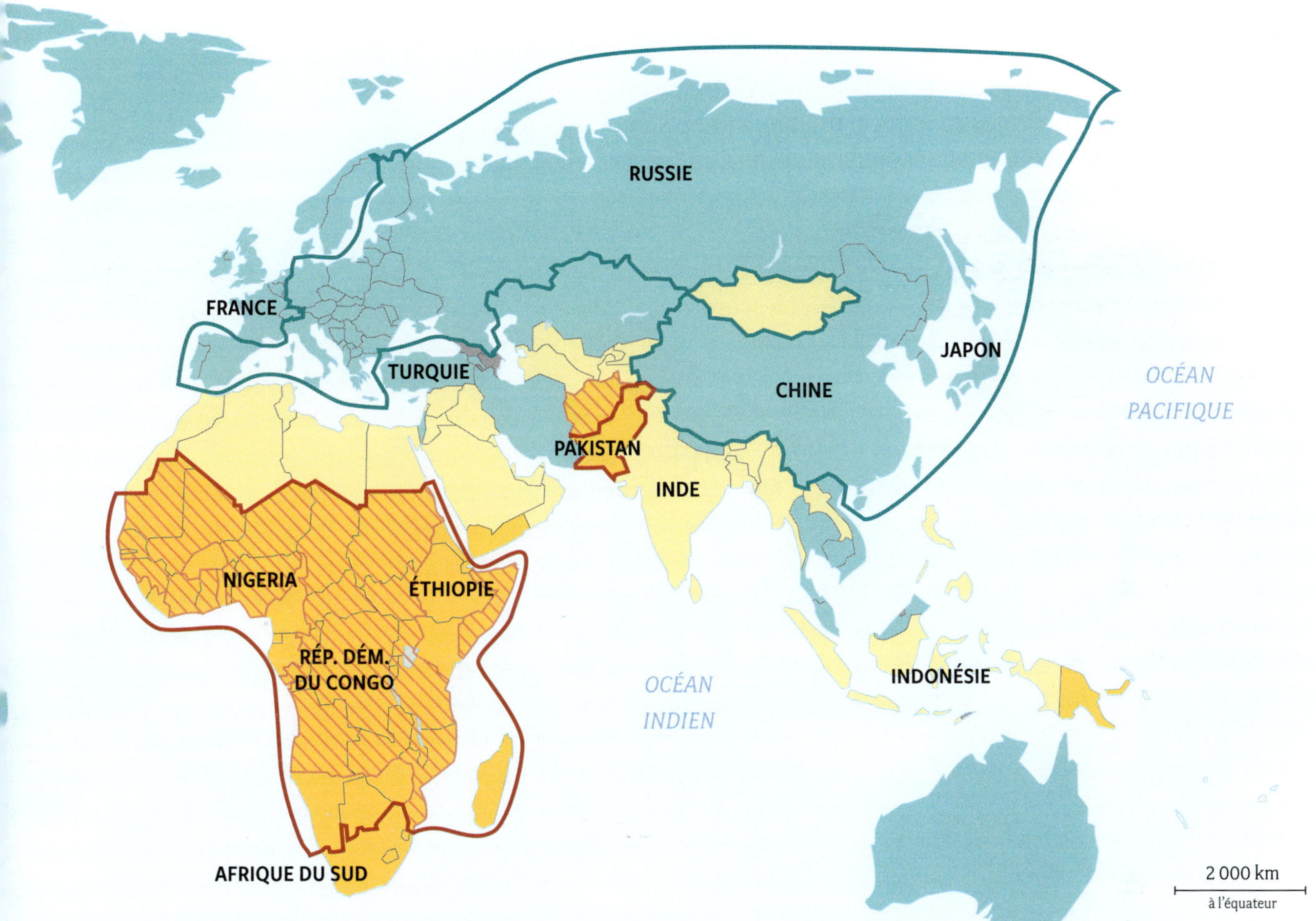

Des évolutions démographiques différenciées

- Pays en cours de transition : forte croissance démographique, mortalité en baisse
- Pays en fin de transition : croissance démographique forte mais qui ralentit, fécondité en baisse
- Pays ayant fini la transition : faible croissance démographique
- Fécondité supérieure à quatre enfants par femme en 2023

Les défis démographiques de demain[1]

- Pays dont la population devrait augmenter de plus de 35 % d'ici 2050
- Pays dont la population devrait avoir diminué en 2050

1. Ces prévisions ne tiennent pas compte des mouvements migratoires.

Sources : G. Pinson, *Atlas de la population*, 2023 et ONU, 2024.

1 L'évolution des populations dans le monde

QUESTIONS

1 **Notion en vidéo** Identifiez les différentes étapes de la transition démographique et expliquez-les.

2 **Doc. 1 et 2** Citez :
- trois pays en cours de transition démographique et dont la population doublera d'ici 2050,
- trois pays en fin de transition démographique,
- trois pays qui ont fini leur transition démographique et dont la population diminuera en 2050.

GRAND ANGLE Une population mondiale en cours de vieillissement

● L'une des conséquences majeures de la transition est le **vieillissement démographique**. Aujourd'hui, la part des populations âgées de plus de 65 ans est plus élevée dans les pays développés que partout ailleurs dans le monde, car ce sont les premiers pays à avoir connu la transition démographique et l'allongement de leur espérance de vie.

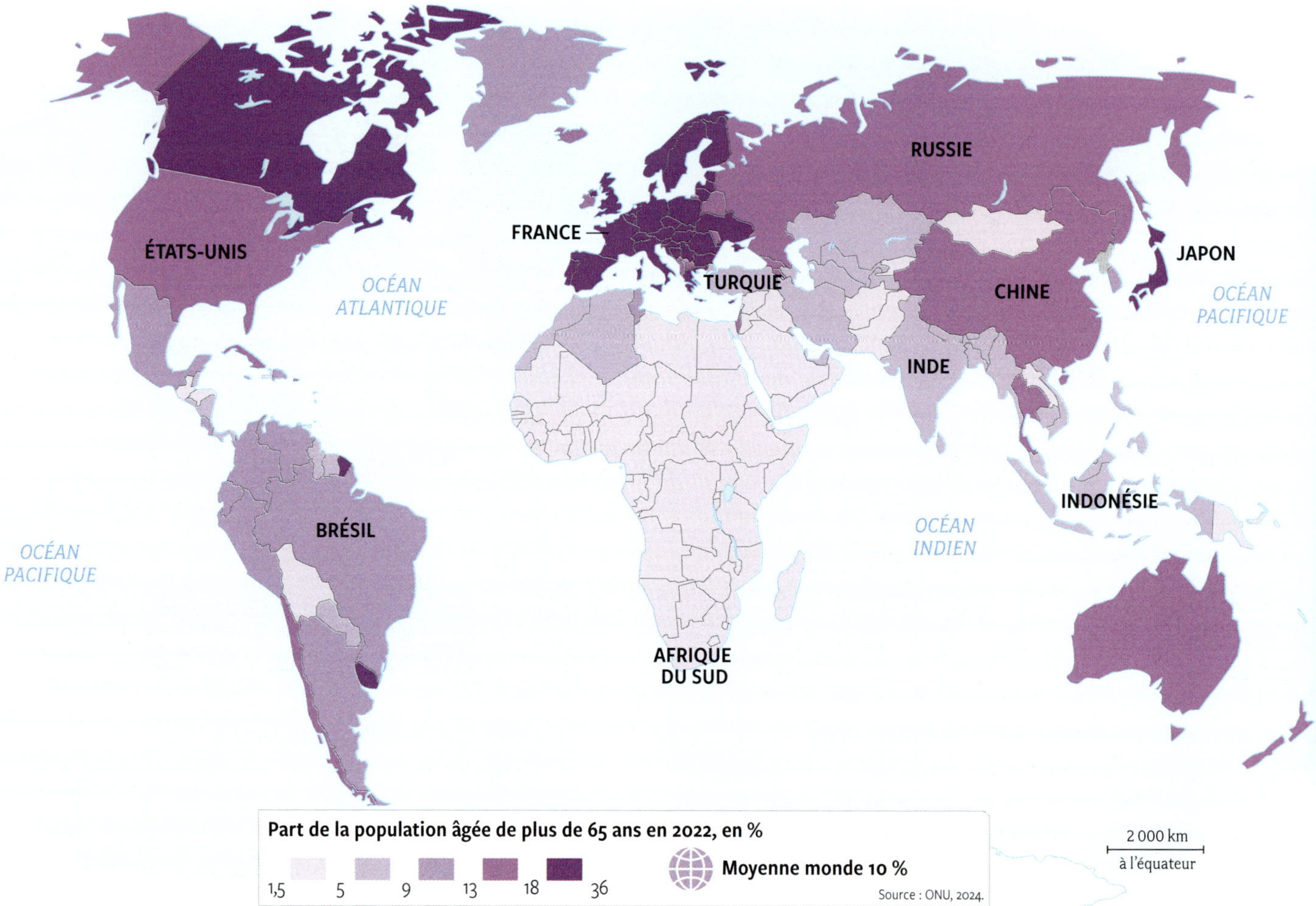

1 La part des personnes âgées dans le monde en 2022

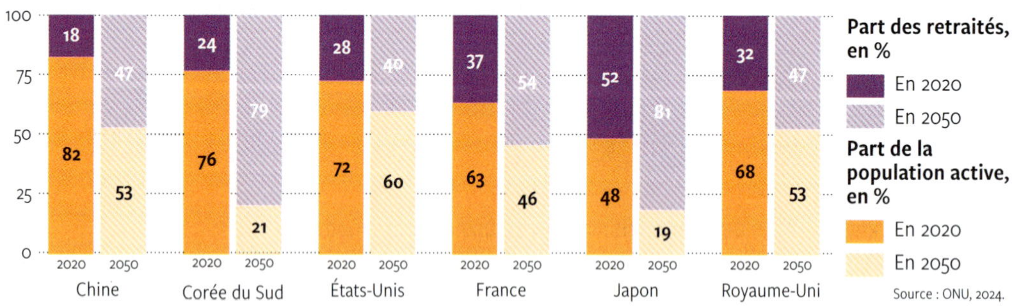

	Chine 2020	Chine 2050	Corée du Sud 2020	Corée du Sud 2050	États-Unis 2020	États-Unis 2050	France 2020	France 2050	Japon 2020	Japon 2050	Royaume-Uni 2020	Royaume-Uni 2050
Part des retraités, en %	18	47	24	79	28	40	37	54	52	81	32	47
Part de la population active, en %	82	53	76	21	72	60	63	46	48	19	68	53

3 L'évolution du nombre de retraités

• Néanmoins, le vieillissement est un phénomène qui ne cesse de s'accentuer et auquel tous les pays du monde seront confrontés en 2050. Cette situation soulève de nombreux défis économiques et sociaux auxquels les populations et les États devront faire face.

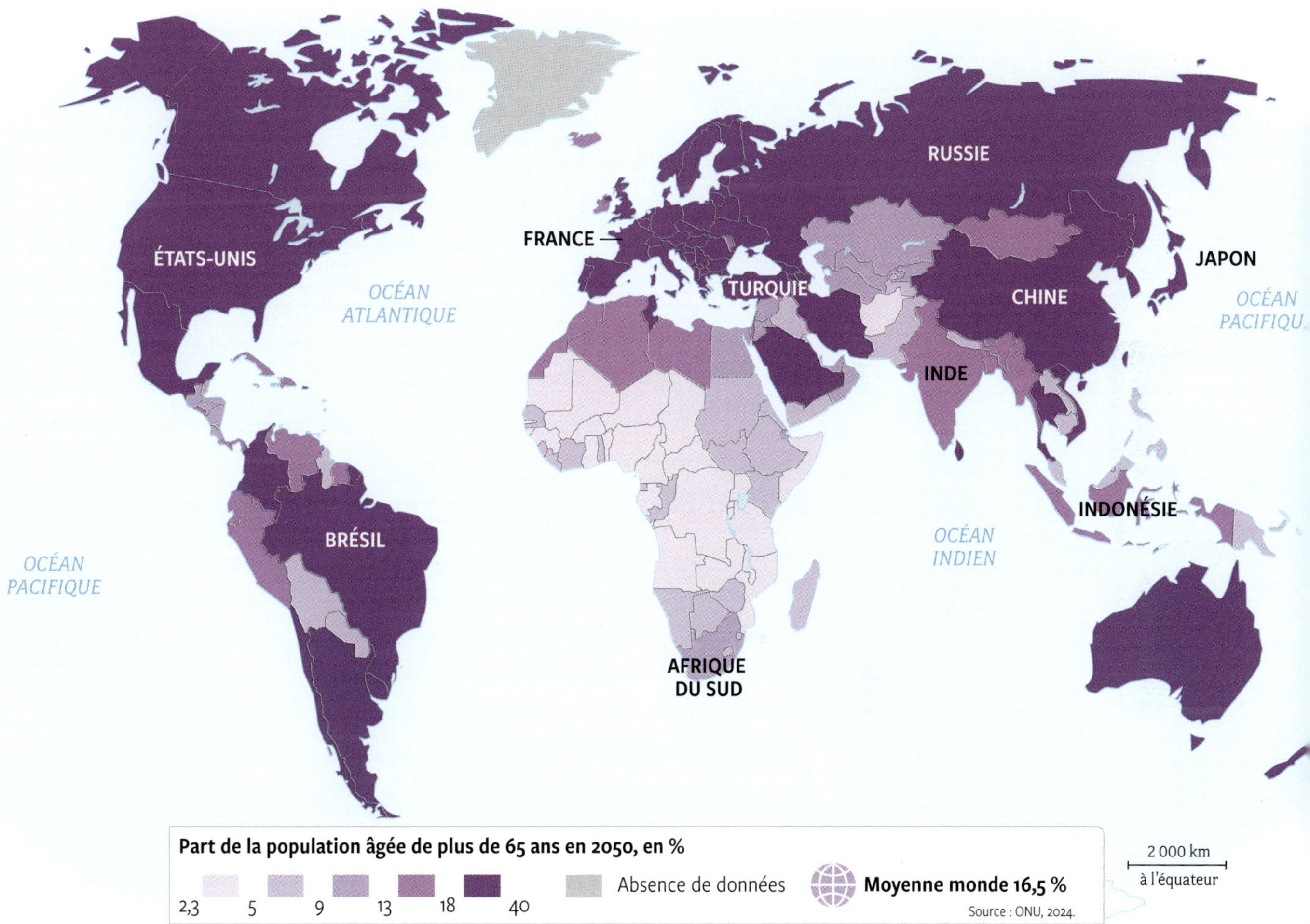

2 La part des personnes âgées dans le monde en 2050

VOCABULAIRE

■ **Vieillissement démographique :** augmentation de la part des personnes âgées et diminution de la part des jeunes dans une population.

QUESTIONS

1. **Doc. 1** Identifiez les régions du monde où la population est la plus âgée aujourd'hui. Comment peut-on expliquer cette situation ?
2. **Doc. 2** Justifiez l'affirmation suivante : « Le vieillissement de la population est un phénomène inégal mais mondial ».
3. **Doc. 3** Pourquoi le vieillissement constitue-t-il un défi majeur pour les États ?

COURS 1 Les situations démographiques dans le monde

> Comment expliquer l'inégale croissance des populations dans le monde ?

1 Une population mondiale en forte augmentation

- **La forte croissance de la population depuis les années 1960 s'explique par la transition démographique.** Dans une première phase, le taux de natalité est resté élevé alors que le taux de mortalité a baissé grâce aux progrès agricoles, sanitaires et médicaux. Le taux d'accroissement naturel était alors très fort. Dans un deuxième temps, la natalité a diminué en raison de l'urbanisation, du développement et de l'évolution des mentalités. L'accroissement naturel a donc baissé progressivement.
- **La transition démographique est inégalement avancée dans le monde.** Les populations des pays développés augmentent très peu car leur transition démographique est terminée. À l'inverse, les populations des pays en développement et émergents augmentent car ils sont dans la seconde phase. Ces différences s'expliquent par le niveau de développement et par des choix politiques. En instaurant des mesures contraignantes de contrôle des naissances, la Chine a accéléré sa transition en faisant baisser rapidement la natalité.
- **Même si la population mondiale augmente encore, sa croissance est de moins en moins forte,** passant de 2 % par an en 1970 à 1 % par an en 2020. Elle pourrait être de 0,5 % vers 2050. Cependant, le rythme est inégal. La Syrie, l'Ukraine et le Japon ont un taux de croissance négatif ou très faible contrairement à la péninsule Arabique, au Mexique ou aux pays d'Afrique subsaharienne.

2 Les défis d'une population nombreuse

- **La jeunesse des populations et un nombre élevé d'enfants par femme entraînent une forte augmentation de la population en Asie du Sud et en Afrique subsaharienne.** Avec le taux de fécondité le plus élevé au monde (6,8 enfants/femme) et une population jeune, la population du Niger a doublé en moins de 20 ans.
- **Cette croissance démographique associée à l'exode rural contribue à une transition urbaine** dans les pays en développement et émergents. Certains peinent à faire face à la multiplication des bidonvilles (Inde, Afrique du Sud), au manque d'équipements (hôpitaux, écoles) et de services (transport, électricité). La transition urbaine est ancienne et plus lente dans les pays développés.
- **Une population nombreuse peut être un atout pour le développement des pays,** en fournissant de la main-d'œuvre et des consommateurs supplémentaires. Cependant, pour profiter de ce dividende démographique, les pays doivent satisfaire les besoins de leur population. Ainsi, l'Inde et le Brésil développent les programmes de formation des jeunes pour profiter de ce potentiel.

VOCABULAIRE

- **Dividende démographique :** avantage économique dont dispose un pays quand sa population en âge de travailler est plus nombreuse que les non-actifs (enfants et personnes âgées).
- **Taux d'accroissement naturel :** différence entre le taux de natalité et le taux de mortalité. Si le taux est positif, la population augmente ; dans le cas contraire, elle diminue.

NOTIONS

- **Transition démographique :** passage d'un régime ancien où les taux de natalité et de mortalité sont élevés à un régime moderne où ces taux sont faibles. Durant ce passage, la population augmente fortement.
- **Transition urbaine :** passage d'une société majoritairement rurale à une société majoritairement urbaine.

3 Les défis d'une population vieillissante

Les pays riches sont les premiers à être confrontés au vieillissement de leur population. Il s'explique par la fin de leur transition démographique, une très faible fécondité (1,4 enfant par femme) et une forte espérance de vie (85 ans). L'ONU estime que la part des personnes âgées sera supérieure à celle des jeunes vers 2075. Le vieillissement est un phénomène mondial. S'il commence à apparaître dans les pays émergents, il est pour l'heure absent dans les pays pauvres en raison du maintien d'une fécondité élevée (quatre enfants par femme) et d'une espérance de vie encore moyenne (64 ans).

Les effets du vieillissement et de ce « choc argenté » sont préoccupants pour les pays riches. Face au déséquilibre croissant entre les actifs et non actifs, les États doivent impérativement adapter leurs programmes de santé et de retraite. Ainsi, certains pays font d'ores et déjà appel à l'immigration (Allemagne) ou au retour au travail des retraités (Japon). D'autres pays tentent de relancer leur natalité : la Chine a mis fin à la politique de l'enfant unique en 2015 et autorise les couples à avoir trois enfants depuis 2021.

Le vieillissement démographique peut également devenir un atout. Des pays (Allemagne, Japon) investissent dans les activités économiques dédiées aux seniors (loisirs, transports, santé, sport, habitat) pour subvenir aux besoins des personnes âgées et profiter de leur épargne. Le vieillissement est parfois considéré comme une solution à la pression sur le marché de l'emploi et sur les ressources. Néanmoins, la capacité de prise en charge des personnes âgées dépend du niveau de développement des pays (équipements et soins à domicile).

CHIFFRES CLÉS

L'évolution de la population mondiale

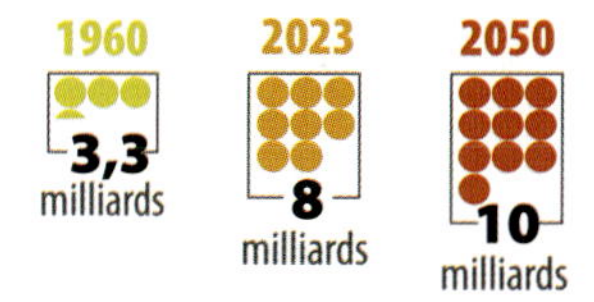

ONU, 2024.

Les 5 pays les plus peuplés au monde en 2023

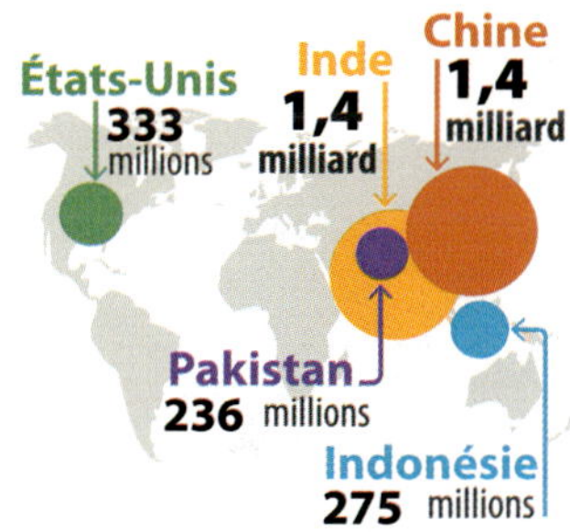

Banque mondiale, 2024.

Part des plus de 65 ans

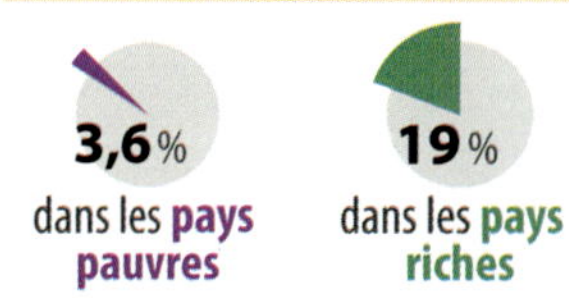

Banque mondiale, 2024.

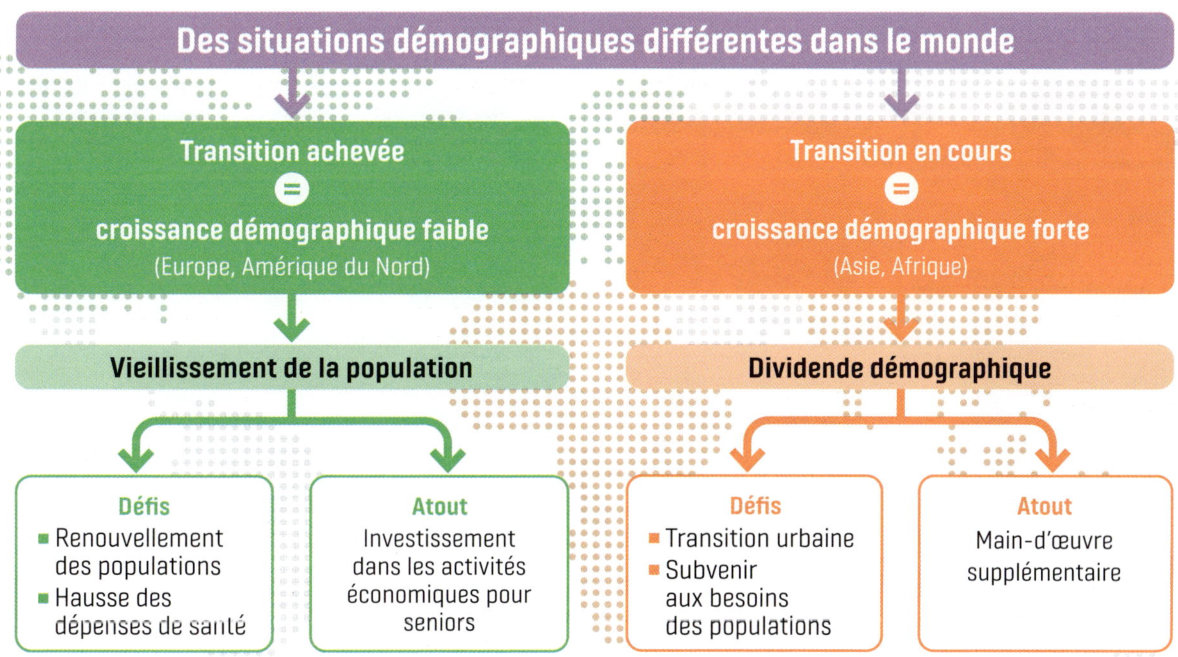

EXEMPLE La situation démographique au Nigeria

Avec 218 millions d'habitants, le Nigeria est le pays le plus peuplé d'Afrique. Bien que sa transition démographique soit entamée, la croissance démographique transforme le quotidien de sa population et de ses territoires.

> Comment la transition démographique se manifeste-t-elle au Nigeria ?

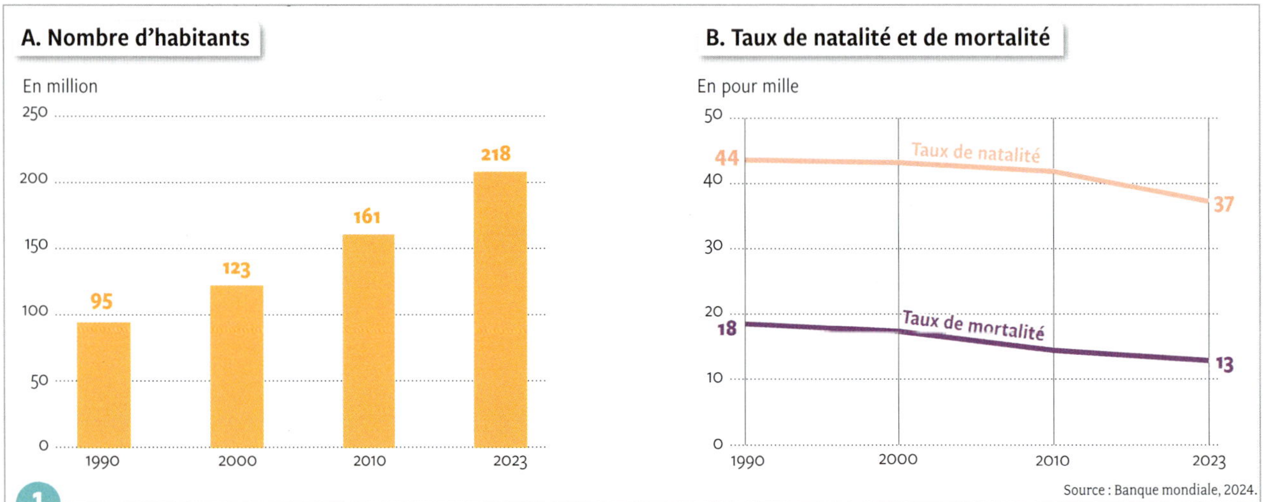

1 Les évolutions démographiques du Nigeria

2 Lagos face à la croissance urbaine

En passant de 10,4 millions d'habitants en 2010 à plus de 16 millions en 2023, Lagos, capitale du Nigeria, est confrontée à une croissance exponentielle de sa population.

▶ Vidéo
Le problème du transport à Lagos
TV5Monde, 16 novembre 2022
hachette-clic.fr/24hg2093

3 Les défis de la croissance démographique du Nigeria

La transition démographique du Nigeria se fait mollement. La mortalité chute vite grâce aux progrès de la médecine et de l'agriculture, mais la fécondité baisse lentement. La religion et les mentalités conservatrices restreignent l'accès à la contraception. Même lorsque des contraceptifs sont disponibles, beaucoup de femmes, de tous les niveaux d'éducation et de toutes les classes sociales, n'y ont pas recours. Et ce bien qu'une Nigériane ait un risque de 1 sur 22 de mourir durant la grossesse, l'accouchement ou des suites d'un avortement. Ainsi, 20 % des morts maternelles dans le monde surviennent au Nigeria. Le Nigeria sera le pays le plus peuplé d'Afrique en 2050. Or, les défis sont déjà immenses. En 2018, le Nigeria est devenu le pays avec le plus grand nombre de personnes vivant sous le seuil de pauvreté. Malgré les ressources naturelles, le PIB par habitant ne dépasse que très légèrement le niveau qu'il atteignait à la fin des années 1970. Le pays est dans l'incapacité de construire des infrastructures pour subvenir aux besoins de la population. Comment les villes en plein essor peuvent-elles construire les infrastructures et les services dont les habitants ont besoin ? Comment l'économie va-t-elle créer les emplois nécessaires pour donner du travail à des centaines de milliers de jeunes ?

D'après *Courrier International*, 15 octobre 2022.

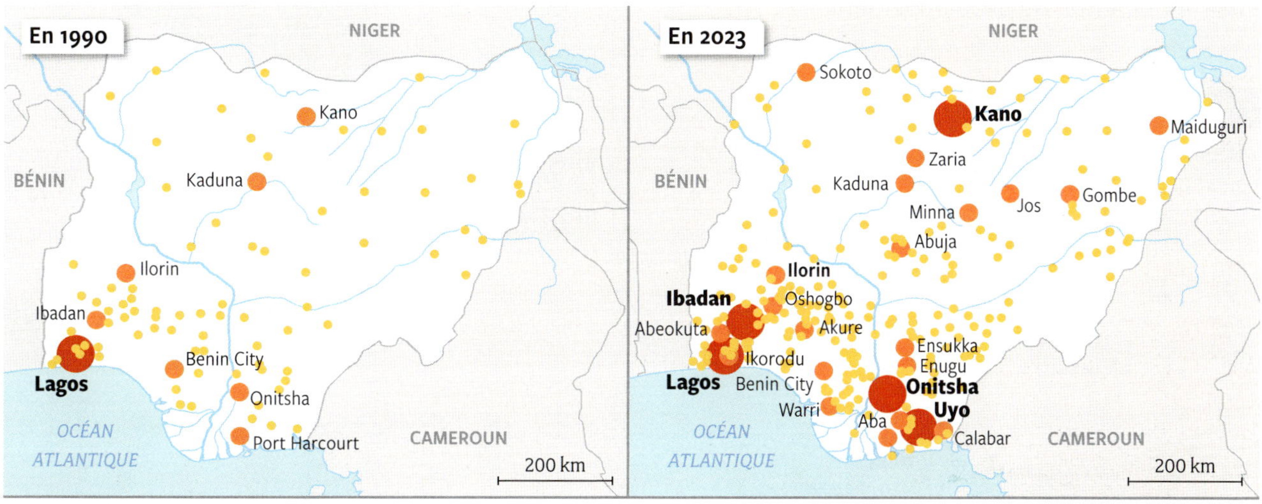

Nombre d'habitants dans les villes
- Plus de 2 millions d'habitants
- De 500 000 à 2 millions d'habitants
- De 50 000 à 500 000 habitants

Sources : Africapolis, 2024 et Banque mondiale, 2024.

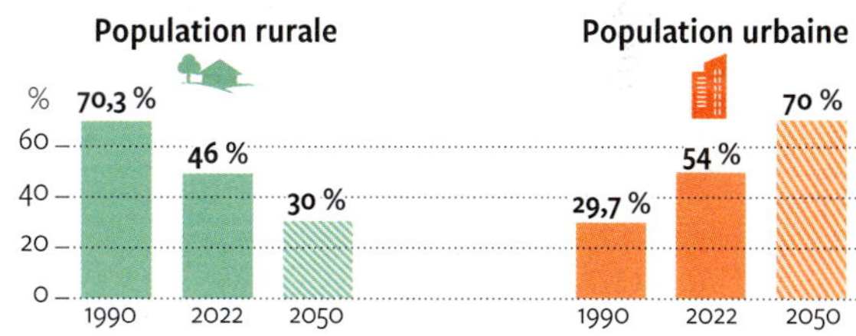

4 Les formes de la transition urbaine au Nigeria

PARCOURS 1

Réaliser un schéma fléché

À l'aide des documents, complétez le schéma fléché pour présenter les causes de la forte croissance démographique du Nigeria et ses conséquences.

- Une baisse rapide de la mortalité *Doc. 3 : Progrès de l'agriculture et généralisation de la vaccination* ↓
- Une baisse lente de la natalité et de la fécondité .... ↓

Forte croissance de la population nigériane

- ↓ Une population urbaine en croissance ....
- ↓ Des difficultés à surmonter ....

PARCOURS 2

Vers le bac

En analysant les **Doc. 2 et 3**, vous montrerez que la transition démographique du Nigeria est en cours et qu'elle soulève de nombreux défis pour le pays.

Pas à pas

1. Décrivez la transition démographique du Nigeria à l'aide du **doc. 3** et du cours page 344.
2. Expliquez les défis en relevant des citations du **doc. 3** et en décrivant le **doc. 2**.
3. N'oubliez pas de rédiger une courte conclusion.

GRAND ANGLE L'inégal développement dans le monde

- Les conditions de vie des populations sont très diverses sur la planète. Les indicateurs qui les mesurent sont nombreux : PIB par habitant, part de la population ayant accès à l'eau, à la santé, à l'éducation…
- Cependant, ils ne montrent chacun qu'un seul aspect du **développement**. C'est pourquoi a été mis au point un indicateur plus synthétique, l'Indice de développement humain (IDH). Cependant, il ne rend pas compte des inégalités à l'intérieur de chaque pays et de l'impact environnemental du développement.

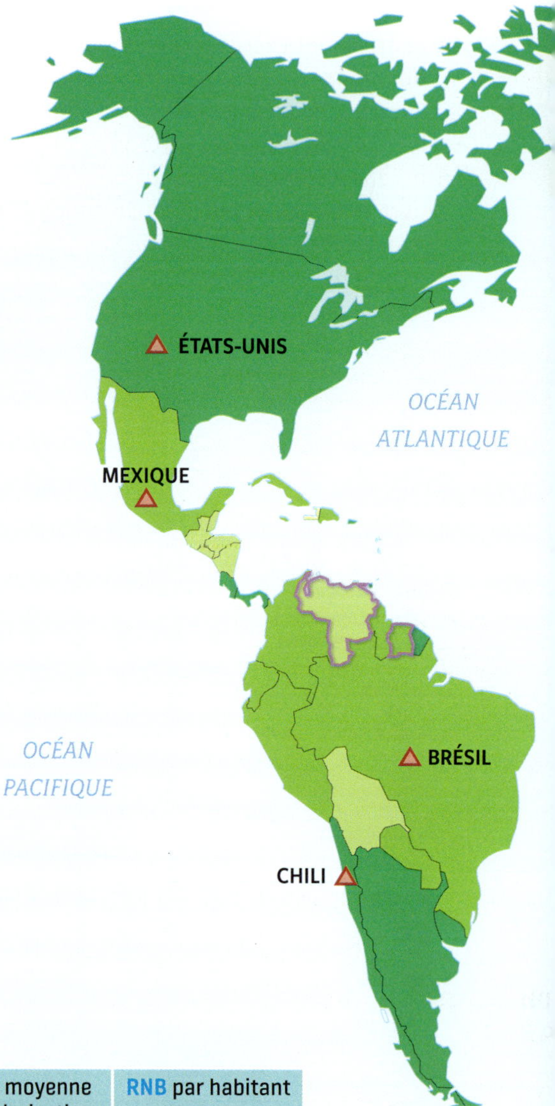

NOTION EN VIDÉO

■ **Développement :** amélioration des conditions sociales et économiques apportant aux hommes la satisfaction de leurs besoins essentiels. Il est mesuré par l'IDH (Indice de développement humain).

Vidéo ▶ L'indice de développement humain
Cité de l'économie
hachette-clic.fr/24hg2094

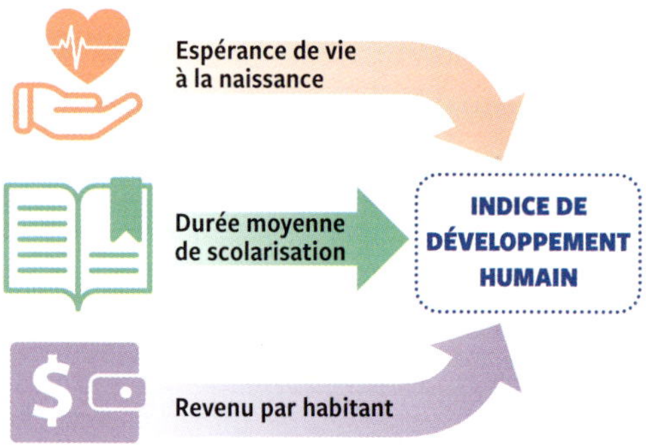

	IDH	Rang mondial sur 189 pays de l'IDH	Espérance de vie à la naissance	Durée moyenne de scolarisation	RNB par habitant et par an
Suisse	0, 967	1er	84 ans	13,9 ans	66 933 dollars
États-Unis	0, 921	21e	77,2 ans	13,7 ans	64 765 dollars
Russie	0, 822	52e	69,4 ans	12,8 ans	27 166 dollars
Brésil	0, 754	87e	72,8 ans	8,1 ans	14 370 dollars
Inde	0, 633	132e	67,2 ans	6,7 ans	6 590 dollars
Nigeria	0, 535	163e	52,7 ans	7,2 ans	4 790 dollars

2 Les composants de l'IDH pour quelques pays
Source : PNUD, 2024.

Carte interactive
hachette-clic.fr/24hg2095

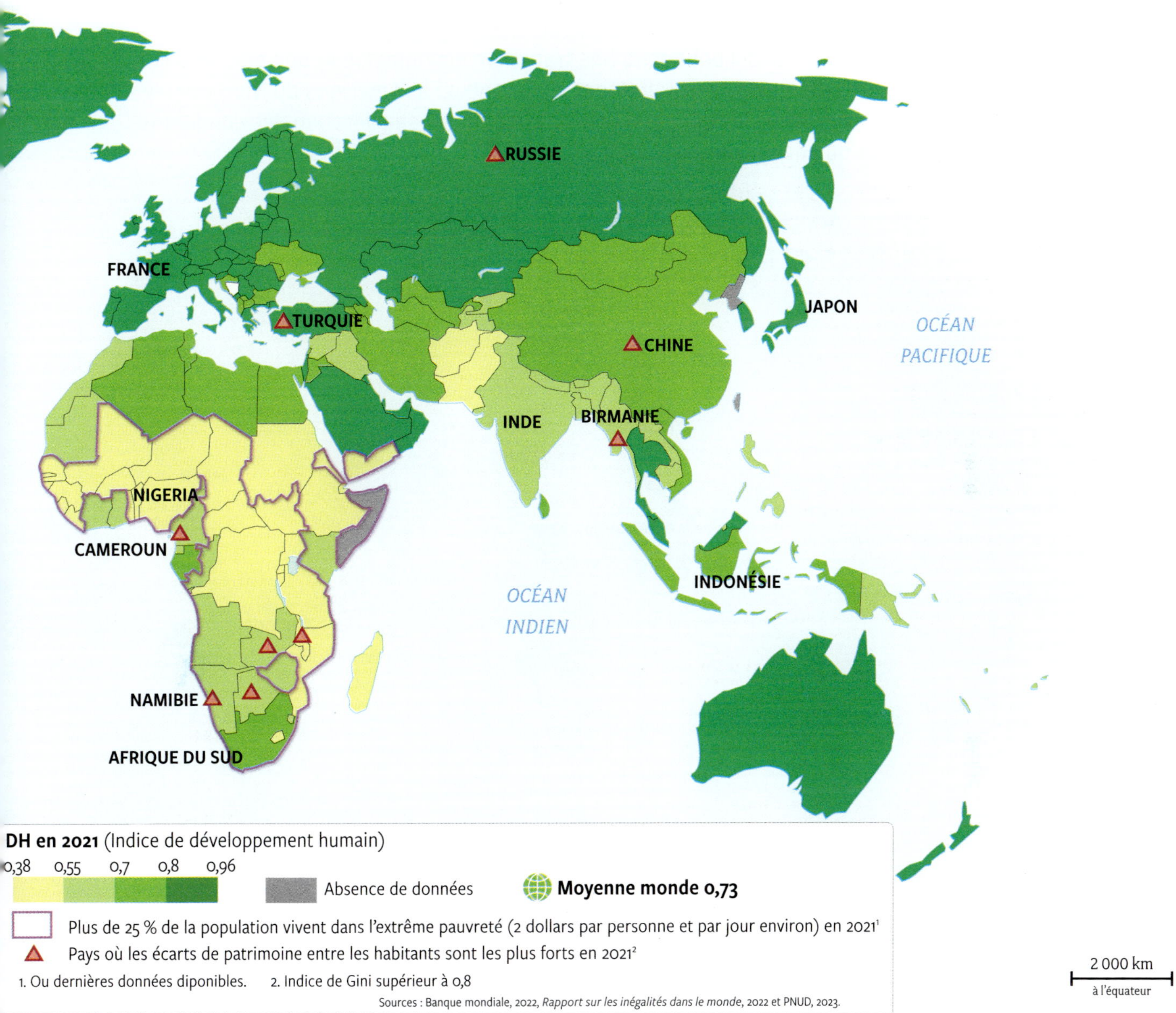

1 Développement et inégalités dans le monde

VOCABULAIRE

■ **RNB (Revenu national brut) :** indicateur qui révèle le niveau de vie des individus et mesure ainsi leur accès aux biens et aux services.

QUESTIONS

1. **Doc. 2 et notion en vidéo** Quelles sont les données à prendre en compte pour mesurer le développement humain ?
2. **Doc. 1** Quelles sont les régions les plus développées ? Les moins développées et les plus pauvres ?
3. **Doc. 1** Peut-on établir un lien entre le niveau de développement et les inégalités de patrimoine ?

GRAND ANGLE Les trajectoires de développement dans le monde

● Les conditions de vie des populations se sont nettement améliorées à travers le monde depuis 1990. Les pays émergents sont ceux qui ont connu une transition économique et une amélioration des conditions de vie les plus marquées, contrairement à l'Europe ou à l'Amérique du Nord dont le développement est plus ancien. Dans les pays les moins développés, l'amélioration des conditions de vie ne concerne souvent qu'une minorité d'habitants.

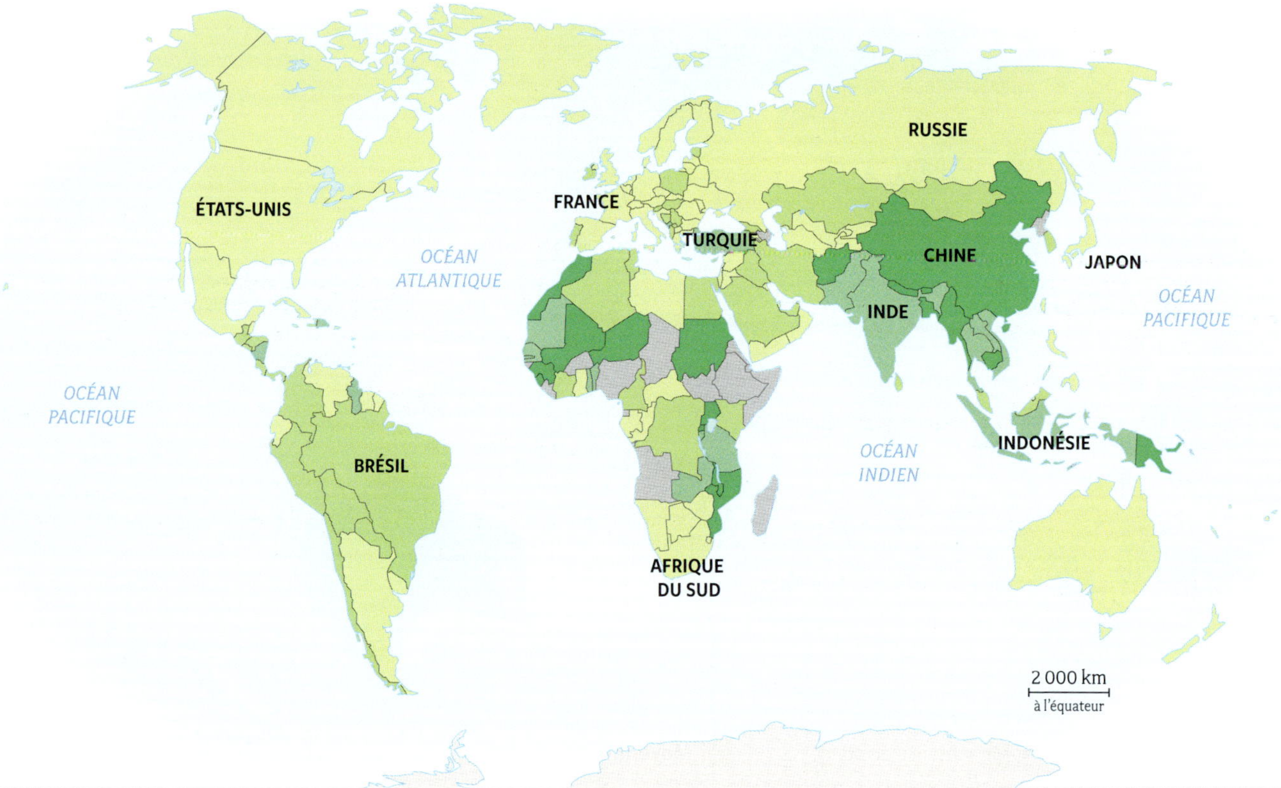

Évolution de l'IDH entre 1990 et 2021, en %
(Indice de développement humain)
- Faible (2,6%-20%)
- Moyenne (20%-30%)
- Forte (30%-50%)
- Très forte (50%-87%)
- Absence de données

Source : PNUD, 2024.

1 Les progrès du développement dans le monde

VOCABULAIRE

■ **ODD (Objectifs de développement durable) :** ensemble des 17 Objectifs de développement durable fixés en 2015 par les États à l'ONU et qui doivent être atteints en 2030.

QUESTIONS

1. **Doc. 1 et 2** Justifiez et nuancez les affirmations suivantes :
   - «L'Asie est le continent de l'émergence ».
   - « L'Afrique reste en marge du développement ».
2. **Doc. 1 et 2** Comment expliquer la faible progression de l'IDH en France, aux États-Unis ou au Japon ?
3. **Doc. 3** Montrez que, pour accéder à un développement durable, les progrès doivent aussi concerner la protection de l'environnement.

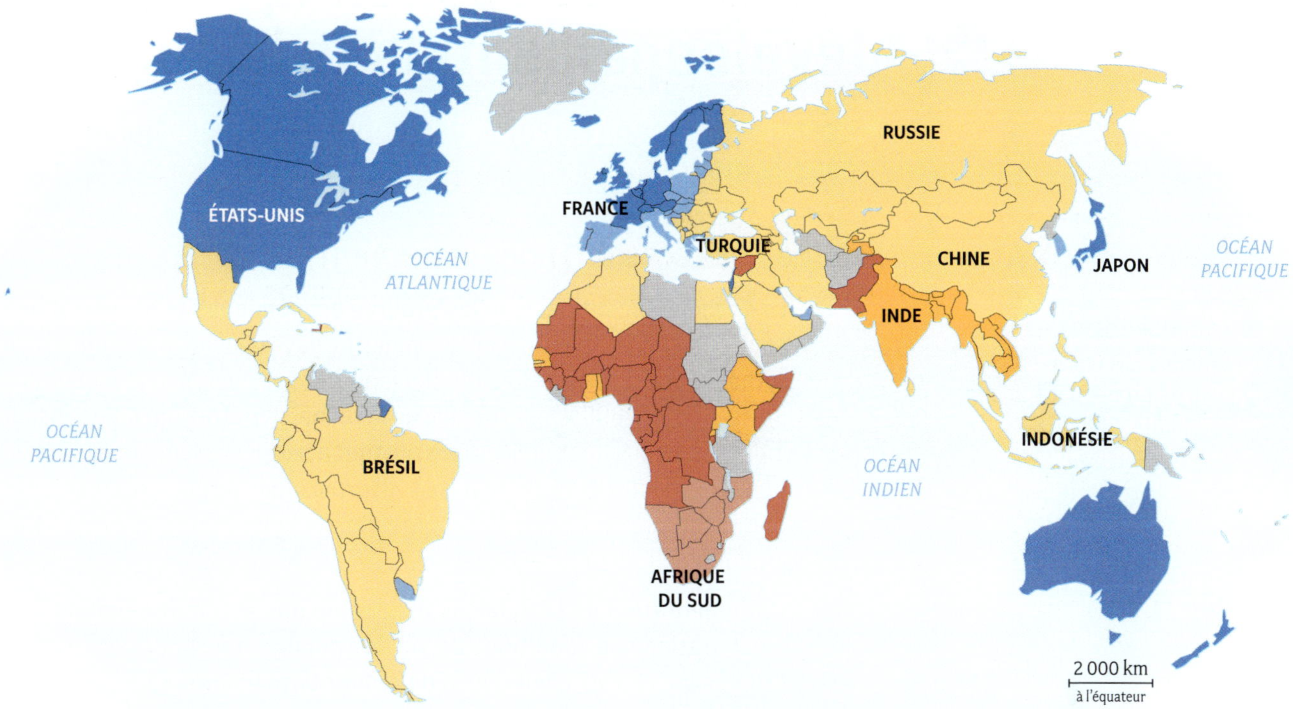

Pays à l'IDH élevé dont l'économie est fondée sur le numérique et les hautes technologies
- Pays les plus développés
- Autres pays développés

Pays à l'IDH élevé à moyen qui ont valorisé leur main-d'œuvre et/ou leurs matières premières
- Pays émergents
- Pays émergents en essor très inégalitaires

Pays à l'IDH moyen à faible dans lesquels le poids économique de l'agriculture reste important et où la pauvreté freine le développement
- Pays à l'IDH moyen très inégalitaires
- Pays à l'IDH faible et très pauvres
- Absence de données

Sources : L. Carroué, *Atlas de la mondialisation : Une seule terre, des mondes*, 2020 et *Géoconfuences*, 2022.

2 Des trajectoires économiques variées

3 Les ODD fixés par l'ONU pour 2030

COURS 2 Trajectoires économiques et développement dans le monde

> Comment se manifestent le développement et les inégalités dans le monde ?

1 Les critères du développement

- **Le développement désigne les progrès économiques et sociaux d'une société.** Il n'existe pas un modèle unique de développement. La forme et le rythme de ce processus résultent avant tout des choix économiques des États. Depuis 2000, sur le modèle de la Chine, des États ont soutenu leur industrie et/ou leurs services en s'ouvrant aux investissements étrangers (Inde, Vietnam). D'autres ont misé sur l'exportation de matières premières (hydrocarbures pour la Russie, produits agricoles pour le Brésil) ou sur le tourisme (Costa Rica).

- **L'augmentation de la richesse n'entraîne pas automatiquement une amélioration des conditions de vie des populations.** Pour favoriser les progrès sociaux, des politiques de redistribution doivent être mises en place car l'accès à l'alimentation, aux soins et à l'éducation détermine le niveau de développement de chaque région, ville ou quartier.

- **Les inégalités de développement traduisent une incapacité à améliorer la situation des plus pauvres**, et donc à partager les fruits de la richesse. Malgré un net recul, 9 % de la population mondiale vit encore dans l'extrême pauvreté (36 % en 1990), soit 700 millions de personnes. Sans revenu suffisant, les besoins essentiels ne peuvent être satisfaits. Des pays émergents (Inde, Brésil) tentent de lutter contre ces inégalités pour ne pas freiner leur développement global.

2 Des inégalités à toutes les échelles

- **À l'échelle mondiale, les écarts de développement se réduisent**. Le découpage du monde entre un Nord développé et un Sud en développement est en partie remis en cause par la multiplication des pays émergents. Les progrès sont néanmoins inégaux. La pandémie de Covid-19 et la guerre en Ukraine, en désorganisant l'économie mondiale, ont touché les pays les plus précaires (Niger, Soudan). L'insécurité alimentaire y progresse.

- **À l'échelle nationale, les inégalités socio-économiques se creusent.** Les pays les plus riches sont les moins inégalitaires. Pour autant, les écarts entre les régions et les individus y sont très mal vécus car des moyens semblent exister pour les réduire. Dans les pays émergents (Brésil, Russie), les inégalités s'accentuent. Il faut du temps pour que la richesse profite à une classe moyenne, sur l'ensemble du territoire, comme on le constate en Chine.

- **À l'échelle locale, la fragmentation socio-spatiale persiste.** Les équipements des grandes métropoles mondiales progressent mais les logements, les transports ou les hôpitaux restent insuffisants dans certains quartiers (Mumbai, Rio de Janeiro, Lagos). Dans les pays développés, la rénovation des villes, bien que nécessaire, peine à intégrer les populations les plus pauvres.

VOCABULAIRE

- **Économie circulaire :** modèle de production et de consommation fondé sur la réutilisation des produits (réparation, recyclage) pour éviter le gaspillage des ressources.
- **Fragmentation socio-spatiale :** séparation des territoires urbains en fonction du niveau de vie des populations. Elle s'oppose à la mixité sociale.
- **Pays émergent :** pays dont la croissance économique est forte et dont les conditions de vie de ses habitants s'améliorent, mais de manière inégale.
- **Politique de redistribution :** politique de lutte contre les inégalités consistant à distribuer aux plus démunis des aides sociales financées par les impôts prélevés sur le reste de la société.

NOTIONS

- **Développement :** amélioration des conditions sociales et économiques permettant aux populations de satisfaire leurs besoins essentiels.
- **Développement durable :** développement qui permet de répondre aux besoins des générations actuelles sans compromettre la satisfaction des besoins des générations futures. Il repose sur trois piliers : économique, social et environnemental.

3 Les défis d'un développement durable

- **En 2015, les pays se sont accordés sur 17 Objectifs de développement durable (ODD)** pour mettre fin à la pauvreté, lutter contre les inégalités et faire face aux défis environnementaux. En effet, l'amélioration des conditions de vie des sociétés s'est effectuée aux dépens des ressources naturelles, de la biodiversité et du climat. Déforestation, pollution et surexploitation de l'eau potable ont fortement progressé.

- **Les pays les plus développés investissent dans le numérique et les industries de haute technologie pour assurer leur croissance économique et lutter contre les inégalités**. Leur engagement dans la transition environnementale progresse mais elle reste toutefois très variable. La Suède et le Danemark sont considérés comme les pays adoptant les mesures les plus efficaces contre le changement climatique alors que les États-Unis, 2e plus gros émetteur de gaz à effet de serre au monde, continuent d'investir dans les énergies fossiles.

- **Dans les pays en cours de développement, la lutte contre les inégalités et la protection de l'environnement sont difficiles à concilier.** Pourtant, ils sont les premières victimes du changement climatique. Même si l'émergence n'entraîne pas systématiquement une augmentation des émissions de gaz à effet de serre, les pressions sur les ressources croissent comme en témoigne la déforestation en Amérique du Sud et en Afrique depuis 2000. Malgré les programmes de financement internationaux, les États qui s'engagent dans le tourisme durable (Costa Rica, Bhoutan) ou dans l'économie circulaire (Côte d'Ivoire) restent rares faute de stabilité politique ou financière.

CHIFFRES CLÉS

Des progrès dans la lutte contre la pauvreté dans le monde

1 milliard de personnes sorties de la pauvreté en 15 ans

90 % de personnes ont désormais accès à l'eau potable

- 45 % de mortalité maternelle depuis 1990

ONU, 2024.

Les inégalités de richesse à l'échelle mondiale

les **10 %** les plus riches **possèdent** **76 %** de la richesse

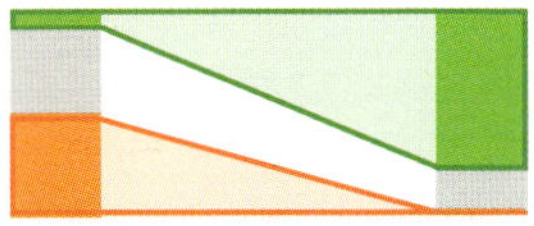

les **50 %** les plus pauvres **possèdent** **2 %** de la richesse

Observatoire des inégalités, 2024.

Les principaux émetteurs de gaz à effet de serre en 2021

Agence Internationale de l'énergie, 2024.

Amélioration globale des conditions de vie depuis 1990

- Réduction de la pauvreté
- Multiplication des pays émergents

Des transitons économiques variées
- Pays développés : numérique et haute technologie
- Pays émergents : industrialisation, services, matières premières

Des inégalités à toutes les échelles
- En recul entre les pays
- En augmentation à l'intérieur des pays et des villes

Des dégradations environnementales
- Pollution
- Pressions sur les ressources
- Changement climatique

Vers un développement durable ?

Une croissance économique prioritaire pour tous les États

Une lutte contre les inégalités sociales et spatiales qui dépend des politiques de redistribution

Une prise en compte inégale des enjeux environnementaux par les États selon les revenus et les choix politiques

ACTEURS & ENJEUX

Les stratégies de développement du Vietnam

Le Vietnam associe l'intervention de l'État dans l'économie, les investissements des firmes transnationales et sa classe moyenne nombreuse pour soutenir son émergence et son insertion dans la mondialisation.

Objectifs de développement durable

Objectifs traités

8 TRAVAIL DÉCENT ET CROISSANCE ÉCONOMIQUE
9 INDUSTRIE, INNOVATION ET INFRASTRUCTURE

Dans le cadre de l'ONU, les États ont signé une feuille de route pour atteindre 17 Objectifs de développement durable (ODD) en 2030.

Votre mission **Réalisez une présentation orale pour répondre à la question « Sur quelles stratégies le Vietnam mise-t-il pour favoriser son développement ? »**

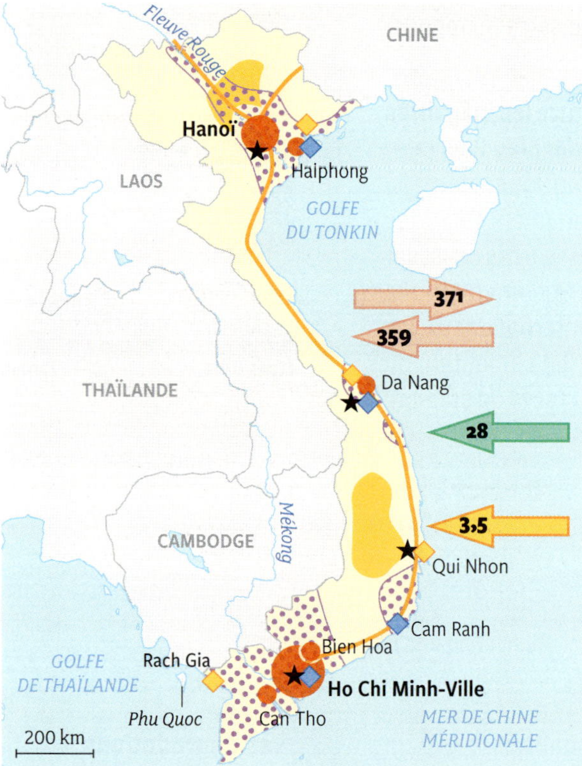

Un territoire aménagé et structuré
- Ville, en million d'habitants : 1 ; 4,5 ; 6
- Axe de transport routier et ferroviaire
- Aéroport international
- Port de commerce

Des espaces productifs dynamiques
- Agriculture d'exportation (café, riz, canne à sucre)
- Région industrielle
- Site touristique

Un territoire inséré dans la mondialisation
- Flux de marchandises, en milliard de dollars, 2022
- Flux d'**IDE** en milliard de dollars, 2022
- Flux touristiques internationaux, en million, 2023

Sources Y. Duchère, « Carte à la une. Dynamiques et contrastes du développement au Vietnam », Géoconfluences, février 2023 et Office national de la statistique du Vietnam, 2023.

1 Le Vietnam, un territoire intégré à la mondialisation

2 L'implantation d'une usine Samsung au nord du Vietnam

Grâce à sa main-d'œuvre moins chère que celle de la Chine et à sa façade maritime aménagée, le Vietnam attire les IDE. Ainsi, la firme transnationale sud-coréenne Samsung a implanté sa plus grande usine de téléphones mobiles et de tablettes dans la région industrielle de Hanoï.

VOCABULAIRE

- **IDE (Investissements directs à l'étranger) :** investissements réalisés par une entreprise dans un pays étranger soit par la création d'une nouvelle filiale soit par le rachat d'une entreprise existante.

3 **Le soutien financier de la France pour l'extension du métro de Hanoï**

La construction de la ligne 3 du métro de Hanoï est en partie financée par la France au titre de l'aide au développement. Elle vise à faciliter les mobilités quotidiennes et à réduire la pollution et les embouteillages de la métropole.

4 Une politique de développement volontariste

La consommation est le nouveau moteur de l'économie, portée par l'émergence d'une classe moyenne qui représente 13 % de la population. Elle devrait atteindre 50 % en 2035 selon les projections de la Banque mondiale. Le dynamisme de l'économie vietnamienne s'accompagne d'une amélioration du climat des affaires grâce à d'importantes réformes – secteur bancaire, entreprises d'État, simplification administrative.

La politique du Doi Moi[1] (« *renouveau* »), engagée en 1986, a permis au Vietnam d'importantes réformes de modernisation et de se développer rapidement : l'extrême pauvreté est passée de 50 % en 1990 à moins de 2 % aujourd'hui et le pays a rejoint la catégorie des pays à revenu intermédiaire en 2010. Il est passé d'une économie agricole (18 % de son PIB) à une économie dominée par l'industrie (40 %) et les services (38 %). Ces activités industrielles sont souvent destinées à la réexportation et sont opérées en majorité par des entreprises étrangères. 25 % des exportations vietnamiennes sont ainsi attribuables à Samsung. L'enjeu pour le pays est double : favoriser la montée en gamme de l'économie et renforcer les liens entre les IDE et le tissu économique local.

Ambassade de France à Hanoï, mai 2022.

1. Ensemble de réformes économiques mises en place par le Parti communiste vietnamien qui favorise l'économie de marché.

Réaliser une présentation orale

1. Constituez un trio pour répondre à la question « Sur quelles stratégies le Vietnam mise-t-il pour favoriser son développement ? »
2. Répartissez-vous le travail et prélevez des informations dans les documents.

Tableau
hachette-clic.fr/24hg2096

Enjeux	Acteurs	Mesures	Résultats
Diversification économique (doc. 1 et 2)			
Ouverture internationale (doc. 1, 2 et 4)			
Amélioration des conditions de vie (doc. 2 et 3)			

3. En trio, mettez en commun vos réponses en complétant l'ensemble du tableau.
4. **À l'oral**, présentez vos informations en cinq minutes au reste de la classe. Chaque élève incarnera un des acteurs du développement et présentera les mesures mises en place et leurs résultats (souhaités ou constatés).

Je fais le point

Quiz
hachette-clic.fr/24hg2097

Chiffres clés
Vocabulaire
Exemple

Les situations démographiques dans le monde

- En passant de 3 à 8 milliards d'habitants depuis 1960, le monde a connu une transition démographique. Tous les pays ont engagé cette transformation marquée par la baisse de la mortalité puis par celle de la natalité et de la fécondité, mais à des rythmes différents. Aujourd'hui, les populations des pays développés se stabilisent car la transition est terminée, à la différence de celle des pays en développement et émergents qui continue.
- Les enjeux sont différents. Face au vieillissement démographique et à la baisse de la population active, les pays développés adaptent leurs programmes de santé et de retraite et développent de nouveaux marchés à destination des personnes âgées (Japon). Les pays en développement doivent former la population pour profiter du dividende démographique (Inde). La croissance démographique, associée à l'exode rural, provoquent une transition urbaine parfois synonyme de bidonvilles et d'équipements insuffisants (Brésil, Nigeria).

Les trajectoires de développement dans le monde

- Les inégalités de développement se réduisent à l'échelle mondiale car les conditions de vie dans les pays en développement progressent. L'IDH (Indice de développement humain) mondial est passé de 0,6 à 0,73 depuis 1990. Cependant, les inégalités persistent à toutes les échelles. Elles s'accentuent entre les populations et les territoires à l'échelle nationale et locale, notamment dans les pays émergents.
- Les États adoptent des stratégies économiques variées pour favoriser leur développement (industrialisation, exportations de matières premières, intégration dans la mondialisation, Vietnam). Mais si les États ne redistribuent pas assez la richesse (politique sociale, investissements), ces transitions économiques peinent à réduire les inégalités (Brésil, Russie). De plus, la dégradation de l'environnement génère de nouvelles inégalités dans de nombreux pays (Inde).

Battle de connaissances

10 min de préparation

Constituez un trio puis sélectionnez dans votre chapitre trois mots-clés, trois chiffres et trois exemples. Rédigez les questions que vous poserez à vos camarades pour leur faire deviner ces informations.

5 min de réalisation

Affrontez ensuite un autre trio. Chaque bonne réponse à une question de l'adversaire fait gagner un point. La première équipe qui atteint cinq points remporte la partie.

Réalisez ce défi en créant des cartes-mémoire en ligne.

QUESTION

Quelle est la définition de « développement » ?

RÉPONSE

Amélioration des conditions sociales et économiques permettant aux populations de satisfaire leurs besoins essentiels.

Je révise avec des podcasts

1 Comment évolue la population mondiale ?

Podcast
hachette-clic.fr/24hg2098

2 Tous les pays du monde sont-ils concernés par le vieillissement ?

Podcast
hachette-clic.fr/24hg2099

3 Comment se manifestent les inégalités de développement dans le monde ?

Podcast
hachette-clic.fr/24hg2100

L'ESSENTIEL en 5 minutes

4 Quelles sont les stratégies de développement adoptées par les États ?

Podcast
hachette-clic.fr/24hg2101

5 Quels sont les effets de la croissance démographique et du développement sur l'environnement ?

Podcast
hachette-clic.fr/24hg2102

Je teste mes connaissances

- Écoutez les cinq épisodes du podcast puis testez vos connaissances grâce aux flashcards.

QUESTION
Quel est l'IDH moyen dans le monde ?

RÉPONSE
0,73

Flashcards
hachette-clic.fr/24hg2103

Le saviez-vous ?

L'organisation d'un podcast en géographie nécessite de mettre l'accent sur la compréhension de notions et le rôle des acteurs à partir d'exemples à différentes échelles (mondiale, régionale, locale). Des chiffres clés peuvent illustrer le propos et des anecdotes le rendre plus attrayant.

Je m'entraîne

• Utiliser une notion clé pour comprendre un document

Le saviez-vous ?
La **caricature** est un dessin humoristique ou satirique souvent utilisé, en géographie comme en histoire. L'objectif de l'auteur est de sensibiliser la population à un problème de société en le dénonçant et/ou en le ridiculisant.

1 Les défis démographiques en Chine
Dessin de presse chinois paru en 2021.

Cette caricature, publiée dans la presse chinoise, représente les défis actuels et futurs de la transition démographique pour le pays.

2 Le déclin démographique en Chine

La Chine, pays le plus peuplé du monde avec 1,4 milliard d'habitants, a vu sa population baisser en 2022. Cette chute s'annonce durable selon des démographes, ce qui affectera durement l'économie et le système de retraites. Paradoxalement, cette baisse survient malgré l'assouplissement de la politique de limitation des naissances. Il y a encore dix ans, les Chinois n'avaient le droit d'avoir qu'un enfant. Depuis 2021, ils peuvent en avoir trois. Cette chute peut s'expliquer par l'augmentation du coût de la vie en Chine, tout comme celui de l'éducation d'un enfant. Le niveau d'études plus élevé des femmes les pousse à remettre à plus tard l'arrivée d'un enfant. L'envie d'avoir un enfant est également moins forte chez les jeunes générations. De nombreuses autorités locales ont lancé des mesures pour inciter les couples à procréer. La métropole de Shenzhen, dans le sud, offre une prime à la naissance et des allocations versées jusqu'aux 3 ans de l'enfant. La province du Shandong, dans l'est du pays, offre 158 jours de congé maternité, dès le premier enfant. La Chine pourrait n'avoir que 587 millions d'habitants en 2100, soit moins de la moitié qu'aujourd'hui, selon les projections les plus pessimistes des démographes.

Le Monde, 17 janvier 2023.

PALIER 1
Je lis et je comprends les documents

- **Doc. 1** Quel est l'âge des personnages représentés ?
- **Doc. 1** Qu'évoquent les éléments dessinés dans les bulles ?
- **Doc. 1** Décrivez la scène représentée en une phrase.
- **Doc. 2** Résumez en une phrase le problème démographique évoqué.

PALIER 2
Je sélectionne les informations

- **Doc. 1** Pourquoi les personnages dans la charrette sont-ils nombreux ?
- **Doc. 1 et 2** Pourquoi le personnage de gauche est-il seul ? À quels problèmes est-il confronté ?
- **Doc. 2** Comment le pays tente-t-il de faire face aux difficultés ?

PALIER 3
Je croise les documents avec mes connaissances

- **Doc. 1 et 2** Comment ces documents illustrent-ils la transition démographique et ses défis ?
- D'après vos connaissances, cette situation démographique est-elle spécifique à la Chine ? Justifiez votre réponse.

• Exploiter des données statistiques pour expliquer une situation géographique

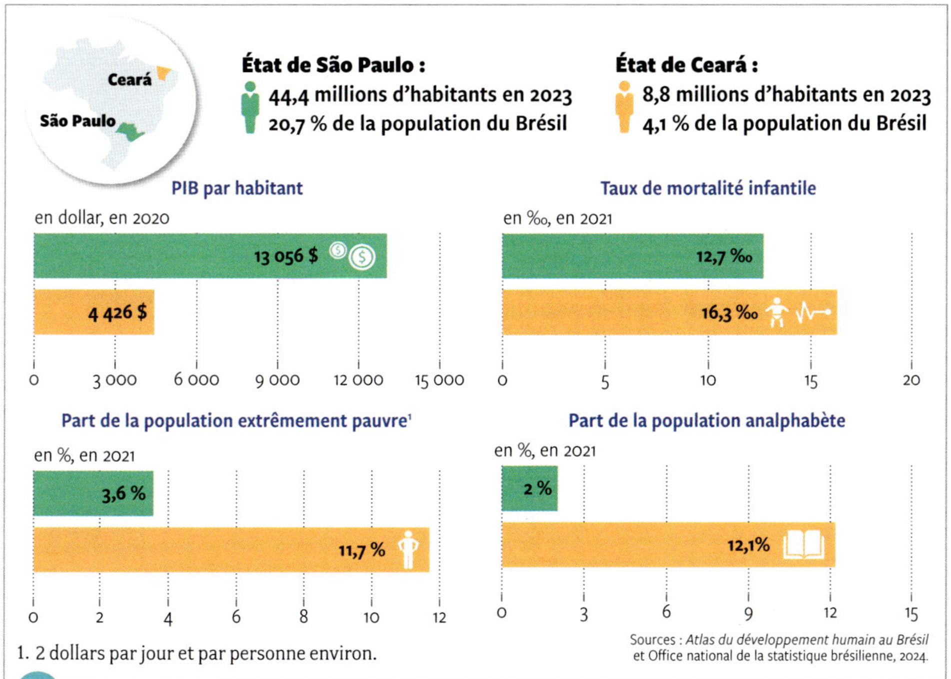

Des inégalités économiques et sociales multiples au Brésil

Le saviez-vous ?

Les **statistiques** sont une source précieuse pour les géographes car elles permettent de décrire des phénomènes et de connaître la situation économique et sociale d'une population. Chaque État possède un organisme de statistiques, tel l'Insee en France.

PALIER 1

Je lis et je comprends les documents

- Quelle est l'échelle d'analyse ?
- Quels sont les différents indicateurs statistiques utilisés ?
- Rédigez une phrase pour expliquer chaque indicateur.

PALIER 2

Je sélectionne les informations

- Quelle donnée est la plus pertinente pour illustrer le développement de l'État de São Paulo ? Justifiez votre choix.
- Choisissez deux données pour illustrer le retard de développement de l'État de Ceará et expliquez votre réponse.

PALIER 3

Je croise les documents avec mes connaissances

- À l'aide de la page 332, expliquez quels atouts font de l'État de São Paulo l'un des États les plus développés du Brésil.
- Quelles connaissances pouvez-vous mobiliser pour justifier le plus faible développement de l'État de Ceará ?
- Comment le document représente-t-il les inégalités économiques et sociales au Brésil ?

J'approfondis

À REGARDER

Les limites de la politique nataliste chinoise est un documentaire de France 24, 4 juin 2021. Il fait le point sur la situation démographique de la Chine qui autorise maintenant les familles à avoir trois enfants.

À VISITER EN LIGNE

***Unequal Scenes* 2022** est une série de photographies réalisée grâce à un drone par Johnny Miller. Les inégalités urbaines et environnementales de nombreuses métropoles comme vous ne les avez jamais vues !

VERS LA SPÉCIALITÉ HGGSP

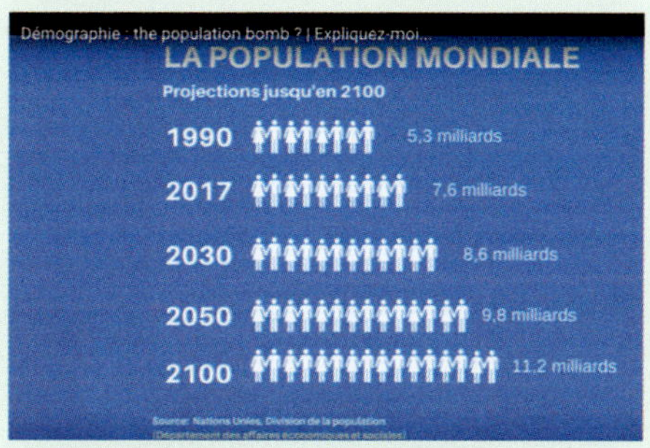

« Expliquez-moi... Démographie : *the population bomb* ? », 20 juin 2019. L'analyse critique du gépolitologue Pascal Boniface : la population est elle un tout ou un frein à la puissance des États ?

EXERCICES Rédiger et argumenter

Sujet corrigé : Quels sont les défis économiques et sociaux liés à l'évolution de la population dans le monde ?

Objectif Développer des arguments

Vous montrerez que les pays développés ne doivent pas répondre aux mêmes défis que les pays en développement.

Étape 1

Comprendre la question et identifier les mots-clés

1. Lisez plusieurs fois la question.
2. Définissez et expliquez les mots-clés à l'aide de vos connaissances.

Quels sont les défis économiques et sociaux liés à l'évolution de la population dans le monde ?

Même si la population mondiale continue à augmenter, cette croissance est très contrastée. Les populations des pays développés et de la Chine augmentent très peu et vieillissent alors que celles des pays en développement augmentent toujours et restent jeunes.
Les pays développés et la Chine doivent trouver des solutions à la baisse de la population active et à la multiplication des besoins des personnes âgées (argument 1).
Dans les pays en développement, les difficultés économiques et les besoins sociaux (logements, éducation) augmentent (argument 2).

Étape 2

Mobiliser des connaissances

3. Listez au brouillon les connaissances qui permettent de répondre à la question.

Idées : Les défis économiques et sociaux sont liés pour chaque pays :
- à la croissance démographique (cours 1, paragraphe B) ;
- au niveau de développement (cours 1, paragraphe B) ;
- à la composition par âge de la population (cours 1, paragraphe C).

Vocabulaire : transition démographique achevée ou en cours, vieillissement, développement, fécondité, dépenses de santé.

Exemples : Japon, Inde, Chine, Nigeria.

Étape 3

Développer des arguments

Un argument est une idée majeure qui répond à la question. Il doit être expliqué et illustré par un ou plusieurs exemples.

4. Développez l'argument en :
   - **définissant** le vocabulaire ;
   - **expliquant** un phénomène, ses causes et/ou ses effets ;
   - **présentant** des situations différentes ;
   - l'**illustrant** par un exemple précis.

Argument 1
Les besoins des populations des pays développés et de la Chine sont liés à leur faible croissance démographique et au vieillissement. En effet, ces pays ont fini leur transition démographique. Ce phénomène crée un déséquilibre entre les actifs et les non-actifs et augmente la dépendance des personnes âgées et les dépenses de santé. Elles ont presque quadruplé au Japon depuis 1960.

Argument 2
Les besoins des pays en développement, quant à eux, sont liés à leur croissance démographique qui se poursuit. La population y est jeune et la fécondité y est encore élevée comme au Nigeria ou en Afghanistan. Par conséquent, les besoins sociaux (alimentation, logements, éducation) y sont croissants alors que l'économie n'arrive pas toujours à offrir des emplois. En Inde, par exemple, de nombreux jeunes actifs, mêmes diplômés, sont au chômage.

→ Voir fiche méthode 11 p. 226-227

Sujet guidé : Le développement permet-il d'atténuer les inégalités ?

Vous présenterez l'évolution des inégalités entre les pays développés et ceux en développement (argument 1), puis celle au sein des pays eux-mêmes (argument 2).

Étape 1 Comprendre la question et identifier les mots-clés

1. Définissez et expliquez les mots-clés à l'aide de vos connaissances et du manuel.

Servez-vous du lexique pour définir ce mot-clé. → **développement**

Citez deux acteurs qui luttent contre les inégalités à l'échelle du monde et à l'échelle d'un pays. Pourquoi la réponse est-elle à nuancer selon l'échelle d'analyse ? → **atténuer**

Le développement permet-il d'atténuer les inégalités ?

De quelle nature peuvent-elles être ? → **inégalités**

Étape 2 Mobiliser des connaissances

2. Sélectionnez les informations utiles pour répondre à la question. Justifiez vos choix.

Recul de l'extrême pauvreté *Renforcement des inégalités sociales et territoriales* *Essor des pays émergents* *ONU (Organisation des Nations unies)* *États* *Économie de rente*	*Intégration dans la mondialisation* *ONG (Organisation non gouvernementale)* *ODD (Objectifs du développement durable)* *Pression sur les ressources* *Instabilité politique*

3. Cherchez, dans le chapitre, un exemple à l'échelle mondiale, un exemple à l'échelle nationale et deux autres à l'échelle locale pour illustrer votre propos.

Étape 3 Développer des arguments

4. Quelle proposition vous semble la plus pertinente pour le premier argument ? Justifiez votre réponse.

Proposition 1 : *Les inégalités entre les pays développés et en développement s'atténuent.*

Proposition 2 : *À l'échelle mondiale, les inégalités entre les pays développés et en développement s'atténuent grâce au recul de la très grande pauvreté. Celui-ci s'explique par l'action des pays et des organisations internationales.*

Proposition 3 : *À l'échelle mondiale, le développement permet d'atténuer les inégalités entre les pays développés et ceux en développement. De nombreux pays ont connu une émergence en s'intégrant dans la mondialisation et ont fait reculer la grande pauvreté. Ils ont profité, entre autres, de leurs matières premières, tels que la Russie ou le Qatar, ou de leur main-d'œuvre nombreuse, comme en Chine ou au Vietnam. De plus, les organisations internationales comme l'ONU soutiennent des programmes de développement en Afrique et en Asie.*

5. Rédigez la suite du deuxième argument en suivant le modèle de la p. 360.

Cependant, au sein d'un même pays, le développement peut accentuer les inégalités. En effet, ...

EXERCICES Transposer un texte en croquis

Sujet corrigé : Les inégalités de développement en Italie

Objectif Choisir des figurés et organiser la légende

À partir du texte, vous construirez un croquis correspondant au sujet suivant : « *Les inégalités de développement en Italie* ». Vous utiliserez le fond de carte fourni.

Avec un PIB moyen par habitant de 30 600 euros en 2021, l'Italie s'inscrit dans le club des pays riches et développés. Or, ce chiffre cache de nombreuses inégalités à l'échelle régionale. Abritant un tiers des Italiens, le sud de l'Italie, le Mezzogiorno, est la région la plus fragile du pays. Le PIB par habitant y est partout inférieur à 19 000 euros. Ce cœur agricole, souffrant de la concurrence internationale et d'une faible industrialisation, voit le départ chaque année de nombreux jeunes pour le Nord. À l'inverse, le nord-ouest de l'Italie est une terre de développement économique et industriel. Le PIB par habitant y est supérieur à 39 500 euros.

Quelle que soit la région du pays, les métropoles se distinguent par leur dynamisme économique. C'est le cas de Rome, au cœur de l'Italie, qui profite de la présence de fonctions de commandement et de son statut de capitale politique. Bologne, Venise et Florence, au nord-est, s'enrichissent grâce à la venue chaque année de milliers de touristes. Les métropoles industrielles de Turin et Milan et le port de Gênes, au nord-ouest, complètent le panorama des métropoles dynamiques. À l'inverse, des métropoles sont en difficulté comme Naples et Bari, au sud.

Le gouvernement italien et l'Union européenne mènent des politiques d'aide pour gommer ces inégalités. Ainsi, dans le sud du pays, ils financent de nombreux aménagements comme la ligne de métro de Naples et la ligne à grande vitesse Rome-Naples. L'Union européenne y subventionne également l'innovation industrielle. Ces efforts portent leurs fruits car, si le retard économique existe toujours, les littoraux du Mezzogiorno connaissent des progrès économiques et attirent de plus en plus de touristes.

D'après A. Delpirou et S. Mourlane, *Atlas de l'Italie contemporaine*, 2019.

Étape 1 Comprendre la consigne et le texte

1. Quels sont le pays et la thématique étudiés dans le texte ?

2. Définissez à l'aide du manuel les termes inégalité et PIB par habitant.

Étape 2 Sélectionner les informations du texte

3. Recopiez le tableau et complétez-le en attribuant à chaque information la localisation mentionnée dans le texte.

Information prélevée dans le texte	Localisation prélevée dans le texte
Premier paragraphe	
PIB/habitant élevé	....
PIB/habitant moyen	....
PIB/habitant faible	....
Deuxième paragraphe	
capitale politique	*Rome*
métropole dynamique	....
métropole en difficulté	....
Troisième paragraphe	
nouvelle infrastructure de transport (métro, train)	*Naples, de Rome à Naples*
innovation industrielle soutenue par l'UE	....
région aidée financièrement (État, UE)	....

> Pour simplifier le repérage, les informations du texte sont surlignées, alors que les localisations sont soulignées.

➔ Voir fiche 12 p. 228-229

Étape 3 Choisir des figurés

> Il existe trois types de **figurés** :
> - des **figurés de surface** pour représenter une zone ;
> - des **figurés ponctuels** pour situer un lieu précis ;
> - des **figurés linéaires** pour représenter des flux et des dynamiques.

Le **choix des couleurs** répond à deux logiques :
- respecter les conventions cartographiques : bleu pour les informations liées à l'eau, vert pour les éléments naturels...
- choisir une même gamme de couleurs pour un même type d'informations.

4. En vous aidant du mémento cartographique, reliez les informations au figuré et à la couleur appropriés.

Figuré linéaire •
Figuré de surface •
Figuré ponctuel •

• PIB/habitant élevé •
• PIB/habitant moyen •
• PIB/habitant faible •
• capitale politique •
• métropole dynamique •
• métropole en difficulté •
• nouvelle infrastructure de transport •
• innovation industrielle soutenue par l'UE •
• région aidée financièrement (État, UE) •

Étape 4 Organiser la légende et réaliser le croquis

5. En vous aidant du fond de carte et en complétant la légende fournie, réalisez le croquis.

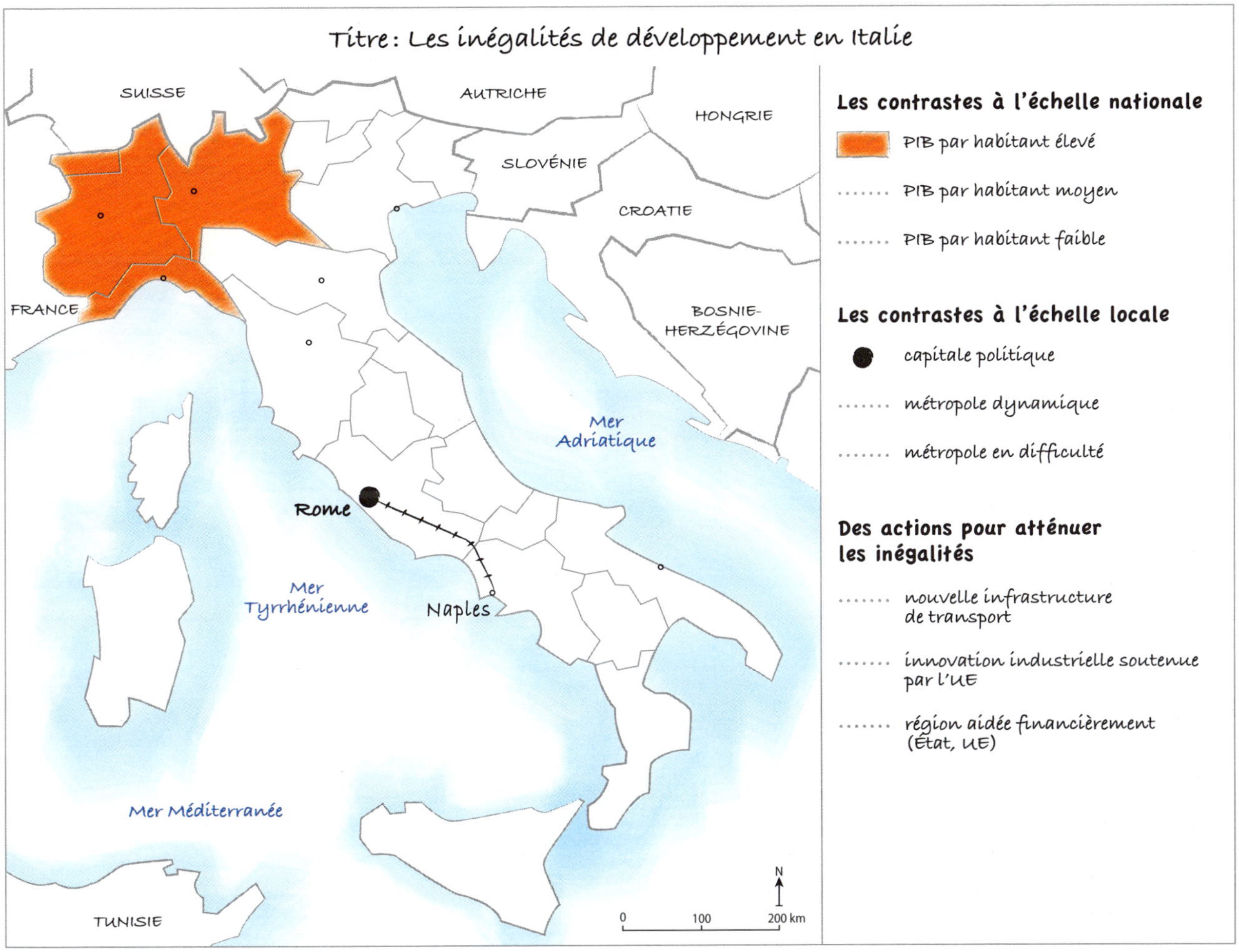

CHAPITRE

4 La France : dynamiques démographiques, inégalités socio-économiques

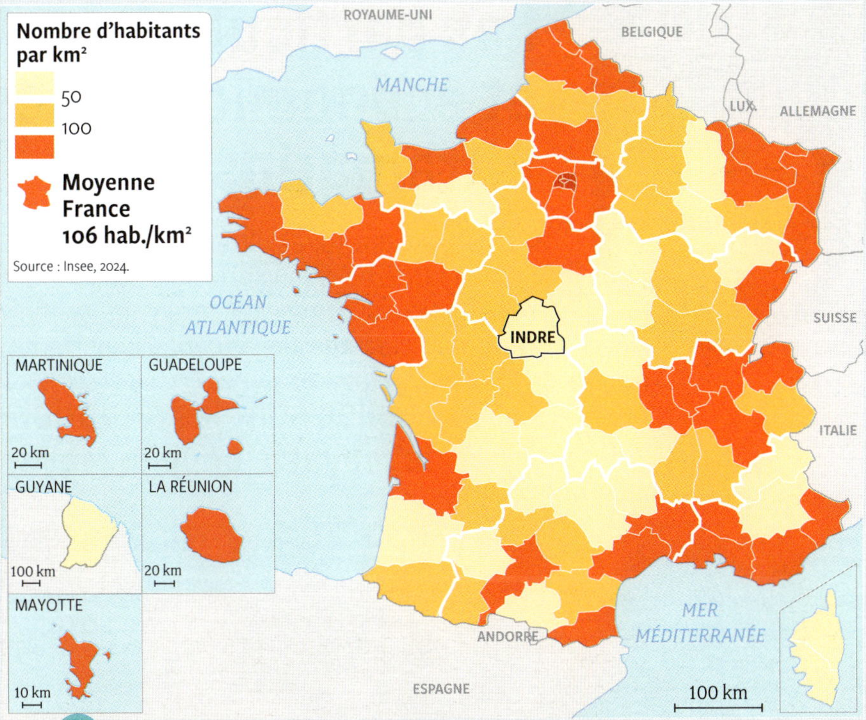

2 La répartition de la population en France

COURS 1 L'augmentation de l'espérance de vie et la baisse de la natalité engendrent un vieillissement de la population française. Toutefois, la situation démographique des régions est diverse.

Comment expliquer et prendre en compte l'inégal vieillissement des territoires ?

COURS 2 La France est l'un des pays les plus riches et développés du monde. Or, sa population connaît de multiples inégalités.

Quelles inégalités permettent de nuancer l'image d'une France globalement riche ?

1 Dans le métro à Paris, campagne de promotion du département de l'Indre pour attirer de nouveaux habitants

QUESTIONS

1. **Doc. 2** Quels sont les territoires où la population est dense ? Peu dense ?
2. **Doc. 1 et 2** Quelle est la densité de population du département de l'Indre ?
3. **Doc. 1** Quels sont les arguments mis en avant dans cette campagne de communication pour attirer de nouveaux habitants ?

ÉTUDE DE CAS

Les particularités démographiques et économiques des territoires ultramarins

Même si les territoires ultramarins sont globalement plus jeunes et moins riches que la France hexagonale, leurs situations démographiques et économiques ne sont pas identiques, comme l'illustrent les exemples de Mayotte et de la Martinique. Leurs particularités constituent d'importants défis à relever pour les acteurs publics.

A Quelles sont les situations démographiques de Mayotte et de la Martinique ?

1 La jeunesse de la population à Mayotte

Mayotte est le département le plus jeune de France : un habitant sur deux a moins de 17 ans. Cette situation crée des besoins importants en termes de logements, de scolarisation et d'emplois.

2 Des contrastes démographiques

	Mayotte	Martinique
Nombre d'habitants par km²	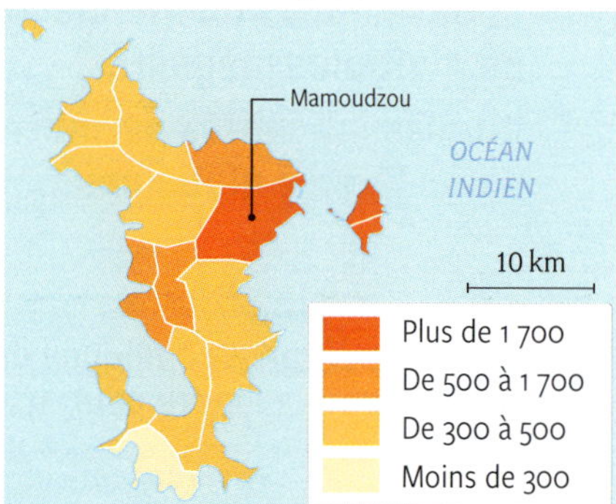	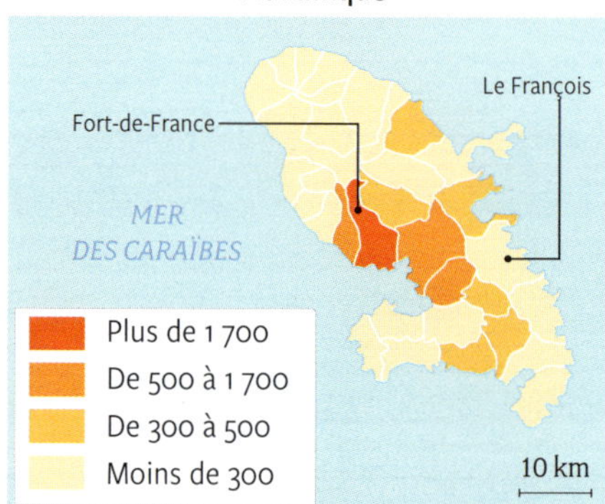
Population totale	310 000	347 686
Nombre moyen d'habitants par km²	684	119
Taux d'accroissement naturel	+ 3,3 %	- 0,6 %
Nombre d'enfants par femme	4,7	1,9
Espérance de vie à la naissance	74 ans pour les hommes 77 ans pour les femmes	76,8 ans pour hommes 82,5 pour les femmes
Part des plus de 65 ans	1,7 %	24,4 %

Sources : Insee et Institut de la statistique de la Polynésie française, 2024.

Mayotte

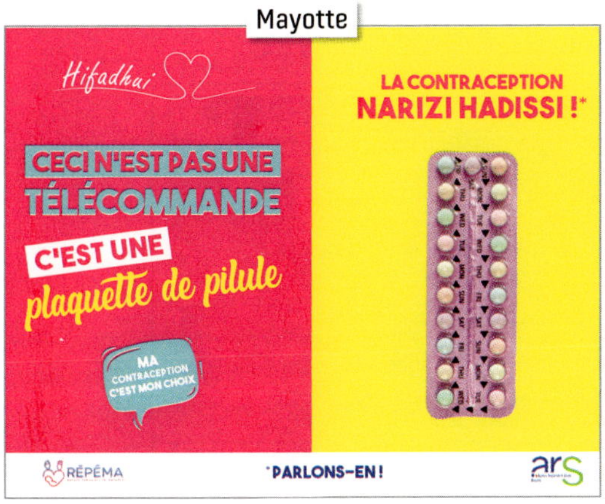

Mayotte Hebdo, 24 septembre 2021.
Narizi Hadissi ! : Parlons-en !

Martinique

Le salon des seniors, 2023.

3 Une prise en charge différenciée des populations

VOCABULAIRE

- **Solde migratoire :** différence entre le nombre de personnes qui s'installent sur un territoire donné et le nombre de celles qui le quittent chaque année.
- **Taux d'accroissement naturel :** différence entre le taux de natalité et le taux de mortalité. Si le taux est positif, la population augmente ; dans le cas contraire, elle diminue.

4 L'effet des mouvements migratoires

Mayotte connaît des flux migratoires entrants qui favorisent une forte natalité. Ces flux comportent deux composantes. La première, assez modeste, tient aux arrivées de ressortissants de la France hexagonale pour contribuer à l'organisation administrative et au développement éducatif et des infrastructures de Mayotte. La seconde correspond aux arrivées massives des îles comoriennes voisines, et principalement de la plus proche, Anjouan. Au fil des décennies, en dépit des efforts de la France pour enrayer sur la mer la venue des bateaux kwassa-kwassa qui transportent les Comoriens, ces flux massifs ne tarissent pas. Ils tiennent aussi à la volonté de Comoriennes de bénéficier des meilleures infrastructures sanitaires de Mayotte pour elles-mêmes et leurs enfants à naître, puis pour leur accouchement et, ensuite, pour bénéficier de l'offre de Mayotte en matière de protection maternelle et infantile ou d'éducation scolaire. [...]

En Martinique, le solde migratoire s'est trouvé constamment négatif. Il s'explique essentiellement par le départ des jeunes adultes vers la France hexagonale, en vue de poursuivre une formation supérieure ou de trouver un emploi. Ces départs sont plus nombreux que les arrivées (retours de Martiniquais au moment de la retraite ou arrivées de pays étrangers, comme Haïti). Le dépeuplement est plus important en Martinique qu'en Guadeloupe par exemple, car l'abaissement de la fécondité y a été plus précoce et y est plus intense.

Gérard-François Dumont, *Des enjeux démographiques distincts*, Constructif n° 65, juin 2023.

PARCOURS 1

Comprendre et mettre en relation des documents

1. **Doc. 1 et 2** Comparez la situation démographique de chaque territoire (répartition et évolution de la population).
2. **Doc. 2** Expliquez la situation démographique de chaque territoire à l'aide des taux d'accroissement naturel et du nombre d'enfants par femme.
3. **Doc. 4** Les mouvements migratoires ont-ils les mêmes effets à Mayotte et à la Martinique ? Justifiez votre réponse.
4. **Doc. 3** Comment les acteurs prennent-ils en charge les besoins liés à leur population ?

BILAN Rédigez une synthèse présentant la situation démographique de Mayotte et celle de la Martinique, l'effet des migrations sur chaque territoire et les actions mises en place.

PARCOURS 2

Mettre en relation des faits de localisations différentes

Complétez le tableau pour analyser les contrastes démographiques entre Mayotte et la Martinique.

	Mayotte	Martinique
Quelle situation démographique ? (doc. 1 et 2)		
Quels facteurs explicatifs (doc. 2 et 4) en lien avec l'accroissement naturel ? en lien avec les mouvements migratoires ?		
Quelles prises en charge ? (doc. 3)		

B Comment lutter contre les inégalités socio-économiques dans les territoires ultramarins ?

PIB ANNUEL PAR HABITANT EN 2023

Mayotte	Martinique	France hexagonale
9 250 €	24 110 €	35 760 €

PART DE LA POPULATION EN SITUATION DE GRANDE PAUVRETÉ(1) EN 2023

(1) Revenus inférieurs à 900 euros pour une personne seule.

Mayotte	Martinique	France hexagonale
29 %	10 %	2 %

TAUX DE CHÔMAGE EN 2023

Mayotte	Martinique	France hexagonale
30 % (2)	10 %	7,5 %

(2) Plus fort taux de chômage de France et de l'UE.

Source : Insee, 2024.

5 Une pauvreté importante

6 Les acteurs de la lutte contre la pauvreté à Mayotte

Vidéo ▶ Europe à Mayotte, 28 mars 2023 hachette-clic.fr/24hg2104

La Communauté de communes de Petite Terre et l'Union européenne soutiennent les jeunes défavorisés en favorisant notamment leur insertion professionnelle.

7 Les mesures en faveur du développement de la Martinique

La Martinique doit trouver de nouveaux moteurs de croissance et réduire les inégalités sociales et territoriales qui perdurent. Partenaire historique, l'AFD (Agence française de développement) accompagne les mutations de l'île pour un modèle de développement plus inclusif et durable. Par exemple, l'AFD est le partenaire privilégié des collectivités territoriales martiniquaises qui œuvrent en faveur de la résilience du territoire face aux catastrophes naturelles. Elle propose en particulier, dans le cadre du plan séisme Antilles (PSA), un accompagnement financier et un accompagnement en ingénierie, de la conception à la réception du projet. L'AFD soutient 18 projets sur le territoire martiniquais, aux objectifs très variés : construction d'un nouvel hôpital à Saint-Joseph, financement d'une ferme photovoltaïque pour la ville du François, renforcement des réseaux d'assainissement sur l'ensemble du département, etc.

D'après AFD (Agence française de développement, organisme public qui met en œuvre la politique de développement de la France), 2024.

PARCOURS 1

Présenter une situation géographique

1. **Doc. 5 et 6** À quelles difficultés socio-économiques Mayotte est-elle confrontée par rapport au reste de la France ?
2. **Doc. 5** Pourquoi peut-on dire que la Martinique connaît une meilleure situation socio-économique que Mayotte ?
3. **Doc. 6 et 7** Citez les acteurs concernés par la lutte contre les inégalités socio-économiques dans ces territoires. Quel est leur point commun ?
4. **Doc. 6 et 7** Repérez deux actions qui permettent le développement des territoires ultramarins et deux actions destinées à aider les populations les plus démunies.

PARCOURS 2

Mener des recherches documentaires

En binôme, choisissez un projet mené par l'AFD (Agence française de développement) en Martinique.

Réalisez une présentation orale dans laquelle vous expliquerez les difficultés socio-économiques de la Martinique (doc. 5), puis vous exposerez le projet, ses acteurs et ses objectifs.

Projets hachette-clic.fr/24hg2105

BILAN Les particularités démographiques et économiques des territoires ultramarins

Des particularités démographiques

Un vieillissement rapide (Martinique) ≠ **Une jeunesse importante** (Mayotte)

+

Des flux migratoires qui accentuent ces particularités (arrivées à Mayotte, départs de Martinique)

↓

Des actions ciblées
- Développement de services (contraception, accompagnement des personnes âgées)
- Construction d'infrastructures (écoles, maisons de retraite)

Des particularités socio-économiques

Des inégalités sociales (grande pauvreté à Mayotte) + **Des inégalités territoriales** (avec le reste de la France, entre Mayotte et la Martinique)

↓

Des défis
- Accompagner le développement des territoires
- Lutter contre la pauvreté en aidant les plus démunis
- Mobiliser les acteurs publics (Union européenne, État, région) et privés

Et ailleurs ?

1. Quels sont les autres territoires français concernés par un vieillissement ? Par le maintien d'une population jeune ?
2. Montrez que les territoires français sont marqués par de fortes inégalités à différentes échelles.

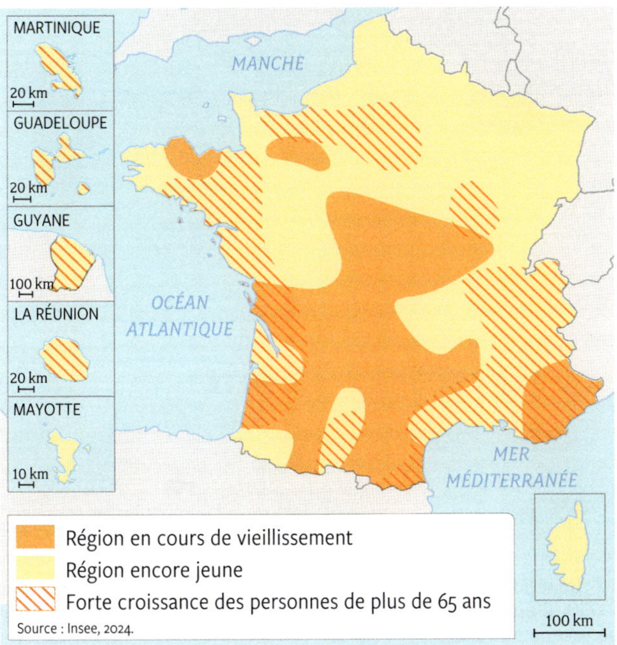

Source : Insee, 2024.

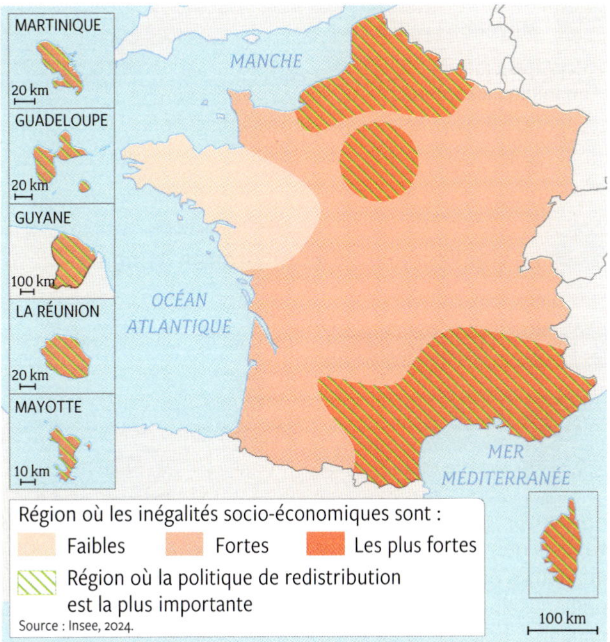

Source : Insee, 2024.

GRAND ANGLE Population et inégalités socio-économiques en France

● La France est un pays vieillissant puisqu'elle a terminé sa transition démographique depuis le milieu du XXe siècle. Pourtant, ce vieillissement n'est pas uniforme sur l'ensemble du territoire national, certaines régions sont plus jeunes que d'autres.

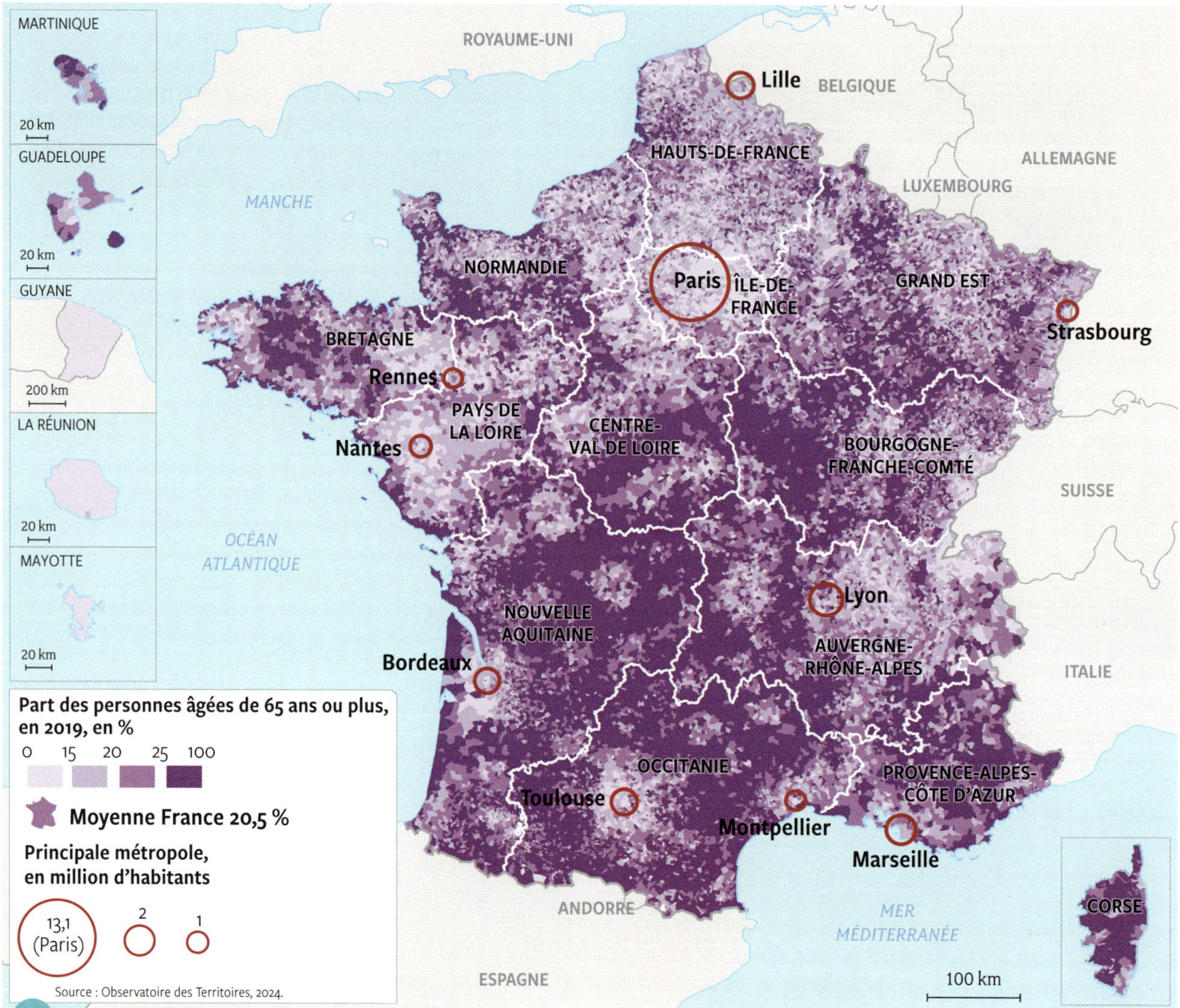

1 Le vieillissement des territoires français

NOTION EN VIDÉO

▶ Vidéo
L'état de la pauvreté en France
L'observatoire des inégalités, 7 décembre 2022
hachette-clic.fr/24hg2106

▪ **Pauvreté :** situation des ménages français dont les revenus sont inférieurs ou égaux à 60 % du niveau de vie médian, selon l'Insee (1 100 euros par mois pour une personne seule).

QU'EST-CE QUE LA PAUVRETÉ ?

faibles revenus + bénéficiaire des allocations de revenu minimum + accès limité aux services (santé, éducation) + conditions de vie difficiles (logement, alimentation)

• Il en est de même avec les inégalités car, si la France est bien un pays riche à l'échelle mondiale, des différences existent entre les espaces à toutes les échelles. Ces inégalités démographiques et socio-économiques appellent donc des mesures adaptées à chaque territoire.

Carte interactive
hachette-clic.fr/24hg2107

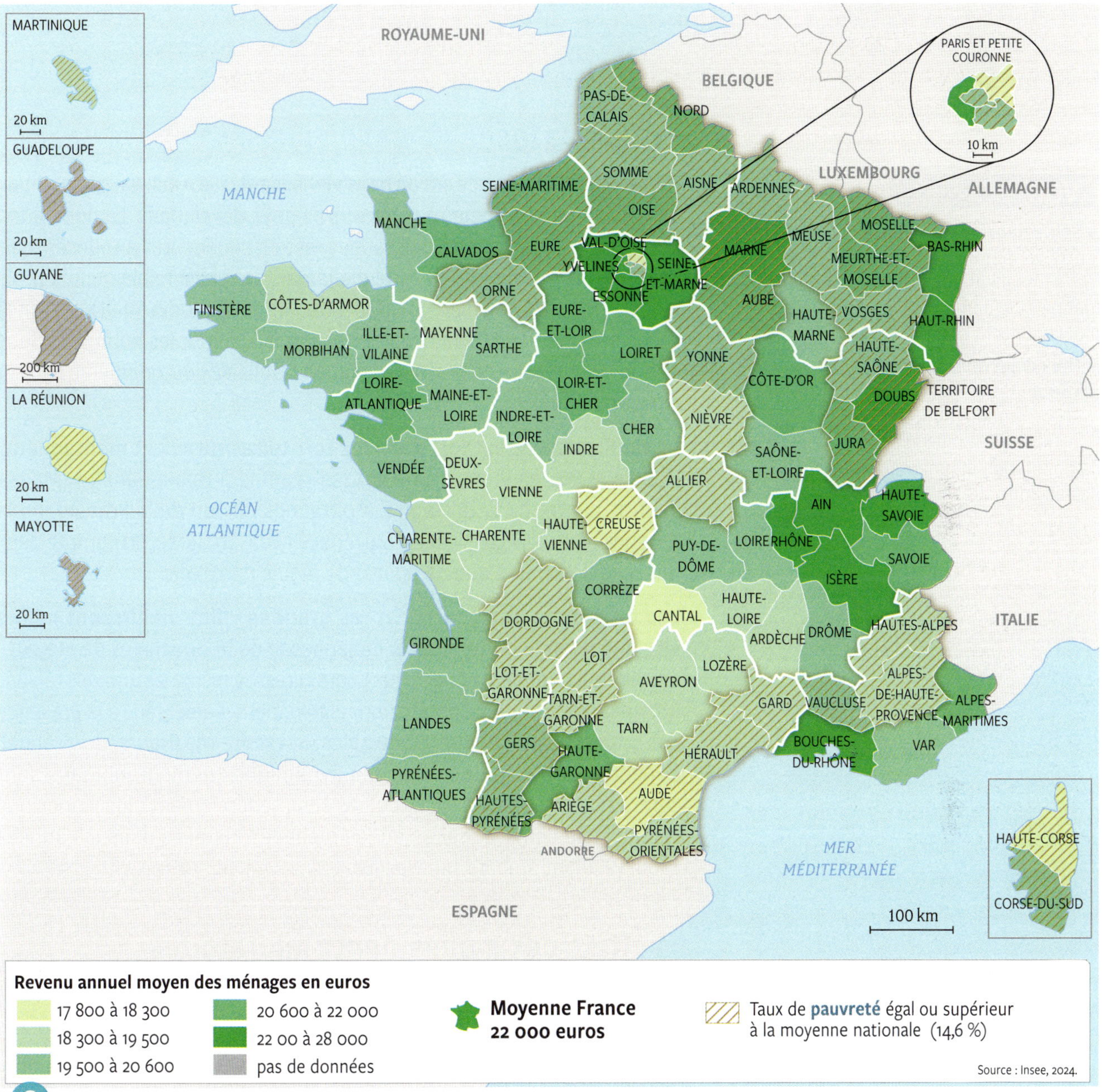

2 Les inégalités de richesse en France

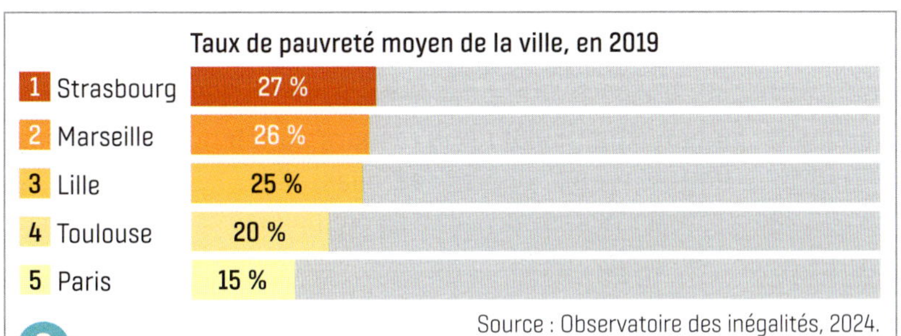

3 Les grandes villes les plus marquées par la pauvreté

QUESTIONS

1. **Doc. 1** Dans quelles régions se trouvent les populations les plus jeunes ? Les plus âgées ?
2. **Doc. 2 et vidéo** Justifiez l'affirmation suivante : « La pauvreté touche de nombreux Français mais est inégale selon les départements ».
3. **Doc. 3** Montrez que les inégalités se lisent également à l'échelle des villes.

COURS 1 Les évolutions de la population en France

> Comment expliquer et prendre en compte l'inégal vieillissement des territoires ?

1 Une France inégalement vieillissante

- **Depuis 50 ans, la France est un pays vieillissant.** Elle a achevé sa transition démographique comme tous les autres pays développés. La population augmente toujours car les naissances restent supérieures aux décès mais le taux d'accroissement naturel n'a jamais été aussi faible depuis 1945. La part des plus de 65 ans a doublé depuis 1975 tandis que l'espérance de vie augmente (85,7 ans pour les femmes, 80 pour les hommes). Sans un solde migratoire positif, la population française pourrait même baisser à partir de 2045.

- **Le vieillissement est fort dans les territoires ruraux et montagneux.** Depuis 1945, les jeunes quittent les régions à faible densité (Massif central, centre de la Bretagne, montagnes du sud de la France), où la part des plus de 65 ans est aujourd'hui élevée. En Corse, on compte deux fois plus de seniors que de jeunes de moins de 20 ans.

- **Les territoires ultramarins et les grandes villes vieillissent moins vite que le reste du territoire.** La jeunesse de la Guyane et de Mayotte s'explique notamment par des flux migratoires. De même les grandes régions urbaines comptent une population relativement jeune grâce à la présence des grands pôles d'emploi ou de pôles universitaires (Hauts-de-France). Cependant au sein des villes, les dynamiques démographiques sont contrastées : les zones périurbaines sont généralement plus jeunes que les banlieues pavillonnaires où les ménages installés dans les années 1960-1970 ont aujourd'hui vieilli.

2 Les effets des mouvements migratoires

- **Le dynamisme démographique des territoires dépend davantage des mouvements migratoires que de la croissance naturelle.** Excepté dans certains territoires ultramarins (Martinique, La Réunion) et dans le nord de la France, la croissance de la population est surtout due au fait que le nombre de personnes s'installant sur le territoire est supérieur au nombre de personnes le quittant. D'ailleurs la mobilité résidentielle augmente en France. En 1970, 61 % des Français vivaient dans le département où ils étaient nés. Ils ne sont plus que 52 % aujourd'hui.

- **Depuis la pandémie de Covid-19, le recours au télétravail dynamise certains territoires ruraux proches des villes.** Ainsi, des mobilités résidentielles se sont inversées au profit des périphéries des grandes villes ou des villes moyennes comme Nîmes, Caen ou Angers qui enregistrent une demande croissante de logements depuis l'été 2020.

VOCABULAIRE

- **Solde migratoire :** différence entre le nombre de personnes qui s'installent sur un territoire donné et le nombre de celles qui le quittent chaque année.
- **Taux d'accroissement naturel :** différence entre le taux de natalité et le taux de mortalité. Si le taux est positif, la population augmente ; dans le cas contraire, elle diminue.

NOTION

- **Mobilité résidentielle :** changement de lieu de résidence d'un ménage.

■ **Les migrations internes à la France modifient la situation démographique de chaque région.** L'arrivée d'étudiants ou de jeunes actifs « rajeunit » certaines régions comme l'Île-de-France. Au contraire, la population des littoraux est en moyenne plus âgée en raison de l'installation des retraités (littoral landais, Côte d'Azur). La ville d'Arcachon compte aujourd'hui 58 % de plus de 65 ans. Dans les régions rurales, le départ des jeunes accélère le vieillissement de la population (Massif central, Corse, Martinique).

3 Une prise en charge du vieillissement renouvelée

■ **Les territoires doivent s'adapter au vieillissement de leur population.** Le coût de la prise en charge des populations âgées (structures d'accueil, aides à domicile) s'alourdit. Pour répondre aux besoins d'hébergement spécialisé, il serait nécessaire de créer près de 10 000 places supplémentaires chaque année jusqu'à 2030. Pourtant, face aux difficultés financières, certaines maisons de retraite sont contraintes de fermer.

■ **Certains territoires sont particulièrement confrontés à ces problèmes.** Dans les espaces ruraux de faible densité, la perte d'autonomie des personnes âgées est accentuée par le manque de transports en commun et l'éloignement des commerces. Les situations d'isolement sont aussi fréquentes dans les banlieues résidentielles. Le manque de services est hérité de l'urbanisation des années 1960-1970 qui séparaient zones d'habitation et zones commerciales.

■ **L'État, les départements et les communes coopèrent pour relever le défi du vieillissement,** par des actions préventives ciblées. En partenariat avec le département du Puy-de-Dôme, l'État encourage un programme de covoiturage solidaire et intergénérationnel porté par des jeunes en service civique. À Bordeaux, des opérations d'habitat intergénérationnel se développent, répondant aux besoins de logement des étudiants et de lien social des seniors. Pour lutter contre l'exclusion numérique, la ville de Nice organise des formations pour les seniors.

CHIFFRES CLÉS

L'évolution de la population française

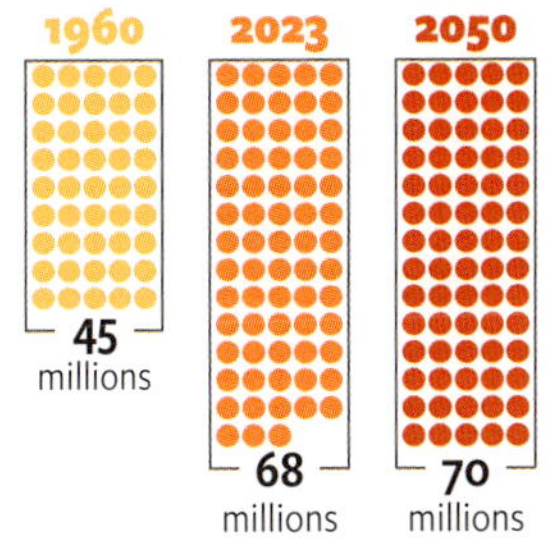

Source : Insee, 2024.

La répartition par âge

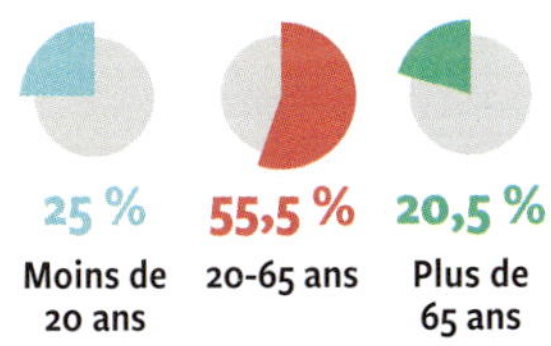

Source : Insee, 2024.

L'espérance de vie

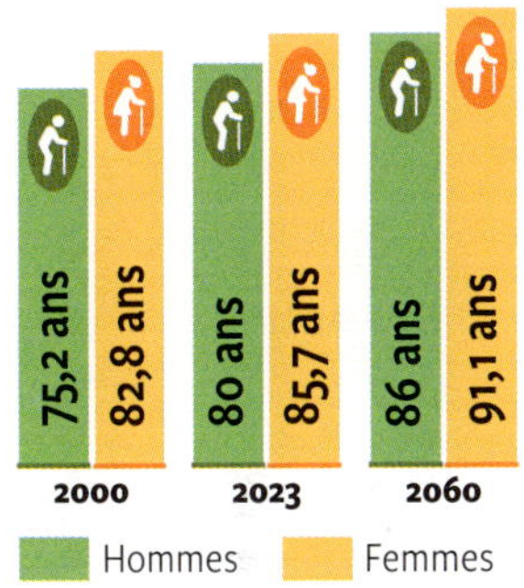

Source : Insee, 2024.

Des dynamiques démographiques contrastées en France

Territoires plus jeunes =
- Métropoles
- Territoires ultramarins

Des flux migratoires qui accentuent les contrastes

Territoires vieillissants =
- Espaces ruraux peu denses
- Littoraux
- Banlieues pavillonnaires

Enjeux (territoires plus jeunes)
- Satisfaire les besoins des jeunes en termes d'éducation
- Créer des emplois
- Surtout dans les territoires ultramarins (Mayotte, Guyane)

Enjeux (territoires vieillissants)
- Assurer la prise en charge du vieillissement (aides à la personne, structures d'accueil, services médicaux)
- Rendre les services plus accessibles pour les personnes âgées
- Surtout dans les espaces ruraux et montagneux

EXEMPLE

La répartition des jeunes dans les Hauts-de-France

Même si le nombre des 15-29 ans diminue comme partout ailleurs en France, ils représentent encore 18,5 % de la population des Hauts-de-France. Leur répartition sur le territoire régional évolue au fur et à mesure de leur prise d'indépendance et de leur entrée dans la vie active.

> Quelle est la répartition des jeunes dans les Hauts-de-France et comment évolue-t-elle ?

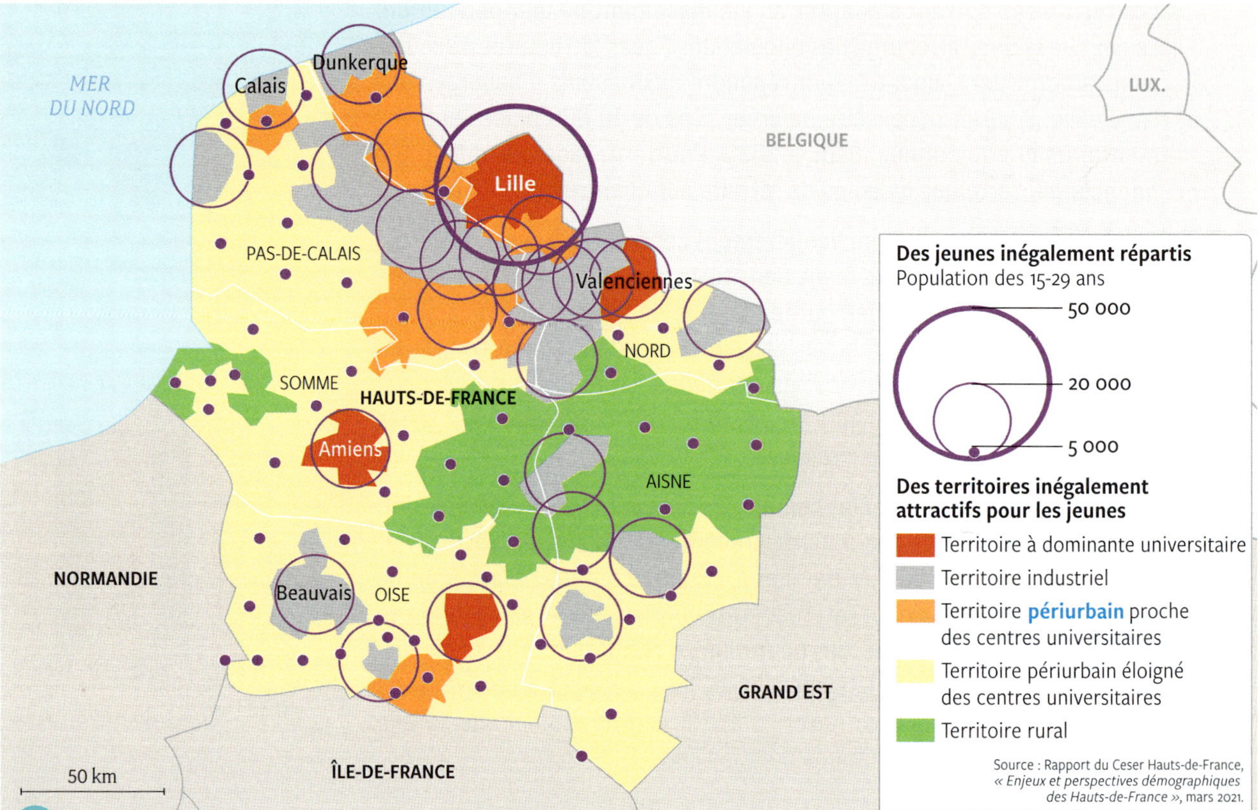

1 La répartition des jeunes dans les Hauts-de-France

2 **Lille, le 3e pôle universitaire national**

Avec 130 000 étudiants, Lille accueille plus de la moitié des étudiants des Hauts-de-France. Son offre de formation variée (école de journalisme, IUT...) explique qu'un étudiant français sur 10 vient commencer ses études dans la région.

3 Une perte d'attractivité régionale pour les jeunes

75 % des jeunes de 18-30 ans envisagent de quitter leur région pour assurer leur avenir. Une statistique qui interpelle sur l'avenir économique des Hauts-de-France. Sur le plan des motivations au départ, celles-ci s'avèrent diffuses et éclatées entre déclin perçu de la région, motivation familiale et difficulté à trouver un emploi voire insécurité. Les difficultés à se projeter dans un avenir florissant sur le territoire varie considérablement en fonction des catégories sociales et des territoires. Ainsi, seuls 47 % des titulaires d'un CAP ou d'un BEP estiment qu'ils vivront mieux dans 10 ans, alors que le chiffre monte à 89 % pour les populations les plus aisées. Le chiffre choc de 75 % des 18-30 est cependant à relativiser. « *Moins d'un tiers [des jeunes interrogés] se déclare "certain" de quitter les Hauts-de-France* », relève Frédric Dabi, qui note aussi un attachement « réel » et « massif » des jeunes nordistes à leur territoire.

Ce sondage résonne avec la dernière enquête de l'Insee sur la démographie des Hauts-de-France, qui constatait la perte d'attractivité de la région. Entre 2014 et 2020, le territoire a perdu en moyenne 1 400 habitants par an, à cause d'un solde migratoire devenu négatif. « *Ce n'est pas le cliché des retraités qui partent vers le soleil. Ce sont plutôt les jeunes actifs qui quittent la région, sans doute à la recherche d'un marché du travail plus dynamique* », constatait déjà l'Insee lors de la présentation de son étude, en janvier 2023.

France Info, 4 mars 2023.

4 Des aides pour les étudiants

5 Le soutien de la région Hauts-de-France à la jeunesse

Le programme Génération HDF finance des actions en faveur de la jeunesse : transport, logement, aide alimentaire...

Vidéo ▶ Région Hauts-de-France, 4 février 2022
hachette-clic.fr/24hg2108

VOCABULAIRE

- **Périurbain :** territoire situé autour d'une ville dont les habitants maintiennent des liens forts avec la ville-centre (travail, achats...).

PARCOURS 1

Comprendre une situation géographique

1. **Doc. 1** Dans quels types d'espaces habitent majoritairement les jeunes des Hauts-de-France ? Citez des exemples précis.
2. **Doc. 1 et 2** Comment expliquer cette répartition des 15-29 ans ?
3. **Doc. 3** Pourquoi les jeunes sont-ils inégalement mobiles ?
4. **Doc. 3, 4 et 5** Trouvez des arguments pour discuter l'affirmation suivante : « Les Hauts-de-France sont une région peu attractive pour les jeunes ».

PARCOURS 2

Vers le bac

En analysant le **doc. 1**, vous décrirez l'inégale répartition des jeunes dans la région des Hauts-de-France puis vous en expliquerez les facteurs à l'aide des **documents 2 et 3**.

COURS 2 Les inégalités socio-économiques en France

> Quelles inégalités permettent de nuancer l'image d'une France globalement riche ?

1 Des inégalités sociales croissantes

- **À l'échelle mondiale, la France est un pays très favorisé.** Elle est classée au 7e rang des pays les plus riches au monde et sa population bénéficie d'un haut niveau de développement. La France fait également partie des pays où les inégalités internes sont les moins fortes. Néanmoins, on compte 9,2 millions de pauvres en 2022 (14,6 % de la population), contre 7,7 millions en 2000.

- **Les inégalités socio-économiques prennent des formes multiples** et se traduisent par un inégal accès aux services de santé (désert médical de la Sarthe) ou à la réussite scolaire. Concernant les revenus, les 10 % des Français les plus riches captent chaque année autant de richesses que les 40 % les plus pauvres. Les écarts de revenus et de patrimoine (financier, immobilier) sont particulièrement forts en Île-de-France.

- **Les inégalités se creusent entre les différentes catégories de la population.** Elles pénalisent surtout les jeunes, les moins diplômés, les femmes et les étrangers. Ainsi, 16 % des jeunes sont ainsi au chômage en 2023, pour une moyenne nationale de 7 %. Les familles monoparentales, essentiellement constituées de femmes seules avec enfants, sont les premières victimes de la pauvreté et notamment du mal-logement.

2 Des inégalités fortes entre les territoires

- **Les inégalités entre les territoires ultramarins et la France hexagonale sont importantes.** Les facteurs en sont multiples : l'éloignement (la Nouvelle-Calédonie est à 19 000 km de Paris, soit 21 heures d'avion), le manque de transports ou d'Internet haut débit. Les déséquilibres socio-économiques hérités de l'histoire coloniale se traduisent par des taux de chômage plus élevés et des emplois moins qualifiés.

- **Ces inégalités s'expliquent par les évolutions économiques liées à la mondialisation.** Si Paris et les métropoles profitent de la présence des entreprises et des aéroports par exemple, les anciennes régions industrielles du Nord et de l'Est ou des moyennes montagnes comme les Vosges ou le Massif central sont plus fragilisées. L'arrivée de populations peut aussi dynamiser économiquement une région. L'Île-de-France accueille de nombreux jeunes actifs diplômés par exemple.

- **Les inégalités fragmentent aussi les espaces urbains.** La gentrification exclut les populations les plus modestes des centres-villes. Les périphéries urbaines regroupent à la fois des lotissements pavillonnaires des classes moyennes ou aisées, et des quartiers d'habitat collectif où 44 % de la population vit sous le seuil de pauvreté et cumule les difficultés (faiblesse des revenus, difficile accès aux transports ou aux services).

VOCABULAIRE

- **Gentrification :** afflux d'une population aisée dans un quartier auparavant populaire.

NOTION

- **Pauvreté :** situation des ménages français dont les revenus sont inférieurs ou égaux à 60 % du niveau de vie médian, selon l'Insee (1 100 euros par mois pour une personne seule).

3 Des actions pour réduire les inégalités

L'État coordonne les politiques de redistribution au nom du principe de solidarité. La Sécurité sociale prend en charge la santé et la vieillesse (80 % des dépenses de prestation sociale). L'État investit dans les services collectifs (éducation, santé, police) et l'aménagement du territoire. Dans les quartiers d'habitat collectif, des opérations de renouvellement urbain sont mises en place pour transformer en profondeur des quartiers présentant des difficultés socio-économiques. Les moyens d'action sont divers : transports en commun, création d'espaces verts, démolition des logements insalubres, encouragement à la mixité sociale.

L'Union européenne et les collectivités territoriales participent également à la réduction des inégalités. La politique de cohésion de l'Union européenne cible les territoires ultramarins mais aussi les espaces ruraux ou urbains fragiles de l'Hexagone. Elle accompagne par exemple les politiques de transport menées par les régions pour réduire les inégalités internes. Les départements financent le RSA (Revenu de solidarité active) pour les personnes à faibles ressources, et l'aide aux personnes en situation de handicap. Les centres communaux d'action sociale sont des acteurs de proximité qui luttent contre l'exclusion par des moyens variés (aide alimentaire, accompagnement des personnes âgées).

Les populations elles-mêmes peuvent contribuer à l'atténuation des inégalités et à la baisse de la pauvreté. En dépensant une partie de leurs revenus en dehors de leur région de résidence, les vacanciers contribuent à un rééquilibrage au profit de régions périphériques (Vendée, Landes). De même, la solidarité familiale participe au soutien financier intergénérationnel sous des formes diverses (garde d'enfants par les grands-parents, transfert financier).

CHIFFRES CLÉS

Les personnes en situation de pauvreté, en million

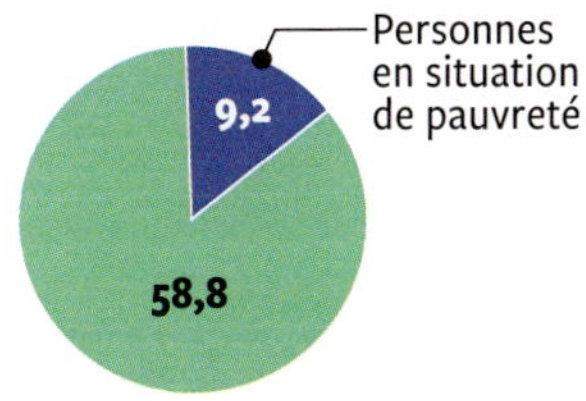

Insee, 2024.

Les inégalités de patrimoine

les **10 %** les plus riches **possèdent** **47 %** du patrimoine

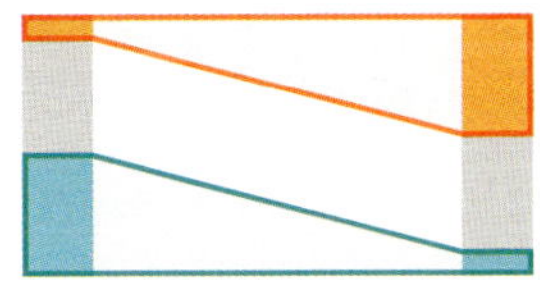

les **50 %** les plus pauvres **possèdent** **10 %** du patrimoine

Observatoire des inégalités, 2024.

La répartition de la pauvreté

65 % des personnes vivant sous le seuil de pauvreté habitent en ville

Observatoire des inégalités, 2024.

Des inégalités socio-économiques croissantes en France

Entre les territoires

=

- Entre la France hexagonale et la France ultramarine
- Entre les régions
- Entre les métropoles et les espaces ruraux
- Entre les espaces urbains

Entre les populations

=

- Des inégalités multiformes : revenus, accès aux services (éducation, santé…)
- Des populations davantage touchées par la pauvreté : femmes, jeunes, non diplômés

Acteurs et politiques pour atténuer les inégalités

- Acteurs multiples : État, Union européenne, collectivités territoriales
- Politique de redistribution : Sécurité sociale, RSA
- Accès aux services : éducation, santé
- Aménagement des territoires : transports, rénovation urbaine

LE LABO DE GÉO

La Sarthe, un désert médical

Les inégalités entre les territoires prennent des formes multiples. L'accès aux soins en est une : on parle alors de « désert médical ». La Sarthe, département de l'ouest de la France, en est un bon exemple car les difficultés de la population pour consulter un médecin y sont croissantes.

Votre objectif Analysez des documents statistiques pour répondre au sujet : **Pourquoi la Sarthe est-elle est un désert médical ?**

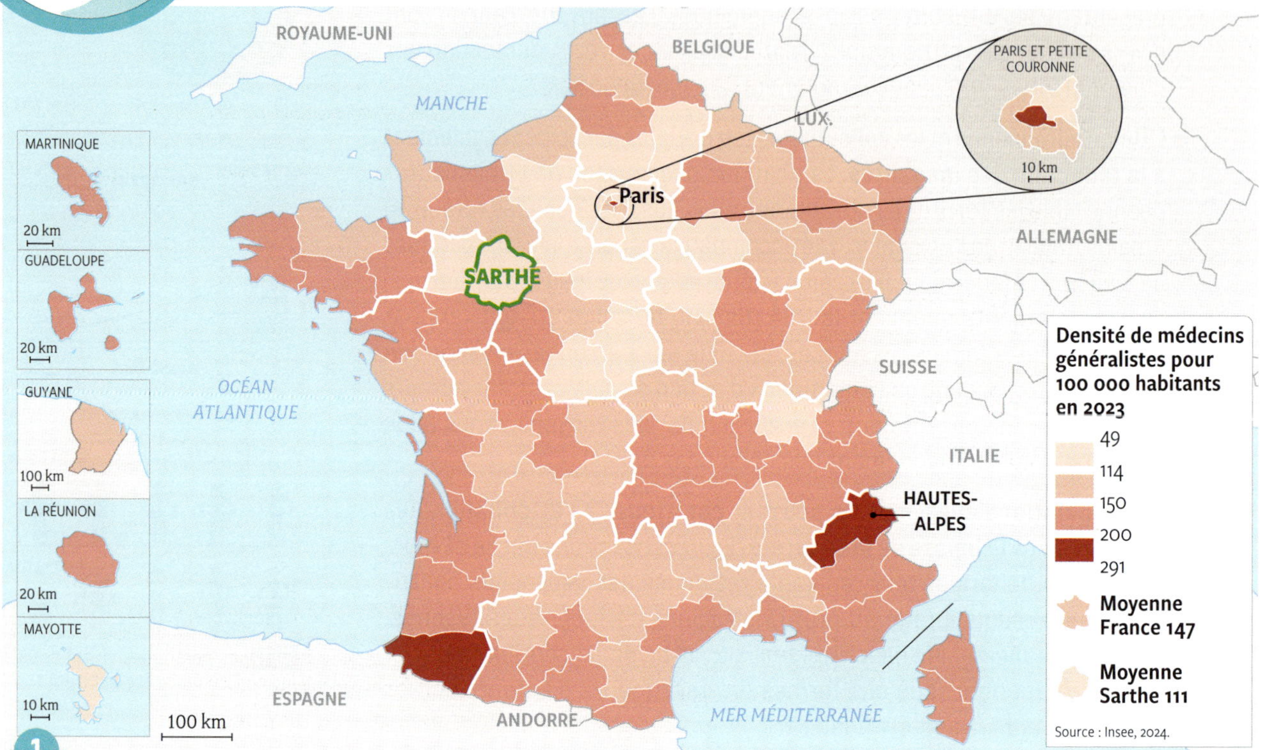

1 La Sarthe, un département en manque de médecins

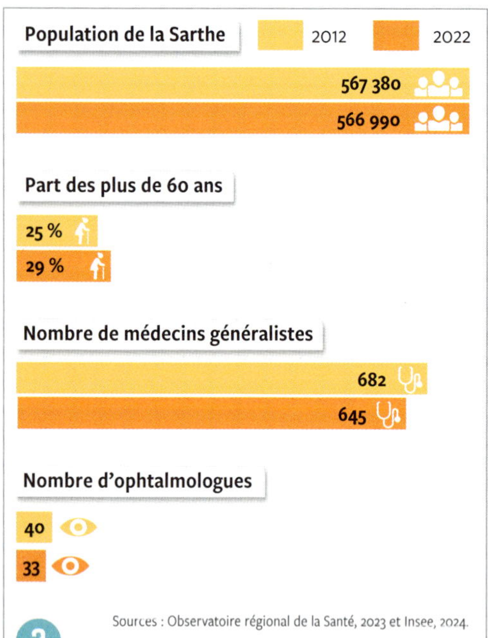

2 Une offre médicale en baisse

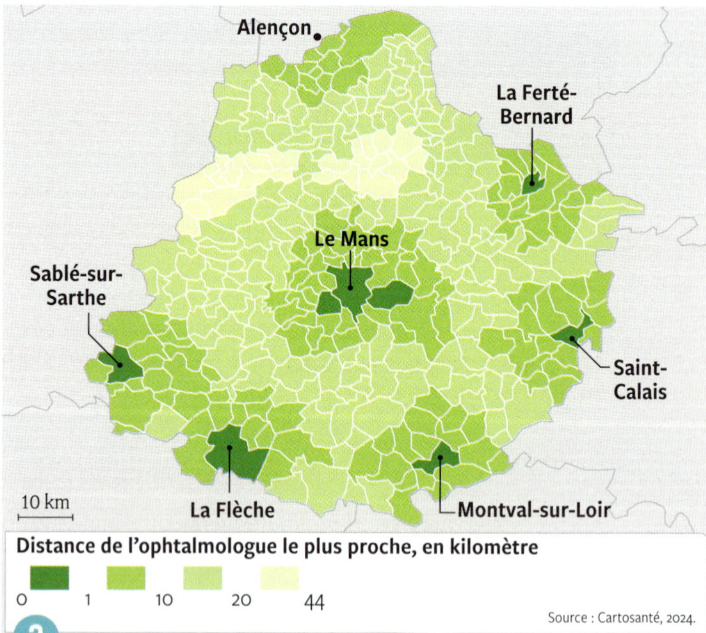

3 De fortes inégalités au sein du département de la Sarthe

Étape 1 Préparer l'analyse

Contextualiser

1. Situez la Sarthe sur la carte de France.
2. Selon vous, que signifie « désert médical » ?

Sélectionner les chiffres clés

3. À partir du doc.1, répondez par vrai ou faux aux affirmations suivantes. Justifiez votre réponse.
   - Dans les départements du nord de la France, l'offre médicale est faible.
   - La Sarthe a une offre médicale inférieure à la moyenne nationale.
   - Les territoires ultramarins ont une densité de medécins inférieure à la moyenne nationale.
   - Les Hautes-Alpes bénéficient d'une offre médicale deux ou trois fois supérieure à celle de la Sarthe.
   - La région parisienne bénéficie d'une forte offre médicale.
4. Mesurez les évolutions présentées dans le doc. 2 en réalisant des calculs simples et en suivant l'exemple ci-dessous.
   Exemple : Entre 2012 et 2022, la Sarthe a perdu 37 médecins.
5. À l'aide du doc. 3, complétez le schéma ci-dessous pour montrer que plus on s'éloigne des villes et moins les soins sont accessibles dans la Sarthe.

> Pour mesurer des évolutions, évitez de recopier les valeurs brutes et privilégiez les calculs simples (multiplié par..., divisé par..., est x fois plus fort que...).

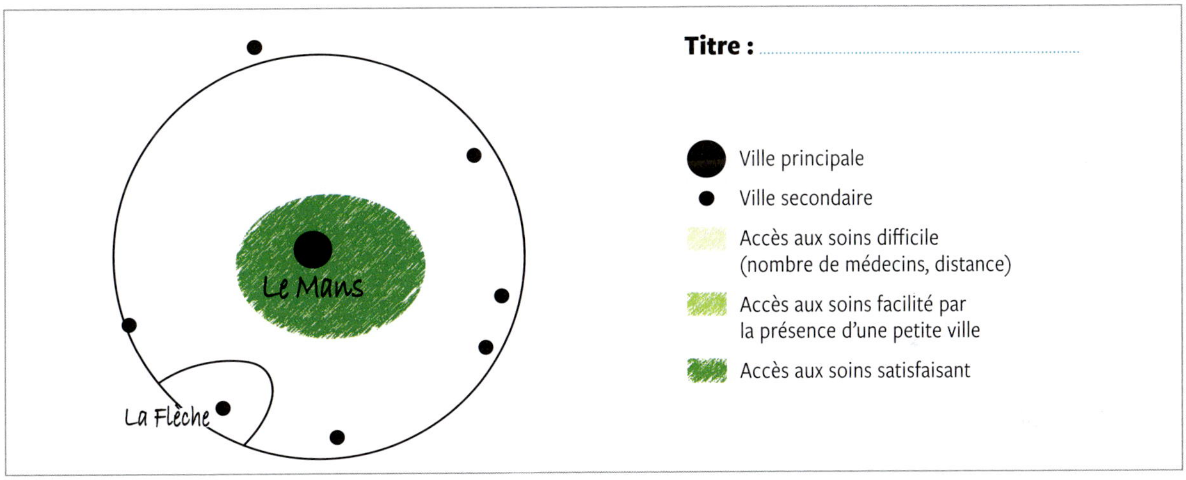

Étape 2 Rédiger l'analyse

6. Rédigez les parties 2 et 3 de l'analyse. Aidez-vous du modèle proposé pour la partie 1.

1. La Sarthe, un département où l'accès aux soins est difficile

La Sarthe présente une offre médicale de 111 généralistes pour 100 000 habitants. C'est une valeur très inférieure à la moyenne nationale (147 médecins pour 100 000 habitants). D'ailleurs, ce département fait partie des plus mal lotis dans le domaine puisqu'on y compte entre 2 et 3 fois moins de médecins pour 100 000 habitants que dans les Hautes-Alpes. Or, la part des plus de 60 ans en Sarthe représente près du tiers de la population, exigeant des soins médicaux plus importants que le reste de la population.

2. Une situation qui s'aggrave

> Utilisez ici les réponses de la question 4.

3. Des situations locales très diverses

> Exploitez ici les informations du schéma réalisé à la question 5.

7. Pour conclure votre analyse, montrez que l'offre de soins est inégale sur le territoire français.

RÉVISIONS

Je fais le point

Quiz
hachette-clic.fr/24hg2109

chiffres clés
vocabulaire
exemple

Les évolutions de la population en France

- Depuis 50 ans, la France connaît un vieillissement de sa population. Celle-ci augmente toujours car les naissances restent supérieures aux décès mais l'accroissement naturel est faible (0,3 %). La part des plus de 65 ans a doublé depuis 1975. Les territoires ultramarins (Guyane, Mayotte) et les grandes villes vieillissent moins vite que le reste du territoire, en raison des mouvements migratoires. L'arrivée d'étudiants ou de jeunes actifs « rajeunit » certaines régions comme l'Île-de-France. Au contraire, la population des littoraux et des régions rurales est en moyenne plus âgée.
- Les territoires doivent s'adapter au vieillissement de leur population. Le coût de la prise en charge des populations âgées (structures d'accueil, aides à domicile) s'alourdit. Dans les espaces ruraux, leur perte d'autonomie est accentuée par le manque de transports en commun et l'éloignement des commerces. L'État, les départements et les communes coopèrent par des actions préventives ciblées (habitat intergénérationnel).

Les inégalités socio-économiques en France

- À l'échelle mondiale, la France est un pays très favorisé, mais les inégalités se creusent. On compte 9,2 millions de pauvres en 2022. Les écarts de revenus sont particulièrement forts en Île-de-France et dans les territoires ultramarins (Mayotte). La pauvreté pénalise surtout les jeunes, les moins diplômés, les femmes et les étrangers. Les inégalités fragmentent aussi les espaces urbains. La gentrification exclut les populations les plus modestes des centres-villes alors que 44 % de la population vit sous le seuil de pauvreté dans les quartiers d'habitat collectif.
- De nombreuses actions sont menées pour contribuer à la réduction des inégalités. L'État coordonne les politiques de redistribution (Sécurité sociale) et investit dans l'aménagement du territoire des quartiers les plus défavorisés : transports en commun, espaces verts... L'Union européenne, par la politique de cohésion, et les collectivités territoriales, par le RSA financé par les départements, participent également à la réduction des inégalités.

Concours de plans détaillés

15 min **Étape 1** En équipe de quatre, reproduisez et complétez le tableau pour réaliser un plan détaillé.

Pourquoi le territoire français est-il inégalement touché par le vieillissement de la population ?		
Parties	**Arguments**	**Exemples**
1. Des territoires ruraux fortement touchés par le vieillissement	– exode rural depuis la moitié du XXe siècle – ...	
2. Des villes et des territoires ultramarins qui vieillissent moins vite		
3. Des flux migratoires au rôle croissant		

5 min **Étape 2** Deux équipes présentent leur plan détaillé au reste de la classe. Le meilleur plan gagne la partie. Affrontez une autre équipe sur un autre sujet :
Où sont les pauvres en France ? ; Comment lutte-t-on contre les inégalités en France ? ...

Je révise avec des podcasts

1 Comment se manifeste le vieillissement de la population française ?

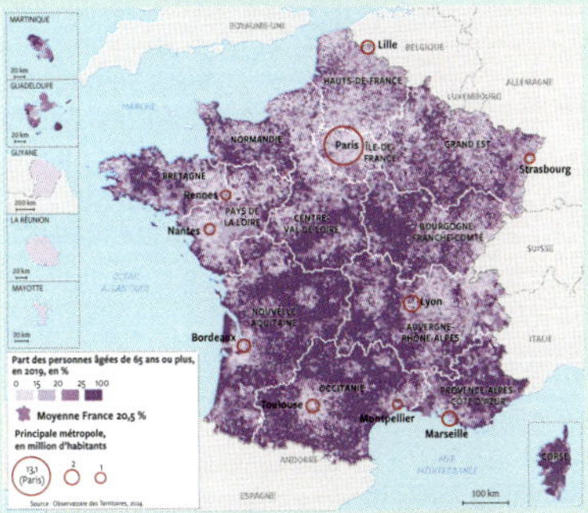

Podcast
hachette-clic.fr/24hg2110

2 Quels sont les territoires de la jeunesse en France ?

Podcast
hachette-clic.fr/24hg2111

3 Quels sont les effets des mouvements migratoires en France ?

Podcast
hachette-clic.fr/24hg2112

L'ESSENTIEL en 5 minutes

4 Où sont les territoires de la pauvreté en France ?

Taux de pauvreté moyen de la ville, en 2019

1	Strasbourg	27 %
2	Marseille	26 %
3	Lille	25 %
4	Toulouse	20 %
5	Paris	15 %

Source : Observatoire des inégalités, 2024.

Podcast
hachette-clic.fr/24hg2113

5 Comment lutter contre la pauvreté ?

Podcast
hachette-clic.fr/24hg2114

Je teste mes connaissances

- Écoutez les cinq épisodes du podcast puis testez vos connaissances grâce aux flashcards.

QUESTION

Quelle est la part des plus de 65 ans en France ?

RÉPONSE

20,5 %

Flashcards
hachette-clic.fr/24hg2115

Le saviez-vous ?

Afin de rythmer les différentes parties d'un podcast, des transitions sonores sont insérées comme de courts extraits musicaux ou des effets sonores. En géographie, il est possible d'intégrer des témoignages, des extraits de reportages télévisés ou encore des lectures d'articles.

Je m'entraîne

• Comprendre le rôle des acteurs

Répartition des prestations de sécurité sociale en France

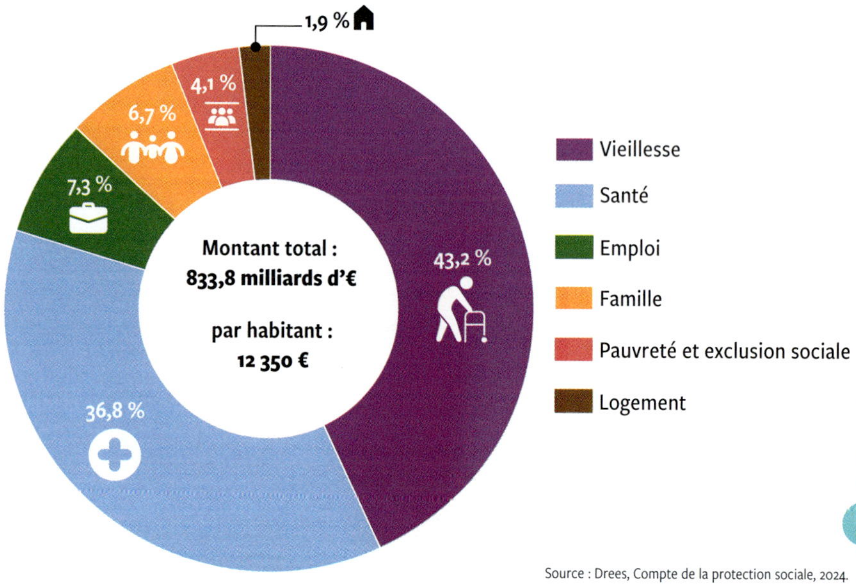

Source : Drees, Compte de la protection sociale, 2024.

1 Les politiques de redistribution en France

> **Le saviez-vous ?**
> Le graphique est un outil d'analyse qui représente visuellement des données chiffrées. Ses formes sont diverses : histogrammes, graphique circulaire, graphique en courbe...

2 Les acteurs de la lutte contre les inégalités en France

La lutte contre les inégalités passe d'abord par l'aide sociale. Des minima sociaux sont ainsi versés, principalement le revenu de solidarité active (RSA), l'allocation de solidarité spécifique et l'allocation aux adultes handicapés. Des centres d'hébergement accueillent les sans-abris. Des associations sont également actives dans la lutte contre la pauvreté. Les Restos du cœur ont ainsi distribué 142 millions de repas et accueilli 1,2 million de personnes en 2020-2021.

À une autre échelle, dans le cadre du Plan d'action sur le socle européen des droits sociaux, le Conseil européen a adopté en 2020 des conclusions sur le revenu minimum. La lutte contre la pauvreté et l'exclusion sociale est prioritaire. Par ailleurs, depuis novembre 2021, la Commission européenne repense l'avenir de la protection sociale et de l'État-providence.

En temps de crise, comme celle du Covid-19, des aides exceptionnelles de solidarité et des aides alimentaires et financières d'urgence distribuées par les caisses d'allocations familiales sont mises en œuvre pour éviter que les ménages ne tombent dans la pauvreté. Les indemnités liées au chômage évitent également l'exclusion. Face à la hausse des coûts de l'énergie depuis 2021, un bouclier tarifaire est mis en place, des chèques énergie sont distribués. Mais l'État n'est pas seul acteur : le blocage des prix de la grande distribution sur certains produits de première nécessité sécurise aussi le pouvoir d'achat.

D'après *France 2023, les chiffres clés*, La Documentation française, 2023.

PALIER 1

Je lis et je comprends les documents

- Doc. 1 Quelle est la part totale des deux premiers secteurs de dépenses de la sécurité sociale ?
- Doc. 2 Formulez l'idée générale de chaque paragraphe du texte.

PALIER 2

J'explique les documents

- Doc. 2 Associez chaque politique de lutte contre les inégalités à un acteur public (État, collectivité territoriale...) ou privé.
- Doc. 1 Quel lien peut-on établir entre les dépenses liées à la prise en charge de la vieillesse et celles de la santé ?

PALIER 3

Je confronte les documents

- Associez les informations soulignées dans le document 2 à un des secteurs de dépenses présentés dans le document 1.
- Comment le document 1 illustre-t-il la nécessité de « repenser l'avenir de la protection sociale et de l'État-providence » (doc. 2).

• Analyser une carte

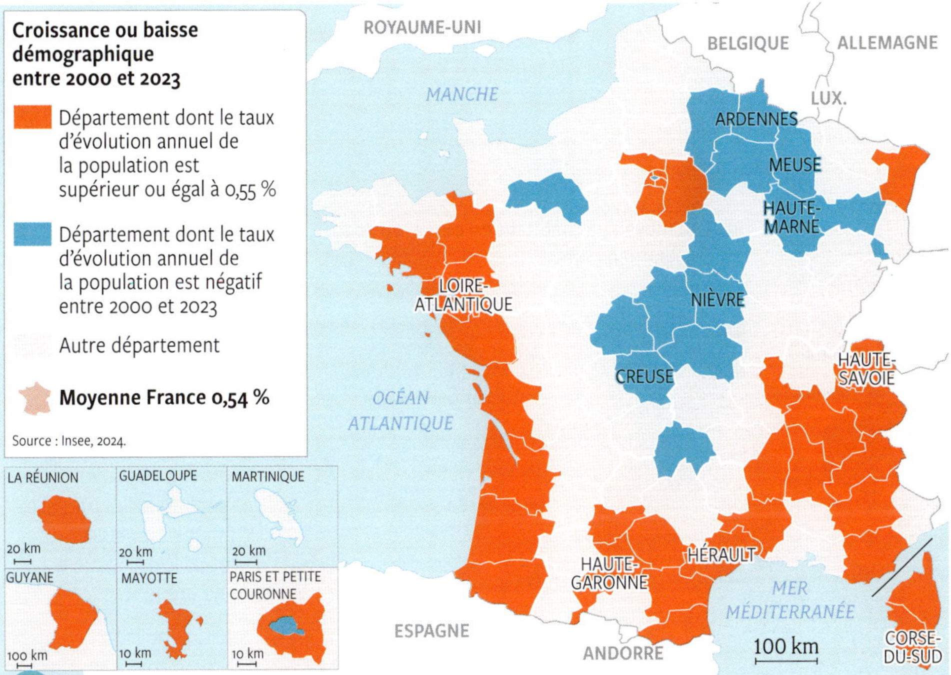

L'évolution démographique en France

Le saviez-vous ?

L'Insee (Institut national de la statistique et des études économiques) est l'organisme français en charge des études statistiques. Ses travaux permettent à l'État de mesurer les grandes tendances, de prévoir les évolutions afin de répondre aux besoins de la population et anticiper les besoins à venir.

PALIER 1

Je lis et je comprends les documents

- Associez chaque information de la légende à l'une des tendances suivantes : croissance forte, croissance limitée, baisse de la population.
- Repérez votre département et exprimez par une phrase sa tendance démographique en la comparant à la moyenne nationale.

PALIER 2

Je sélectionne les informations

- Repérez les grands ensembles régionaux dont la population augmente.
- Repérez les grands ensembles régionaux dont la population baisse ou stagne.
- Comment évoluent des territoires ultramarins ?

PALIER 3

J'explique le document

- Expliquez le choix des couleurs pour représenter les informations.
- À l'aide de vos connaissances, expliquez les grandes tendances régionales de l'évolution de la population (régions littorales, centre de la France, territoires ultramarins).

» J'approfondis

À REGARDER

Dans le film ***Les Promesses*** de Thomas Kruithof (2022), Clémence, maire d'une ville de Seine-Saint-Denis, livre une bataille pour le bien-être des habitants du quartier des Bernardins. Elle lutte contre l'insalubrité et les difficultés économiques et sociales qui caractérisent les quartiers prioritaires.

À LIRE

C. Bessière, S. Gollac et J. Puchol, ***Le Genre du capital. Enquêter sur les inégalités dans la famille***, La Découverte/Delcourt, 2023.
La sociologue Sibylle Gollac a enquêté sur les inégalités au sein des familles. Cette enquête est devenue une bande dessinée qui montre que les inégalités hommes-femmes augmentent malgré des droits aujourd'hui égaux.

VERS LA SPÉCIALITÉ HGGSP

« Qu'est-ce que la justice environnementale ? »

Source : UVED (université virtuelle environnement et développement durable).

L'analyse de l'économiste Jérôme Ballet : les sociétés sont inégalement confrontées à la pollution et à la dégradation de l'environnement, selon leur niveau de vie.

EXERCICES Analyser un document avec des questions

Sujet corrigé : Les inégalités socio-économiques à Toulouse

Objectif Sélectionner des informations et les mettre en rapport avec des connaissances

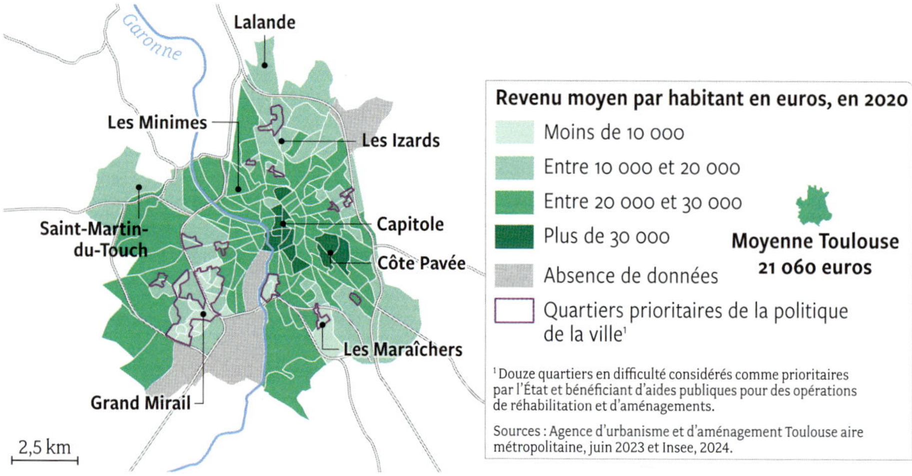

[1] Douze quartiers en difficulté considérés comme prioritaires par l'État et bénéficiant d'aides publiques pour des opérations de réhabilitation et d'aménagements.

Sources : Agence d'urbanisme et d'aménagement Toulouse aire métropolitaine, juin 2023 et Insee, 2024.

QUESTIONS

a Comment se manifestent les inégalités socio-économiques dans la métropole de Toulouse ?

b À l'aide du document et de vos connaissances, expliquez les mesures mises en place pour lutter contre les inégalités.

Étape 1 Lire les questions et identifier le document

1. Identifiez le document (nature, auteur, source, date, idée principale).

Carte de l'Agence d'urbanisme et d'aménagement Toulouse aire métropolitaine présentant les inégalités de revenus entre les différents quartiers de la ville en 2023.

Étape 2 Sélectionner les informations

2. Observez le document et explicitez son thème.
3. Listez les chiffres essentiels et les repères géographiques associés.

Pour étudier une carte, il faut lire **la légende** et comprendre les figurés. Les ensembles spatiaux sont décrits par des repères géographiques.

a) – Les quartiers les plus riches (+ 30 000 €/hab.) se situent dans le centre-ville comme le Capitole ou la Côte Pavée.
– En périphérie, on découvre les quartiers les plus pauvres avec moins de 10 000 €/hab. dont Lalande et les Izards, au nord de Toulouse. 20 % de la population de Toulouse vivent sous le seuil de pauvreté.
– Entre deux se situent les quartiers des classes moyennes ou aisées (de 10 000 à 30 000 €/hab.) comme les Minimes.
b) L'État a mis en place la politique de la ville qui concerne, à Toulouse, 12 quartiers plus ou moins vastes. Ils se situent en majorité en périphérie tels que Grand Mirail, les Izards ou les Maraîchers.

Étape 3 Mettre les informations en relation avec des connaissances

4. Recherchez et définissez les mots-clés et/ou explicitez les chiffres et les localisations.
5. Expliquez le choix des couleurs et des indicateurs.

a) La gentrification des métropoles exclut les populations les plus modestes des centres-villes et regroupe les populations les plus aisées (+ de 30 000€/hab.). Les périphéries concentrent les classes moyennes ou aisées dans les lotissements pavillonnaires (de 10 000 à 30 000 €/hab.) et les plus pauvres dans les quartiers d'habitats collectifs (moins de 10 000€/hab.). C'est pourquoi le cartographe a choisi un dégradé de bleu pour représenter ces inégalités.
b) L'État et les collectivités territoriales participent à la réduction des inégalités. L'État délimite les quartiers les plus pauvres (quartiers prioritaires de la politique de la ville) et met en place des opérations de renouvellement urbain alors que les départements financent le RSA (Revenu de solidarité active).

→ Voir fiche 8 p. 222

Sujet guidé : L'évolution de la population en France

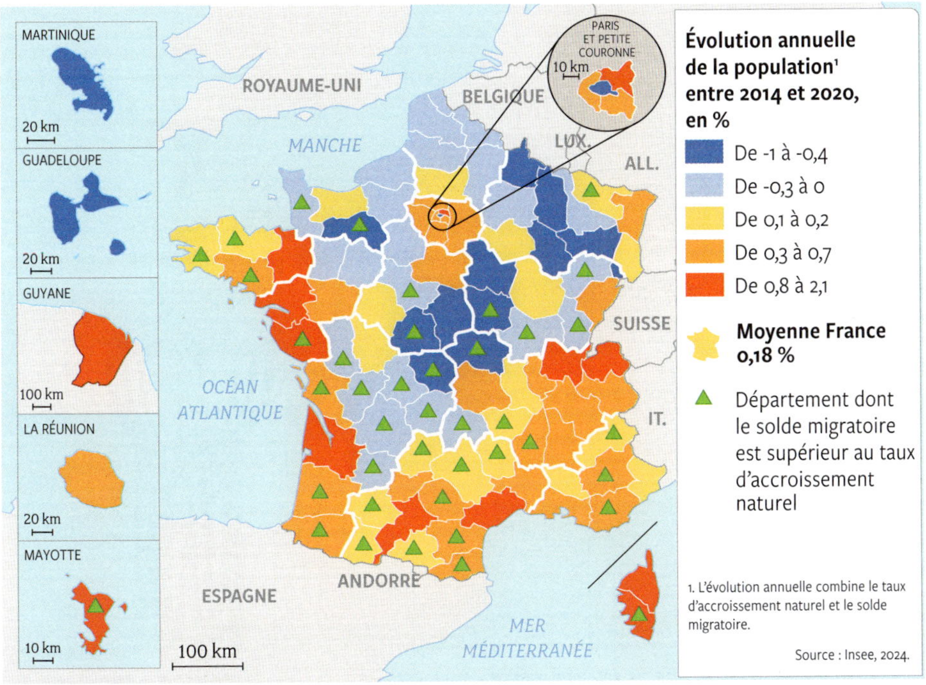

QUESTIONS

a En vous appuyant sur des exemples précis, montrez que la croissance de la population française est inégale.

b À l'aide du document et de vos connaissances, expliquez pourquoi certains départements voient leur population augmenter contrairement à d'autres.

Étape 1 Lire les questions et identifier le document

1. Identifiez la source du document.
2. Que représentent les plages de couleurs ? Formulez l'idée principale du document.
3. À l'aide du manuel, définissez le taux d'accroissement naturel et le solde migratoire.

Étape 2 Sélectionner les informations

4. Affirmez ou nuancez chaque information en utilisant des exemples et chiffres précis.
   - Tous les départements du sud de la France gagnent de la population.
   - La population de Dordogne diminue fortement à cause d'une faible natalité et d'un départ de ses habitants.
   - La population du département du Nord augmente grâce à l'arrivée de nouvelles populations sur son sol.
   - Le solde migratoire est positif dans le sud de la France. Ainsi, les populations de ces départements augmentent fortement.
   - Les départements d'outre-mer connaissent tous un solde migratoire et taux d'accroissement naturel positifs.
5. Complétez chaque phrase avec trois exemples précis.
   - Les départements qui gagnent des habitants grâce au solde migratoire sont les Alpes-Maritimes...
   - Le gain d'habitants grâce à l'accroissement naturel s'observe dans le Bas-Rhin...
   - Parmi les départements perdant des habitants, on trouve la Guadeloupe...

Étape 3 Mettre les informations en relation avec des connaissances

6. Identifiez le paragraphe du cours p. 372-373 expliquant l'affirmation : « La population de nombreux départements augmente grâce à un solde migratoire positif alors que d'autres départements connaissent une baisse et un vieillissement de leur population ».
7. Associez à chaque évolution démographique l'information la plus pertinente et justifiez :
   - héliotropisme
   - mobilités résidentielles
   - pôle d'emploi ou pôle universitaire
   - déclin des activités économiques
   - vieillissement de la population
8. À l'aide des réponses précédentes, rédigez les réponses aux questions **a** ou **b**.

THÈME 3

Des mobilités généralisées

Le parc Güell, à Barcelone (Espagne)

Avec près de 12,5 millions de touristes accueillis à Barcelone en 2022, la ville illustre à elle seule la croissance touristique mondiale. La municipalité oeuvre désormais pour concilier développement touristique et protection de son patrimoine.

CHAPITRE

5 Les mobilités dans le monde

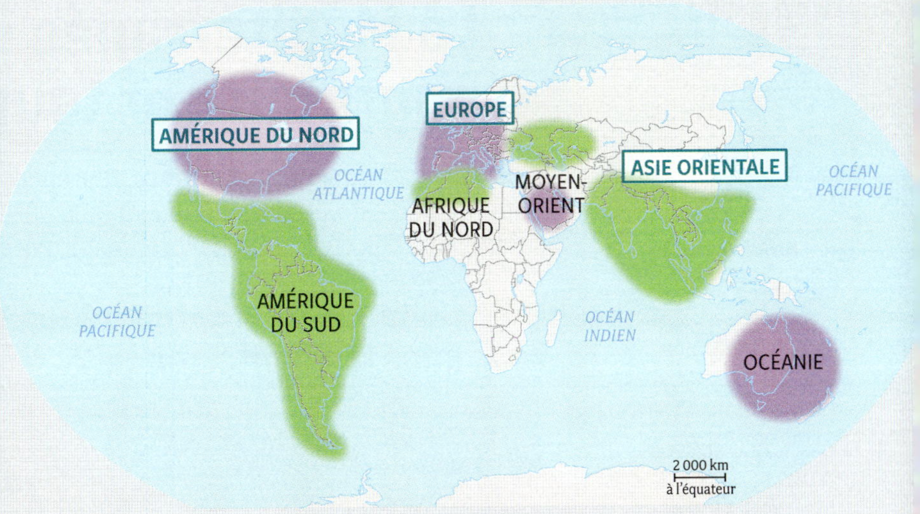

- Grande région de départ de migrants internationaux
- Grande région d'arrivée de migrants internationaux
- EUROPE — Principal pôle émetteur et récepteur de touristes internationaux

Source : ONU, 2024.

2 Les espaces migratoires et touristiques dans le monde

> **COURS 1** Tous les pays du monde sont concernés par le départ, le transit ou l'accueil de migrants internationaux.
Comment les migrations internationales transforment-elles le monde ?

> **COURS 2** Le tourisme est devenu une activité majeure qui transforme profondément les espaces concernés.
Pourquoi l'essor du tourisme représente-t-il un défi pour les territoires ?

1 **Bateaux de migrants et de touristes en mer Méditerranée**

Au large de l'île italienne de Lampedusa, un navire de garde-côtes italiens porte secours à une embarcation de migrants tentant de traverser la Méditerranée pour atteindre l'Europe sous le regard de touristes. En 2023, plus de 130 000 traversées illégales ont été comptabilisées.

QUESTIONS

1. **Doc. 1** Quelles sont les deux formes de mobilités internationales qui apparaissent sur cette photographie ?
2. **Doc. 2** Quelles sont les grandes régions du monde concernées par ces deux types de déplacements internationaux ?

ÉTUDE DE CAS 1

La Méditerranée : un bassin migratoire et touristique

À la fois carrefour migratoire intense et premier espace touristique mondial, le bassin méditerranéen est parcouru chaque année par 250 000 migrants et 260 millions de visiteurs. Ces flux sont sources de transformations spatiales, mais aussi de débats.

A Comment s'organisent les flux migratoires dans la Méditerranée ?

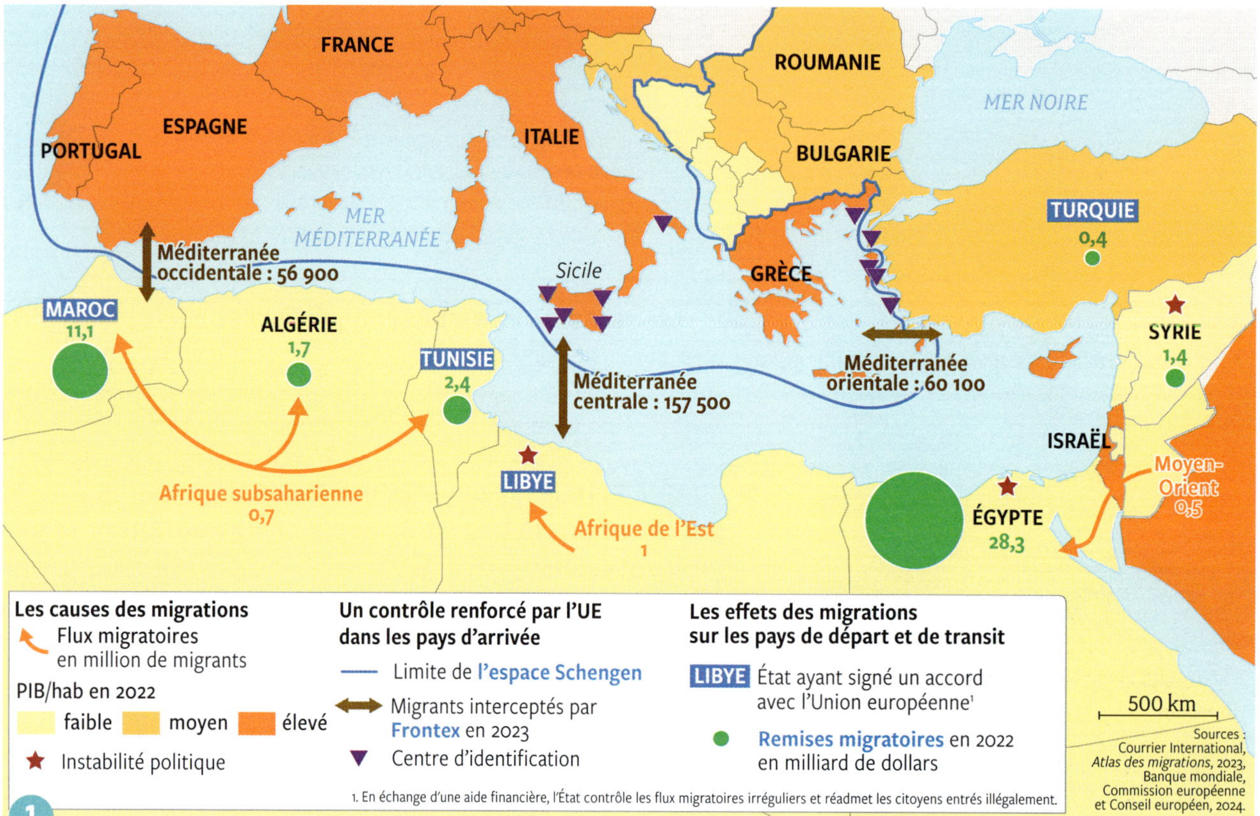

1 Des flux migratoires aux effets contrastés

▶ **Vidéo**
De Kaboul à Lille, récit du parcours migratoire de Nazir
France 3 Hauts-de-France, 21 novembre 2022
hachette-clic.fr/24hg2116

2 Le parcours d'un migrant depuis l'Afghanistan

À Kaboul, il était boulanger. Lorsque les Talibans ont pris le pouvoir en août 2021, Nazir et sa femme ont été contraints de fuir leur quartier, leur ville, leur pays. Le couple a passé la frontière pour se réfugier au Pakistan, avant de traverser l'Iran, de rejoindre la Turquie et de poser leurs bagages à Antalya, ville portuaire du sud du pays. Un premier voyage de cinq mois sur les routes. Cette destination n'a pas été choisie au hasard car c'est depuis cette station balnéaire que des embarcations de migrants prennent la mer pour rejoindre l'Europe. Le 24 août 2022, ils sont 33 à embarquer sur un petit bateau de pêche – des Afghans et des Syriens – moyennant 9 000 euros par personne à régler aux passeurs. « *Au bout du quatrième jour, on a passé la Grèce. On n'avait plus de carburant. Notre espoir de vivre s'était envolé. La nuit était terrifiante, on avait très peur*, se souvient Nazir. *Il y avait tellement de vagues. On criait, mais personne ne nous entendait.* » Au fur et à mesure que les jours défilent, l'eau et la nourriture commencent à manquer. Au total, six personnes – dont trois enfants – sont mortes durant la traversée. Au 18e jour, un bateau a aperçu les naufragés et a prévenu les garde-côtes italiens. Ils étaient sauvés. Le 12 septembre 2022, les naufragés ont posé le pied en Sicile. « *Je suis un miraculé* », résume Nazir.

France 3 Hauts-de-France, 21 novembre 2022.

3 **La Tunisie, un pays de départ et de transit**

La Tunisie fait face au transit de nombreux migrants venus d'Afrique de l'Ouest qui espèrent gagner l'Union européenne. Or, confronté à des tensions, le gouvernement a décidé de renvoyer les migrants vers les États voisins.

VOCABULAIRE

- **Espace Schengen :** espace de libre circulation des personnes entre les États signataires des accords de Schengen (1985).
- **Frontex :** agence européenne chargée de faciliter la coopération entre États pour le contrôle des flux migratoires aux frontières extérieures de l'Union européenne.
- **Remise migratoire :** part de revenus que les migrants internationaux envoient vers leur pays d'origine.

Les difficultés socio-économiques de l'Union européenne	→	Des solutions mises en place	≠	Les priorités politiques pour de nombreux pays européens
▪ Baisse de la population active liée au vieillissement de la population ▪ Manque de main-d'œuvre dans certains secteurs (soins, agriculture, industrie…) ▪ Faible croissance économique		▪ Signature d'un accord entre le Portugal et le Maroc en 2022 pour former et recruter de la main-d'œuvre ▪ Mise en place en Allemagne en 2023 d'un système à points pour recruter des migrants en fonction de leur qualification et de leur expérience professionnelle		▪ Réguler les flux migratoires ▪ Contrôler les frontières

4 **La gestion des flux migratoires par l'Union européenne**

Sources : Schengen Visa Info, 2022 et Conseil européen, 2024.

PARCOURS 1

Présenter une situation géographique

1. **Doc. 1 et 2** Identifiez trois motivations qui poussent les migrants à traverser la Méditerranée.
2. **Doc. 2** Décrivez les étapes et les difficultés du parcours de ce couple de migrants pour arriver en Europe.
3. **Doc. 1 et 4** Comment les pays de l'Union européenne gèrent-ils ces flux migratoires ?
4. **Doc. 1 et 3** Pourquoi les migrations constituent-elles à la fois un atout et une difficulté pour les pays de départ et de transit ?

BILAN Rédigez une synthèse expliquant les causes et les conséquences des flux migratoires en Méditerranée ; puis leur gestion par l'Union européenne.

PARCOURS 2

Rédiger un paragraphe argumenté

Rédigez une synthèse présentant les enjeux des flux migratoires méditerranéens pour les pays de départ, de transit et d'arrivée.

Pas à pas :

Vous évoquerez :
- l'origine géographique et les causes des flux migratoires (**doc. 1 et 2**),
- la façon dont les pays de l'Union européenne gèrent ces flux (**doc. 1 et 4**),
- les conséquences des migrations pour les pays de départ et de transit (**doc. 1 et 3**).

B Pourquoi réguler les effets du tourisme en Méditerranée ?

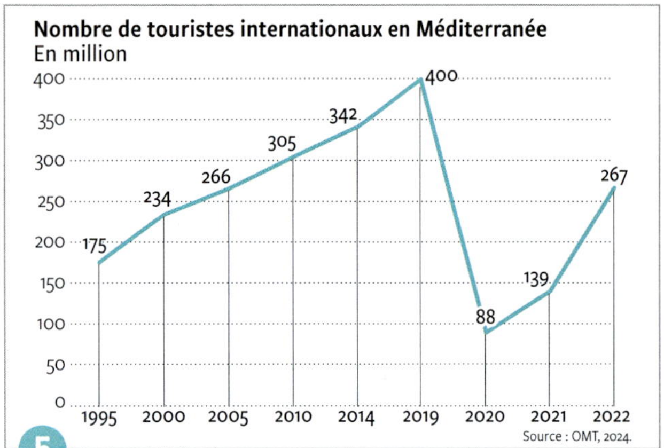

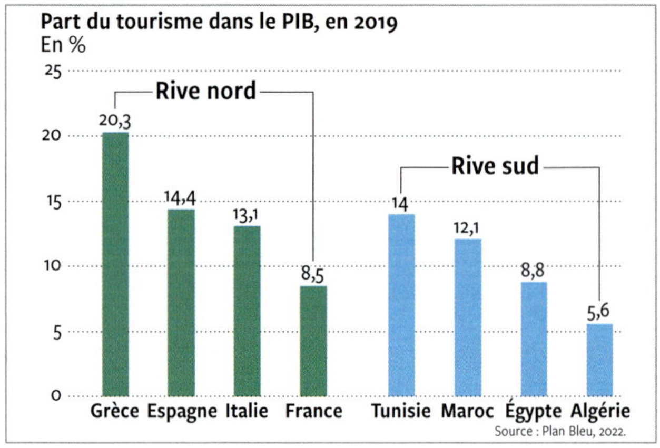

5 La Méditerranée, une destination touristique majeure

6 La contestation du tourisme de croisière dans le port de Marseille

En 2022, plus de 21 millions de croisiéristes ont sillonné la Méditerranée. Les navires de croisière sont la deuxième source d'émissions de gaz à effet de serre dans les villes portuaires, juste derrière le trafic routier.

7 La régulation du tourisme de croisière

Pendant la pandémie, les villes européennes ont découvert ce que la vie pouvait être sans croisières. Pour certaines d'entre elles, cela a donné lieu à des tentatives d'interdiction ou de limitation du nombre de navires faisant escale dans ces ports. En 2021, Venise a interdit aux grands navires de croisière de mouiller dans son centre historique. Les dommages causés à la lagune ont conduit l'Unesco à menacer d'inscrire la ville sur sa liste des villes en danger si les navires n'étaient pas interdits de façon permanente. Selon l'organisation, les grands navires polluent et érodent les fondations de la ville, qui souffre déjà d'inondations régulières. D'autres pourraient bientôt emboîter le pas à Ada Colau, maire de Barcelone, qui a déclaré qu'elle limiterait le nombre de touristes de croisière dans la ville. La pollution est également un sujet de préoccupation à Barcelone, qui a été classée comme le pire port de croisière pour la pollution de l'air en Europe.

D'après *Euronews*, 12 juin 2023.

PARCOURS 1

Analyser des documents

1. **Doc. 5** Justifiez l'affirmation : « Le tourisme est une activité essentielle en Méditerranée ».
2. **Doc. 6 et 7** Quels effets du tourisme sont contestés ?
3. **Doc. 7** Comment les acteurs du tourisme tentent-ils de faire émerger un tourisme plus durable en Méditerranée ?

PARCOURS 2

Présenter un point de vue

Rémy Knafou, géographe spécialiste du tourisme, a publié en 2023 l'ouvrage *Réinventer (vraiment) le tourisme*. Préparez une présentation illustrant ce point de vue et répondant au sujet :
« Le tourisme en Méditerranée, une activité stratégique à réinventer ».

Pas à pas :
Vous présenterez :
- les effets positifs et négatifs du tourisme en Méditerranée (**doc. 5 et 6**) ;
- les solutions à mettre en œuvre pour continuer à bénéficier de cette activité stratégique (**doc. 7**).

BILAN La Méditerranée : un bassin migratoire et touristique

Un bassin migratoire

Pays de départ et de transit
- Difficultés socio-économiques
- Instabilité politique
- Rôle des passeurs

Pays d'arrivée
- Contrôle et interception des migrants irréguliers
- Contrôle et accueil des réfugiés

Des défis

Pays de départ et de transit :
- Bénéficier des remises migratoires
- Signer des accords de coopération avec les pays d'arrivée
- Réadmettre les migrants entrés illégalement

Pays d'arrivée :
- Contrôler les frontières et lutter contre les flux irréguliers
- Conclure des accords de réadmission
- Compenser la baisse de la population active
- Répondre au manque de main-d'œuvre de certains secteurs

Un bassin touristique

Des atouts
- 1re destination mondiale
- 30 % des revenus mondiaux
- Ports de croisières et stations balnéaires nombreux

≠

Des limites
- Pollution atmosphérique et émissions de gaz à effet de serre
- Érosion littorale
- Dégradation des écosystèmes

Des défis
- Limiter le nombre de paquebots de croisière et instaurer des quotas de croisiéristes
- Lutter contre la pollution dans les ports
- Préserver le patrimoine
- Développer un tourisme durable

Et ailleurs ?

1. Quelles régions du monde sont particulièrement concernées par les remises migratoires ?
2. Quelles régions du monde perçoivent le plus de recettes liées au tourisme ?

A. Les dix pays de départ qui bénéficient le plus des remises migratoires

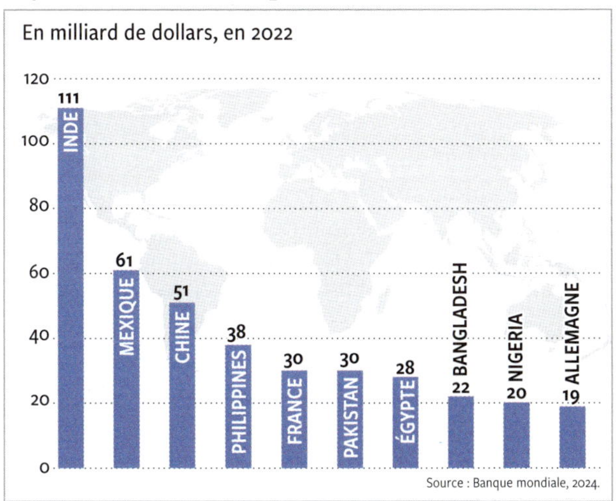

B. Les dix pays de départ qui perçoivent le plus des recettes du tourisme

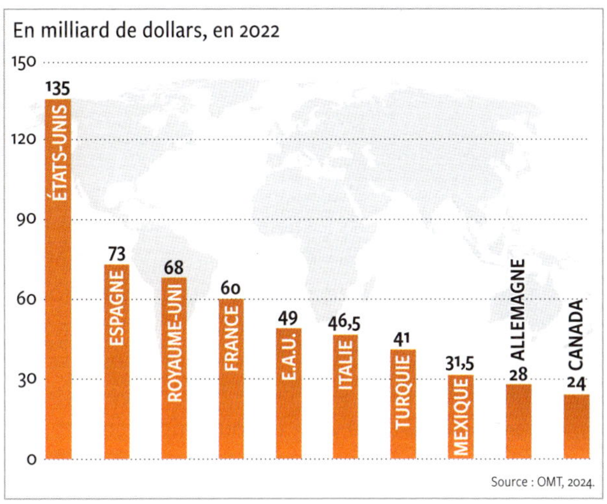

ÉTUDE DE CAS 2

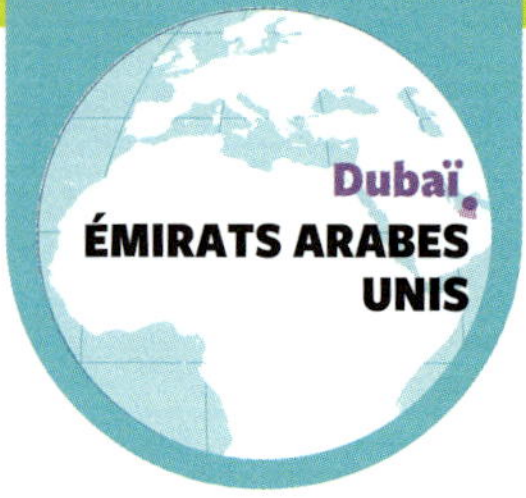

Dubaï : un pôle touristique et migratoire majeur

Presque inconnue avant les années 1990, Dubaï est devenue l'une des villes les plus riches et attractives du monde. Elle est présente dans le top 10 des villes les plus visitées, et son dynamisme repose sur la capacité de l'État à capter les mobilités internationales.

A Comment Dubaï est-elle devenue une destination touristique majeure ?

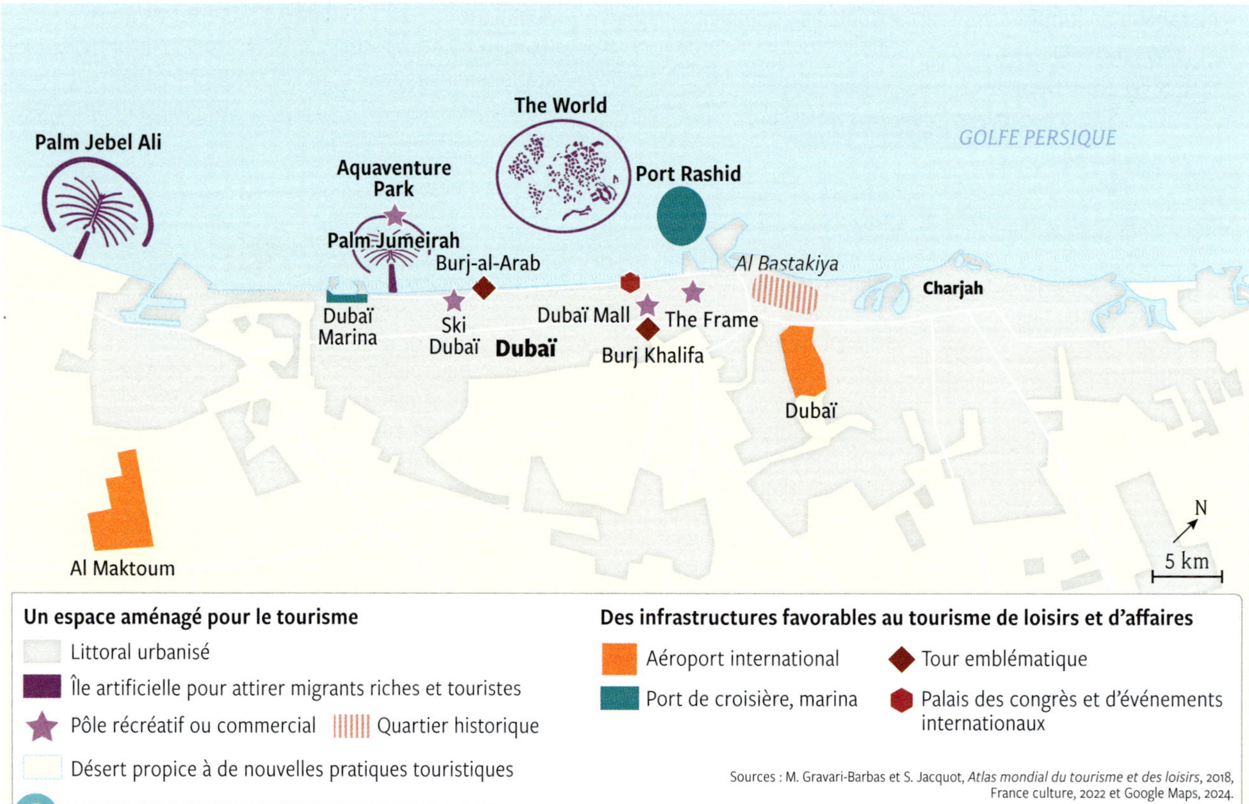

Sources : M. Gravari-Barbas et S. Jacquot, *Atlas mondial du tourisme et des loisirs*, 2018, France culture, 2022 et Google Maps, 2024.

1 Un espace aménagé pour le tourisme

2 Un marketing territorial relayé par les influenceurs

Dubaï est devenue *la* référence de la démesure et le tourisme, secteur stratégique représentant 30 % de son PIB, y contribue largement. Dubaï est désormais reconnue comme un pôle touristique majeur. Les centres commerciaux luxueux où la pratique des loisirs et la recherche d'expériences et de sensations attirent comme la piste de ski *indoor* du *Mall of the Emirates*, la piste de karting du *Dubaï Mall Zabeel* ou la patinoire et l'aquarium du *Dubaï Mall*. Ce développement est porté par une innovation sans cesse renouvelée au service de l'attractivité de la ville. Le tourisme, élément phare de l'économie dubaïote, est à la fois un indicateur et un symbole de la mondialisation. L'artificialisation est à son comble avec le nouveau projet d'un mégahôtel façon station lunaire, le *Moon Dubaï*, qui permettra une aventure spatiale sans même quitter la terre. Cette course « au must » alimente la fabrique de la ville et est devenue le support de la transformation de Dubaï en station touristique incontournable et largement relayée par le partage en ligne. Dubaï, misant sur la communication territoriale *via* les influenceurs, est devenue la cinquième ville la plus instagrammée au monde en 2023.

Édith Fagnoni, professeur des universités en géographie à Paris-Sorbonne, 2023.

VOCABULAIRE

- **Écotourisme :** forme de tourisme respectueuse de l'environnement.
- **Hub aérien :** plate-forme de correspondance et de redistribution des flux de marchandises et de passagers dans les aéroports.
- **Marketing territorial :** ensemble des techniques de publicité mobilisées pour présenter les atouts d'un territoire.

3 La construction de projets spectaculaires

Source : Image publicitaire de la société Emaar

La société immobilière Emaar Properties a construit le Burj Khalifa, gratte-ciel le plus haut du monde ①, ou encore le Dubaï Mall, plus grand centre commercial au monde ②. Ces aménagements sont devenus des attractions touristiques.

Des touristes venus du monde entier

14 millions en 2022 dont :
- 25 % du Moyen-Orient
- 20,5 % d'Europe
- 16,5 % d'Asie

Un carrefour aérien majeur
- 1er aéroport au monde
- Liaisons avec 128 pays et **hub aérien** de la compagnie aérienne Emirates
- Présence d'un vaste centre commercial

Une volonté d'expansion
- Recevoir plus de passagers grâce au nouvel aéroport Al Maktoum en chantier
- Inciter les passagers en escales à découvrir la ville

Sources : Centre de statistiques de Dubaï, 2024 et Dubaï Airports, 2024.

4 Une ville ouverte sur le monde

5 La promotion de l'écotourisme

Vidéo
Clip de l'agence de safaris dits « éco-luxe » Platinum Heritage, 23 mai 2019
hachette-clic.fr/24hg2117

Des professionnels valorisent le patrimoine culturel, l'industrie locale, la faune et la flore de Dubaï.

PARCOURS 1

Analyser des documents

1. **Doc. 1** Identifiez les types d'aménagements mis en place pour attirer les touristes et les voyages d'affaires à Dubaï.
2. À l'aide des **Doc. 2 et 3**, citez trois acteurs qui participent à la transformation de Dubaï en destination touristique.
3. **Doc. 2** Pourquoi la ville veut-elle attirer les influenceurs ?
4. **Doc. 1, 4 et 5** Comment Dubaï cherche-t-elle à renforcer son attractivité touristique ?

BILAN Rédigez un paragraphe de synthèse expliquant comment Dubaï est devenue une destination touristique majeure.

PARCOURS 2

Réaliser un document promotionnel

Vous êtes chargé(e) de guider un influenceur qui souhaite découvrir Dubaï en une journée. À l'aide des documents, concevez un itinéraire permettant de lui montrer les lieux qui symbolisent la diversité de l'offre touristique.
Pour vous aider, utilisez le tableau.

Étape de l'itinéraire	Lieu de visite proposé	Aménagement(s) à découvrir ?	Justification de votre choix
Étape 1	*aéroport*	*Le centre commercial de l'aéroport*	*Promouvoir le tourisme de shopping*
Étape 2 …			

Plan de la ville
hachette-clic.fr/24hg2118

B Quelle politique migratoire pour développer la ville ?

6 Des migrations massives et encadrées par l'État

Dubaï détient le record de la diversité urbaine mondiale : les étrangers y représentent la majorité de la population[1] plus de la moitié étant originaires de l'Asie du Sud (Inde, Pakistan, Bangladesh, Népal, Sri Lanka[2]). La ville draine à la fois une main-d'œuvre peu qualifiée (ouvriers de la construction, domestiques) et des personnes très diplômées. Malgré cette diversité extrême, le séjour des étrangers est traditionnellement contraint par le système de la *kafala*, qui place l'étranger sous la dépendance d'un responsable. Le visa de résidence de courte durée est associé au permis de travail. Lorsque celui-ci expire, l'étranger a un mois pour quitter le territoire. En outre, l'accès à la nationalité est réduit : il est réservé à quelques personnes haut placées. L'immigration est pensée comme temporaire, et les politiques migratoires conçues pour que les gens ne s'installent pas durablement. Il en résulte une société profondément clivée entre des nationaux, petite minorité qui bénéficie des privilèges, et des étrangers, au statut précaire.

Delphine Pagès-El Karoui, « Dubaï, rencontre avec une ville mondiale d'un nouveau type », *Moyen-Orient*, 2022.

1. 92 % de la population.
2. Plus de 80 % des travailleurs viennent d'Asie.

7 Des conditions de vie difficiles pour les migrants peu qualifiés

Sonapur, un camp de travailleurs aux portes du désert.

8 Une politique de séduction des migrants riches et qualifiés

Source : www.visitdubai.com, 2024.

Créés en 2019, les « *golden visas* » sont des permis de résidence de 10 ans proposés aux personnes qualifiées (finances, tertiaire supérieur) et aux étudiants.

PARCOURS 1

Comprendre et mettre en relation des documents

1. **Doc. 6** Quels sont les différents profils de migrants installés à Dubaï ?
2. En confrontant les **Doc. 7 et 8**, montrez que Dubaï mène une politique très différente en fonction des migrants accueillis.

PARCOURS 2

Justifier une affirmation

Rédigez deux paragraphes pour justifier l'affirmation :
« L'immigration est utilisée comme un outil au service du développement économique de Dubaï ».
Vous montrerez dans le premier paragraphe le poids et le rôle économique de l'immigration à Dubaï, puis dans le second la politique menée par l'État pour la contrôler.

BILAN Dubaï : un pôle touristique et migratoire majeur

Un pôle des mobilités internationales…

… touristiques
- Tourisme de luxe
- Tourisme de divertissement
- Tourisme balnéaire
- Tourisme d'affaires

Des aménagements et des politiques pour les encourager
- 1er aéroport au monde
- Parcs, tours et centres de congrès
- Campagnes de communication

… migratoires
- Main-d'œuvre peu qualifiée
- Main-d'œuvre qualifiée
- Étudiants

Des moyens pour les encourager
- *Golden visas*
- Appel à l'immigration

Des moyens pour les encadrer
- *Kafala*
- Camps de travailleurs

Transformation de la ville + dynamisme économique

- Création d'îles artificielles
- Projets architecturaux spectaculaires
- Création de camps de travailleurs en périphérie

- 30 % du PIB représenté par le tourisme
- Développement des secteurs de la construction, de la finance et du tertiaire supérieur

Et ailleurs ?

1. À l'exception de Dubaï, citez cinq pays touristiques et cinq pays à forte immigration.
2. Quels sont leurs points communs ? Ces pays connaissent-ils un niveau de développement comparable ?

➔ Voir carte p. 348-349 Développement et inégalités dans le monde

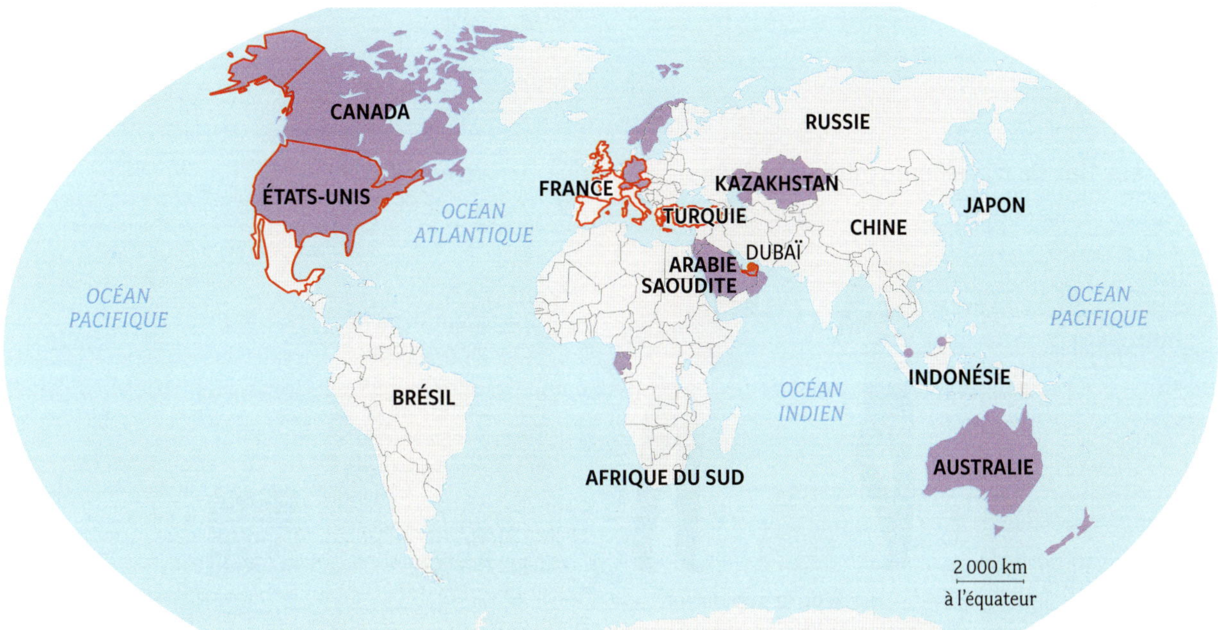

Pays à forte immigration (plus de 15 % de la population), en 2022 | Pays les plus visités par les touristes internationaux, en 2022
Sources : OIM et OMT, 2024.

ÉTUDE DE CAS 3

Les mobilités d'études et de travail intra-européennes

Travailleurs et étudiants traversent l'Europe pour profiter des opportunités économiques, culturelles et sociales qu'offre la mobilité. Les pays européens cherchent à intensifier ces flux.

A Comment l'Europe favorise-t-elle les mobilités de travailleurs ?

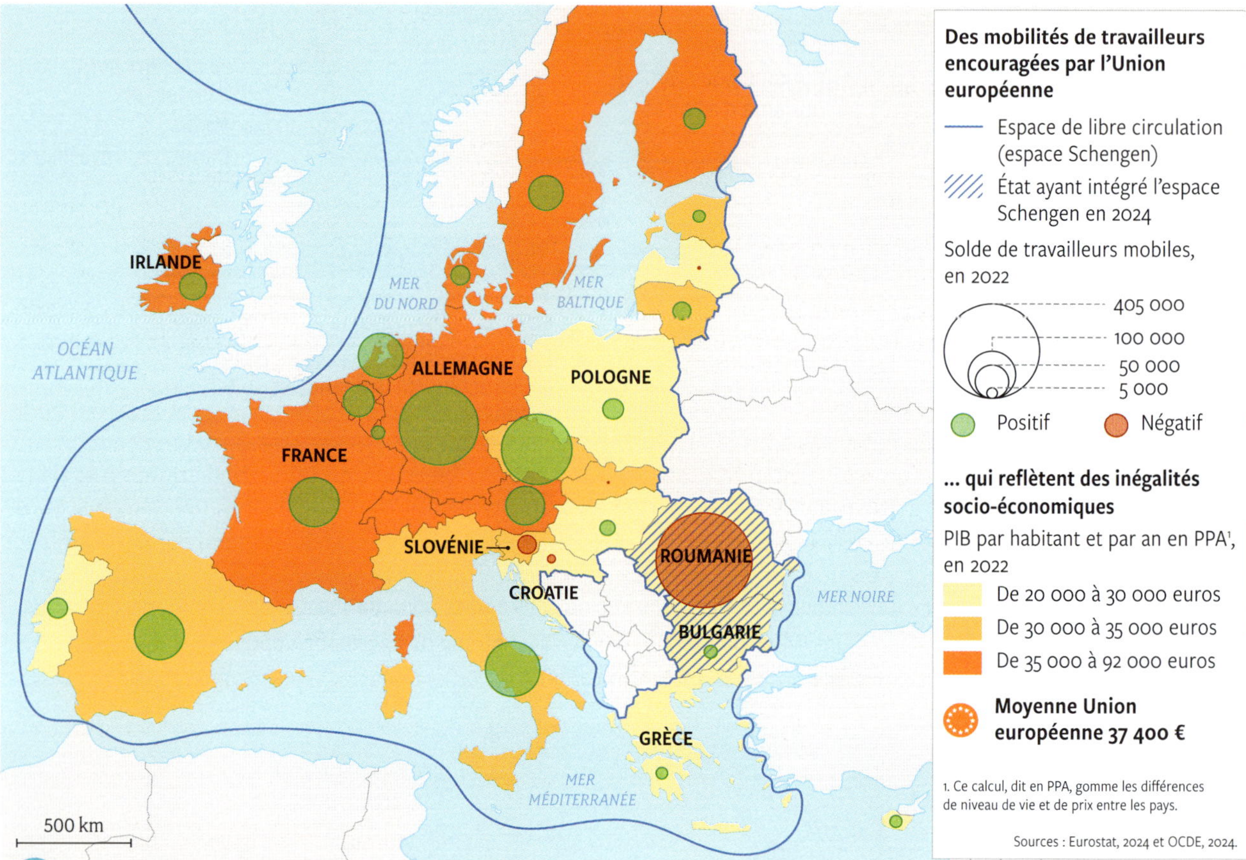

1 Les flux de travailleurs intra-européens

Travailleur frontalier
Personne franchissant chaque jour une frontière pour aller travailler : 2,1 millions de personnes
(dont 48 % travaillant en Suisse, 22 % au Luxembourg)

Travailleur détaché
Personne envoyée par son employeur dans un État membre de l'Union européenne de manière temporaire (100 jours en moyenne) : 3,7 millions de personnes
(dont 47 % de Roumains, 21 % de Polonais et 17,5 % d'Italiens)

← **4,2 % de la population active de l'Union européenne** →

Source : Eurostat, 2024.

2 La diversité des travailleurs mobiles

▶ **Vidéo**
Le cas des travailleurs frontaliers
France 3 Bourgogne-Franche-Comté, 23 septembre 2022
hachette-clic.fr/24hg2119

3 Des aides pour encourager la mobilité des travailleurs

Source : Eures, 2024.

Le réseau européen de services à l'emploi EURES facilite la libre circulation des travailleurs. Il met en relation des demandeurs d'emploi et des employeurs de l'Union européenne.

4 Les effets contrastés des mobilités dans le secteur de la santé

a. En Allemagne

En Allemagne, la population vieillissante fait croître la demande de soins, et en raison des pénuries de main-d'œuvre déjà importantes, les travailleurs immigrés constituent une partie essentielle du secteur des soins de santé. « Sans professionnels immigrés à tous les niveaux du système de santé, le système de santé allemand serait confronté à un effondrement », peut-on lire dans un rapport du Conseil d'experts allemand sur l'intégration et la migration. Sur les 4,2 millions de personnes travaillant dans le secteur allemand de la santé et des soins, 690 000 seraient nées à l'étranger. Les principaux pays d'origine de ces travailleurs sont la Pologne, la Roumanie et la Slovaquie et la plupart des travailleurs sont des femmes.

Euractiv, 6 avril 2023.

b. En Hongrie

Les médecins hongrois quittent le pays pour un meilleur salaire et des conditions de travail plus acceptables en Europe occidentale. Plus de 800 médecins hongrois ont demandé un certificat pour exercer à l'extérieur du pays en 2022, portant le nombre total délivré au cours de la dernière décennie à 8 500. Cela pourrait conduire à une situation désastreuse dans un pays qui compte 3,5 médecins pour 1 000 habitants (moyenne de 3,9 pour l'Union européenne). Ce problème de personnel a été révélé avec des conséquences dramatiques lors de la pandémie de Covid-19, lorsque les hôpitaux hongrois ont enregistré le deuxième plus grand nombre de décès en Europe pour 100 000 habitants. L'État a mis en place une augmentation de salaire de 11 % pour les professionnels de la santé en 2023.

Euronews, 6 juin 2023.

PARCOURS 1

Analyser des documents

1. **Doc. 1** Citez trois pays qui attirent plus de travailleurs mobiles qu'ils n'en perdent et trois pays qui en perdent plus qu'ils n'en gagnent.
2. **Doc. 2** Identifiez les différents types de travailleurs qui circulent en Europe.
3. À l'aide des **Doc. 1, 3 et 4**, expliquez les motivations des travailleurs mobiles.
4. **Doc. 4** Quels sont les avantages et les difficultés engendrés par ces mobilités pour les États ?

BILAN Rédigez une synthèse montrant l'origine et la diversité des flux de travailleurs en Europe. Vous évoquerez ensuite les motivations des travailleurs mobiles avant d'analyser les avantages et les difficultés de ces mobilités.

PARCOURS 2

Présenter un dialogue argumentatif

Vous êtes convié(e)s au Parlement européen pour échanger avec les députés sur la politique de mobilités des travailleurs et ses effets. Par groupe de trois, préparez votre dialogue argumentatif.

1. Au brouillon, remplissez le tableau afin de classer des arguments et des exemples.

	États qui envoient des travailleurs européens	États qui attirent des travailleurs européens
États concernés et type de travailleurs		
Motivations		
Avantages/Difficultés		

2. Répartissez-vous les rôles : un élève représente les États qui envoient des travailleurs et un second les États qui les attirent. Le troisième élève pose des questions et organise ainsi le dialogue.
3. Entraînez-vous puis enregistrez votre dialogue argumentatif.

B Comment l'Europe encourage-t-elle les mobilités d'étudiants ?

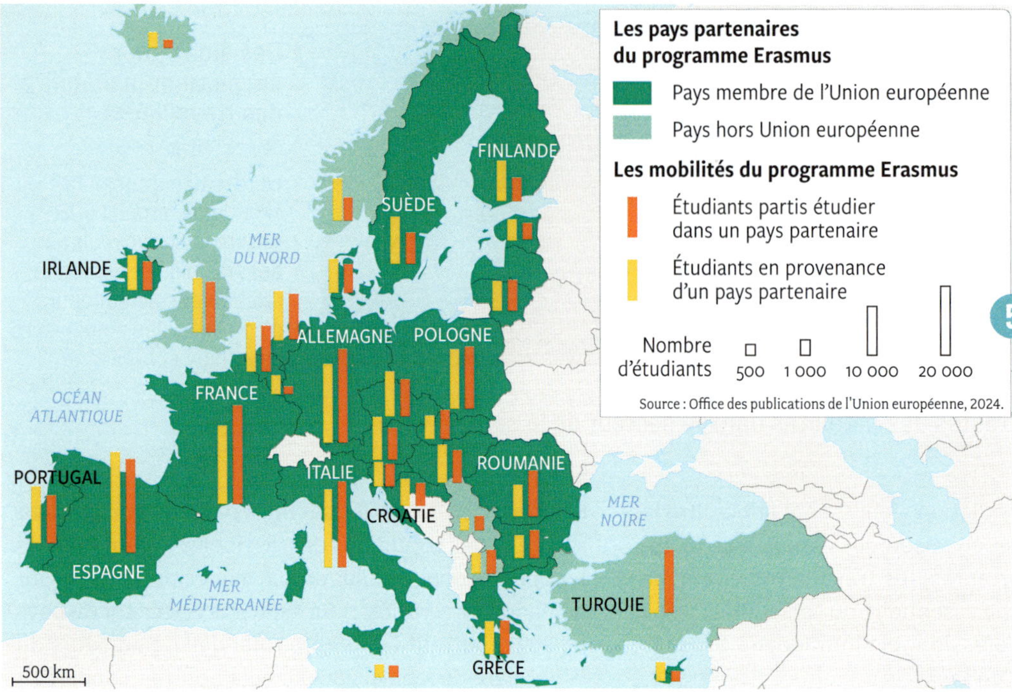

5 Erasmus, un programme de mobilités étudiantes

Depuis sa création en 1987, 12,5 millions d'étudiants ont profité de ce programme. Néanmoins, seuls 5 % des étudiants de l'Union européenne y participent en 2024.

6 Une volonté de faciliter l'accès aux études supérieures

Environ 30 % de la population française vivent actuellement dans un désert médical. Le besoin de nouveaux médecins se fait sentir. Et pourtant, les études de médecine sont toujours plus exigeantes. Au 1er janvier 2021, 40 % des chirurgiens-dentistes nouvellement inscrits à l'Ordre étaient diplômés de l'étranger. À l'université Grigore T. Popa de Iasi, en Roumanie, nombreux sont les Français à tenter leur chance, dans l'espoir d'obtenir un diplôme reconnu en France, mais aussi en Europe. L'université Grigore T. Popa propose depuis 14 ans une formation de médecine en français. Cette année, sur les 150 places de ce cursus, 90 élèves français ont été retenus, les autres viennent notamment de Belgique. « Notre but, c'est de les préparer pour pratiquer et faire de la médecine en Europe, dans leurs pays. En France, le diplôme est équivalent à 100 % » explique une professeure de l'Université roumaine. Répartis en groupe d'une quinzaine d'étudiants, les futurs médecins bénéficient d'installations dernier cri. Un minihôpital a vu le jour dans l'université pour inciter les étudiants à la pratique. Ils peuvent s'entraîner sur des mannequins, apprendre les gestes de premiers secours, le tout réparti sur plusieurs étages selon la spécialité.

France 3 Hauts-de-France, 12 novembre 2023.

7 Erasmus, une chance pour promouvoir l'apprentissage

Vidéo ▶
hachette-clic.fr/24hg2120

L'Agence Erasmus ; France Éducation et France 2, le 2 février 2023.

10 % des étudiants Erasmus sont des apprentis. Pour les Français Louis et Nicolas, partir en Suède leur a permis d'enrichir leurs connaissances professionnelles et de découvrir la vie à l'étranger.

PARCOURS 1

Présenter une situation géographique

1. **Doc. 5** Citez les pays qui accueillent le plus d'étudiants et les quatre principaux pays d'origine des étudiants.
2. **Doc. 6 et 7** Présentez les motivations des étudiants pour les mobilités en Europe.
3. **Doc. 5 et 7** Comment l'Union européenne favorise-t-elle les mobilités d'étudiants ?

PARCOURS 2

Réaliser un document promotionnel

L'agence Erasmus de votre région vous demande de réaliser un flyer afin de promouvoir le programme Erasmus et ses atouts auprès des jeunes.
Aidez-vous des documents et du site de l'Agence Erasmus pour confectionner votre document promotionnel.

BILAN Les mobilités d'études et de travail intra-européennes

Mobilités d'études

Des pays attractifs :
Espagne, France, Allemagne, Italie…

Mobilités de travail

- Travailleurs détachés (Portugal, Roumanie, Pologne…)
- Travailleurs frontaliers (France, Italie, Belgique…)

Mesures pour encourager ces mobilités

- Espace Schengen
- Programme Erasmus
- Bourses d'études

Avantages

- **Pour les populations**
  - Salaires supérieurs
  - Acquisition de savoirs et de compétences
- **Pour les pays d'accueil**
  - Apport de main-d'œuvre supplémentaire

Des défis à relever

- Limiter le départ de la main-d'œuvre qualifiée
- Maintenir les jeunes diplômés dans leur pays d'origine

Et ailleurs ?

1. Quelles régions du monde sont particulièrement concernées par le départ d'étudiants ?
2. Où se rendent la majorité des travailleurs migrants ? À votre avis, pourquoi ?

A. Origines des étudiants internationaux

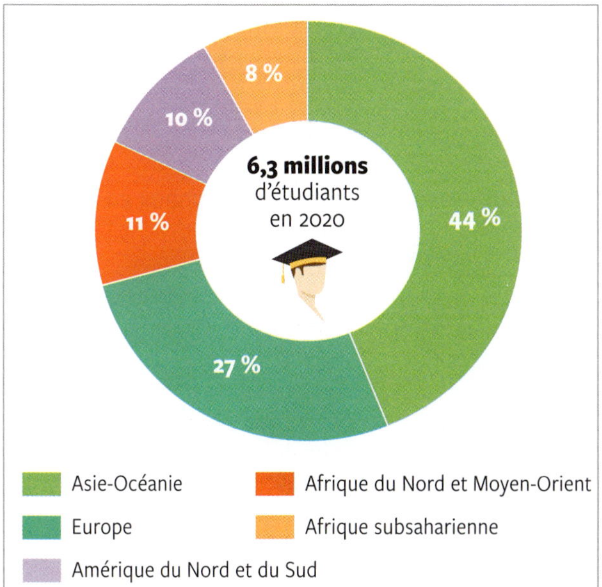

Source : Campus France, 2023.

B. Destinations des travailleurs migrants internationaux

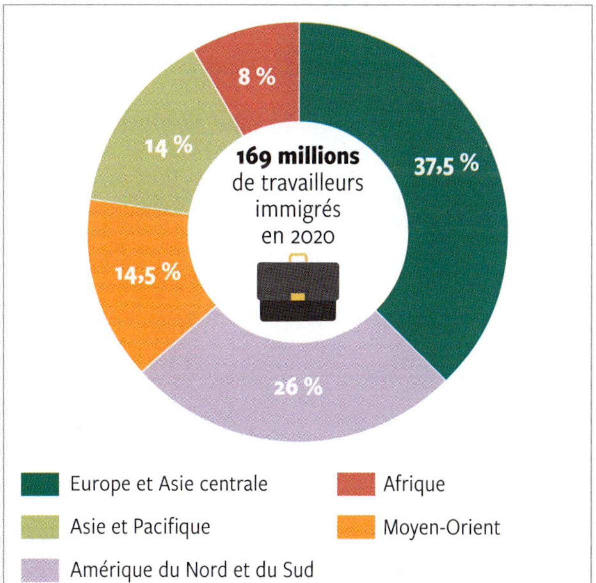

Source : OIM, 2024.

ÉTUDE DE CAS 4

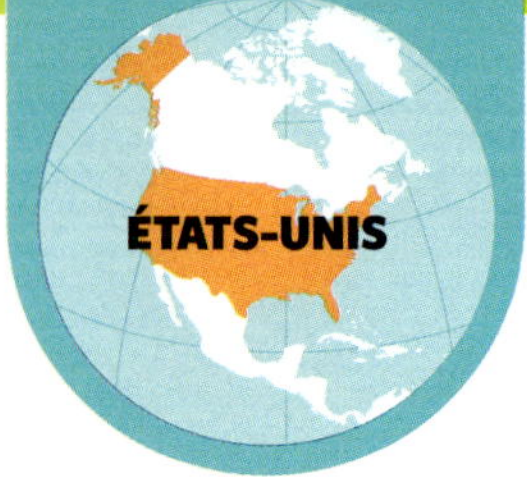

Les États-Unis : un pôle touristique majeur à l'échelle mondiale

La 5e Avenue de New York, les casinos de Las Vegas, les paysages désertiques du Grand Canyon… Autant de sites qui permettent aux États-Unis de se hisser chaque année parmi les trois destinations touristiques les plus fréquentées au monde.

A Pourquoi les États-Unis sont-ils un pôle touristique majeur ?

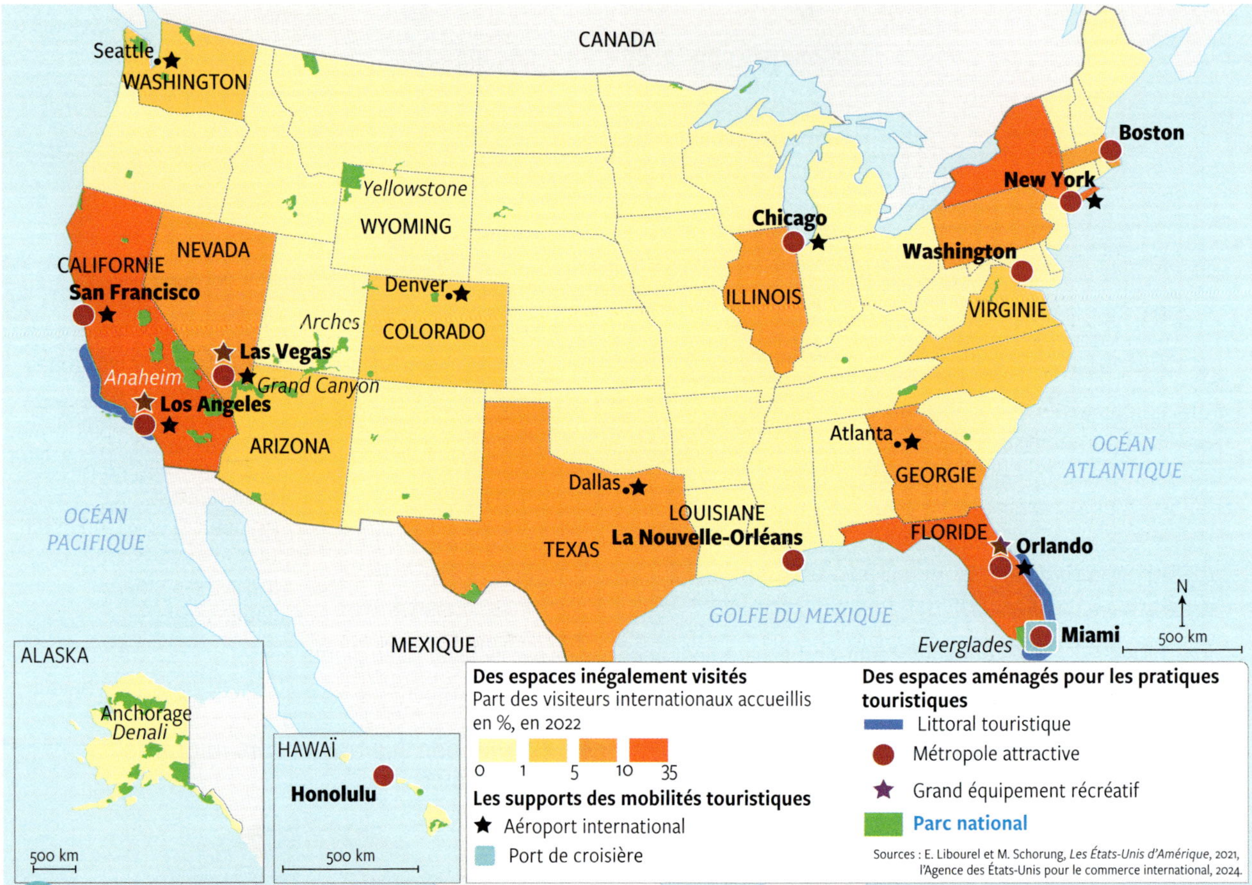

1 Un territoire aménagé pour le tourisme

A. Nombre de touristes internationaux

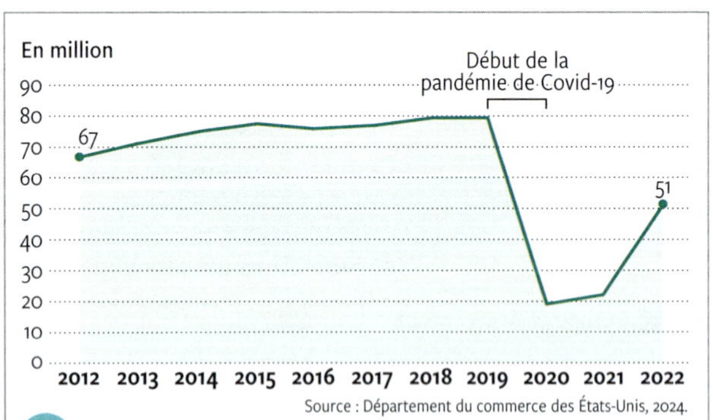

B. Origine des touristes internationaux en 2022, en %

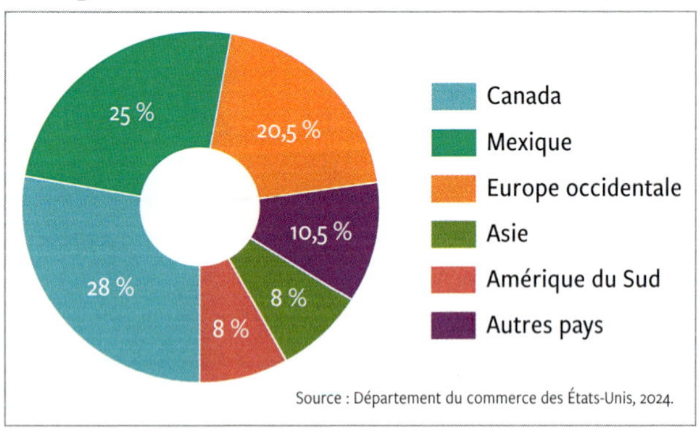

2 Des flux touristiques massifs

3 La mise en tourisme du Grand Ouest

La Monument Valley (État de l'Arizona), popularisée par les westerns, est située dans une réserve des Indiens Navajos qui en assurent les visites, la gestion et la préservation.

4 Un enjeu économique et culturel

En raison de l'immensité de leur territoire, mais aussi de leur histoire sociale et culturelle, les États-Unis offrent une grande diversité de ressources territoriales pour stimuler les imaginaires et les pratiques touristiques : ressources naturelles (paysages, grands espaces), ressources liées à la présence humaine (métropoles modernes, petites villes « fantômes » de l'Ouest américain, campagnes du Vieux Sud, patrimoine historique, lieux iconiques, musées et parcs d'attractions). Cette offre suscite [un] tourisme international, dont l'impact est multiple : emplois et chiffre d'affaires, mais aussi, impact en termes d'image voire de prestige et de *soft power*[1]. En effet, largement relayé à l'international par divers médias, le caractère grandiose des grands espaces américains et des grandes métropoles contribue vraisemblablement à renforcer la fascination et l'attraction que peuvent susciter les États-Unis sur l'imaginaire de nombreuses personnes à travers le monde. Par ailleurs, l'expansion du marché touristique est à l'origine de la création et du succès de quelques grands groupes qui s'internationalisent rapidement, que ce soit dans l'hôtellerie (Hilton, Marriott), dans l'industrie du divertissement (Disney) ou du transport aérien (United Airlines).

A. Boudet-Brugal *et al.*, « Introduction. Imaginaires et pratiques touristiques aux États-Unis : enjeux économiques et enjeux territoriaux », *Mondes du tourisme*, 2022.

1. Capacité d'un État à diffuser par la persuasion un modèle culturel, politique ou économique.

VOCABULAIRE

■ **Parc national :** espace protégé soumis à une réglementation spécifique afin d'y préserver l'environnement tout en favorisant le développement économique.

PARCOURS 1

Comprendre et mettre en relation des documents

1. **Doc. 2** Relevez deux chiffres montrant que les États-Unis sont un pôle touristique mondial puis identifiez d'où provient la majorité des touristes.
2. **Doc. 1** Comment le territoire des États-Unis est-il connecté au monde ?
3. **Doc. 4** Citez deux acteurs qui contribuent à l'attractivité touristique du territoire et expliquez leur rôle.
4. **Doc. 1, 3 et 4** Montrez que les États-Unis disposent d'une diversité d'atouts qui attirent les touristes.

BILAN Rédigez une synthèse expliquant pourquoi les États-Unis sont un pôle touristique majeur.

PARCOURS 2

Réaliser un exposé

En binôme et à l'aide des documents, préparez un exposé de trois minutes présentant les atouts qui font des États-Unis un pôle majeur du tourisme international.

B Quels sont les effets économiques et territoriaux du tourisme ?

5 Le parc de Yellowstone menacé par le tourisme

Le *National Park Service*[1] sélectionne certains lieux stratégiques (*honey pots*) rendus accessibles aux touristes. Les visiteurs ne se déplaçant guère au-delà d'un rayon de 500 mètres, cette mise en tourisme concentrée ne perturbe qu'une infime surface du parc. Mais la stratégie des *honey pots*, survalorisés, atteint certaines limites. Les flux sont tels que l'expérience des touristes est altérée par la foule[2]. Cette pression touristique perturbe la faune et entraîne le piétinement de la végétation. Elle accentue les conflits d'usage, autour de sujets tels que le pompage de l'eau. Les comportements à risque ont parfois des issues dramatiques, rappelant la dangerosité d'un site volcanique. En 2016, un jeune Américain, transgressant l'interdiction d'accès à un site, est mort dissous dans les eaux bouillantes d'une source chaude. Les défis posés par cette pression touristique poussent les autorités à étudier de futures stratégies de gestion des flux. Elles s'appuient sur une meilleure gestion du trafic routier avec des navettes pour limiter les émissions de carbone. Des systèmes de limitation de durée sur place sont envisagés.

S. Sangarne et N. Vermeersch, Géoimage, 2021.

1. Organisme public qui gère les parcs nationaux.
2. La fréquentation de Yellowstone a augmenté de 40 % entre 2008 et 2018 pour atteindre 4 millions de visiteurs par an.

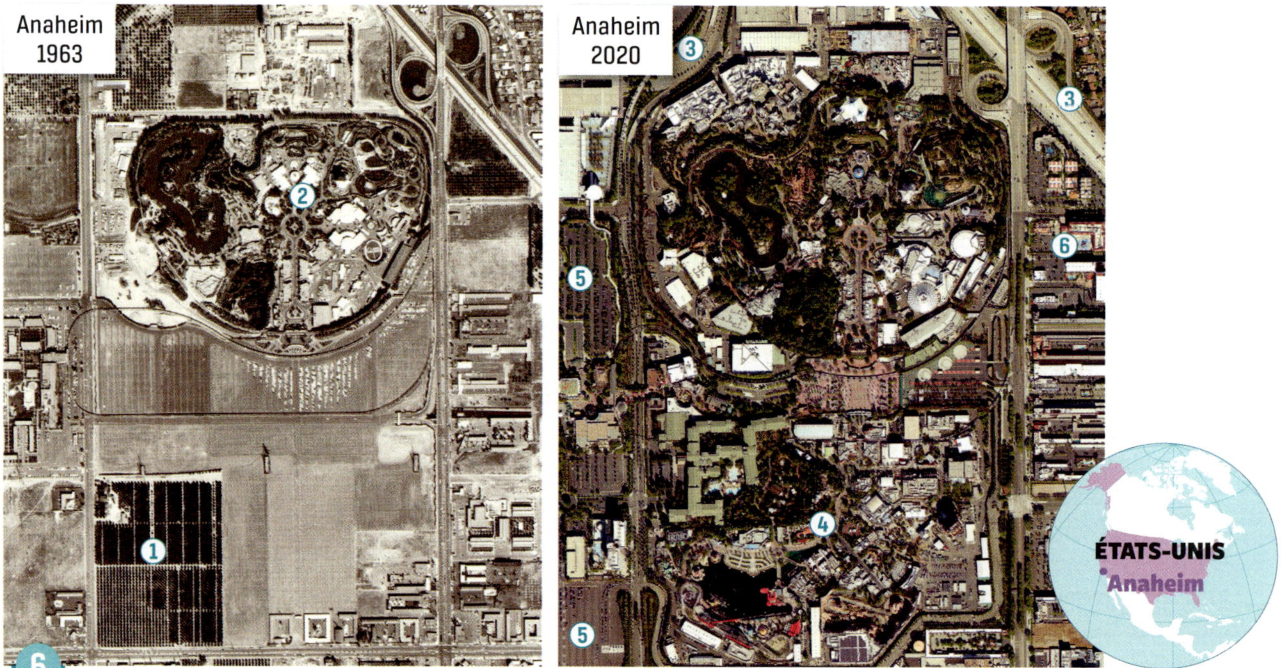

6 Disneyland, un lieu créé pour le tourisme

(1) Vergers d'Anaheim, au sud de Los Angeles. (2) Cœur historique du parc Disneyland. (3) Axe autoroutier. (4) Extension du parc (Avengers Campus...). (5) Parkings. (6) Hôtels et restaurants.

Source : Google Earth, 2023.

PARCOURS 1

Comprendre et mettre en relation des documents

1. À l'aide du Doc. 6, justifiez l'affirmation : « Les mobilités touristiques transforment l'espace et créent de l'activité économique ».
2. Doc. 5 Quels sont les problèmes posés par le tourisme dans le parc de Yellowstone ?
3. Doc. 5 Comment les autorités cherchent-elles à concilier fréquentation touristique et protection des territoires ?

PARCOURS 2

Réaliser une production graphique

Réalisez un schéma cartographique du Doc. 6 en vous aidant de la légende suivante :

I) Un ancien espace agricole en périphérie de Los Angeles

II) L'aménagement du parc d'attractions

III) Une transformation et une urbanisation de l'espace

Donnez un titre au schéma.

Schéma hachette-clic.fr/24hg2121

BILAN Les États-Unis : un pôle touristique majeur

Une diversité d'espaces touristiques
- Littoraux (Floride, Californie)
- Parcs nationaux (Yellowstone, Monument Valley)
- Métropoles (New York, Orlando)

Une bonne connexion au monde
- Aéroports internationaux
- Ports de croisière

Des acteurs qui favorisent le tourisme
- États
- Agences de tourisme
- Entreprises, chaînes hôtelières

↓

Un pôle touristique majeur

↓

Des transformations des territoires à différentes échelles
- Création de parcs à thème
- Quartiers touristiques des métropoles
- Parcs nationaux mis en tourisme

↓

Atouts : création d'emplois et de richesses

Défis : dégradations environnementales et conflits d'usage → Mesures de régulation et de protection

Et ailleurs ?

1. Quelles régions du monde captent l'essentiel des flux de touristes internationaux ?
2. Quelles régions du monde s'affirment aujourd'hui comme de nouveaux pôles touristiques ?

- Pôle touristique ancien et confirmé[1] (depuis les années 1990)
- Pôle touristique ayant émergé entre les années 1990 et 2010
- Pôle ayant connu un fort recul de la fréquentation touristique en raison de l'instabilité politique

1. Plus de 10 millions de touristes internationaux par an.

Source : Banque Mondiale, 2024.

GRAND ANGLE Les dynamiques migratoires dans le monde

- Jusque dans les années 1950, l'Europe était la principale région de départ des migrants qui se dirigeaient alors vers l'Amérique. Aujourd'hui, la carte des flux migratoires est plus complexe. Tous les pays sont concernés par ces flux, que ce soit en tant que pays de départ, d'arrivée ou de transit, voire tout à la fois comme le Mexique ou le Maroc.
- Si la pauvreté et le rêve d'une vie meilleure restent la première cause des départs des **migrants internationaux**, les causes des migrations sont de plus en plus diverses.

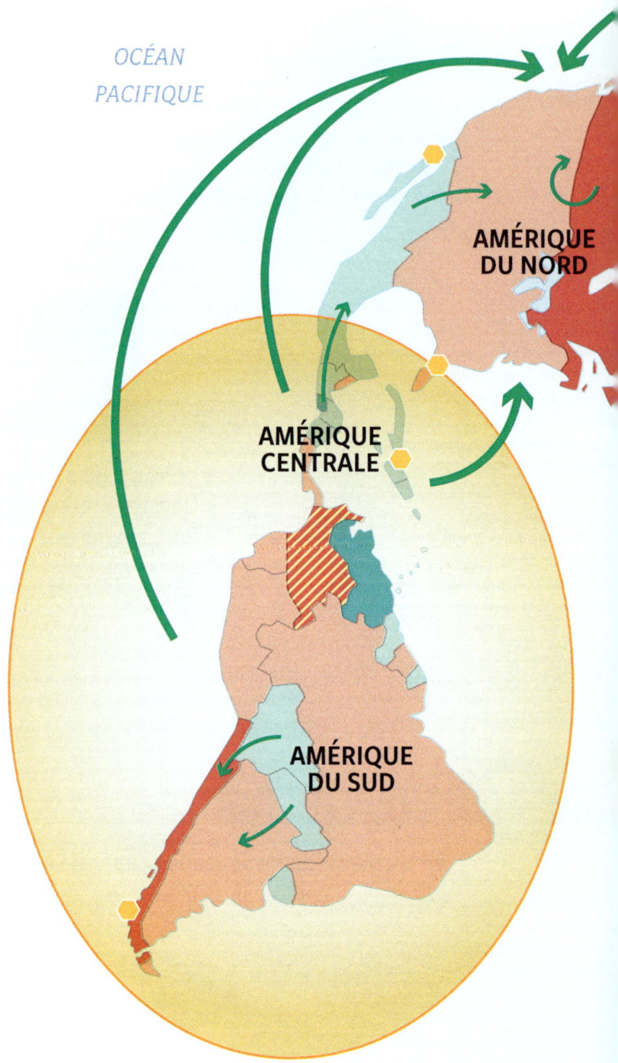

La répartition des migrants dans le monde en 2023, en %

Les régions d'arrivée des migrants internationaux en 2023, en %

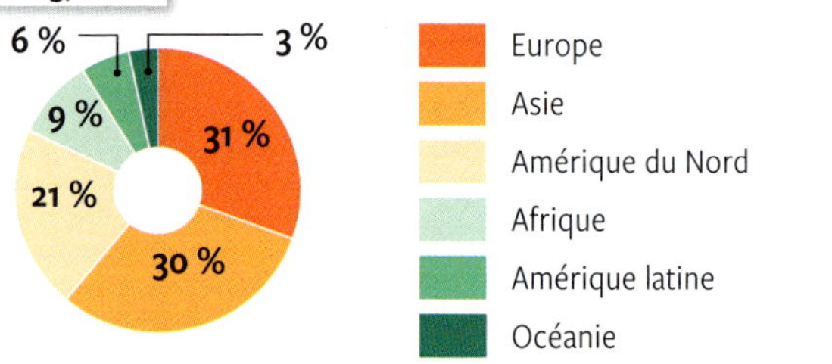

Le genre des migrants internationaux en 2023, en %

Source : *Atlas des migrations*, Courrier international, 2023.

2 Le profil des migrants internationaux

NOTION EN VIDÉO

▶ Vidéo
Qui sont les migrants ?
UNHCR, mai 2018
hachette-clic.fr/24hg2122

■ **Migrant international :** personne qui quitte son pays pour s'installer dans un pays étranger pendant plus d'une année. Parmi eux, les réfugiés sont des personnes qui ont fui leur pays par crainte de persécutions et qui demandent la protection du pays qui l'accueille.

Carte interactive
hachette-clic.fr/24hg2123

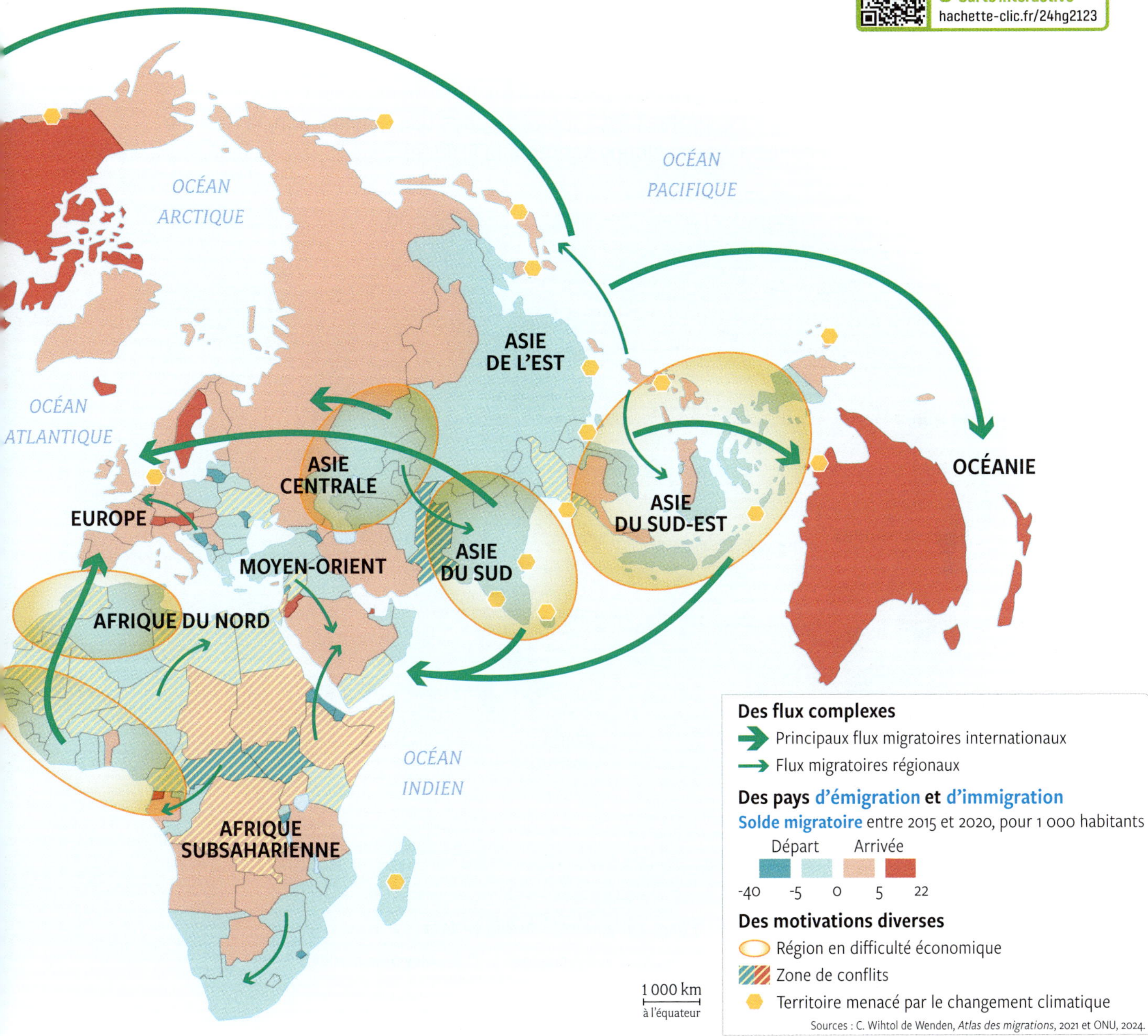

1 Les flux migratoires dans le monde

VOCABULAIRE

- **Émigration :** départ d'une personne d'un pays pour s'installer dans un autre.
- **Immigration :** arrivée d'une personne dans un pays alors qu'elle n'en a pas la nationalité.
- **Solde migratoire :** différence entre le nombre de personnes qui s'installent dans le pays et qui le quittent chaque année.

QUESTIONS

1. **Doc. 1** Citez trois régions de départ et trois régions d'arrivée des migrants internationaux.
2. **Doc. 1** Quels facteurs peuvent inciter les migrants à partir de leur pays ?
3. **Notion en vidéo et doc. 1 et 2** Justifiez l'affirmation : « Les migrants ont des profils et des motivations variés ».

Les effets territoriaux des migrations internationales

● Par les **remises migratoires**, les migrants participent au développement de leur pays d'origine. Ces envois jouent un rôle majeur dans l'économie de pays tels que le Liban, la Gambie ou le Honduras, mais aussi dans les pays développés comme la France.

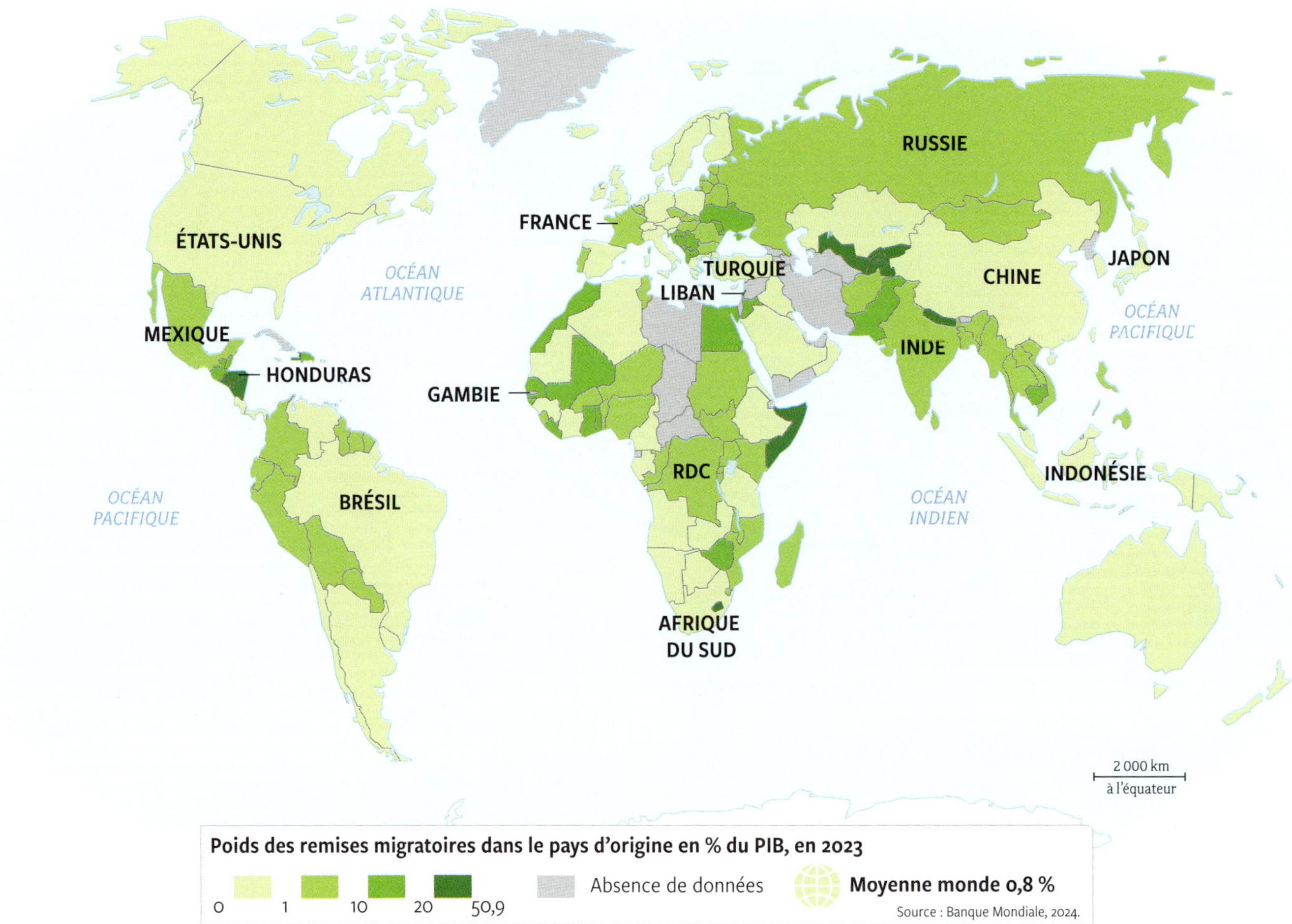

1 Les remises migratoires, un atout pour les pays de départ ?

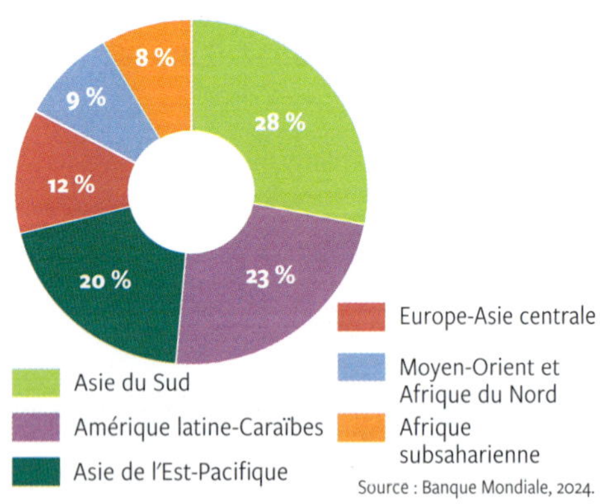

2 La répartition des remises migratoires

VOCABULAIRE

- ***Brain drain* (fuite des cerveaux) :** migration des personnes les plus qualifiées à la recherche de meilleures conditions de travail.
- **Politique migratoire :** mesures prises par un État pour contrôler ou éventuellement favoriser les flux migratoires.
- **Remise migratoire :** part de revenus que les migrants internationaux envoient vers leur pays d'origine.

• Sources de défis politiques, économiques et sociaux, les migrations font débat. Des États adoptent des politiques migratoires pour favoriser l'émigration. D'autres tentent de réguler ou d'empêcher ces flux en édifiant notamment des murs à leurs frontières, à l'image de celui qui sépare la Grèce et la Turquie ou les États-Unis du Mexique.

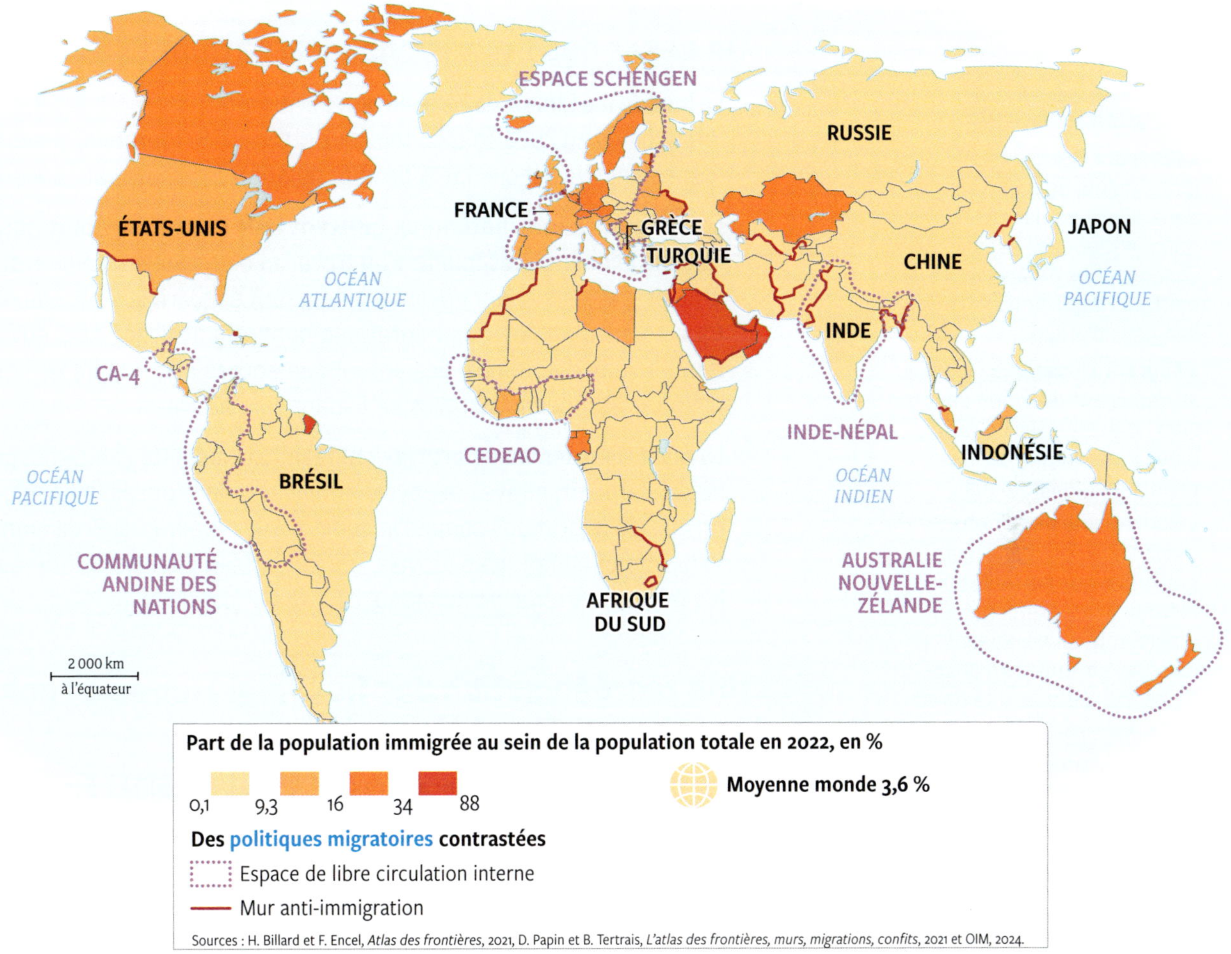

3 Les effets des migrations dans les pays d'arrivée

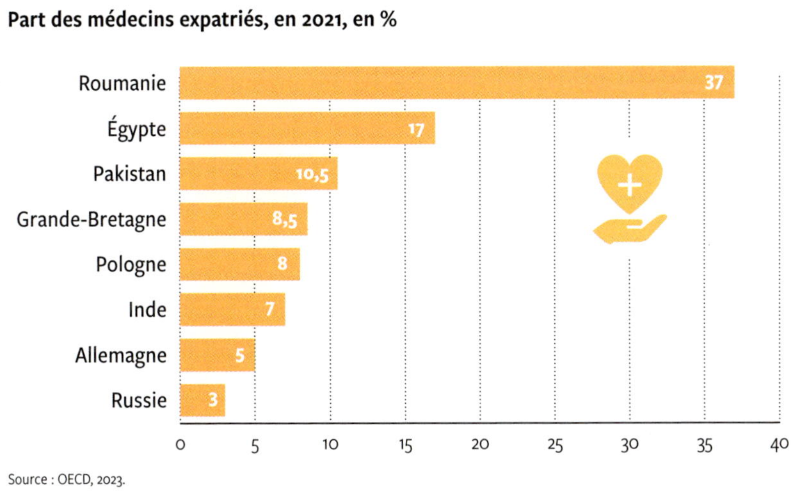

4 Le *brain drain* : le cas des médecins

QUESTIONS

1. **Doc. 1 et 2** Identifiez les régions qui bénéficient le plus des remises migratoires.
2. **Doc. 3** Quelles sont les mesures prises par les pays d'arrivée face aux flux migratoires ?
3. **Doc. 1 et 4** Pourquoi les migrations constituent-elles à la fois un atout et un frein pour les pays de départ ?

COURS 1 Les dynamiques migratoires

> Comment les migrations internationales transforment-elles le monde ?

1 Un essor des migrations internationales

- **Le monde n'a jamais compté autant de** migrants internationaux **:** ils sont 281 millions en 2023 soit 3,5 fois plus qu'en 1975. Toutefois, la migration reste sélective : seule 3,6 % de la population mondiale est concernée.
- **Les migrants internationaux quittent leur pays avant tout pour des raisons économiques** (quête d'un travail et d'un meilleur salaire) ou pour étudier. Certains fuient un danger, espérant acquérir le statut de réfugié (guerre en Ukraine). Les migrations concernent désormais autant de femmes que d'hommes, des enfants ou encore des seniors tels que les retraités européens installés en Espagne ou au Maroc.
- **La révolution des transports (avion) facilite la mobilité** et Internet permet de garder contact avec le pays d'origine, rendant possible de nouvelles formes de migrations comme le nomadisme numérique. Si de nombreux migrants circulent avec un visa, le franchissement des frontières pour les migrants irréguliers est long, coûteux et périlleux.

2 Une réorganisation des flux migratoires à l'échelle mondiale

- **La direction des flux migratoires reflète les inégalités économiques.** 70 % des migrants internationaux viennent des pays en développement (Inde, Mexique) et les pays développés (États-Unis, Australie) accueillent la majorité des migrants. À l'échelle régionale, les principaux flux migratoires relient l'Amérique latine à l'Amérique du Nord ou le sud et l'est de la Méditerranée au nord.
- **Tous les pays sont pourtant concernés par le départ, le transit ou l'arrivée de migrants.** Désormais, de nombreux migrants quittent les pays en développement pour s'installer dans un pays émergent (Afrique du Sud) ou qui recrute de la main-d'œuvre (Émirats arabes unis). Ils se dirigent également dans des pays qui accueillent les réfugiés (Turquie, Allemagne).
- **La carte des flux migratoires change constamment au rythme des bouleversements que connaît le monde.** Les guerres stoppent l'immigration et causent des flux de réfugiés vers des pays proches (Turquie dans le cas de la guerre en Syrie par exemple) où sont installés les camps gérés par l'HCR (Haut Commissariat des Nations unies pour les réfugiés). Le changement climatique pourrait accroître le nombre de migrants climatiques (32,6 millions en 2022 contre 216 millions d'ici 2050) même s'ils se déplacent surtout au sein de leur pays.

VOCABULAIRE

- **Diaspora :** communauté d'une même origine dispersée dans plusieurs pays et qui maintient des liens économiques, financiers et culturels importants avec son pays d'origine.
- **Migrant climatique :** individu se déplaçant dans son pays ou vers un autre pays en raison d'une catastrophe ou d'un changement climatique.
- **Nomadisme numérique :** mode de vie de travailleurs qui, grâce aux nouvelles technologies, exercent leur emploi tout en voyageant d'un pays à l'autre en quête d'une meilleure qualité de vie.
- **Réfugié :** personne qui fuit son pays par crainte d'une persécution et qui demande la protection du pays qui l'accueille.
- **Remise migratoire :** part de revenus que les migrants internationaux envoient vers leur pays d'origine.

NOTIONS

- **Migrant international :** personne qui quitte son pays pour s'installer dans un pays étranger pendant plus d'une année.
- **Migration :** déplacement d'un individu ou d'un groupe pour s'installer durablement dans une autre région (migration interne) ou dans un autre pays (migration internationale).

3 Des effets contrastés sur les territoires

- **Dans les pays de départ, l'envoi de remises migratoires permet d'aider les familles à se loger, se nourrir ou encore se soigner.** Certains pays, comme les Philippines, encouragent donc l'émigration. La diaspora chinoise (50 millions de personnes) est perçue par l'État comme un relais de son émergence économique et de son rayonnement culturel. Toutefois, le *brain drain* pénalise les pays pauvres. Par exemple, 17 % des médecins formés en Égypte exercent à l'étranger.

- **Dans les pays d'arrivée, l'immigration répond aux besoins en main-d'œuvre** (Dubaï, Silicon Valley en Californie) **et compense le vieillissement** (Allemagne). Elle transforme les métropoles où naissent parfois des quartiers ethniques (*chinatowns*). Toutefois, l'immigration nourrit des débats et des replis identitaires. Les politiques migratoires des pays d'accueil sont donc sélectives et encadrées. Au Canada, l'immigration est « choisie » en fonction de critères linguistiques, éducatifs et professionnels. En Arabie saoudite, le système de la *kafala* place le travailleur étranger sous la forte dépendance de son employeur.

- **Face aux franchissements illégaux de frontières, les pays développés tendent à se fermer :** 10 % des frontières sont matérialisées par un mur. Les contrôles sont alors déplacés dans les pays de transit proches (Turquie ou Maroc pour l'Union européenne) qui deviennent à leur tour des pays d'immigration. Cette fermeture favorise l'apparition de nouvelles routes migratoires tandis que des passeurs exploitent la détresse des migrants.

CHIFFRES CLÉS

La part des migrants internationaux dans la population totale en %

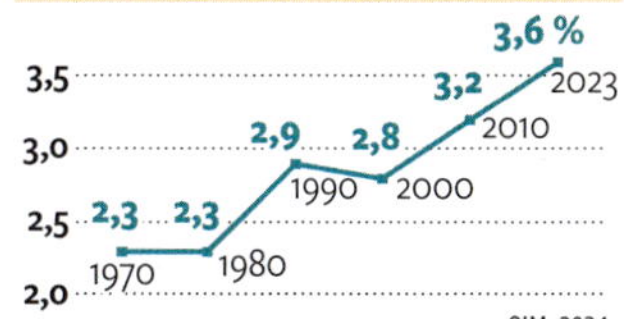

OIM, 2024.

Les principaux pays d'accueil de réfugiés en million

OIM, 2024.

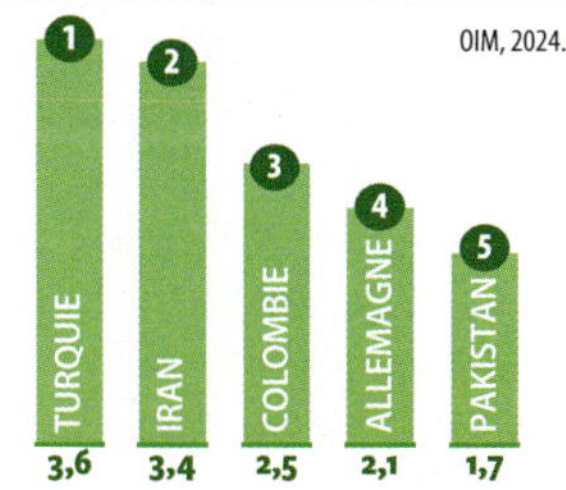

Les régions de départ des migrants internationaux en %

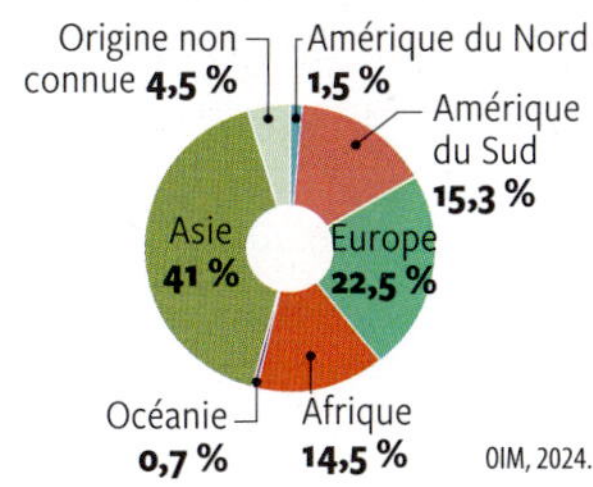

OIM, 2024.

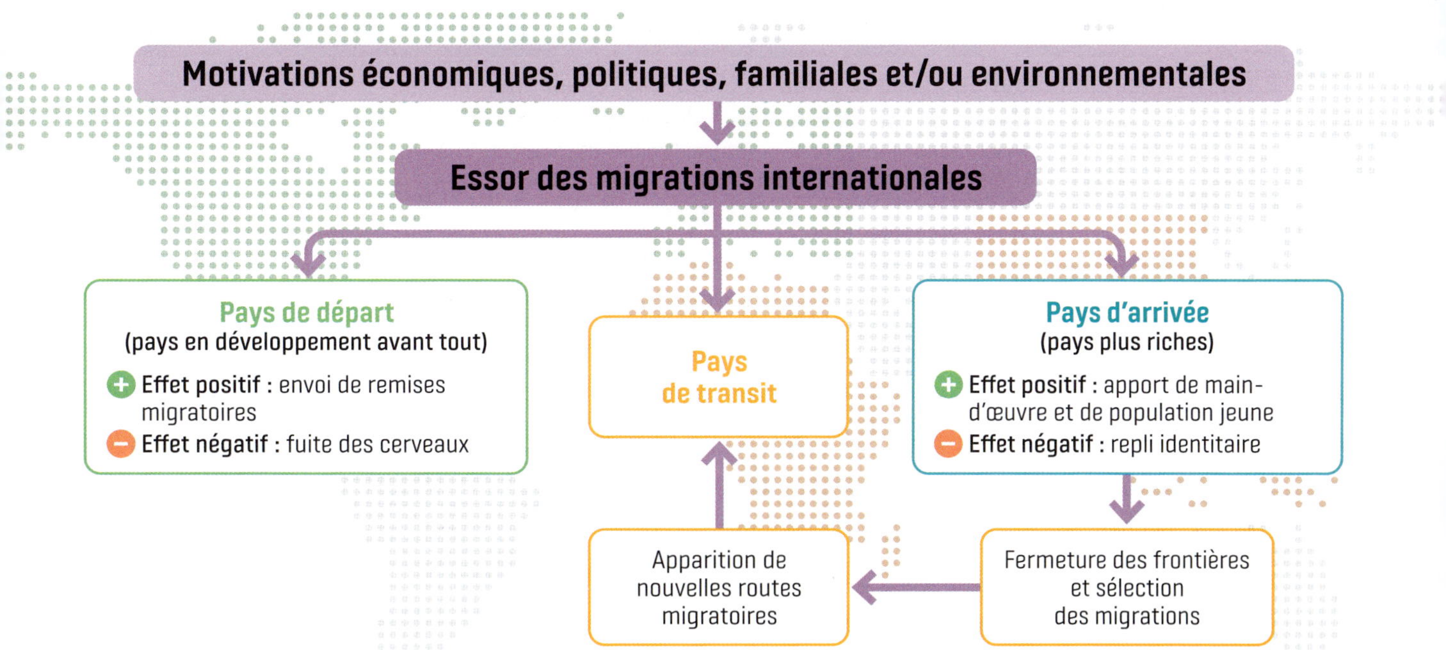

EXEMPLE

Les effets du surtourisme dans les espaces fragiles

Les mobilités touristiques concernent désormais des lieux longtemps inaccessibles, notamment les îles lointaines et la haute montagne. Même si le tourisme est source de revenus, il crée de multiples dégradations environnementales et oblige les autorités à agir.

› Comment réguler les effets du surtourisme dans les espaces fragiles ?

1 La surfréquentation touristique de la plage de Maya Bay (Thaïlande)

En 2018, cette plage de l'île de Koh Phi Phi Ley, devenue un pôle touristique, attire jusqu'à 6 000 visiteurs par jour, souvent juste pour quelques dizaines de minutes. Leur venue a entraîné une destruction rapide des fonds marins et des coraux.

▶ Vidéo
Brut, 16 juillet 2022.
hachette-clic.fr/24hg2124

2 Les mesures prises par les autorités pour préserver Maya Bay

Déchets, crèmes solaires, carburants et hélices des bateaux... Les récifs coralliens de Maya Bay, en Thaïlande, ont gravement souffert de la surfréquentation touristique. Ce lieu paradisiaque de Koh Phi Phi Ley a été popularisé par *La Plage*, film de Danny Boyle avec Leonardo DiCaprio sorti en 2000. Les autorités thaïlandaises ont décidé de fermer la baie au public en juin 2018. Une fermeture d'abord prévue pour quatre mois, mais qui a finalement été prolongée de trois ans à cause (ou plutôt grâce) à la pandémie. Depuis sa réouverture le 1er janvier 2022, seuls 375 visiteurs peuvent accéder à la baie en même temps pendant la période d'ouverture de 10 heures à 16 heures, soit un maximum de 2 200 visiteurs par jour environ. La baignade demeure interdite et les bateaux doivent jeter l'ancre à l'arrière de la baie afin d'éviter d'endommager le récif corallien. La mesure a prouvé son efficacité puisque des requins à pointes noires ont réinvesti les lieux au bout de quelques mois. Mais il faudra bien plus de temps pour que l'écosystème ne retrouve son état originel.

Le Figaro, 25 avril 2023.

3 **Le mont Blanc, un site de plus en plus fréquenté**

Symbole des effets du changement climatique, la mer de Glace attire chaque année 350 000 visiteurs. Ce « tourisme de la dernière chance » contribue, paradoxalement, à sa disparition.

▶ Vidéo
France 3 Auvergne-Rhône-Alpes, 12 août 2021.
hachette-clic.fr/24hg2125

Les causes de la régulation
- Dégradations du site (pollutions, déchets)
- Saturation des refuges et campements sauvages
- Multiplication des accidents
- Protestations des maires

Des mesures de régulation par les collectivités territoriales
- Fermeture temporaire de refuges
- Quotas (214 alpinistes par jour)
- Réservation obligatoire des refuges
- Vérification des équipements des alpinistes

\+

Un outil de protection créé par l'État en 2020

La Zone de protection des habitats naturels dans laquelle il est interdit de :
- Circuler avec tous types de véhicules
- Pratiquer toutes autres activités que l'alpinisme
- Jeter des déchets et d'arracher des végétaux

4 **Des dispositifs pour éviter le surtourisme dans le massif du Mont-Blanc**

Sources : *Le Figaro*, 2023 et site Protection du mont Blanc, 2024.

PARCOURS 1

Participer à un jeu de rôle

L'Organisation mondiale du tourisme organise un débat sur le thème « Surtourisme et espaces fragiles » entre un partisan de la fermeture des espaces fragiles au tourisme et un défenseur de leur ouverture sous conditions. Un modérateur se charge de poser les questions. Constituez un trio et préparez le débat grâce au tableau.

	La plage de Maya Bay	Le massif du Mont-Blanc
Modérateur fréquentation touristique : chiffres et évolution		
Partisan de la fermeture des espaces fragiles dégradations environnementales		
Défenseur de l'ouverture des sites – acteurs touristiques – outils et mesures		

PARCOURS 2

Vers le bac

À partir des informations extraites des documents, rédigez une réponse à la question problématisée :
Comment réguler les effets du surtourisme dans les espaces fragiles ?

Pas à pas :
1. Décrivez et expliquez l'essor de la fréquentation touristique dans les espaces fragiles (**doc. 1 et 3**).
2. Enumérez les dégradations occasionnées par cette fréquentation touristique (**doc. 2 et 4**).
3. Présentez des mesures pour limiter les effets du surtourisme et les acteurs mobilisés (**doc. 2 et 4**).

GRAND ANGLE Les dynamiques touristiques dans le monde

- Autrefois réservé à une élite occidentale, le tourisme génère aujourd'hui six fois plus de déplacements qu'en 1970, signe d'une **transition touristique** mondiale.
- Les touristes viennent surtout d'Europe, d'Amérique du Nord et d'Asie orientale, mais les espaces d'accueil se sont élargis au monde entier par la révolution des transports et la volonté de nombreux États d'attirer les visiteurs pour se développer.
- Le divertissement reste la première motivation des touristes, mais de nouvelles formes de tourisme sont apparues (tourisme gastronomique, tourisme rural...).

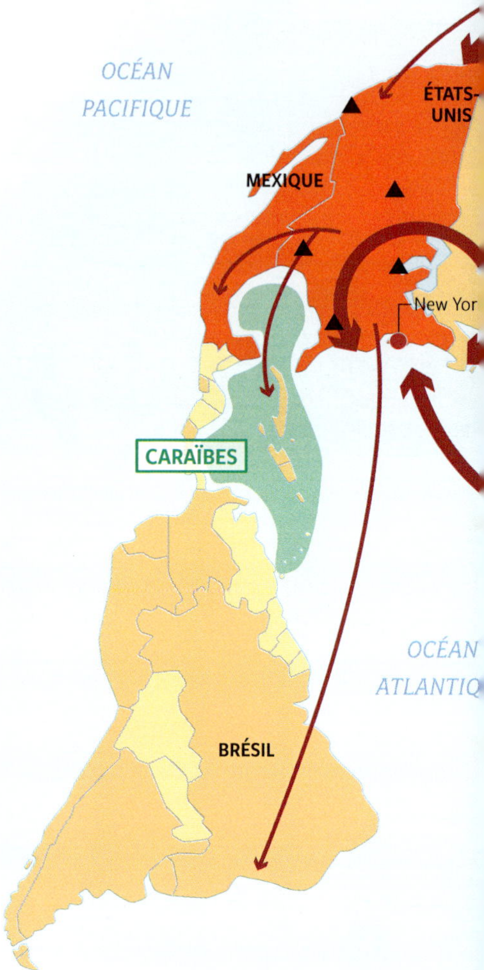

NOTION EN VIDÉO

▶ Vidéo
Qu'est-ce que le tourisme durable ?
Ademe, 10 mai 2021
hachette-clic.fr/24hg2126

▪ **Tourisme durable :** forme de tourisme intégrant les objectifs du développement durable (transport moins polluant, découverte des traditions et de l'artisanat local...).

A. Les régions de départ des touristes en 2021, en %

B. Les régions d'accueil des touristes en 2021, en %

Source : OMT, 2024

2 La répartition des touristes

Carte interactive
hachette-clic.fr/24hg2127

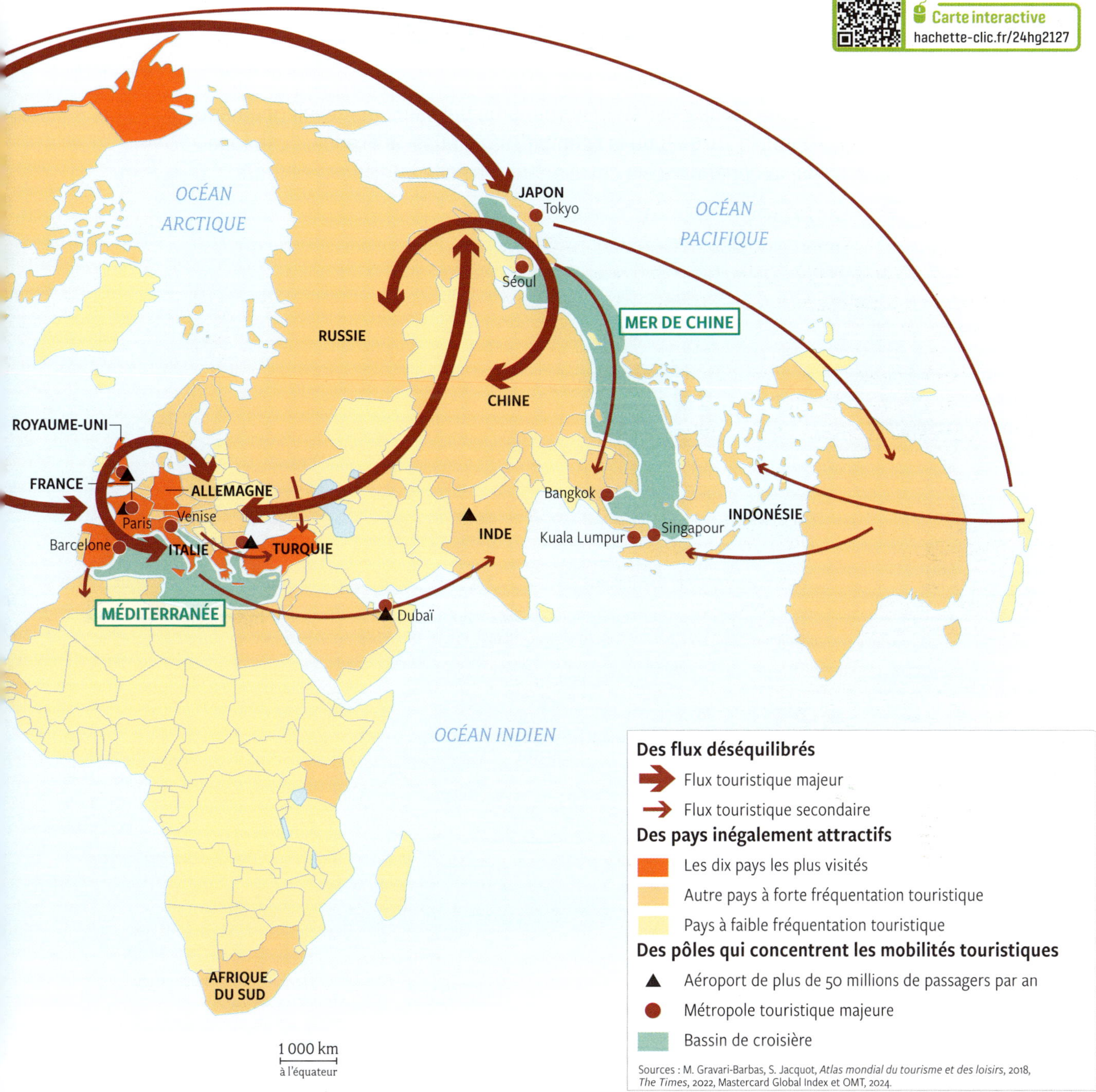

1 Les flux touristiques dans le monde

VOCABULAIRE

- **Transition touristique :** passage d'un tourisme réservé à une élite à un tourisme de masse. Il s'accompagne d'une extension de l'espace touristique et d'une transformation des pratiques.

QUESTIONS

1. Doc. 1 Quelles régions du monde concentrent l'essentiel des flux touristiques ? Quels pays ne sont pas ou peu concernés ?
2. Doc. 1 et 2 Pourquoi peut-on parler de transition touristique ?
3. Notion en vidéo et doc. 1 et 2 Qu'est-ce que le tourisme durable ? Pourquoi sa mise en place est-elle importante ?

GRAND ANGLE

Les effets territoriaux du tourisme

● Grâce aux dépenses effectuées par les visiteurs, le tourisme participe au développement des pays concernés tels la Chine, la Turquie ou la Namibie, mais aussi la France, l'Espagne ou les États-Unis. Néanmoins, la dépendance à cette activité fragile interpelle les États.

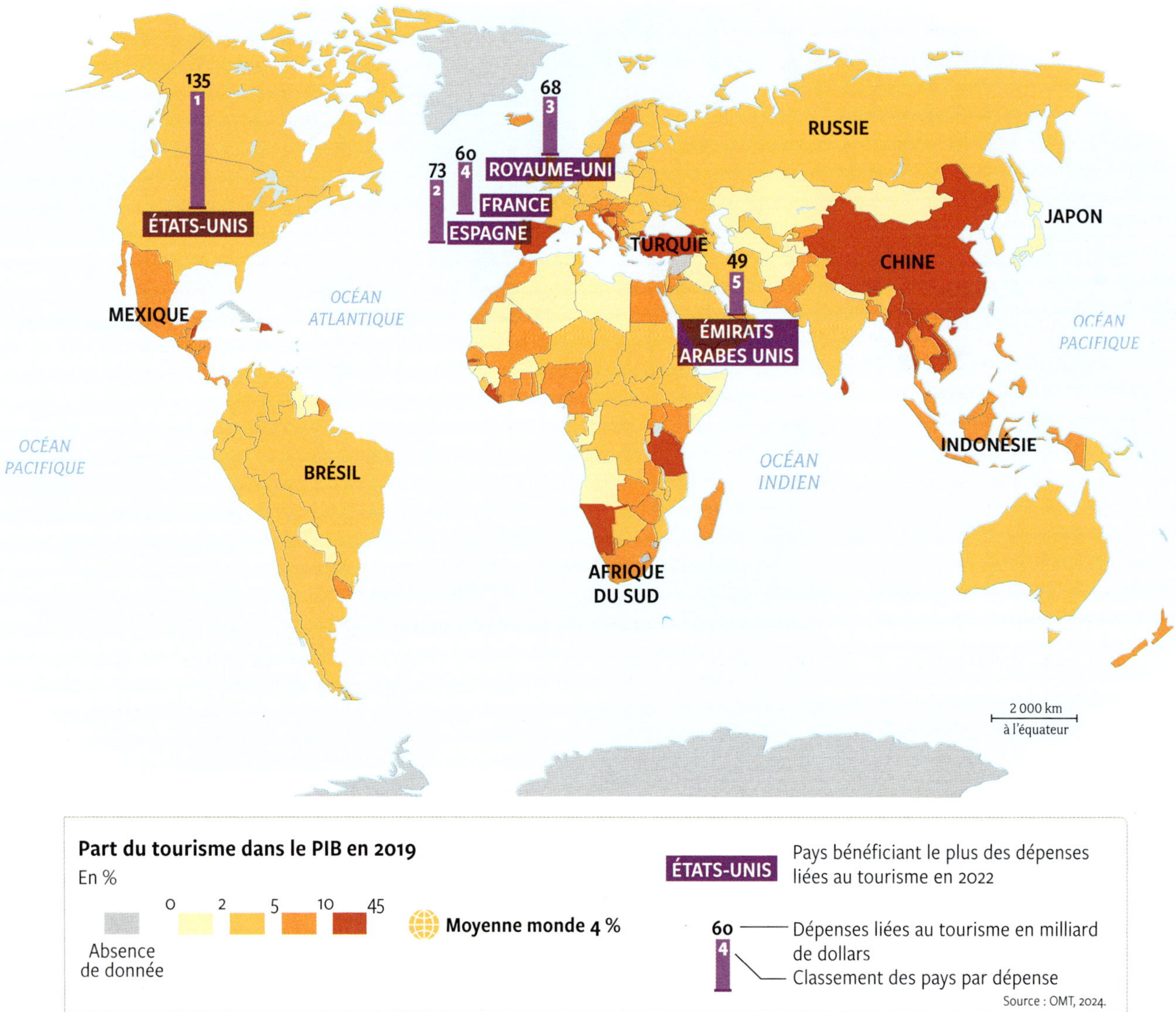

1 Des espaces dépendants du tourisme

VOCABULAIRE

■ **Surtourisme :** tourisme de masse pouvant nuire au bien-être des habitants et à l'environnement.

QUESTIONS

1. **Doc. 1** Identifiez les pays pour lesquels le tourisme constitue une activité économique importante.
2. **Doc. 2** Pourquoi le tourisme est-il une activité vulnérable ?
3. **Doc. 1 à 3** Justifiez l'affirmation : « Le tourisme a des effets contrastés sur les territoires ».

● Le tourisme est au cœur d'enjeux économiques, politiques, culturels et environnementaux majeurs. Parmi eux, le **surtourisme** constitue une menace pour de nombreux territoires obligeant les États et les acteurs du tourisme à agir pour en limiter les effets.

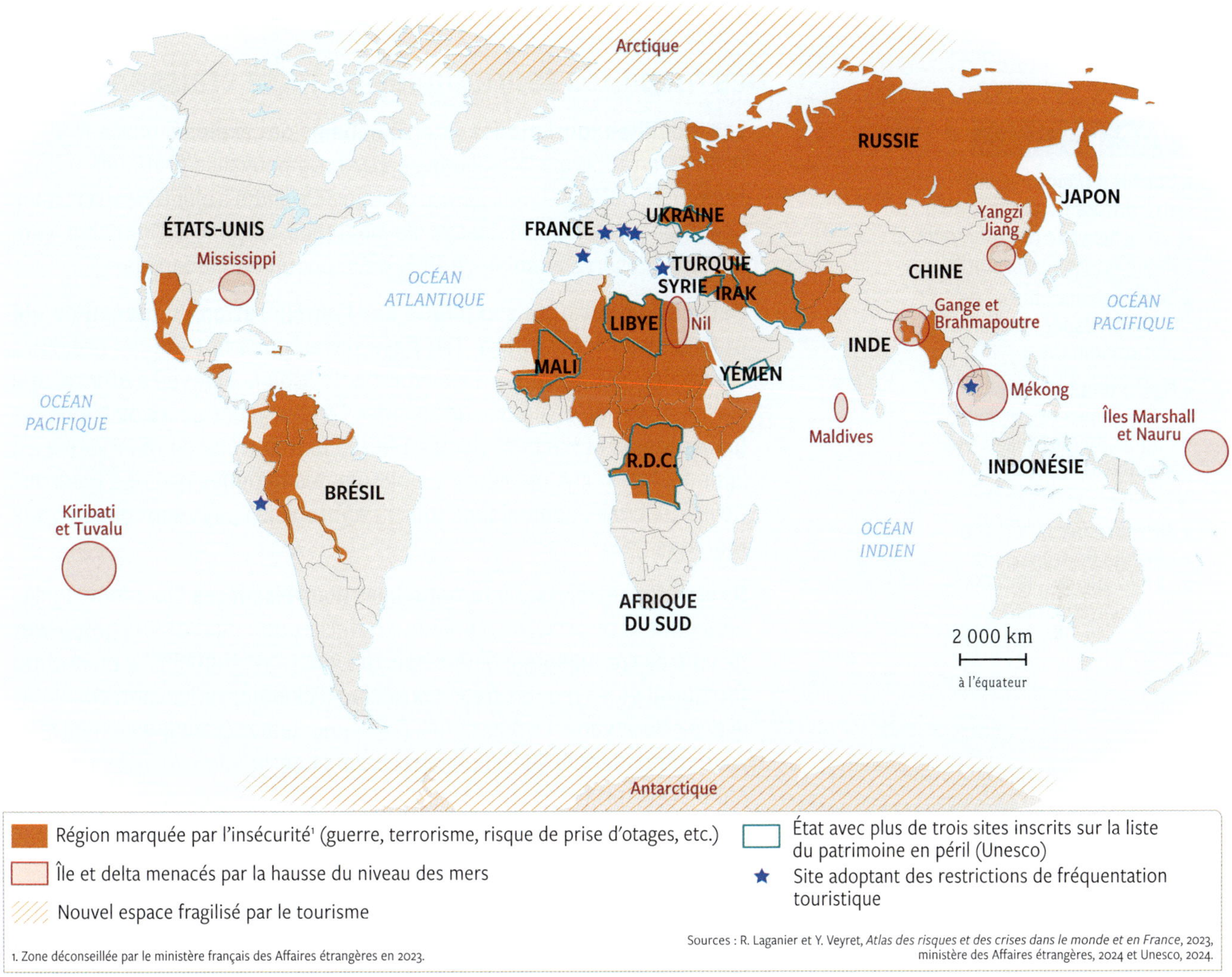

1. Zone déconseillée par le ministère français des Affaires étrangères en 2023.

Sources : R. Laganier et Y. Veyret, *Atlas des risques et des crises dans le monde et en France*, 2023, ministère des Affaires étrangères, 2024 et Unesco, 2024.

2 Des espaces touristiques vulnérables

A. La part du transport aérien dans les émissions globales de GES, en %

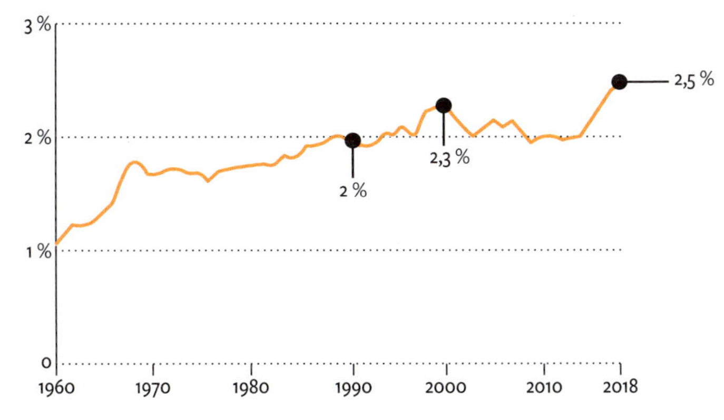

Source : Our World in Data, 2024.

B. L'empreinte carbone du tourisme mondial, en % en 2022

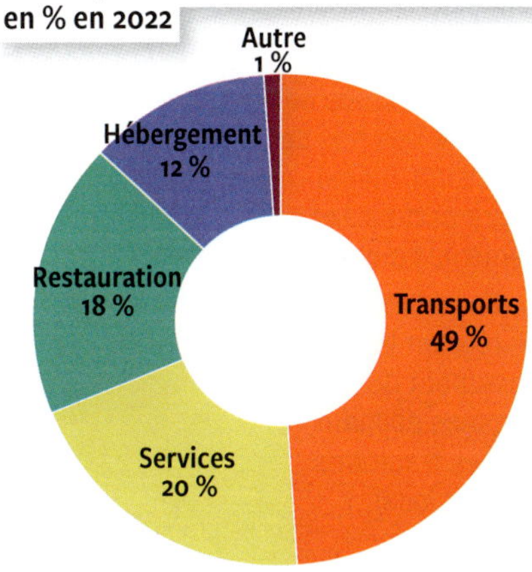

Source : Sustainable Travel International, 2024.

3 L'empreinte carbone du tourisme mondial

COURS 2 Les dynamiques touristiques

> Pourquoi l'essor du tourisme représente-t-il un défi pour les territoires ?

1 Des mobilités touristiques en forte croissance

- **Les mobilités touristiques internationales ont explosé**, passant de 25 millions en 1950 à 975 millions en 2023. De nouvelles pratiques touristiques (shopping à Dubaï, parcs à thème à Orlando) s'ajoutent aux formes dominantes (tourisme balnéaire, de montagne, culturel). Le tourisme reste toutefois réservé à moins de 10 % de la population mondiale.

- **Cette augmentation s'explique par l'amélioration du niveau de vie et l'essor du temps libre**. Les pays développés ont été les premiers concernés, suivis par les pays émergents (Chine, Inde) où s'affirme une classe moyenne désireuse de voyager. La baisse des coûts du transport (compagnies aériennes *low cost*) et les plateformes de réservation en ligne facilitent ces mobilités. En dehors des périodes de crise (guerres, Covid-19, crise économique), quasiment tous les pays sont ouverts aux touristes.

- **De grandes entreprises internationales nourrissent ces flux :** compagnies aériennes et de croisière, chaînes d'hôtels et tour-opérateurs proposant des offres sur mesure (séjours sportifs, gastronomiques). Le marketing territorial et les médias (réseaux sociaux, cinéma, séries) entretiennent le désir de voyage. Le désert des Bardenas Reales (Espagne) est devenu touristique depuis son apparition dans la série *Game of Thrones* et sa popularité sur Instagram.

2 Une extension des espaces touristiques

- **Quelques grands bassins touristiques concentrent les mobilités :** Europe, Asie-Pacifique et Amérique du Nord. D'autres pôles émergent comme la Chine qui reçoit avant tout les touristes des pays voisins. Les destinations privilégiées sont les métropoles (New York, Paris), les littoraux (Méditerranée, golfe du Mexique) et les montagnes (Alpes).

- **L'accès à des espaces autrefois considérés comme inaccessibles est facilité par le transport aérien ou maritime** (îles tropicales, sommets enneigés, déserts). L'Arctique et l'Antarctique attirent un « tourisme de la dernière chance » avant que leurs paysages englacés ne se transforment sous l'effet du changement climatique. Dans les villes, le tourisme gagne parfois les marges (favelas de Rio de Janeiro). Tous les continents accueillent des touristes, mais l'Afrique reste à l'écart (5 % des voyages internationaux).

- **Des axes de transport et des espaces dédiés sont aménagés pour accueillir les touristes**. L'Arabie saoudite, longtemps fermée au tourisme, incite les visiteurs internationaux à découvrir les trésors archéologiques de la vallée d'Al-'Ula. Un programme d'aménagement est créé en plein désert impliquant la modernisation de l'aéroport, la création d'axes routiers et ferroviaires, d'hébergements et d'équipements culturels (salle de spectacle, musées).

VOCABULAIRE

- **Conflit d'usage :** concurrence entre différents acteurs pour le contrôle et l'utilisation d'un espace ou d'une ressource.
- **Écotourisme :** forme de tourisme respectueuse de l'environnement.
- **Marketing territorial :** ensemble des techniques de publicité mobilisées pour présenter les atouts d'un territoire.
- **Surtourisme :** tourisme de masse pouvant nuire au bien-être des habitants et à l'environnement.

NOTIONS

- **Tourisme :** déplacement temporaire de plus d'une nuit le plus souvent à des fins de récréation (loisirs), même si on y intègre parfois des déplacements liés aux affaires.
- **Tourisme durable :** forme de tourisme intégrant les objectifs du développement durable (transport moins polluant, découverte des traditions et de l'artisanat local...).

3 Des effets majeurs sur les territoires

- **L'activité touristique est un facteur de développement mais elle est vulnérable.** Elle contribue à la transition économique de nombreux espaces (30 % du PIB de la Jamaïque) et participe ainsi à leur intégration dans la mondialisation. Toutefois, les emplois créés sont précaires. Les flux touristiques peuvent cesser avec une crise sanitaire (recul du tourisme de 73 % en 2020 lors de la pandémie de Covid-19) ou en raison de tensions géopolitiques (terrorisme, guerre).

- **Certains espaces sont confrontés à un surtourisme qui dégrade les paysages et les monuments.** À Venise (100 000 visiteurs par jour), la Mairie a instauré une taxe d'entrée aux visiteurs pour financer l'entretien de la ville et interdit l'accès à certains sites en cas de forte influence. De plus, les conflits d'usage entre touristes et résidents se multiplient. Les habitants de Barcelone et de Paris protestent contre les plateformes de location (Airbnb) qui entraînent une hausse des prix des logements et la disparition des petits commerces au profit de fast-foods.

- **Le changement climatique remet en question les formes et les lieux du tourisme et nourrit les projets d'un tourisme durable.** Les littoraux menacés par la hausse du niveau des océans (Maldives), la diminution de l'enneigement et des glaciers ou encore les épisodes caniculaires (Méditerranée) obligent les acteurs du tourisme à s'adapter. Des offres de tourisme alternatives émergent comme l'écotourisme (Costa Rica) ou le tourisme de proximité (vers une destination proche de son domicile) afin de réduire les émissions de gaz à effet de serre.

CHIFFRES CLÉS

L'évolution du nombre de touristes dans le monde

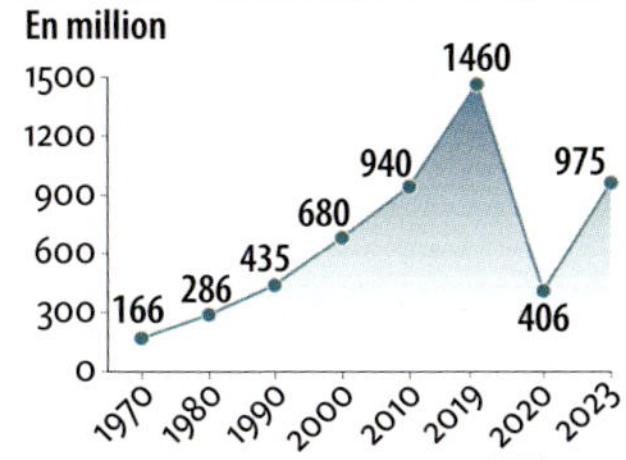

OMT, 2024.

Les cinq premières destinations touristiques en 2022

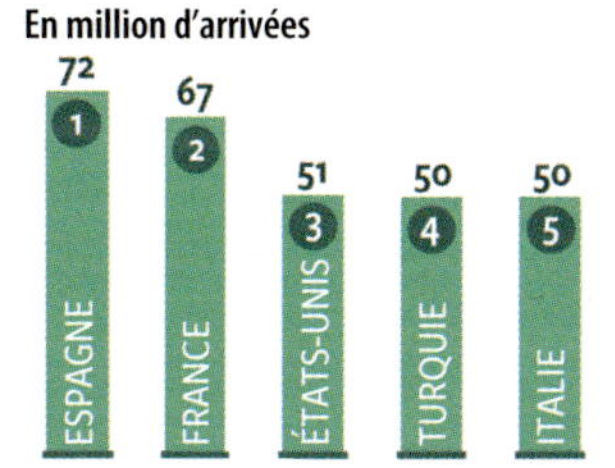

OMT, 2024.

Les modes de transport utilisés par les touristes internationaux

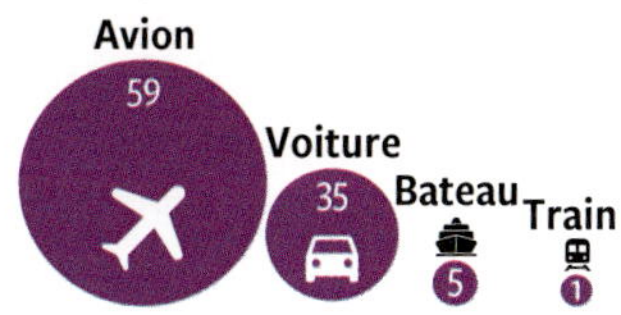

OMT, 2024.

Hausse du niveau de vie et du temps libre dans les pays développés et émergents + **Révolution des transports** + **Ouverture des frontières**

↓

Essor des mobilités touristiques ↔ **Diversification des espaces** *(îles, hautes montagnes, déserts...)* **et des pratiques du tourisme** *(shopping, parcs à thème, ciné-tourisme...)*

↓

Atouts
- Transition économique accélérée
- Croissance économique
- Création d'emplois
- Intégration à la mondialisation

Difficultés
- Surtourisme
- Dégradation de l'environnement
- Conflits d'usage
- Inégalités entre les territoires

→ **Création de formes de tourisme plus durable** *(écotourisme, tourisme de proximité...)*

ACTEURS & ENJEUX

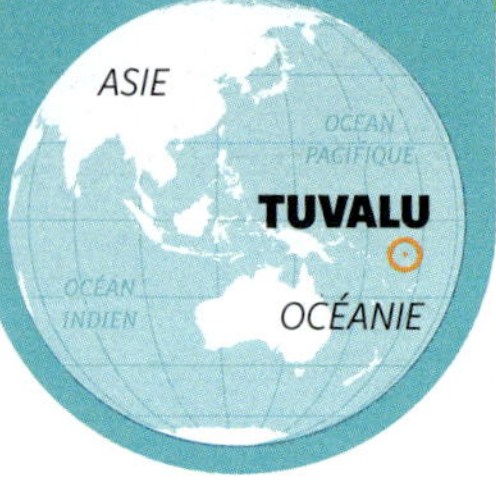

Des migrations climatiques ? Le cas de Tuvalu

Les îles de Tuvalu et leurs 11 200 habitants sont menacés de disparition à cause du changement climatique. Cette situation pousse des Tuvaluans à migrer.

Votre mission **Organisez un débat sur la question « Pourquoi les Tuvaluans migrent-ils ? »**

DE DÉVELOPPEMENT DURABLE
Objectifs traités

13 MESURES RELATIVES À LA LUTTE CONTRE LES CHANGEMENTS CLIMATIQUES
17 PARTENARIATS POUR LA RÉALISATION DES OBJECTIFS

Dans le cadre de l'ONU, les États ont signé une feuille de route pour atteindre 17 Objectifs de développement durable (ODD) en 2030.

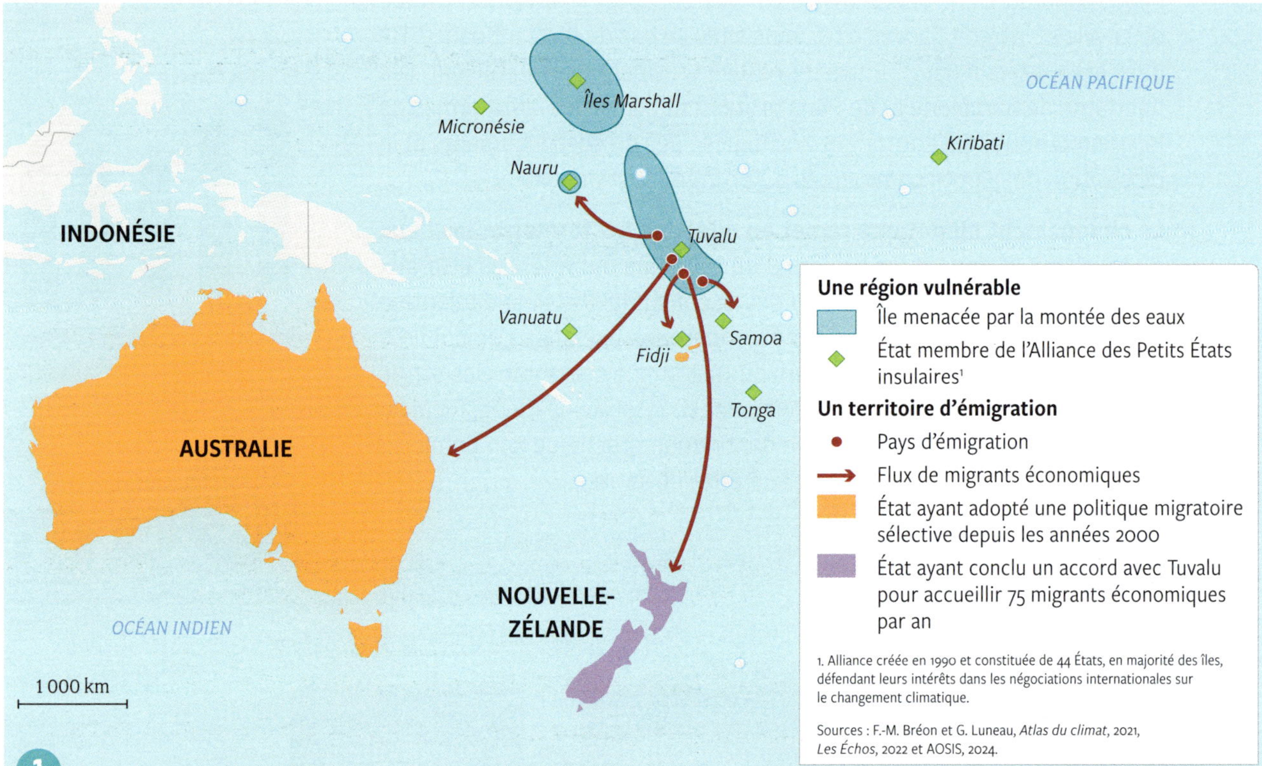

1 Les îles du Pacifique, des espaces vulnérables

2 Les Tuvaluans, premiers réfugiés climatiques ?

Les Tuvalu, ensemble d'îles polynésiennes du Pacifique, seront très certainement englouties par les eaux avant la fin du siècle. L'Australie a annoncé offrir l'asile[1] climatique aux Tuvaluans, dévoilant un pacte qui devrait permettre aux citoyens des îles de se réfugier en Australie. Afin d'éviter toute « fuite des cerveaux » trop dommageable, le nombre d'entrées sera limité dans un premier temps à 280 réfugiés par an. C'est une illustration du phénomène de « migrants climatiques ». L'asile climatique accordé par l'Australie donne aux Tuvaluans une perspective qu'ils n'avaient pas jusqu'ici. Ces dernières années, plusieurs demandes d'asile avaient été refusées, notamment par la Nouvelle-Zélande, l'argument climatique n'étant pas inscrit dans le droit national permettant l'octroi du statut de réfugié. Par ailleurs, la Convention internationale relative au statut de réfugiés de 1951 ne reconnaît toujours pas les victimes des aléas climatiques. Des réactions ne se sont pas fait attendre, pointant la part de responsabilité de l'Australie dans le changement climatique[2].

France 24, 11 novembre 2023.

1. Protection accordée à un individu menacé dans son pays.
2. Un Australien émet trois fois plus de gaz à effet de serre que la moyenne mondiale par habitant.

3 Des aménagements pour éviter l'émigration forcée de la population

Le Programme des Nations unies pour le Développement (PNUD) et l'Australie financent la construction d'infrastructures de protection côtière.

Des causes environnementales
- Forte exposition aux aléas naturels (ouragans, inondations)
- Risque de montée des eaux accru par le changement climatique

Des causes économiques
- Pauvreté (IDH : 0,64, 130e au monde)
- Territoire étroit (26 km²) manquant de ressources naturelles
- Peu d'activités économiques hormis la pêche
- Dépendance à l'aide internationale

Émigration des Tuvaluans

Des causes démographiques
- Croissance de la population (entre 2000 et 2022, la population de Tuvalu a augmenté de 17 %)
- Concentration des habitants dans l'île capitale de Funafuti (3 500 hab./km²)

4 Les causes de l'émigration des Tuvaluans

Sources : Banque mondiale, 2021, Courrier international, *Atlas des migrations*, 2023.

5 Un sentiment d'abandon de la communauté internationale ?

Vidéo
Le Parisien, 9 novembre 2021
hachette-clic.fr/24hg2128

Organiser un débat

Vous êtes conviés à l'Assemblée générale de l'ONU pour débattre sur le sujet suivant :
« Pourquoi les Tuvaluans migrent-ils ? »

1. Constituez un groupe de cinq. Chaque membre du groupe incarne un acteur et doit présenter son avis sur les causes de l'émigration des Tuvaluans.
2. Répartissez le travail et prélevez des informations dans les documents.

Tableau
hachette-clic.fr/24hg2129

Les acteurs	Cause économique	Cause environnementale Cause climatique
Le gouvernement de Tuvalu		
Les Tuvaluans		
Les États voisins (Australie et Nouvelle-Zélande)		
Les États membres de l'Alliance des Petits États Insulaires		
L'ONU		

3. Mettez vos réponses en commun en complétant l'ensemble du tableau.
4. À l'oral, présentez vos informations au reste de la classe en imaginant le débat à l'ONU.
5. Clôturez votre débat sur les moyens mis en œuvre pour freiner la migration.

RÉVISIONS

Je fais le point

Quiz
hachette-clic.fr/24hg2130

Chiffre clé
Vocabulaire
Exemple

Les dynamiques migratoires

- Jamais le monde n'a compté autant de migrants internationaux (281 millions en 2023). Leurs motivations sont multiples, mais les raisons économiques dominent (travailleurs mobiles en Europe). Les migrations sont facilitées par les progrès des transports mais la liberté de circulation reste très inégale selon les populations. En outre, 70 % des migrants quittent des pays en développement pour des pays développés (Méditerranée), mais on observe un élargissement des pays d'accueil.
- Les flux migratoires sont sans cesse réorientés par les crises géopolitiques et climatiques mais aussi par les politiques de fermeture des frontières. Les réfugiés fuyant les guerres sont essentiellement accueillis dans des pays proches, souvent en développement. Enfin, les migrations transforment les territoires. Les pays de départ bénéficient des remises migratoires, mais leur développement peut être pénalisé par le *brain drain*. Pour les pays de transit et d'arrivée, l'immigration constitue parfois un fondement du fonctionnement économique (Dubaï), mais elle fait aussi l'objet de débats.

Les dynamiques touristiques

- Les mobilités touristiques ont explosé au cours du XXe siècle pour atteindre 975 millions de personnes en 2023. Cependant, elles restent réservées à une minorité, d'abord dans les pays riches. Cette croissance repose sur la démocratisation des transports, les progrès du numérique et sur l'essor des congés et du temps libre. Les acteurs publics et privés (États, tours opérateurs, offices de tourisme…) s'efforcent de développer le tourisme et de proposer une offre de plus en plus variée, accompagnant ainsi une diversification des pratiques touristiques (tourisme balnéaire, culturel, sportif, gastronomique…).
- Le tourisme s'est diffusé à une grande partie de la planète, y compris dans des lieux reculés désormais accessibles tels que le mont Blanc ou l'Arctique. Les flux privilégient toutefois quelques régions du monde (Méditerranée) et des pays riches (États-Unis). Le tourisme est perçu comme un moteur du développement des territoires (Dubaï), mais il s'agit d'un secteur fragile que des crises géopolitiques ou climatiques peuvent stopper. Il peut générer des conflits d'usage tandis que le surtourisme est responsable de dégradations environnementales. Face aux critiques, le tourisme durable est encouragé.

Pecha Kucha

Le Pecha Kucha est la présentation orale d'un diaporama de 10 images sur un thème donné.

15 min de préparation

- En trio, sélectionnez 10 informations clés du chapitre (lieux, acteurs, mots-clés). Choisissez cinq informations sur le thème des migrations internationales et cinq sur le tourisme.
- Chaque diapositive doit associer l'information clé à une image trouvée sur Internet, puis indiquez un titre et la source.

2 min de réalisation

- Présentez votre diaporama en deux minutes à la classe (10 à 20 secondes par diapositive).
- Les 10 informations sont prises en note par les élèves.
- Deux élèves volontaires commentent la présentation (précision des informations, choix des images…).

Je révise avec des podcasts

1 Pourquoi les hommes migrent-ils ?

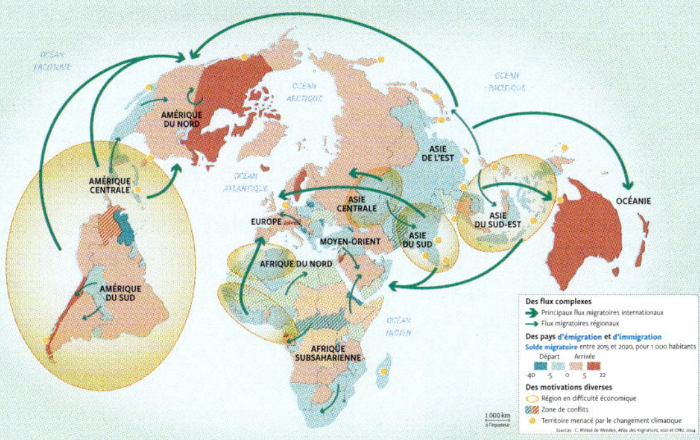

Podcast
hachette-clic.fr/24hg2131

2 Tous les pays du monde sont-ils concernés par les migrations ?

Les régions d'arrivée des migrants internationaux en 2023, en %

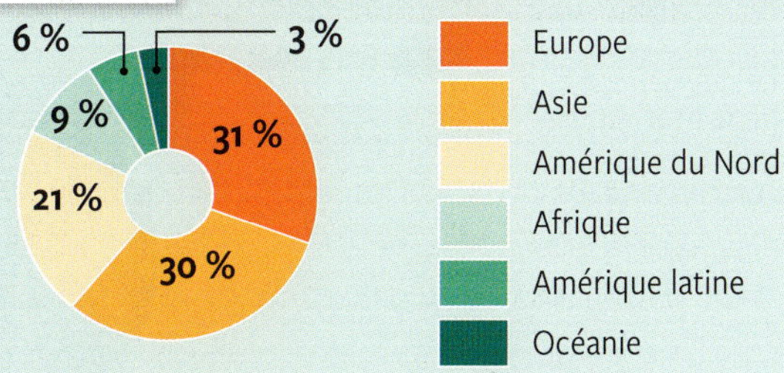

Podcast
hachette-clic.fr/24hg2132

3 Quels sont les effets des migrations sur les territoires ?

Podcast
hachette-clic.fr/24hg2133

L'ESSENTIEL en 5 minutes

4 Pourquoi les mobilités touristiques sont-elles croissantes ?

Podcast
hachette-clic.fr/24hg2134

5 Comment le tourisme transforme-t-il les territoires ?

Podcast
hachette-clic.fr/24hg2135

Je teste mes connaissances

- Écoutez les cinq épisodes du podcast puis testez vos connaissances grâce aux flashcards.

QUESTION
Définissez écotourisme.

RÉPONSE
Forme de tourisme respectueuse de l'environnement.

Flashcards
hachette-clic.fr/24hg2136

Le saviez-vous ?
La voix du narrateur d'un podcast est fondamentale. Elle doit être claire, audible et agréable à écouter. Un talent de conteur est appréciable. Comme dans une pièce de théâtre, des effets de voix peuvent souligner des différences de points de vue ou exprimer l'émotion des intervenants.

Je m'entraîne

• Confronter des documents pour expliquer une notion

Programme de coopération regroupant 14 pays afin de promouvoir un développement juste et équitable des rives de la Méditerranée

Région autonome de Sardaigne

ONG œuvrant pour la protection de l'environnement et la promotion du développement durable

Projet soutenu et financé par l'Union européenne

Traduction : Second sommet pour le tourisme durable

1 La promotion d'un tourisme durable en Tunisie

Source : Restart Med, 2023.

Lancé en 2021, le projet européen « Restart Med ! » encourage le tourisme durable dans les pays méditerranéens

Le saviez-vous ?

Les **documents promotionnels** (affiches, publicités, sites Internet) sont une source d'informations exploitées par les géographes. Ils mettent en lumière des situations géographiques et véhiculent un discours qui s'apparente souvent à du marketing territorial ou, au contraire, à la dénonciation d'une situation. L'identification de l'auteur est fondamentale pour comprendre l'intention du document.

2 Les difficultés du tourisme en Méditerranée

La Méditerranée peut s'enorgueillir d'être la première destination touristique mondiale. Elle génère plus du tiers des recettes touristiques du monde et la moitié des arrivées internationales. Le secteur représente 10 % des emplois de la région. Cependant, un lent déclin semble se dessiner, à cause de la montée en puissance de nouvelles destinations touristiques (Pacifique, Asie du Sud-Est, Caraïbes), de l'instabilité et de l'insécurité sur les rives sud et est. Le développement parfois anarchique de l'activité touristique (exemple du littoral bétonné en Espagne) a un coût pour l'environnement et pour les écosystèmes littoraux en particulier. Par ailleurs, la perspective d'un changement climatique représente un défi majeur pour ce secteur confronté à des problèmes aigus en matière de consommation et de gestion de l'eau et de l'énergie. Face aux effets du tourisme balnéaire de masse, le nombre de promoteurs du tourisme durable se multiplie dans la région, y compris en Tunisie. Or, le développement de cette branche demeure trop lent et peu soutenu par l'action publique.

D'après *L'Économiste maghrébin* (journal économique tunisien), 2022.

PALIER 1
Je lis et je comprends les documents

- **Doc. 1** Identifiez la nature et l'auteur du document.
- **Doc. 2** De quel type de texte s'agit-il ?
- **Doc. 1 et 2** De quel espace touristique est-il question ?

PALIER 2
Je sélectionne les informations et les mets en relation avec les documents

- **Doc. 2** Quels passages du texte montrent le rôle stratégique du tourisme en Méditerranée ?
- **Doc. 1 et 2** Énumérez les différents types de tourisme évoqués dans les documents.
- **Doc. 1 et 2** Quelles difficultés les documents soulèvent-ils concernant le futur du tourisme en Méditerranée ?

PALIER 3
J'explique la notion clé des documents avec mes connaissances

- **Doc. 1** Justifiez l'affirmation : « Le document fait la promotion du tourisme durable ».
- **Doc. 2** Quels sont les freins à la mise en place d'un tourisme durable ?
- Quelles autres formes de tourisme durable les pays méditerranéens pourraient-ils mettre en place ?

• Utiliser une carte pour décrire une situation

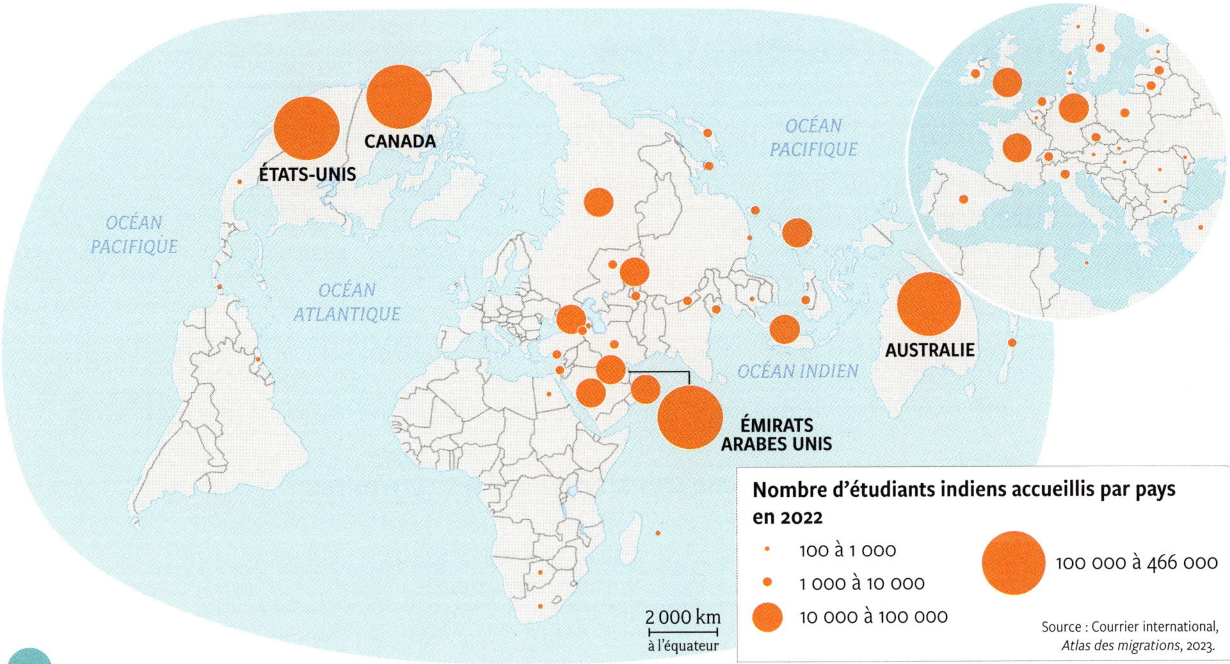

La diaspora étudiante indienne

PALIER 1

Je lis et je comprends le document

- À l'aide de votre manuel page 410, définissez ce qu'est la « diaspora étudiante ».
- Pourquoi l'échelle mondiale est-elle pertinente pour ce sujet ?

PALIER 2

Je sélectionne les informations

- Identifiez les régions du monde qui concentrent plus de 10 000 étudiants indiens. Nommez deux pays par région.
- Quelles régions du monde ne sont pas attractives pour les étudiants indiens ?

PALIER 3

Je croise le document avec mes connaissances

- Pourquoi les étudiants indiens partent-ils étudier à l'étranger ?
- Pourquoi certains pays sont-ils particulièrement attractifs ?
- Quelles connaissances pouvez-vous mobiliser pour présenter les effets positifs et négatifs de ces flux pour l'Inde ?

>> J'approfondis

À ÉCOUTER

Que serait un bon tourisme ? est un podcast de France culture. Les intervenants analysent les dégâts causés par le surtourisme et envisagent des solutions pour mettre en place un tourisme plus durable.

À VISITER EN LIGNE

Le site Internet du Palais de la Porte Dorée propose onze dossiers sur les liens entre migrations et frontières, les femmes ou encore l'accueil des réfugiés ukrainiens. Ce site permet aux curieux de s'interroger sur les migrations du passé, du présent et celles de demain.

VERS LA SPÉCIALITÉ HGGSP

« Les migrations au XXIe siècle : une ruée du Sud vers le Nord ? »
L'analyse critique de la politologue Catherine Wihtol de Wenden : les frontières comme moyen efficace, ou non, de freiner les migrations.

➔ Voir fiche 11 p. 226

Vers la question problématisée

Objectif Préparer une réponse à une question problématisée

Sujet guidé : Comment le tourisme transforme-t-il les territoires ?

À partir d'exemples précis, montrez que le tourisme joue un rôle dans l'aménagement des territoires mais qu'il peut aussi renforcer leur vulnérabilité.

Étape 1 Comprendre la question et identifier les mots-clés

1. Analysez la question.

Comment le tourisme transforme-t-il les territoires ?

- Comment : Peut-on le remplacer par « de quelle façon ? » ou « pour quelles raisons ? » ?
- tourisme : Définissez précisément ce terme.
- transforme : Citez trois manières dont le tourisme modifie les territoires.
- territoires : Recherchez une ville, une région et un pays touristiques.

Étape 2 Mobiliser des connaissances et développer des arguments

2. Ces informations sont-elles utiles pour répondre au sujet ? Justifiez votre réponse.

- *Des axes de transport et des espaces sont aménagés pour accueillir les touristes.*
- *Les remises migratoires sont un atout pour les territoires.*
- *Certains espaces sont confrontés à un surtourisme qui dégrade les paysages et les monuments.*
- *Des villes prennent des décisions pour réguler les effets du surtourisme.*
- *L'Union européenne favorise la mobilité des travailleurs mais aussi des étudiants, notamment grâce au programme Erasmus.*
- *Les conflits d'usage entre touristes et résidents se multiplient.*
- *Face aux dégradations causées par le tourisme, des États s'engagent vers un tourisme durable.*

Étape 3 Organiser les arguments en suivant le plan suggéré

En géographie, le plan peut être :
- ➔ par échelle pour décrire un phénomène à l'échelle mondiale, régionale et locale ;
- ➔ analytique pour évoquer une situation géographique, ses causes et ses conséquences ;
- ➔ thématique pour aborder les différents aspects d'un sujet.

Lisez bien la consigne qui suggère le plan à suivre.

3. Identifiez à quel type de plan correspond chaque proposition puis choisissez le plan le plus adapté. Justifiez votre choix.

Plan A	Plan B	Plan C
1. Une extension des espaces touristiques *2. Les facteurs et acteurs de cette extension* *3. Les effets du tourisme sur les territoires* *Type de plan :*	*1. Le tourisme transforme les territoires dans le monde* *2. Le tourisme transforme les territoires à l'échelle nationale* *3. Le tourisme permet d'aménager les territoires à l'échelle locale* *Type de plan :*	*1. Le tourisme dégrade les territoires* *2. Le tourisme permet d'aménager les territoires* *Type de plan :* ....

4. Classez les informations sélectionnées dans l'étape 2 dans chaque paragraphe, puis rédigez l'ensemble de la réponse à la question problématisée.

→ Voir fiche 9 p. 223

Vers les questions de connaissances

Objectif Préparer une réponse à des questions de connaissances

QUESTIONS

a Nommez les trois plus grandes régions d'accueil des migrations internationales.
b Décrivez les effets majeurs du tourisme sur les territoires.
c Justifiez l'affirmation : « Les migrants internationaux quittent leur pays pour des raisons multiples ».

Étape 1 Comprendre les questions et identifier les mots-clés

→ Voir chapitre 1 p 252 à 289

1. Relevez les verbes de consigne et expliquez-les.
2. Expliquez les mots-clés à l'aide de vos connaissances : migrations internationales ; tourisme ; migrants internationaux.

Étape 2 Mobiliser des connaissances

→ Voir chapitre 2 p 298 à 313

3. Choisissez la ou les informations adaptée(s) à chaque question.

*– **Question a :** Brésil ; Afrique subsaharienne ; Amérique du Nord ; Europe ; Asie ; Océanie.*
*– **Question b :** transition économique ; surtourisme ; diversification des pratiques touristiques ; tourisme durable ; hausse du temps libre ; dégradations.*
*– **Question c :** main d'œuvre ; guerres ; nomadisme numérique ; salaire ; vacances ; environnement.*

4. Pour chaque information sélectionnée, indiquez un chiffre-clé ou un exemple qui peut lui être associé.

Étape 3 Développer les arguments

→ Voir chapitre 3 p 322 à 355

5. Intégrez les chiffres-clés dans cette réponse à la question a.

La première grande région d'accueil de migrants internationaux est l'Europe avec ... des migrants internationaux accueillis. Viennent ensuite l'Asie et l'Amérique du Nord avec respectivement ... et ... des migrants internationaux accueillis en 2023.

6. Complétez la réponse à la question b.

Le tourisme produit des effets majeurs sur les territoires. Le premier de ces effets concerne ...

7. Complétez la réponse à la question c.

De nos jours, les migrants internationaux ne quittent pas leur pays que pour des raisons économiques. En effet, parmi les causes de leurs départs, on trouve ...

ENTRAÎNEZ-VOUS !

a En vous appuyant sur un exemple, définissez ce qu'est le surtourisme.
b Citez deux types d'acteurs participant au développement touristique des territoires.
c Montrez que les flux migratoires ont des effets différents pour les pays d'arrivée et de départ.
d Présentez trois arguments pour expliquer la croissance des mobilités touristiques dans le monde.

Transposer un texte en croquis

Sujet guidé : Les dynamiques migratoires du continent sud-américain

Objectif Réaliser un croquis

À partir du texte, vous construirez un croquis correspondant au sujet suivant :
« Les dynamiques migratoires du continent sud-américain ».
Vous utiliserez le fond de carte fourni.

Le continent sud-américain est connu pour être une terre d'émigration importante. Ainsi, si le continent attire peu les migrants internationaux, on estime au contraire que 3,5 % de la population d'Amérique du Sud vit en dehors de son pays d'origine. Ce taux d'émigration atteint 9 % pour l'Amérique centrale et le Mexique et plus de 20 % pour les Caraïbes. Les migrations internes au continent sud-américain se sont multipliées grâce à l'existence d'espaces de libre circulation des personnes, comme le CA-4. Cet accord, conclu entre le Guatemala, le Honduras, le Salvador et le Nicaragua, contraste avec la fermeture des frontières des États-Unis.

Premier paragraphe

Le phénomène majeur est l'émigration vers les États-Unis. Les passages illégaux de la frontière américano-mexicaine se multiplient à mesure que les États-Unis érigent le mur frontalier. Les routes irrégulières passent désormais par le désert de l'Arizona, à l'ouest. Cette zone est moins contrôlée que les grands postes transfrontaliers entre les villes de Tijuana (Mexique) et San Diego (États-Unis) ou entre Cuidad Juárez (Mexique) et El Paso (États-Unis) au centre de la frontière. Cependant les risques de se perdre, de mourir de soif ou de se faire prendre par la police américaine en plein désert sont élevés. Le passage implique de nombreux passeurs dont les tarifs ont augmenté. Le Mexique est ainsi devenu un pays de transit et d'immigration. Il fait face aux arrivées sans cesse plus nombreuses de migrants centraméricains, venus du Guatemala, du Salvador et du Honduras. Les crises économiques, politiques, sociales et environnementales se conjuguent pour précipiter les départs.

Deuxième paragraphe

D'après V. Baby-Collin, C. Cattaneo et F. Paris, *L'Amérique latine*, 2022.

Étape 1 Comprendre le texte et sélectionner les informations

1. Identifiez l'espace et le thème étudié en lisant attentivement la consigne et le texte.
2. Recopiez le tableau et complétez-le à l'aide du texte.

Informations sélectionnées dans le texte	Localisations sélectionnées dans le texte
Premier paragraphe	
– *terre d'émigration*	– *continent sud-américain*
–	– ....
–	– ....
Deuxième paragraphe	
–	– ....
–	– ....
–	– ....
–	– ....

Étape 2 Choisir les figurés et organiser la légende

Le croquis doit obligatoirement être accompagné d'une légende organisée en deux ou trois parties. Dans chaque partie figurent les figurés choisis (à gauche) et les informations associées (à droite). Tous les éléments de la légende doivent figurer sur le croquis.

3. Sélectionnez des figurés pour représenter les informations du premier paragraphe en choisissant la meilleure proposition. Justifiez votre choix.

Pour montrer qu'un phénomène est d'intensité variable d'une zone à une autre d'un territoire, on utilise un dégradé de couleurs. Plus la couleur est foncée plus le phénomène est fort. Ainsi, un PIB élevé est à colorier en rouge, moyen en orange et faible en jaune.

➔ Voir fiche 12 p. 228-229

Proposition 1 : Taux d'émigration	Proposition 2 : Taux d'émigration	Proposition 3 : Taux d'émigration
3,5 %	3,5 %	3,5 %
9 %	9 %	9 %
20 %	20 %	20 %

Espace de libre circulation

Espace de libre circulation

4. Choisissez des figurés pour représenter les informations du deuxième paragraphe.

➔ Aidez-vous du mémento cartographique p. 230.

5. Sélectionnez les titres qui conviennent pour organiser votre légende en vérifiant qu'ils correspondent à l'idée principale de chaque paragraphe. Justifiez votre choix.

Proposition 1
1. L'inégale mobilité des populations
2. Les États-Unis, un pays fermé aux flux migratoires

Proposition 2
1. Le continent sud-américain, une terre d'émigration
2. Les effets de la fermeture de la frontière américano-mexicaine

Proposition 3
1. Les flux migratoires du continent sud-américain
2. Les flux migratoires vers le Mexique
3. Les flux migratoires vers les États-Unis

6. Reportez les titres dans la légende puis ajoutez les informations sélectionnées à l'étape 1 et les figurés choisis à l'étape 2.

Étape 3 Réaliser le croquis

7. Complétez le croquis à partir du fond de carte.

La réalisation du croquis doit être soignée. Commencez par reporter les surfaces (aux crayons de couleurs) puis les figurés linéaires et ponctuels (aux feutres fins). Enfin, n'oubliez pas d'indiquer la nomenclature et le titre (au stylo).

Fond de carte
hachette-clic.fr/24hg2137

Titre : ....

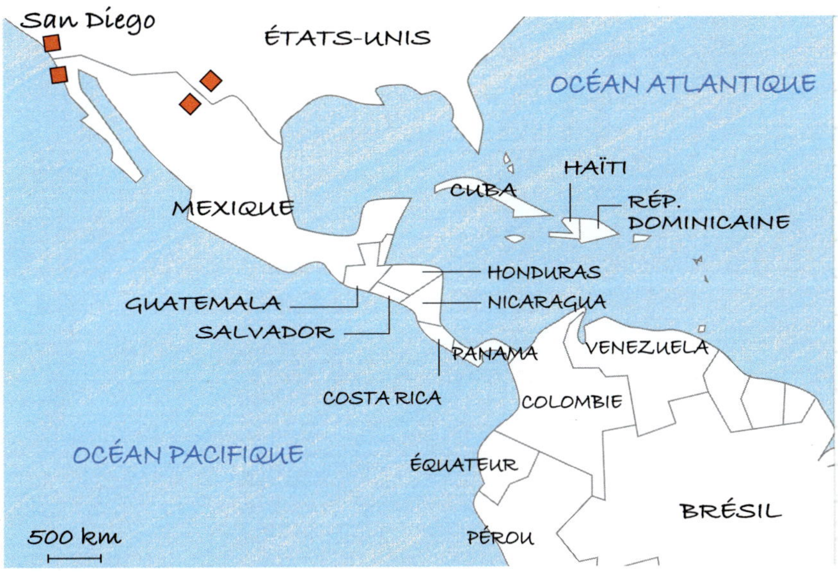

I)

II)

CHAPITRE

6 Mobilités, transports et enjeux d'aménagement en France

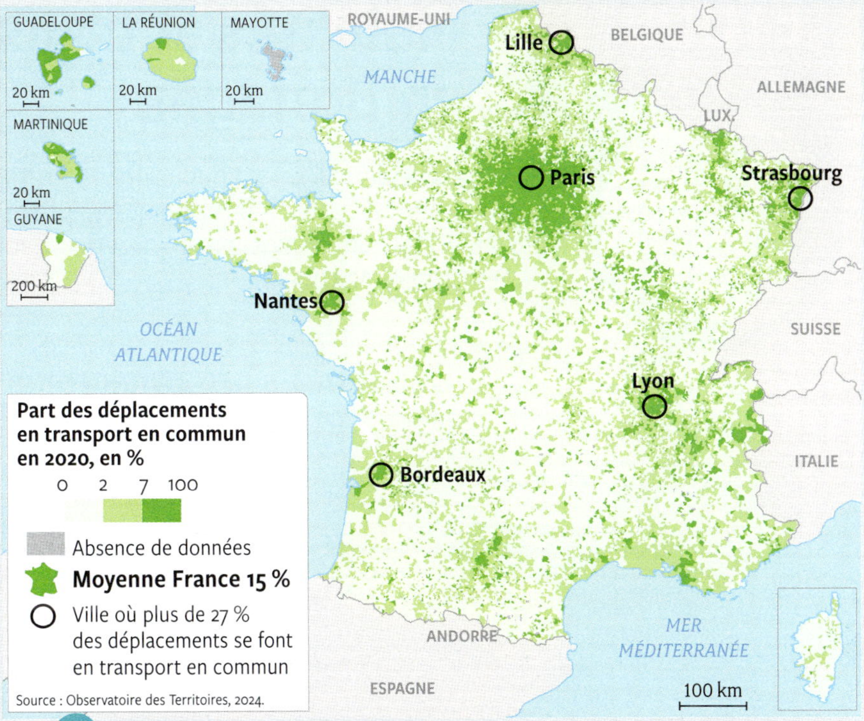

2 Les déplacements domicile-travail en transports collectifs en France

› **COURS 1** Les mobilités sont de plus en plus nombreuses en France. Les raisons pour lesquelles les Français se déplacent évoluent également.

Comment les mobilités traduisent-elles des inégalités sociales et spatiales en France ?

› **COURS 2** Les aménagements réalisés pour les transports et les communications soulèvent des enjeux territoriaux, sociaux et environnementaux.

Comment les aménagements peuvent-ils rendre les territoires plus accessibles et accompagner la transition environnementale ?

1 La mobilité dans le quartier de la Confluence à Lyon

En France, 56 % des déplacements en ville se font en voiture. À Lyon, le quartier de la Confluence associe tramway, espaces piétonniers et pistes cyclables afin de limiter l'usage de la voiture et développer des mobilités moins polluantes.

QUESTIONS

1. En confrontant les **doc. 1 et 2**, expliquez quels aménagements favorisent les mobilités moins polluantes en France.
2. **Doc. 2** Quels territoires sont les plus concernés par ces aménagements ?

ÉTUDE DE CAS 1

Mobilités et transports en Bretagne

Avec plus de 3,4 millions d'habitants, la Bretagne conserve un solde migratoire positif. Pour faire face à des déplacements toujours plus nombreux et divers, des aménagements sont mis en œuvre. Néanmoins, la question du respect de l'environnement demeure.

A Comment s'organisent les mobilités en Bretagne ?

1 Les mobilités et les aménagements en Bretagne

2 Les transformations des mobilités du quotidien

Le phénomène d'éloignement entre les lieux d'habitation et de travail s'est accru, augmentant les distances, le temps et le budget consacrés aux déplacements domicile-travail. Ces derniers sont souvent « chaînés » : partir au travail, s'arrêter en route pour un achat, pratiquer une autre activité, aller chercher un enfant… L'accès aux loisirs est souvent le premier motif de déplacement et ces déplacements sont largement motorisés, mais les modes doux et notamment la marche à pied y sont davantage représentés. Par ailleurs, l'importance du tourisme en Bretagne entraîne de nombreux déplacements également très motorisés. Les modes de vie évoluent avec l'apparition et la rapide généralisation des outils et services numériques. Le *drive* permet de préparer ses courses sans se rendre au supermarché. Le télétravail permet d'économiser des temps de déplacements contraints. Les activités à distance ne sont pas pratiquées de manière homogène. L'âge, le niveau de revenu, la catégorie socio-professionnelle, le lieu d'habitation (avec la couverture numérique) sont des critères qui peuvent influer sur la pratique d'une activité à distance. Le risque d'exclusion à la mobilité est également renforcé pour les personnes qui rencontrent des difficultés pour se déplacer (personnes en situation de handicap, personnes âgées…).

D'après le *Rapport du CESER, « Les mobilités à l'heure des usages numériques en Bretagne »*, février 2020.

3 Des mobilités interrégionales renforcées

Inaugurée en 2017, la ligne à grande vitesse réduit de 37 minutes le temps de trajet entre Rennes (sur la photographie) et Paris. Cet aménagement, financé par l'État, les collectivités territoriales et la SNCF, rapproche la Bretagne de la capitale, permet d'accroître les mobilités pendulaires et touristiques, mais est coûteux pour les usagers.

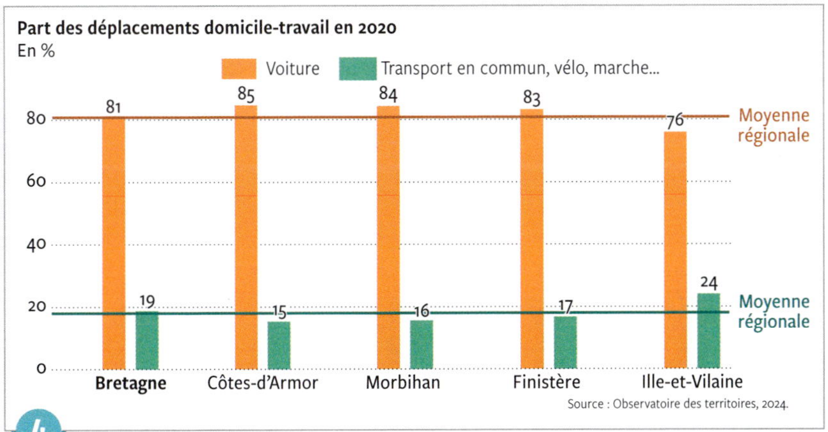

4 Le poids inégal de la voiture

VOCABULAIRE

- **Mobilité pendulaire :** déplacement quotidien effectué entre le domicile et le lieu de travail.
- **Mobilité résidentielle :** changement de lieu de résidence d'une personne ou d'un foyer.

PARCOURS 1

Mettre en perspective une situation géographique

1. **Doc. 1 et 2** Identifiez les différents types de mobilités en Bretagne.
2. **Doc. 1 et 3** Décrivez ces différentes mobilités (modes de transport utilisés et/ou distances parcourues).
3. **Doc. 2** Comment les outils numériques transforment-ils les mobilités ?
4. **Doc. 1, 2 et 4** Pourquoi les Bretons sont-ils inégaux face aux mobilités ?

BILAN Rédigez une synthèse montrant que les mobilités sont diverses et révèlent des inégalités territoriales et sociales en Bretagne.

PARCOURS 2

Utiliser une approche géographique pour construire une argumentation

1. Au brouillon, complétez le tableau.

Des mobilités variées	Des mobilités créatrices d'inégalités territoriales	Des mobilités créatrices d'inégalités sociales
- doc. 1 : ... - doc. 2 : ...	- doc. 1 : ... - doc. 2 : ... - doc. 4 : ...	- doc. 1 : ... - doc. 2 : ... - doc. 3 : ...

2. Présentez à l'oral et en binôme un bilan des mobilités et des transports en Bretagne.
   - Dressez un panorama des diverses mobilités dans la région et des inégalités qu'elles révèlent.
   - Proposez des idées d'aménagements et d'investissements nécessaires à certains territoires bretons.
   - Utilisez les documents du manuel pour illustrer votre présentation.

B Des transports plus accessibles et respectueux de l'environnement ?

5 Les objectifs de mobilités du département des Côtes-d'Armor

	Objectifs	Mesures
Les mobilités « actives »	Réduire l'impact des transports sur l'environnement, limiter le coût de la mobilité et préserver la santé des usagers.	Mise en œuvre d'un Plan Vélo Départemental.
Les mobilités partagées	Desservir les zones rurales offrant peu de solutions de mobilité.	Partenariat avec la plateforme de covoiturage de proximité OuestGo qui met en lien gratuitement les covoitureurs.
Les mobilités décarbonées	Mettre en œuvre les objectifs de réduction des gaz à effet de serre annoncés dans le cadre du Plan climat à l'échelle nationale.	Développement des installations de bornes de recharge des véhicules électriques sur le territoire.

Source : Schéma départemental des mobilités, Département des Côtes-d'Armor, 2023.

6 Le téléphérique de Brest, une nouvelle forme de mobilité durable

Le téléphérique relie les quartiers isolés de Brest. Il permet à 2 000 usagers quotidiens de rejoindre le centre-ville et de poursuivre leur trajet en bus ou en tramway.

VOCABULAIRE

- **Intermodalité :** utilisation successive d'au moins deux modes de transport différents.

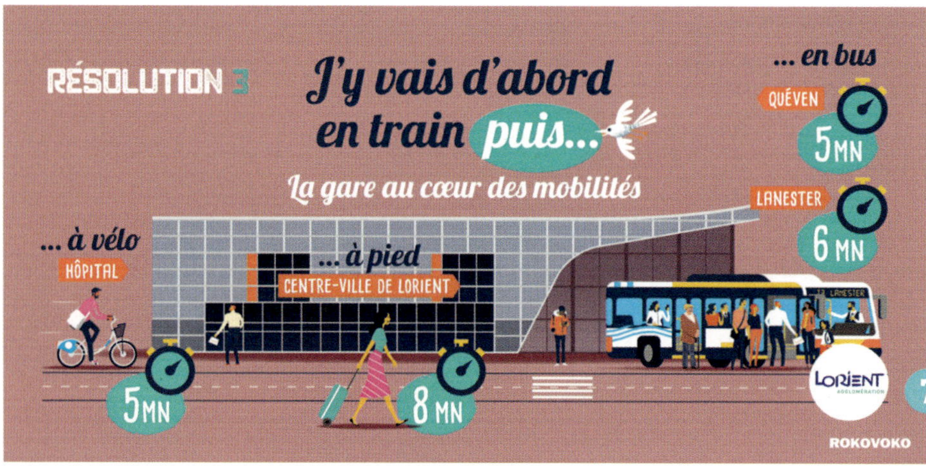

7 L'intermodalité de la gare de Lorient

PARCOURS 1

Mettre en perspective une situation géographique

1. Doc. 5 et 6 Citez les objectifs sociaux et environnementaux auxquels les aménagements de transport doivent répondre.
2. Doc. 6 et 7 Quels aménagements sont créés pour favoriser des déplacements plus respectueux de l'environnement ?
3. Doc. 6 et 7 Comment ces aménagements bouleversent-ils le quotidien des habitants ?

PARCOURS 2

Réaliser un schéma fléché

À l'aide des documents, réalisez un schéma fléché pour présenter les aménagements de transport en Bretagne en précisant leurs objectifs, leurs formes et leurs conséquences sur les mobilités des usagers.

BILAN Mobilités et transports en Bretagne

Mobilités et transports en Bretagne

Des mobilités créatrices d'inégalités territoriales
- Offre de transport inégale suivant le lieu de résidence
- Villes attractives et bien desservies face à des espaces ruraux enclavés
- Littoraux touristiques attractifs

Des mobilités variées
- Pendulaires
- Touristiques
- Résidentielles

Des mobilités créatrices d'inégalités sociales
- Inégal accès aux transports selon le revenu, la catégorie socio-professionnelle, l'âge, le handicap
- Dépendance à la voiture et à son coût

Des solutions pour des transports plus durables
- Lignes à grande vitesse
- Plan vélo
- Bornes pour les voitures électriques
- Téléphérique de Brest

L'essor de nouvelles pratiques chez les usagers
- Covoiturage
- Intermodalité

Et ailleurs ?

1. Justifiez l'affirmation suivante : « À l'échelle nationale, la Bretagne apparaît comme une région bien desservie par les transports. »
2. Quels sont les territoires les mieux desservis en France ? Les moins bien desservis ?

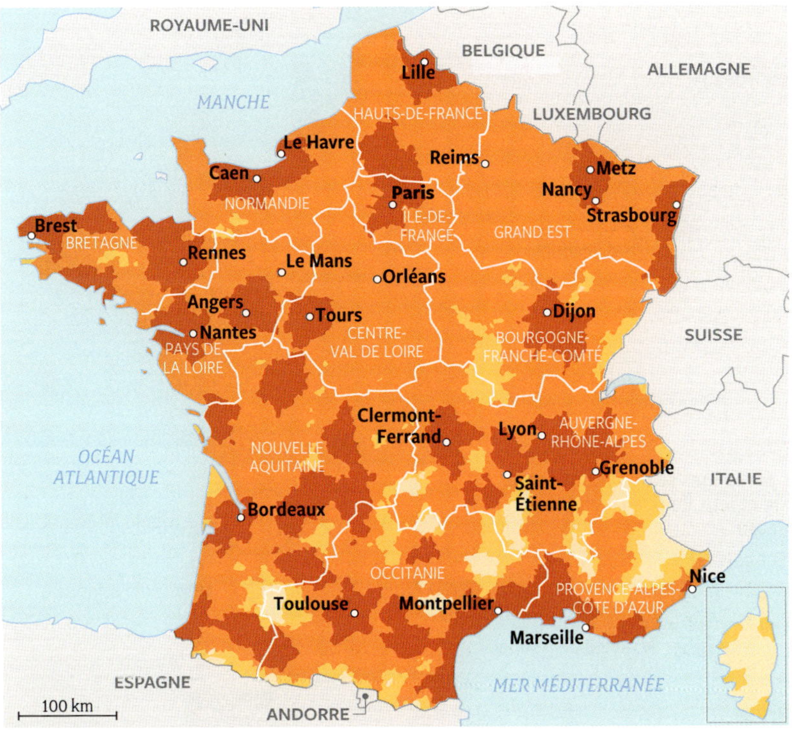

Nombre d'infrastructures de transport accessibles en moins de 45 minutes, parmi les aéroports, les gares et les autoroutes
- 0
- 1
- 2
- 3

Source : Observatoire des transports, 2024.

GRAND ANGLE

Mobilités et réseaux de transport et de communication en France

● Les mobilités en France sont nombreuses et diverses, temporaires ou définitives. Les **réseaux de transport** et de communication sont performants et permettent au pays de s'ouvrir au monde. Cependant, le territoire national reste inégalement desservi. Les différents axes relient avant tout les principales métropoles entre elles.

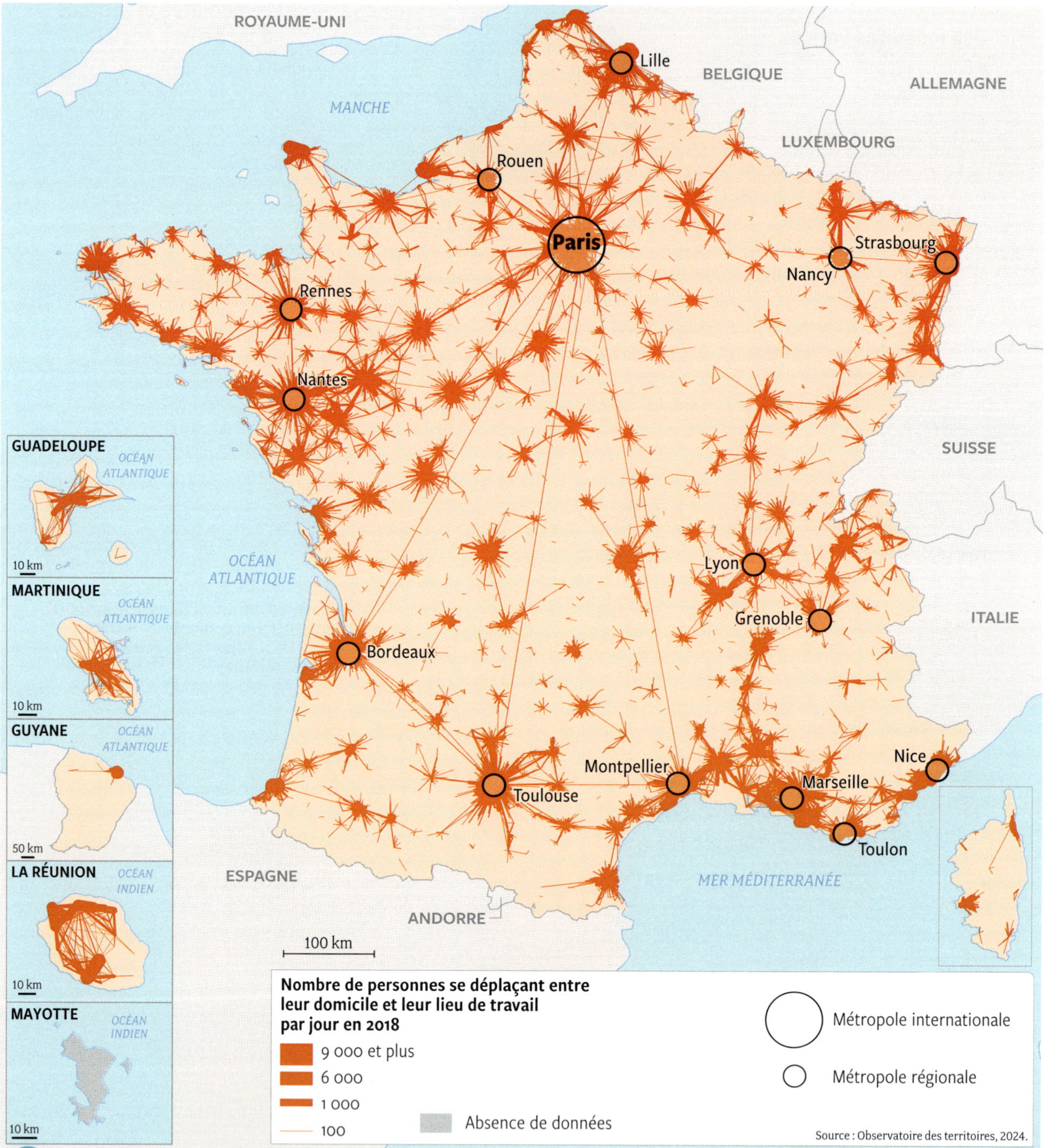

1 Les mobilités pendulaires en France

Carte interactive
hachette-clic.fr/24hg2138

● Face aux inégalités d'accès et aux défis environnementaux soulevés par les modes de transport, la France doit mettre en place des **mobilités durables**. Le numérique est aussi un moyen de plus en plus employé pour garantir des modes de déplacement plus respectueux de l'environnement car il favorise le covoiturage et l'intermodalité.

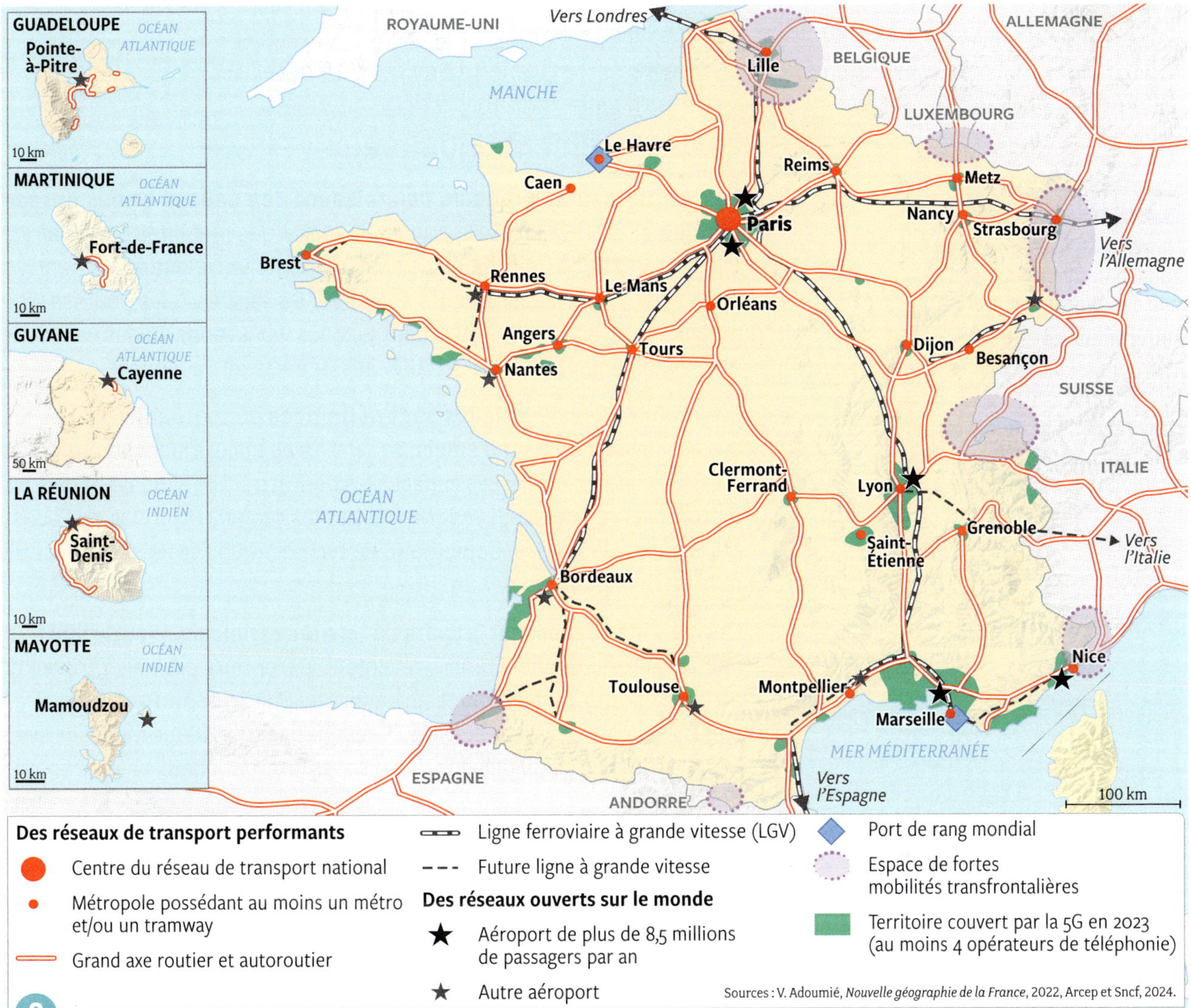

2 Les réseaux de transport et de communication en France

NOTION EN VIDÉO

▶ Vidéo
La mobilité durable
ADEME Centre Val-de-Loire, 19 octobre 2016
hachette-clic.fr/24hg2139

▪ **Mobilité durable :** déplacement accessible au plus grand nombre et respectueux de l'environnement.

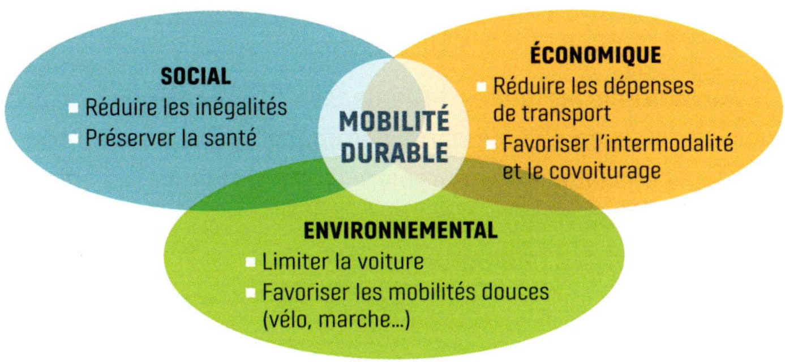

VOCABULAIRE

▪ **Réseau de transport :** ensemble des infrastructures et des véhicules permettant de se déplacer et de relier un territoire à un autre.

QUESTIONS

1. **Doc. 1** Quels territoires concentrent les mobilités pendulaires ?
2. **Doc. 2** Quelles infrastructures relient la France au monde ?
3. **Notion en vidéo** et **doc 1 et 2** Quels enjeux expliquent la croissance des mobilités durables ?

COURS 1 Des mobilités croissantes et inégales en France

> Comment les mobilités traduisent-elles des inégalités sociales et spatiales en France ?

1 Des déplacements nombreux

- **Les mobilités des Français connaissent des causes et des durées multiples.** Le travail reste la principale raison des mobilités pendulaires. Elles s'intègrent à une chaîne de déplacements qui inclue également les trajets vers les établissements scolaires, les loisirs ou les courses. Les mobilités saisonnières s'effectuent lors des week-ends ou des vacances et principalement en France (56 % des départs en vacances).

- **Les mobilités résidentielles sont définitives** et sont motivées par les études, un changement d'emploi, la retraite ou encore la recherche d'une meilleure qualité de vie. Les espaces les plus attractifs sont avant tout les métropoles régionales (Lyon, Nantes) et les régions littorales de l'ouest et du sud de la France. Cependant, ce type de mobilité ne concerne que 11 % de la population par an.

- **Les mobilités dépassent le cadre du territoire français.** Près de 500 000 personnes résidant en France traversent la frontière pour aller travailler au Luxembourg, en Allemagne ou encore en Suisse et profiter de salaires plus élevés. La France est aussi la 1re destination touristique mondiale avec l'accueil de près de 90 millions de touristes internationaux chaque année.

2 Des mobilités et des modes de transport qui évoluent

- **Les distances parcourues au quotidien par les Français s'allongent, mais le temps pour les effectuer ne cesse de diminuer.** Ainsi, les LGV réduisent la durée des trajets, notamment entre Paris et les métropoles régionales. Il ne faut aujourd'hui que deux heures pour relier Paris à Bordeaux en train, contre près de six heures en voiture.

- **La voiture individuelle reste le mode de transport privilégié pour les mobilités pendulaires** avec 74 % des déplacements. Cependant, elle représente un coût estimé à plus de 500 euros par mois et par personne pour payer l'assurance, l'entretien et le carburant. Les transports en commun (bus, métro, tramway) ne représentent que 15 % des trajets, contre 6 % pour la marche et 2 % pour le vélo.

- **L'intermodalité multiplie les modes de déplacements à la disposition des usagers.** Ainsi, de plus en plus de gares comme celle de Lorient offrent la possibilité à ses passagers de poursuivre leur trajet en bus, à vélo ou à pied. L'ambition est de réduire ainsi la dépendance à l'automobile et de faciliter le quotidien des habitants.

VOCABULAIRE

- **Enclavement :** situation dans laquelle un territoire est mal relié aux autres territoires.
- **Intermodalité :** utilisation successive d'au moins deux modes de transport différents.
- **LGV (Ligne à grande vitesse) :** ligne ferroviaire permettant la circulation de trains à grande vitesse (supérieure à 270 km/h).

NOTIONS

- **Mobilité pendulaire :** déplacement quotidien effectué entre le domicile et le lieu de travail.
- **Motilité :** faculté d'une personne à se déplacer.

3 Des mobilités à l'origine d'inégalités sociospatiales

- **La motilité n'est pas la même pour tous les Français.** Le niveau de revenus et le coût des transports restent des facteurs déterminants dans l'accès à la mobilité tout comme l'âge, une situation de handicap ou le genre. Ainsi, 23 % des personnes de 50 à 59 ans n'utilisent jamais les transports en commun, contre 7 % des 18-19 ans. Les femmes marchent plus que les hommes tandis que le vélo est plus souvent utilisé par les hommes (3,7 %) que par les femmes (1,5 %).

- **Les espaces ruraux, faiblement peuplés, souffrent du manque de transports en commun et de leur enclavement** (Ardennes, Massif central). Les habitants sont contraints d'utiliser leur voiture pour quatre déplacements sur cinq, alors que son usage baisse, notamment dans les villes de plus de 20 000 habitants. Ces inégalités territoriales entraînent des inégalités sociales. À Paris, les secours mettent en moyenne cinq minutes pour intervenir, contre plus de deux heures à l'est de la Guyane.

- **En ville, l'offre de transports est multiple.** Sept actifs sur 10 utilisent les transports en commun à Paris contre seulement 7 % à l'échelle nationale. Les populations vivant dans de petites villes et dans les espaces périurbains sont très dépendantes de l'automobile. Les 3/4 des déplacements s'y font en voiture du fait d'une offre de transport inférieure aux centres urbains. Or, la mobilité est déterminante pour l'accès à l'emploi et l'insertion sociale. Ainsi, les temps de déplacement et les distances parcourues varient selon le lieu de résidence et l'offre de transport disponible.

CHIFFRES CLÉS

Le temps de déplacements des Français par semaine

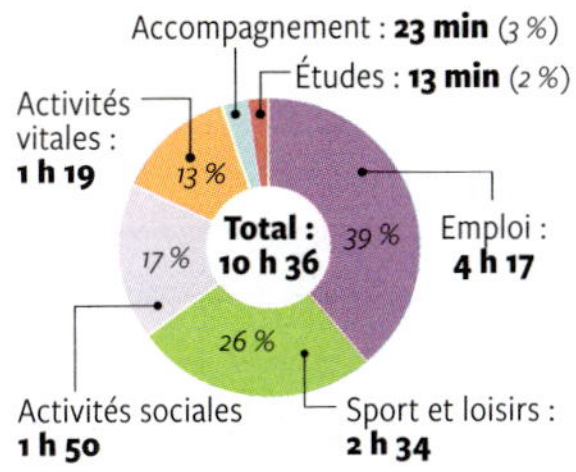

Source : Y. Colombel et D. Oster, *La France, Territoires et aménagement face à la mondialisation*, 2023.

La part de la voiture dans les déplacements

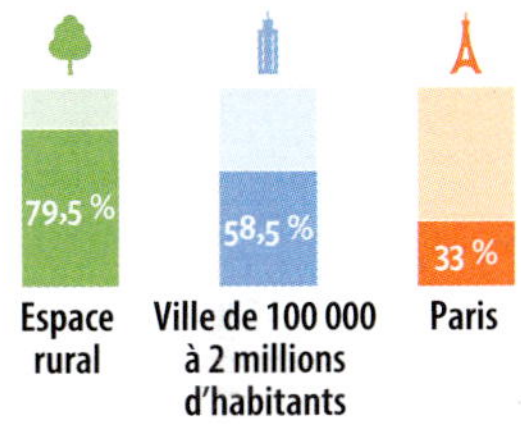

Source : Ministère de la transition écologique et de la cohésion des territoires, 2024.

La précarité de la mobilité

4,3 millions de Français sur 68 millions d'habitants n'ont **aucun équipement** individuel pour se déplacer ni **aucun abonnement** à un transport en commun

Source : Ministère de la transition écologique et de la cohésion des territoires, 2024.

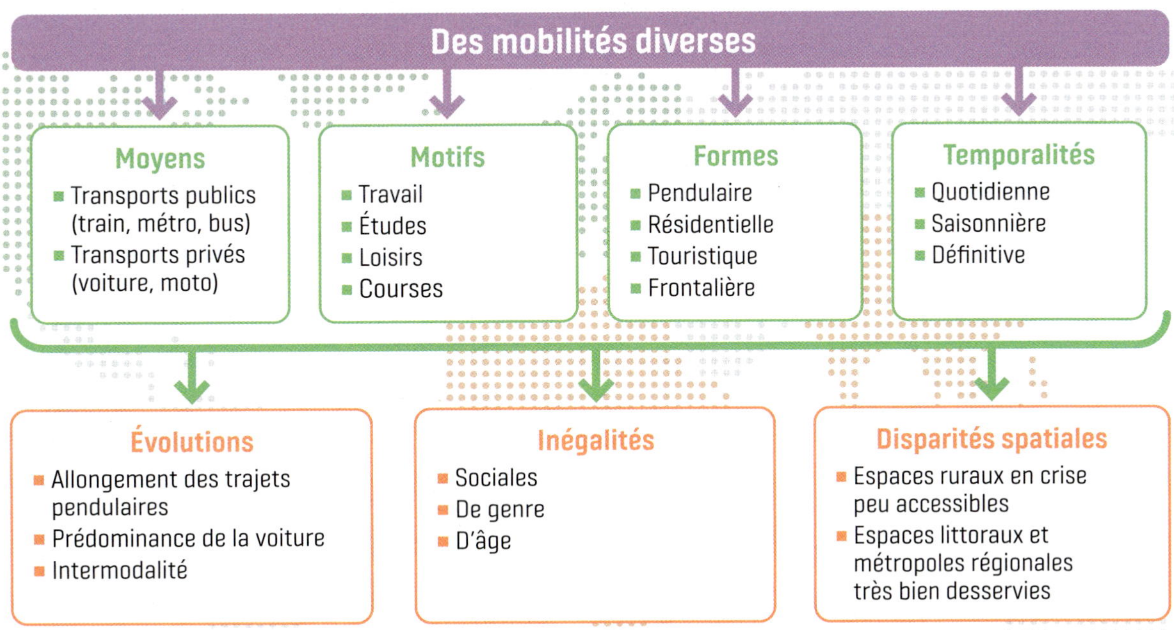

EXEMPLE

Se déplacer à Strasbourg

L'Eurométropole de Strasbourg regroupe 33 communes et 500 000 habitants. Étendue à la fois en France et en Allemagne, elle connaît des mobilités pendulaires et transfrontalières qui recomposent le quotidien des habitants.

> Pourquoi et comment les habitants de l'Eurométropole de Strasbourg se déplacent-ils ?

VOCABULAIRE

- **Mobilité transfrontalière :** déplacement pratiqué par des populations vivant à proximité de la frontière et effectuant un franchissement de celle-ci pour divers motifs.
- **Périurbanisation :** urbanisation au-delà des limites d'une agglomération à l'origine d'un étalement urbain plus ou moins continu.

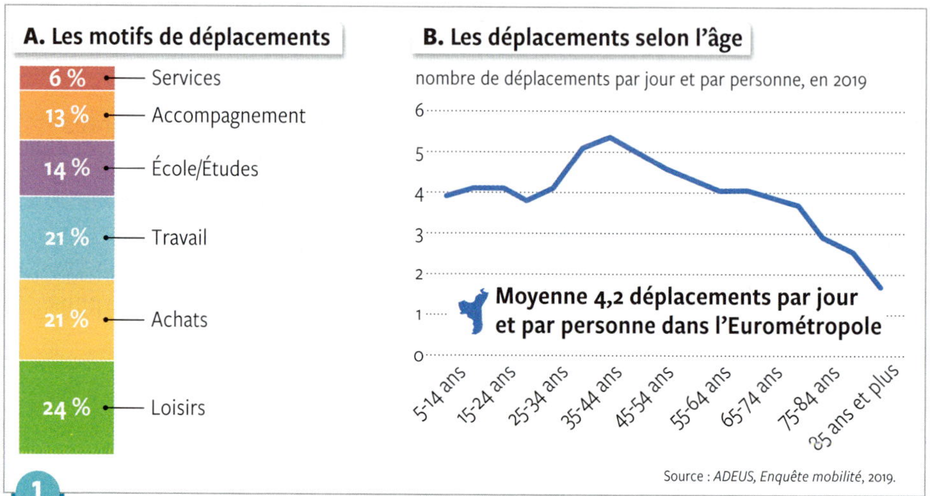

1 Les déplacements quotidiens dans l'Eurométropole de Strasbourg

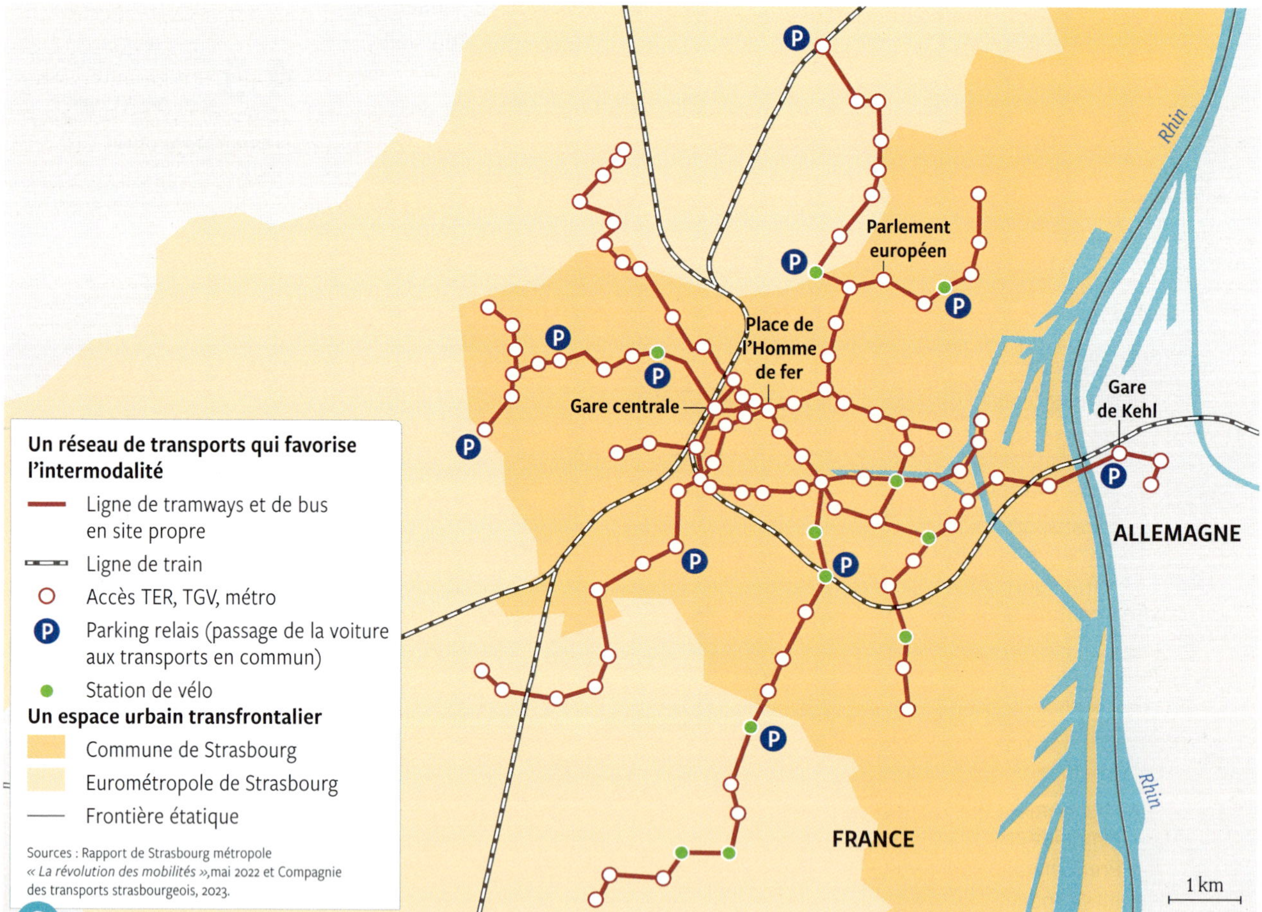

2 Le réseau de transport de l'Eurométropole de Strasbourg

3 **Un tramway pour faciliter les mobilités transfrontalières**

Une rame de tramway franchit le pont, reliant l'Eurométropole de Strasbourg à la ville allemande de Kehl. Ce tramway, inauguré en 2017, est le premier transport en commun permettant des mobilités transfrontalières en France.

4 Des freins à la mobilité

La modernisation du réseau ferroviaire, et de bus, entre Strasbourg et sa couronne périurbaine vise à encourager le report des mobilités pendulaires de l'automobile vers les transports en commun. Face à la congestion et à la pollution grandissantes, l'État a poussé au retour du tramway, ce qui a été fait de manière pionnière à Strasbourg en 1994. Aujourd'hui, l'Eurométropole de Strasbourg prend les devants avec le lancement du REME (Réseau express métropolitain européen). La volonté affichée semble claire : il faut convaincre les automobilistes de renoncer à la voiture pour qu'ils se reportent sur les transports publics. Le REME accompagne la croissance démographique qui se fait d'abord par la périurbanisation. Il est donc logique d'offrir une alternative à la voiture avec les transports collectifs ou même les pistes cyclables. Il en découle une contradiction : d'un côté on veut freiner la périurbanisation, de l'autre le REME la favorise. La grande ville peut être répulsive pour les familles [mais] s'installer en périphérie engendre des déplacements chronophages et stressants.

D'après R. Woessner, « Le Réseau express métropolitain européen (REME) de Strasbourg, pour encourager les mobilités douces… ou la périurbanisation ? », *Géoconfluences*, décembre 2022.

PARCOURS 1

Identifier les contraintes et les ressources d'une situation géographique

1. **Doc. 1** Pour quels motifs et à quel âge les déplacements des Strasbourgeois sont-ils les plus nombreux ?
2. **Doc. 2 et 3** Identifiez les moyens de transport permettant les mobilités transfrontalières.
3. **Doc. 2** Comment la ville de Strasbourg favorise-t-elle l'intermodalité ?
4. **Doc. 4** Expliquez pourquoi ces aménagements renforcent la périurbanisation.

BILAN Rédigez une synthèse montrant comment les Strasbourgeois se déplacent et pourquoi.

PARCOURS 2

Vers le bac
Trouver les arguments d'une question problématisée

À l'aide des documents, trouvez deux arguments et deux exemples pour illustrer chaque partie de la réponse à cette question problématisée : comment l'exemple de Strasbourg montre-t-il que les mobilités des individus sont variées et qu'elles évoluent ?

I) Des mobilités variées
II) Des déplacements favorisés par l'intermodalité
III) Des déplacements quotidiens qui s'allongent

COURS 2 Les transports et leurs aménagements en France

> Comment les aménagements peuvent-ils rendre les territoires plus accessibles et accompagner la transition environnementale ?

1 Des réseaux qui quadrillent le territoire

- **La France hexagonale possède un réseau de transport dense et performant.** Il se compose d'un des meilleurs réseaux de lignes à grandes vitesses au monde et un réseau autoroutier de plus de 12 000 km qui couvre le pays. En outre, plus de 99 % de la population et 90 % du territoire sont couverts par un réseau mobile.
- **Ce réseau est ouvert et connecté à l'Europe et au monde.** De multiples liaisons transfrontalières sont mises en place avec des lignes à grande vitesse (l'Eurostar pour la Grande-Bretagne) et des lignes de tramway (Strasbourg-Kehl) qui relient la France aux États voisins. La connexion au monde s'effectue grâce aux aéroports (Roissy-Charles-de-Gaulle dessert 325 destinations dans le monde, réparties dans 114 pays) et aux ports de marchandises (Le Havre est relié à plus de 40 pays).
- **Les territoires français sont inégalement intégrés aux réseaux de transport.** Paris concentre les mobilités avec les deux principaux aéroports français et cinq gares LGV. Se dessine ensuite un réseau de transport en étoile vers les métropoles régionales. Or, en interconnectant uniquement les grandes villes, les transports délaissent de nombreux espaces : villes intermédiaires comme Amiens ou Dijon, petites villes et espaces ruraux.

2 Des réseaux de plus en plus performants

- **L'aménagement des transports a pour objectif premier la réduction des inégalités territoriales et la continuité territoriale.** L'Union européenne, l'État et les collectivités territoriales ont mis en place des programmes d'aides pour faciliter les déplacements entre les différents territoires. Ainsi, l'Aide à la continuité territoriale (ACT) donnée par l'État facilite la mobilité de La Réunion vers la métropole.
- **L'accessibilité aux réseaux de transport est devenue un atout valorisé par le marketing territorial.** Des métropoles comme Bordeaux ou Rennes misent sur leur proximité avec Paris grâce aux LGV dans leurs campagnes de communication. Cette situation permet d'assurer l'attractivité de leurs territoires et d'attirer ainsi de nouvelles populations et entreprises.
- **L'aménagement des transports est confronté à des défis.** Les espaces périurbains et ruraux, moins bien desservis, sont victimes de l'effet tunnel accentué par les infrastructures à grande vitesse. De grands projets sont également contestés en raison de leurs impacts environnementaux et de leur coût, tel le projet d'extension de lignes de métro du Grand Paris Express.

VOCABULAIRE

- **Continuité territoriale :** principe de service public qui se traduit par des aides fournies aux populations et aux territoires marqués par l'éloignement géographique ou l'enclavement.
- **Effet tunnel :** situation dans laquelle un espace n'est pas desservi par un axe de transports rapides (LGV, autoroute) entraînant son isolement et enclavement.
- **Marketing territorial :** ensemble des techniques de publicité mobilisées pour présenter les atouts d'un territoire.
- **Réseau de transport :** ensemble des infrastructures et des véhicules permettant de se déplacer et de relier un territoire à un autre.

NOTION

- **Mobilité durable :** déplacement accessible au plus grand nombre et respectueux de l'environnement.

3 Une transition vers des mobilités durables

- **Les mobilités créent des défis sociaux et environnementaux.** La distance entre les lieux de vie et de travail oblige à parcourir de longs trajets et alimente la dépendance à l'automobile. Le transport est le premier responsable des émissions de gaz à effet de serre (29 %). Face à la hausse du prix des carburants et dans un souci de mobilité durable, il importe de mettre en place une accessibilité pour tous en réduisant le coût environnemental des déplacements.

- **L'État lutte contre les inégalités face aux mobilités par le biais d'aides financières** (subventions pour l'achat d'un véhicule électrique, chèque carburant...). La ville de Montpellier a adopté fin 2023 la gratuité des transports en commun pour améliorer le pouvoir d'achat des habitants d'une agglomération en crise et où 30 % des ménages ne possèdent pas de voiture.

- **Des aménagements sont réalisés pour développer des mobilités douces plus respectueuses de l'environnement.** À l'échelle locale, de nombreuses métropoles mettent en place des dispositifs tels les vélos en libre-service et la construction de parcs-relais à proximité des transports en commun afin d'encourager l'intermodalité. À l'échelle nationale, la voie ferrée pourrait être une alternative durable au transport des marchandises par la route. Les mobilités et leur gestion sont donc repensées, à l'image du covoiturage qui nécessite un accès accru aux applications numériques.

CHIFFRES CLÉS

L'évolution du réseau ferré national

1999
31 735 km
↓
2023
28 000 km
dont 2 700 km de lignes à grande vitesse

Source : SNCF, 2024.

Les émissions de CO_2

Émissions françaises de gaz à effet de serre (en %)

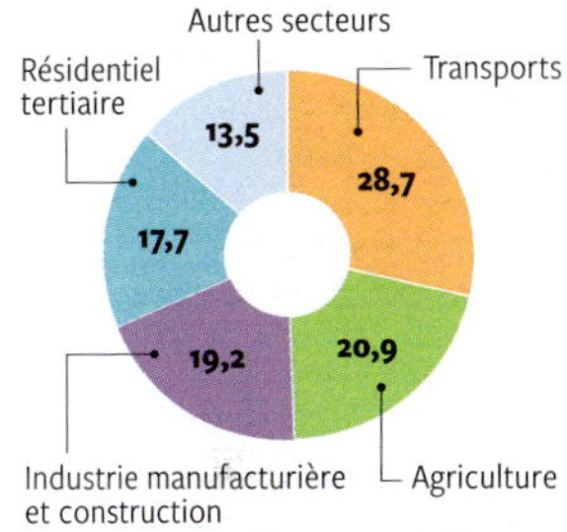

94,7 % des émissions de CO_2 du transport proviennent du transport routier

Source : Ministère de la Transition écologique et de la Cohésion des territoires, 2024.

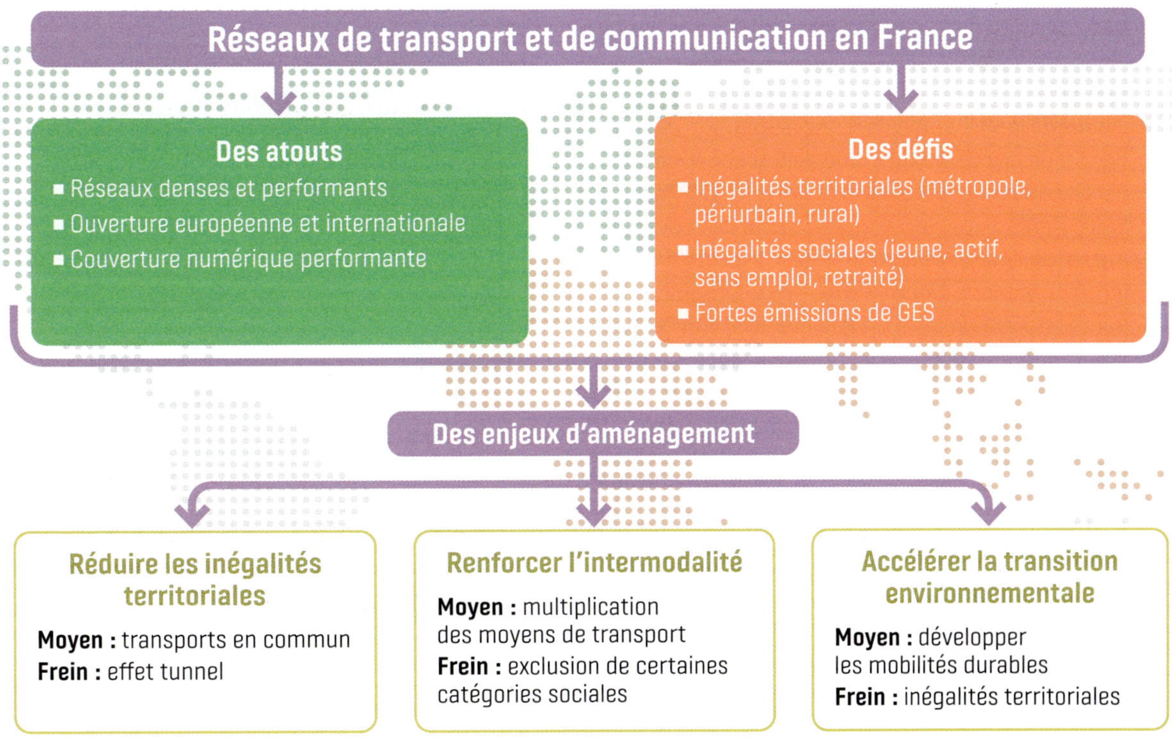

LE LABO DE GÉO

Renforcer l'accessibilité et les mobilités durables à La Réunion

La Réunion est un territoire ultramarin français où la question des mobilités est centrale. Les contraintes naturelles constituent des obstacles à l'accessibilité au cœur de l'île et font de l'automobile le moyen de transport privilégié des habitants. Des aménagements sont créés pour renforcer les mobilités durables et assurer une meilleure connexion de ce territoire au monde.

Votre objectif À partir du texte, construisez un croquis pour répondre au sujet : **L'aménagement des transports à La Réunion : renforcement et limites de l'accessibilité.**

1 Papang, le premier téléphérique de l'océan Indien mis en service à Saint-Denis

2 Les enjeux de l'accessibilité à La Réunion

À La Réunion, de nouveaux aménagements de transport sont mis en place pour accompagner les mobilités. Ainsi, à la capitale Saint-Denis de la Réunion, un téléphérique permet de relier différents quartiers stratégiques de la ville tout en décongestionnant les axes routiers et en favorisant un mode de transport « doux ». De plus, la nouvelle route littorale qui relie La Possession à Saint-Denis a été partiellement ouverte, et devrait permettre de limiter les embouteillages sur l'actuelle route littorale allant de Saint-Pierre à Saint-Benoît en passant par Saint-Denis tout en suivant les villes littorales. Enfin, d'autres projets d'envergure voient le jour comme la nouvelle aérogare à l'aéroport Roland-Garros près de Saint-Denis au nord de l'île qui permet une ouverture au monde, ou encore l'extension du terminal à conteneurs à Le Port qui permet de renforcer la compétitivité du territoire.

Ces aménagements, nécessaires à l'accessibilité dans et hors du territoire réunionnais, accompagnent des mobilités internes et externes variées. Les mobilités internes sont tournées vers le littoral, et notamment l'ouest de l'île, à l'image du réseau routier principalement littoral. Cependant, on observe des évolutions avec de nouvelles mobilités vers le centre de l'île, en particulier pour les activités touristiques. À ceci s'ajoutent des flux d'immigration venant principalement d'Afrique, des Comores et de Mayotte, ainsi que de l'île Maurice.

Il faut enfin souligner que ces aménagements entraînent de nouveaux défis. En effet, les échanges et les flux d'émigration se font principalement avec la métropole et de manière inégalitaire, à l'avantage de la métropole. De plus, les différents aménagements sont cofinancés par des fonds européens entraînant une dépendance de l'île aux subventions de l'Union européenne. Certains aménagements sont critiqués pour leur coût et leurs conséquences environnementales ; c'est le cas de la nouvelle route littorale considérée comme la route la plus chère du monde, toujours en construction, et qui n'a pas permis de mettre fin aux embouteillages.

D'après le Rapport de Mission d'accompagnement de la Région Réunion pour la définition d'un grand dispositif participatif, octobre 2022.

Étape 1 Préparer le croquis

Contextualiser

1. Situez l'île de La Réunion et définissez les mots-clés du sujet.
2. Lisez le texte afin de repérer les aménagements et les lieux concernés.

Sélectionner et classer les informations

3. En suivant le modèle du 1er paragraphe, surlignez de trois couleurs différentes les informations suivantes dans les 2e et 3e paragraphes :
   - en jaune : la phrase résumant l'idée principale du paragraphe. Elle servira de titre pour une partie de la légende.
   - en rose : les éléments importants à transposer en figurés dans la légende.
   - en vert : les localisations associées à ces éléments importants et à placer sur le croquis.

> Il s'agit ici de prélever les informations essentielles pour construire le croquis.

Étape 2 Réaliser le croquis

4. Reproduisez et complétez la légende du croquis avec les éléments sélectionnés.
5. Complétez le croquis en localisant chaque information.

> **La légende doit être organisée et hiérarchisée :**
> - elle est formée de 2 ou 3 parties ;
> - chaque partie est accompagnée d'un titre ;
> - les figurés apparaissent par ordre d'importance et sont donc hiérarchisés.

1. Des aménagements de transport nombreux…	
....	Téléphérique, un exemple de mobilités durables
	....
....	Nouvelle route littorale pour décongestionner l'île
....	Extension portuaire pour renforcer la compétitivité
2. … qui accompagnent des mobilités variées…	
	Réseau routier montrant des mobilités sur le littoral
	....
....	Flux d'immigration
3. … mais qui engendrent de nouveaux défis	
	Échanges inégalitaires avec la métropole
....	Nouvelle route littorale : un projet critiqué
....	Dépendance aux aides européennes

Titre : ....

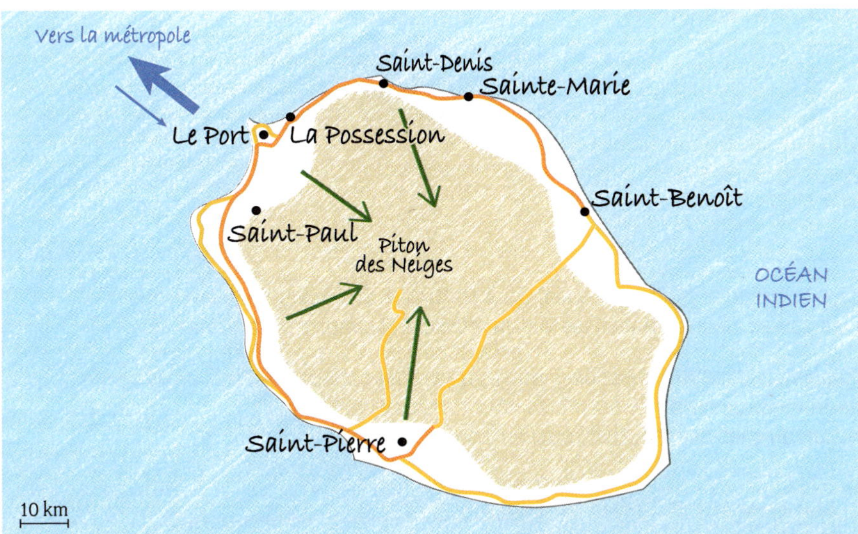

> **Des figurés différents doivent être choisis :**
> - **Les figurés linéaires** servent à représenter des éléments sous forme de **trait** comme les routes ou des phénomènes sous forme de **flèche** comme les déplacements ;
> - **Les figurés ponctuels** servent à représenter des lieux précis comme une ville, un port, une gare.

Pour conclure

Rédigez une synthèse pour répondre au sujet « L'aménagement de transports à La Réunion : entre renforcement et limites de l'accessibilité. » Vous montrerez comment l'aménagement des transports renforce l'accessibilité de l'île ; puis vous en étudierez les défis.

Je fais le point

Quiz
hachette-clic.fr/24hg2140

Chiffres clés
Vocabulaire
Exemple

Des mobilités croissantes et inégales

- Les mobilités des Français sont nombreuses et variées. Elles peuvent être temporaires comme les **mobilités pendulaires** ou définitives comme les **mobilités résidentielles**. S'ajoute aussi le cas des personnes qui, chaque jour, franchissent une frontière comme entre **Strasbourg et Kehl**. Ainsi, les mobilités se jouent à différentes échelles, du local au mondial. Les distances parcourues sont toujours plus importantes, mais la durée diminue grâce notamment aux **LGV** (**Paris-Rennes**).

- La voiture concerne encore **74 % des déplacements**, mais d'autres modes de transport sont de plus en plus utilisés tels les transports en commun ou les transports « doux » (vélo). Cependant, les mobilités créent de multiples inégalités spatiales et sociales. Si des littoraux et des métropoles sont plus attractifs, les espaces ruraux et centraux sont **enclavés**. Enfin, l'âge, la situation de handicap ou encore le genre sont également discriminants.

Les transports et leurs aménagements

- Les **réseaux de transport** sont denses et performants comme le montrent les réseaux à grande vitesse (LGV, autoroutes) et le réseau numérique qui couvre **99 % de la population**. Le réseau français s'étend à l'international (**Eurostar**), mais reste inégal à l'échelle nationale avec des territoires moins bien desservis. Afin de réduire les inégalités est mis en place le principe de **continuité territoriale**. Les acteurs (**État, Union européenne**) fournissent alors des aides pour aménager les transports.

- Les politiques d'aménagement ont également pour objectif la transition vers des **mobilités durables**. Il s'agit de réduire les inégalités entre les usagers et favoriser la transition environnementale car le transport émet presque **30 % des GES**. Des mobilités durables sont donc développées et les outils numériques participent à ces évolutions. La transition favorise l'**intermodalité** en permettant l'utilisation combinée de plusieurs modes de transport (**Strasbourg, Lorient**).

Défi chrono

10 min de préparation

Sélectionnez dans le chapitre trois mots-clés, trois chiffres et trois exemples que vous et vos camarades devrez deviner. Notez-les sur un morceau de papier et refermez-le.

5 min de réalisation

Formez une équipe de deux et affrontez deux autres duos. Les papiers sont mis en commun et à tour de rôle, vous disposez de 20 secondes pour faire deviner un maximum de réponses à votre binôme. Lorsqu'elles sont toutes trouvées, comptez les points par équipe.

QUESTION
Quelle est la part des déplacements en voiture en France ?

RÉPONSE
74 %

Je révise avec des podcasts

1 Comment évoluent les mobilités en France ?

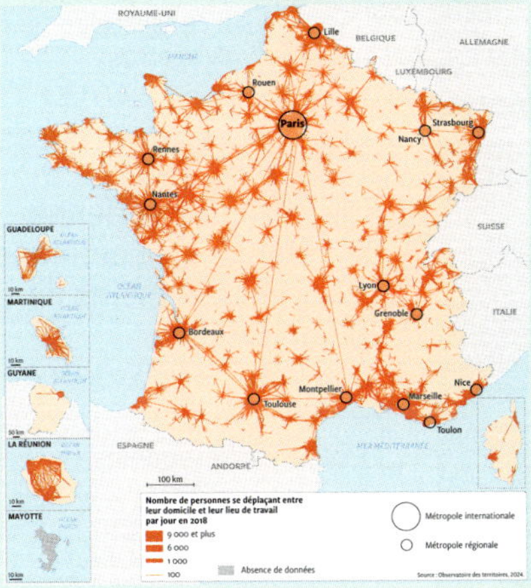

Podcast
hachette-clic.fr/24hg2141

2 Pourquoi et comment les Français se déplacent-ils ?

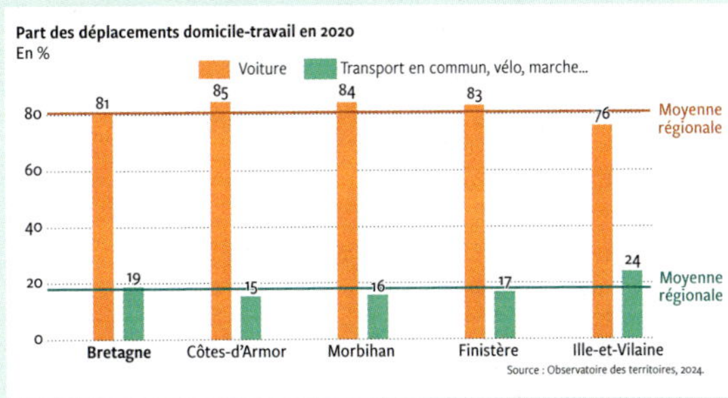

Podcast
hachette-clic.fr/24hg2142

3 Les mobilités peuvent-elles renforcer les inégalités ?

Podcast
hachette-clic.fr/24hg2143

L'ESSENTIEL en 5 minutes

4 Quels défis pour les mobilités durables ?

Podcast
hachette-clic.fr/24hg2144

5 Pourquoi le réseau de transport français est-il performant mais inégalitaire ?

Podcast
hachette-clic.fr/24hg2145

Je teste mes connaissances

- Écoutez les cinq épisodes du podcast puis testez vos connaissances grâce aux flashcards.

QUESTION

Nommez la faculté d'une personne à se déplacer.

RÉPONSE

Mobilité

Flashcards
hachette-clic.fr/24hg2146

Le saviez-vous ?

Le podcast est un excellent outil pour apprendre car il peut être réécouté autant de fois que nécessaire. La prise de note lors de l'écoute permet d'assimiler les informations présentées, notamment les notions et leurs définitions, les exemples spatialisés, les chiffres clés ou encore les causes et les conséquences d'une situation.

Je m'entraîne

• Confronter deux documents de nature différente

1 Photographie aérienne de Pérenchies, commune périurbaine à moins de 10 km de Lille

Source : IGN, Photothèque nationale, site Géoportail, 2021.

① Ville de Pérenchies
② Voies ferrées
③ Autoroute A25
④ Route départementale

Le saviez-vous ?

La **photographie aérienne** est l'un des outils du géographe. Elle offre des vues plus larges que les observations réalisées depuis le sol. Elle permet aussi de construire des cartes.

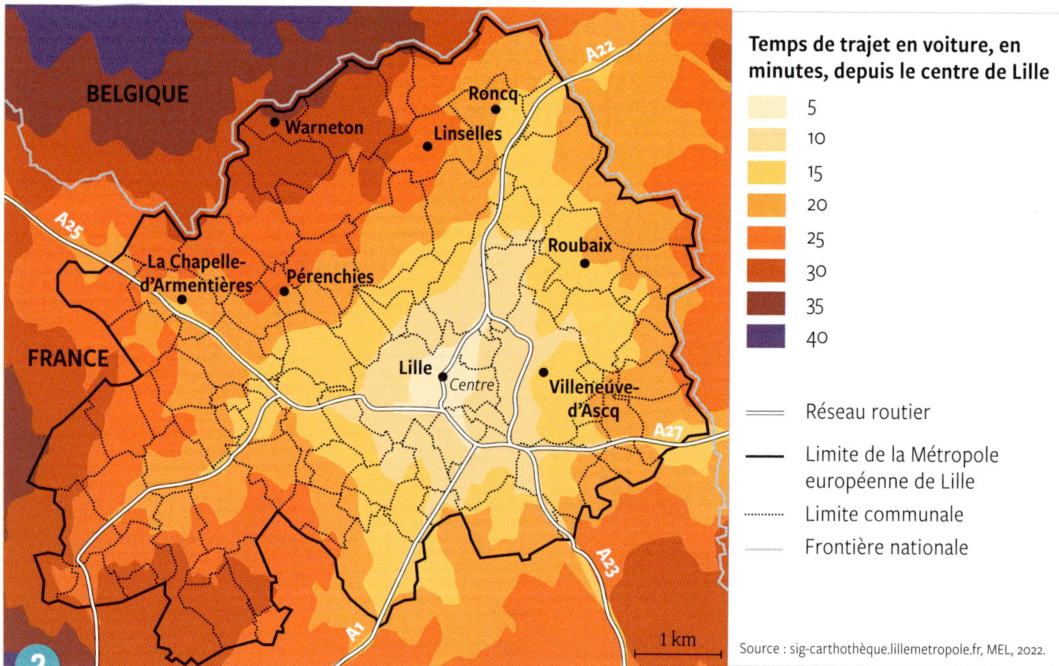

2 Les temps de trajet en voiture de la Métropole européenne de Lille

PALIER 1

Je lis et je sélectionne des informations

• Quels éléments du **doc. 1** montrent un usage important de la voiture dans les espaces périurbains ?

• D'après le **doc. 2**, quel est le temps de trajet entre le centre de Lille et Pérenchies ?

PALIER 2

Je croise les deux documents

• **Doc. 1 et 2** Pourquoi les habitants des espaces périurbains sont-ils contraints à des temps de trajet plus longs ?

PALIER 3

Je croise les documents avec mes connaissances

• Comment les documents représentent-ils les inégalités liées aux mobilités ?

• Outre la contrainte de temps, à quelles autres contraintes sont soumis les habitants du périurbain pour leurs déplacements ?

• Analyser une carte

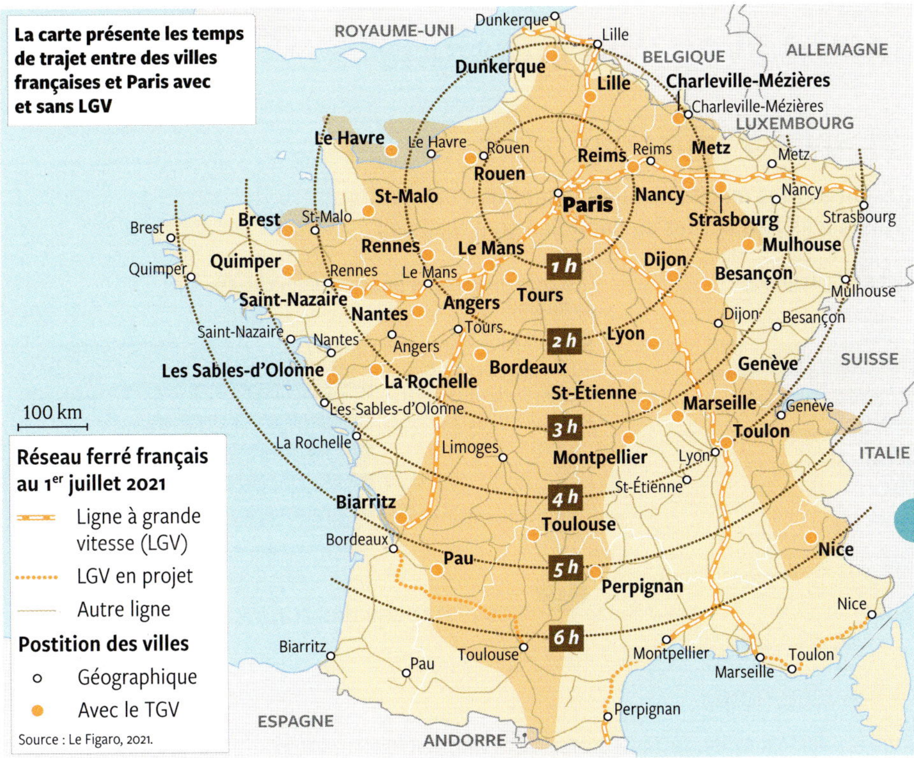

Le saviez-vous ?

La **carte en anamorphose** met en évidence un phénomène donné et non une réalité géographique. Ici, les lignes de LGV ne sont pas représentées en fonction de la distance, mais en fonction du temps de trajet. La représentation de la France s'en trouve déformée.

Les lignes à grande vitesse réduisent le temps des trajets en France

PALIER 1

Je lis et je comprends les documents

- À quoi correspondent les cercles sur cette carte ?
- Pourquoi les noms des villes apparaissent-elles deux fois sur la carte ?

PALIER 2

Je sélectionne les informations du document et les analyse

- Comparez les temps d'un trajet Paris-Toulouse et Paris-Rennes par le chemin de fer classique et par la LGV.
- Pourquoi peut-on dire que les métropoles et Paris sont centrales dans le réseau ferré français ?
- Justifiez l'affirmation : « Grâce à la LGV, la distance entre Paris et certaines métropoles semble diminuer ».

PALIER 3

Je croise les documents avec mes connaissances

- Pourquoi la connexion au réseau LGV peut-elle constituer un atout pour les métropoles ?
- À quels problèmes sont alors confrontées les autres villes françaises ?

J'approfondis

À REGARDER

Rêver le futur – transports (12 avril 2023) est un documentaire de Planète+. Il fait le point sur la manière de répondre aux nouveaux enjeux sociaux, démographiques, économiques et écologiques.

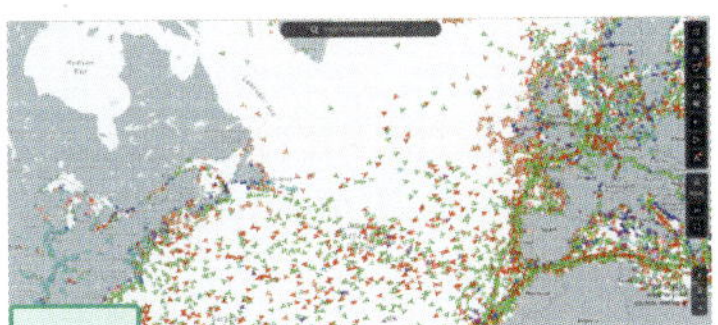

À VISITER EN LIGNE

Marine traffic, un site Internet qui localise en direct les différents bateaux sur les mers et les océans. Il permet de voir en temps réel le transport maritime mondial de personnes et de marchandises, et leur quantité est impressionnante !

VERS LA SPÉCIALITÉ HGGSP

« Pourquoi le projet transfrontalier de la ligne Lyon-Turin est-il contesté depuis plus de 30 ans ? »

Source : Radio France, 19 juin 2023.

L'analyse du géographe Kevin Sutton : la mobilisation des citoyens face aux enjenx environnementaux.

➔ Voir fiche 10 p. 224

Analyser un document avec une consigne

Objectif Préparer une réponse à l'aide d'une consigne

Sujet guidé : Les mobilités quotidiennes en France

En analysant le document, vous présenterez les mobilités quotidiennes et leurs motifs, puis vous expliquerez pourquoi les distances parcourues au quotidien sont inégales.

Temps moyen des déplacements quotidiens en minutes, par jour et par personne

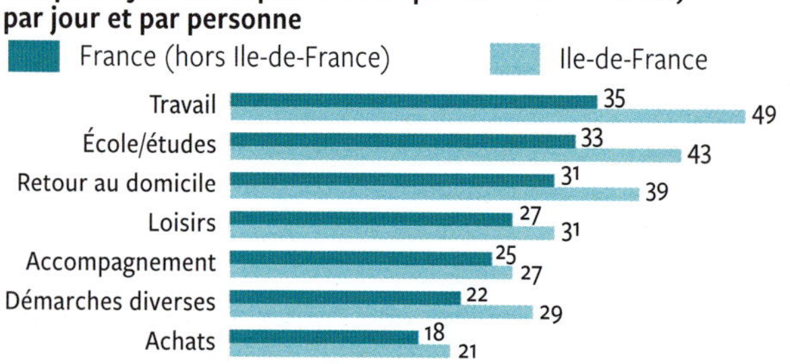

Source : Le Monde/La Vie, *Atlas des inégalités*, 2023.

A Les motifs de déplacement

Distance moyenne d'un trajet domicile-travail, en kilomètres

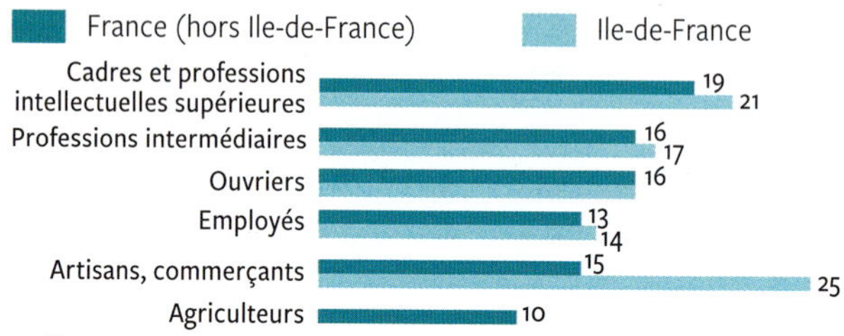

Source : Le Monde/La Vie, *Atlas des inégalités*, 2023.

B Les distances des trajets domicile-travail

Étape 1 Lire la consigne et les documents

Pour lire une consigne, surlignez les verbes et les termes importants (mots-clés, repères) afin de les définir et d'identifier le plan de l'analyse.

1. Analysez la consigne en repérant les verbes de consigne et en définissant les mots-clés.

Étape 2 Identifier les documents

➔ Voir p. 294

Les documents statistiques sont des tableaux de chiffres, des courbes, des histogrammes ou des diagrammes circulaires. Ils permettent d'analyser une évolution générale, une répartition ou une comparaison. Dans tous les cas, il est nécessaire de citer des chiffres précis.

2. Identifiez la nature précise des documents ainsi que leurs sources.

3. Sélectionnez l'idée principale du document **A**. Justifiez vos choix.

- *La voiture est majoritairement utilisée pour les trajets domicile-travail.*
- *Le travail et les études sont les principales raisons des déplacements quotidiens.*
- *Les déplacements pour les loisirs sont en moyenne de 27 minutes par jour.*
- *Les déplacements sont en moyenne de 1 h 23 par jour et par personne.*

4. Formulez l'idée principale du document **B**.

Ce graphique montre que la distance des déplacements quotidiens ...

Étape 3 Sélectionner les informations et les mettre en relation avec des connaissances

➔ Voir p. 384

5. Complétez le tableau.

Plan suggéré par la consigne	Informations sélectionnées dans les documents	Connaissances
Premier paragraphe Les mobilités quotidiennes et leurs motifs	– *Les déplacements sont en moyenne de 1h23 par jour et par personne* – .... –	– *Des mobilités pendulaires nombreuses* – *Des chaînes de déplacement complexes* – ....
Deuxième paragraphe Des distances parcourues au quotidien inégales	– *Des distances quotidiennes qui varient du simple au double ...* – *Un cas particulier : la région parisienne : ...* –	– .... – .... – ....

➔ Voir fiche 8 p. 222

Analyser un document avec des questions

Objectif ▶ Préparer une réponse à l'aide de questions

Sujet guidé : L'usage de la voiture en France

Transport utilisé par type de territoire en %, en 2019

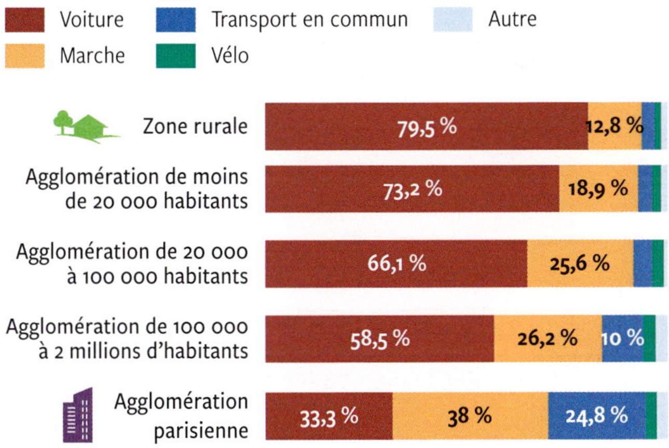

Source : Ministère de la transition écologique et de la cohésion des territoires, 2024.

QUESTIONS

a Citez les différents modes de transport en France et identifiez le transport le plus utilisé dans l'agglomération parisienne et dans les villes petites et moyennes.

b Relevez des informations qui prouvent que l'usage de la voiture est majoritaire en France.

c À l'aide du document et de vos connaissances, expliquez pourquoi l'offre de transport varie selon les types de territoires en France et quelles en sont les conséquences sociales et environnementales.

Étape 1 Lire les questions et le document ➔ Voir p. 294

1. Après avoir identifié le thème principal du document, recherchez dans le chapitre les pages qui traitent de ce thème.

Étape 2 Identifier le document ➔ Voir p. 318

Les documents statistiques sont des tableaux de chiffres, des courbes, des histogrammes ou des diagrammes circulaires. Ils permettent d'analyser une évolution générale, une répartition ou une comparaison. Dans tous les cas, il est nécessaire de citer des chiffres précis.

2. Relevez la nature précise du document ainsi que sa source.

3. Sélectionnez les propositions qui traduisent le document.
- 79,5 % des voitures se trouvent en zone rurale.
- Hors Paris, les transports en commun représentent 10 % des déplacements dans les plus grandes villes.
- La marche est privilégiée en zone rurale.
- La voiture ne représente qu'un tiers des déplacements en région parisienne.

Étape 3 Sélectionner les informations et les mettre en relation avec des connaissances

➔ Voir p. 384

4. Complétez le tableau.

Questions	Informations sélectionnées dans le document	Connaissances
Question **a**	– .... –	*– Des transports en commun variés :* .... *– Des mobilités douces encouragées :* ....
Question **b**	*– Part moyenne :* *– Part qui varie de .... à .....*	– .... – ....
Question **c**	*3 groupes de territoires selon la part de la voiture :*	*Des inégalités territoriales :* .... *Des enjeux environnementaux :* ....

CHAPITRE

7 L'Afrique australe : un espace en profonde mutation

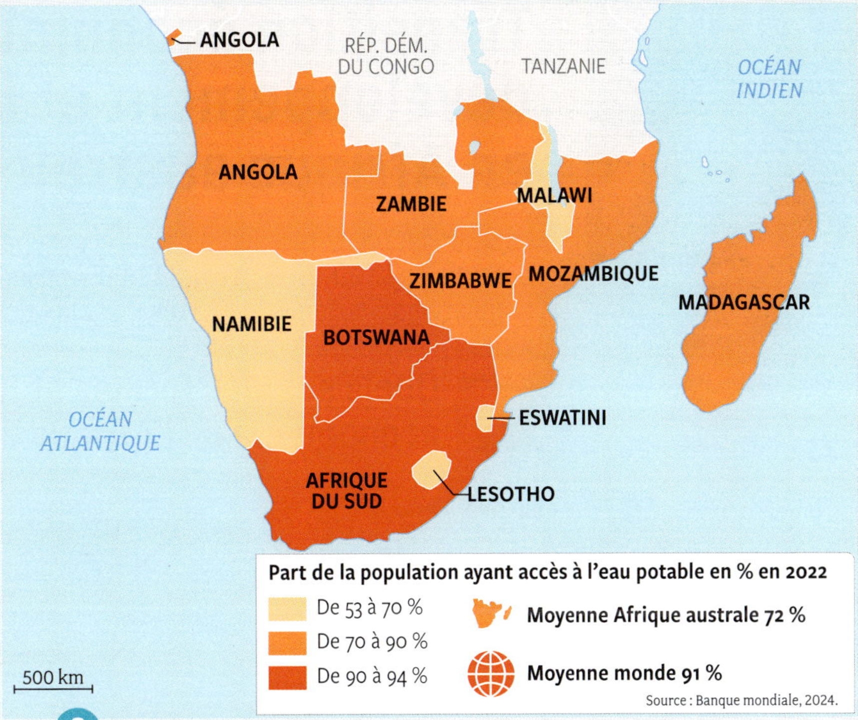

2 L'inégal accès à l'eau potable

> **COURS 1** La diversité des milieux naturels procure à l'Afrique australe de nombreuses ressources sur lesquelles les États fondent leur développement économique.

Comment expliquer l'inégal développement de l'Afrique australe malgré ses nombreuses ressources ?

> **COURS 2** La croissance démographique, ainsi que les flux migratoires et touristiques, transforment les territoires d'Afrique australe.

Pourquoi la transition démographique et les mobilités constituent-elles des défis en Afrique australe ?

1 La sécheresse, un frein au développement

Le sud de Madagascar est confronté depuis plusieurs années à une sécheresse persistante, comme ici, en août 2022. La pénurie d'eau frappe durement les agriculteurs et menace la sécurité alimentaire des populations.

QUESTIONS

1. **Doc. 2** Décrivez l'accès à l'eau potable en Afrique australe.
2. **Doc. 1 et 2** D'après vos connaissances, pourquoi ce faible accès à l'eau potable conjugué à la sécheresse constitue-t-il un frein au développement des populations ?

ÉTUDE DE CAS

Transition économique, développement et inégalités en Afrique australe

La valorisation de ressources naturelles a permis à de nombreux pays d'Afrique australe de sortir de la pauvreté et d'améliorer les conditions de vie des populations. Toutefois, de fortes inégalités persistent à toutes les échelles.

A Quels sont les formes et les effets de la transition économique de l'Afrique australe ?

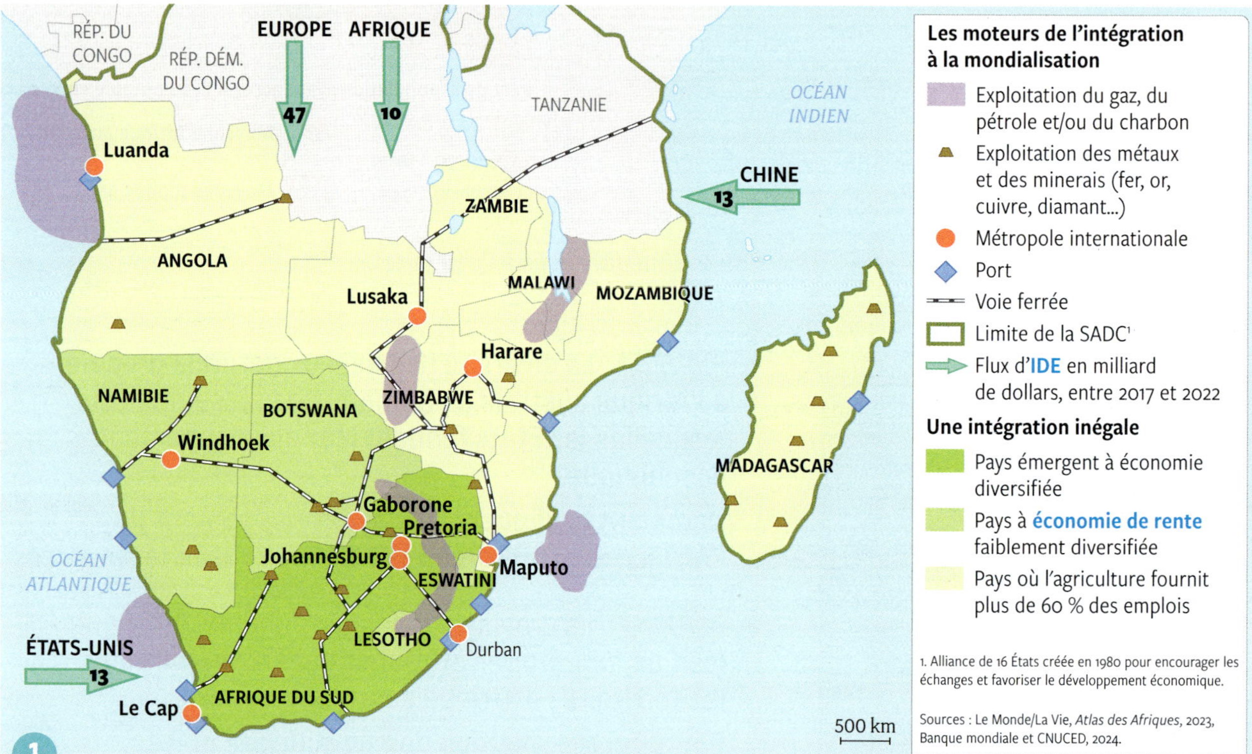

1 L'intégration de l'Afrique australe à la mondialisation

2 Une transition inégalitaire contrastée

a. Les difficultés du Mozambique

Les réserves de pétrole et de gaz inexploitées [du Mozambique] suscitent l'intérêt des investisseurs étrangers. Cependant, la majorité de la population vit de la terre et les infrastructures nationales souffrent encore des effets de la négligence coloniale[1], de la guerre[2] et du sous-investissement. Ainsi, tandis qu'une partie de la population exerce des activités économiques lucratives, principalement dans le commerce et les industries extractives, plus de dix millions de Mozambicains vivent dans une pauvreté absolue.

Oxfam, 2023.

1. De 1498 à 1975, le pays était une colonie du Portugal.
2. Depuis 2017, le pays est confronté à de nombreuses attaques terroristes obligeant la SADC à déployer une force d'intervention.

b. L'essor du Botswana

Le Botswana a maintenu une stabilité politique depuis son indépendance en 1966, ce qui a contribué à son succès économique. Le deuxième producteur mondial de diamant a instauré des politiques économiques, créant un environnement propice à l'investissement et à la croissance économique. De plus, le Botswana a diversifié son économie, réduisant sa dépendance aux diamants et en investissant dans d'autres secteurs tels que le tourisme et l'agriculture.

D'après *Financial Afrik* (journal africain), 1er novembre 2023.

3 Le port de Durban, un atout pour la transition économique

L'Afrique du Sud mise sur l'industrie automobile et le bas coût de sa main-d'œuvre pour attirer les firmes transnationales. Durban est devenu le plus grand terminal automobile d'Afrique subsaharienne et exporte les voitures vers plus de 150 pays.

	IDH[1]	RNB par habitant et par an	Espérance de vie à la naissance	Durée moyenne de scolarisation
Afrique du Sud	0,713 (109e)	12 948 dollars	62 ans	11,4 ans
Botswana	0,693 (117e)	16 198 dollars	61 ans	10,3 ans
Mozambique	0,446 (185e)	1 198 dollars	59 ans	3,2 ans
Namibie	0,615 (139e)	8 634 dollars	59 ans	7,2 ans
Zambie	0,565 (154e)	3 218 dollars	61 ans	7,2 ans
Moyenne Afrique australe	0,59	5 891 dollars	60 ans	6,7 ans

4 Un développement encore inégal

Source : PNUD, 2024.

1. L'ensemble des données date de 2021.

VOCABULAIRE

- **Économie de rente :** économie faiblement diversifiée reposant sur l'exploitation des ressources naturelles.
- **IDE (Investissements directs à l'étranger) :** investissements réalisés par une entreprise dans un pays étranger soit par la création d'une nouvelle filiale soit par le rachat d'une entreprise existante.

PARCOURS 1

Mettre en perspective une situation géographique

1. **Doc. 1 et 3** Quels atouts l'Afrique australe exploite-t-elle pour assurer sa transition économique ?
2. **Doc. 1** Identifiez les acteurs internationaux qui y participent et leurs rôles.
3. **Doc. 1 et 4** Justifiez l'affirmation : « L'Afrique australe est inégalement intégrée à la mondialisation ».
4. **Doc. 2 et 4** En vous appuyant sur trois exemples précis, montrez que l'inégale intégration de la région à la mondialisation crée des disparités de développement.

BILAN Rédigez une synthèse montrant que la transition économique des pays d'Afrique australe est engagée mais que leur développement reste inégal.

PARCOURS 2

Participer à un débat

1. Au brouillon, complétez le tableau.

La transition économique favorise le développement de l'Afrique australe	La transition économique ne favorise pas le développement de l'Afrique australe
- doc. 1 à 4 :	- doc. 1, 2 et 4 : ....

2. En binôme, présentez un débat en trois minutes pour discuter de la question : **La transition économique permet-elle le développement de l'Afrique australe ?**
Vous énumérerez tour à tour vos arguments en les illustrant par des exemples et/ou des chiffres concrets.

B Quels sont les défis d'un développement durable en Afrique australe ?

5 Le *brain drain* au Zimbabwe

Source : Nairaland (forum nigérian), 26 mai 2022.

Depuis 2021, 4 000 médecins ont quitté le Zimbabwe pénalisant son développement. Le pays ne compte plus que 1 médecin pour 4 300 habitants, contre 1 médecin pour 3 000 ailleurs en Afrique australe.

Traduction des bulles de gauche à droite :
« Qui nous soignera si vous partez tous ? »
« Tentez de demander à vos dirigeants »
« Nous devons survivre nous aussi »

7 La modernisation agricole de l'Angola

La Banque africaine de développement a approuvé un prêt de 105 millions de dollars à l'Angola pour mettre en œuvre le Programme de réforme du secteur de l'agriculture. Ce programme vise à renforcer la politique agricole pour améliorer la production alimentaire et contribuer à la diversification économique. Il ambitionne de rendre les petites exploitations agricoles plus productives. Il permettra ainsi au gouvernement de résorber le déficit alimentaire et de réduire les importations de denrées alimentaires. Le programme soutiendra la mise en place d'un cadre institutionnel pour mettre en œuvre les politiques de mécanisation de l'agriculture et d'irrigation. Le projet permettra également de fournir aux petits exploitants agricoles des équipements à l'épreuve du climat pour renforcer la capacité d'adaptation des systèmes agricoles.

La Banque africaine de développement, 13 décembre 2023.

VOCABULAIRE

- **Apartheid :** politique du « développement séparé » mise en œuvre en Afrique du Sud (1948-1991) pour discriminer les populations noires et les éloigner des espaces résidentiels blancs.

6 Lutter contre les inégalités en Afrique du Sud

Des inégalités héritées de l'apartheid → **Des politiques mises en œuvre par l'État pour réduire les inégalités**

Des inégalités héritées de l'apartheid	Des politiques mises en œuvre par l'État pour réduire les inégalités
30 % de la population au chômage en 2022 dont : - 37,5 % de la population noire - 8,6 % de la population blanche	Construction de logements sociaux pour les populations à faible revenu dans les grandes villes
+ Part du patrimoine détenu par les ménages les plus riches (10 % de la population) : 65 % en 2023	+ Création de l'Assurance maladie nationale : accès aux soins et aux services de santé à tous, quel que soit leur statut socio-économique
+ 24 % de la population vivent dans des bidonvilles	+ Possibilité d'avoir accès à un minimum d'électricité et d'eau chaque mois pour les plus pauvres

Sources : Statista, 2023, Site officiel du gouvernement d'Afrique du Sud, 2024.

PARCOURS 1

Analyser des documents

1. **Doc. 5** Expliquez pourquoi le *brain drain* entrave le développement du Zimbabwe.
2. **Doc. 6** Montrez que les inégalités sont marquées en Afrique du Sud.
3. **Doc. 6 et 7** Citez des actions et des acteurs qui encouragent le développement économique et la lutte contre les inégalités en Afrique australe.

PARCOURS 2

Rédiger une synthèse

Rédigez une synthèse présentant les défis auxquels sont confrontés les États d'Afrique australe et les solutions mises en œuvre pour parvenir à un développement durable.

Pas à pas

Utilisez obligatoirement les mots :
- d'abord ; de plus ; enfin.
- *brain drain* ; inégalités ; développement durable ; changement climatique ; programme d'actions.

BILAN Transition économique, développement et inégalités en Afrique australe

Des transitions économiques engagées

- Développement de l'industrie : Afrique du Sud
- Essor du tourisme : Botswana
- Modernisation de l'agriculture : Angola

Les facteurs du développement

- Des ressources nombreuses et stratégiques : minerais, hydrocarbures, pierres précieuses…
- Des espaces aménagés : voies ferrées, aéroports et ports
- Des acteurs multiples : États, SADC, organisations internationales (Banque mondiale) et firmes transnationales

Des inégalités persistantes

- **Entre les États :**
  - Afrique du Sud, pays émergent
  - persistance de pays à économie de rente (Mozambique…)
  - des pays où l'agriculture occupe 60 % de la population active (Zambie, Malawi, Madagascar…)
- **À l'intérieur des États :**
  - dynamisme des métropoles
  - inégalités héritées de l'apartheid en Afrique du Sud

Des défis à surmonter

- Instabilité politique
- Dépendance aux investissements étrangers
- *Brain drain*
- Vulnérabilité face au changement climatique

Et ailleurs ?

1. Citez les pays les plus touchés par la sous-alimentation dans le monde.
2. Pourquoi peut-on dire que la diversité de la situation alimentaire de l'Afrique australe reflète celle de l'ensemble du continent africain ? Appuyez-vous sur des exemples précis.

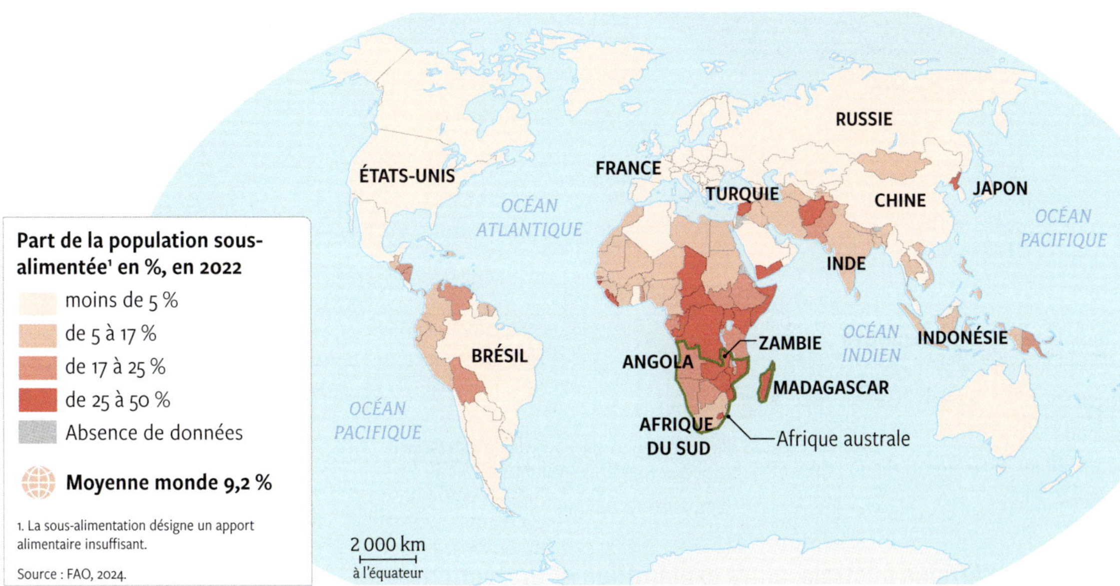

GRAND ANGLE Milieux et développement en Afrique australe

- L'Afrique australe se caractérise par la diversité de ses milieux naturels, de la savane au désert (Kalahari). Cette situation offre des ressources multiples et abondantes aux pays, comme le charbon au Zimbabwe ou les diamants en Afrique du Sud. Mais face, à la dégradation des milieux, des aires protégées terrestres et marines sont créées.

1 Les milieux d'Afrique australe, entre exploitation et protection

• L'exploitation des ressources a permis à l'Afrique australe de connaître une croissance économique et une amélioration des conditions de vie des populations. Le revenu par habitant a ainsi doublé depuis 2010. Malgré cela, les différences économiques et sociales restent fortes. Par exemple, l'Afrique du Sud, seul pays émergent de la région, est aussi le plus inégalitaire.

Carte interactive
hachette-clic.fr/24hg2147

Sources : Banque mondiale et PNUD, 2024.

2 Développement et inégalités en Afrique australe

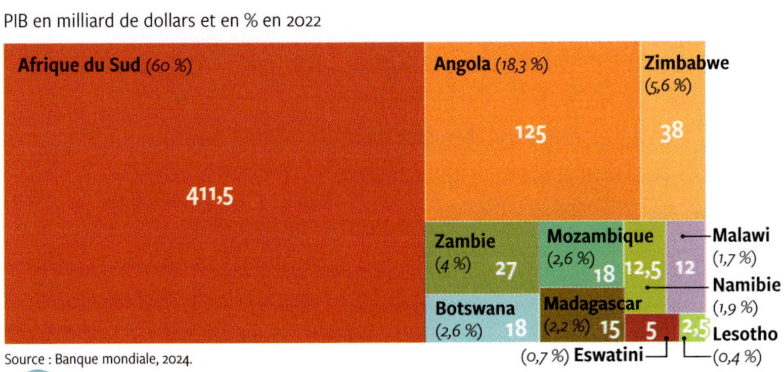

Source : Banque mondiale, 2024.

3 La richesse en Afrique australe

QUESTIONS

1 **Doc. 1** Citez et localisez trois ressources exploitées en Afrique australe et deux formes de protection des milieux.

2 **Doc. 2 et 3** Montrez que les inégalités économiques s'expriment à différentes échelles géographiques en Afrique australe.

3 **Doc. 1 et 3** Justifiez l'affirmation : « Malgré ses ressources et une transition économique en cours, l'Afrique australe reste marquée par la pauvreté ».

COURS 1 Une région inégalement valorisée et développée

> Comment expliquer l'inégal développement de l'Afrique australe malgré ses nombreuses ressources ?

1 Des milieux naturels riches en ressources

- **L'Afrique australe dispose de ressources naturelles multiples.** Le gaz, le pétrole sont abondants comme le charbon et les métaux précieux qui en font une « Afrique des mines ». Le diamant représente 90 % des exportations du Botswana ; l'Afrique du Sud est le 1er producteur mondial d'or et de platine. La faune, la flore et les paysages d'exception, tels les savanes et les déserts, sont valorisés grâce aux réserves naturelles (félins du parc Kruger en Afrique du Sud, éléphants du parc de Chobe au Botswana).

- **Ces ressources sont exploitées à la fois par les États et les firmes transnationales** (De Beers pour les diamants, Total et Exxon Mobil pour l'énergie). La SADC (Communauté de développement d'Afrique australe) participe au financement des aménagements pour l'exportation des ressources (port de Walvis Bay en Namibie) ou des barrages pour l'exploitation de l'eau. Grâce à ses investissements, la Chine s'impose comme le 1er partenaire économique régional non sans créer des tensions (accaparement des terres, endettement des États).

- **Cependant l'exploitation des ressources peut avoir un fort impact environnemental.** L'agriculture intensive et l'extraction minière érodent les sols alors que la désertification progresse (Namibie). Dans la région industrielle du Gauteng (Afrique du Sud), l'exposition aux pesticides et à la pollution de l'air diminue l'espérance de vie des habitants.

2 Des transitions économiques inégales

- **Pour sortir d'une économie de rente, les États entament une diversification de leurs activités.** Les stratégies divergent. Si l'Angola mise sur les innovations agricoles, l'Afrique du Sud a fait le choix du secteur automobile et du tourisme. À l'échelle de la région, la part de l'exploitation minière et énergétique dans le PIB diminue au profit des services qui représentent 58 % du PIB.

- **Une transition énergétique est amorcée mais elle reste limitée.** La construction de barrages permet la production d'hydroélectricité au Lesotho. La Namibie diversifie sa production énergétique grâce à l'énergie solaire et éolienne. Malgré tout, 85 % de l'énergie consommée en Afrique australe reste d'origine fossile.

- **Les résultats de la transition économique sont contrastés.** L'Afrique du Sud est le seul pays émergent d'Afrique australe grâce son intégration à la mondialisation. Les autres pays restent dépendants de l'exploitation des ressources naturelles (Zambie, Angola) et six d'entre eux figurent toujours parmi les moins développés du monde (dont le Zimbabwe et Madagascar). Partout, le secteur informel demeure prépondérant.

VOCABULAIRE

- **Accaparement des terres :** terres agricoles acquises par des États étrangers ou des entreprises transnationales au détriment des populations locales.
- **Apartheid :** politique du « développement séparé » mise en œuvre en Afrique du Sud (1948-1991) pour discriminer les populations noires et les éloigner des espaces résidentiels blancs.
- **Secteur informel :** ensemble d'activités qui échappent à l'encadrement et au contrôle de l'État.
- ***Townships* :** quartiers réservés aux populations de couleur en périphérie des villes lors de l'apartheid en Afrique du Sud. Ce sont aujourd'hui des quartiers plutôt pauvres et d'habitat dégradé, parfois en cours de requalification.

3 Des inégalités qui persistent

■ **Les conditions de vie des habitants s'améliorent avec la transition économique.** L'IDH régional est passé de 0,46 en 2000 à 0,59 aujourd'hui grâce aux progrès dans l'accès à l'éducation, à l'eau et à l'électricité. Au Botswana, le revenu par habitant est aujourd'hui le plus élevé de la région après en avoir été l'un des plus faibles, grâce notamment à l'industrie du diamant et au soutien de l'État.

■ **Les écarts socio-économiques entre les pays persistent.** Cette situation s'explique par la répartition des ressources naturelles et la capacité des États à les valoriser. Ainsi, les populations du Malawi et du Mozambique, à l'écart de « l'Afrique des mines », sont parmi les plus pauvres de la région. La corruption et l'instabilité politique pénalisent le développement et nourrissent de fortes tensions sociales.

■ **L'Afrique australe concentre les pays les plus inégalitaires au monde** (Angola, Afrique du Sud). Cette situation s'explique par l'héritage de la colonisation et l'apartheid. En Afrique du Sud, 10 % de la population détient à elle seule près de 65 % des richesses tandis que 75 % des familles noires vivent en dessous du seuil de pauvreté. À Johannesburg résident 14 600 millionnaires alors que la majorité de la population vit dans des conditions sanitaires précaires dans les *townships* (Soweto, Alexandra). Réduire les inégalités et les ségrégations persistantes reste un défi majeur pour la région.

CHIFFRES CLÉS

Des producteurs mondiaux

		Afrique australe	Monde
Diamant	Botswana	1er	3e
Or	Afrique du Sud	1er	9e
Cuivre	Zambie	1er	9e

Source : Statista, 2024.

Les flux d'IDE en milliard

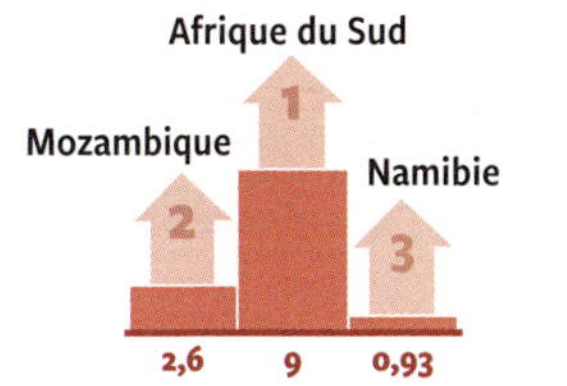

Source : Cnuced, 2024.

L'accès à l'électricité

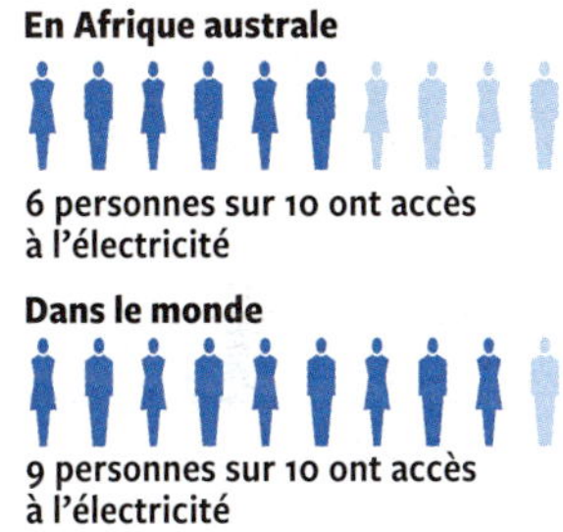

Source : Banque mondiale, 2024.

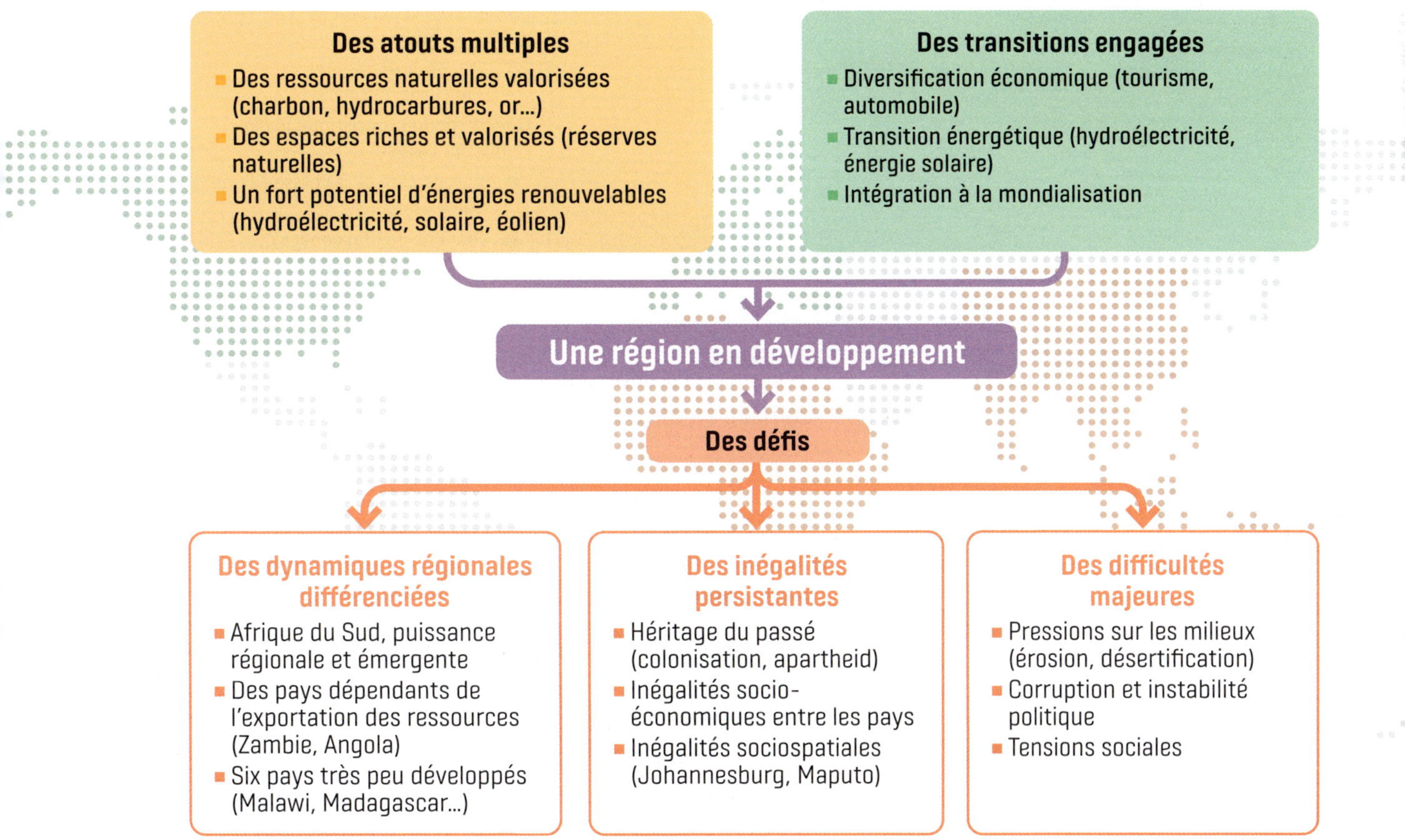

ACTEURS & ENJEUX

L'éléphant : atout ou menace pour les hommes et leurs activités ?

L'Afrique australe a fait de ses espaces protégés une ressource touristique majeure et plébiscitée, notamment pour l'observation des éléphants. Si la présence du pachyderme est valorisée et protégée, elle est de plus en plus rejetée par certains.

DE DÉVELOPPEMENT DURABLE
Objectifs traités

1 PAS DE PAUVRETÉ — 15 VIE TERRESTRE

Dans le cadre de l'ONU, les États ont signé une feuille de route pour atteindre 17 Objectifs de développement durable (ODD) en 2030.

Votre mission **Organisez un débat autour de cette question : « L'éléphant est-il un atout ou une menace pour les populations et les activités en Afrique australe ? »**

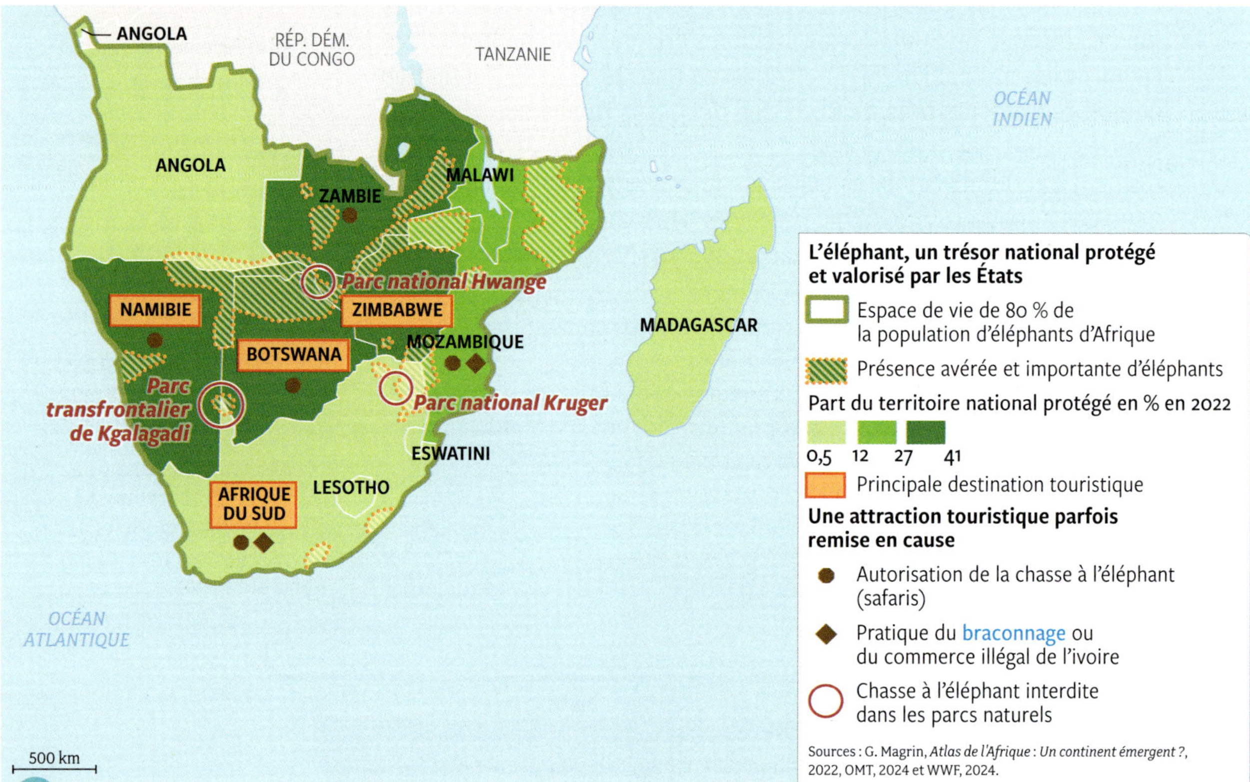

1 L'éléphant, une ressource touristique valorisée en Afrique australe

VOCABULAIRE

- **Braconnage :** pratique illégale de la chasse.
- **ONG (organisation non gouvernementale) :** association indépendante des gouvernements aux domaines d'intervention divers (environnement, humanitaire, droits de l'homme).

2 Site Internet de WWF en faveur de la protection de l'éléphant

Source : WWF Belgique, 2024.

Cette ONG dénonce l'extinction du pachyderme en Afrique australe. Les hommes le chassent pour l'ivoire dont la valeur augmente sur le marché légal et plus encore sur le marché illégal mondial.

L'éléphant, un atout touristique majeur 3

L'Afrique australe est la première destination touristique mondiale pour les safaris. Le tourisme emploie 4,7 % de la population active en Afrique du Sud et représente 9 % du PIB du Botswana.

4 Des désaccords sur la commercialisation de l'ivoire

La Coalition pour l'éléphant d'Afrique[1] s'oppose au commerce de l'ivoire. Or, l'Afrique du Sud, la Namibie, le Botswana, le Zimbabwe insistent pour rouvrir le marché international de l'ivoire ; ils veulent financer la gestion de leurs parcs naturels et la protection de leurs espèces grâce à la vente de l'ivoire. Leur population d'éléphants se porte bien, voire augmente, mais leur gestion a un coût de plus en plus élevé. Un coût humain aussi puisque la cohabitation entre l'homme et l'éléphant pose des problèmes de sécurité. L'argent de l'ivoire permettrait de soutenir les communautés rurales et de rendre la cohabitation plus acceptable. Il est aussi très coûteux de sécuriser les stocks d'ivoire ramassé et non vendable. Ces arguments sont toutefois rejetés, notamment par des ONG. Le Fonds international pour le bien-être animal estime que l'ouverture d'un marché légal de l'ivoire permettrait aux braconniers d'écouler leur stock en toute discrétion et pointe aussi le risque d'une augmentation du braconnage. Elle soutient la proposition du Kenya qui invite à alimenter un fonds spécial pour les pays qui brûleraient leur stock d'ivoire. Ce fonds permettrait de financer la gestion des parcs.

D'après *France Info*, 22 novembre 2022.

1. Alliance composée de 29 États africains appelant à protéger les éléphants.

00:00

5 L'éléphant, une présence qui divise les habitants au Zimbabwe

Vidéo ▶
France 24, 25 octobre 2022
hachette-clic.fr/24hg2148

Au Zimbabwe, la population s'oppose à la protection de l'éléphant en raison du nombre croissant d'attaques et de la destruction des récoltes.

Réaliser une présentation orale

1. Quel est votre avis sur la question : L'éléphant est-il un atout ou une menace pour les populations et les activités en Afrique australe ?
2. Constituez un groupe de quatre et préparez le débat en prélevant des informations dans les documents.

Tableau
hachette-clic.fr/24hg2149

L'éléphant, un atout pour les hommes et leurs activités (doc. 1, 2 et 3)		L'éléphant, une menace pour les hommes et leurs activités (doc. 1, 4 et 5)	
Acteurs	Arguments	Acteurs	Arguments

3. Organisez votre débat : chaque membre du groupe incarne un acteur et présente à l'oral ses arguments à tour de rôle. La prise de parole doit se faire dans l'écoute et le respect des participants.
➔ Aidez-vous de la fiche méthode 5 p. 218
4. Faites un bilan du débat :
   - Le débat a-t-il renforcé ou changé votre avis initial sur la question ?
   - Quels sont les trois arguments qui vous ont paru les plus convaincants ?

GRAND ANGLE

Dynamiques démographiques et mobilités en Afrique australe

● L'Afrique australe regroupe 229 millions d'habitants et devrait atteindre 340 millions d'habitants en 2050. Si chaque pays voit sa population augmenter, les transitions démographiques ne suivent pas le même rythme. Certains pays sont confrontés aux défis provoqués par une forte natalité comme l'Angola ou le Mozambique, alors que l'Afrique du Sud se distingue par sa croissance démographique modérée.

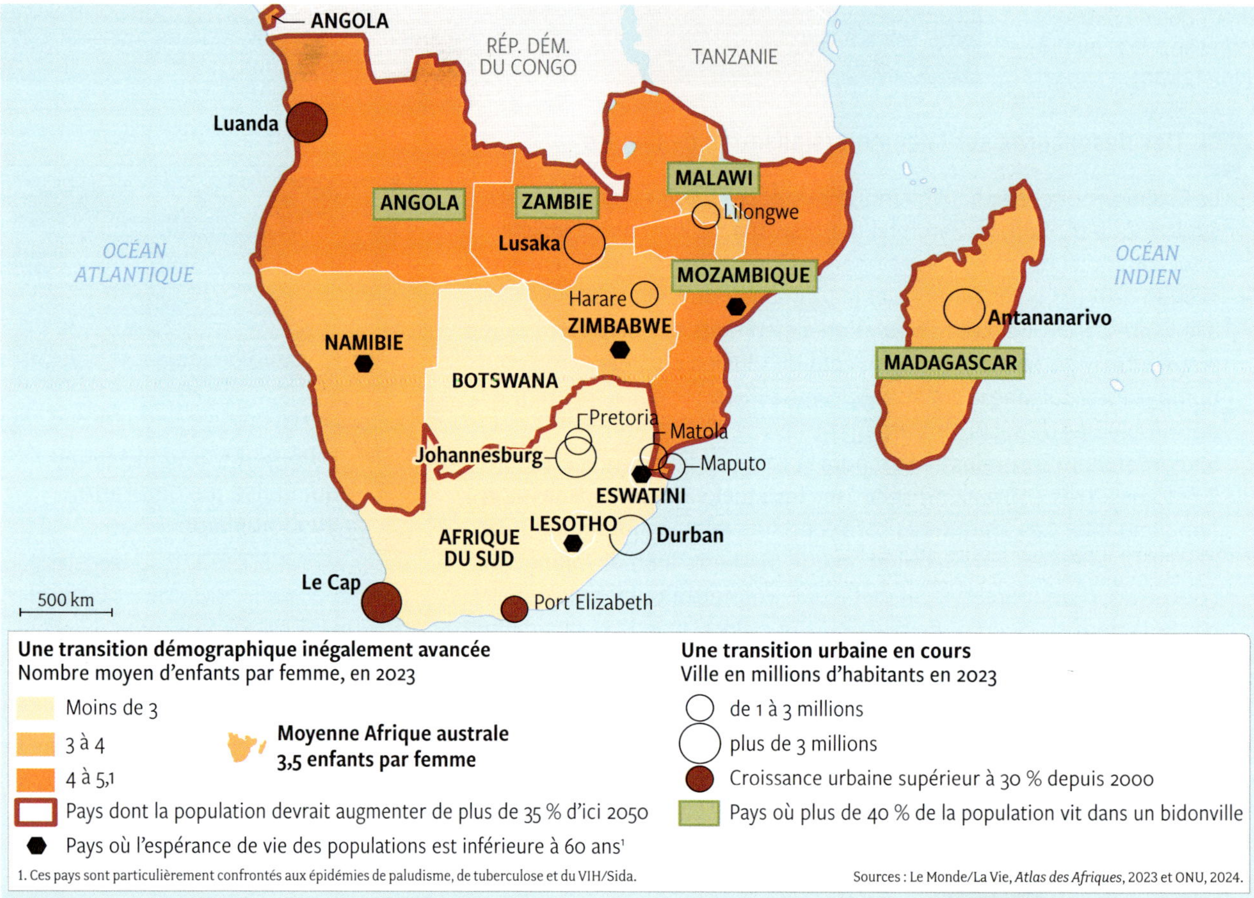

1 Des dynamiques démographiques différenciées en Afrique australe

Carte interactive
hachette-clic.fr/24hg2150

Nombre d'habitants en million et en % en 2023

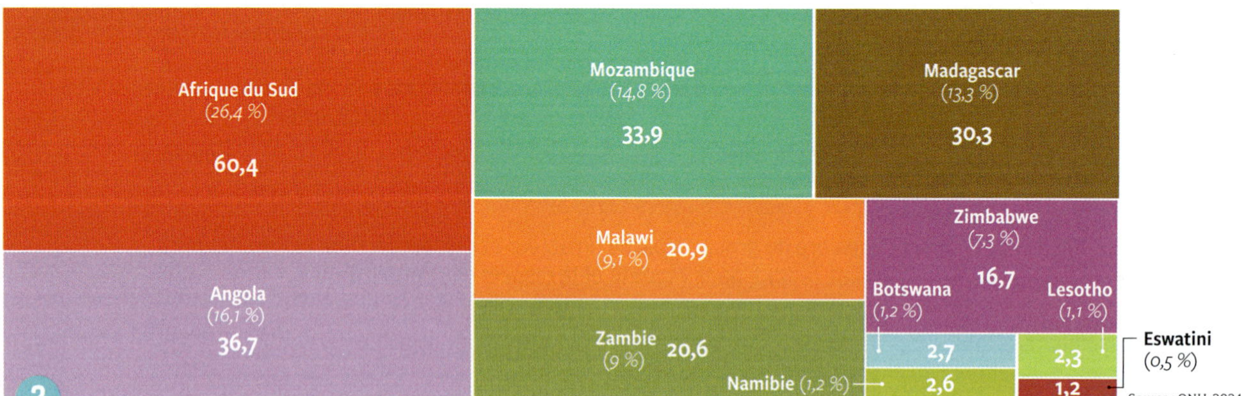

2 La population en Afrique australe

● Les mobilités internationales concernent tous les pays d'Afrique australe. Néanmoins, les pays les plus développés sont les plus attractifs (Afrique du Sud, Angola) contrairement à ceux qui combinent forte croissance démographique et faible développement tel que le Mozambique.

● De plus, l'Afrique australe accueille 28 millions de touristes internationaux chaque année. Les pays bénéficiant de ces flux possèdent des infrastructures modernes et une faune et une flore préservées, comme l'Afrique du Sud.

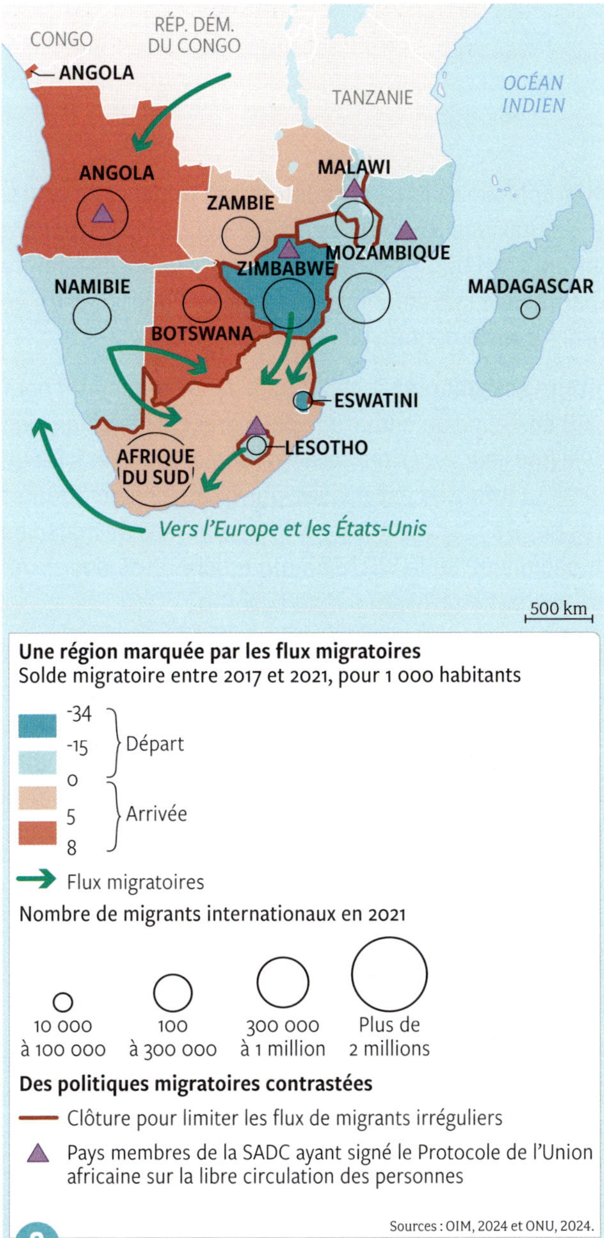

3 Les flux migratoires en Afrique australe

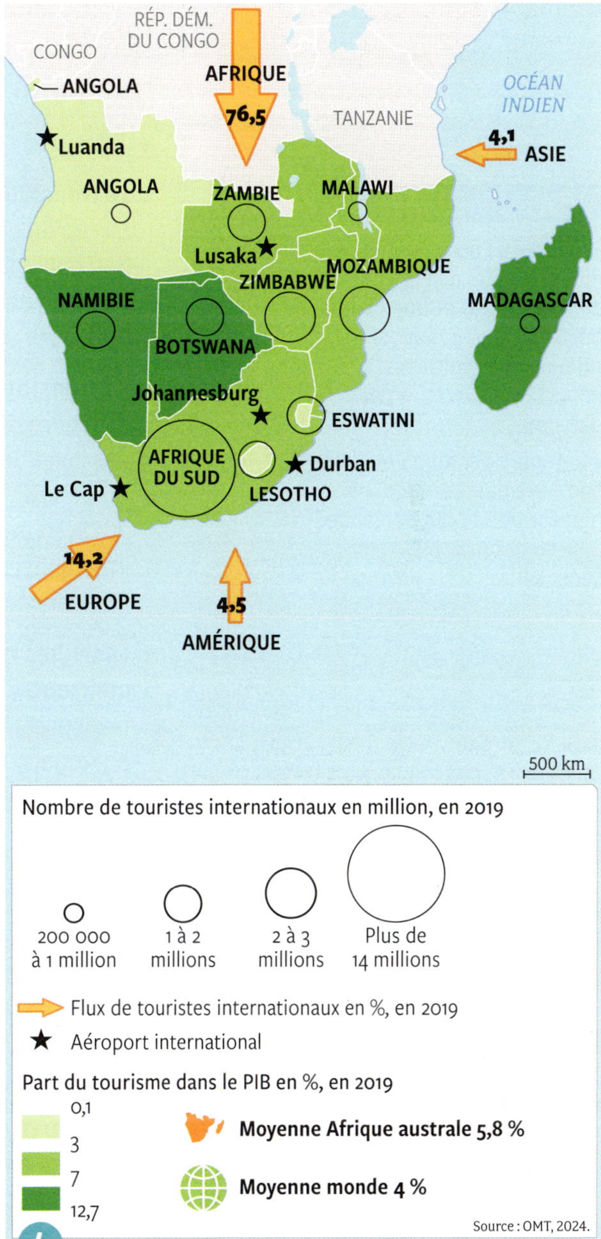

4 Le tourisme en Afrique australe, une activité stratégique

QUESTIONS

1 **Doc. 2** Citez les 3 pays les plus peuplés de la région et les 3 pays les moins peuplés.

2 **Doc. 1** Quels éléments expliquent leur inégal dynamisme démographique ?

3 **Doc. 3** À partir de deux exemples précis, justifiez l'affirmation : « Le solde migratoire de chaque pays reflète à la fois son niveau de développement et sa politique migratoire ».

4 **Doc. 4** Montrez que le tourisme est une activité stratégique qui profite inégalement aux pays d'Afrique australe.

COURS 2 Les situations démographiques et migratoires en Afrique australe

> Pourquoi la transition démographique et les mobilités constituent-elles des défis en Afrique australe ?

1 Des évolutions démographiques à plusieurs vitesses

- **La transition démographique de l'Afrique australe est toujours en cours.** La région compte 229 millions d'habitants en 2023 et devrait atteindre 340 millions d'habitants en 2050. La natalité diminue, comme le nombre moyen d'enfants par femme (3,5 enfants par femme en 2023, contre 4 en 2000) qui se rapproche lentement de la moyenne mondiale (2,3).
- **La transition sanitaire est amorcée.** L'espérance de vie augmente pour atteindre plus de 60 ans dans de nombreux pays grâce à l'amélioration des conditions de vie (meilleur accès aux soins, à l'alimentation et à l'eau). Au Malawi, la mortalité infantile est divisée par quatre entre 2000 et 2023. Toutefois, ces progrès sont ralentis par la persistance de maladies infectieuses tel le paludisme ou le VIH/Sida qui touche 13 % des 15-49 ans dans la région, surtout en Eswatini et au Lesotho.
- **Les villes qui connaissent une forte croissance démographique sont confrontées à de nombreuses difficultés :** pénurie de logements et de transports, déficit des services publics. C'est le cas de la ville de Luanda, en Angola, où la population a triplé depuis 20 ans et où 70 % des habitants résident dans un bidonville. À Maputo (capitale du Mozambique), le manque de transports en commun oblige 10 000 personnes à se déplacer à pied sur plusieurs kilomètres pour aller travailler chaque jour.

2 Des mobilités qui reflètent les inégalités de développement

- **L'Afrique australe est concernée par le départ, le transit ou l'arrivée de migrants.** Chaque année, 4,4 millions de personnes partent pour avoir de meilleures conditions de vie en Europe ou aux États-Unis. En revanche, la région accueille des migrants internationaux : les diasporas asiatique, chinoise et indienne et des Africains fuyant la misère ou l'instabilité politique. La Zambie est devenue un pays de transit pour les réfugiés se rendant en Afrique du Sud.
- **Les flux migratoires révèlent les inégalités entre les pays.** L'Afrique du Sud accueille 2,9 millions de migrants venus principalement du Zimbabwe et du Lesotho. Si ces flux privent les pays de leur main-d'œuvre, ils profitent néanmoins de l'envoi de remises migratoires (20 % du PIB au Lesotho). Les États renforcent les contrôles face aux migrations illégales, instaurent des quotas ou édifient des clôtures aux frontières (Mozambique/Afrique du Sud). Le changement climatique pourrait renforcer les migrations.

VOCABULAIRE

- **Diaspora :** communauté d'une même origine dispersée dans plusieurs pays et qui maintient des liens économiques, financiers et culturels importants avec son pays d'origine.
- **Réfugié :** personne qui fuit son pays par crainte d'une persécution et qui demande la protection du pays qui l'accueille.

- **Les migrants internationaux s'installent dans les métropoles.** Leurs conditions de vie sont très contrastées. Au Cap, les migrants pauvres habitent dans des bidonvilles, à proximité des *townships* alors que les populations venues d'Europe ou d'Amérique du Nord s'enferment dans des résidences sécurisées des quartiers riches. Ces inégalités territoriales alimentent la xénophobie, notamment en Afrique du Sud ou au Malawi.

3 Des flux touristiques en transition

- **Les mobilités touristiques internationales s'affirment.** 28 millions de touristes internationaux ont visité l'Afrique australe en 2019. Les safaris dans les réserves naturelles (Parc national Hwange au Zimbabwe), la découverte des sites classés au patrimoine mondial de l'Unesco (erg du Namib, chutes Victoria) ou le tourisme balnéaire au Mozambique attirent les clientèles aisées venues d'Europe ou d'Amérique du Nord. S'y ajoutent les touristes africains issus des classes moyennes dont le poids s'accroît.
- **L'arrivée de touristes transforme les territoires et les sociétés qui y vivent.** Outre la création de richesse (11 % du PIB en Namibie), l'aménagement d'infrastructures hôtelières et d'aéroports génère des emplois et désenclave des régions. Les communautés locales sont impliquées dans la gestion des parcs naturels (Botswana, Namibie). Cependant, de nombreuses populations sont privées d'accès à la terre en raison de la protection de la nature (Bushmen du Kalahari au Botswana).
- **Toutefois, l'activité touristique est à repenser.** La pandémie de Covid-19 a montré la dépendance des pays aux revenus du tourisme. La protection d'espèces animales, comme l'éléphant, remet en cause la pratique des safaris. Le changement climatique pèse sur les ressources en eau. C'est pourquoi certains acteurs font le choix d'un tourisme plus durable comme au Botswana ou en Namibie, mais il reste réservé à une clientèle très favorisée.

CHIFFRES CLÉS

La répartition de la population

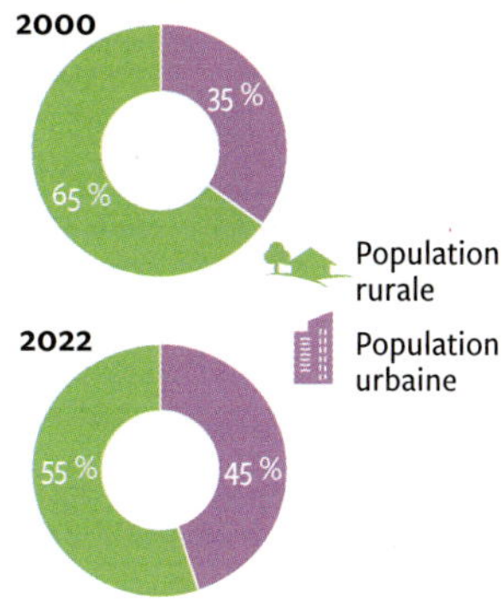

Source : Banque mondiale, 2024.

Les principaux pays d'accueil de réfugiés

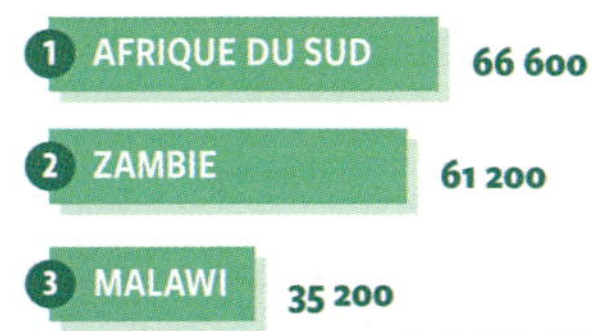

Source : HCR, 2024.

Les trois premières destinations des touristes

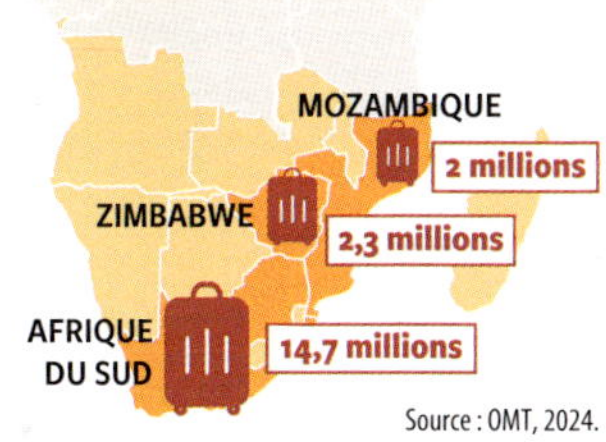

Source : OMT, 2024.

Une transition démographique en cours

- Allongement de l'espérance de vie
- Diminution de la mortalité infantile
- Diminution du nombre d'enfants par femme

Atouts

- Augmentation de la population
- Population jeune

Défis

- Lutter contre la propagation des épidémies
- Réduire les inégalités
- Répondre aux besoins en logements et en équipements dans les villes

Les mobilités

- **À l'échelle mondiale :** départs de la main-d'œuvre qualifiée ; arrivées de touristes et de migrants internationaux
- **À l'échelle régionale :** accueil des réfugiés
- **À l'échelle locale :** installation dans les métropoles

Atouts

- Remises migratoires
- Retombées financières du tourisme

Défis

- Freiner le *brain drain*
- Lutter contre la montée de la xénophobie
- Mettre en place un tourisme durable

EXEMPLE

Johannesburg et Maputo, des métropoles marquées par des inégalités

Johannesburg et Maputo sont les métropoles les plus peuplées d'Afrique du Sud et du Mozambique. Si elles concentrent les richesses et attirent les populations, les inégalités y sont nombreuses et variées.

> À quelles inégalités sont confrontés les habitants de Johannesburg et Maputo ?

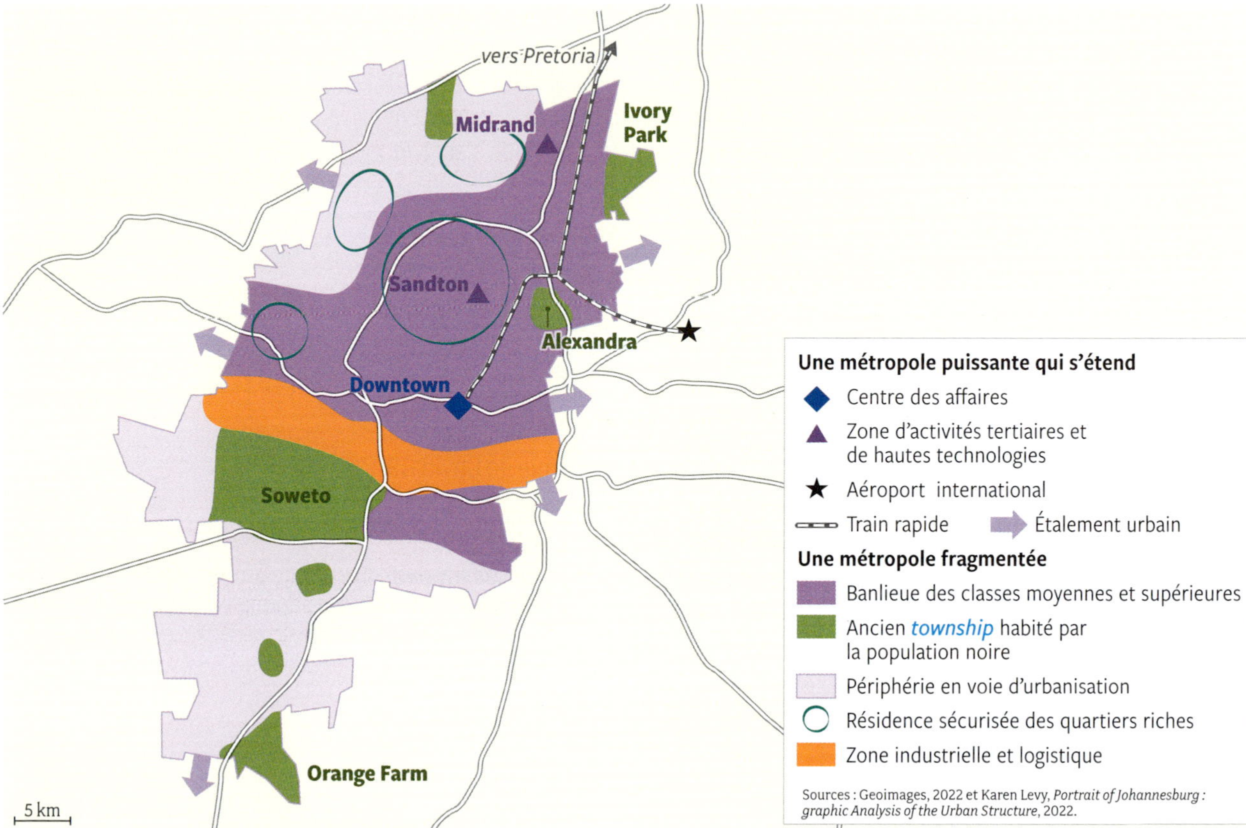

1 De fortes inégalités urbaines à Johannesburg

2 Une mobilité difficile pour les travailleurs peu qualifiés

Chaque jour, 10 000 personnes quittent Alexandra pour travailler dans la banlieue aisée ou le quartier d'affaires de Sandton (arrière-plan). L'absence de transports en commun les oblige à se déplacer à pied sur plusieurs kilomètres.

VOCABULAIRE

- **Gentrification :** afflux d'une population aisée dans un quartier auparavant populaire.
- ***Township* :** voir p. 461.

3 Deux métropoles marquées par la pauvreté

	Population en 2022	Produit urbain brut	Part de la population vivant sous le seuil de pauvreté (1,5 $/jour)	Part de la population vivant dans un bidonville	Part des logements raccordés aux réseaux d'égouts
Johannesburg	4,8 millions	13 500 dollars par habitant	32,5 % (54 % de la population noire)	25 %	93 %
Maputto	1,3 million	2 461 dollars par habitant	55 %	70 %	68 %

Sources : *City of Johannesburg metropolitan*, 2022 et ONU Habitat, 2020.

4 La gentrification à Maputo

Le quartier de Triunfo est situé au Nord-Est de la ville de Maputo. Il a été en grande partie gagné sur une zone marécageuse et plusieurs rues ne sont pas encore pavées. Ce quartier est marqué par une certaine mixité, les maisons avec étages et piscine des classes moyennes et des expatriés côtoyant les petites maisons de mauvaise qualité de familles beaucoup plus modestes. Le quartier présente de nombreux atouts qui explique sa gentrification. Le prix de l'immobilier est un peu moins cher que dans les autres quartiers huppés de la ville. Il est également proche des écoles internationales et permet de relier facilement le quartier des ambassades, des ministères ou des bureaux de l'avenue du 25 septembre en dehors des heures de pointe, car les deux artères qui permettent de distribuer les flux Nord-Sud par le littoral sont vite saturées. Il est probable que les ménages les plus pauvres soient, à terme, obligés de partir, repoussés plus au nord de la métropole au fur et à mesure qu'elle s'étend.

Géoimages, 2023.

5 Mafalala, quartier populaire et touristique de Maputo

Vidéo ▶
TV5Monde Info, 25 mai 2022
hachette-clic.fr/24hg2151

À proximité du centre de Maputo, les habitants de Mafalala mettent en valeur le patrimoine culturel et historique du quartier pour en faire un atout touristique.

PARCOURS 1

Réaliser une interview

En groupe de trois, préparez l'interview des maires de Johannesburg et de Maputo sur les conditions de vie dans leur ville.

1. Au brouillon, complétez le tableau avec les arguments et les chiffres-clés.

	Niveau de vie des habitants	Déplacements et offre de transport	Habitat
Johannesburg • Alexandra (doc. 1, 2 et 3) • Sandton (doc. 1, 2 et 3)			
Maputo • Mafalala (doc. 3 et 5) • Triunfo (doc. 3 et 4)			

2. Un élève incarne le maire de Johannesburg, le second le maire de Maputo tandis que le dernier joue le journaliste et pose les questions.
3. Entraînez-vous puis enregistrez vos interviews.

PARCOURS 2

Vers le bac

Rédigez une réponse à la question problématisée : **Johannesburg et Maputo, des métropoles marquées par des inégalités multiples ?**

Pas à pas

1. Présentez le profil socio-économique de chaque métropole (**doc. 3**).
2. Décrivez les quartiers riches des deux métropoles (**doc. 1 et 4**).
3. Présentez les quartiers pauvres et leur évolution dans les deux métropoles. (**doc. 2 et 5**).

Je fais le point

Quiz hachette-clic.fr/24hg2152

RÉVISIONS

Chiffres clés
Vocabulaire
Exemple

L'Afrique australe, une région inégalement valorisée et développée

- Les milieux naturels d'Afrique australe recèlent de ressources stratégiques (charbon, or...) valorisées par les États, des **firmes transnationales** (Total) ou des investisseurs étrangers comme la Chine, 1er investisseur dans la région. Les atteintes à l'environnement sont nombreuses (érosion, désertification en Namibie, pollution...). Pour réduire la dépendance aux ressources naturelles, les États ont entamé une transition économique aux effets inégaux. L'Afrique du Sud est le seul **pays émergent**, d'autres pays restent dépendants de leur **économie de rente** (Zambie, Angola) et six sont parmi les moins développés du monde (Zimbabwe, Madagascar...).
- La transition économique améliore les conditions de vie : l'IDH régional est passé de 0,46 en 2000 à 0,59 aujourd'hui. Toutefois, les inégalités restent fortes. La corruption, l'instabilité politique et l'incapacité à valoriser les ressources entravent le développement. De plus, les États ne parviennent pas encore à effacer les clivages hérités de l'**apartheid**. Les métropoles concentrent les inégalités : Johannesburg compte 14 600 millionnaires face à des millions de Sud-Africains aux conditions de vie difficiles dans les ***townships***.

Des populations inégalement dynamiques et mobiles

- La transition démographique est en cours avec la baisse du nombre d'enfants par femme (3,5) et la progression de l'espérance de vie grâce à l'amélioration des conditions de vie (meilleur accès aux soins et à l'alimentation). Or, la persistance de maladies infectieuses freine cette transition (13 % des 15-49 ans dans la région sont atteints du VIH/Sida). La transition urbaine génère des difficultés (manque de logements, de transport et de services publics). À Luanda (Angola), 70 % des habitants résident dans un **bidonville**.
- À la fois pays de départ, de transit ou d'arrivée, les pays d'Afrique australe sont au cœur de flux migratoires complexes. Principale destination des flux migratoires, l'Afrique du Sud prive les pays de départ de leur main-d'œuvre même si l'envoi de **remises migratoires** reste bénéfique (20 % du PIB au Lesotho). Les migrants internationaux s'installent dans les métropoles. Parallèlement, les mobilités touristiques internationales s'affirment, notamment vers les **parcs naturels**, et transforment les territoires. Ces flux restent vulnérables (Covid-19, changement climatique) obligeant les acteurs à proposer un tourisme plus durable (Botswana).

L'oral de révision

Un oral de révision est une présentation de deux minutes sur un sujet imposé.

15 min de préparation

- Par groupe de quatre, préparez 20 cartes comprenant des mots et des chiffres clés, des acteurs, des localisations et des images et éparpillez-les sur une table. Puis, faites une liste de cinq sujets en lien avec les enjeux du chapitre.
  - *Les ressources naturelles, un levier de développement pour l'Afrique australe ?*
  - *Les mobilités, atouts ou difficultés pour l'Afrique australe ?*
  - ....

5 min de réalisation

- Un élève se porte volontaire et tire au sort un sujet. Il a alors trois minutes pour choisir cinq cartes en lien avec le sujet et rédiger un oral structuré. Durant les deux minutes restantes, il réalise son oral en illustrant son propos par les cartes choisies.
- Chaque élève passe ensuite à l'oral selon les mêmes modalités. Le meilleur oral gagne la partie.

Je révise avec des podcasts

1 Les ressources naturelles, un atout pour le développement ?

Podcast
hachette-clic.fr/24hg2153

2 Tous les pays connaissent-ils un développement économique ?

Podcast
hachette-clic.fr/24hg2154

L'ESSENTIEL en 5 minutes

3 Comment se manifestent les transitions démographiques et urbaines en Afrique australe ?

Podcast
hachette-clic.fr/24hg2155

4 Quels sont les effets des mobilités ?

Podcast
hachette-clic.fr/24hg2156

5 Pourquoi peut-on dire que l'Afrique australe est un nouveau pôle du tourisme mondial ?

Podcast
hachette-clic.fr/24hg2157

Je teste mes connaissances

- Écoutez les cinq épisodes du podcast puis testez vos connaissances grâce aux flashcards.

QUESTION
Combien y a-t-il d'habitants en Afrique australe ?

RÉPONSE
229 millions

Flashcards
hachette-clic.fr/24hg2158

Le saviez-vous ?

La rédaction du script d'un podcast en géographie nécessite de choisir un thème qui reflète les enjeux actuels. Il faut ensuite organiser les informations, sélectionner des cas d'étude appropriés et des acteurs identifiés sans oublier d'inclure des données chiffrées récentes.

Je m'entraîne

• Confronter deux documents pour analyser une situation géographique

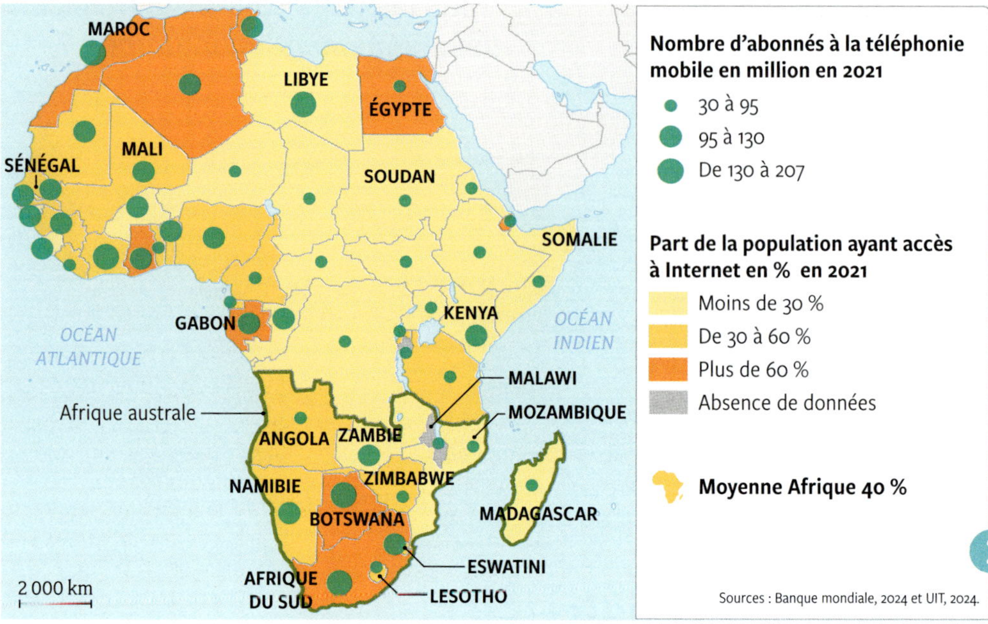

1 La couverture du réseau Internet en Afrique

2 Le téléphone portable, vecteur de développement en Afrique australe

Du fait de la généralisation de l'utilisation de la technologie mobile, de plus en plus d'Africains ont un accès plus rapide et plus aisé aux soins médicaux. Le nombre de médecins en Afrique étant insuffisant, il est désormais possible d'utiliser son téléphone portable pour consulter un médecin. En Afrique du Sud, l'application *Hello Doctor* permet aux utilisateurs de consulter leurs médecins *via* leur smartphone. Les téléphones portables offrent aux patients africains, même dans les endroits les plus reculés, l'opportunité de bénéficier de soins rapides et efficaces.

La plupart des pays du continent souffrent de lacunes au niveau des infrastructures scolaires[1], et, avec les nouveaux arrivants qui rejoindront bientôt les bancs de l'école (près de 150 millions d'élèves à scolariser à l'horizon 2025), le maintien de la qualité de l'enseignement est compromis. De nombreuses initiatives visent à pallier ces inégalités. La digitalisation des contenus éducatifs est une des principales orientations en la matière (tablettes éducatives, cours virtuels…). Grâce à la téléphonie mobile, les enfants des zones rurales ont accès à l'éducation et, avec le développement des smartphones à bas prix, la scolarisation des enfants ne sera plus le privilège des familles urbaines les plus aisées.

Invest Afrique, 18 avril 2023.

1. En Angola, au Mozambique, au Malawi et à Madagascar, moins de 50 % de la population sont alphabétisés.

PALIER 1

Je lis et je comprends les documents

- Identifiez chaque document (nature, date, source, idée principale).
- Localisez les pays cités dans le doc. 2 sur le doc. 1.
- Ces documents se complètent-ils ou s'opposent-ils ? Justifiez votre réponse.

PALIER 2

Je sélectionne les informations et les mets en relation avec les documents

- Doc. 1 et 2 Décrivez les inégalités qui touchent l'Afrique australe.
- Doc. 2 Relevez deux citations montrant que la téléphonie mobile est un atout pour le développement. Justifiez votre réponse.

PALIER 3

Je croise les documents avec mes connaissances

- Doc. 1 et 2 À l'aide de la page 459, montrez comment la connexion à Internet et l'utilisation du téléphone mobile reflètent l'inégal développement de l'Afrique australe.
- Doc. 1 et 2 L'inégal développement est-il une situation spécifique à l'Afrique australe ou, au contraire, le reflet de la situation générale du continent africain ?

• Analyser une affiche pour expliquer une notion

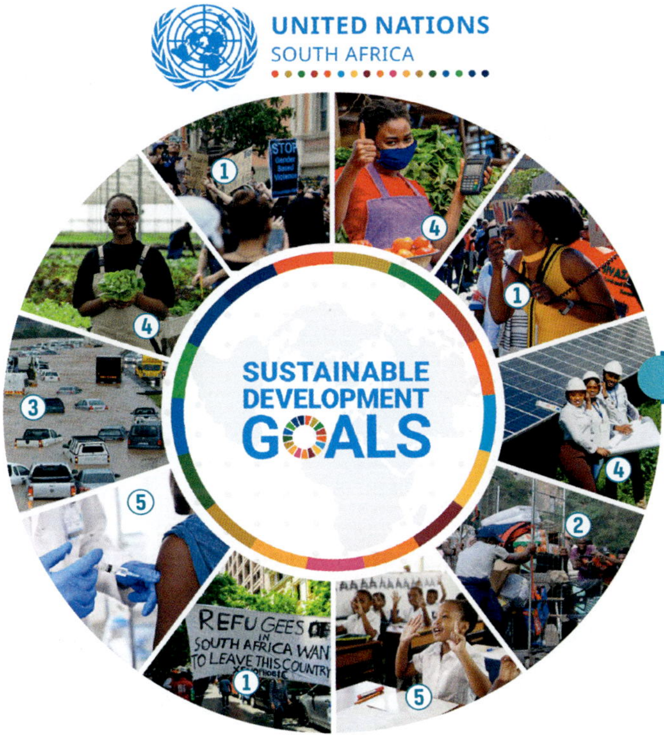

Le saviez-vous ?
Les géographes exploitent les documents des organismes institutionnels. L'**ONU**, par exemple, propose des rapports et des données statistiques sur les objectifs et les politiques de développement dans le monde.

Les défis d'un développement durable de l'Afrique du Sud

Source : Rapport de l'ONU, 19 mars 2023.

Traduction : Les Objectifs de développement durable.

L'Afrique du Sud est confrontée à des vagues de violence, notamment à l'égard des migrants (1), à la pauvreté (2) et à de nombreuses catastrophes naturelles (3).
Le pays doit relever les défis de sa transition économique et énergétique (4) tout en assurant la satisfaction des besoins de sa population (santé, éducation (5)).

PALIER 1

Je lis et je comprends les documents

- Quel est l'auteur du document ?
- En vous aidant du manuel, définissez ce que sont les Objectifs de développement durable (ODD).

PALIER 2

Je sélectionne les informations

- Rédigez une phrase pour présenter chacun des atouts en faveur du développement de l'Afrique du Sud.
- Identifiez puis décrivez les difficultés auxquelles l'Afrique du Sud est confrontée.
- Expliquez pourquoi elles freinent le développement du pays.

PALIER 3

Je croise le document avec mes connaissances

- Montrez que ce document illustre les trois piliers du développement durable et ses difficultés.
- Quelles autres connaissances pouvez-vous mobiliser pour évoquer le développement durable du pays ?

>> J'approfondis

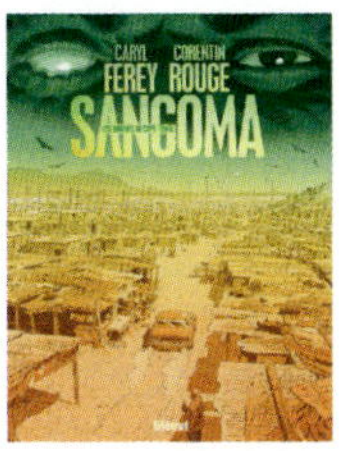

À LIRE

Sangoma, les damnés de Cape Town (2021) de Caryl Ferey et Corentin Rouge est une enquête policière. Cette bande dessinée montre les cicatrices profondes laissées par l'apartheid et la survivance de la violence et des inégalités entre les propriétaires blancs et les ouvriers noirs.

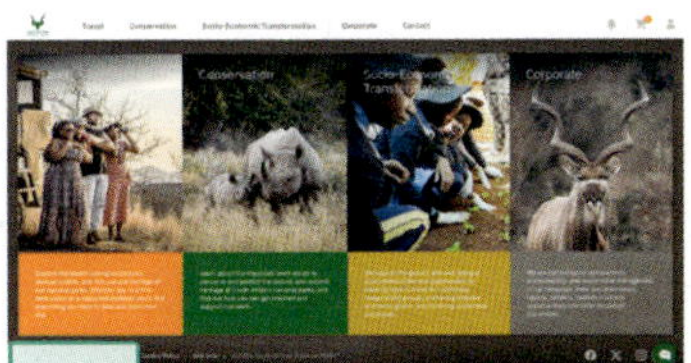

À VISITER EN LIGNE

Le site Internet des Parcs nationaux d'Afrique du Sud offre des visites virtuelles au cœur de ses paysages majestueux : cascades, terres vierges, éléphants et autres animaux sauvages…
Source : L'organisme Sanparks, 2024

VERS LA SPÉCIALITÉ HGGSP

L'analyse géopolitique de l'émission ***Le Dessous des cartes*** présente les fondements et les manifestations de la puissance de l'Afrique du Sud et ses faiblesses.

➔ Voir fiche 11 p. 226

Vers la question problématisée

Objectif Rédiger une réponse à une question problématisée

Sujet guidé : Pourquoi les inégalités de développement contribuent-elles aux migrations en Afrique australe ?

À partir d'exemples précis, vous montrerez que les inégalités de développement peuvent expliquer les migrations vers certains pays d'Afrique australe, mais aussi à l'intérieur de ces pays.

Étape 1 Préparer la réponse à la question problématisée

1. Analysez le sujet.

Pourquoi les inégalités de développement contribuent-elles aux migrations en Afrique australe ?

- Pourquoi : Listez les liens possibles entre développement et migrations.
- inégalités de développement : De quelles natures peuvent-elles être ?
- migrations : Définissez ce terme.
- Afrique australe : Citez les pays les plus développés et les moins développés de la région.

2. Sélectionnez le plan le plus pertinent pour répondre au sujet en vous aidant de la consigne. Justifiez votre choix.

Plan A :
1. Des inégalités et des migrations entre les pays d'Afrique australe.
2. Des inégalités et des migrations internes aux pays d'Afrique australe.

Plan B :
1. Les inégalités de développement en Afrique australe.
2. Les migrations en Afrique australe.

3. Listez au brouillon au moins deux arguments et deux exemples pour illustrer chacun des paragraphes.

Étape 2 Rédiger la réponse à la question problématisée

4. Rédigez deux phrases pour composer l'introduction.
5. Complétez la rédaction du premier paragraphe.

Tout d'abord, les inégalités de développement nourrissent des migrations internationales en Afrique australe. En effet, les migrants, à la recherche de meilleures conditions de vie, quittent leur pays pour un pays plus développé. C'est le cas ...

6. Quelle proposition vous semble la plus pertinente pour amorcer le deuxième paragraphe. Justifiez votre réponse et rédigez la suite du paragraphe.

Proposition 1 : *Par ailleurs, les pays sont également parcourus par des mobilités internes aux pays.*
Proposition 2 : *De plus, les mobilités internes poussent les habitants à se déplacer dans d'autres régions et territoires de façon définitive ou temporaire.*

7. Complétez la rédaction de la conclusion. Elle doit comporter une à deux phrases répondant à la question problématisée.

Ainsi, les inégalités de développement en Afrique australe sont à l'origine de ...

→ Voir fiche 9 p. 223

Vers les questions de connaissances

Objectif Rédiger des réponses à des questions de connaissances

QUESTIONS

a Citez deux pays qui connaissent un ralentissement de leur croissance démographique en Afrique australe et deux pays qui ont une croissance démographique encore forte.

b Décrivez les deux types de mobilités internationales en Afrique australe.

c Justifiez l'affirmation : « Les conditions de vie des habitants des métropoles d'Afrique australe reflètent les inégalités socio-économiques ».

d Montrez que les milieux naturels de l'Afrique australe sont une ressource pour le développement mais qu'ils doivent être mieux protégés.

Étape 1 Préparer les réponses aux questions de connaissances

1. Pour répondre aux questions a et b, listez au brouillon des informations à l'aide des p. 464-465.

2. Pour répondre à la question c, cherchez des informations au brouillon en vous aidant du tableau et des p. 468-469.

	Quartiers aisés	Quartiers pauvres
Type d'habitat et localisation	–	– *Quartier informel, en périphérie*
Transport	–	– ....
Type d'emplois et revenus	–	– ....

3. Pour répondre à la question d, listez des informations en sélectionnant cinq mots-clés ou expressions parmi cette liste.

exploitation minière et agricole ; croissance démographique ; parcs et réserves naturels ; quartier informel ; pollution ; investissements étrangers ; érosion ; changement climatique.

Étape 2 Rédiger les réponses aux questions de connaissances

4. Rédigez la réponse à la question a en reprenant les termes exacts de la question.

Les pays qui ont ralenti leur croissance démographique sont ... alors que ...

5. Complétez cette réponse à la question b en intégrant des exemples précis de pays impliqués dans les mobilités.

Il existe deux types de mobilités internationales en Afrique australe : les migrations internationales et le tourisme. Les migrations peuvent être liées à des conflits ou à la volonté d'avoir de meilleures conditions de vie. L'Afrique australe attire ces migrants, en particulier l'Afrique du Sud, puisque...

6. Rédigez la réponse à la question c à l'aide du tableau (question 2) et en utilisant les connecteurs logiques pour souligner l'opposition entre les modes de vie.

alors que ; au contraire ; cependant ; mais

7. Rédigez la réponse à la question d à l'aide du vocabulaire sélectionné dans la question 3 et en présentant un argument l'un après l'autre.

Tout d'abord, ...
Cependant, ...

EXERCICES

VERS BAC GÉNÉRAL

→ Voir fiche méthode 10 p. 224

Analyser un document avec une consigne

Objectif Rédiger une réponse à l'aide d'une consigne

Sujet guidé : Lusaka, pôle migratoire en Afrique australe

À partir du document, vous présenterez le pôle migratoire de Lusaka puis vous expliquerez pourquoi cette ville est une étape vers les métropoles sud-africaines.

Sur un parking de Lusaka, capitale de la Zambie, des hommes errent. Âgés de 16 à 30 ans, ils sont originaires d'Éthiopie, de Somalie ou encore de République démocratique du Congo. Passeport en poche, ils scrutent les allées et venues des cars qui partent vers l'Afrique du Sud. Chaque jour, ils sont des dizaines à se faufiler dans un poids lourd, certains paient des passeurs. Quatrième économie de la région[1], la Zambie est triplement concernée par le déplacement des populations puisqu'elle est une terre de départ, de transit et de destination. Ali, gérant d'un café-restaurant, est arrivé de Somalie il y a 12 ans. Il a trouvé en Zambie une terre hospitalière, qu'il n'imagine plus quitter : « *Maintenant que j'ai un travail et un titre de séjour en règle, pourquoi partirais-je en Afrique du Sud ? Je suis chez moi à Lusaka.* » Le cas d'Ali reste une exception en Afrique australe, région où les espoirs d'un avenir meilleur se tournent souvent vers l'Afrique du Sud. Ces voyages peuvent durer des mois, et jusqu'à plusieurs années pour certains, avec des risques liés à la traite des êtres humains, ainsi qu'au manque de nourriture et d'eau.

P. Royer et R. Carton, « Lusaka, plaque tournante des migrations », *Le Monde diplomatique*, n° 838, janvier 2024.

1. Le PIB de la Zambie est de 22 milliards de dollars en 2021 grâce à l'exploitation de ses métaux (titane, étain, terres rares).

Étape 1 Préparer l'analyse du document

1. À l'aide de la consigne, repérez le plan à suivre et notez-le dans la première colonne du tableau.

2. Complétez les deux autres colonnes du tableau.

Plan suggéré par la consigne	Informations sélectionnées dans le document	Connaissances p. 466-467
Premier paragraphe	– .... –	– *Lusaka, carrefour migratoire comme Johannesburg et Maputo* – ....
Deuxième paragraphe	– *« les espoirs d'un avenir meilleur se tournent souvent vers l'Afrique du Sud »* – *« certains paient des passeurs »*	– .... – ....

Étape 2 Rédiger l'analyse de document

3. Parmi les deux propositions ci-dessous, quelle introduction vous paraît la plus pertinente ? Justifiez.

Proposition 1 : *La Zambie et sa capitale Lusaka attirent les migrants venus d'Afrique. Certains s'y installent définitivement, mais la plupart poursuivent leur route vers l'Afrique du Sud. L'article de presse de P. Royer et R. Carton paru dans Le Monde diplomatique en janvier 2024 nous permet d'étudier ces flux.*

Proposition 2 : *De nombreux migrants venus de toute l'Afrique considèrent Lusaka, la capitale de la Zambie, comme un point de passage incontournable dans leur parcours vers Johannesburg, la capitale de l'Afrique du Sud où ils pourront trouver du travail.*

4. Complétez la rédaction des deux paragraphes.

Proposition 1 : *Tout d'abord, Lusaka joue un rôle de carrefour migratoire.*

Proposition 2 : *Cependant, Lusaka semble être avant tout une ville étape vers les métropoles sud-africaines.*

5. Rédigez la conclusion à l'aide des mots-clés : Lusaka ; métropole ; plaque tournante ; migrants ; opportunités.

Une conclusion répond de manière synthétique à la consigne en une à deux phrases.

EXERCICES VERS BAC TECHNO

➔ Voir fiche méthode 8 p. 222

Analyser un document avec des questions

Objectif Rédiger des réponses à partir de questions

Sujet guidé : Les migrations en Afrique australe

Les migrations vers et depuis les pays d'Afrique australe sont motivées par la recherche d'opportunités économiques, par l'instabilité politique et, de plus en plus, par les risques environnementaux. Quelques pays constituent les piliers économiques de la région. Les développements industriels, les secteurs miniers en Afrique du Sud, au Botswana et en Zambie, et la richesse pétrolière de l'Angola ont attiré des travailleurs migrants qualifiés et non qualifiés, venus de la région et d'ailleurs. 2,9 millions de migrants résidaient en Afrique du Sud en 2020, pays dont l'économie est la plus industrialisée de la région et une destination attrayante pour ceux qui recherchent une éducation et de meilleures opportunités. Dans la partie orientale de la région, Madagascar, le Malawi et le Mozambique sont touchés par des catastrophes naturelles tels que les cyclones et les inondations. D'autres catastrophes comme la désertification ont un impact sur la vie des habitants et les parcours migratoires de millions de personnes.

D'après le Portail sur les données migratoires de l'ONU, 31 mai 2023.

QUESTIONS

a En vous appuyant sur un exemple précis, définissez le terme « migration internationale ».

b Identifiez les trois motivations des migrations internationales en Afrique australe.

c D'après le document et vos connaissances, expliquez pourquoi les pays de l'Afrique australe sont inégalement attractifs pour les migrants internationaux.

Étape 1 Préparer l'analyse du document avec des questions

1. Notez les informations utiles pour identifier le document.
2. Listez des éléments de réponses à la question a puis à la question b en vous aidant de la phrase surlignée.
3. Relevez, dans le document, les pays d'arrivée et de départ des migrations internationales.
4. Montrez que les migrations s'expliquent principalement par les inégalités de développement entre les pays.

Étape 2 Rédiger les réponses aux questions

5. Complétez la réponse à la question a à l'aide de l'étape 1.

Les migrations internationales désignent... Par exemple, nous constatons que de nombreux migrants quittent... pour rejoindre...

6. Rédigez la réponse à la question b à l'aide de l'étape 1 et des connecteurs logiques : tout d'abord ; ensuite ; enfin.
7. Illustrez chaque motivation de migrations par un exemple précis.
8. Complétez la rédaction de la réponse c à l'aide des questions 3 et 4.

En Afrique australe, les migrants se dirigent en particulier vers l'Afrique du Sud « On estime que 2,9 millions de migrants résidaient en Afrique du Sud au milieu de l'année 2020 ». En effet, ... Les pays de départ regroupent les pays les plus pauvres comme...

Crédits photographiques

Couverture :

Benozzo Gozzoli, *Procession des Rois mages*, détail, 1459-1460, chapelle des Mages du palais Medici-Riccardi, Florence. Cette fresque de la Renaissance italienne, commandée par Cosme de Médicis, représente un jeune prince à cheval (probablement Laurent de Médicis), suivi d'un long cortège où défile des membres de cette puissante famille de Florence, des diplomates, des membres de leur clientèle et l'artiste lui-même.
Photo SCALA, Florence - Courtesy of the Ministero Beni e Att. Culturali e del Turismo, Dist. GrandPalaisRmn/image Scala.

Gardens by the Bay : La forêt artificielle de Singapour, 2013. Situés dans la région centrale de Singapour, ces « Jardins de la baie » ont été ouvert au public en 2012. Dix-huit arbres artificiels de 25 à 50 mètres de haut ont été construits. Ces structures en béton, métal et verre abritent des centaines de plantes tropicales et fournissent de l'électricité grâce à des panneaux photovoltaïques.
Jeff Greenberg/Universal Images Group/via Getty Images.

p. 18 : Fine Art Images/Bridgeman Images - p. 19 : Musée Carnavalet/Roger-Viollet ; Photo Josse/La Collection - p. 22-23 : Amazing Aerial Agency/ABACA - p. 24 : George Pachantouris/ Getty Images (reprise p. 43) - p. 29 : Bridgeman Images ; Luisa Ricciarini/opale.photo - p. 30 : Iberfoto/Roger-Viollet (reprise p. 43) - p. 31 : NPL/opale.photo ; Konstantinos Kontos/La Collection - p. 32 : BPK, Berlin, Dist. GrandPalaisRmn/Jürgen Liepe ; The British Museum, Londres, Dist. GrandPalaisRmn/The Trustees of the British Museum - p. 33 : GrandPalaisRmn (musée du Louvre)/Maurice et Pierre Chuzeville ; akg-images/Pietro Baguzzi - p. 36 : NPL/opale.photo - p. 37 : Florence Maruejol/Aurimages - p. 38 : The Granger Collection, New York/Coll. Christophel - p. 39 : Photo12/Alamy/Science History Images ; Luisa Ricciarini/Bridgeman Images - p. 44 : Musées des Beaux-Arts de Dijon/ François Jay (reprise p. 43) - p. 45 : The British Museum, Londres, Dist. GrandPalaisRmn/The Trustees of the British Museum - p. 48 : Photo12/Alamy/Stefano Politi Markovina (reprise p. 65) - p. 53 : BnF ; Photo12/Alamy/EmmePi Images (reprise p. 65) - p. 54 : British Library/Aurimages (reprise p. 65) ; Photo Josse/Bridgeman Images - p. 58 : Photo12/ Alamy/CPA Media Pte Ltd ; BnF (reprise p. 65) - p. 59 : Photo Josse/Bridgeman Images - p. 60 : Bridgeman Images - p. 61 : NPL/opale.photo (reprise p. 65) - p. 66 : Burgerbibliothek of Berne - p. 67 : BnF ; BnF - p. 70-71 : GrandPalaisRmn (musée du Louvre)/Hervé Lewandowski - p. 72 : BnF (reprise p. 89) - p. 74 : Aurimages ; Fineart/opale.photo ; NPL - DeA Picture Library/Bridgeman Images (reprise p. 76) ; Collection British Library/Kharbine-Tapabor - p. 77 : Granger - Historical Picture Archive/Alamy Stock Photo (reprise p. 89) - p. 79 : Photo12/Alamy/Penta Springs Limited - p. 82 : Granger Coll NY/Aurimages - p. 83 : Gianni Dagli Orti/Aurimages (reprise p. 89) - p. 84 : NPL/opale.photo (reprise p. 89) ; British Library/Aurimages - p. 85 : Bridgeman Images - p. 90 : Content_DFY/Aurimages (reprise p. 89) - p. 94 : Photo SCALA, Florence, Dist. GrandPalaisRmn/ image Scala (reprise p. 113) - p. 98 : Fineart/opale.photo (reprise p. 113) ; Tallandier/Bridgeman Images - p. 99 : The Print Collector/Heritage Images/ Coll. Christophel (reprise p. 113) ; Collection NBL/Kharbine-Tapabor - p. 100 : www.bridgemanimages.com ; Ashmolean Museum of Art and Archaeology/Heritage Images/ Coll. Christophel ; www.bridgemanart.com ; Achat, legs de Joseph

Pulitzer, 1924 /The Metropolitan Museum of Art – p. 101 : Vatican Pool/AGF/Bridgeman Images ; Domingie & Rabatti/La Collection – p. 104 : www.bridgemanart.com – p. 105 : BnF (reprise p. 113) ; Luisa Ricciarini/opale.photo – 106H Christie's Images/Bridgeman Images ; 106B Nationalmusem, Stockholm ; 107 CC BY-SA 4.0 MarcitoFuRe ; – p. 108 : AME/opale.photo ; BnF – p. 109 : Heritage Art/Heritage Images/Aurimages (reprise p. 113) ; Collection Kharbine-Tabapor – p. 114 : Artothek/ La Collection – p. 118-119 : Royal Collection Trust/© His Majesty King Charles III, 2024/Bridgeman Images – p. 120 : G. Dagli Orti /De Agostini Picture Library/Bridgeman Images (reprise p. 139) – p. 124 : Darchivio/opale.photo ; Photo Josse/La Collection (reprise p. 139) – p. 126 : Fineart/ opale.photo ; Photo Josse/La Collection – p. 127 : Bridgeman Images ; Société de l'histoire du protestantisme français, Paris (reprise p. 139) – 128H Bridgeman Images ; 128BG Photo Josse/ Bridgeman Images ; 128BD Art Institute of Chicago ; 128BD Art Institute of Chicago ; 129H Bridgeman Images ; 129M cgb.fr -Numismatique, Paris ; 129BG Collection Christophel © High sea production/Scope pictures/Motion Partners

129BD extrait de l'ouvrage *Les Reines de France, Parce que l'Histoire s'écrit aussi au féminin*, par Caroline Charron, autrice, Virginie Berthemet, illustratrices © Casterman – « Avec l'aimable autorisation des auteurs et des Editions Casterman » – p. 132 : Bridgeman Images (reprise p. 139) ; NPL/opale.photo – p. 133 : Château de Versailles, Dist. GrandPalaisRmn/Jean-Marc Manaï – p. 134 : akg-images/De Agostini Picture Library – p. 135 : Bridgeman Images (reprise p. 139) ; Bridgeman Images – p. 140 : BnF (reprise p. 138) – p. 141 : BnF ; BnF – p. 142 : Photo Josse/ Bridgeman Images – p. 143 : Photo12/Heritage Images/Fine Art Images – p. 144 : Royal Collection Trust/© His Majesty King Charles III, 2023/Bridgeman Images (reprise p. 159) – p. 148 : Royal Collection Trust/© His Majesty King Charles III, 2023/Bridgeman Images – p. 149 : James Brittain. All rights reserved 2024/Bridgeman Images – p. 151 : Iberfoto/Bridgeman Images (reprise p. 161) ; Bridgeman Images (reprise p. 161) – p. 154 : Granger Coll NY/Aurimages (reprise p. 161) ; World History Archive/Collection Christophel – p. 155 : Yale University Art Gallery Everett Collection/ Bridgeman Images – p. 156 : Photo12/Heritage Images/Fine Art Images ; Photo12/Alamy/Metbot (reprise p. 161) – p. 157 : Fineart/opale.photo ; Bridgeman Images – p. 162 : Granger/Bridgeman Images – 166-167 : Bridgeman Images – p. 168 : Fine Art Images/Heritage Images/Aurimages – p. 172 : akg-images/Rabatti & Domingie (reprise p. 187) ; Novapix/Bridgeman Images – p. 173 : Château de Breteuil/Kharbine-Tapabor (reprise p. 187) ; NPL/opale.photo – p. 174 : Bridgeman Images ; Photo12/Alamy/Vinard Collection – p. 175 : Collection F. Grob/Kharbine-Tapabor (reprise p. 187) ; Darchivio/opale.photo (détail) – p. 176 : Darchivio/opale.photo (reprise p. 175) – 176 The MET Museum ; 177H Bibliothèque de l'Académie nationale de médecine ; 177M CC BY-SA 2.0 Frédéric BissonISSON ; 177BG La sage- femme du roi, de Adeline Laffitte et Hervé Duphot © Éditions Delcourt, 2023

© Éditions Delcourt, 2023» ; – p. 180 : Archives Charmet/Bridgeman Images (reprise p. 187) ; Look and Learn/Bridgeman Images – p. 182 : Heritage Art/Heritage Images – p. 183 : Ironbridge Gorge Museum Angleterre/Aurimages (reprise p. 187) – p. 188 : Bridgeman Images – p. 192 : GrandPalaisRmn (Château de Versailles)/image GrandPalaisRmn (reprise p. 209) – p. 196 : Photo Josse/Bridgeman Images (reprise p. 209) – p. 197 : Manuel Cohen/Aurimages – p. 199 : Photo12/ Alamy/piemagsABTB (reprise p. 209) – p. 203 : Photo Josse/Bridgeman Images (reprise p. 209) – p. 204 : NPL/opale.photo ; Musée du Château de Versailles/Aurimages (reprise p. 209) – p. 205 : Collection Jean Vigne/Kharbine-Tapabor

252-253 Basri Marzuki/Nurphoto via AFP (reprise p.291) ; 254 Pallava Bagla/Corbis via Getty Images ; 256G IMO ; 256M Dr Kieran Baxter, University of Dundee ; 256D Andrew Burton/Getty Images via AFP ; 258 Sisse Brimberg /GEO Image Collection/Bridgeman Images ; 262 Manaus Metropleam (reprise p.291) ; 264 ARTHUS-BERTRAND Yann/hemis.fr ; 265 Daniel Frank/unsplash ; 266 JACQUES Pierre/hemis.fr ; 268 GARDEL Bertrand/hemis.fr ; 270H 2018 – Ville de Paris/EcoAct Latitude ;

270B Clément DORVAL/Ville de Paris (reprise p.291) ; 278 Jean-Baptiste Quentin/PHOTOPQR/ LE PARISIEN/MAXPPP (reprise p.291) ; 279 Taro Karibe/Getty Images Asiapac/Getty Images via AFP ; 286 Ayuntamiento de Lora del Rio /AEOPAS ; 288 CNES/GEOIMAGES _Contains modified Copernicus Sentinel data (2017), processed by ESA, CC BY-SA 3.0 IGO ; 293 KYODO /Reuters ; 298 J-F TRIPELON-JARRY/ Only France/Only France via AFP ; 300 Marc Charuel/Photo12 ; 302H SIBA (reprise p. 315) ; 302B Shutterstock/JeanLucIchard ; 308H Philippe GUIGNARD/air-images. net (reprise p. 315) ; 308B Sdis84 ; 312 Marek Slusarczyk/Alamy Stock Photo (reprise p. 315) ; 313 DEAL Guadeloupe (reprise p. 315) ; 316 D. Rosso/Parc du Mont-Ventoux ; 317H Elephotos/ Shutterstock ; 317BG 2.4.7 Films - Haut et Court - France 3 Cinéma - Panache Productions - La Compagnie Cinématographique - Collection Christophel ; 317BM Les Escales Editions ; 320-321 Khaled DESOUKI/AFP ; 322 Vera Golosova/SPUTNIK/SIPA ; 325 India Today ; 326 Manjunath Kiran/AFP ; 329H Roger Dahl ; 329M et B Jérémy SOUTEYRAT ; 330 Kaoru Tachibana/Yomiuri/ The Yomiuri Shimbun via AFP ; 333G RODRIGO PAIVA/Getty Images via AFP ; 333D ALEXANDRE ROTENBERG/Robert Harding via AFP ; 334 Beto ; 337 ValeriiKadnikov/Shutterstock ; 338 Alexander Shcherbak/TASS/Sipa USA/SIPA ; 346 Getty Images ; 354 Samsung ; 355 MEAE/Frédéric de la Mure ; 358 gnews.org ; 364 Hugo Soutra-Disson/Courrier des maires (reprise p.381) ; 366 David Lemor (reprise page 381) ; 367G Campagne «Ma contraception, mon choix» ARS de Mayotte et Répéma ; 367D Institut Martiniquais du Sport/Crea'diaz (reprise p.381) ; 374 Université de Lille ; 375 Région Hauts-de-France ; 383 BG 24 25 Films - France 2 Cinéma - collection Christophel ; 383BM Delcourt, 2023 D'après l'essai de Bessière C., Gollac S., *Le genre du capital.Comment la famille reproduit les inégalités*, Paris, La Découverte, 2020 ; 386-387 akg-images/picture alliance/ pressefoto_korb ; 389 Yara Nardi/Reuters ; 391 MAHMUD TURKIA/AFP ; 392 Nicolas TUCAT/AFP ; 395 Emaar ; 396 Frédéric Soltan/Corbis via Getty Images ; 403 The New York Time/REA (reprise p. 423) ; 404G Aerial Archives/Alamy Stock Photo ; 404D SkyIMD ; 412 Thaivisa ; 413 John Warbur-ton Lee/hemis.fr (reprise p. 423) ; 421 Hall Contracting ; 424 RESTART MED! is co-funded by the European Union through the ENI CBC MED Programme. The project, led by the Italian NGO CISP (International Committee for the Development of People), was implemented between 2021 and 2023 ; 430 Pont Raymond Barre, Lyon, Concepteur : Alain Spielmann architectes, photo Laurence Danière pour SPL Lyon Confluence (2018) ; 433 NICOLAS GUYONNET/Hans Lucas/Hans Lucas via AFP ; 434HGUIZIOU Franck/hemis.fr ; 434B ROKOVOKO ; 441 Jean ISENMANN/Onlyfrance.fr ; 444 RICHARD BOUHET/AFP ; 448IGN, Photothèque Nationale, site Géoportail, 2021 ; 452 UNICEF/ UN0685905/Andrianantenaina (reprise p.471) ; 455 Durban RORO Terminal ; 456 Giftedart cartoon (reprise p.471) ; 462 WWF France ; 463 Shutterstock/THP Creative (reprise p.471) ; 468 Themba Hadebe/AP/SIPA (reprise p.471) ; 473Hglobalgoals.org/by-sa 3.0 ; 473BG Glénat 202.

Achevé d'imprimer en Italie par Grafica Veneta en avril 2024
Dépôt légal : Avril 2024 - collection n 60 - édition 01 - 11-5644-1